Norah Sanders

# IM LAND DER MITTERNACHTS-SONNE

Roman



BASTEI LÜBBE
TASCHENBUCH

BASTEI LÜBBE TASCHENBUCH
Band 16845

1. Auflage: September 2013

Dieser Titel ist auch als E-Book erschienen

MIX
Papier aus verantwortungsvollen Quellen
FSC® C014496

Originalausgabe


Textredaktion: Dr. Ulrike Strerath-Bolz
Titelillustration: Illustration Johannes Wiebel, punchdesign, München, unter Verwendung eines Motivs von © shutterstock/Geir Olav Lyngfjell
Umschlaggestaltung: Johannes Wiebel, punchdesign, München
Satz: Urban SatzKonzept, Düsseldorf
Gesetzt aus der Garamond
Druck und Verarbeitung: GGP Media GmbH, Pößneck
Printed in Germany
ISBN 978-3-404-16845-3

Sie finden uns im Internet unter
www.luebbe.de
Bitte beachten Sie auch:
www.lesejury.de

Der Preis dieses Bandes versteht sich einschließlich der gesetzlichen Mehrwertsteuer.

# *Freundschaft*

April 1929

# 1

Gefrorene Einsamkeit.

Wie eine Schneekugel, die erst noch geschüttelt werden muss, dachte Tess, während sie den zugefrorenen Fjord vor ihrem Haus überquerte. Über ihr wogte das Polarlicht durch den vor Kälte flirrenden Sternenhimmel. Unter den Schleiern aus Licht leuchteten die verschneiten Berge limettengrün, während der Himmel lavendellila glühte. Wie Kristallsplitter funkelten die Sterne.

Eine Windbö schob Tess vor sich her. Ihre Bewegungen waren kraftvoll und geschmeidig, und ihre Ski glitten leicht über den Schnee. Eiskristalle prasselten ihr ins Gesicht, aber Tess spürte sie nicht. In der eisigen Kälte dieser Frühjahrsnacht war ihr Empfinden eingefroren, genau wie ihre Gefühle. Nur den Schmerz konnte sie noch spüren, die Trauer und die Leere.

Unter ihren Ski knirschte das Eis, das wohl bald aufbrechen würde. Der Spring Breakup, der Frühjahrseisbruch, stand kurz bevor, und Tess suchte das Eis nach ersten Rissen ab. Nichts zu sehen. Ihr Husky, der einige Schritte zurückgefallen war, schloss wieder zu ihr auf. Er zog den Schlitten mit ihrer Ausrüstung, der Thermoskanne voll Kaffee und der Winchester. Ricky winselte, während er nun neben ihr hertrabte und immer wieder zu ihr aufsah. Er musste ihre aufgewühlte Stimmung gespürt haben. Seine blauen Augen blitzten. Er wusste, was jetzt kam.

Eine Woche war es her. In einer halben Stunde war es genau eine Woche her, dass ihr Mann und ihre kleine Tochter gestorben waren.

Ihre Tränen froren an ihren Wimpern fest, und sie musste blinzeln, als sie zum glühenden Himmel aufsah.

Jason und Sheena konnten sich nicht retten. Waren sie sofort tot? Oder starben sie unter Qualen, während sie von der Strömung unter das Eis gezogen wurden?

Dieser Tag hatte ihr Leben verändert. Für immer.

Mit dem Fellfäustling wischte sie die Tränen fort.

Okay, Tess, die letzte rote Laterne!

Tess holte sie vom Schlitten, wo die dreißig Petroleumlampen eben noch gegeneinandergescheppert hatten. Sie stellte sie am Ende der Reihe aufs Eis und entzündete sie. Dann zog sie die Pelzkapuze ihres Overalls tiefer über den Lederhelm mit der hochgeschobenen Fliegerbrille und blickte zurück auf die lange Reihe grüner, weißer und roter Petroleumleuchten. Sie markierten die Startbahn aus festgetrampeltem Eis und Schnee.

Da vorn, mitten in diesem verzauberten Winterland Alaska, leuchtete ihre geparkte Lockheed Vega im Schein der blassgrünen Lichtwirbel. Und dort drüben, vor der grandiosen Kulisse der verschneiten Berge, funkelten die Lichter ihrer Lodge.

»Ricky, mein Junge, los geht's!« Tess klopfte dem Husky auf die aufgeregt bebenden Flanken, und er legte die Ohren an und grinste erwartungsvoll. Sie hielt ihm ihre Hand hin, und er legte seine Pfote hinein und berührte mit der reifbedeckten Schnauze ihre Finger. Seine Lauscher stellte er dabei wieder auf. Echt süß, ihr Großer, der gerade sechs geworden war. Als Tess ihn geschenkt bekam, hatte das jiffelnde, flauschige Fellknäuel in ihre Hand gepasst. Als Welpe war er völlig verspielt gewesen. Wie ein Verrückter hatte er mit gerecktem Schwanz und aufgestellten Ohren auf ihrem Bett herumgetobt, als wären die weißen Daunendecken eine herrlich weiche Schneeverwehung, in die er sich ausgelassen japsend werfen konnte. Und wenn Ricky wie ein Eisbärenbaby in der warmen Wanne herumpaddelte und den Kopf über den Badeschaum reckte, hatte sie Tränen gelacht.

Als Tess ihm jetzt den Nacken kraulte, warf er den Kopf hoch und schnappte nach ihrer Hand, biss sanft zu und ruckelte daran.

Das machte er immer, wenn er wie ein kleines Kind auf ihrem Schoß saß, mit dem Rücken gegen sie gelehnt und alle viere von sich gestreckt. Das war seine Art zu sagen: Ich liebe dich auch. Und ich passe auf dich auf. Albern, aber niedlich.

Und irgendwie rührend. Denn außer Ricky war ja niemand da, der sie in den Arm nahm, um sie zu trösten.

Mit dem lähmenden Schmerz, der sich in ihrem Körper festgesetzt hatte, musste sie allein klarkommen. Mit der Trostlosigkeit, der Wut, der Trauer, der Angst, dem Alleinsein. Und der Sehnsucht nach Liebe. Nach zärtlich geflüsterten Worten und leidenschaftlichen Berührungen.

Tess verstaute die Ski und die Stöcke im Schlitten. Dann raffte sie ihren pelzgefütterten Overall, den sie über ihrer Fliegerkombi aus verblichenen Jeans, Schnürstiefeln, Norwegerpullover, Seidenschal und Lederjacke trug, stellte sich hinten auf die Stahlkufen, setzte einen Fuß neben die Trittbremse und ergriff die Lenkstange. Ricky warf sich mit seinem ganzen Gewicht in die Brustgurte, der Schlitten ruckte an und glitt über den verharschten Schnee zurück zur *Shooting Star.*

Schneeschleier, fein wie Morgendunst, hüllten das neongelbe Flugzeug mit den knallblauen Seitenstreifen ein, und der Propeller glitzerte unter einer dünnen Schicht Raureif.

Tess sehnte sich nach der grenzenlosen Freiheit, nach der Schwerelosigkeit des Glücks, die sie nur in ihrer Vega oben am Himmel erleben konnte. Aber gleich war es so weit.

Sobald sie Ricky ausgeschirrt hatte, schob sie ihn die Tritte hinauf auf die Vega. Seine Pfoten kratzten knisternd über den Raureif, fanden aber keinen Halt, bis er mit wedelnder Rute auf der Tragfläche stand. Tess kletterte mit ihrer Tasche und der Winchester hinter ihm her und entriegelte das obere Cockpitfenster. Durch die Einstiegsluke sprang Ricky hinunter ins Cockpit, landete auf dem mit einem Grizzlyfell bezogenen Pilotensessel und blickte mit keck aufgestellten Ohren zu ihr hoch.

»Vergiss es, Kumpel. Ich fliege.«

Der Husky schüttelte sich die Eiskristalle aus dem dichten Winterfell, legte die Ohren an und sprang auf den heruntergeklappten Notsitz hinter dem Pilotensessel. Dort hockte er sich auf das zerfledderte *National Geographic* mit dem Artikel ALASKA, THE LAST FRONTIER über ihre Flugexpeditionen zur Erforschung der Wildnis nördlich des Yukon. Schwanzwedelnd grinste er Tess mit gebleckten Zähnen und heraushängender Zunge erwartungsvoll an.

»Braver Junge.«

Ricky japste zufrieden.

Weiße Atemwolken waberten vor den radiumerleuchteten Instrumenten vorbei, als sie sich ins Cockpit schob, auf den Pilotensitz glitt und die Luke über ihrem Kopf verriegelte. Zwischen den Kabeln, die vom Panel herabhingen, stellte sie ihre Füße auf die Pedale. Bevor sie sich anschnallte, zog sie Sheenas Teddybären aus der Tasche, die sie neben ihren Sitz gelegt hatte, und schob ihn in den Ausschnitt ihres Overalls. Der Teddy hieß Roosevelt und war tatsächlich ein Geschenk des ehemaligen Präsidenten Theodore Roosevelt an Shannon Conroy Brandon, die für Tess wie eine Mutter gewesen war. Shannon hatte das niedliche Plüschtier ihrer ... ja, was war Sheena eigentlich: ihre Enkelin? Na ja, beinahe! ... zur Geburt geschenkt.

»Also los!« Tess wischte mit ihren Fäustlingen aus Kaninchenfell über die Instrumente, die unter dem dichten Atemhauch rasch beschlugen. Dann schob sie die Pelzkapuze zurück, zog die Pilotenbrille nach unten und startete den vorgewärmten Motor. Bevor sie vorhin losgezogen war, um die Startbahn auszuleuchten, hatte sie die Maschine vollgetankt. Und, na klar, das wegen der Kälte abgelassene Öl nachgefüllt, die Plane vom Motor gezogen, die Bremsklötze weggekickt und die Sicherungsleinen gekappt, die das Flugzeug auf dem Eis verankerten.

Aus den Auspuffstutzen quollen weiße Qualmwolken, und mit einem schrillen Sirren sprang der Propellermotor an, ein Pratt & Whitney mit kraftvollen 457 PS. Tess schob den Gashebel vor. Alles klar so weit – der Motor war warm genug. Das Flattern wurde rasch zum ohrenbetäubenden Dröhnen, das die ganze Maschine und Tess mit ihr vibrieren ließ. Das Flugzeug bebte, als zerrte ein Sturm an den Tragflächen.

Ja, so mag ich das!, dachte Tess und genoss das wohlige Gefühl, das sich warm in ihrem Unterleib zusammenzog. Dieses Donnern, das ihr Herz schneller schlagen ließ, hatte ihr in den letzten Tagen viel Kraft geschenkt. Trost. Gelassenheit.

Nein, sie hatte nicht *alles* verloren, als ihr Leben über ihr eingestürzt war. Ihre Sehnsucht, ihr Traum von grenzenloser Freiheit, war ihr nicht fortgerissen worden. Träume konnten wahr werden. Sie würde sie wahr machen.

Ihre Welttournee würde sie wie geplant durchführen und mit ihrer Vega um den ganzen Erdball fliegen.

Vor Kurzem hatte der Medientycoon und Millionär William Randolph Hearst sie gebeten, auf dem Luftschiff *Graf Zeppelin* als erste Frau und als Pionierin der Luftfahrt wie Charles Lindbergh und Amelia Earhart die Welt zu umrunden. Start in der ersten Augustwoche in Lakehurst nahe New York City. Mit der Finanzierung der Weltumrundung hatte Will sich die Exklusivrechte an der Berichterstattung gesichert. Ein Flug um die Welt! O ja, Tess war sofort begeistert gewesen. Natürlich wollte sie fliegen! Aber nicht als Passagierin mit dem Zeppelin, o nein, Will, sondern mit dem eigenen Flugzeug! Eine Welttour? Will Hearst war völlig hin und weg gewesen. Tess Tyrell als erste Frau, die um die Welt flog! Was für eine Schlagzeile auf den Titelblättern seiner Zeitungen, was für eine Auflage für eine groß aufgemachte Fortsetzungsstory! Aber warum eigentlich nicht gleich ein Buch daraus machen, wie Charles Lindbergh und Amelia Earhart es getan hatten? Beide waren Bestseller geworden!

Monatelange Vorbereitungen in Honolulu, Darwin, Singapur, Kalkutta, Khartoum und New Orleans waren gefolgt. Aber nachdem Jason und Sheena vor einigen Tagen gestorben waren, lag natürlich alles auf Eis. Nein, auf keinen Fall wollte Tess Jasons Nachfolge als Geschäftsführer der Tyrell Commercial Company in Alaska antreten, worum Ronan als Aufsichtsratsvorsitzender sie gebeten hatte, sondern sich künftig ausschließlich ihrer Leidenschaft widmen: der Pionierfliegerei und der Jagd nach neuen Rekorden.

Schon seit sie zehn Jahre alt war, begeisterte sich Tess für das Fliegen. Shannon Conroy Brandon, die Mutter ihres besten Freundes Ronan aus den Zeiten gemeinsamer Sandkastenabenteuer, hatte sie mitgenommen, damals in San Francisco. Sie waren in einer DeHavilland im Tiefflug durch den Grand Canyon gedonnert. Ein unvergessliches Erlebnis! Fliegen – ja, das wollte Tess!

Ihre Taschen und Transportboxen für den Hopser nach Kalifornien hatte Tess am Nachmittag gepackt, als sie die Stille in der Lodge nicht mehr ausgehalten hatte. In San Simeon wollte sie mit Will Hearst in den nächsten Tagen die geplante Welttour besprechen. »Klar, kommen Sie auf einen Sprung vorbei, Tess. Im Hearst Castle kennen Sie sich ja inzwischen besser aus als die Stars und Sternchen, die ich aus Hollywood einfliegen lasse. Bleiben Sie zur Party am nächsten Freitag? Ich habe einen viel versprechenden jungen Schauspieler eingeladen: Clark Gable. Oh, da fällt mir ein, Cary Grant ist auch da. In dem Hollywoodepos, das über Sie gedreht wurde, spielt er die Rolle Ihres Mannes Jason, nicht wahr? Der Streifen ist übrigens als Best Picture für den ersten Academy Award nominiert. Haben Sie schon die Einladung zur Verleihung in Hollywood bekommen? Ja? Oh, Tess, es tut mir ja so leid. Ich bin immer noch erschüttert. Jason Tyrell war ein großartiger Mensch. Ich habe ihn sehr geschätzt. Sein Tod ist ein tragischer Verlust. Nein, Tess, ich verstehe, dass Sie nicht bis zur Party bleiben wollen, sondern sofort nach San Francisco zurückfliegen. Ihr Freund Ronan Brandon wird sich freuen.«

Als Tess sich mit den Pelzhandschuhen übers Gesicht wischte, fiel ihr Blick auf die Borduhr. Kurz vor zehn. In San Francisco war's jetzt kurz vor elf. Was Ronan wohl gerade tat? Als sie gestern telefonierten, sagte er, er sei die ganze Zeit in Gedanken bei ihr. »Liebes, ich bin immer für dich da«, hatte er geflüstert, selbst den Tränen nah. »Ich werde alles tun, um dich zu trösten und dir zu helfen, mit der Trauer und dem Schmerz klarzukommen.«

Sie stellte sich vor, wie er jetzt gerade zum Sternenhimmel blickte und an seine Sternschnuppe dachte – so hatte er sie immer genannt, weil ihn die Landelichter ihrer Lockheed Vega an eine Sternschnuppe erinnerten. Und weil immer Wünsche in Erfüllung gingen, wenn sie sich wiedersahen …

Nein, Tess, nicht daran denken!

Sie wollte sich nicht vorstellen, wie er seinen Arm um sie legte und seine Hand auf ziemlich provozierende Weise in die hintere Tasche ihrer Jeans schob. Wie er sie nah an sich zog und ihr einen Kuss auf den Mundwinkel hauchte. Wie sie seine zärtlichen Berührungen genießen würde. Wie sie sich nach ihm sehnte. Aber er war in Kalifornien, und sie war in Alaska. Zwischen ihnen lag ein weites Trümmerfeld zerstörter Träume, gescheiterter Ehen, verletzter Gefühle. Wut, Enttäuschung, Traurigkeit.

Aber das Herzklopfen blieb, wie am ersten Tag.

Eine Bö rüttelte die Maschine durch, die jetzt mit röhrendem Propeller auf den Kufen zum Start rumpelte. Tess schaltete die Taschenlampe an, die an einer Schnur von der Decke hing und den Kompass beleuchtete. Gut. Sie drehte die Vega gegen den Wind, bremste ab und überblickte die Startbahn. Startpunkt erste weiße Lampe. Dahinter flackerten die roten Petroleumlampen, die das Ende der ebenen Eisfläche markierten.

Ricky schob seine Schnauze unter ihrem Arm hindurch und winselte schrill. Tess knuddelte den silbrig weißen Husky, den

Leithund ihres Schlittenteams, ordentlich durch und kraulte das dichte Fell in seinem Nacken. »Alles klar, Kumpel? Preflight check okay. All systems go. Ready for takeoff.«

Ricky richtete sich auf dem Notsitz auf und legte seine Schnauze auf ihre Schulter.

Der Himmel, den Tess durch den wirbelnden Propeller erkennen konnte, sah jetzt aus wie schwarzer Samt mit Glitzer. Eiskristalle prasselten gegen die Cockpitscheibe.

Tess schob den Gashebel weiter vor. Mit röhrendem Motor setzte die Vega sich in Bewegung. Mit harten Stößen glitten die Kufen über das wellige Eis der Startbahn, zuerst langsam, dann immer schneller. Vor ihr flackerten die grünen, weißen und roten Laternen und kamen schnell näher. Okay, jetzt das Höhenruder. Ein Blick zum Fahrtmesser. Fünfzig Meilen pro Stunde. Fünfundfünfzig. Sechzig. Tess zog das Steuer an, und die Vega, die plötzlich von einer Bö emporgerissen wurde, hob nach einem letzten harten Hopser ab. Steigflug mit acht Fuß pro Sekunde!

Ihr Herz machte einen Satz, und alles Schwere, das sie eben noch niedergedrückt hatte, fiel plötzlich von ihr ab. So war es jedes Mal. Kaum war sie gestartet, fühlte sie sich frei. *»Cheerio!«*

Sie trimmte die Maschine, richtete sie auf diese Weise aus und kontrollierte die Skalen der Instrumente. Nur sie gaben Auskunft über die Lage der Maschine, denn außer dem Sternenhimmel konnte sie durch die Cockpitfenster nichts erkennen. Wenn sie nicht gegen einen Berg wie den Mount Alyeska vor ihr krachen und abstürzen wollte, durfte sie nicht auf ihr Gefühl vertrauen, sondern musste sich auf die Instrumente verlassen. Die Zeiger der Skalen bewegten sich gemächlich. Wind: okay. Höhe: tausendachthundertvierzig Fuß. Airspeed: fünfundneunzig Meilen pro Stunde. Alles prima!

Noch im Steigflug setzte sie zu einer weiten Kurve an und blickte durch das rechte Seitenfenster hinunter zu ihrem Haus am felsigen Ufer des Fjords. Da unten lag die einsame Lodge in der

Wildnis einige Meilen östlich von Hope. Deutlich konnte Tess die Stelzen erkennen, auf denen sie zum Schutz gegen eine Sturmflut errichtet worden war, und den langen Bootssteg, wo im Sommer ihre Gipsy Moth vertäut lag. Ihr anderes Flugzeug war mit Schwimmern ausgestattet. Im Busch war es oft schwierig, geeignete Landeflächen zu finden. Zu viele majestätische Bergketten wie die Chugach Mountains oder die Alaska Range, zu viele Flüsse wie der Yukon, der Matanuska, der Susitna oder der Tanana, zu viele zerklüftete Gletscher, hohe Fichten, Sümpfe und Seen. Mit ihrer Gipsy Moth konnte sie jedoch auf der kleinsten Wasserpfütze landen.

Hinter der Lodge begann die Wildnis von Kenai. Zwischen hohen, schneebedeckten Bergen und baumbestandenen Steilhängen führte ein Tal hinauf zum Sixmile Creek und zur Geisterstadt von Sunrise, die der letzte verbliebene Bewohner ein wenig zynisch schon in Sunset umbenennen wollte.

Im Sommer 1895 war am Sixmile Creek Gold gefunden worden. Über Nacht wurde ein großes Goldgräbercamp mit Hütten und Zelten aus dem Boden gestampft, und innerhalb von zwei Jahren war Sunrise eine der größten Goldrauschstädte in Alaska, mit drei Saloons, einem Restaurant und einem Post Office, das in der Handelsstation der Tyrell Commerical Company untergebracht war, damals noch Tyrell & Sons unter der Leitung der legendären Gründerin Caitlin Tyrell. Die Goldfunde am Yukon und am Tanana ließen die Stampeders weiterziehen, und Sunrise verfiel zu einer Geisterstadt. Der Handelsposten war vor sechs Jahren abgerissen und als Feuerholz verbrannt worden, als Jason nach dem Tod von Caitlins Enkel Colin, seinem Vater, die Geschäfte des Unternehmens in Alaska übernommen hatte.

Tess flog jetzt an der Küste entlang nach Westen. Am Ufer des Fjords flitzten baumbestandene Felsen unter ihr vorbei. Und dann kam auch schon Hope in Sicht.

Also gut, es war keine Geisterstadt. Downtown Hope mit seinen dreiundzwanzig Einwohnern versprühte nach all den Jahren immer noch den Charme eines Goldgräbercamps: verfallene Blockhütten mit Spitzenvorhängen vor den Fenstern und Blumenkästen neben der Verandaschaukel, davor rostende Lastwagen, die während der Schneeschmelze im Jahr Neunzehnhundert-weiß-nichtwann im Schlamm der Main Street stecken geblieben waren.

Die fiesesten Alaska-Witze trafen auf Hope zu, zum Beispiel der hier: Es gibt drei Jahreszeiten – Winter, Immer-noch-Winter und Bald-wieder-Winter. Oder der: Der effektivste Mückenschutz in Alaska ist eine Schrotflinte. Und noch einer: Du rufst in San Francisco an und bestellst dir was Hübsches aus dem Versandhauskatalog. Alaska? Tut mir leid, Ma'am, wir liefern nicht außerhalb der USA! So lebte es sich in Hope am Rande des bekannten Universums. Einige der General Stores gab es tatsächlich schon seit 1896. Und im schwarzen Sand des Resurrection Creek konnten Freizeitgoldgräber immer noch Goldstaub waschen, für den sie in einem der Cafés ein Bärensteak mit Cranberrysauce und trotz der Prohibition eine Flasche Whiskey bekamen. Das einzige Restaurant entsprach tatsächlich dem alten You-know-you're-in-Alaska-when ...-Witz: Ja, es gab tatsächlich zwei Gewürze auf dem Tisch, Ketchup und Tabasco. Ziemlich romantisch, das alles – das hatte auch Jason gefunden, mit dem Tess dort kurz vor Weihnachten zu einem abenteuerlichen Candle-Light-Dinner gewesen war. Es war ihr zweiter Hochzeitstag gewesen.

Unter dem gleißenden Polarlicht, das wie die aufscheinende Morgendämmerung vor ihr lag, ging Tess zwischen den verschneiten Bergen auf Kurs Nordwest. Aufmerksam spähte sie nach unten, um das im Dunst liegende zerklüftete Eis nach markanten Punkten abzusuchen.

Die gefrorene Landschaft, die unter ihr vorbeiglitt, sah einfach fantastisch aus. Kaum zu glauben, dass das Eis vor einer Woche noch so fest gewesen war, dass Jason seine Huskys angeschirrt hatte, um mit dem Schlitten die dreißig Meilen nach Anchorage zu fahren und nicht das Flugzeug zu nehmen, das einzig vernünftige Transportmittel in der Wildnis Alaskas. Vor drei Tagen hatten die Temperaturen zu steigen begonnen, für hiesige Verhältnisse eine echte Hitzewelle, knapp über den Gefrierpunkt. Oh ja, Sheena hätte ihren Spaß gehabt: echt tolles Wetter für eine ausgelassene Schneeballschlacht mit Mommy und Daddy und einer Meute fröhlich kläffender, umherflitzender Huskys.

Im Dunkeln tastete Tess nach dem Bordbuch, das neben ihrem Sitz klemmte. Unter dem Eintrag von gestern Nacht notierte sie, ohne beim Schreiben wirklich hinzusehen – darin hatte sie ja Übung:

*Start: Hope, Alaska, 29. April 1929, 22.07 Uhr. Besatzung: Tess Tyrell, Husky Ricky. Wetterlage: wolkenloser Sternenhimmel mit leuchtend grün schimmerndem Polarlicht. Eine Sinfonie aus Licht, die das Eis unter mir für Augenblicke taghell erleuchtet. Temperatur: minus 7 Grad Celsius. Steigflug Kurs 293 Grad. Geschwindigkeit 110 mph. Geplante Flugdauer: 20 Min. ETA: 22.30 Uhr. Ich empfinde keine Müdigkeit, nur Kälte, eisige Kälte.*

Sie klappte das Bordbuch zu und schob es wieder neben den Pilotensitz. Unwillkürlich tastete sie nach Sheenas Teddy im Ausschnitt ihres Overalls, während ihr Blick immer wieder zur Borduhr, zum Kompass und zum Fahrtmesser huschte, um zu errechnen, wie weit es noch war. Der Gegenwind schien vierzig bis fünfzig Meilen zu betragen, und er wurde stärker, als Tess vom Turnagain Arm ins Cook Inlet einbog, an dessen nördlichem Ende Anchorage lag. In diesem Meeresarm, der im Süden zwischen Kenai und Kodiak in den Pazifik mündete, war das Eis bereits geborsten. Unter sich erkannte Tess schwarzes Wasser mit Treibeis, das im Schein des Polarlichts glühte wie ihre Cockpitinstrumente.

Da vorn konnte sie schon die Lichter von Anchorage sehen. Jetzt dauerte es nicht mehr lange. Gleich war sie bei Jason und Sheena!

Da vorn! Tess holte zu einer weiten Kehre aus, um den schwarzen Riss im Packeis im Tiefflug ansteuern zu können. Die Maschine bebte. Der Motor dröhnte metallisch, als sie das Steuersegment fester umfasste und die Füße gegen das Seitenruder stemmte. Sie drosselte die Geschwindigkeit von hundertzwanzig auf neunzig Meilen.

Ricky richtete sich auf dem Notsitz auf und winselte, als Tess das Seitenfenster entriegelte und der eisige Wind ins Cockpit fegte. Sie zog den Teddy aus ihrem Overall und setzte ihn sich auf den Schoß. Als Sheena zwei oder drei gewesen war, hatte sie sich genauso gegen sie gelehnt, als Tess sie mitnehmen musste, weil sie keinen Babysitter bekommen hatte. Die Erinnerung trieb ihr wieder die Tränen in die Augen.

Dort unten waren ihr Mann und ihre sechsjährige Tochter gestorben. Jason hatte Sheena mit dem Huskyschlitten von der Schule in Anchorage abgeholt, wo die Kleine ganztags ein privates Betreuungsprogramm besuchte. Der Schlitten war durch das Eis gebrochen. Weder Jason noch Sheena konnten sich aus dem schwarzen Wasser retten. Nur einem Husky aus Jasons Team war es gelungen, sich aus den Gurten zu befreien, bevor der schwere Schlitten ihn wie die anderen in die Tiefe ziehen konnte. Nur durch ihn wusste Tess, was hier geschehen war. Die Suchaktion nach Jason und Sheena war am nächsten Morgen ergebnislos abgebrochen worden: keine Chance auf Rettung.

Den Ort, an dem ihre Liebsten starben, überflog Tess jede Nacht. Das half ihr, den Tag zu überstehen, und gab ihrem Leben, das völlig aus den Fugen geraten war, ein wenig Struktur. Um der Traurigkeit zu entkommen, die sie immer wieder überwältigte, musste sie abheben und fliegen.

Doch der Ort, an dem sie trauern konnte, veränderte sich bereits, weil das Eis aufbrach und schmolz. Schon bald würde nichts mehr bleiben als ihre Erinnerungen an eine viel zu kurze Zeit des Glücks. Kein Abschied, kein gedankenverlorenes Lächeln, nicht einmal ein flüchtiger Kuss auf die Wange. Jason und sie hatten gestritten, bevor er nach Anchorage aufbrach. Und Tess hatte nun nicht mehr die Möglichkeit zu sagen: Es tut mir leid.

So unversöhnt auseinandergegangen zu sein fügte ihr einen großen Schmerz zu, der nicht so schnell vergehen würde. Es gab kein Grab, an dem sie trauern könnte, weinen, bereuen, um Vergebung bitten. Es gab keinen Jason mehr, mit dem sie sich versöhnen konnte, und keine Sheena, die sie in die Arme schließen und festhalten konnte. Es gab keine Möglichkeit, es beim nächsten Mal besser zu machen, keine Gelegenheit für ein verständnisvolles Gespräch. Es gab keine zweite Chance, bewusster zu leben, mehr Vertrauen zu wagen, mehr Liebe zu schenken.

Alles habe ich verloren, dachte Tess mit zugeschnürter Kehle, selbst die Angst vor dem Tod. Nur nicht meinen Lebensmut. Meinen Willen, allein weiterzuleben, auch ohne meinen Mann und meine Tochter. Die Trauer, die mich lähmt, zu überwinden. Den Schmerz. Die Kälte in mir und die Leere.

Wo war ich, als der Schlitten durch das Eis brach? In der Küche der Lodge, wo ich Sheenas Geburtstagstorte mit den sechs kleinen Kerzen mit einer Schokoglasur überzog? Haben Jason und Sheena da noch fröhlich gesungen und laut gelacht? Und als ich den Salon mit Wunderkerzen und goldglitzerndem Konfetti für die Party schmückte, haben ihre Herzen da schon aufgehört zu schlagen? Als ich die Geschenke für die Kinder aufbaute, waren sie da schon unter dem Eis?

Tess musste schlucken.

Sheena hatte sich eine Goldrauschparty für ihre Freunde gewünscht: zerrissene Jeans, ausgebleichte Shirts, Schaufel, Waschpfanne, Rüttelsieb, Blechteller, Wolldecke, Winchester, Whiskeyflasche, der ganze Plunder. Na klar, und natürlich Nuggets: große

Schokoladenbrocken in glänzendem Goldpapier, die im ganzen Haus gesucht werden mussten. Was für ein Spaß! Die Kids wären völlig hin und weg! Und Ronan hatte sich geschüttelt vor Lachen, als Tess ihn am Telefon gebeten hatte, ihr die Goldgräberausrüstung seines Urgroßvaters zu schicken.

Charlton Brandon war ein Fortyniner gewesen. Während des kalifornischen Goldrauschs vor achtzig Jahren hatte er am American River Gold gefunden. Charlton war der Gründer der Brandon Corporation gewesen, jahrezehntelang ein erbitterter Konkurrent von Tyrell & Sons in Alaska. Das änderte sich erst nach dem Tod seiner ersten Frau, Caitlin Tyrell, als ihre Enkelin Shannon Tyrell Conroy das Zweihundertzwanzig-Millionen-Dollar-Unternehmen erbte. Nach ihrer Heirat mit Josh Brandon, Ronans Vater, waren die Geschäftsfelder der drei weltweit operierenden Unternehmen Tyrell Commercial Company, Brandon Corporation und Conroy Enterprises zu einem Weltkonzern verflochten worden, den jetzt Ronan Brandon mit fester Hand als Aufsichtsratsvorsitzender beherrschte. Tyrell-Brandon-Conroy war inzwischen einer der wertvollsten Konzerne der Welt. Die Börse in New York bewertete den Marktwert des Familienunternehmens auf eine Hand voll Dollar unterhalb einer Milliarde – Ronans brillantschwarzen Maybach mit den schicken weißen Ledersitzen nicht eingerechnet.

Die legendäre Goldgräberausrüstung seines Urgroßvaters, die ein Millionenerbe und einen Weltkonzern begründet hatte, stellte Ronan in seinem Vorstandsbüro in der California Street, Ecke Sansome aus. Aber klar, für sein Patenkind Sheena tat er alles. Vor wenigen Tagen war Charltons komplette Goldgräberausrüstung in einer großen Holzkiste mit Packstroh eingetroffen, und Tess hatte die Lodge für die Kinderparty in ein abenteuerliches Goldgräberlager anno 1849 verwandelt.

Stundenlang hatte Tess auf Jason und Sheena gewartet. Nach ihrem Streit mit Jason war sie immer noch ziemlich ärgerlich, und als ihr Butler Deke Clayton eintrat, um ihr zu sagen, dass Jasons

Husky zurückgekehrt wäre, war sie sogar richtig wütend. Das leise Zittern in Mr Claytons Stimme hatte sie zuerst überhaupt nicht bemerkt. Doch dann hatte sie den vor Erschöpfung zitternden Husky gesehen. Und das Eis in seinem Fell.

»Ein Unfall?«, flüsterte Tess erschrocken.

»Offenbar ist der Hund ins Wasser gefallen, Ma'am.«

Panik stieg in ihr auf, und plötzlich begann ihr Herz zu rasen. Sie begriff: Etwas Schreckliches musste geschehen sein.

Ich komme!, war ihr einziger Gedanke.

Eine halbe Stunde: die Hunde anschirren, den Schlitten beladen. Petroleumlampen, Feuerholz, Seile, Decken, eine Thermoskanne mit Kaffee und Whiskey, eine weitere mit heißer Suppe, Winterausrüstung anziehen, und los! Eine weitere halbe Stunde rasanter Fahrt mit Deke Clayton auf dem Eis. Tess hinten auf den Kufen schaute stur geradeaus. Auf die rennenden Huskys. Auf den Weg vor ihr. Auf das Eis.

Jason und Sheena brauchen mich. Ich muss zu ihnen. Ich muss sie retten.

Wie die furchtbaren Stummszenen eines Katastrophenfilms brachen die Angst und die Verzweiflung über Tess herein. Jason liegt nass und frierend auf dem Eis, den Arm um seine kleine Tochter gelegt, um sie zu wärmen? Ihre Lider flattern, Eis verklebt ihre seidigen Wimpern, ihre Lippen schimmern blassblau? Nein! Jason ist unter das Eis gezogen worden, aber Sheena, die auf dem beladenen Schlitten saß, konnte sich retten? Sie musste mit ansehen, wie ihr geliebter Daddy die Hände nach ihr ausstreckte, während er von der Meeresströmung in die schwarze Tiefe gerissen wurde? Nein, nein, nein! Sheena ist tot, aber Jason lebt? Er kauert auf dem geborstenen Eis und weint um die Tochter, für die er sich viel zu spät entschieden hatte, erst als sie drei war? O Gott, nein!

Ich muss ihnen beistehen! Ich darf sie nicht allein lassen. Ich will sie nach Hause bringen!

Dass beide tot sein könnten, daran dachte Tess nicht einen Augenblick.

Langsam jetzt! Und vorsichtig! Das Eis im Cook Inlet war geborsten! Sie konnten jederzeit mit dem schweren Schlitten einbrechen! Der Spring Breakup stand unmittelbar bevor!

Jasons Husky führte sie schließlich zur Unfallstelle: kein Schlitten, kein tropfnasser Überlebender, der zitternd auf dem Eis lag und zu erfrieren drohte, nichts. Nur Pfotentritte und Schlittenspuren, die hier endeten. An den Rissen im Eis, durch die das Wasser darunter hatte aufsteigen und dann dünn gefrieren können. Das neue Eis sah genauso aus wie das alte. Das wurde Jason, der wie Tess seit Jahren in Alaska lebte und nun wirklich kein Cheechako mehr war, zum Verhängnis. Cheechako, so nannten die Leute in Alaska die Neulinge aus dem Süden, aus den Lower Fortyeight, die das Land, das Wetter und die Gefahren der Wildnis nicht kannten und die nicht wussten, dass man mit einer Winchester besser nicht auf Grizzlys schoss, sondern nur auf Moskitos, die hier in Alaska nur wenig kleiner waren.

Am nächsten Tag, Sheenas sechstem Geburtstag, fand die Trauerfeier auf dem Eis statt. Sheenas Schulfreunde hatten erfahren, dass sie die Schlittenfahrt nach Hause nicht überlebt hatte und dass sie nie mehr zurückkommen würde. Alle Kinder waren zur Absturzstelle gekommen, auch die Lehrerin. Wie oft hatte sie Tess Mut zugesprochen, wenn sie sich wieder einmal für eine schlechte Mutter hielt, weil sie so oft in Kalifornien und Alaska unterwegs war – als Testpilotin für neue Flugzeuge von Conroy Aviation und als Pionierfliegerin für die National Geographic Society. Tja, wenn Mommy wochenlang up here und down there mit dem Flugzeug unterwegs war und Daddy von Anchorage aus einen Weltkonzern leitete, musste die kleine Missy eben ins Internat. Oder?

Sheenas Lehrerin hatte Jason und Tess immer wieder versichert, dass ihre Kleine stolz auf ihre berühmten Eltern war: »Wirklich kein Problem, Ma'am, Sir!« Sie war es auch gewesen, die die beherzte Idee zu dieser Trauerfeier auf dem Eis gehabt hatte, wo sie alle von Sheena und ihrem Daddy Abschied nehmen konnten, wo Tess mit den Kindern über den Tod ihrer Tochter sprechen konnte.

Tess wurde es wieder eng in der Brust, und sie rang nach Luft, als sie sich erinnerte, wie sie alle im Kreis um das Loch im Eis herumgestanden hatten. Jeder hielt eine Kerze in der Hand. Eine Zündholzschachtel wurde herumgereicht, und die Kleinen durften ihre Lichter für Sheena selbst entzünden. Wer es allein nicht schaffte, dem half Tess dabei. Dann wurden selbst gebastelte Geschenke ins eiskalte Wasser geworfen, Grußkarten mit Glitzersternchen und Engelsflügelchen aus Daunenfedern und Wolken aus flauschiger Watte, beste Wünsche in wackeliger Kinderschrift. Ein Husky, der aussah wie Ricky, aus weichem Wolfspelz genäht, mit leuchtend blauen Augen. Ein Spielzeugauto aus rot lackiertem Holz. Eine Stoffpuppe mit langen blonden Haaren aus gelber Wolle, die zu zwei Zöpfen geflochten waren. Ein kleines Mädchen wollte die Puppe, die Sheena so ähnlich sah, gar nicht loslassen. Die Kleine weinte, und Tess nahm sie fest in die Arme. Sie musste die Puppe nicht ins kalte Wasser werfen und zusehen, wie sie unterging. Sie durfte sie behalten, liebhaben und sich dabei an Sheena erinnern.

Wirklich, es war jede Menge Spielzeug gewesen. Und Schokolade natürlich. Sheena hatte Schokolade geliebt, besonders die Ghirardelli-Schokolade, die Ronan ihr in San Francisco immer geschenkt hatte, wenn sie bei ihm zu Besuch waren. Als Sheena noch ganz klein war, zwei oder drei, war ihr Gesicht manchmal ganz mit Schokolade verschmiert. Ronan, ihr Patenonkel, hatte sich darüber immer kaputtgelacht – sein Sohn Cayden war im gleichen Alter.

Viele der Kinder wünschten Sheena das, was sie selbst gern gehabt hätten – das rührte Tess zu Tränen. Viel Spaß beim Spielen mit dem neuen Spielzeug. Und dass sie jetzt für immer bei ihrem lang ersehnten Daddy war, um dessen Liebe sie ihr halbes Leben gekämpft hatte. Und dass sie jetzt glücklich war.

»Sheena ist jetzt ein Engel im Himmel«, tröstete Tess ein kleiner Junge, der seine Hand in ihre geschoben hatte. »Sie fliegt über dem Polarlicht und guckt auf dich runter, und es tut ihr bestimmt ganz doll leid, dass sie dich traurig gemacht hat. Sie hatte dich nämlich ganz doll lieb.«

Tess war so gerührt gewesen, dass ihr die Tränen über das Gesicht liefen. Aber sie war glücklich, so bescheuert das klang. Die Anteilnahme der Kinder, die Sheena ebenso schmerzlich vermissten wie sie, berührte sie zutiefst, tröstete sie, richtete sie auf: Die Liebe und das Glück sind das Einzige, was du am Ende mitnehmen kannst. Du musst sie festhalten, für immer.

Im Tiefflug donnerte Tess jetzt über das geborstene Packeis hinweg und warf Sheenas zerkuschelten Teddy Roosevelt durch das offene Cockpitfenster hinunter aufs zerklüftete Eis. Dann ließ sie die Vega steil aufsteigen, um ihren Liebsten im Himmel, jenseits des Polarlichts, ein bisschen näher zu sein.

Das war der absolute Wahnsinn! Die wogenden blassgrünen Girlanden bildeten plötzlich einen zitternden Wirbel über dem Eis, der aussah wie ein Regenbogen. Und während Tess mit Tränen in den Augen daraufzuflog, wölbte sich der Lichtbogen plötzlich zu einem weiten Tor, das zu den Sternen hinaufzuführen schien. In der Mitte funkelte der Polarstern. Wie wunderschön!

Tess atmete tief durch.

Mit klopfendem Herzen und dröhnendem Motor schoss sie mit der Vega hinauf in den Sternenhimmel, so schnell und so steil, dass sie in den Sitz gedrückt wurde. Airspeed: hundertzwanzig Meilen pro Stunde, hundertdreißig, hundertvierzig. Der Zeiger war schon bald am Anschlag: Höchstgeschwindigkeit. Steigrate: tausenddreihundert Fuß pro Minute. Höhe: achttausend Fuß, achttausendfünfhundert, neuntausend. Die Luft wurde dünner. Neuntausendfünfhundert, zehntausend. Das Atmen fiel ihr schwer, und ihr Herz raste wie wild. Ricky jaulte panisch, die Vega bebte, und der Flug wurde immer unruhiger.

Doch je höher sie stieg, desto bewusster wurde ihr, dass sie dieses Tor zum Himmel niemals erreichen konnte.

Funken sprühten vor ihren Augen, und ihr Blickfeld verengte sich zu einem schwarzen Tunnel, in den sie mit Höchstgeschwindigkeit hineinzurasen schien.

Zu hoch, zu steil: Strömungsabriss! Der Auftrieb, der die Vega in den Himmel hinaufriss, brach zusammen!

Ruhig, Tess, ganz ruhig! Du bist Testpilotin, das machst du nicht zum ersten Mal! Okay, das Höhenruder! Jetzt! Geh in den Sturzflug und fang die trudelnde Maschine ab!

Geschafft! Sie atmete tief durch, drosselte den Motor, ließ die Vega einige Meilen gleiten und kurvte schließlich auf die Landerichtung ein. Über dem Turnagain Arm trimmte sie die Maschine um. Die erleuchtete Landebahn lag jetzt unmittelbar vor ihr.

Tess nahm das Gas weg und setzte zur Landung an. Fingerbreit um Fingerbreit zog sie das Höhensteuer zu sich heran. Die Geschwindigkeit verringerte sich stetig. Fünfundneunzig Meilen, neunzig, fünfundachtzig. Sie erhöhte den Anstellwinkel, um bei der geringen Geschwindigkeit noch genügend Auftrieb zu haben, und verlor dabei den Mount Alyeska vor ihr aus dem Blickfeld. Der Gleitwinkel wurde immer flacher, bis ihr Schatten sie schließlich einholte und die Vega noch vor der ersten Laterne sanft den verschneiten Boden berührte.

Touchdown!

Doch dann gab es plötzlich Probleme!

Die Kufen versanken in einer dicken Schicht aus halb getautem Schneematsch! Die Vega drohte stecken zu bleiben und sich in voller Fahrt zu überschlagen! Zwei, drei weiche Hopser im schlierigen Eis, dann startete Tess reaktionsschnell noch einmal durch.

Sofort zog sie die Vega wieder hoch und zog in geringer Höhe eine weite Kurve über dem Eis.

Da, die Kufenspur, die sie eben hinterlassen hatte, war voller Wasser! Das Eis hielt nicht mehr! Es würde schon bald bersten! Wie nahe war sie einer Katastrophe gewesen!

Tief durchatmend kurvte sie erneut auf die Landerichtung ein. Vor ihr flackerten die Laternen der Landebahn. Sie überflog die grünen Lichter, ging über den weißen tiefer, setzte erst neben der dritten roten Laterne auf und schoss hinaus in die Dunkelheit.

Gut, das Eis hielt.

Langsam glitt die Vega mit flatterndem Leitwerk über das unebene Eis hinüber zur Lodge.

Eine Welt aus Licht und Eis ...

Der Mann im Schatten der Bäume an der felsigen Steilküste rauchte mit ruhigen Bewegungen seine Zigarette und beobachtete aufmerksam, wie Tess ihr Flugzeug zur inzwischen hell erleuchteten Lodge vor ihm steuerte und neben dem Landungssteg auf dem Eis parkte. Vom Fahrtwind war er mit Reif bedeckt, sein Atem war während der langen Schlittentour in seinem Bart zu kleinen Eisklumpen erstarrt.

Was für eine Nacht! Und was für ein Stunt, typisch Tess!, dachte er und sah nach oben. Die blassgrünen Schleier des Polarlichts wehten über den kristallklaren Sternenhimmel. Ein fantastisches Naturschauspiel, das ihn nach all den Jahren in Alaska immer noch faszinierte. Und darunter, in ein unwirkliches Licht getaucht, die weite und unberührte Einsamkeit der tief verschneiten Chugach Mountains.

Wie lange war er nicht hier gewesen!

Wie Tess brauchte er die grenzenlose Freiheit. Kein Gestern, kein Morgen, nur der Augenblick, der zählt, das Hier und Jetzt. Die Weite Alaskas, die hohen Berge, die endlosen Wälder, die

Stille und die Einsamkeit. Das Gefühl des Unterwegsseins ohne Weg und ohne Ziel war ein wunderschönes Erlebnis. Keine Grenzen, keine Straßen, nur Wildnis. Immer neue Landschaften in diesem Land der Extreme: die eisige Küstenebene des North Slope oben am Nordpolarmeer, das Labyrinth der Flussarme des Yukon mit seinen Sandbänken und Stromschnellen, die Gletscherwelt der Alaska Range, der majestätische Mount Denali, the Great One. Den Gedanken nachhängen. Die Gefühle ausleben. Frei sein. Kein Telefon, kein Geschäftstermin, kein Vorstandsmeeting. Einfach nur leben. Allein, nur für sich selbst.

Er zog auch den anderen Pelzfäustling aus, ließ ihn neben der getönten Schneebrille an der Kordel um seinen Hals hängen und schob die Fellkapuze seines gefütterten Parkas mit indianischer Perlenstickerei zurück. Trotz der Schneeschuhe und der kniehohen Mokassins spürte er bereits die Kälte in sich aufsteigen. Die Müdigkeit. Seit der Morgendämmerung war er unterwegs gewesen. Immer wieder hatte er eine kurze Rast eingelegt. Nicht weil seine Huskys erschöpft gewesen wären – die Hunde liefen bis zum Umfallen. Sondern weil er sich umgesehen hatte, ob er verfolgt würde. Es war noch nicht vorbei. Noch lange nicht.

Die Nachricht von Jasons und Sheenas Tod, die ihm ein Freund überbracht hatte ... Tess ganz allein in der Lodge ... Na ja, vielleicht vermuteten seine Verfolger ihn ja hier ... und vielleicht richtete sich in diesem Augenblick der Lauf einer Winchester auf ihn ...

Unwillkürlich tastete er nach dem geladenen Colt Peacemaker in seinem Patronengurt. Langsam glitt sein Blick an der majestätischen Bergkette auf der anderen Seite des Turnagain Arms entlang nach Westen. Kein bewegter Schatten, kein Schimmern von Stahl, nichts zu sehen, nichts zu hören außer dem Knistern und Knacken des abkühlenden Flugzeugmotors. Und hinter ihm? Sein Blick schweifte über die dicht bewaldeten Berge. Nein, er war allein.

Jetzt kletterte Tess mit Ricky aus dem Cockpit, sprang von der Tragfläche hinunter aufs Eis und sicherte die Vega. Das Öl ließ sie nicht wieder ab. Sie zog auch keine Segeltuchplane über den Motor. Er kannte sie gut genug, um sich zu fragen, was sie wohl vorhatte.

Er zog an seiner Lucky Strike, und während der Rauch sich mit seinem Atemhauch vermischte, lauschte er auf das ferne Heulen der Huskymeute nahe der Lodge. Tess hielt ihr Team in kleinen Hundehütten, die in regelmäßigen Abständen hinter dem großen Haus standen. Die Hunde waren nachts angekettet. Nur Ricky schlief in der Lodge. Er wachte vor ihrem Bett, und manchmal kroch er zu Tess unter die Decke. Der verschmuste Husky schlief gern warm und weich. Und morgens weckte er Tess, indem er für sie sang. Er saß dann vor ihrem Bett, reckte den Kopf und heulte laut Oooooooh-wa-wa-wa-wa, blickte immer wieder zu Tess hinüber, und wenn sie sich nicht rührte, weil sie ausschlafen wollte, sprang er wie ein Verrückter um das Bett herum und heulte einfach weiter. Oooooooh-waaah-oooooooh! Echt toll, dieser Husky. Ein prima Kumpel.

Ricky hatte sein Team noch nicht bemerkt, sonst wäre er kläffend herangeschossen, als hätte er kein Recht mehr, hier zu sein. Aber Bonnie und die anderen?

Er blickte über seine Schulter zurück. Sein Team von Schlittenhunden verhielt sich völlig ruhig. Die Huskys, noch angeschirrt, hatten sich sofort in rasch gegrabene Schneemulden verkrochen und die buschigen Ruten über die wunden Füße und schneebedeckten Schnauzen gelegt. Im Schatten der Fichten warteten sie jetzt geduldig auf ihr Abendessen. Getrockneter Lachs, den er im Fluss hinter seiner Hütte in der Wildnis gefangen und auf Trockengestelle gehängt hatte, zu hoch für einen hungrigen Grizzly. Nach der Fütterung würde er den Huskys die wunden Pfoten mit Seehundtran einreiben. Und ihnen für die Fahrt über den zugefrorenen Fjord die Booties anziehen. Die festen Lederstiefelchen hielten die empfindlichen Hundepfoten warm und schützten sie vor dem rauen Eis.

Auf dem Schlitten lag seine Ausrüstung für das Nachtlager. Der verbeulte Kochtopf, die rußgeschwärzte Kaffeekanne, der hart gefrorene Proviant, den er nachher am Feuer noch auftauen musste. Der Polarhase, den er vorhin geschossen und ausgeweidet hatte, war inzwischen bestimmt hart gefroren. Dazu gab's eine faustgroße Portion Bratkartoffeln mit Speck, die er mit der Axt von dem größeren Stück in seinem Vorratssack abschlagen musste, und vielleicht eine Dose scharfer Chilibohnen, die er in der Glut erhitzen konnte. Nach dem Essen würde er auf Fichtenzweigen neben dem Lagerfeuer seinen Schlafsack aus weichem Kaninchenfell ausbreiten und im Schein des Feuers noch ein bisschen in Jack Londons *Der Ruf der Wildnis* schmökern. Noch vor der ersten Morgendämmerung wollte er zur Absturzstelle hinüberfahren, und er hoffte, die Spuren würden ihn hinführen. Das war er Jason schuldig. Trotz allem, was geschehen war.

Der Mann zog an seiner Lucky Strike, und die Spitze glühte in der kristallklaren Luft auf. Er brauchte jetzt wirklich einen Kaffee. Die Zigarette wärmte ihn nicht. Und bis das Essen aufgetaut war ...

Sein Blick glitt zurück zu Tess, die langsam die breite Holztreppe aus halben Baumstämmen zur Lodge hochstieg. In drei weiten Absätzen führten die wuchtigen Stufen hinauf zum Eingang mit der Schaukel aus Treibholz, die er für Sheena gebaut hatte.

Was für eine Frau! Aufrecht und stark!, dachte er bewundernd, als er Tess mit weit ausgreifenden Schritten in ihrem Fliegeroutfit die Veranda überqueren sah. Was für eine Haltung, mit der sie unerschütterlich dem Schicksal trotzte und unerschrocken dem Tod ins Auge blickte. Was für eine Gelassenheit!

Plötzlich blieb Tess stehen und schaute in seine Richtung. Er erstarrte – hatte sie die Glut seiner Zigarette bemerkt? Nein, nicht auf diese Entfernung! Sie konnte ihn nicht sehen, völlig unmöglich. Er hatte gelernt, wie man sich unsichtbar machte und mit der Wildnis verschmolz, um den Verfolgern zu entkommen. Schließlich hatte er keine Lust, mitten im Nirgendwo zu sterben. Nein, Tess durfte nie erfahren, dass er hier gewesen war. Viel zu gefährlich. Für ihn wie für sie.

Schließlich nahm Tess die Winchester von ihrer Schulter, warf einen kurzen Blick zurück zum Steilufer des Fjords, als spürte sie seine Anwesenheit, und dann verschwand sie mit Ricky im Haus.

Er nahm einen letzten tiefen Zug, drückte die Zigarette am verschneiten Stamm einer Fichte aus und schob die Kippe in die Tasche seines Parkas. Er durfte keine Spuren hinterlassen.

In den wabernden Atemhauch hinein flüsterte er: »Tess, bist du damals, als es um mich ging, auch so taff gewesen?«

# 2

Loslassen ...

Swingend und twistend, mit rhythmisch wippendem Fuß auf dem Gaspedal und schnipsenden Fingern, bog Ronan vom Transverse Drive durch den Golden Gate Park in einen Sandweg nach Westen ein. Die ganze Fahrt vom Brandon House durch die Dünen bis zum Park hatte er schon eine kesse Sohle auf dem Gaspedal bewiesen und ausgelassen lachend den Wind in seinem Haar genossen. Der Kies spritzte auf, als er übermütig Gas gab, mit aufheulendem Motor wieder in den dritten Gang hochschaltete und einen kurzen Spurt bis zum See hinlegte.

Flotte Kiste, der Maybach, besonders ohne Verdeck als Cabriolet. »Ein imposanter, mächtiger Repräsentationswagen, ohne jedoch das Luxuriöse in irgendwie aufdringlicher Form zu betonen. Er verkörpert den höchsten Grad solider Wohlhabenheit, gediegensten Komforts«, so urteilte die Hochglanz-Fachpresse über den neuen Maybach 12. Die Probefahrt vor einigen Wochen mit Tess hatte Ronan überzeugt: Der kraftvolle 150-PS-Motor fuhr sich weich und geschmeidig, und die anderen hochmodernen technischen Raffinessen zauberten selbst Tess ein Lächeln auf die Lippen. Bei ihrem letzten Besuch war sie nicht einmal in Versuchung geraten, an dem Auto herumzuschrauben oder den Motor noch ein wenig zu tunen.

Was für ein Spaßauto!, freute sich Ronan. Wieso bin ich den Maybach eigentlich nicht öfter selbst gefahren?

Okay, da vorn war es, hinter den blühenden Büschen!

Ronan hielt neben dem Wasserfall, der über einen Felsen in den Lloyd Lake hinabrauschte. Im Mondlicht konnte er einige Seemöwen am Ufer des kleinen Sees erkennen. Auf der anderen Seite schimmerte der weiße Marmor des *Portal of the past.*

Ein ganz besonderer Ort.

Mit einem Lächeln schloss er die Augen, um dieses sehnsüchtige, sanft ziehende Gefühl der Glückseligkeit tief in sich zu spüren.

Es ist vorbei. Ich habe mich entschieden.

Tief atmete er durch.

Loslassen.

Kein Kampf mehr, keine Rechtfertigung für meine Entscheidung. Keine Schmerzen. Keine Benommenheit. Keine Verzweiflung.

Nur noch heitere Gelassenheit. Freude. Glück.

Er öffnete die Augen und blickte über den kleinen See hinüber zum Portal der Vergangenheit. Der weiße Porticus mit den klassischen Marmorsäulen war der Überrest eines großartigen Hauses auf dem Nob Hill, das der Big Bang, das Erdbeben von 1906, vollkommen zerstört hatte. Er konnte sich erinnern, wie er nach dem Beben und dem Feuer mit seiner Mom und seinem Dad durch die schwelenden Trümmer geklettert war, um nach Überlebenden zu suchen. Das großartige Brandon Hall war völlig zerstört worden. Aber dieses schöne Portal eines benachbarten Hauses war stehen geblieben. Ronan wusste noch, wie er staunend davorstand, seinen Teddy Snivel fest an die Brust gepresst. Wie er das zerstörte San Francisco durch das Portal hindurch betrachtete, die Staubwolken über den Ruinen, die sich noch nicht gesetzt hatten, die Feuer in den Straßen, die weinenden Menschen, die rastlos zwischen den Trümmern umherirrten, und wie er unwillkürlich das Tor durchquerte. Keine Ahnung, wieso. Er musste es einfach tun.

Heute war dieses Portal für ihn ein Symbol für Beständigkeit und Durchhaltevermögen, ein Tor in eine bessere Zukunft, ungeachtet einer tragischen Vergangenheit voller Leiden und Schmerz.

Eben der richtige Ort, um etwas zu beenden.

Er beugte sich zur Seite, öffnete das Handschuhfach und tastete darin herum. Ein Buch? Er hielt das Cover ins Licht der Straßenlaternen. F. Scott Fitzgeralds *Der große Gatsby*. Der Schmöker gehörte seinem Chauffeur, der darin las, wenn er während der Vorstandssitzungen und Geschäftsessen auf Ronan wartete. Er warf das Buch auf die Rücksitzbank. Da war der Colt. Er wickelte ihn aus dem Tuch und betrachtete ihn. Er war geladen.

Kein Blick zurück, Ronan! Es ist so weit!

Er breitete das ölverschmierte Tuch auf dem weißen Ledersitz neben sich aus und legte den entsicherten Colt darauf.

Entschlossen öffnete er die Tür des Maybach, stieg aus und blickte sich um. Niemand hier.

Tief atmete er die samtweiche Frühlingsluft ein und genoss den Wind in seinem Haar. Okay, die Jacke. Savile Row, London, wo auch gekrönte Häupter ihre Maßanzüge bestellten. Ronan zog sie aus und schleuderte sie auf den Sitz. Dann löste er den perfekt sitzenden Windsorknoten und warf die taubengrau changierende Seidenkrawatte hinterher. Jetzt noch die Schuhe. Salvatore Ferragamo, Los Angeles, handgefertigt, was denn sonst. Mit den Socken stellte er sie aufs Trittbrett unter dem Ersatzreifen vor der Fahrertür. Wie gut sich das kühle Gras zwischen seinen Zehen anfühlte! Mit beiden Füßen auf dem Boden änderte er unwillkürlich seine Haltung, entspannte sich und richtete sich mit einer geschmeidigen Bewegung auf. Beschwingt ging er die wenigen Schritte am See entlang.

Was für eine wundervolle Frühlingsnacht! Der Wind vom Pazifik rauschte in den Wipfeln der Bäume über ihm und streichelte sanft sein Gesicht. Es roch nach Meer und Sand und Algen, nach Pinien und Eukalyptus und dem frischen, kristallklaren Wasser des Creeks, der sich über die Felsen in den kleinen See ergoss. Die Sterne funkelten heller als je zuvor, die Luft war wärmer und seidiger, sein Empfinden war heiterer, die Schmerzen in seinem Kopf waren erträglicher. Ronan fühlte sich leicht, energiegeladen und beschwingt, wie hochgerissen von seinen aufwirbelnden Gefühlen. Diese wundervolle Nacht barg eine Ahnung dessen, was ihn noch erwartete. Ihm war, als erfüllte er sich einen jahrelang gehegten Traum.

Ich freue mich, dass die Quälerei endlich vorbei ist und ich wieder frei und selbstbestimmt leben kann, dachte er. Leben! Fühlen! Freude empfinden, Zuversicht, Hoffnung, Glück!

Da war das *Portal of the past.*

Ein Vierteljahrhundert war es her, dass er es zuletzt berührt hatte – sein ganzes Leben. Es fühlte sich noch genauso an wie damals nach dem Erdbeben: der kühle Marmor, aber auch das Gefühl, in eine andere Zeit hinüberzuschreiten.

Ich werde mich erleichtert fühlen, schwerelos, beschwingt, glücklich, dachte er. So leicht, dass ich fliegen könnte. Und so stark, dass ich die Reise um die Welt durchhalte. Leben will ich, mit allen Sinnen genießen, ausgelassen lachen, glücklich sein. Mit Tess. Unsere Herzen schlagen im selben Takt, schon seit zwanzig Jahren, als wir uns zum ersten Mal begegnet sind. Ich will Tess alles schenken, was sie sich wünscht; den anderen auch, aber vor allem ihr, meiner besten Freundin. Ich will mit ihr leben. Ihr all die ungesagten Worte sagen und mit ihr all die Dinge tun, die ich nie getan habe. Und dann, wenn es nicht mehr anders geht, will ich sie loslassen und ihr dabei in die Augen sehen. Bis zum letzten Augenblick wird sie bei mir bleiben und meine Hand halten. Meine geliebte Tess, die mir meinen Herzenswunsch erfüllen wird. Meine Sternschnuppe, die mich hinauftragen wird in den Himmel.

Seine Hand strich über den kühlen Marmor der Säulen.

Wie kann ich für mich und meine Liebsten Glück, Zufriedenheit und Lebensfreude finden? Wie kann ich mich versöhnen, bevor ich gehe? Wie lieben? Und wie loslassen?

Die Hand fiel entspannt hinunter.

Beherzt stieg Ronan die Stufen hinauf, ging durch das Portal und ließ alles hinter sich zurück.

Mein Leben ist beendet, dachte er. Und in diesem Augenblick beginnt es neu.

Eine zweite Chance, es dieses Mal besser zu machen. Bewusster zu leben, achtsamer, gelassener. Mehr zu träumen und die Träume wahr zu machen. Dankbarkeit zu zeigen und Liebe zu schenken. Alles zu wagen, alles zu geben und im Glück des Schenkens Glückseligkeit zu finden. Die Geschenke müssen nicht groß sein. Ein Telefonanruf bei jemandem, der in Not ist und Zuspruch braucht. Eine zur Versöhnung ausgestreckte Hand. Ein Lächeln voller Freundschaft. In den vergangenen Tagen habe ich intensiv Glücksforschung betrieben. Sind nicht die einzigen Momente, an die wir uns in der Stunde unseres Todes erinnern, diejenigen, in denen wir Freude geschenkt haben, in denen wir einen geliebten Menschen aus ganzem Herzen glücklich gemacht haben?

Er zog sein Notizbuch hervor und schlug es auf. Mit dem Stift, der im Buchrücken steckte, strich er den ersten Wunsch auf seiner kurzen Liste.

*~~1. Loslassen.~~*
*2. Freundschaft, die allem standhält.*

Und so ging es weiter. Es waren nicht viele Wünsche. Und sie waren kein bisschen verrückt. Aber er wollte sich … ja, sich selbst! … so viele wie möglich erfüllen.

Jetzt aber nach Hause! Tess wird bald anrufen! Ob sie unseren Teddy Snivel schon gefunden hat?

Sanft und leise glitt der Maybach durch den nächtlichen Park bis zur Oceanside mit dem breiten Strand. Im Norden, hinter den beiden Windmühlen, ragte der schwarze Schattenriss des Golden Gate in den funkelnden Sternenhimmel. Im Süden spiegelten sich die Lichter von Carville auf den heranrollenden Meereswogen. Bunte Lichtfunken glitzerten über das Wasser, und es sah aus, als wäre ein Regenbogen aus dem Himmel gestürzt und beim Aufprall auf dem Pazifik in eine Milliarde Kristallsplitter zerplatzt.

Tja, Carville! Seit er Tess hier vor einundzwanzig Jahren kennengelernt hatte, hatte sich die abenteuerliche Ansiedlung kaum verändert. Durch das Erdbeben hatten ihr Dad und sie alles verloren und waren vom Flüchtlingslager im Golden Gate Park in eines der über hundert alten, einst von Pferden gezogenen Cars übergesiedelt, die schon vor Jahrzehnten durch die modernen Cable Cars ersetzt worden waren.

Das Strandhaus, in dem Tess mit ihrem Dad in der Strandwildnis südlich des Golden Gate Parks lebte, bestand aus einer Hand voll übereinandergestapelter und durch Treppen und Stege verbundener Cars. Hölzerne Stufen führten über den Abhang einer Düne hinauf zum höchsten Punkt, einem hübschen Puppenhäuschen mit vergilbten Vorhängen vor den Fenstern. Auf beiden Seiten wurde es von zwei Streetcars der California Street Line flankiert.

In dem Wagen, der zum Meer blickte, hatte Tess ihre zerschlissene Matratze und die ramponierte Koffertruhe aufgebaut, in der sie das wenige verwahrte, was sie nach dem Erdbeben aus den Trümmern gerettet hatte. Im Raum unter ihrem Car, dem im feuchten Dünensand vergrabenen Keller, wurden die Vorräte gelagert. Dort war es selbst im heißesten Sommer immer kühl – das Haus hatte nämlich weder Strom für einen Kühlschrank noch Gas oder fließendes Wasser. Aber Tess' Dad, durch das Beben zum Invaliden ohne Job und ohne Einkommen geworden, war ein Improvisationsgenie: Auf dem alten Herd, den Tess mit Treibholz vom Strand befeuerte, brodelte meist ein großer Topf, in dem das Meerwasser kondensiert und auf diese Weise entsalzt wurde.

Was die Rymans zum Leben brauchten, stammte aus den Dünen, vom Strand oder aus dem Meer. Wie oft hatte Ronan Tess auf der Suche nach Essbarem begleitet – manchmal stopften sie sich die Taschen so voll, dass ihnen vom Gewicht die Hosen runterrutschten! Und wie oft hatten seine Mom und sein Dad ihn ein paar Leckerbissen für sie einpacken lassen! Beide respektierten seine enge Freundschaft mit Tess, obwohl die Rymans arm waren und die Brandons reich – wie reich, ahnte Ronan damals noch nicht.

Hey, ich war doch erst acht!, dachte er mit einem wehmütigen Lächeln. Jedenfalls aßen *wir* sonntags keine gebratenen Möweneier zum Frühstück.

Für die beiden kleinen Rotznasen, die das Abenteuer liebten, war das Beach Cottage in Carville der absolute Wahnsinn – viel spannender als das luxuriöse Anwesen seiner Eltern zwei Meilen den Strand hinunter. Das fand übrigens auch Jack London, der eines Tages vor der Tür stand und darum bat, das extravagante Häuschen besichtigen zu dürfen. Obwohl Jack seit seiner Goldgräberzeit am Yukon ein guter Freund von Dad war, lernte Tess ihn doch noch vor Ronan kennen.

Durch die mit Strandhafer bewachsenen Dünen fuhr er weiter nach Süden und ließ Carville und seine mittlerweile im Sand versunkenen und umgekippten Cars hinter sich.

Ihre aufregende Kindheit hatte sie wie Geschwister eng zusammengeschweißt. Wie oft waren Tess und er völlig auf sich allein gestellt gewesen! Andere Freunde? Hatten sie nicht, abgesehen von seinem Cousin Jason und seinem Bruder Tyson, den Mom erst viel später aus New York nach San Francisco holte. Tess und er genügten sich selbst. Sie schliefen manchmal im selben Bett, bei ihr oder bei ihm, spielten mit denselben Spielsachen, besaßen manche Dinge wie ihren Teddy Snivel sogar gemeinsam und steckten eigentlich die ganze Zeit zusammen. Nicht, dass sie gemeinsam ins Kino oder zu einem Baseballspiel im nahen Park gegangen wären, oh nein! Tess hatte kein Geld, nicht einmal einen ganzen Dollar in ihrer Sparsocke. Und sie war auch viel zu stolz, um das Taschengeld anzunehmen, das seine Mom und sein Dad ihm immer wieder zusteckten, damit er es mit seiner besten Freundin teilte.

Ja, Tess und er waren unzertrennlich. In hochgekrempelten Latzhosen lagen sie eng nebeneinander auf dem sandigen Boden ihres Zimmers und lasen gemeinsam in denselben Comics. Mit ihren Fahrrädern zogen sie los, um die Welt zu erkunden. Weder Mom noch Dad setzten ihm enge Grenzen, er musste nur zum Abendessen wieder zu Hause sein. Und diese absolute Freiheit nutzten Tess und er gehörig aus. Einmal hatten sie einen Pappkarton von Del Monte zerlegt und waren auf der ausgebreiteten Pappe kopfüber die großen Dünen hinuntergeschlittert. War das ein Spaß! Ein andermal hatten sie die Räder seines Seifenkistenrenners abgeschraubt und die alte Holzkiste auf ein Paar Ski montiert. Randy, Dads weißer Husky, hatte diesen Schlitten mit Ronan hinten auf den Kufen und Tess vorne in der Sperrholzkiste durch die Dünen gezogen – Tess' Ricky war der Enkel von Randy; vor sechs Jahren hatte er ihr das flauschige Fellknäuel geschenkt.

Immer gab's was Interessantes zu erleben, und selbst wenn Schüsse fielen, was in Carville damals hin und wieder vorkam, hatten die beiden Kids keine Angst. Nichts wie hin und gucken, was los war! Ganz schön mutig, dachte Ronan heute. Allerdings war Tess damals schon taffer und smarter als er. Vor nichts hatte sie Angst. Nicht einmal vor Moms Winchester, mit der sie nur so zum Spaß in den Dünen herumballerte.

Ja, er hatte eine glückliche Kindheit gehabt. Aber nicht, weil er als der Sohn und Erbe von Shannon und Josh Brandon immer genügend Taschengeld zur Hand hatte und einen Haufen toller Spielsachen besaß. Sondern weil seine Eltern ihm jede Freiheit ließen. Und weil er eine beste Freundin hatte, die immer zu ihm hielt und ihn nie verließ.

Wir waren füreinander bestimmt, das haben wir von Anfang an

gespürt, dachte er und umklammerte das vibrierende Lenkrad. Sein ganzes Leben war er auf der Suche nach einer Frau wie Tess, die alles in sich vereinte, was er sich erträumte, mit der er wie mit ihr befreundet sein konnte, die er wie sie lieben konnte, mit der er glücklich sein konnte, wie mit Tess.

Nein, Tess hatte ihn nie verlassen. Ronan war es, der sie hatte sitzen lassen, als er für einige Monate nach Kapstadt, Paris, London und New York ging, um sich dort um das Unternehmen zu kümmern. Nichts in seinem Leben hatte er so sehr bereut wie die Entscheidung, sich in eine andere als seine beste Freundin zu verlieben und sie zu heiraten. Seine Ehe mit Lynne war gescheitert. Was blieb, war sein kleiner Sohn. Ronan wünschte, Tess wäre Caydens Mommy. Er wünschte, sie wäre jetzt hier. Und er könnte sie in ihrer Trauer trösten.

Das weiche Schlingern und harte Holpern des Maybach auf der lockeren Sandpiste machte seinen Kopf frei. Das war's gewesen, was ihm in den letzten Jahren am meisten gefehlt hatte: diese ungestüme Wildheit, aus allen gesellschaftlichen Konventionen auszubrechen. Wegen der langen Arbeitsstunden war ihm viel zu wenig Freizeit geblieben. Ein bisschen Spaß haben? Keine Zeit! Ein Risiko eingehen? Völlig undenkbar! Wie sollte er denn wie damals, als er nur so zum Spaß für die Tour de France trainierte, seine Radtouren durchs Marin County mit einem Tross Leibwächter um ihn herum durchführen? Tja, in den letzten Jahren war er kaum noch gefahren und seit seinem Zusammenbruch vor zwei Jahren überhaupt nicht mehr.

Aber damit ist jetzt Schluss!

Abrupt riss er das Lenkrad herum und steuerte den Maybach in die Dünen hinein. Der schwere Wagen schlingerte. Sandfontänen spritzten in den tiefen Reifenspuren hinter ihm auf und prasselten auf ihn nieder.

»Yes, Sir, this will be a rough ride!«, rief er ausgelassen.

Er gab noch mehr Gas und jagte mit aufheulendem Motor und durchdrehenden Rädern eine Düne hinauf.

Oh Mann, bringt das Spaß, voll aufzudrehen! Ich muss mich ein bisschen austoben, einfach mal total verrückt sein! Na los, Ronan, die nächste Düne! Mit Vollgas!

Tess hätte gewusst, wie viel Luft sie aus den Reifen lassen musste, um im lockeren Sand nicht stecken zu bleiben, aber Ronan hatte keine Ahnung. Und es war ihm auch vollkommen egal.

Mit Schwung schoss er einen steilen Sandhügel hinauf und hob auf dem Dünenkamm beinahe ab. Einfach fantastisch!

Tess würde sich vor Lachen nicht mehr einkriegen.

»Yay!«, brüllte er ausgelassen lachend aus purer Lebensfreude in die Nacht hinaus. *»Yahoohoohoohoo!«*

In Tess' Arbeitszimmer in der Lodge hing ein Mobile mit streichholzschachtelgroßen Flugzeugmodellen. Sheena hatte die kleinen Flieger aus glänzendem Metall immer angestoßen, damit sie umeinanderwirbelten. Dafür war sie kichernd auf den Schreibtisch geklettert, der jetzt mit den Plänen für die Welttour übersät war.

Die Geschäftsunterlagen der Tyrell-Unternehmen, in die Tess sich nach Jasons Tod eingearbeitet hatte, lagen in einem unordentlichen Haufen neben dem Schreibtisch auf dem Boden: Die Berichte über die Einnahmen aus dem Ölgeschäft der Tyrell Oil Co. – das Unternehmen, das in Alaska und Kalifornien arbeitete, spielte eine wichtige Rolle auf dem Welt-Rohölmarkt. Die Fördermengen von Gold, Kupfer, Silber, Blei, Zinn, Eisen und Kohle der Tyrell Mining Co. Der Jahresbericht der Tyrell Paper Co., die die Holz- und Papierindustrie in Alaska souverän beherrschte. Die Fangquoten der Tyrell Fishing Co., die Lachs und Kabeljau aus der Beringsee in die Lower Fortyeight exportierte. Und die

Unterlagen für die Vorstandssitzung der Tyrell Commercial Co., die nach Shannons Machtübernahme im Jahr 1906 aus Caitlin Tyrells altem Unternehmen hervorgegangen war, dem damals weltgrößten Pelzlieferanten und finanzstärksten Handelsunternehmen im Westen der USA. Die Company importierte Fleisch, Obst und Gemüse, Kaffee und Tee, Delikatessen aus San Francisco, Kleidung für extreme Bedingungen, Ski- und Angelausrüstungen, Waffen und Munition, Geschirr und Haushaltsgeräte, aber auch Werkzeug für die eigenen Supermärkte in allen größeren Städten Alaskas. Außerdem exportierte das Unternehmen Pelze in alle Welt. Es gab sogar einen How-do-you-know-you're-in-Alaska?-Witz über die Tyrell-Stores: Wie nennt man drei Alaskaner an einem Lagerfeuer? Einen Menschenauflauf. Und wie nennt man fünfzig schlammbespritzte Ford Pick-ups, die in einer langen Reihe stehen? Einen Parkplatz vor einem Tyrell's.

Ihr Blick schweifte zurück zum Schreibtisch.

Unter den Büchern von Charles Lindbergh und Amelia Earhart lagen die kopierten Logbücher von drei Doppeldeckern, die von Seattle aus um die ganze Welt geflogen waren, und der Bericht einer Flugexpedition zum Nordpol. Daneben hatte Tess ihre Weltkarte ausgerollt, auf der sie ihre Flugroute entlang des Äquators nach Westen eingetragen hatte. Sie wollte Dawn-to-Dusk fliegen, also bei Tagesanbruch starten, so lange wie möglich mit dem Lauf der Sonne fliegen, bevor diese vor ihrem Cockpitfenster im Westen unterging, und während der Dämmerung auf dem vorbereiteten Airstrip landen. Neben den Karten stapelten sich Berichte über den Stand der Vorbereitungen für ihre Landungen, Rechnungen über Treibstofflieferungen und Meldungen über den Zustand der Landepisten in der Wildnis.

Okay, es war gefährlich. Aber schon als Kind waren ihre Abenteuer riskant gewesen. Ronan hatte so manches Mal der Atem gestockt, wenn sie gemeinsam die Dünen nahe dem Haus der Brandons durchstreiften. Aber Tess machte es einfach Spaß, Dinge zu erleben, die neu für sie waren, und Sachen auszuprobieren, die noch nie jemand versucht hatte. Shannon hatte sie nie ermahnt, nicht über die Mauer zu klettern, um in den Garten hinunterzuspringen, sondern das schmiedeeiserne Gartentor zu benutzen, wie junge Ladys es tun sollten. Sie hatte Tess nie gebeten, ein weißes Kleidchen zu tragen, rosa Schleifchen ins Haar zu binden oder ihr langes blondes Haar zu niedlichen Löckchen zu drehen. Oh nein, Ronans Mom hatte sogar genügend Nervenstärke gehabt, Tess ihre Winchester zu leihen, als sie zehn war, damit Ronan und sie in den Dünen des Sunset District auf die Jagd gehen konnten. In der Wildnis westlich der 19th Avenue gab es damals noch viele Hasen und Eichhörnchen, die wie die Irren durch die bunten Wildblumen und das hohe Dünengras flitzten.

In ihrer Fantasie kämpften ihr bester Freund und sie sich durch die Dschungel Indiens, die Savannen Afrikas und die Gletscher Alaskas und erlebten ihre aufregenden Abenteuer. Jason, schon von klein auf Ronans Kumpel und im gleichen Alter wie sie beide, begleitete Ronan und Tess hin und wieder, wenn sie mit ihren Seifenkisten, den Fahrrädern oder den Pferden die Gegend unsicher machten.

Trotz Jeans und dickem Norwegerpullover fröstelte Tess. Ihr Butler hatte ihr eine Tasse frisch gebrühten Kaffee auf den Schreibtisch gestellt. Tess versetzte ihn mit einem Schuss Whiskey, trank einen Schluck und verließ mit der Tasse ihr Arbeitszimmer, um in Sheenas Zimmer zu gehen.

Langsam stieg sie die Treppe zur offenen Galerie über dem großen Salon hinauf und warf einen Bick hinunter zum flackernden Kamin. Die Lodge sah aus wie ein kalifornisches Landhaus. Warme Holztöne, grob behauener Stein um den offenen Kamin und ein verspieltes, elegantes Streifen- und Blümchenmuster in Pastelltönen auf dem Sofa, den Sesseln und den passenden Quilts und Kissen. Der Couchtisch war eine alte Reisetruhe, die schon ziemlich ramponiert aussah. Darauf stand immer eine Schale mit frischem Obst. Und natürlich Jasons Whiskey-Sammlung mit berühmten Marken aus aller Welt: honigfarbener Glenmorangie, achtzehn Jahre alter Glenfiddich und ein rauchiger, torfiger Laphroaig, den Tess bevorzugte. Sehr gemütlich, das alles, besonders an langen Winterabenden vor dem Kamin, mit einem Single Malt, einem Kaffee und einem Brettspiel, das Sheena in einem Kaufhaus am Union Square in San Francisco entdeckt hatte. Es hieß Monopoly. Jason hatte es leidenschaftlich gern gespielt, und am Ende gehörte ihm immer das halbe Spielbrett und das größte Vermögen.

Tess lehnte sich gegen das Geländer der Galerie. Wie groß das Haus plötzlich geworden war, wie still, wie leer. Aber voller Erinnerungen. Sheena in der offenen Schlafzimmertür, ihren Teddy unter dem Arm, ihre Kuscheldecke im Schlepptau: »Mommy, Daddy, seid ihr schon wach? Darf ich zu euch ins Bett, ein bisschen kuscheln?« Oder Jason, der sich so was von lässig auf seinen Huskyschlitten schwang, um nach einem gemütlichen Winterwochenende in der Wildnis nach Anchorage zurückzufahren. Schöne, heitere Erinnerungen an eine glücklichere Zeit – scharfkantige, schmerzende Splitter eines zerbrochenen Lebens.

Wie eine Woge eiskalten Wassers überkam Tess das Gefühl der Einsamkeit, und ihr Herz begann wieder wie panisch zu pochen. Tief durchatmend trank sie einen Schluck getunten Kaffee und ging weiter hinauf zum Kinderzimmer.

Na klar, der Abenteuerspielplatz ihrer Tochter war der größte Raum der Lodge. Auf dem Bett lag der Quilt, den Tess genäht hatte, als Sheena noch ganz klein war und auf einem Kopfkissen in einem Pappkarton mit Del-Monte-Logo schlief, und in den Regalen saßen Stofftiere, Eisbären mit schwarzen Knopfaugen, grinsende Huskys und Elche mit Plüschgeweih. Wehmütig blickten sie auf das viele Spielzeug und die Comicheftchen, die über den Boden verteilt lagen.

Von der hohen Decke des ausgebauten Dachbodens hing das Seifenkisten-Flugzeug, das Tess für Sheena, nein, eigentlich für sie beide gebaut hatte. Corey hatte ihr damals geholfen, das sperrige Ding an die Deckenbalken zu hängen, und was hatten sie für einen Spaß gehabt! Sie hatten Tränen gelacht. Das Flugzeug aus alten Bauteilen ihrer geschrotteten Maschinen war so groß wie Ronans schwarzer Maybach und hatte sogar einen echten Motor hinter dem Propeller. Einen Pratt & Whitney, wie ihre Vega, allerdings nicht verschmiert mit Öl und Ruß, sondern silbrig schimmernd und glänzend poliert. Nur eine durchgeknallte Zündkerze fehlte, aber das hatte ihre kleine Abenteurerin nie gestört.

Über die fest am Boden montierte Leiter kletterte Tess ins offene Cockpit ihres Fantasie-Flugzeugs und hockte sich mit angezogenen Beinen auf den Pilotensitz. Den Kopf zurückgelehnt, die Augen geschlossen, genoss sie das sanfte Schwingen des Flugzeugs und versuchte, ihre Tochter neben sich zu spüren, die jeden Tag ein bisschen mehr aus ihrem Leben verschwand. Aber Tess konnte sich noch an ihre Stimme und ihr Lachen erinnern. Und wie ihre Augen funkelten, wenn sie in diesem Soap-Box-Flugzeug ihre virtuellen Reisen unternahmen. Gemeinsam hatten sie in Sheenas Weltatlas geblättert. Wohin? Nach Kalifornien! Nach Hawaii! Nach Australien! Oder über den Nordpol hinweg nach Europa und Afrika! Mit einem fröhlichen »Au ja, Mommy!« hatten sie dann in Gedanken abgehoben. Hinter den Sitzen lag immer ihr Reiseproviant: herrlich klebrige Milky-Way-Riegel, die Tess während ihrer Langstreckenflüge selbst gern verputzte, und zerbröselte Oreo-Kekse. Unter der Blechbox mit dem Proviant lag Coreys alte Winterausrüstung aus pelzgefüttertem Parka und dicken Mokassins sowie einer Schneebrille – falls Sheena und sie mal irgendwo in den Bergen hätten notlanden müssen. Genug zum Lesen hätten sie dann auch gehabt: einen Stapel zerfledderter *Cosmopolitan* und *Life* mit den Artikeln über Tess' abenteuerlichen Lebensstil, ihr selbstbewusstes Eintreten für die Rechte der

Frauen, ihre spektakulären Flugrekorde, die geplante Welttour und den Film, der in Hollywood über sie gedreht worden war. Oh nein, im Fall einer Notlandung wäre ihnen wirklich nicht langweilig geworden.

Ihre Flüge. Ihre Touren. Ihre gemeinsame Lebensreise.

Wie viele verträumte Stunden hatten sie in ihrem sanft schaukelnden Flugzeug verbracht, über dem Boden schwebend, kichernd, lachend. Mit Sheena zu spielen hieß, ihre Kraft zu spüren, ihr sanftes Wesen, ihre Liebe. In einem linierten Schulheft hatte ihre Kleine ein Logbuch über die gemeinsamen Flüge angelegt. Flughöhe. Destination. Flugdauer. *Ostralien, viele Kengorus gesichtet. Der Spritt geht uns aus. Wir müssen bald im Outback runtergehn, und das ist ganz doll gefärlich, sagt Mommy. Weil, da giebts häftige Sandstürme*, stand da in krakeliger Kinderschrift, und: *Kanada, Nordwestpasage, Eisbeeren auf dem Packeis. Nur noch ein paar Stunden bis zum Nordpol, sagt Mommy. Es wäre echt toll, wenn wir die Renntiere von Santa Claus sehen können. Wenn wir über den Pol rüberfliegen, will ich meinen Wunschzettel für Weihnachten um eine Orange rumwickeln und im Tiefflug über seinem Iglu abwerfen.*

Sheenas Wunschliste war kurz gewesen, sie hatte nur einen sehnlichen Wunsch: Über die Feiertage wollte sie Mommy nach San Francisco begleiten, um mit Ronan und seinem kleinen Sohn Weihnachten zu feiern. So selten die beiden Kinder sich sahen, waren sie doch die besten Freunde. Wie Ronan und Tess damals, als sie in ihrem Alter waren. Unzertrennlich.

Auf Sheenas Sitz lag noch der Chiffonschal, den sie sich immer schwungvoll über die Schultern warf, wenn sie gemeinsam ins Reich der Fantasie starteten. Und da war auch eine der Haarklammern, mit der Sheena genau wie Tess vor einem Flug ihre langen blonden Haare zusammenband. Sheena hatte oft Jeans getragen, auch in der Schule in Anchorage, weil sie Kleider einfach nicht mochte. Das hatte sie von ihr. Shannon hatte Tess nie gezwungen, etwas anzuziehen, das sie nicht ausstehen konnte, oder etwas darzustellen, was sie nicht sein wollte. Ronans Mom hatte sie genommen, wie sie war. Mit einem Schraubenzieher in der Tasche ihrer ölverschmierten Levi's und einem verwischten Rußfleck im Gesicht hatte Tess oft Shannons schmucke DeHavilland gewartet, nachdem sie von ihr das Fliegen gelernt hatte.

Ihre Hände zitterten, und sie rang plötzlich wieder mit den Tränen, als sie Sheenas Fliegerschal fest an ihr Gesicht drückte und den vertrauten Duft einatmete. Es gab Tage, da hielt sie den Schmerz einfach nicht mehr aus. Er packte sie wie panisch, und ihr Herz raste plötzlich, als ihr bewusst wurde, dass sie ihre kleine Tochter nicht mehr neben sich spüren konnte. Dass sie Sheena nie mehr im Arm halten würde, wenn sie sie ins Bett brachte und noch ein bisschen mit ihr kuschelte, dass sie nie mehr mit ihr lachen und träumen konnte, wenn sie ihre Fantasiereisen unternahmen, dass sie sie nie mehr beschützen konnte, wie eine Mommy es tun sollte.

Mein Kind ist tot, dachte Tess. Alles, was meine Kleine sich erträumte, alles, was ich mir für sie wünschte, wird nie mehr werden. Was bleibt, ist meine unstillbare Sehnsucht nach meiner Tochter, meinem verschmusten Baby Bear, meine tiefe Liebe zu ihr und die vielen Erinnerungen an unser aufregendes Leben. Was bleibt, sind die Schmerzen in meinen verkrampften Armen, die das Kind, das mir fortgerissen wurde, verzweifelt festhalten wollen.

Es war still im Haus, und Tess spürte wieder, wie allein sie jetzt war. In der Stille der Einsamkeit stiegen erneut die Gefühle in ihr auf, die schmerzliche Trauer, die resignierte Wut, als Ehefrau so vieles falsch gemacht zu haben, die Angst, als Mutter versagt zu haben, weil sie nicht genug Zeit mit ihrer Tochter verbracht hatte, aber am stärksten war die Sehnsucht nach ihren Liebsten.

Jason war fort, aber er hatte Spuren in ihrem Herzen hinterlassen, die nie verwehen würden. Nie mehr würde er wiederkommen. Nie mehr würde sie ihn zum Abschied umarmen, wenn sie zu einer ihrer Flugexpeditionen aufbrach, nie mehr küssen, bevor sie ihn auf der Landebahn vor dem Hauptquartier des Unternehmens in Anchorage absetzte. Nie mehr mit ihm herumalbern, nie mehr ausgelassen mit ihm lachen. Wie wenig Zeit war ihnen geblieben! Und wie viel davon hatten sie vergeudet! Am liebsten würde sie ihren Streit ungeschehen machen und jedes Wort zurücknehmen, das sie ihm an den Kopf geworfen hatte. All die unzähligen »Hätte ich nur ...« und »Wäre ich bloß ...«, die Tess seit Tagen mit sich herumschleppte! Nach all den Jahren hatte Jason sich noch ein Kind gewünscht, ausgerechnet er, der am Anfang überhaupt nicht Sheenas Daddy sein wollte, der mit seiner süßen kleinen Tochter jahrelang nichts anfangen konnte! Und auch Sheena hätte sich über ein Brüderchen oder Schwesterchen gefreut. Dieser Herzenswunsch stand auf ihrem Weihnachtswunschzettel, gleich unter dem Wunsch, dass Corey bitte, *bitte* zu ihr zurückkehren sollte, obwohl Daddy ja jetzt endlich für sie da war.

Wie gern hätte Tess nur Erinnerungen an die guten Zeiten gehabt, aber die schlechten überwogen bei Weitem. Jason war nie ihre große Liebe gewesen. Ihr Kind gemeinsam zu erziehen, es liebzuhaben, es zu beschützen, das hatte sie zusammengeschweißt. Jason und sie waren sich einfach zu ähnlich: eigensinnig, taff, immer auf dem Sprung und immer auf der Suche nach dem großen Abenteuer.

Das Flugzeug war zum Stillstand gekommen. Ihre Reise in die Vergangenheit war beendet.

Ein jähes Geräusch schreckte sie auf. Die Huskys begannen plötzlich ganz aufgeregt zu kläffen. Tess stellte sich vor, wie sie aus ihren Schneemulden hopsten, mit aufgestellten Ruten um sich blickten und anschlugen. Irgendetwas war geschehen.

Sie stellte die leere Tasse weg, sprang aus dem schwankenden Flugzeug und stürmte die Treppe hinunter. Wo war ihr Parka? Ah, da! Und die Winchester? Okay, und los!

Sie lud durch, entsicherte und ging mit dem Gewehr im Anschlag nach draußen. Ricky sprang vom Sofa vor dem Kamin und folgte ihr auf die Lichtung hinter der Lodge.

Als die Hunde Tess bemerkten, beruhigten sie sich allmählich wieder. Aufmerksam schaute sie sich um. Nichts zu sehen.

Wieso waren die Huskys nicht ausgeschwärmt? Sie waren noch nicht angekettet! Und sie jagten für ihr Leben gern!

Sie ging zu ihnen hinüber. »Was war denn los? Wieso regt ihr euch so auf?«

Bonnie, die im Team hinter Ricky lief, hob den Kopf und heulte mit voller Lautstärke los.

Tess umarmte sie und rang zum Spaß ein bisschen mit ihr. Bonnie schnappte nach ihrer Hand und biss zärtlich zu. »Ist ja gut, Süße.« Tess kraulte das dichte Fell in ihrem Nacken.

Als Sheena gerade krabbeln gelernt hatte, war es Bonnie gewesen, die sich ihrer angenommen hatte. Während die Kleine über den Boden robbte, war Bonnie immer hinter ihr, die Schnauze immer dicht über dem Pullover, um notfalls zuzuschnappen und das süße Baby festzuhalten, das so toll quietschen konnte. Bonnie konnte Sheena so sehr zum Lachen bringen, dass die Kleine sich verschluckte und sich überhaupt nicht mehr einkriegte. Und die beiden sangen zusammen: Sheena hockte mit zurückgeklappten Beinen auf dem Boden und brabbelte vergnügt ihr Wawawawa, während Bonnie schön laut dazu heulte. Tess wusste nicht, wer von beiden lauter sang. Aber egal, Bonnie wusste, wie sie Sheena, wenn sie mal weinte, wieder beruhigen konnte: Sie redete mit ihr. Nein, ehrlich: Sie schnaufte und winselte und jaulte und knurrte, und Sheena antwortete ihr, als verstünde sie, was Bonnie zu ihr sagte.

Tess erhob sich und schnappte sich den Lacrosseschläger, der am Vorratslager mit dem getrockneten Lachs für die Hunde lehnte. Der Stick hatte einen Schlägerkopf mit einem taschenförmigen Netz. Die Hunde richteten sich mit aufgestellten Ohren und bebenden Flanken in ihren Schneebetten auf und winselten – sie wussten, was jetzt kam! Sie nahm ein gefrorenes Stück Lachs, das Deke Clayton vorhin aus der Vorratshütte geholt hatte, und wog es in der Hand. Die Huskys ließen sie nicht aus den Augen, als sie es ins Netz legte, den Schläger mit beiden Händen packte und den getrockneten Fisch mit aller Kraft über das weite Schneefeld schleuderte. »Bonnie! Na los, hol's dir!«

Der Schnee spritzte auf, als Bonnie lospreschte und über den Schnee flitzte. Die anderen, die zurückblieben, tänzelten vor und zurück und winselten schrill, aber keiner machte ihr die Portion streitig.

Tess legte das zweite Lachsstück ins Netz und schwang den Lacrosseschläger. Mit Schwung flog das Stück in eine andere Richtung. Auf diese Weise fütterte sie alle Huskys. Als Letztem gab sie Ricky seine Portion, und als der Leithund ihres Teams zu ihr zurücktrottete, knuddelte sie ihn und schmuste mit ihm: »Du bist ein prima Kerl, mein Großer.«

Sie klopfte dem Husky auf die Flanken, warf den Lacrosseschläger in den Schnee und machte sich daran, die Hunde für die Nacht an die Ketten zu legen.

Noch ein letzter Rundgang um die Lodge, dann stieg Tess die Stufen zur Veranda mit Blick auf den Fjord hinauf.

Abrupt blieb sie stehen. Was war das denn?

Vor der Tür stand ein Koffer.

Sie kniete sich hin und öffnete ihn.

Ein Haufen Fotos. Ein verschnürter Stapel Briefe, alle von ihr. Ein Teddy – es war Snivel, und er trug immer noch den halb aufgeräufelten Strickpullover mit dem niedlichen *Hug me!* vorne drauf!

Snivel, mein Kuschelbär aus Kindertagen!, dachte sie, und ihr

Herz machte vor Freude einen Satz. Nein, eigentlich hat er ihm und mir gemeinsam gehört.

Oh, Ronan!

Das war die liebevolle Zuwendung, das herzliche In-den-Arm-genommen-Werden, das sie jetzt am meisten brauchte! Ihr bester Freund wusste, wie wichtig es war, die schönen Momente zu beleben, damit die Trauer die Heiterkeit des Lebens nicht erdrückte. Und die ruhige Gelassenheit, die dabei half, den Verlust zu verschmerzen und zu verkraften, um irgendwann gestärkt weiterzuleben.

Na klar, der Koffer stammte von ihm. Das verriet ihr die Karte, die unter dem dreißig Jahre alten Teddy hervorlugte.

*Tess, mein Liebes!*

*Weißt du, welches der kostbarste Augenblick in meinem Leben war?*

# 3

Ronan parkte den Maybach in der Auffahrt des großen Hauses, und sein Butler öffnete ihm die Tür.

Mit der Jacke über der Schulter und der gefalteten Krawatte in der Hemdtasche schlenderte er so entspannt zu ihm hinüber, dass der Butler die Augenbrauen hochzog. Kein Missfallen über sein lässiges Auftreten, nein, eine deutliche Warnung, dass irgendetwas geschehen war.

Mr Mulberry, mittlerweile dreiundsiebzig, kannte Ronan schon sein ganzes Leben lang. Er war der Butler von Rob Conroy, der sein Stiefvater gewesen war, bevor seine Mom seinen Dad heiratete und eine Brandon wurde. Den Namen ihres ersten Mannes hatte sie nie abgelegt. Er auch nicht, weil er so die Erinnerung an ihn, seinen *anderen* Daddy, bewahren wollte: Er hieß immer noch Ronan Conroy Brandon. Komplizierte Familie? Stimmt, das schrieb Will Hearsts Klatschpresse auch immer wieder. Zum Glück immer nur auf Seite zwei und nie zwischen den Sensationen und Skandalen auf Seite eins. Aber das konnte sich mit seiner Scheidung ändern.

»Guten Abend, Sir.« Der Butler wich zurück, damit er das Foyer betreten konnte, eine Sinfonie in leuchtendem Blau, weißem Marmor und funkelndem Kristall. Eleanor Roosevelt fand es sogar großartiger als die Entrance Hall im Weißen Haus.

Mit einer Würde, die Ronan immer wieder erstaunte, nahm Mr Mulberry ihm die Krawatte und die Jacke ab, aus der er zuvor sein kleines Notizbüchlein genommen hatte. Es war schon ein seltsames Gefühl, von dem Mann, der ihm schon die Windeln gewechselt hatte, devot mit Sir angeredet zu werden.

»Mr Mulberry.« Er nickte ihm zu. »Ist mein Vater noch wach?«

»Nein, Sir.«

»Und mein Sohn?«

»Ja, Sir. Cayden hat nach Ihnen gefragt.«

»Ich bringe ihn gleich ins Bett.«

Der Butler neigte den Kopf. »Mrs Brandon, ich meine die ehemalige Mrs Brandon, und Mr Conroy wollten Sie vorhin sprechen, Sir.«

»Wegen der Scheidung?« Sie war heute Morgen vollzogen worden. Ehevertrag, Unterhalt, Vermögenstrennung, das alles lag seit heute hinter Ronan. Allerdings kämpfte Lynne nach wie vor um das Sorgerecht für Cayden. Natürlich tat sie das – es ging um sein Erbe, um Reichtum und Macht. Um das Klimpergeld von rund einer Milliarde Dollar, ihre Perlen und Diamanten und ihre spektakulären Abendkleider von Balenciaga und Chanel nicht mitgerechnet.

»Nein, Sir. Wie ich Ihren Bruder verstanden habe, will er Ihre Frau, bitte verzeihen Sie, Ihre geschiedene Frau so schnell wie möglich heiraten.«

»Sieh mal einer an. Ist meine künftige Schwägerin schon schwanger?«

Mr Mulberry zuckte kaum wahrnehmbar mit den Schultern. »Ich habe gehört ...«

»Was?«, fragte Ronan nach.

»Sir, der Assistent von Mr Conroy hat mir erzählt, dass er bei Tiffany's in New York angerufen und einen Brillantring bestellt hat. Weißgold massiv, zwei Karat.« Er lächelte verhalten. »Ein Karat für jedes Jahr ihrer ...« Das Wort Affäre schluckte er herunter und sagte stattdessen: »... Liebe. Bitte verzeihen Sie, Sir.«

Ronan winkte ab. »Schon gut, Mr Mulberry.«

»Ihr Bruder freut sich offenbar darauf, endlich Vater zu werden.«

Kann ich mir vorstellen, Tyson! Du brauchst einen Erben! Und wenn Lynne dir einen Sohn schenkt, ist dieses Kind Caydens Bruder. Was sind wir Brandon-Conroy-Tyrells doch für eine komplizierte Familie!

Er nickte dem Butler zu. »Danke, Mr Mulberry. Ich werde morgen mit Tyson und Lynne sprechen, bevor ich ins Büro fahre. Frühstück um sieben, Abfahrt in die City um acht. Der Rolls-Royce, mein Chauffeur und vier Bodyguards. Rufen Sie meinen Sekretär an und fragen Sie ihn nach meinen Terminen. Ich denke, gegen Mittag bin ich zurück. Ich muss noch einiges vorbereiten. Sie wissen schon ...«

»Ja, Sir.«

»Ich werde jetzt Cayden ins Bett stecken und möchte nicht mehr gestört werden.«

»Wie Sie wünschen, Sir.«

»Wenn Tess Tyrell anruft ... stellen Sie sie durch.«

»Ins Kinderzimmer?«

»Ja, bitte.«

»Darf ich Ihnen noch etwas bringen, Sir? Einen frisch gepressten Orangensaft vielleicht?«

»Nein danke, Mr Mulberry. Und gute Nacht.«

»Gute Nacht, Sir. Schlafen Sie gut.«

Ronan strich ihm über die Schulter, und der Butler lächelte voller Wärme zurück.

Auf dem Schreibtisch in seinem Arbeitszimmer stand die Schublade mit seinem Tagebuch, den Briefen und Fotos, die Ronan zurückbehalten hatte, als er seine schönsten Erinnerungen an Tess geschickt hatte.

Einen versonnenen Augenblick lang blätterte er in einem Fotoalbum. Viele der schwarzen Seiten waren leer bis auf die Fotoecken. Und die weiße Schrift darunter, die die Szenen beschrieb, die nun aus seinem Leben gerissen worden waren. Das meiste hatte Mom geschrieben: *Ronan und Tess touren mit ihren Fahrrädern und ihren Schlafsäcken durch ganz Kalifornien* und *Ronan und Tess studieren in Stanford.* Aber einiges stammte auch von Dad: *Ronan blickt zum Himmel, wo Tess einen neuen Höhenrekord aufstellt.*

Ein Gedanke schoss ihm durch den Kopf: Die leeren schwarzen Seiten – das ist der Teil meines Lebens, in dem ich wirklich gelebt habe.

Er atmete tief durch, klemmte sich die schwere Schublade unter den Arm und ging hinauf ins Kinderzimmer.

Cayden hopste auf dem großen Bett mit dem niedlichen Bärchenmuster herum. Sein Kleiner steckte schon in seinem Schlafanzug, einem weißen Baseballoutfit, und schwang den Schläger. »Hi, Daddy!«

»Hi, Süßer!« Durch eine Sedimentschicht aus Spielzeug kämpfte er sich bis zum Kamin vor und stellte die Schublade neben dem flackernden Feuer auf den Boden. Das Kinderzimmer sah aus, als wäre ein Tornado hindurchgefegt – also genauso wie damals, als Tess und er als Kinder hier gespielt hatten. Aufräumen? Nee, oder?

Als er sich umdrehte, warf Cayden sich in seine Arme und grinste von einem Ohr zum anderen. »Spielst du mit mir, Daddy?«

Tief atmete Ronan den Kinderduft ein. Sein verwuscheltes Haar roch nach dem Shampoo, das Lynne für ihre Kosmetiklinie entwickelt hatte. Sandelholz. Und noch etwas anderes, etwas Süßes, aber doch Männliches. Er kam nicht drauf. Ronan schmatzte seinem Kleinen einen Kuss auf die Wange. »Also, du wirfst die Bälle, und ich . . .«

»Nein!« Cayden kicherte auf seinem Arm. »Du bist der Pitcher!«

»Und du haust mir als Batter den Ball um die Ohren?«

»Au ja!«, rief Cayden.

»Na gut, einen Homerun! Mit Anlauf ins Bett! Es ist schon

nach Mitternacht!« Ronan stellte ihn auf den Boden, und Cayden schnappte sich seinen Schläger und warf ihm einen Softball zu. Dann ging er auf dem Bett in Position, Schläger über der rechten Schulter, Beine gespreizt für einen sicheren Stand.

Ronan täuschte an, und sein Kleiner schwang den Schläger voll durch und kippte auf der schwankenden Matratze kichernd um. Okay, noch mal! Cayden rappelte sich grinsend wieder hoch und hob den Schläger über den Kopf. Ronan warf den Ball so, dass Cayden ihn gerade noch erwischen konnte.

Der Ball knallte mit voller Wucht gegen die Wand, der Schläger plumpste aufs Bett, Cayden hopste herunter und flitzte eine Runde durch das Kinderzimmer. Die vier Bases, die er um Ronan herum ablief, waren sein altes Schaukelpferd, die elektrische Eisenbahn und ein STABIL-Modellbaukasten. Ja, stimmt, er war noch zu klein, um das große Flugzeug aus Hunderten von Teilen allein zusammenzubauen, aber er hatte sich den Bausatz zu Weihnachten von Tess gewünscht. Sie hatte ihn in Berlin bestellt. Und wie Cayden geguckt hatte, als er das Firmenlogo von Conroy Aviation auf dem Modell entdeckte, das Tess aufgemalt hatte! Mit achtundzwanzig waren sie beide noch nicht zu alt, um mit ihren Kindern herumzualbern und so richtig Spaß zu haben!

Mit dem langen Anlauf eines Homeruns warf Cayden sich jetzt mit ausgebreiteten Armen aufs Bett und kicherte ausgelassen. »Yay! Gewonnen! *Yayayay!*«

»Und das Publikum dreht völlig durch und umarmt den Baseball-Star!« Ronan kitzelte ihn ordentlich durch, bis er sich nicht mehr einkriegte vor Lachen.

Wie schön es ist, diesen kleinen, warmen Kinderkörper im Arm zu halten, dachte Ronan, das atemlose Japsen zu spüren, die Schläge und Tritte, mit denen er sich aus meinen Armen winden will. Ich liebe ihn so!

Er hob die zerwühlten Bettdecken an, und Cayden kroch darunter und ließ sich rückwärts ins Kissen plumpsen. Ronan deckte ihn zu. »Checkliste abgehakt? Alles erledigt, womit du Mommy und Daddy heute Abend ärgern könntest?«

Kichernd zog Cayden die Decken höher.

»Zähne geputzt?«

Er grinste Ronan an, sodass er seine Zahnlücke sehen konnte. Gestern hatte ihm die Zahnfee ein kleines Geschenk gebracht, weil er den Zahn vor dem Schlafengehen unter sein Kopfkissen gelegt hatte. Er hatte ihn sich bei einem Sturz vom Fahrrad ausgeschlagen. Lynne war einfach zu genervt gewesen, deshalb hatte Ronan ihm den Dollar, den die Fee gebracht hatte, auf den Nachttisch gelegt.

Ihre Trennung vor einigen Monaten hatte Cayden völlig verstört. In letzter Zeit mussten Lynne und Tyson ziemlich viel aushalten. Caydens neuester Streich: Gestern hatte der Kleine auf dem teuren Teppich in ihrem Schlafzimmer eine neue Colgate-Tube ausgedrückt, in einer geraden Linie vor dem Bett, natürlich auf Tysons Seite. Cayden wollte nur mal wissen, wie viele Yards und Inches Zahnpasta dadrin waren. Ronan hatte schallend gelacht, als sein Kleiner es ihm verriet. Mit aller Kraft hatte er die Tube ausgedrückt: Die Zahnpasta reichte für ziemlich genau achtundneunzig Inches.

Und so ging es jetzt schon seit ihrer Trennung. Letzte Woche hatte Cayden einen Becher mit Trockenerbsen unter ihr Bett gestellt und ein paar Löffel warmes Wasser hineingetan. Die Erbsen quollen während der Nacht auf und hüpften nacheinander über den Becherrand auf den Parkettboden. Lynne lag die ganze Nacht wach und fragte sich, woher das seltsame Knistern und Knacken kam. Cayden machte ständig solche Sachen. Lynne war so genervt, dass sie heulte, und Ty kam mit Schimpfen auch nicht weiter. »Du bist nicht mein Daddy!«, kriegte er dann zu hören. Wenn Cayden etwas angestellt hatte, durfte er nicht im Garten herumtoben, der Lollipop wurde gestrichen, und er bekam abends keine Gutenachtgeschichte vorgelesen. Ty war derart fuchtig, dass er kurz davor stand, ihm etwas auf den Po zu geben.

Vergiss es, kleiner Bruder! Denn damit legst du dich mit mir an! Unser Streit um die Millionen-Dollar-Investition in die neue Technologie des Farbfernsehens ist dagegen ein lustiger Kindergeburtstag!

Ronan setzte sich neben Cayden aufs Bett, strich ihm übers Gesicht und küsste sein verwuscheltes Haar. »Hast du heute was in unser Buch der Erinnerungen gemalt?«

»Yeah.« Cayden zog das ledergebundene Buch unter dem Kopfkissen hervor, legte es auf seine angezogenen Knie und schlug es auf. »Da, guck!«

Ronan betrachtete die knallbunte Kinderzeichnung. »Hey, ist ja irre. Das ist ja mein Maybach.«

Cayden nickte.

»Echt schick, das Auto.« Ronan deutete auf die grinsende Figur am Lenkrad. »Bin ich das?«

»Yeah.«

»Und wer ist das da?«

»Tess.«

»Ihre langen blonden Haare flattern ja richtig im Fahrtwind.«

»Und sie lacht und winkt.«

»Und wer ist dieser süße kleine Junge?« Hinten im Auto hockte eine hingekritzelte Kinderfigur mit ausgebreiteten Armen und Beinen. Echt niedlich!

»Das bin ich.«

Buntstiftstriche, die er mit Spucke am Finger weggerieben hatte, verrieten Ronan, dass er auch Sheena malen wollte. Daddy und Tess, Sheena und er – eine nette kleine Familie.

Aber seine Patentochter war letzte Woche gestorben.

Sein Herz begann plötzlich zu rasen, und die Brust wurde ihm eng. Ganz ruhig, Ronan! Sonst geht's wieder los!

Er riss sich zusammen. »Und wohin fahren wir drei?«

Cayden guckte ihn an und überlegte.

Ronan knuffte ihn. »Der Ausflug war doch deine Idee!«

»Wir wollen Gold suchen«, fiel es ihm wieder ein.

»Und wo?«

»Da, wo Charlton Gold gefunden hat. Er war ein Fortyniner.«

»Und wann?«

»Wenn Tess mit ihrem Flugzeug kommt.« Cayden blätterte um und zeigte ihm noch ein Bild. Ein Flugzeug mit einem leuchtend bunten Regenbogen auf den Flügeln. Im Cockpit hockte eine lachende Figur am Steuer. Tess mit fliegendem Haar. So malte er sie immer.

»Das ist echt toll geworden.«

»Darf ich ihr das Bild zeigen, Daddy?«, fragte Cayden und guckte ihn mit großen Augen an – er wollte es so gern. »Weil du hast doch gesagt, dass das unser Buch ist.«

Ronan zögerte. Das Buch ihrer Erinnerungen war ein Album voller Fotos, Kinderzeichnungen und Briefe, die er in den letzten Tagen an seinen Sohn geschrieben hatte, damit er ihn nicht vergaß. Die Briefe, kaum länger als Tagebucheintragungen, endeten alle mit *Hab Dich ganz doll lieb, Dein Daddy*. Ronan wollte nicht, dass Tess darin blätterte und las, was er Cayden geschrieben hatte. Noch nicht. Er war noch nicht so weit, und sie war es nach Jasons und Sheenas Tod auch nicht. »Cayden, möchtest du Tess vielleicht ein anderes Flugzeug malen?«

Der Kleine zog die Mundwinkel hoch und zuckte unschlüssig mit den Schultern.

»Ein gelbes? Tess' Vega ist doch luftballongelb mit leuchtend blauen Streifen. Und auf der Seite steht *Shooting Star*. Du weißt doch noch, wie der Flieger aussieht, oder?«

»Na klar weiß ich das!«

»Dann mal ihr doch ein Bild, Süßer. Tess und du, wie ihr über der San Francisco Bay geflogen seid. Sie freut sich bestimmt.«

»Okay.«

»Ich will noch ein paar Sachen in unser Buch tun. Hilfst du mir dabei?«

Caydens Augen leuchteten. »Au ja.«

Also holte Ronan die Schublade, stellte sie aufs Bett und hockte sich wieder neben ihn.

Während er das Fotoalbum durchblätterte und Fotos von ihnen beiden aus den aufgeklebten Papierecken zog und in ihr Buch der Erinnerungen steckte, kramte Cayden in der Schublade herum. »Wo ist Snivel? Ob er schon bei Tess ist?«

»Vielleicht nimmt sie ihn jetzt gerade in den Arm.«

»Ruft sie dich dann an? Weil, du hast ihr doch den Brief geschrieben.«

»Sie ruft bestimmt bald an.«

»Bist du dann nicht mehr so traurig?«

Ronan küsste ihn zärtlich. »Nein, dann bin ich nicht mehr so traurig. Ich freue mich auf sie.«

»Hast du Tess lieb?«

»Ganz doll.«

»Mehr als Mommy?«

Was sollte er denn darauf sagen?

Cayden merkte, dass sein Daddy mit den Tränen rang, und zog den rechten Mundwinkel hoch. Das machte er immer, wenn er etwas angestellt hatte und nicht wusste, wie sein Vater darauf reagierte.

Ronan nahm ihn in den Arm und drückte ihn ganz fest.

An seiner Schulter nuschelte Cayden leise: »Ich schon.«

Sobald der Kleine eingeschlafen war, kippte Ronan die Schublade vor dem Kamin aus. Da war sein Tagebuch. Von dem Tag an, als er vor zwei Jahren zusammengebrochen war, bis zu dem Tag, als er dem Doc seine Entscheidung mitteilte, hatte er Tagebuch geführt. Seine Vergangenheit brannte gut, und die Flammen im Kamin schlugen hoch. Die eng beschriebenen Seiten flackerten knisternd auf und vergingen funkensprühend zu Asche. Alles, was

Ronan nicht in Caydens Erinnerungsalbum gesteckt hatte, warf er hinterher. Sein ganzes Leben. Ein ungelebtes Leben voller vergeudeter Jahre.

Mit den Händen in den Hosentaschen stand er eine Weile vor dem Kamin und starrte versonnen auf ein leeres Fotoalbum in den Flammen.

In den letzten Tagen hatte er begriffen, wie vergänglich das Leben war und wie kostbar die Zeit, die ihm noch mit Cayden blieb. Er würde ihn nicht aufwachsen sehen. Er würde nicht dabei sein, wenn er in Stanford seinen Abschluss machte und das Unternehmen übernahm. Er würde ihm nicht die Blüte ins Knopfloch stecken, wenn er heiratete, und er würde nie seine Kinder im Garten herumtoben sehen.

Heiße Tränen schossen ihm in die Augen, und er musste sich am marmornen Kaminsims festhalten, sonst wäre er einfach umgekippt.

Mit dem aufgekrempelten Ärmel seines Hemdes wischte er sich die Tränen aus den Augenwinkeln und kehrte zum Bett zurück. Eine Weile blätterte er in Caydens Erinnerungsalbum, las seine Briefe an ihn und betrachtete Caydens Kinderzeichnungen, seine unerfüllten Träume von einer glücklichen Familie.

Als Ronan das Bild vom zerbrochenen Regenbogen zum ersten Mal gesehen hatte, dachte er, sein Herz bliebe stehen. Darunter stand Cayden als Strichfigur, die seine Hand festhielt. Ihre Finger waren untrennbar ineinander verwoben, ja, so sah es aus. Lynne stand neben Tyson, der nach ihrer Hand tastete. Eigentlich war es ja andersherum, denn Lynne hatte ihn verlassen, als sein Bruder nach seinem Studium aus Harvard zurückkehrte. Aber Cayden war noch zu klein gewesen, um zu begreifen, was damals geschehen war. Mit ihm. Mit seiner Frau und seinem Bruder. Und Ronan fürchtete sich vor dem Tag, an dem er seinem Sohn erklären müsste, was noch geschehen würde. Nur nicht daran denken! Der Abschied würde schwer werden, unerträglich schmerzhaft.

Ronan legte sich neben Cayden, der sich im Schlaf an ihn herankuschelte, und zog die Decke über sich und seinen kleinen Sohn. Caydens entspanntes Gesicht war ihm zugewandt, daneben lag seine Hand, die einen Plüschhusky festhielt. Keine Ahnung, wie der hieß – er musste Cayden mal danach fragen.

Ganz genau betrachtete er Caydens Gesicht, die seidigen Wimpern, die süße Stupsnase, die leicht geöffneten Lippen, strich ihm sanft über das zerzauste Haar und flüsterte: »Ich hab dich ganz doll lieb, Süßer.«

Im Schlaf schmiegte der Kleine sich an ihn, und Ronan stopfte die Decke um ihn herum fest. Als er sein schlafendes Kind betrachtete, spürte er, wie sein Herz vor unsagbarem Glück und unendlicher Liebe überfloss. Er war so überwältigt ... ja, so selig, dass er am liebsten laut gelacht hätte.

In diesem Augenblick klingelte das Telefon.

Mit dem Hörer ließ Ronan sich ins Kissen sinken. »Mr Mulberry?«

»Mrs Tyrell, Sir.«

Ein rascher Blick zu Cayden: Er war nicht aufgewacht.

»Stellen Sie durch.«

»Wie Sie wünschen, Sir.«

Ein Knacken in der Leitung, dann ein knisterndes Rauschen. Das war die Funkverbindung nach Alaska. »Hi, Snivel«, sagte Ronan, und dann: »Hi, Tess.«

Sie lachte leise, und er fragte sich: Darf ich mich ihr zumuten, nach allem, was in den letzten Tagen geschehen ist? Aber habe ich denn eine Wahl?

# 4

»Hi, Ronan«, sagte Tess. »Snivel sitzt hier neben mir im Bett.«

»Er friert bestimmt, er war doch noch nie in Alaska. Hast du ihn auch gut zugedeckt?«

Lachend rekelte sie sich, heiß geduscht und in Unterwäsche, zwischen den frisch bezogenen Daunendecken und Kissen. Das Feuer im Kamin tauchte das Schlafzimmer mit seinen warmen Holztönen und dem hellblauen Blümchenmuster auf Bettdecken und Vorhängen in ein goldenes Licht.

Auf dem Nachttisch funkelte der silberne Bilderrahmen mit einem Foto von Jason und Sheena. Die meisten Kinder wünschten sich Spielzeug zu Weihnachten. Nicht Sheena. Sie schrieb Santa einen niedlichen Brief, er sollte ihr doch bitte, *bitte* ihren Daddy schicken. Jason war wegen vermuteter Ölvorkommen für einige Wochen am Nordpolarmeer unterwegs gewesen. Über Funk hatte Tess ihm den Brief ihrer Tochter vorgelesen. Und? Santa erfüllte ihr den Herzenswunsch! Das Foto entstand in dem Augenblick, als der Weihnachtsmann Sheena aufforderte: »Wünsch es dir ganz fest!«, die Kleine dann mit großen, hoffnungsvollen Augen zur Tür blickte und plötzlich Jason dort auftauchte und sich den Schnee von der Kleidung klopfte. Gerade noch rechtzeitig hatte er die lange Fahrt vom North Slope geschafft. Mein Gott, dieses Lächeln auf Sheenas Gesicht, dieses Leuchten in ihren Augen! Und wie fest sie Jason umarmt hatte, als wollte sie ihn nie wieder loslassen! Sie hatte Corey immer sehr gern gehabt, aber Jason war doch ihr Daddy! Und wie schön wäre es doch, wenn er Mommy heiraten würde und sie eine richtige Familie sein könnten! Ganz ehrlich, Tess hatte geheult, aber Jason hatte auch Tränen in den Augen gehabt. Fröhliche Weihnachten!

Tess trank einen Schluck Laphroaig und genoss den torfigen Geschmack auf der Zunge. Der Whiskey entspannte sie ein wenig. Er tröstete sie nicht in ihrer Trauer, aber er schenkte ihr die innere Ruhe und die Gelassenheit, die sie jetzt so dringend brauchte.

Auf Jasons Nachttisch lag ein Stapel Bücher. Walt Whitman, Jack London, Ernest Hemingway. In seinem neuesten Roman *In einem anderen Land* steckte noch Jasons Lesezeichen: eine zerknickte Lucky Strike. Heute Morgen hatte Tess ein wenig in dem Buch geblättert und an der Zigarette geschnuppert, um Jason nahe zu sein. Sie hatte auch seine Jeans und seinen Pullover über den Stuhl dort geworfen, als wäre er noch hier. Als wäre sie nicht schon wieder allein.

Tess klopfte das Kopfkissen hinter ihrem Rücken auf, schob ihre nackten Beine unter die Daunendecke und zog Ronans Koffer voller Briefe und Fotos zu sich heran.

»Was raschelt denn da?«, fragte er. »Ist das Rauschen in der Funkverbindung? Wegen des Polarlichts?«

»Nein, die Verbindung ist gut. Das Kaminfeuer knistert und knackt. Und ich wühle in deinem Koffer.«

»Was siehst du dir gerade an?«

Ihr Blick schweifte über die Sammlung von Briefen, Telegrammen, Karten, Zetteln, Fotos und Filmrollen. Es waren Hunderte! Er hatte alles aufbewahrt! Tickets für eine Reise in die gemeinsame Vergangenheit. Für eine Lebensreise bis ans Ende aller Tage. Der Koffer steckte voller Erinnerungen und Gefühle, voller Verzweiflung und Trost, Freundschaft und Liebe. Ja, auch Liebe. Hoffnung. Sehnsucht.

Schon die Idee, ihr Snivel mit dem aufräufelnden *Hug me!*-Jumper zu schicken, an dem so viele schöne Kindheitserinnerungen hingen! Kleine Glücksmomente, die ihr helfen sollten, mit der Situation klarzukommen. Snivel bedeutete Weinen oder Schluchzen, aber wie der süße Teddy hieß, als er noch Ronan allein gehörte, wusste sie nicht mehr.

Na, jedenfalls war es immer der Bär, der weinte und getröstet werden musste, erinnerte sie sich wehmütig, nie wir selbst, auch wenn uns schon mal zum Heulen war. Wie süß von Ronan, mir Snivel zu schicken!

Ihre Vergangenheit. Ihre Geschichte. Wo sollte sie beginnen? Szenen ihres Lebens rauschten wie in einem Stummfilm in kriseligem Schwarzweiß an ihr vorbei. Einzelne Bilder blieben hängen, leuchteten intensiver, wurden farbig und lebendig, als wäre das alles erst gestern passiert.

»Hier ist ein Foto von Mom.« Tess beschrieb es Ronan: Mom im schwarzen Talar, beide Hände am Rednerpult, der Blick fest auf die Graduating Class vor ihr gerichtet. Shannon Conroy Brandon, der glamouröse Medienstar, die brillante Firmenchefin, die welterfahrene Grande Dame. »Warte mal, Dad hat was auf die Rückseite gekritzelt: Shannon hält die Abschlussrede anlässlich Ronans und Tess' Abschlussfeier an der Stanford University.«

»Ich weiß noch, wie Mom ihre Rede begann. ›Es ist mir eine große Ehre, zur Feier Ihres Abschlusses an einer der besten Universitäten der Welt zu Ihnen sprechen zu dürfen. Auch ich habe hier studiert . . .‹«

»Weißt du auch noch, wie sie endete?«

»Na klar. Ihre Worte hat Dad auf die Rückseite des nächsten Fotos geschrieben.«

Her damit!

»Stimmt, da steht: Reach for the sky!« Tess drehte das Foto wieder um. Es zeigte sie beide Seite an Seite, während sie ausgelassen lachend ihre Graduation Hats hochschleuderten. Neben ihnen stand Shannon – aus dem respektvollen Ma'am während Tess' Kindheit in ihrem Haus war schon lange ein liebevolles Mom geworden: Shannon sah in ihr die Tochter, die sie nach Ronans schwerer Geburt nie haben konnte – eine Abenteurerin wie sie selbst, verwegen, mutig und taff. Sie finanzierte ihr das Studium in Stanford, das Tess gemeinsam mit Ronan absolvierte. Aber wieso? Weil Shannon sie als künftige Schwiegertochter wollte? Als Mutter eines Erben? Als First Lady eines Weltkonzerns, der sich von San Francisco und Los Angeles über Alaska und Hawaii bis Hongkong und von Australien bis Südafrika erstreckte?

Tess betrachtete das Foto, das Dad ... Josh gemacht hatte. Seit dem Tod ihres Vaters vor einigen Jahren hatte sie *ihn* Dad genannt. Er hatte das Foto gemacht: Reach for the sky! Ihre ausgestrecken Hände schienen tatsächlich nach dem Himmel und den Sternen zu greifen!

Und das hatten sie beide getan: Tess in der Pionierfliegerei, Ronan im Unternehmen seiner Eltern. Nach dem Abschluss in Stanford reiste er nach Alaska, Hawaii, Hongkong, Sydney, Kapstadt, Paris und London, um nach monatelanger Abwesenheit über New York nach San Francisco zurückzukehren. Tess hatte Ronan, in Klammern: Mom und Dad, versprochen, unterdessen auf ihn zu warten.

Sie legte sich auf den Rücken und stemmte die Füße lässig gegen die Wand oberhalb des Bettes. Das Foto, das sie jetzt in der Hand hielt, zeigte ihren Abschiedskuss im Hafen von San Francisco drei Tage nach ihrer Abschlussfeier in Stanford. Der Schnappschuss, den Mom gemacht hatte, sah aus wie ein Filmplakat für eine Love Story von Conroy Pictures. Eng umschlungen lehnten Ronan und sie mit geschlossenen Augen die Stirn gegeneinander. Ein Bild voller Hoffnung und Sehnsucht. Das nächste war Mom sogar noch besser gelungen. Hollywood pur! Glühende Wolken am Abendhimmel. Ronan beugte sich über sie, um sie leidenschaftlich zu küssen, und Tess hob in Erwartung seines Kusses den Kopf und schloss die Augen. Wie hatte Shannon denn das hinbekommen? Ronan war doch nicht größer als sie! Aber wie er sie festhielt! Wie John Gilbert in einem Stummfilm Greta Garbo! Ronans Finger verkrampften sich um ihre Schultern, als wollte er sie nie wieder loslassen. Und Tess dachte: Hat er aber. Trotz seines Versprechens beim Abschied: »Ich komme zurück zu dir, Tess! Dieser Abschied ist kein

Ende, er ist der Anfang unseres gemeinsamen Lebens. Warte auf mich, Sternschnuppe!«

Hey, doch nicht John Gilbert. Denn der hatte noch keine Tonspur! Und deshalb auch keinen Text.

Ronans Kuss spürte sie immer noch, seine Hand auf ihrer Schulter – eine Erinnerung voller Sehnsucht. Sie hatten sich nie wieder so leidenschaftlich geküsst, so verzweifelt über die monatelange Trennung. Sanft berührte Tess jetzt ihre Lippen mit den Fingerspitzen, und sie spürte die Hitze in sich aufsteigen. Sie schloss die Augen und tauchte voller Sehnsucht in ihre Erinnerungen ein.

Was habe ich ... was haben wir beide verloren, als er fortging. Wir haben *uns* verloren. Unsere Gefühle. Unsere Liebe. Aber trotz allem, trotz Lynne und Jason, die zwischen uns standen, sind wir immer Freunde geblieben.

»Hallo, rede mit mir!«, knisterte und knackte Ronans Stimme durch die Leitung. »Bist du noch da?«

Im Kamin kippte ein Holzscheit um, dass die Funken nur so sprühten. In der Ferne heulte ein Wolf das Nordlicht an, und die Huskys fielen ein, die ganze Meute.

Tess nahm die Beine herunter, setzte sich auf und zog die Decke über die Knie. »Yup.«

Ihr Tonfall verriet ihm, dass sie ihren Briefwechsel aus seiner Zeit in New York im Koffer gefunden hatte. Er hatte ihre Briefe und Telegramme aufbewahrt und mit den Abschriften von seinen zu einem dicken Bündel verschnürt. »O-oh!«, meinte er. »Du liest die Briefe, in denen ich dir von Lynne erzählt habe.«

»Yup.«

»Komm schon, lies vor!«

»Mach ich.« Tess schnürte das Bündel auf und entfaltete mit einer Hand wedelnd die ersten Briefe. »Also, ich an dich: ›Hi, lange nichts von dir gehört. Übernachtest du schon im Büro? Ruf mich an, wenn du mal fünf Minuten hast, oder schreib mir.‹ Jetzt du an mich: ›Tess, nur ganz kurz, bin total im Stress. Tut mir leid.

Heute Abend treffe ich mich mit Lynne.‹ Dann war Funkstille, bis du mir eine Karte von den Bermudas geschickt hast. ›Hi Tess, bla bla bla, luxuriöses Hotel, schönes Wetter, tolles Meer, Lynne geht's prima, bla bla bla, wir sehen uns, wenn ich nach Hause komme. Ronan.‹«

»Oops!«

Tess legte sich auf den Bauch und kreuzte die Beine. »Du sagst es: Oops! Dein nächster Brief, immerhin zehn Zeilen, das ›Hi Tess‹ nicht mitgerechnet: ›Sorry, dass ich mich nach deinem letzten Brief nicht gemeldet habe. Immer noch total im Stress. Aber Lynne und ich fahren übers Wochenende nach Long Island. Wir wohnen im Landhaus von Tysons Eltern, den Brandon-Burnettes. Lynne will von meinem Bruder alles über den Untergang der *Titanic* hören, den er als Einziger überlebt hat, während seine Eltern Sissy und Lance an Bord des sinkenden Schiffes in die Tiefe gerissen wurden. Wenn ich wieder in New York bin, schreibe ich dir wieder, dieses Mal einen längeren Brief, versprochen. Mach's gut, Sternschnuppe.‹«

»Ich weiß noch, wie du mir geantwortet hast: ›An das Arschloch, das angeblich mein bester Freund ist.‹ Warst du wütend! Am liebsten hättest du mir eine geknallt. Meine kurzen Briefe haben dich total genervt. Und eifersüchtig warst du! Ich zitiere mal aus dem Gedächtnis: ›Ich weiß, dass du viel zu tun hast und dass du gern mit Lynne zusammen bist, aber hallo? Ich dachte, ich wäre deine beste Freundin! Ich dachte, es gäbe nur dich und mich! Haben wir uns das nicht immer geschworen? Und jetzt, du Mistkerl? Du hast Lynne, und ich habe niemanden. Du gehst mit ihr tanzen, du führst sie aus ins Delmonico's, du gehst mit ihr in die Met. Na klasse! Hey, Ex-Traummann! Weißt du eigentlich, wie beschissen man sich fühlt, wenn man *sitzen gelassen* wird?‹ Doppelt unterstrichen, so wütend, dass das Papier zerrissen war! Von null auf hundert in neun Zeilen! Das war meine Tess!«

Na ja, sie hatte es einfach nicht auf die Reihe gekriegt, dass

Ronan nicht mehr für sie da war. Sie hatte sich an Jason gewandt, der ihr als Sandkastenfreund aus Kindertagen geholfen hatte, mit der Situation klarzukommen, der Wut und der Einsamkeit. Ronans Cousin hatte damals sehr viel Zeit mit ihr verbracht. In den Semesterferien seines letzten Jahres in Berkeley hatte er sie oft zu ihren Flugschauen begleitet: Oregon, Montana, Nevada, Arizona, Colorado, Oklahoma. Von dort wären es eigentlich nur noch ein paar Flugstunden bis New York gewesen. Aber *dieser* Weg war ihr definitiv zu weit gewesen. »Ich habe dir in diesem Brief auch gestanden, dass ich dich schrecklich vermisse. Und dass ich mich einsam fühle.«

»Stimmt, hast du. Und plötzlich hast du mir gefehlt. Meine beste Freundin. Meine Sternschnuppe. Wir hatten unser ganzes Leben noch vor uns, du und ich.«

»Aber geheiratet hast du sie.«

»Weil sie schwanger war.«

»Bevor du dich von ihr trennen wolltest, um zu mir zurückzukehren, oder danach?«

»Du weißt doch, wann Cayden geboren wurde!«

Oh ja, das wusste sie! »Hier ist der Brief, den du mir damals geschrieben hast. ›Hi Tess, ich kann gut verstehen, wie's dir geht, ehrlich! Ich bin auch total genervt. Lynne ist schwanger.‹ Und weißt du noch, was ich per Telegramm noch am selben Tag geantwortet habe? ›Hi Ronan, bin schon unterwegs zum Flugfeld. Muss nur noch die Maschine auftanken, dann starte ich. Sei tapfer und halte durch, bis ich bei dir bin! Hol mich am Airfield ab, aber bitte komm allein! Lass uns über alles reden. Wenn du mich brauchst, bleibe ich ein paar Tage in New York. Oder ich fliege gleich wieder zurück nach San Francisco. Entscheide dich, Ronan. Alles Liebe, Tess.‹« Sie holte tief Luft. »Und du hast dich entschieden. Für sie.«

»Hast du die Artikel in der *Vogue* und im *Cosmopolitan* über die Hochzeit gefunden?«

Tess setzte sich auf, holte den verschnürten Stapel aus dem Koffer und entfaltete die ausgeschnittenen Hochglanzseiten. »Mhm, hab ich. Die Traumhochzeit des Jahres 1922. *Das* gesellschaftliche Ereignis in San Francisco, mit Glamour und Raffinesse: üppige Blumengestecke mit roten Rosen in der Kirche und ein gewaltiges Feuerwerk für die fast vierhundert handverlesenen Gäste, die Mom und Dad eingeladen haben. Die Rockefellers, die Hearsts, die Roosevelts, du weißt schon. Hier ist noch ein Foto von der blütengeschmückten Hochzeitskutsche. Du siehst umwerfend aus in deinem Cut mit silbergrauer Weste und weißer Seidenkrawatte. Lynne trägt ein schlichtes, aber elegantes weißes Seidenkleid mit perlenbestickter Korsage. Sie ist aber ganz schön eng geschnürt! Ehrlich gesagt, sieht die süße Mrs Brandon kein bisschen schwanger aus.«

Sendepause, dann: »Tess, können wir das lassen, bitte?«

»Willst du lieber über deine Trauzeugin sprechen?«

»Du warst viel schöner als Lynne. Hey, zum ersten Mal habe ich dich in einem Kleid gesehen! Fliegeroverall, Jeans, Dessous – ich kenne dich ja sogar nackt. Aber in einem Abendkleid von Coco Chanel aus mitternachtsblauer Seide? Und einem funkelnden Diamantcollier mit Saphiren von Tiffany's? Und ganz ohne dein übliches Parfum ›Kerosin pour femme‹!«

Tess lachte ausgelassen.

Und Ronan frotzelte weiter: »Ich war hin und weg! Weißt du noch, wie wir vor dem Altar standen und Lynne ständig zu dir hinübergesehen hat?«

»Weil ich die Ringe hatte.«

»Ach, Quatsch.«

»Weil sie Sorge hatte, ich würde den Bräutigam küssen, bevor sie sich an dich ranschmeißen konnte.«

Ronan schnaufte vergnügt. »Das schon eher. Lynne hat unsere enge Freundschaft nie gepasst.«

»Sie wusste, dass wir in Stanford miteinander geschlafen hatten. Dass wir uns einander versprochen hatten.«

In der Leitung knackte es.

»Hast du jetzt aufgelegt?«, fragte Tess.

»Ich bin noch hier«, setzte er das Bettgeflüster fort. »Deine Trauzeuginnen-Rede ist übrigens auch im Koffer.«

»Nee, lass mal.«

»Unsere Freundschaft hat gehalten, Tess. Meine Ehe nicht.«

»Bist du endlich geschieden?«

»Seit heute.«

»Und morgen ist der Beginn eines neuen Lebens.«

Er antwortete nicht.

»Wenn du versonnen nickst, kann ich das nicht hören, Ronan.«

Er atmete tief durch. »Du hast recht, Tess. Ich will noch mal ganz neu anfangen. So wie du damals.«

»Ich habe mit Jason geschlafen, Ronan. Das war's. Ich war wütend und einsam. Und dein Cousin war einfach für mich da.«

Nach einer Flugschau in Pasadena hatte es zwischen ihnen gefunkt. Tess' Flugzeug war gerade in Reparatur gewesen. Die Jungs auf dem Flugfeld hatten die ganze Nacht daran gearbeitet und schließlich den Motor eines kleinen Goodyear-Luftschiffs eingebaut, den sie eigentlich nicht auf die nötige Drehzahl bekommen konnte. Aber Tess startete trotzdem, denn sie wollte unbedingt diesen Wettkampf gegen eine andere Fliegerin gewinnen. Es ging um den offiziellen Höhenrekord für Frauen, ohne Sauerstoffgerät. Okay, bei dreizehntausendsechshundert Fuß, hoch über den Wolken, wurde es turbulent. Der Luftschiffmotor funktionierte einfach nicht, wie er sollte. Er begann plötzlich so stark zu vibrieren, dass Tess befürchtete, er könnte aus der Aufhängung gerissen werden, wenn sie noch höher stieg. Also runter! In einem Sturzflug, den sie am Ende nicht mehr sicher abfangen konnte! In jenen frühen Tagen der Fliegerei stürzten viele Piloten ab, und das war auch nicht ihr erster Crash! Na ja, es war nicht wirklich schlimm: Den Motor hatte sie abgeschaltet, bevor sie aus dem flachen Anflugwinkel heraus das Feld umpflügte. Das Fahrgestell brach weg, der Propeller wurde abgerissen, und sie hatte sich an einer Cockpitverstrebung den Kopf ziemlich angehauen. Jason, der den Sturz mit angehaltenem Atem beobachtet hatte, war sofort bei ihr, riss die Luke auf, zerrte sie aus dem Pilotensessel und steckte sie ohne weiteren Stopover ins Bett. Dann legte er sich neben sie und nahm sie in seine Arme, um sie hingebungsvoll zu trösten.

Ronans Reaktion? Eine Flut von Telegrammen. ›Was meinst du damit, du hast einen Besseren als mich gefunden? Ronan.‹ – ›Hältst du dich für den einzigen begehrenswerten Mann in meiner Reichweite? Na klar habe ich einen gefunden! Tess.‹ – ›Und wer ist der geheimnisvolle Fremde? Ronan.‹ – ›Eifersüchtig? Tess.‹ – ›Ich bin verheiratet. Ronan.‹ – ›Das ist keine Antwort. Tess.‹ – ›Als ob du meine Fragen immer beantwortest! Also, wie heißt der Kerl? Ronan.‹ – ›Ich habe mit Jason geschlafen, nur damit du's weißt. Tess.‹ – › Mit Jason? Hahahahaha. Das ist doch nicht dein Ernst! Ronan.‹

»Aber am Ende hat Jason dich verlassen.«

»Weil sein Vater gestorben war, musste er sein Studium in Berkeley abbrechen und nach Alaska gehen, um die TYRELL-Unternehmen zu leiten.«

»Du hättest ihn begleiten können.«

»Nach Alaska? Ich war Chefpilotin für Conroy Aviation in Kalifornien! Ich hatte meine Flugschauen! Meine Rekordversuche! Ich musste ein paar Dollar verdienen, um über die Runden zu kommen!«

»Ach Quatsch, du hättest bei Mom und Dad wohnen können, statt wieder in dein abenteuerliches Strandhaus in Carville zu ziehen! Keinen Cent hättest du gebraucht!«

»Ich wollte es allein schaffen.«

»Und das hast du.«

»Trotz meiner Schwangerschaft.«

»Du bist taff, Tess. Du schaffst alles, was du dir vornimmst. Hast du den Brief gefunden, den du mir damals geschrieben hast?«

Sie wühlte im Koffer. »Yup, hier ist er.«

»Lies ihn mir vor!«

»Okay. ›Hi Ronan, Jason ist fort, und ich bin wieder allein. Den einen Augenblick denke ich, jetzt habe ich mein Leben wieder im Griff. Ich kann das tun, was ich tun will: fliegen. Und im nächsten Moment stürzt mein ganzes Leben über mir ein. Ronan, ich bekomme ein Baby! Ich weiß nicht, wie's mit meinen Jobs weitergehen soll. Was wird aus meinen Flugexpeditionen für *National Geographic?* Und aus meinem geplanten Rekordflug von San Francisco nach Honolulu? Ein Baby! Keine Zeit mehr für mich! Wie soll ich das schaffen? Baby füttern, Windeln wechseln, *Twinkle, twinkle litte star* vorsingen und die Nerven behalten und nicht heulen, wenn das Baby heult! Ich hab Angst, Ronan!‹ Und deine Antwort: ›Hi Tess, ich bin immer für dich da, wenn du mich brauchst. Dad gibt mir zurzeit einen Einführungskurs im Vatersein. Du weißt schon: Wie bringe ich meinem Kind das Fahrradfahren bei? Wie leiste ich Erste Hilfe, falls es mit seiner Seifenkiste gegen einen Baum knallt? Wie helfe ich ihm dabei, sein Kinderzimmer aufzuräumen? Du packst das auch! Du wirst eine tolle Mom, ganz sicher! Alles wird gut, Sternschnuppe. PS: Wenn's dir zu viel wird, komm einfach mal rüber. Auf der Rückseite findest du eine Wegbeschreibung. Hahaha. PPS: Okay, hast recht, ein echt blöder Witz. Aber im Ernst: Ich würde mich freuen, wenn du kommen würdest. Wir könnten die ganze Nacht quatschen, so wie früher. Lynne ist nämlich zu ihren Eltern nach New York gefahren ... und ich vermisse dich ganz schrecklich!‹«

»Aber du bist nicht gekommen.«

»Nein, ich bin an diesem Tag nach Alaska geflogen, um Jason von unserem Kind zu erzählen. Deinen Brief habe ich erst erhalten, als ich zurückgekommen bin.«

»Dass er Daddy wird, hat Mr Tyrell nicht sonderlich interessiert.«

»Nee.«

»Und dass er aus dir vielleicht eine Mrs Tyrell machen sollte, auch nicht.«

»Nee, kein bisschen.«

Auf Moms Zureden hatte sie schließlich die Hundertstunden-Siebentagewoche aufgegeben und hatte zugeben müssen, dass sie froh darüber war, denn die Schwangerschaft kostete sie mehr Kraft, als sie sich eingestehen wollte. Bis zu dem Tag, als sie mit ihrem dicken Bauch nicht mehr durch die Cockpitluke passte, flog sie als Testpilotin für Conroy Aviation und erprobte die neuesten Hightech-Flugzeugmotoren.

Und dann kam Sheena und machte eine Punktlandung mitten in ihrem Leben. ETA: 24. April 1923, und sie schaffte es tatsächlich genau drei Minuten vor Mitternacht! Perfektes Timing! Eine grenzenlose Panik erfasste sie plötzlich, und Tess wusste nicht wohin mit ihrer Angst und ihrer Hilflosigkeit. Sie hatte eine kleine Tochter! Da war sie!

Sie hatte gleich Ronan angerufen: »Ich bin gerade Mutter geworden!«, schrie sie atemlos in den Hörer, und sie wünschte sich, Ronan wäre ihr Daddy. »Ich habe eine süße kleine Tochter!«

Ronan war völlig hin und weg, Lynne war ja auch schon im siebten Monat. Sie war also vor ihrer Hochzeit gar nicht schwanger gewesen, sie war nur in Panik geraten, als er sich von ihr trennen wollte, um zu Tess zurückzukehren. »Wie geht's dir, Mommy Bear?«, brüllte er aufgeregt zurück.

»Alles bestens, und Baby Bear geht's auch gut. Du musst unbedingt in die Klinik kommen und sie dir ansehen. Sie ist ja sooo süß!«

»Bin gleich bei dir! Ist dein Flieger schon aufgetankt?«

Ronan hatte recht: Sie musste noch mal mit Jason reden! Sie hatten ein Kind, sie mussten heiraten! Eine Woche später packte sie Sheena in einen mit Kissen und Decken ausgestopften Pappkarton, den sie auf dem Notsitz ihres Flugzeugs festschnallte. Auf nach Alaska, ins Land der Abenteuer!

Tess wusste noch, wie sie in Anchorage durch den knietiefen Schnee stapfte, den Pappkarton mit der schlafenden Sheena unter dem Arm. Schützend beugte sie sich über sie und schloss die hochstehenden Klappen gegen das dichte Schneegestöber. Aber ihr Baby, zwei geschlossene Augen mit seidigen Wimpern und eine süße Stupsnase zwischen den Daunendecken, wachte nicht auf. Nicht, als sich ihre Mutter mit Jason stritt. Und auch nicht, als er sie schließlich etwas unbeholfen aus dem Karton nahm, um seine kleine Tochter zu betrachten – wie eine Ware, die er kaufen sollte, und die Entscheidung schien ihm schwerer zu fallen als eine Millionen-Dollar-Investition.

Ja, verdammt, ich war maßlos enttäuscht!, dachte Tess. Sie war doch auch sein Kind! Und *er* musste doch nicht ihre Windeln wechseln! Oder sie beruhigen, wenn sie brüllte! Aber am Ende blieb ihr nichts anderes übrig, als ihr süßes Baby wieder in den Karton zu packen und wütend abzuziehen.

Männer! Du kannst nicht mit ihnen leben, aber ohne sie macht das Leben auch keinen Spaß!

»Nein, geheiratet hat er mich nicht. Aber er hat mir einen langen Brief geschrieben.«

»Hast du den noch?«

»Aber sicher. Augenblick, hier ist er: ›Hi Tess, bevor du meinen Brief zerreißt, gib mir bitte eine Chance, mich zu entschuldigen. Es tut mir leid, dass ich nicht für dich da war, als du mich gebraucht hast. Ich bereue es, dass ich mich dir gegenüber so verhalten habe. Ich hab's vermasselt, aber ich will's wiedergutmachen …‹«

»Na ja, was Jason eben darunter verstand!«

»Er hat seinen Kumpel Corey gebeten, sich um mich zu kümmern.«

Ganz ehrlich, ich hätte erwartet, dass Ronan in den nächsten Flieger steigt und nach Alaska kommt, um Jason mit Anlauf in den Arsch zu treten. Sind beste Freunde nicht für so was da? Nee, von wegen!

»Und Tess Ryman wurde Tess McLaren«, sagte Ronan leise.

»Aber erst Monate später. Sheena hätte schon beinahe als unser Blumenkind gehen können. Corey hatte mit ihr ganz toll laufen geübt. Meine Kleine war völlig hin und weg von ihrem neuen Daddy.«

»Und dann verschwand Corey nach einem Streit mit Jason spurlos in der Wildnis.«

»Und ich war wieder allein.«

Das war vor drei Jahren gewesen, erinnerte sie sich. Corey kam weder zum Abendessen nach Hause noch rief er an, dass er es nicht schaffen würde, aus Talkeetna zurückzukehren, wo er mit der Alaska Railroad zu tun hatte, keine Ahnung, worum es ging. Ich weiß nur, dass er sich zuvor in einer Vorstandssitzung mit Jason gestritten hatte. Wegen Gold oder Öl, was weiß denn ich!

Corey war also spurlos in den Weiten Alaskas verschwunden. Wieso? Keine Ahnung! Aber egal! Mit ihrem Flugzeug hatte sie sich wochenlang auf die Suche nach ihm gemacht, so manches Mal mit Sheena auf dem Notsitz, weil sie keinen Babysitter bekommen hatte. Doch vergeblich: Corey tauchte nie wieder auf. Kein Lebenszeichen. Kein Zettel an der Tür: Ich lebe noch, mach dir keine Sorgen, ich brauche nur mal eine Auszeit. Keine Leiche. Nichts. Und nun? War sie verheiratet? Getrennt? Verwitwet?

Die Ungewissheit war das Schlimmste, manchmal nahm sie ihr den Atem. Was war passiert? War er erschossen worden, lebte er noch? Hatte er eine Freundin, die er während seiner Reisen in Alaska kennengelernt hatte? Hatte er mit ihr ein Kind? War er genervt, weil sie so oft in Kalifornien war? Oder neidisch, weil sie mit ihren Flügen und ihren Werbeverträgen für KODAK-Filme und BREITLING-Chronografen für Piloten inzwischen mehr verdiente als er im Vorstand der Tyrell Commercial Co.? Oder war er eifersüchtig, weil sie wegen der Wochenschauen und Filme, die über sie gedreht wurden, berühmter war als er? Sie war damals schon ein Star, aber Corey konnte damit doch eigentlich umgehen. Er war selbstbewusst genug. Nein, nein, nein! Das war's nicht! Er hätte mit ihr darüber geredet, ganz sicher.

Die Hoffnung stirbt nicht, heißt es. Nein, sie krepiert jämmerlich und qualvoll, über Wochen und Monate. Der Schmerz lässt einfach nicht nach. Gestern war Corey noch da, heute ist es, als hätte es ihn nie gegeben. Einfach so.

Coreys Tod wäre leichter zu ertragen gewesen als sein Verschwinden ohne ein Wort des Abschieds. Sie hätte um einen guten Freund getrauert. Corey und sie waren nie ineinander verliebt gewesen, sie hatten nie miteinander geschlafen, aber sie waren immer prima miteinander ausgekommen – als vertraute Freunde. Und für Sheena war Corey ein wunderbarer Daddy, nach dem sie sich immer sehnte.

Jason hatte ihr geholfen, mit allem klarzukommen. Als Freund. Als Geliebter. Und schließlich doch noch als Ehemann, der sich zu seiner dreijährigen Tochter bekannte. Obwohl sie sich erst zusammenraufen mussten, wurde diese Ehe doch noch glücklich. Ihr Kind gemeinsam zu erziehen hatte sie am Ende fest zusammengeschweißt. Bis zu dem Abend, als er und Sheena starben.

»Wieso willst du noch ein Kind?«, hatte sie ihn gefragt.

»Ich liebe dich. Du liebst mich. Wir sind verheiratet.«

»Kein Grund.«

»Die tapfere Buschpilotin, die im schlimmsten Whiteout fliegt, bekommt weiche Knie«, triezte er sie.

»Ach, Quatsch. Ich hab keine Angst. Ich will einfach kein zweites Kind. Ich plane eine Welttour.«

»Verschieb sie!«

»Nein!«

»Bleib bei mir, Tess! Ich liebe dich!«

»Du Mistkerl!«

»Tess, ich möchte den Rest meines Lebens mit dir verbringen!«

»Verdammt, Jason!«

»Ich möchte noch ein Kind, Tess. Einen süßen kleinen Sohn wie Cayden. Einen Erben für ein Millionenvermögen.«

»Und ich will meine Träume leben, Jason. Ich werde um die Welt fliegen!«

Das war's. Jason und sie waren im Streit auseinandergegangen. Und nun war er tot. Und sie war wieder allein.

Tess' Blick fiel auf die Remington-Reiseschreibmaschine mit ihrer Reportage für Will Hearst über die geplante Welttour. Die letzte Seite hing noch unvollendet in der Schreibwalze. In den letzten Tagen hatte sie sich in einen schützenden Kokon aus Träumen eingesponnen.

Ronan seufzte. »Oh, Tess, drei Mal haben wir schon vor dem Altar gestanden, aber jedes Mal auf der falschen Seite. Als Trauzeugen.«

»Beim nächsten Mal machen wir's besser«, frotzelte sie matt.

Er lachte, aber er klang so traurig wie sie. »Versprochen?«

»Bist du nicht noch ehegeschädigt, du entliebter und entheirateter Mann?«

»Ich packe das«, meinte er zuversichtlich. »Es gibt ein Leben nach der Scheidung.«

»Echt jetzt?«

»Yup.«

Ricky kam ins Schlafzimmer, hopste aufs Bett, stupste sie mit seiner feuchten Schnauze an und japste.

»Was war denn das?«, fragte Ronan. »Eine Funkstörung?«

»Nein, Ricky will ein bisschen schmusen. Er legt sich neben mich aufs Bett und guckt mich so was von treuherzig an.« Tess strich dem Hund über das dichte Fell, und er begann, sich mit ihr japsend, schnaufend, knurrend und jaulend in seiner Huskysprache zu unterhalten. Zärtlich biss er in ihre Hand und ruckelte daran.

Ronan lachte leise.

»Hey, Ricky, sag Hallo!« Tess hielt ihm den Telefonhörer hin.

Der Husky stellte die Ohren auf und wedelte mit dem buschigen Schwanz.

»Sag Hallo!« Sie machte es ihm vor: »Hallooooo!«

Ricky richtete sich auf und heulte: »Hawooooh-ah!«

Ronan kriegte sich nicht mehr ein. »Hallo, Ricky!«

»Hawooooh-aaah!« Dann guckte der Husky Tess mit seinen blauen Augen an, hielt den Kopf schief, legte die Ohren an und bellte leise. Ricky brauchte Aufmerksamkeit, und das erklärte er ihr sehr nachdrücklich.

Tess hielt den Hörer wieder an ihr Ohr.

»Das klang eben ein bisschen wie Aloha«, frotzelte Ronan.

»Aber hier ist Alaska! Niemand sagt hier Aloha.«

»Vielleicht will dein Schmusehusky mal wieder nach Hawaii?«

»Ein bisschen Surfen in Waimea Beach, oder was? Hast du schon mal einen Husky auf einem Surfboard gesehen? Du spinnst, ganz ehrlich!«, zog sie ihn auf. »Und, wie geht's deinem Kleinen so?«

»Cayden liegt neben mir und kuschelt sich an mich heran.«

»Schläft er schon?«

»Tief und fest.« Sanft küsste Ronan ihn auf die Stirn, die seidigen Wimpern flatterten, aber sein Süßer wachte nicht auf.

»Du bist ein toller Daddy.«

Er lehnte sich zurück ins Kissen und zog die Decke über sich und Cayden. »Lynne ist da aber anderer Meinung. Sie kämpft immer noch um das Sorgerecht.«

»Eine Milliarde Dollar, Ronan!«

Er seufzte.

Ich wünschte, Tess wäre jetzt hier. Ich wünschte, sie würde mit mir fahren, nach Hawaii, dann weiter um die ganze Welt. Eine gemeinsame Lebensreise, bis zum Ende.

Ronan nahm den Hörer in die andere Hand und schlug sein Notizbuch auf, das er eben vom Nachttisch genommen hatte. Auf der ersten Seite stand seine Wunschliste.

1. ~~*Loslassen.*~~
2. *Freundschaft, die allem standhält.*
3. *Glück, das alle Träume mit sich reißt. Und Lebensfreude, deren Lachen zu Tränen rührt.*
4. *Zufriedenheit, die als Geschenk empfunden wird. Und Versöhnung, das schönste Gefühl von allen.*
5. *Liebe, die stärker ist als der Tod.*
6. *Und am Ende das größte Geschenk von allen …*

Loslassen. Ein neues Leben beginnen. Heute. Ganz neu beginnen. Jetzt.

Sein erster Wunsch war bereits erfüllt.

Beim zweiten musste Tess …

»Ronan?«, riss sie ihn aus seinen Gedanken.

Er klappte das Notizbuch wieder zu. Dabei fiel die handkolorierte Skizze einer jungen Frau im Stil des Art nouveau heraus. Ein weißes Kleid, vom frischen Frühlingswind gebläht, wallendes blondes Haar, ein Lächeln voller Lebensfreude, der in Weiß und Gold getupfte Hauch eines Kirschblütengestöbers. Wie schön der Entwurf geworden war! So berührend wie die anderen. Die junge Frau mit den im Herbstwind wirbelnden kupferfarbenen Haaren, ihr Kleid in den Farben des fallenden Laubs im Sonnenschein – der goldene Zauber eines Indian Summer. Und diese hier, in einem Gewand wie aus schimmerndem Wasser, das mitten in der schwungvollen Bewegung zu funkelnden Kristallen erstarrt – sie ist der Winter.

Die schwingenden Wellen, die spiralig fließenden Formen, die geschmeidigen Frauenkörper und die sanften, goldenen Farben trafen perfekt den beabsichtigten Stil von Eleganz, Raffinesse und Glamour. Das hatten schon die Manager von Moët & Chandon Champagne erkannt. Auch sie hatten ein Flaschenetikett von Alphonse Mucha entwerfen lassen. Lynne würde ...

»Hey, bist du noch da?«

Ronan schob die Entwürfe für die Verpackungen zurück in sein Notizbuch und legte es zurück auf den Nachttisch, wo auch Caydens Erinnerungsbuch lag. »Ja.«

»Welches war der kostbarste Augenblick in deinem Leben?«, erinnerte sie ihn an die Karte, die er Snivel anvertraut hatte.

»Weißt du das denn nicht?«

»Caydens Geburt?«

Die Nacht hatte sein ganzes Leben auf den Kopf gestellt. Lynne lag in den Wehen, und sie rasten ins Krankenhaus. Aber Cayden lag falsch herum, und sie schrie vor Schmerz. Dann verlangsamte sich plötzlich der Herzschlag des Kindes. Die Lage war ernst. Würden sie ihr Kind verlieren? Dann – der erste Schrei! Und seine Panik wich grenzenloser Erleichterung. Sein Kind war geboren! Sein Sohn lebte!

»Nein, es war nicht der Moment, in dem ich Cayden zum ersten Mal im Arm hielt und sein süßes Lächeln sah.«

Tess sagte nichts darauf. Sie ahnte es schon.

Er lehnte sich zurück und zog die Decke höher. Trotz des Feuers im Kamin fröstelte er. »Der kostbarste Augenblick in meinem Leben war der Moment, als ich nach meinem Zusammenbruch in der Klinik aufgewacht bin. Du hast neben mir in meinem Krankenbett geschlafen und deinen Arm um mich gelegt, um mich in meiner elenden und verzweifelten Situation zu trösten. Als wolltest du mir sagen, du bist nicht allein, Ronan. Wir stehen das gemeinsam durch. Ich bin bei dir, und ich werde dich nie verlassen. Ich liebe dich, Ronan. Das war der kostbarste aller Augenblicke.«

Tess schwieg, und Ronan spürte, wie aufgewühlt sie war.

Wie er erinnerte sie sich an jene schrecklichen Monate vor zwei Jahren, als er aus seinem Leben gerissen wurde und seine Hoffnungen und Träume über ihm zusammenstürzten.

Er hatte sie in Alaska besucht, und sie waren jeden Tag geflogen. Spannende Bärenjagden in Kodiak. Ausgelassene Huskyschlittenrennen in Kenai. Aufregende Tiefflüge über den majestätischen Columbia Gletscher, so nah an den ins Meer stürzenden Eismassen, dass die Gischt ihr Flugzeug wie ein feiner Nebel einhüllte. Der absolute Wahnsinn! Nicht nur die Wildnis, sondern auch Tess! Ihre Wärme, ihre Nähe, ihre Freundschaft.

Zwei Tage nach seiner Rückkehr nach San Francisco war er zusammengebrochen.

Dad hatte gleich Tess angerufen: »Du musst sofort kommen!« Er war so aufgeregt wie damals, drei Jahre zuvor, als die schreckliche Nachricht aus Hawaii kam: Shannon Conroy Brandon war über den Bergen von Kauai abgestürzt und galt als verschollen! »Ronan ist im Krankenhaus. Ich habe ihn gerade hingebracht.«

»Was ist passiert?«, fragte Tess – Dad hatte ihm später erzählt, wie besonnen sie in diesem Augenblick reagiert hatte. Total cool.

»Wir wissen es noch nicht«, sagte Dad, und seine Stimme zitterte. »Die Ärzte ... Sie lassen mich nicht zu meinem Jungen ... Tess, bitte!«

»Dad, bleib ganz ruhig! Hatte Ronan einen Unfall? Mit dem Auto? Ist er vom Fahrrad gestürzt? Hat ihn sein Pferd abgeworfen?«

»Nein ... nein ... Es war beim Abendessen. Lynne sagt, er hätte schon den ganzen Tag diese furchtbaren Kopfschmerzen gehabt. Hat er dir denn nicht davon erzählt? Jedenfalls hat er eine Art epileptischen Anfall gehabt und ist vom Stuhl gekippt. Mehr weiß ich nicht. Lynne ist mit den Nerven am Ende. Und ich ehrlich gesagt auch. Nach meinem Schlaganfall nach Shannons Absturz ... Du weißt, wie es um mich steht, Liebes.« Er atmete tief durch. »Bitte komm, Tess, er braucht dich jetzt …« Und dann, nach kurzem Zögern: »… mehr als Lynne.«

Die Ärzte hatten Ronan ein Medikament gegen die Krämpfe und die Schmerzen gegeben, und er schlief noch, als Tess sofort nach der Landung noch im Fliegeroutfit in die Klinik stürmte. Von dem zwölf Stunden und vierzig Minuten langen Nachtflug ohne Tankstopps in Sitka oder Ketchikan war sie so erschöpft, dass sie einfach zu ihm ins Bett kroch.

Sie lag neben ihm, als er aufwachte. Sie hielt seine Hand, als der Doc ihm die schreckliche Diagnose mitteilte: ein inoperabler Gehirntumor. Und sie blieb bei ihm während der monatelangen Chemotherapien und Bestrahlungszyklen. Das war die schlimmste Zeit in seinem Leben. Die Schmerzen, die Benommenheit, die Depressionen, die Verzweiflung. Aber auch die Hoffnungslosigkeit, jemals wieder gesund zu werden. Ein zweites Kind zu haben, das er in die Arme schließen und liebhaben könnte. Sein Leben in vollen Zügen zu genießen, ohne Angst vor einer Rückkehr des wuchernden Tumors, ohne Symptome, die ihm das Leben zur Qual machten, ohne noch belastendere Therapien, die ihn darüber nachsinnen ließen, was das eigentlich ist: ein lebenswertes Leben.

Jetzt wusste er es: Es ist das Leben *vor* dem Sterben. Es ist der Neubeginn. Es ist das Loslassen von allem, was ich für immer hinter mir zurücklasse. Es ist die Dankbarkeit, dass ich noch am Leben bin. Dass ich noch mit allen Sinnen genießen kann, dass ich noch Lebensfreude empfinden kann, dass ich mit Leidenschaft und Hingabe die Dinge tun kann, die ich noch tun will. Frei sein! Und aus allen Zwängen fliehen!

In den letzten Tagen ist mir klar geworden, was ich mir am meisten wünsche: ein Leben mit Tess, total ausgeflippt.

Ein Leben ohne sie ist für mich nicht mehr lebenswert.

Ich liebe sie von ganzem Herzen. Und ich will noch viele dieser kostbaren Augenblicke mit ihr erleben. Lachend. Weinend. Ich will sie ihr schenken, um sie aus *ihrer* verzweifelten Traurigkeit herauszureißen. Hand in Hand, Herz an Herz.

Ronan dachte an seinen Wunsch: *Freundschaft, die allem standhält.*

Aber darf ich mich ihr zumuten, nachdem sie gerade Jason und Sheena verloren hat? Sich von einem geliebten Menschen zu verabschieden, ihn am Ende loszulassen, ist eine der schmerzlichsten Situationen in unserem Leben. Und gerade mich, den Freund, den Geliebten, den sie am meisten brauchen würde, um die Trauer zu überstehen, wird sie für immer verlieren.

Meine Tess. Meine Sternschnuppe. Ich hoffe, dass sie stark genug ist. Für uns beide.

»Tess?«

»Ja?«

»Im Koffer liegt noch ein Umschlag. Ein Brief an dich.«

In der Leitung raschelte es. Sie wühlte sich durch die Erinnerungen an ihr gemeinsames Leben. »Ah, hier ist er. Auf dem Umschlag steht: ›Wie verschenkt man einen Lebenstraum?‹«

»Lies den Brief.«

»Mach ich.«

»Und dann komm her.«

# *Liebe*

## Mai 1929

# 5

Ohne den Steuerknüppel loszulassen, faltete Tess die steife Landkarte auf ihren Knien wieder zusammen. Sie schob sie zum Logbuch und zur Tasche mit der Thermoskanne und den Sandwiches neben dem Pilotensitz.

Seit dem Tankstopp vor einer Stunde in Ketchikan, wo auch die Schneekufen abmontiert worden waren, hatte Tess die traumhaft schöne Fjordlandschaft der Inside Passage hinter sich gelassen. Winzige Felseninseln, viele nur von vier oder fünf Fichten bewachsen, flitzten unter ihr vorbei. Seeadler in Baumkronen. Bären am Kiesstrand. Wie lautete das flotte Sprüchlein? Anchorage ist nicht Alaska. Aber man kann es von dort aus schon sehen. Na jedenfalls, Ketchikan lag mitten im Nirgendwo, eben in der Wildnis Alaskas.

Seit einigen Minuten hatte sie das glitzernde Meer hinter sich gelassen und donnerte in tausend Fuß Höhe über die riesigen, endlosen Küstenwälder Kanadas. Die menschenleere Einsamkeit reichte bis zum fernen, sanft geschwungenen Horizont. Unter ihr glitt eine fantastische Landschaft dahin, majestätisch und erhaben. So weit das Auge reichte, waren nur dicht bewaldete Inseln mit blauen Seen zu sehen und tiefe Fjorde zwischen den schneebedeckten Bergen der Kitimat Range, an denen das durchrüttelnde Dröhnen des Flugzeugs widerhallte. Über ihr wölbte sich ein wolkenloser Himmel.

Unablässig suchte sie den Landstrich unter ihr nach markanten Punkten ab. Die Navigation ohne gute Karten, detaillierter als im Maßstab eins zu einer Million, war nun wirklich nicht einfach. Okay, sie folgte ja nur der Küste nach Süden – das war ja nicht gerade eine Herausforderung: Das Blaue war das Meer, das Grüne, Braune und Weiße war das Land. Hey, ein alter Fliegerwitz! Aber mal im Ernst: Sie hätte schon gern etwas genauer gewusst, wo sie gerade war. Aber die Orientierung erfolgte allzu oft nach Kompass und Stoppuhr, den Windversatz nicht zu vergessen.

Der Flug ohne Funkgerät war gefährlich in dieser Wildnis. Ein einzelner Mensch konnte in den endlosen Wäldern leicht verloren gehen. Und auch ein kanariengelbes Flugzeug mit kolibriblau reflektierenden Seitenstreifen und der Aufschrift *Shooting Star* in großen leuchtenden Buchstaben auf den Tragflächen konnte hier spurlos verschwinden.

Im Osten stieg dichter Rauch auf. Ein Waldbrand? Ja, es roch nach brennendem Holz. Und dort loderten auch Flammen zwischen den Baumwipfeln hervor.

Tess warf einen Blick auf die Instrumente. Höhe, Geschwindigkeit, Umdrehungszahl, Treibstoffverbrauch, alles im grünen Bereich. Die Zusatztanks für Langstreckenflüge waren bis zum Überlaufen mit Treibstoff gefüllt. Sie änderte den Kurs um einige Grad und folgte der Felsenküste weiter nach Süden. Die Gischt des Pazifiks verlieh den winzigen Inselchen eine klare Kontur – aber nur auf der Westseite. Im Osten, in den tiefblauen Kanälen, war das Wasser ruhiger.

Dort unten war eine Kolonie von Seelöwen, die sich auf den warmen Felsen sonnten. Da paddelten etliche Tiere, offenbar Weibchen, in den Wellen, reckten die Köpfe und guckten neugierig zu ihr hoch. Und dort tobte ein erbitterter Revierkampf zwischen zwei mächtigen Männchen. Das wilde Gebrüll konnte sie sich vorstellen. Sie verzog die Lippen: Das war ja wie in einer Aufsichtsratssitzung, wenn Ronan und Tyson aneinandergerieten, weil beiden wegen des geplanten Investments von Brandon Communications ins neue Farbfernsehen mal wieder die Sicherung durchknallte. Die beiden im Doppelpack? Nicht auszuhalten!

Der Motor dröhnte.

Eine halbe Stunde später kam zwischen den Inseln Nebel auf. Wie gebannt blickte Tess auf die im Sonnenlicht blendend weißen Schleier, die sich hinter dem wirbelnden Propeller abzeichneten, einem in allen Farben des Regenbogens schillernden Kreis. Wunderschön, aber ziemlich gefährlich: Es gab zu viele Berge in ihrer Flughöhe. Tess ließ die Maschine steigen, dann notierte sie in ihr Logbuch:

*30. April 1929, 13.57 Uhr. Wetterlage: Dichter Nebel unter mir. Wolkenfetzen huschen am Cockpitfenster vorbei. Manchmal verschleiert der Nebel alles: Whiteout, der Horizont verschwindet, Erde und Himmel gehen ineinander über. Steigflug auf 2000 ft. Geschwindigkeit 240 mph. Kurs 138 Grad. ETA in SF am frühen Abend. Funkgerät ausgefallen.*

Vor der Landung in Ketchikan war es ihr gelungen, nach Sichtkontakt in der Inside Passage ein Schiff anzufunken, das ihr eine genaue Positionsbestimmung durchgab. Danach gab das Funkgerät seinen Geist auf, und die Jungs in Ketchikan schafften es einfach nicht, der Kiste auch nur ein leises Knistern zu entlocken. Sah nach Totalschaden aus. Aber egal, sie kam schon klar.

Ihr letzter Flug mit Sheena kurz vor Weihnachten war dagegen echt aufregend gewesen. Ein Sturm über dem Golf von Alaska hatte sie ganz schön durchgeschüttelt. Der Höhenmesser versagte, und Tess musste trotz der eisigen Kälte aufsteigen. Sheena und sie hielten zähneklappernd durch, der Geschwindigkeitsmesser nicht: Er fror ein. Keine Chance, die zurückgelegte Strecke zu berechnen. Und daher auch keine Möglichkeit zu navigieren, weder mit der Stoppuhr noch über den Daumen gepeilt. Nur nicht die Nerven verlieren! Eis an den Tragflächen? Sinken! Trudelnde Maschine? Abfangen, bevor die Vega in die weißen, schaumgekrönten Wellen krachte! Eingefrorenes Cockpitfenster? Leck in den Treibstofftanks und kein Wrigley's-Kaugummi zum Abdichten dabei? Abenteuer pur!

Ein kurzer Blick nach hinten: Ricky hatte sich auf der Kiste mit Charltons Goldgräberausrüstung zusammengerollt und schlief. Tess schob das Logbuch in die Halterung neben dem Pilotensitz und tastete in ihrer Tasche nach einem Milky Way. Und da war auch Ronans Brief. Auf ihren Knien entfaltete sie ihn, während sie mit den Zähnen die Verpackung des Schokoriegels aufriss und davon abbiss.

*Tess, mein Liebes,*

*es gibt so vieles, was ich Dir sagen möchte. Aber wo soll ich beginnen? Es sind so viele Gefühle in mir. Die Trauer um Jason und Sheena. Verzweiflung. Schmerz. Wut. Aber da ist auch etwas anderes, ein zart aufkeimendes Gefühl von Sehnsucht.*

*Wie gern hätte ich Dir das, was ich diesem Brief anvertraue, selbst gesagt. Aber ich will nicht, dass Du Dich von mir unter Druck gesetzt fühlst. Mir ist klar, dass Du in Ruhe darüber nachdenken willst, was ich Dir jetzt sage.*

Stundenlang habe ich darüber nachgedacht, erinnerte sie sich und schaute versonnen aus dem Cockpitfenster, immer noch gerührt von seinen Worten.

In den letzten Minuten hatte sich die Landschaft verändert. Der Nebel hatte sich wieder aufgelöst. Der Fjord unter ihr sah aus wie der Milford Sound in Kiwiland. Und auch die Namen der Orte wie Bella Coola erinnerten eher an Aussieland als an das Land der Mounties und Indianer.

Dort unten stand eine Räucherhütte, und fast glaubte sie, den Duft von frisch geräuchertem Lachs zu riechen. Hmm, lecker! Aber von wegen! Das war nur das Kerosin!

Die Insel erkannte sie gleich wieder – jetzt wusste sie auch, wo sie war! Bei einem ihrer letzten Flüge hatte sie dort ein gecrashtes

Flugzeug entdeckt. Es musste ein verdammt schwerer Sturm gewesen sein, der es aus dem Himmel gefegt hatte. Die hohen Brecher hatten das zertrümmerte Wrack auf die Felsen geschleudert. Der Pilot hatte dort oben im Baumwipfel gehangen. Ein schrecklicher Anblick.

Glitzerndes Wasser glitt jetzt unter ihr vorbei, schwarze Schattenrisse von bewaldeten Inseln, weiße Sandstrände. Nicht mehr lange, und sie konnte Vancouver Island am Horizont auftauchen sehen. Von dort war's nur noch ein kurzer Hopser bis zum Puget Sound, an dessen Ufer Seattle lag. Aber noch lagen etliche hundert Meilen Flug vor ihr.

Okay, der Brief. Sie biss vom Milky Way ab und las weiter.

*Ich liebe Dich, Tess. Die Jahre, die wir miteinander verbracht haben, waren die glücklichsten meines Lebens, atemberaubend schön. Ich glaube, dass wir schon immer füreinander bestimmt waren. Und dass wir untrennbar miteinander verbunden sind, bis ans Ende aller Tage.*

Sie strich über das Papier, das unter der Berührung ihrer Finger raschelte – allerdings ging das Geräusch im Dröhnen des Motors und im Rauschen des Fahrtwinds völlig unter.

*Ich wünschte, Du wärst jetzt hier, Tess, und ich könnte Deine Hand halten. Ich wünschte, ich könnte Dich trösten, wie Du mich getröstet hast, als es mir schlecht ging. Ich wünschte, ich könnte Dir ein Lächeln schenken. Ein herzliches Lachen. Eine gefühlvolle Umarmung. Sehnsucht. Zärtlichkeit. Liebe.*

*Ja, Tess, auch Liebe.*

Sie hatte geweint, als sie seine Zeilen gelesen hatte, und sie hatte lange gebraucht, um sich zu beruhigen. Sein Brief hatte sie tief im Herzen berührt.

*Du hast mich gelehrt, was wahre Liebe wirklich bedeutet: Freundschaft, die allem standhält. Vertrautheit. Geborgenheit. Solche Verbindungen sind ein Geschenk, das unser Leben bereichert. Weißt Du, welches die schönsten Erinnerungen sind, wenn ich auf mein Leben zurückblicke? Es sind die Momente, die ich mit Dir geteilt habe, in guten wie in schlechten Zeiten. Es sind die kostbaren Augenblicke, in denen Du meine Hand gehalten hast. Es sind die glücklichen Jahre, in denen Du an meiner Seite warst. Es ist die Zeit, in der ich wirklich gelebt habe.*

*Von ganzem Herzen wünsche ich mir, dass Du zu mir zurückkommst. Aber ich habe auch Angst, dass Du vielleicht nicht mehr so empfindest wie damals, als wir uns mit einem leidenschaftlichen Kuss voneinander verabschiedet haben. Weißt Du noch, was wir uns damals geschworen haben? Ich erinnere mich, Tess. Ich weiß, ich habe das Versprechen gebrochen, und damit Dein Herz. Aber ich hoffe, Du kannst mir irgendwann verzeihen.*

*Tess, meine Sternschnuppe, Du bist mein Leitstern. An Dir orientiere ich mich, wenn ich nicht mehr weiterweiß. Nach Dir richte ich mein ganzes Leben aus. Ein Leben ohne Dich ist für mich nicht mehr vorstellbar, ebenso wenig wie ein Leben ohne den Rhythmus von Atem und Herzschlag möglich ist. Ich sehne mich nach Dir. Und ich hoffe, dass Du mich lehrst, wieder zu leben. Unsere Träume zu leben.*

*Ich will es wagen, Tess. Mit Dir.*

*In Liebe, Ronan.*

Mit dem Finger berührte Tess ihre Lippen, die noch ein wenig nach Milky Way schmeckten. Das Dröhnen des Motors schien von weither zu kommen.

Und der Lebenstraum? Auf dem Umschlag stand: ›Wie verschenkt man einen Lebenstraum?‹

Langsam atmete Tess aus, und das Cockpitfenster beschlug unter dem Atemhauch.

Was hatte Ronan vor?

Da, ein Licht am Horizont! Über den im Sonnenuntergang glühenden Felsen des Golden Gate!

Ein Stern?

Ronan sah hinauf zum Himmel. Kein Funkeln.

Im Abendlicht schimmerte der Ocean Beach in allen Schattierungen von Safran und Lavendel. Allerdings wurde die romantische Idylle des Sonnenuntergangs über dem Pazifik von den aufgewühlten Reifenspuren gestört, die über den Strand nach Süden führten. Dort drüben, hinter dem Kordon seiner Bodyguards und dem Schutzwall aus Tysons Cadillac und seinem Rolls-Royce, lauerte eine Horde Reporter mit Kameras und Mikrofonen auf die bevorstehende Landung. *Cosmopolitan*, *Vogue*, *Vanity Fair*, *Life* und etliche andere Hochglanz-Lifestyle-Magazine – die Interviews und Fotos von Tyson, Lynne, Cayden und ihm waren schon im Kasten.

Lynne, die einige Schritte entfernt bei den Autos stand, sah wie immer umwerfend aus. Der weiße Satinmantel mit seidigem Pelz am Kragen hing über Tysons Arm – damit verdeckte er den Verband über der Schussverletzung an seiner linken Hand. Lynnes Kleid, atemberaubend wie alles, was sie trug, prangte bereits auf der Titelseite der *Vogue*. Unter der Headline, die Lynne Brandon als Stilikone der Roaring Twenties bezeichnete und zur bestangezogenen Frau Amerikas kürte, war allerdings nur das Oberteil zu sehen, ein schulterfreies, eng geschnürtes Bustier aus weißem Brokat, das von einem weit ausgestellten Kragen und einem geknoteten Seidenschal gehalten wurde. Der lässig herabfallende Schal lenkte den bewundernden Blick auf den engen Rock, der nur bis zu den wohlgeformten Oberschenkeln reichte und ihre spektakulären Beine gut zur Geltung brachte. Der Rock war zu kurz, als dass sie Seidenstrümpfe mit Spitzenbordüre darunter tragen konnte, und zu eng für Strapse. Sehr entspannt, ziemlich frech und aufregend sexy, ihr Outfit.

Mit ihrer Kosmetiklinie, ihren Parfums und ihren selbst

designten Kleidern würde sie eines Tages eine ernsthafte Konkurrenz für Helena Rubinstein, Elizabeth Arden und Coco Chanel und ihre weltweiten Imperien sein. Lynne Conroy würde schon bald eine begehrte Marke mit Stil, Eleganz und Raffinesse werden, ein ganz neuer Lifestyle.

Das fanden wohl auch die Journalisten, die sich um sie drängten, bevor sie sich Tyson und ihm zuwandten: »Wann werden Sie die geschiedene Frau Ihres Bruders heiraten, Mr Conroy?« – »Und Sie, Mr Brandon, Sie sind einer der reichsten Männer der Welt, jung, lässig, blendend aussehend und glücklich geschieden. Wie viele Liebesbriefe von Verehrerinnen bekommen Sie jeden Tag? Wie sieht's aus, werden Sie sich irgendwann wieder ›trauen‹?«

Allein die Wortwahl! Es war ein aufregendes Abenteuer, ja! Aber er hatte jetzt keine Angst mehr! Nicht mit ihr!

Ronan atmete tief durch.

Wie lang eine Stunde sein kann!, dachte er. An manchen Tagen vergeht die Zeit so schnell, dass ich zwischen den Vorstandsmeetings, Konferenzen, Telefonaten und Geschäftsessen nicht zum Atemholen komme. An anderen, wie heute, sehe ich ständig auf meinen goldenen Breitling-Chronografen, Limited Edition, und denke, die Uhr müsste stehen geblieben sein. Aber sie tickt stetig – und mir ist bewusst, wie wenig Zeit mir noch bleibt.

Sein Blick irrte zurück zum funkelnden Licht über dem Golden Gate. Es hatte sich doch bewegt, oder? Es war doch näher gekommen!

Unwillkürlich hielt er den Atem an.

Sie ist es! Tess, meine Sternschnuppe!

Sein Herz klopfte wie wild, wie jedes Mal, wenn sie sich wiedersahen. Mit den Fingern berührte er seine Lippen, und ihm wurde plötzlich ganz warm. »Cayden?«

Der Kleine sah zu ihm auf. Das Bild, das er für Tess gemalt hatte, hielt er behutsam in beiden Händen. »Ja, Daddy?«

Mr Cayden Brandon – wie er trug sein Kleiner einen dunklen

Anzug. Allerdings war seine Krawatte ein bisschen knalliger als Ronans aus taubengrau-blau-violett changierender Seide. Wehmütig fragte er sich, ob sein Sohn jemals eine so glückliche Kindheit haben würde wie er damals mit Tess, ohne einen Gedanken an ein Milliardenerbe, an Verantwortung und Disziplin, an gesellschaftliche Zwänge. Wie gern würde er Cayden eine solche unbeschwerte Kindheit schenken, dieselbe Freiheit, dasselbe Glück. Aber das war nicht allein seine Entscheidung.

Ronan deutete nach Norden. »Siehst du den hellen Stern?«

Cayden beugte sich vor, beide Hände auf den angewinkelten Knien, und blinzelte angestrengt hinüber zum Golden Gate – echt niedlich, sein Kleiner. »Den da?«

»Er bewegt sich, siehst du? Er gleitet ein bisschen nach rechts rüber.«

Cayden zog die Mundwinkel hoch und ließ das Licht nicht aus den Augen. »Mhm.«

»Das ist Tess' *Shooting Star*.«

Cayden strahlte. »Echt jetzt?«

»Sie kommt. Gleich ist sie da.«

»Au ja!«

Unwillkürlich lauschte Ronan auf das dumpfe Dröhnen des Motors. Aber natürlich war noch nichts zu hören außer dem Rauschen des Pazifiks und den Schreien der Möwen. »Freust du dich?«

Cayden warf den Kopf in den Nacken und nickte heftig. Seine Augen leuchteten dabei. »Weil dann kann ich ihr mein Bild schenken.«

Den ganzen Nachmittag hatte er daran gearbeitet, während Ronan in seinem Arbeitszimmer die letzten Verträge unterschrieben hatte, und es war wirklich schön geworden: eine Insel mit einer Palme, das glitzernde Meer, seine Jacht mit dem Flugzeug auf dem Achterdeck und die Sonne, deren wärmende Strahlen drei kleine Strichmännchen umarmten. Eine vierte, zart mit Bleistift angedeutete Figur schwebte ein wenig abseits und schaute zu – so sah Cayden es eben. Echt toll, das Bild, sehr gefühlvoll. Er konnte die exotischen Düfte fast schon riechen: Zimt, Vanille und Jasmin, die Sehnsucht nach purer Sinnlichkeit. Und er konnte die heiße Sonne auf seiner Haut spüren. Bald war's so weit ... Nur noch wenige Tage, dann ging's los ...

»Aber erst bekommt sie meine Blumen.« Ronan deutete hinüber zu seinem Butler. Mr Mulberry hielt einen großen Strauß zart rosenfarbener Päonien im Arm. Die üppigen und prächtigen Blüten waren Tess' Lieblingsblumen.

Cayden zuckte lässig mit den Schultern. »Okie dokie.«

Wie ein Meer aus Zuckerwatte, hätte Sheena gesagt.

Tess sah aus dem Cockpitfenster. Im goldenen Licht der Abenddämmerung wogten die Nebel über der San Francisco Bay wie die Wellen eines Ozeans aus flauschig weißer Zuckerwatte und im Feuer gerösteten Marshmallows in allen Schattierungen von Rosa, Violett, Bronze und Gold.

Über ihr leuchtete ein wolkenloser Himmel, unter ihr ragten die riesigen Sequoias von Muir Woods auf. Tess flog so tief, dass sie beinahe die Baumwipfel an den Hängen des Tals streifte. Noch ein Hüpfer über den Höhenzug dort vorn, dann konnte sie schon das Licht des Leuchtturms am Point Bonita ausmachen. Die schmale Landspitze versank im dichten Nebel. Gischt spritzte an den Felsen des Golden Gate hoch.

Im Golden Gate schwimmen, war das ein Spaß! Ronan und sie waren einfach mal rübergeschwommen – sie hatten damals wirklich nichts ausgelassen! Dad war mit dem Boot während ihres Wettkampfs hinter ihnen hergesegelt, und Mom hatte die Zeit gestoppt: vierunddreißig Minuten, sechzehn Sekunden in der eiskalten Strömung, die sie unerbittlich in den Pazifik hinauszog. Waren sie verrückt gewesen!

Tess sah nach Osten, wo die Skyline der Belle of the Bay aus dem dichten Nebel ragte. Deutlich konnte sie die erleuchtete Silhouette des imposanten Brandon Tower im Financial District der City erkennen.

Vor ihr tauchte jetzt Land's End aus dem Nebel auf. Es war eine der schönsten, aber auch seltsamsten und gefährlichsten Gegenden von San Francisco. Plötzlich auftretende Erdrutsche zogen unvorsichtige Menschen in die Tiefe, und die Erde bebte und zitterte oft noch, wenn die Suchtrupps die Verschütteten retten wollten. Aber nicht nur die Lebenden, sondern auch die Toten waren in Land's End in Gefahr. Ein ganzer Friedhof war in den letzten Jahrzehnten in die Tiefe gezogen worden.

Da war das Cliff House! Und dort der Robbenfelsen!

Jetzt war es nicht mehr weit.

Wie eine lange gerade Landebahn erstreckte sich vor ihr der Ocean Beach. Tess ging tiefer. In neunzig Fuß Höhe donnerte sie an den Windmühlen des Golden Gate Park vorbei. Der Strand wurde welliger. Die Dünen waren jetzt mit Strandhafer bewachsen.

Ihr Herz machte einen Hopser: Carville! Da war ihr altes Haus, aus Streetcars erbaut.

Achtzig Fuß. Sechzig. Vierzig.

Noch eine Meile.

Was war das? Vor ihr hatte sich der Pazifik während der Winterstürme ein Stückchen Strand geholt. Sie hüpfte über die heranrollenden Wellen hinweg und setzte zur Landung an.

Dreißig Fuß.

Noch eine halbe Meile bis zu den grünen, weißen und roten Laternen, die den Runway markierten. Der Ocean Beach vor ihr war menschenleer, aber der lockere Sand war aufgewühlt von etlichen Reifenspuren. Hatte hier eine Beach Rallye stattgefunden? Tess drosselte den Motor und trimmte die Vega um. Prima, sie kam flach rein, und ihre Landelichter tauchten den abendlichen Strand und das Meer in einen silbrigen Schein.

Nicht weit entfernt konnte sie jetzt die Lichter von Brandon

House erkennen. Shannons Wunschbaum, ein großer Eukalyptusbaum mit Glaskugeln voller Wünsche an den Zweigen, war hell erleuchtet. Glitzernde Sterne aus Glas, von innen durch flackernde Kerzen erleuchtet, schwankten in der leisen Brise vom Meer.

Oh, Ronan! Was für ein schöner Empfang!

Dann erst sah sie die Reporter mit ihren Mikrofonen und Kameras. Ein plötzlich aufflackerndes Blitzlichtgewitter erleuchtete die Landebahn.

Na klar, ihre Welttour! Hunderttausende würden ihren spektakulären Langstreckenflug in die Unendlichkeit des Pazifiks in den Wochenschauen im Kino sehen. Millionen würden an ihren Radios sitzen und auf die verrauschte Übertragung von ihren Landungen in aller Welt warten. Will Hearst hatte den Publicity Stunt in seinen Zeitungen ebenso geplant wie sie ihre Flugroute:

**TESS TYRELL, DIE BERÜHMTE PIONIERIN DER LUFTFAHRT, FLIEGT UM DIE WELT!**

**Als Pilotin, Frauenrechtlerin, Werbeikone und Medienstar ist Tess Tyrell eine der gefeiertesten Persönlichkeiten in Amerika. Ein Medienereignis, das die Massen bis zum Starkult fasziniert. Das Hollywoodepos über ihr aufregendes Leben beweist: Sie rebellierte gegen eine Welt, die von Männern beherrscht wird, und setzte sich durch. Es gibt nichts, was Frauen nicht tun können. Eleanor Roosevelt schreibt über sie …**

Und so weiter und so weiter.

Tess fluchte leise. Wer hatte die Medien verständigt?

Doch nicht Ronan! Lynne? Oder Tyson? Dort drüben standen sie neben Ronan und winkten. Cayden war auch da. Er hopste vor Aufregung.

Tess wackelte mit den Flügeln, und der Kleine winkte.

Dann nahm sie das Gas weg. Zehn Fuß. Fünf. Drei. Und ... Touchdown.

Sie ließ die Maschine schwungvoll ausrollen, dann wendete sie mit einem ziemlichen Stunt auf dem Strand und holperte durch den aufspritzenden Sand zurück zum Haus. Motor aus, sofort! Sonst geriet noch einer der Heranstürmenden in den wirbelnden Propeller!

Als sie schließlich aus der Cockpitluke kletterte und Ricky auf die Tragfläche hievte, war sie schon von einer Meute Presseleute umringt, die ihr die Mikrofone vor die Nase hielten. *San Francisco Chronicle! New York Times! Boston Globe!* Ein exklusives Interview, Ma'am? *Life Magazine!* Ein Foto, Tess? Ein Autogramm, bitte! Ist der Husky niedlich – kann er für die 20th-Century-Fox-Wochenschau noch mal Hallooooo sagen?

Und sie war noch nicht mal gestartet!

Souvenirjäger streiften um die Lockheed Vega herum, aber sie würden nichts finden, was sie auf die Schnelle abschrauben oder abbrechen konnten, dafür hatte Tess gesorgt. Sie wollte ja nicht während eines Steigflugs über dem Pazifik feststellen, dass das Höhenruder plötzlich nicht mehr funktionierte ...

Sie sprang hinunter auf den Strand, und eine junge Frau fing sie auf. Sie sahen sich an, und Tess fragte sich: Wieso hat sie denn Tränen in den Augen?

»Ich habe gelesen, was passiert ist«, sagte die junge Frau leise. »Ich finde Sie großartig, wie Sie einen solchen Schicksalsschlag verkraften. Ihren Mann und Ihre kleine Tochter zu verlieren.« Sie stockte. »Ich weiß nicht, was ich getan hätte.«

Weiterleben, was denn sonst? Tess wusste nicht, was sie sagen sollte, außer: »Danke.« Aber die Tränen der anderen rührten sie. Tess war ihr dankbar für ihr Mitgefühl. Spontan gab sie ihren Gefühlen nach und umarmte die Frau vor laufenden Kameras.

Tosender Applaus brandete auf, Pfiffe schrillten. Aber wieso?, fragte sie sich. Was habe ich getan? Abgesehen davon, dass ich meine ganze Familie verloren habe.

»... aber lassen Sie mich eines sagen, Ladies and Gentlemen«, rief Tess in die Mikrofone der Radioreporter der NBC und anderer Sender, die nicht zu Brandon Communications oder Conroy Networks gehörten. »Ich glaube, dass Frauen ebenso viel Mut haben wie Männer. Wenn wir ...« Frenetischer Jubel übertönte ihre Worte – für die Mädchen und Frauen im Publikum war Tess ein Vorbild: entschlossen, selbstbewusst und unabhängig.

Ronan beobachtete mit angespannt hochgezogenen Schultern, wie die Reporter sie mit Fragen bestürmten: »Wann werden Sie zu Ihrer Tour aufbrechen, Ma'am?« – »Sind die Vorbereitungen schon abgeschlossen. Ms Tyrell?« – »Mit welcher Maschine werden Sie starten, Tess?« – »Welche persönlichen Gegenstände werden Sie mitnehmen? Einen Teddy? Und wie heißt der? Snivel, oh, wie süß!«

Jetzt noch das Fotoshooting: Tess, beide Arme kess in die Hüften gestemmt, vor dem riesigen Propeller der Vega. Tess, gegen die Räder gelehnt, mit dem Thumbs-up-Zeichen – die Bildunterschrift lautete vermutlich: All systems go! Tess mit entschlossenem Blick zum Himmel: Reach for the sky!

Die Reporter und die Fans, die sich fähnchenschwenkend um sie drängten – sie alle sahen in ihr den Fliegerfreak, der alle Rekorde brechen wollte, den glamourösen Star, der sich aus einem verschrotteten Streetcar in den Slums von Carville bis nach ganz oben in die gesellschaftliche Respektabilität und Glitzerwelt der High Society von San Francisco durchgekämpft hatte. Wie hatte Mom sie beschrieben? Verstand und Gefühl, feinfühliges Denken und hemdsärmeliges Handeln, das war der amerikanische Traum. Alles war ihr möglich. Tess war so sehr Amerika wie Miss Liberty, die Freiheitsstatue in New York.

Aber Ronan sah nur ihr herzliches Lächeln, wenn sie zu ihm herübersah wie jetzt gerade. Er sah den Wind in ihrem Haar. Er wusste, wie seidig weich es sich anfühlte, wenn es durch seine Finger glitt, und wie frisch es duftete, nach Orangen und Zitronen. Er wusste, wie es war, sie sanft zu berühren, sie zärtlich im Arm zu halten und ungestüm zu küssen.

Ronan nahm Mr Mulberry den Strauß Päonien ab, um ihn Tess zu überreichen. Das war für Cayden das Zeichen, ebenfalls loszusausen; jetzt konnte ihn nichts mehr halten. Er drückte Ronan seine Kinderzeichnung in die Hand und flitzte über den Strand zu ihr hinüber – er folgte ihm langsamer, auch wenn er seinem Sohn am liebsten hinterhergestürmt wäre.

Als Tess den Kleinen durch die Menge herannahen sah, breitete sie lächelnd die Arme aus. Cayden, der wusste, was jetzt kam, blieb kichernd vor ihr stehen. Mit abgespreizten Armen rannte Tess um ihn herum, wie ein Flugzeug im Landeanflug, und funkte ihn zum Spaß an: »Airplane an Tower, Airplane an Tower: Erbitte Landeerlaubnis!«

Cayden lachte sich wie immer schlapp: »San Francisco Tower Anflugkontrolle an Airplane: Wie sieht dein Treibstoffvorrat aus?«

Als hätte San Francisco schon einen Flughafen!, dachte Ronan. Die meisten Wasserflugzeuge landeten immer noch in der Bay vor Treasure Island.

»Airplane an Tower: Es gibt noch jede Menge Umarmungen und Küsse!«

»Tower an Airplane: Genehmigung zur Landung erteilt!«

Tess schloss ihr Patenkind in ihre Arme, hob den Kleinen hoch und wirbelte ihn herum. Dann schmatzte sie ihm einen Kuss auf die Wange. »Hi, Cayden!«

Gerührt beobachtete Ronan, wie sein Sohn glücklich lachend seine Arme um ihren Nacken warf und sich mit den Beinen an ihr festklammerte. »Hi, Tess!«

»Wie geht's dir, Süßer? Hey, guck mal. Ricky will Halloooo sagen.« Tess stellte Cayden wieder auf den Boden.

Sofort umarmte er den Husky, der begeistert um ihn herumhechelte. »Na, Ricky, wie geht's?«

»Wowowowow«, freute sich Ricky, warf den Kopf hoch und wedelte mit der buschigen Rute. Die beiden waren die besten Freunde.

»How you doin'?«, fragte Cayden nach: Na, wie läuft's so?

»Wooooooh!«, antwortete Ricky: Gut.

Mit einem schmerzhaften Stich ins Herz wurde Ronan bewusst, was er alles verpassen würde. Tess würde mit Cayden spielen, toben und lachen. Sie würde immer für ihn da sein, während er ...

Lachend richtete Tess sich auf und sah ihn an. »Hi, Ronan.«

»Hi, Tess«, begrüßte er sie und überreichte ihr den Strauß Pfingstrosen. Wie gern hätte er sie jetzt umarmt und geküsst! Aber für einen Mann in seiner Position war das undenkbar. Und wenn Tess eines Tages ... Nein, nicht daran denken! Nicht jetzt!

»Die sind aber schön!« Sie vergrub ihr Gesicht in den üppigen Blüten. Ihre Lippen streiften die zarten Blätter. Und er wusste, der Kuss galt ihm. So wie ihr Lächeln.

Ja, sie hatte sich verändert. Sie wirkte älter, reifer, ernster. Und total erschöpft, nicht nur von dem langen, anstrengenden Flug.

Cayden klopfte Ricky auf die vor Aufregung bebenden Flanken, tastete nach Tess' Hand und schob seine hinein. »Tess!«, freute er sich und hopste an ihrem ausgestreckten Arm herum. »Tess ist hier!«

Tyson tauchte neben Ronan auf und lächelte ihm in die Augen – wie immer, wenn er etwas vor ihm verbarg oder gegen ihn intrigierte. Als er neben ihm stehen blieb, bemerkte Ronan, wie die Blicke sich seinem jüngeren Bruder zuwandten. Ty Conroy war überall der strahlende Mittelpunkt; seiner charmanten Ausstrahlung voll pulsierender Lebenskraft konnte kaum jemand widerstehen. Darin ähnelte er seinem Vater, Rob Conroy, Moms erstem Ehemann.

Ty beugte sich über den Blumenstrauß und hauchte Tess einen Kuss auf die Wange. Die verbundene Hand, die vor einigen Tagen bei dem Attentat verletzt worden war, schob er lässig in die Tasche seiner maßgeschneiderten Jacke – Brooks Brothers, Madison Avenue, New York, was denn auch sonst. »Toll siehst du aus!«

Unwillkürlich hatte Ronan erwartet, sein Bruder würde seinen Ruf als eleganter geldadeliger Gentleman mit Noblesse und Charme kultivieren, mit selbstgefälligem Ostküstenakzent sprechen und vor den laufenden Kameras sein Studium in ›Haavaad‹ heraushängen lassen, das er vor zwei Jahren abgeschlossen hatte: Wirtschaftswissenschaften und Unternehmensführung. Aber von wegen.

Tyson war zwar in New York geboren worden, aber nach dem Tod seiner Eltern an Bord der *Titanic* hatte Mom das völlig traumatisierte Kind nach San Francisco geholt. Obwohl er mehrmals im Jahr an die Ostküste fuhr, sprach er von New York wie von einem verlorenen Paradies. San Francisco war für ihn, wie auch für Lynne, eine Art Exil in der unerschlossenen Wildnis des Wilden Westens, und diese Wildnis begann für einen New Yorker unmittelbar westlich des Hudson River.

Tess lachte ausgelassen. »Du aber auch, Ty! Echt schick, dein schwarzer Anzug.« Sie zupfte an ihrem Fliegeroverall herum. »Viel eleganter als meiner!«

Lynne zog einen Kometenschweif von Presseleuten hinter sich her und lächelte süß für die Kameras. Publicity war ihr zweiter Vorname, dachte Ronan. Nein, sorry, nicht Publicity: Glamour.

»Tess!«, rief sie. »Willkommen zu Hause!«

»Lynne, wie schön, dich zu sehen!« Tess küsste sie auf beide Wangen, die Kameras klickten und die Blitzlichter knallten. »Du siehst einfach großartig aus!«

Na klar tut sie das!, dachte Ronan trocken. Neue Frisur, neue

Dauerwelle, neues Make-up, neues Parfum, neues Kleid, neue Schuhe, neue Handtasche und das wichtigste Accessoire: ein neuer Mann an ihrer Seite …

»Danke, Tess«, hauchte Lynne.

»Und wie du strahlst! Bist du glücklich?«

Lynne nickte, und ihr Blick wirkte verklärt. Mit den Lippen formte sie die Worte: Ich bin schwanger.

Ein Glücksgefühl wallte in Tess auf, das merkte er ihr an. Sie freute sich für Lynne. Aber dann traf sie mit Wucht die schreckliche Erinnerung.

Ganz ehrlich, dachte Ronan, ich bewundere Tess aufrichtig für ihre Besonnenheit. Denn sie umarmt Lynne sehr herzlich und lächelt dabei über ihre Schulter hinweg Tyson an. Wie schafft sie es nur, so gefasst zu bleiben, so beherrscht und so gelassen?

Erst als Lynne sich abwandte, um mit einem strahlenden Lächeln in die Kameras zu winken, senkte Tess ihre Lider und presste ihre Lippen aufeinander, und Ronan spürte den Schmerz, der ihr das Herz zerriss.

Sie hatte ihr Kind verloren! Wie gedankenlos, wie gefühllos von Lynne, sie auf diese Weise daran zu erinnern! Ronan ballte die Fäuste.

Tränen schimmerten in Tess' Augen, als sie ihn ansah, und ihr trauriger Blick traf Ronan im Innersten.

# 6

Ronan öffnete Tess die Tür zu ihrem Schlafzimmer und blieb stehen, damit sie eintreten konnte.

Seit Weihnachten hatte sich hier nichts verändert. Alles war noch so, wie sie es verlassen hatte.

Den Raum hatte Mom im klassischen Stil des Fin de Siècle eingerichtet, so elegant und schön wie den Rest des großen Hauses. Eine Wandvertäfelung aus dunklem Redwoodholz, das zweifarbige Parkett in einem helleren Ton, ein weißer Marmorkamin mit einer antiken Uhr auf dem Sims, ein viktorianischer Schreibtisch, hier und da mattiertes Gold und glitzerndes Kristall. Vasen voller duftender Blumen und Schalen mit frischen Früchten, ein Tablett mit einer Auswahl von Whiskeyflaschen und einem Stapel von Büchern und Zeitschriften sorgten für Gemütlichkeit. Der Aubusson-Teppich, die Gemälde und das Bett samt Quilts und Kissen waren eine Sinfonie in den warmen Gelb-, Ocker- und Rottönen eines Indian Summer. Ein Rausch der Farben. Und der Gefühle, die wie eine schöne Melodie in ihr nachklangen.

Zu Hause, das ist hier, dachte sie. Wärme. Geborgenheit.

Dieser Raum war schon immer *ihr* Zimmer gewesen. Hier hatte Tess öfter geschlafen als auf ihrer sandigen Matratze in ihrem Streetcar in den Dünen. Sie wusste, dass im Schrank Lavendelsäckchen einen zarten Duft verströmten. Sie wusste, an welchen Stellen das Mosaikparkett quietschte und knarrte, und konnte sich sogar noch an die Tonfolge erinnern, die Ronan und sie durch Herumspringen im Zimmer gespielt hatten – an Weihnachten hatte Tess sie mit Sheena nachgespielt, die mit ihr dort im großen Bett geschlafen hatte. Sie wusste, wie weich die breite Matratze war, wie frisch die Bettwäsche duftete und wie es sich anfühlte, neben Ronan aufzuwachen, der noch in die Kissen gekuschelt schlief, einen Arm um sie gelegt, die Hand unter dem Shirt ihres Pyjamas.

So viele Erinnerungen!, dachte sie wehmütig.

Tess stellte ihre Tasche auf den Boden und warf ihr Logbuch aufs Bett.

Hinter ihr schloss Ronan die Tür und lehnte sich mit hochgezogenen Schultern dagegen.

Eine halbe Ewigkeit lang sahen sie sich nur an, ohne aufeinander zuzugehen, ohne ein Wort zu sagen. Ihre Blicke hielten einander fest. Er war so aufgewühlt wie sie, das sah sie ihm an. Obwohl er sich bemühte, ihr seine Gefühle nicht zu zeigen. Aber sie spürte seinen Kummer und merkte ihm an, wie sehr auch er litt. Er bemühte sich, ihr zuliebe stark zu sein. Doch Jasons Tod war für ihn ein schwerer Schlag. Bevor Ronan und sie sich kennengelernt hatten, als sie beide acht gewesen waren, war sein Cousin sein bester Kumpel gewesen. Als Tess ihn anrief, um ihm zu sagen, dass Jason und Sheena tot waren, war ihm wie auch ihr klar geworden, wie plötzlich das Leben zu Ende sein konnte. Das hatte ihnen beiden sehr wehgetan, und der Schmerz hatte sie noch fester zusammengeschweißt.

Schließlich stieß er sich von der Tür ab und kam zu ihr herüber. Tess fiel ihm um den Hals, und sie spürte seinen Körper, der sich warm an sie schmiegte. Nichts hatte sich zwischen ihnen geändert, nicht ihre Gefühle füreinander, nicht ihre Sehnsucht nach dem anderen, dem verlorenen Puzzleteil, das erst das ganze Bild erkennbar machte. Das Bild von zwei Menschen, die untrennbar zusammengehörten.

Ronan schob seine Hände in die Taschen ihrer Jeans, massierte auf provozierende Weise ihren Po und presste sie an sich. Tess küsste ihn, so wie früher auf den Mundwinkel, und er erwiderte ihren Kuss. Seine Lippen streichelten zärtlich ihre, und Tess wurde heiß. Sie spürte, dass er mehr wollte als nur Kuscheln und Schmusen. Aber er hielt sich zurück, und sie fühlte seine Anspannung.

Langsam atmete sie aus und lehnte ihre Stirn gegen seine Schulter.

»In den letzten Tagen habe ich viel über uns nachgedacht«, gestand er leise.

Tess sah ihm in die Augen.

»Die Briefe, die Fotos. Ich habe keine Erinnerungen ohne dich. Keine Erlebnisse, die wir nicht zu zweit hatten. Wir beide, du und ich.«

Sie nickte.

»Wir stehen das gemeinsam durch, Tess. Alles wird gut.«

Sie hörte die tiefe Anteilnahme in seiner Stimme, sie sah die Traurigkeit in seinen Augen und brachte kein Wort heraus.

Mit diesen Worten hatte sie ihn vor zwei Jahren getröstet, als es ihm während seiner Therapien schlecht ging. Als er steif vor Schmerzen in seinem Bett lag, nassgeschwitzt und am ganzen Körper zitternd und bebend. Als er sich immer wieder übergeben musste und sie ihn festhielt, weil er zu schwach war, und sie ihn wusch und sein Bett frisch bezog, wenn er sich beschmutzt hatte. Als sie neben ihm lag und er völlig benommen von den Medikamenten in ihren Armen weinte, weil er in dem dichten Nebel, der ihn umgab, den Weg nicht mehr sehen konnte, den Silberstreif am Horizont.

Wir haben das gemeinsam durchgestanden, dachte sie gerührt. Ich war für ihn da, und jetzt tut er dasselbe für mich, um mich zu trösten.

Tess nahm sein Gesicht in beide Hände, strich mit den Daumen über seine leicht kratzigen Wangen und küsste ihn zärtlich. Es fühlte sich anders an als früher, nicht der Kuss, sondern die Bartstoppeln. Sie waren jetzt viel weicher. Mit dem Finger zog sie sanft seine Kinnlinie nach.

Seine sanften dunklen Augen ... und dieser Blick!

Ronan lächelte matt, und dabei sah er so müde und erschöpft aus, wie sie sich nach dem langen Flug fühlte. Feine Fältchen hatten sich in seine Augenwinkel gegraben, und seine Haut hatte den warmen Bronzeton verloren. Arbeitete er einfach nur zu viel? Oder nahm er wieder seine Medikamente? Er hatte nichts davon gesagt …

Er zog seine Hände aus den Taschen ihrer Jeans und legte die Arme um sie.

Das Feuer im Kamin knisterte und knackte. Ein Holzscheit kippte funkenstiebend in die glühende Asche. Tess versuchte, das Gefühl von Frieden und Geborgenheit in sich aufzunehmen und ihre wie die Funken aufwirbelnden Gedanken zu beruhigen. Ihr war fast schwindelig, aber sie konnte nicht sagen, ob vor Freude oder vor Traurigkeit und Schmerz.

Ich bin doch nicht hergekommen, um mit ihm … und doch … und doch …

Heiße Tränen verschleierten ihren Blick. Mit einem Seufzer, der einem Schluchzer von Snivel schon sehr nahekam, lehnte sie ihren Kopf an seine Schulter, und er hielt sie fest und küsste sie in den Nacken. »Ich bin froh, dass du gekommen bist.«

Als er behutsam die Haarspange öffnete und mit den Fingern sanft durch ihr offenes Haar fuhr, rang sie mit ihren Gefühlen.

»Lass uns gemeinsam schöne Erinnerungen an Jason und Sheena schaffen und sie bewahren, Tess.«

Sie wischte sich die Tränen aus dem Augenwinkel und nickte stumm.

»Lass uns gemeinsam den ersten Schritt in ein neues Leben tun«, flüsterte er sanft, griff nach ihrer Hand und legte seinen Arm um ihre Taille. »Ich werde dich führen, Tess. Ich werde dir Halt geben, bis du's wieder schaffst, meine Hand loszulassen und eigene Schritte zu tun, um deinen Weg zu gehen.«

So eng, dass sie seinen Herzschlag spüren konnte, begannen sie zu tanzen, und Ronan summte die Melodie dazu. Es war ein schwermütiger Song von Ruth Etting, seiner Lieblingssängerin, ein Hit aus dem letzten Jahr.

Leise, fast flüsternd, sang er: »The song is ended but the melody lingers on. You and the song are gone but the melody lingers on ...«

Mit einem verträumten Lächeln sahen sie sich an, dann lehnte Tess ihre Stirn gegen seine Wange und ließ sich von ihm führen. Sie konnte seinen Körper an ihrem spüren, seine Schenkel, die sich an ihre schmiegten, seine Hand in ihrem Rücken, die ihr Halt gab.

In seinen Armen konnte sie sich wieder spüren.

Ganz eng drehten sie sich umeinander, und Tess wischte sich eine Träne ab und legte ihre Hand wieder auf seine Schulter. Gemeinsam summten sie das Ende des Songs, und die Melodie klang noch sanft und leise in ihnen nach. Überwältigt von ihren Gefühlen, küssten sie sich, zuerst zärtlich, dann immer leidenschaftlicher.

»Tess, ich muss dir was sagen ...«, flüsterte Ronan, und seine Lippen streiften dabei ihre.

In diesem Augenblick flog die Tür auf und knallte mit Schwung gegen die Wandvertäfelung. Cayden stürmte in den Raum, blieb in der offenen Tür wie festgetackert stehen und guckte sie erstaunt an. »Ihr küsst euch!«

Ronan löste sich von Tess, ließ aber ihre Hand nicht los. »Ja, und?«

»Aber ihr seid nicht heiverratet!«

Ronan lachte ausgelassen, und auch Tess musste schmunzeln. »Heiverratet?«, fragte sie nach.

Cayden verdrehte die Augen. »Ihr wisst schon ...«

»Verheiratet?«, schlug Ronan vor und grinste.

Cayden nickte. »Daddy, wo ist das Bild, das ich für Tess gemalt habe? Weil ich kann das nicht finden.«

»Du hast es mir vorhin in die Hand gedrückt.«

»Ach ja.«

Ronan gab Cayden ein gefaltetes Blatt Papier, das der Kleine am ausgestreckten Arm Tess hinhielt. »Hier.«

»Oh, danke.« Sie klappte die Buntstiftzeichnung auf. Eine sonnige Insel mit einer Palme, die sich über den Strand neigte. Eine Jacht, ein Flugzeug. Sie blickte auf. »Eine Reise?«

Cayden nickte.

»Fahren wir zusammen weg?«

»Das wird super!« Der Kleine zog eine Ecke des Bildes zu sich herunter und zeigte auf die drei Figuren auf der Insel. »Guck mal, das ist Daddy, das bist du, und das bin ich.«

Dann erst sah Tess die vierte Figur, kaum mehr als ein Schatten, zart mit Bleistift und Radiergummi angedeutet. Sie schwebte zwischen den Wolken und schaute vom Himmel aus auf sie hinab.

Ein Engelchen mit durchscheinenden Flügeln.

Sheena.

Ihr Herz krampfte sich schmerzhaft zusammen, und sie rang nach Atem. Jetzt konnte sie die Tränen nicht mehr zurückhalten.

Cayden sah sie völlig bedripst an, die Augen aufgerissen, die Lippen zusammengepresst, dann heulte er los. Er hatte ihr doch nur eine Freude machen wollen, ein schönes Geschenk, das sie trösten sollte!

Gerührt kniete Tess sich vor ihn hin, umarmte ihn fest und küsste ihn auf die tränennasse Wange. »Hab dich ganz doll lieb, Süßer.«

»Ich dich auch«, schluchzte er, und seine Schultern bebten, als er sich eng an sie schmiegte. »Ich wollte dich nicht traurig machen.«

»Ich weiß, Cayden.« Tess schnürte es die Kehle zu: Für sie gab's kaum etwas Schlimmeres als die Tränen eines kleinen Kindes. Wie gern sie ihn trösten wollte!

Cayden presste sein Gesicht an ihre Schulter.

Tess strich ihm über den Rücken, und er beruhigte sich wieder. »Alles okay?«

Er schniefte, dann nickte er.

»Also gut, Kumpel, jetzt aber ins Bett«, drängte Ronan.

»Nee, oder?«, schmollte der Kleine.

»Doch, Cayden. Und jetzt lauf, so schnell du kannst! Wenn Tess dich zu fassen kriegt, sucht sie wieder deinen Aus-Knopf.«

Cayden strahlte schon wieder. »Au ja!«, rief er und riss sich ungestüm los, bevor Tess ihn festhalten und ins Bett stecken konnte. Auf dem glatten Parkett schlitternd, rannte er aus dem Raum und knallte mit Schwung die Tür hinter sich zu.

Ronan grinste. »Waren wir eigentlich auch so wild?«

Tess musste lachen. »Wieso waren? Sind wir's nicht mehr?« Sie sprang auf und sprintete zur Tür. »Los, hinterher!«

Schwer atmend stürmte Ronan ins Kinderzimmer

Tess blieb neben ihm stehen.

Cayden hockte in seinem Seifenkistenrenner, brummte ein Motorengeräusch mit hoher Drehzahl, wirbelte wie ein Irrer das Lenkrad herum und machte das Geräusch quietschender Reifen. Wohin wollte er denn flüchten? Als er sie sah, kletterte er kichernd aus seinem Fluchtauto und flitzte kreischend in Richtung Bett, um darunter zu verschwinden. Dort unten hatte er sich ein Geheimversteck angelegt: Wolldecke, Taschenlampe, Comichefte und ein paar Vorräte: Schokoriegel und Kekse.

»Showdown!« Tess spurtete lachend los und fing ihn ab, bevor er sich auf den Boden werfen konnte, um unter die Matratze zu kriechen. »Hab dich!«

Er zappelte und schrie, als sie ihn schwungvoll hochhob, sich den aufgedrehten Bengel lässig unter den Arm klemmte und mit ihm auf die andere Seite des Bettes ging. Dort stellte sie ihn auf die Bettdecke und begann ihn auszuziehen.

Ronan schnappte sich den Schlafanzug, Caydens Goldgräber-Outfit, und ging zu ihr hinüber.

»Puh, Hemd und Hose sind geschafft«, lachte Tess, die offenbar ihren Spaß mit dem kleinen Kerl hatte. »Jetzt die Socken.«

In diesem Moment riss Cayden sich kichernd los und warf sich auf die Matratze, um auf der anderen Seite aus dem Bett zu flüchten. Doch Tess kriegte einen Arm zu fassen, packte entschlossen zu und zog den quietschenden und strampelnden Bengel über die zerwühlte Bettdecke zu sich heran, um ihm die Socken abzustreifen. Immer wieder versuchte er, sich ihr zu entwinden, aber sie kitzelte ihn auf der Suche nach seinem Aus-Knopf ordentlich durch. Er lachte so sehr, dass er sich beinahe verschluckte. »Irgendwo kann man bestimmt die Lautstärke einstellen, du weißt schon: lautes Kind, leises Kind. Und den Schalter, um dir für die Nacht den Strom abzudrehen, finde ich sicher auch gleich.«

Cayden kreischte vor Vergnügen, als sie einen fiktiven Knopf auf seinem Rücken drückte, eine besonders kitzelige Stelle. Dann war er schlagartig still und grinste von einem Ohr zum anderen.

»Und, bist du jetzt ausgeknipst?«

Cayden bewegte die Lippen und tat so, als hätte sie seinen Lautsprecher ausgeschaltet.

Ronan lachte sich kaputt, während er ihn in seinen Schlafanzug steckte.

»Okay.« Tess drückte erneut einen Knopf auf seinem Rücken, und sofort kreischte der Bengel in voller Lautstärke los: »Das war der falsche Knopf, hihihi! Du hast mich wieder lauter gedreht!«

Tess drehte sich zu Ronan um und sah ihn an. Mit einem verlegenen Grinsen wandte er seinen Blick ab. Wieso fühlte er sich plötzlich wieder wie ein verknallter Teenager?

Sie lächelte ihn an, und in ihrem Blick lag Wärme. Dann wandte sie sich wieder seinem Sohn zu, der wie irre auf dem Bett herumtobte. »Na warte, Bürschchen! Gleich hole ich meinen

Schraubenzieher und zerlege dich. Ich nehme einfach deine Batterien raus.«

Caydens Augen wurden groß. »Baust du mich auch wieder zusammen?«

»Weiß ich noch nicht«, meinte Tess lässig. »Mal sehen.«

Der Bengel grinste keck, und seine Zahnlücke war zu sehen. »Dann schalt mich lieber ab.«

»Mach ich.« Tess schob ihre Hand unter sein Goldgräbershirt und streichelte ihn zärtlich. »Hier?«

Der kleine Kerl nickt ja ganz brav!, dachte Ronan. Er ist plötzlich wie ausgewechselt. Tess ist eine wundervolle Mommy, und mein Süßer liebt sie über alles. Sie lebt mit so viel Leidenschaft und Hingabe! Sie nimmt das Leben spielerisch mit einem Lachen! Woher nimmt sie bloß diese Stärke?

Tess hob die Bettdecke an, und Cayden kroch, immer noch ein bisschen außer Atem, darunter und ließ sich mit einem Japsen ins Kissen fallen. Sie deckte ihn zu, stopfte die Bettdecke um ihn herum fest und setzte sich neben ihn auf die Bettkante. »Zähne geputzt?«

Er schüttelte den Kopf.

Tess zog einen Wrigley's aus der Tasche ihrer Jeans und gab ihm den Kaugummi.

Er griente.

Tess beugte sich über ihn, um ihm einen Gutenachtkuss zu geben, und er schlang seine Arme um ihren Hals.

»Hab dich ganz doll lieb, Cayden.«

»Ich dich auch.«

Ronan schluckte, so gerührt war er. Plötzlich kämpfte er mit den Tränen.

Er setzte sich auf die andere Seite des Bettes und gab Cayden einen Kuss. »Hab dich auch lieb, Süßer. Hab dich sehr, sehr lieb.«

Sein Sohn umarmte ihn, und Ronan drückte ihn fest an sich.

Wie schön es war, den kleinen Körper in seinen Armen zu spüren, seinen Kindergeruch einzuatmen, sein verwuscheltes Haar zu streicheln. Es waren Augenblicke wie dieser, voller Lebensfreude und Glück, die am Ende zählten, und er würde sie in seiner Erinnerung bewahren.

Tess, die spürte, wie aufgewühlt er war, legte ihm die Hand auf den Arm und streichelte ihn sanft.

»Daddy?«

»Ja?«

Cayden strahlte ihn glücklich an. »Tess und du, küsst ihr euch jetzt wieder?«

# 7

Ihr Negligee, selbst entworfen wie alles, was sie trug, lag auf dem Bett ausgebreitet.

Den Satinmantel und das Cocktailkleid warf Lynne lässig über einen Stuhl im Empire-Stil und schlüpfte in das elegante Nachtgewand. Dann drehte sie sich schwungvoll einmal um sich selbst, stemmte die Arme in die Hüften und betrachtete sich kritisch im hohen Spiegel neben dem Bett.

Die enge Korsage aus gerafftem Chiffon betonte sehr schön die Brüste und die schlanke Taille, und sie saß absolut perfekt. Der angedeutete Ärmel, nur einer, um die Schulterlinie hervorzuheben, bestand ebenfalls aus fließendem weißen Chiffon, genau wie der hauchzarte lange Rock, der im Gegenlicht von Tysons Nachttischlampe tiefe Durchblicke gewährte. Lynne straffte ihre langen Beine und drehte sich auf Zehenspitzen, damit sie ihren straffen Po von der Seite betrachten konnte. Alles perfekt geformt, dank ihrer täglichen Ausritte am Strand und ihrer neuen Vibrating Belt Machine. Zehn Minuten tägliches Training mit dem breiten vibrierenden Band um ihre Taille hielten sie in Form.

Hmm, ziemlich sexy, das Negligee. Vielleicht sollte sie es nicht nur in Weiß nähen lassen, sondern auch in zarten rosen- und fliederfarbenen Pastelltönen.

Ihren Daiquiri mit zerstoßenem Eis und braunem Zuckerrand am Cocktailglas hatte Tysons Butler, Mr Kingsley, auf ihren Nachttisch im Empire-Stil gestellt. Er hatte ihr eben ausgerichtet, dass Mr Conroy in seinem Arbeitszimmer noch einen wichtigen Anruf erwarte. Jetzt noch, nachts um halb zwölf? Mit wem telefonierte Ty denn so spät?

Lynne trank einen Schluck und genoss den Geschmack von kubanischem Rum und Limettensaft. Mit dem Cocktail in der Hand schlenderte sie durch das Schlafzimmer und sah nach, ob Cayden ihnen heute Abend wieder einen Streich gespielt hatte. Sie schlug die gestreifte Tagesdecke auf dem Bett zurück. Keine juckenden oder piksenden Überraschungen. Sie hob die aufrecht stehenden Kopfkissen an. Nichts. Und unter dem Bett? Auch nichts.

Im Ankleidezimmer war ebenfalls alles in bester Ordnung. Tysons dunkle Anzüge hingen akkurat aufgereiht auf der Stange, und keiner war mit Niespulver bestäubt. Ob sich an den weißen Hemden Juckpulver befand? Nichts zu sehen, nichts zu riechen.

Na gut, jetzt das Bad. Gestern hatte Cayden eine Tüte Brausepulver mit Erdbeergeschmack in den abgeschraubten Duschkopf getan. Als Ty heute Morgen duschte, hatte er ziemlich geflucht. Und regelrecht geschäumt.

Badewanne, Waschbecken, Spiegel, Handtuchständer, Marmorfliesen, Kristallleuchter – alles so, wie es sein sollte. Lynne atmete auf. Nein, hier war nichts. Es würde hoffentlich eine ruhige Nacht werden.

Mit dem Daiquiri ging sie hinüber zu ihrem Arbeitszimmer. Sie wollte die Etiketten für die Düfte, Seifen und Cremes und die Fotos für die neue Werbekampagne heraussuchen, die sie morgen früh Tess zeigen wollte, bevor sie und Ronan nach dem Frühstück mit Cayden aufbrachen. Vorhin beim Dinner im großen Salon hatte Ronan ihr verraten, dass er mit Tess für einige Tage ins Sonoma Valley fahren wollte, zu dem verlassenen Weingut *Lavender Fields*, das er trotz der Prohibition wieder in Betrieb nehmen wollte. Der Cabernet Sauvignon war früher exzellent gewesen, und auch der Zinfandel wurde hoch geschätzt.

Ein verlassenes Weingut aus Feldsteinen wie in der Provence oder der Toskana, geschwungene Weinberge in sanftem Frühlingsgrün, violett blühende Lavendelfelder, ein verträumter Sonnenuntergang im zarten Abendnebel bei einem Glas jahrzehnte-altem Rotwein – ziemlich romantisch, das alles.

Langsam stieß sie die Tür zu ihrem Arbeitszimmer auf, nur einen Spalt breit. Nichts. Sie schob die Hand hindurch, tastete nach dem Schalter und knipste das Licht an. Immer noch nichts. Na gut, auch keine herausgedrehten Glühbirnen. Lynne öffnete die Tür und trat ein.

*Peng!*

Vor Schreck ließ sie beinahe ihren Daiquiri fallen, als hinter der Tür etwas mit lautem Knall explodierte.

Cayden, verdammt noch mal!

Sie trat ein und sah nach. Von der Wand hinter der Tür hingen schlaff die Überreste eines geplatzten Luftballons. Die Reißzwecke klebte mit einem Kaugummi am inneren Türgriff.

Der Kleine raubt mir noch den letzten Nerv!, empörte sie sich. Den Wrigley's hat er doch bestimmt wieder von Tess!

Tief atmete sie durch, um sich wieder zu beruhigen.

Tess, Tess, Tess. Alles drehte sich schon wieder um sie, das Girl Next Door, das zum glamourösen Star geworden war, ohne jemals wirklich zur Glitzerwelt der High Society zu gehören.

Shannon, ihre Schwiegermutter, hatte Tess immer bewundert und geliebt. Mehr als Lynne, auch wenn sie sich bemüht hatte, sie das nicht spüren zu lassen. Aber Tess war die Tochter, die Shannon nicht haben konnte, ihr Abbild, das ihr selbst so ähnlich sah, der nicht gelebte Teil ihres Lebens. Shannon war eine Abenteurerin gewesen: ihre Flucht aus dem Haus ihrer Großmutter Caitlin Tyrell, ihre Reise um die Welt mit nur einer Hand voll Dollars in der Tasche, ihre Affäre mit Josh Brandon, dem sie bis nach Alaska folgte, bevor sie, schwanger mit Ronan, schließlich doch Rob Conroy heiratete. Shannon war taff gewesen. Und Tess war wie sie. Nur dass sie das, was sie wollte, wirklich lebte und nicht nur davon träumte.

Die Himmelsstürmerin Tess hatte alles erreicht, wovon Lynne

nur träumen konnte. Sie hatte sich über alle gesellschaftlichen Regeln hinweggesetzt. Sie hatte studiert. Sie hatte fliegen gelernt. Sie arbeitete selbstständig als Chefpilotin. Tess hatte Selbstbewusstsein und Durchsetzungsvermögen, auch wenn sie in den Werkshallen von Conroy Aviation, wo sie den Einbau der neuen Motoren überwachte, und auf den Flugplätzen, wo sie die Flieger testete, nur von Männern umgeben war. Tess roch nach Motorenöl und Kerosin, sie hatte verwischte Rußflecken im Gesicht, ihr Haar war vom Wind zerzaust, und ihr Fliegeroverall war zerknickt, aber Tess hatte Glamour, Tess hatte Stil. Und, noch besser: Millionen Frauen kannten ihr strahlendes Lächeln von den Titelseiten des *Life Magazine*.

Tess war die ideale Werbeikone für die Kosmetiklinie, die Lynne eigens für sie und ihre geplante Welttour entwickelt hatte: eine Gesichtscreme für die trockene kalte Luft in großen Höhen, ein sanftes Peeling für die gereizte Haut, eine beruhigende Seife, ein dezentes Rouge für einen natürlichen Teint, ein Shampoo, eine Duschlotion und ein Parfum, alles mit demselben exotischen Duft: voller Frische und gleichzeitig zutiefst sinnlich. Das markante Parfum verkörperte ihre starke Persönlichkeit, ihr abenteuerliches Wesen. Es duftete nach weiten Reisen, nach heißer Sonne und einer erfrischenden Brise vom Meer, nach Blumen und Früchten, nach berauschenden Gefühlen und unbeschwerten Augenblicken. Der perfekte Duft für eine starke und zugleich sensible Frau, die sich ihrer Attraktivität sehr wohl bewusst war.

Selbstverständlich gab es alle Tübchen und Töpfchen in Reisegrößen, die in jede Handtasche passten. Tess sollte auf den Pressefotos strahlend schön aussehen, egal, ob sie auf einer Trauminsel in der Südsee in die Kameras winkte oder in der Wüste Nordafrikas ihre Maschine auftankte.

Tess macht ihre Träume wahr, dachte Lynne. Und ich werde dasselbe tun.

Ihr Arbeitszimmer war dem Beauty Salon nachempfunden,

den sie in den nächsten Jahren am Union Square eröffnen wollte – die erste Niederlassung eines weltumspannenden Imperiums von Schönheit und Eleganz: der Rodeo Drive in Beverly Hills, die Fifth Avenue in New York, dann London und Paris.

Dieser Raum ähnelte dem Garden Court des berühmten Palace Hotels in der City von San Francisco: schwarzer und weißer Lack, pastellfarbene Seide auf den Sesseln und an den Wänden, ein bisschen schimmerndes Gold, ein wenig glitzerndes Kristall. Das Interieur war für sie so wichtig, so entscheidend für ihren Erfolg, dass sie kleine Szenen improvisiert hatte, um ihre Vision eines Beauty Salons darzustellen: ein lässig über eine Armlehne geworfener Seidenmantel mit Brokatstickerei, ein paar Handschuhe aus feinster Spitze auf dem Tisch, eine exklusive Handtasche aus geflochtenem Golddraht, alles jeden Tag auf lebendige Weise neu arrangiert.

Ihr *Emporium of Beauty* sollte einen gehobeneren Stil repräsentieren als die *Red Door Beauty Salons* von Elizabeth Arden mit den Türstehern in eleganter Livree und weißen Handschuhen. Und ein umfangreicheres Angebot vorweisen als die Salons von Helena Rubinstein: In ihren Salons würde es nicht nur Hairstyling, Make-up, Gesichtspeeling, Wellnessmassagen und Nagelpflege geben, sondern auch eine ausführliche Stilberatung.

Lynne Conroy als Marke: eine eigene Kosmetiklinie, eigene Parfums, selbst entworfener Schmuck und selbst designte Abendkleidung. Kleider aus feinster Alençon-Spitze, goldbestickte Mäntel aus schimmerndem Atlas, Korsagen aus kostbarer Shantung-Seide, Nachthemden aus weißem Organdy mit einem glitzernden Besatz aus Swarovski-Strass. Beauty und Wellness als stilsicher abgestimmtes Gesamtkonzept. Ein Kaufhaus der Sinne, das das luxuriöse Produktangebot von Elizabeth Arden, Helena Rubinstein und Coco Chanel noch übertraf. Noch nie da gewesen! Aber sie würde diesen Traum verwirklichen! Eleanor Roosevelt hatte ihr so viel Mut gemacht, und sie würde es schaffen!

Ich will nicht mehr Mrs Ronan Brandon oder Mrs Tyson Conroy sein! Ich will Lynne sein! Ich selbst! Genau wie Tess! Sie wird mich verstehen, wenn ich mich ihr anvertraue. Und vielleicht wird sie mir dabei helfen.

Lynne stellte ihren Daiquiri auf den Schreibtisch, raffte den fließenden weißen Rock ihres Negligees und setzte sich. In der Schublade lagen die Fotos, die Ronan am Weihnachtsabend gemacht hatte.

Das erste war ein Porträt von Tess, die über ihre nackte Schulter in die Kamera lächelte. Sie trug ein Abendkleid aus mitternachtsblauem Atlas aus Lynnes Kollektion. Die Kerzen des Weihnachtsbaums, nur diffuse Lichtreflexe im Hintergrund, ließen ihr Gesicht erstrahlen. Was für ein wunderschönes Foto! Das nächste war noch eindrucksvoller. Auf dieser Aufnahme, ebenfalls von Ronan gemacht, war das Abendkleid im Stil eines geschlungenen Pareos aus der Südsee gut zu sehen. Der schimmernde Stoff brachte Tess' Schultern und Arme sehr schön zur Geltung. Einen Arm kess in die schmale Hüfte gestemmt, probierte sie mit der anderen Hand einen großen Hut auf, den Lynne entworfen hatte. Wirklich toll! Und auch das nächste war außergewöhnlich: Tess abends bei den Drinks im großen Salon, ihr Gesicht abgewandt, ihr Kinn nachdenklich auf den Handrücken gestützt, die Finger entspannt und verspielt an ihrer nackten Schulter. Welch eine Haltung! Welch eine Grazie!

Und welch eine tiefe Liebe, die aus diesen zärtlichen Fotos sprach!

Wie gern würde Lynne diese wundervollen Aufnahmen für ihre Werbekampagne verwenden. Bisher machte Tess nur Werbung für KODAK-Filme und BREITLING-Uhren, nicht für Beauty-Produkte oder Haute Couture. Aber warum eigentlich nicht? Morgen früh wollte sie Tess die Fotos zeigen. Und natürlich die Entwürfe der Verpackungen für die Seifen und Cremes, die Lynne für sie kreiert hatte. Hoffentlich würde sie ihr den Fauxpas verzeihen, mit dem sie ihr im Überschwang der Gefühle ihre Schwangerschaft gestanden hatte. Sie wollte Tess damit doch nicht wehtun.

Lynne warf die Fotos auf ihren Scheibtisch, nippte an ihrem Cocktail und zog die andere Schublade auf. Dort lag das Sammelalbum mit den Entwürfen von Alphonse Mucha, der berühmt war für seine jungen, bewegten Frauen im Stil des Art nouveau. In den letzten Jahren hatte Lynne die Bilder gesammelt, die er seit 1894 entworfen hatte: Werbeplakate für Theatervorstellungen mit Sarah Bernhardt in Paris, Etiketten für Champagnerflaschen von Moët & Chandon und Heidsieck & Co., Lithografien, Poster, Wertpapiere, Banknoten, Ansichtskarten und Briefmarken. Schöne Frauen, in wirbelnde Formen aus Pastellfarben gehüllt, hauchzart und schwerelos wie Luft. Wehende blütengeschmückte Haare, flatternde Stoffe und Bänder, geschmeidig gedrehte Körper. Die perfekte Inszenierung ihrer Produkte!

Lynne schlug ihr Sammelalbum auf und blätterte durch die ersten Seiten.

Sie waren leer.

Etliche Bilder fehlten! Entsetzt flippte sie durch das Album. Das konnte nicht sein! Waren sie vielleicht herausgefallen? Sie spähte in die Schublade, aber dort waren sie nicht.

Cayden?

Brausepulver in der Dusche und Luftballons hinter der Tür, ja. Aber, nein, er würde bestimmt nicht die Bilder nehmen. Er wusste doch, wie viel seiner Mommy daran lag.

Ronan! Will er die allumfassenden Geschäftsfelder von BRANDON-CONROY-TYRELL auch noch in *diesen* Bereich ausdehnen?, fragte sie sich. Das darf doch nicht wahr sein!

Wütend sprang sie auf, nahm das Sammelalbum und rauschte aus dem Zimmer. »Na warte, Ronan!«, zischte sie. »Erst nimmst du mir meinen Sohn weg, dann meinen Lebenstraum! Aber nicht mit mir, mein Lieber! Suchst du Streit? Kannst du haben! Mach dich auf was gefasst!«

Ausgebrannt.

Bis auf eine flackernde Kerze in einem Glitzerstern an Shannons Wunschbaum waren alle ausgebrannt, und es war dunkel im nächtlichen Garten.

Tess öffnete die Fenstertür und ließ die Brise vom Meer herein, die auch die Glaskugeln im Eukalyptusbaum zum Schwingen brachte.

Welche Wünsche, welche Träume mochten als eingerollte Zettel in den Kugeln stecken?, fragte sie sich und dachte an Ronans Brief: Wie verschenkt man einen Lebenstraum?

Hinter dem Schattenriss des Wunschbaums rauschte der Pazifik an den Strand. Zwischen den blühenden Büschen konnte sie die weiße Gischt erkennen, die zischend heranschäumte, um beim Zurückweichen von der nächsten herandonnernden Woge überrollt zu werden.

Eine Weile stand sie träumend in der offenen Tür zum Garten, genoss die frische Brise, die unter ihren seidenen Pyjama fuhr und ihre Haut streichelte, atmete tief die süßen Frühlingsdüfte ein und lauschte auf das Rauschen der Brandung.

Ob er bald kommt?

Tess ging zurück in ihr Schlafzimmer, sah nur kurz nach Ricky, der auf dem Sessel vor dem Kamin zusammengerollt fest schlief, und kroch ins Bett.

»Hey, Snivel, rutsch mal zur Seite!« Sie schob den Kuschelbären auf Sheenas Seite, hob die Bettdecke an und schlüpfte darunter.

Waren da nicht Schritte vor der Tür?

Sie lauschte angespannt.

Nein, alles war ruhig.

Tess legte sich aufs Kopfkissen und starrte an die Decke. Die letzte Kerze am Wunschbaum war erloschen, und es war finster im Raum.

Sie nahm das Bild von Sheena von ihrem Nachttisch und lehnte es gegen das Kopfkissen neben ihr.

In der Dunkelheit konnte sie das Foto von ihr und ihrer Süßen nicht erkennen, aber sie stellte es sich vor. *Mommy Bear und Baby Bear* hatte Ronan in die untere Ecke geschrieben. Er hatte das Bild gemacht, als Tess wenige Tage nach Sheenas Geburt und ihrem Streit mit Jason aus Alaska zurückgekehrt war. Sie hatte auf einem Schaukelstuhl auf der Veranda gesessen und Sheena an sich gedrückt. Wie federleicht sie war! Wie winzig! Aber wie viele überwältigende Gefühle von Geborgenheit und Liebe dieses Baby hervorrief!

Für diesen kleinen Menschen zu sorgen, ihre Tochter zu beschützen, damit ihr nichts passiert, sie zu trösten, wenn sie weint, ihr Geschichten vorzulesen, ihr alle Kinderfragen zu beantworten: »Mommy, was passiert, wenn in der Sonne das Licht ausgeht?« und »Mommy, kann der Himmel einen Riss bekommen, und stürzt er dann ein?« oder »Mommy, wie viele Flocken fallen vom Himmel, wenn es schneit, und wo kommen die alle her?« oder »Mommy, wo ist der Wind, wenn er nicht weht?«. Sie zum Lachen zu bringen, ihr Freude und Glück zu schenken, Vertrauen, Sicherheit, sie auf ihrem Lebensweg zu begleiten, bis sie stark genug ist, selbst die Verantwortung zu übernehmen!, dachte Tess. Was für ein unfassbares Glück ich in meinem Leben gehabt habe! Was für ein Gefühl, derart gebraucht und bedingungslos geliebt zu werden!

Sie erinnerte sich noch an die ersten Tage allein mit Sheena. Das Baby schlief in dem Del-Monte-Pappkarton neben der Matratze in ihrem Beach Cottage in Carville. Wenn sie aufwachte, die Decke wegstrampelte und schrie, stillte sie sie und trug sie über ihrer Schulter den Strand entlang, bis sie ihr Bäuerchen machte. Wie oft lag sie mit ihr auf einer Wolldecke und kuschelte und spielte mit ihr! Fliegen? Daran war in den ersten Wochen überhaupt nicht zu denken, auch nicht, wenn Sheena schlief. Aus den Wochen wurden Monate, und nach und nach gelang es Tess, zwischen Wickeln, Füttern, Baden, Singen und Spielen ein bisschen zu fliegen. Sie packte Sheena in einen Karton und nahm sie einfach mit – Kinderwagenaufsätze passten auch ohne abgeschraubtes Fahrgestell nicht in ihre Maschine.

Erst viel später flog sie wieder allein, auf der Suche nach Corey, der in der Wildnis verschwunden war. Jason, der sich ein paar Tage um seine kleine Tochter gekümmert hatte, erzählte ihr, wie die Worte begeistert aus ihr herausgesprudelt waren: »Mommy! Fugseu!« Auf seinem Arm reckte sie die winzige Hand, deutete auf die Landkarte hinter Tess' Schreibtisch in der Lodge und plapperte mit ihrer hohen Kinderstimme: »Da oben hin!«

Jason hatte ihr erklärt, dass Corey, den sie damals noch Daddy nannte, weggegangen wäre und dass Mommy ihn da oben, in den Bergen der Alaska Range und in den weiten Ebenen nördlich des Mount Denali und des Yukon River, mit ihrem Flugzeug suchte. Es war nicht leicht für sie, Sheena während der Langstreckenflüge bei Jason zurückzulassen, ihr Gewissen quälte sie, und sie machte sich Sorgen. Noch nie waren sie und ihre Tochter so lange getrennt gewesen. Und der Abschied! Eine Umarmung, ein Kuss, ein letztes Winken, dann stieg Mommy in ihr Flugzeug, das abhob und zwischen den Wolken am Himmel verschwand. Sheena konnte nicht wissen, ob und wann sie wieder zurückkam. Sie konnte sich nicht vorstellen, wo Mommy war. Sie konnte nur darauf vertrauen, dass sie wie immer zu ihr zurückkehren würde, um sie zu umarmen und herumzuwirbeln.

Fliegen, ja, das liebte Sheena! Hoch! Hoch! Hoch! Kichernd wirbelte ihre Kleine durch die Luft, landete sicher in ihren Armen, strampelte, quietschte und lachte, und dann warf Tess sie wieder in die Luft! Höher, Mommy! Höher! Und noch viel höher! Laut kreischend vor Vergnügen! Vor Freude!

Das ist es, was ich verloren habe, dachte Tess traurig. Meine Lebensfreude, die Leichtigkeit eines Augenblicks voller Glückseligkeit.

Und noch etwas ist mir in den letzten Tagen klar geworden:

Was meinem Leben Sinn gab, was mir bei allen Schicksalsschlägen Halt gab, das war die Liebe.

Wenn ein Moment das ganze Leben verändert …

Die Kehle wurde ihr eng, und der Schmerz zerriss ihr fast das Herz. Er war immer da, unfassbar, tief, und er lauerte dort, wo man ihn nicht vermutete. Er steckte in Bilderrahmen, klebte hinter Fotos, lag in Schachteln voller Erinnerungen und verbarg sich sogar im Bett, wo sie ihm nicht entkommen konnte, weil sie allein war. Dann war sie ihm hilflos ausgeliefert. Und niemand war da, der sie in den Arm nahm und tröstete.

Tess wischte sich die Tränen aus den Augenwinkeln und schnaufte tief durch.

Wo bleibt er denn?

Er wollte ihr doch irgendwas erzählen! Das hatte er beim Abendessen angedeutet, als er ihr von der Reise vorgeschwärmt hatte. Besinnliche Abende auf der Veranda des verlassenen Weinguts, mit Blick auf die Weinberge und die Lavendelfelder im Licht des Sonnenuntergangs. Vertraute Gespräche bei Kerzenschein und einem Glas exzellentem Cabernet Sauvignon. Händchen halten. Streicheln. Trösten.

Und noch mehr.

In all den Jahren hatten sie dieselben Träume gehabt, in den Armen des anderen zu liegen und ihn zu küssen. Ihn zu lieben, zärtlich und leidenschaftlich. Viel zu lange waren sie getrennt gewesen, tief in ihren Herzen einsam.

Sie wusste, Ronan wollte wieder mit ihr zusammen sein. Sie spürte, dass er nicht nur ihre Freundschaft bewahren, sondern auch ihre Liebe wiederhaben wollte.

Aber da war noch etwas, und darüber wollte er mit ihr reden.

Caydens Bild zeigte eine Insel mit einer Palme, Ronans Jacht und ihr Flugzeug. Und Ronans Brief sprach von einem unerfüllten Lebenstraum.

Wer macht dieses unglaubliche Geschenk?, fragte sie sich. Er mir? Ich ihm? Was ist es, das wir einander schenken? Eine schöne Zeit mit dem besten Freund? Eine Reise zu uns selbst, zu unseren Hoffnungen, Träumen und Sehnsüchten?

Tess atmete tief durch.

Aber wieso kommt er nicht?

Plötzlich überkam sie eine Sehnsucht nach ihm, die schlimmer war als körperlicher Schmerz. Und sie konnte die Tränen nicht mehr zurückhalten.

Ronan lehnte sich ins Kissen, zog die Bettdecke über die Knie und nahm sein Notizbuch vom Nachttisch.

Okay, die Wunschliste.

Soll ich den zweiten Wunsch schon streichen?

Ich vertraue auf sie. Sie wird es schaffen. Sie ist so stark.

Ronan schraubte seinen Federhalter auf.

1. ~~*Loslassen.*~~
2. ~~*Freundschaft, die allem standhält.*~~
3. *Glück, das alle Träume mit sich reißt. Und Lebensfreude, deren Lachen zu Tränen rührt.*
4. *Zufriedenheit, die als Geschenk empfunden wird. Und Versöhnung, das schönste Gefühl von allen.*
5. *Liebe, die stärker ist als der Tod.*
6. *Und am Ende das größte Geschenk von allen …*

Als er das Notizbuch zuklappte, rutschten die Entwürfe von Alphonse Mucha heraus. Er blätterte durch die Skizzen für die Aufkleber und die Verpackungen für Lynnes Cremes und Seifen, dann schob er sie zurück ins Notizbuch und legte es wieder auf den Nachttisch.

Caydens Erinnerungsalbum lag neben ihm auf der Bettdecke. Auf seinen Knien schlug er das Album auf und flippte durch die

Seiten. Fotos, Briefe, Kinderzeichnungen – lauter schöne Erinnerungen. Miniaturen von Szenen, die für immer bewahrt werden sollten. Damit Cayden sich an seinen Daddy erinnerte, wenn er nicht mehr für ihn da sein konnte. Und damit auch er selbst keinen geteilten Augenblick des Glücks, kein liebes Wort seines Kindes jemals vergaß. Davor hatte er Angst. Dass er vergessen könnte, was ihm so viel bedeutete.

Meine Erinnerungen sind alles, was mir noch bleibt, dachte er. Was, wenn ich sie verliere?

So viele wie möglich muss ich erschaffen, ich muss sie sammeln und bewahren. Für Cayden, aber auch für mich. Wenn mich am Ende die Angst überwältigt, kann ich in diesem Buch lesen und das, was ich verloren habe, zurückholen. Erinnern ist Leben. Träumen. Sehnen.

Ronan schlug eine leere Seite auf, nahm den Federhalter und schrieb einen neuen Brief an seinen Sohn.

*Cayden, Du kleiner Racker,*

*vorhin haben Tess und ich Dich ins Bett gesteckt, und wir hatten sehr viel Spaß dabei. Ich hatte Tränen in den Augen, so sehr hast Du mich zum Lachen gebracht. Ich danke Dir für dieses unbeschwerte Lachen, Cayden, und ich danke Dir für jedes strahlende Lächeln, das Du mir schenkst, und für Deine Liebe, die keine Bedingungen stellt.*

*Du hast mich mal gefragt, was Glück eigentlich ist, erinnerst Du Dich? Du wolltest wissen, wie es aussieht und sich anfühlt. Ob es kuschelig warm ist oder süß schmeckt oder hell leuchtet. Und ob man es in einer Schachtel aufbewahren kann.*

*Heute war ich sehr glücklich, Süßer. Und dieses Glück bewahre ich für Dich – in diesem Buch. Als ich Dich und Tess vorhin gesehen habe, hatte ich einen Gedanken, ein plötzliches Gefühl der Sicherheit: Wie soll uns etwas wirklich Schlimmes passieren! Was soll uns schon auseinanderreißen! Wie könnte ich Dich nicht aufwachsen sehen?*

*Was gäbe ich darum, wenn mir jede schöne Erinnerung in unserem Buch der Erinnerungen ein weiteres Jahr mit Dir schenken könnte, ein ganzes Jahr des unbeschwerten Glücks! Wie würde ich jeden Augenblick genießen!*

*Tess, Du und ich, für immer zusammen, stell Dir das mal vor! Wäre das nicht schön? Denk immer daran, Süßer: Auch wenn ich nicht mehr bei Dir bin, bleibt mein Herz bei Dir, solange Du Dich an mich erinnerst.*

*Hab Dich ganz doll lieb, Dein Daddy*

Er legte den Federhalter weg.

Das Gefühl, das ihn jetzt erfüllte, dieses Ziehen in seiner Brust, dieser leise Schmerz in seinem Kopf, war schwer zu beschreiben.

Ist es Glück?, fragte er sich. Oder Sehnsucht? Ich will den engen Kokon meines ungelebten Lebens verlassen und mich hinaufschwingen, um mich vom Wind meiner Träume tragen zu lassen. Wohin wird er mich wehen? Zu Tess! Mit ihr will ich fliegen und mit dem Kondensstreifen große Wolkenherzen an den Himmel malen. Mit ihr will ich über den Regenbogen rutschen, den Sternschnuppen bis zum fernen Horizont hinterherjagen und über die Nebel springen, wie ein flacher Stein über das Wasser flitzt.

Gequält stöhnte er auf, als die Kopfschmerzen wieder stärker wurden. Nicht weil er die Schmerzen ohne Medikamente nicht aushalten konnte. Sondern weil die Verzweiflung wieder alle anderen Gefühle mit sich riss. Alle, bis auf die Angst. Und die Hilflosigkeit.

Ronans rechte Hand fühlte sich plötzlich taub an, und er hatte kein Gefühl mehr in den Fingern, als er das Erinnerungsalbum neben sich auf die Bettdecke legte und sich umständlich aufsetzte.

Er wollte zu Tess, er musste mit ihr reden. Aber ob er es noch bis zu ihr schaffte? Die Lähmung befiel nach und nach seine ganze rechte Körperseite. Seinen rechten Arm konnte er schon nicht mehr bewegen, deshalb schlug er die Bettdecke mit dem linken zurück.

Es klopfte an der Tür.

Tess!

Rasch zog Ronan die Decke über das Buch. Gerade noch rechtzeitig, denn in diesem Augenblick wurde die Tür aufgestoßen, und Lynne rauschte herein.

Bevor sie wütend die Tür hinter sich schloss, konnte er im Gang hinter ihr Tess erkennen, die offenbar gerade zu ihm wollte und jetzt umkehrte, um mit hängenden Schultern in ihr Zimmer zurückzuschleichen.

Lynne lehnte sich gegen die Tür und presste ihr Sammelalbum an ihre Brust. »Ronan, was hast du dir dabei gedacht?«

Er fluchte. Sie hatte es gemerkt, bevor er alles zurücklegen konnte!

Ronan schwang die Beine aus dem Bett, aber er war zu langsam für sie.

»Wo hast du die Bilder?« Lynne stürmte zu seinem Nachttisch. Dort lag sein Notizbuch. »Sind sie hier drin?«

Nein, nein, nein, nicht das Büchlein!

Er versuchte aufzustehen, aber seine Beine trugen ihn nicht, und er kippte rückwärts aufs Bett.

Lynne schnappte sich das Notizbuch.

Trotz des plötzlichen Schwindels stemmte er sich erneut mit aller Kraft hoch, taumelte auf sie zu und entriss ihr das Büchlein, bevor die Entwürfe herausfallen konnten. Dabei stolperte er, prallte gegen Lynnes Schulter, rutschte an ihr herunter und stürzte zu Boden. Das Notizbuch in seiner Hand ließ er nicht los.

»Ronan!«, hauchte Lynne entsetzt. »Was ist mit dir?«

»Ich ...«, presste er hervor, doch mehr als ein Stöhnen, ein atemloses Keuchen, brachte er nicht zustande: *... kann nicht sprechen, Lynne, und mich nicht bewegen. Selbst das Denken fällt mir plötzlich schwer, als hätte ich nur noch Marshmallows im Kopf.*

Panik schimmerte in Lynnes aufgerissenen Augen. Sie hatte noch nie damit umgehen können, deshalb hatte sie ihn ja auch verlassen.

*Bitte vergiss, was ich getan habe, Lynne, und hilf mir!*

Ein schwerer Krampf wühlte sich durch seinen Körper. Wie immer spürte er ihn kommen, und er hatte Angst. Nein, nein, nein, bitte nicht schon wieder! Nicht diese Schmerzen, nicht dieses unerträgliche Gefühl der Ohnmacht! Jeder Muskel spannte sich an, sein Körper bewegte sich ruckartig, bis Ronan auf dem Rücken lag, und seine Arme und Beine zuckten, als ob er um sich schlagen würde.

*Lynne, bitte! Ich schaffe das nicht allein!*

Sie stand völlig unter Schock, starrte ihn mit aufgerissenen Augen an und rührte sich nicht. Sie hatte gedacht, er würde seine Medikamente nehmen! Und sie hatte gehofft, es wäre vorbei!

*Lynne!*

Na endlich! Sie besann sich, riss die Schublade des Nachttischs so schwungvoll auf, dass sie herausrutschte und auf den Boden krachte, sammelte rasch einen Stapel Taschentücher auf, faltete sie fest zusammen und schob sie ihm zwischen die Zähne, bevor der Krampf den Kiefer erreichte, er sich auf die Zunge biss und womöglich erstickte.

Ein neuer Krampf, heftiger als der erste, schleuderte ihn herum, sodass sein Gesicht in den Teppich gepresst wurde.

*Lynne, verlier jetzt nicht die Nerven!*

Entsetzt kniete sie neben ihm und starrte ihn hilflos an. Wie lange dauerte der Anfall schon? Eine Minute, zwei, drei?

*Bleib bei mir, Lynne! Lass mich nicht allein!*

Speichel rann an den Taschentüchern vorbei auf seine Mundwinkel. Lynne sah sich nach einem Tuch um, konnte aber keines finden. Mit dem Chiffon ihres Negligees wischte sie über sein schweißüberströmtes Gesicht.

Ihm blieb kaum Zeit, um durchzuatmen, da packte ihn ein

neuer schmerzhafter Krampf, ohne dass ihn eine Ohnmacht aus seiner Hoffnungslosigkeit erlöste.

Nein, dieses Mal hatte er keinen Filmriss.

Dann war es endlich vorbei.

Blinzelnd öffnete Ronan die Augen, und sein Atem beruhigte sich allmählich wieder. Er bewegte seine Finger, seine Hände, seine Arme und Beine. Wo war das Notizbuch geblieben?

Da lag es, halb verborgen unter der heruntergerutschten Bettdecke. Unauffällig kickte er es unter das Bett, richtete sich auf und zog die Taschentücher zwischen den Zähnen hervor.

Lynne stützte ihn. Sie sah so schwach und zittrig aus, wie er sich fühlte. »Alles in Ordnung?«

*Nein, Lynne, das wird es nie mehr sein.*

»Hilf mir … ins Bett«, stammelte er. Redete er wirr? Nein, wohl nicht. »Ich … schaff das … nicht allein.«

»Bitte entschuldige, Ronan. Ich wusste doch nicht … ich meine, ich wollte …«

»Schon gut.«

Mit ihrer Hilfe kroch er auf allen vieren hinüber zum Bett, zog sich daran hoch und ließ sich in die Kissen fallen. Er atmete schwer und zitterte am ganzen Körper.

Lynne deckte ihn zu, aber er schlug die Bettdecke sofort wieder zurück. Er wollte nicht, dass sie das Erinnerungsalbum entdeckte. Außerdem war sein Pyjama nass von seinem Schweiß und klebte an seinem Körper.

»Ich hole dir ein Glas Wasser.« Lynne verschwand im benachbarten Bad, drehte den Hahn voll auf und ließ das Wasser so lange laufen, bis sie ihre Fassung wiedergewonnen hatte. Dann kehrte sie mit einem gefüllten Glas zurück.

Ronan trank einen Schluck, dann legte er sich wieder hin. Er war noch zu schwach, um sich in den Kissen aufzusetzen, und jeder Muskel in seinem Körper schmerzte.

»Danke«, krächzte er, als Lynne das Glas auf den Nachttisch stellte.

»Soll ich dich allein lassen? Willst du schlafen? Oder soll ich noch bleiben?«

Schwach schüttelte er den Kopf. »Tust du mir einen Gefallen, Lynne?«

»Willst du, dass ich deinen Arzt anrufe?« Sie bemühte sich um einen gelassenen Tonfall, und irgendwie gelang es ihr sogar. Aber es tat Ronan weh, sie so verstört zu sehen, so ängstlich. Für sie war es so furchtbar wie für ihn, dass sie jetzt Bescheid wusste, ganz entsetzlich. Mit seiner Krankheit hatte sie noch nie umgehen können. In den letzten Wochen hatte er immer dafür gesorgt, dass er allein war, wenn ein Anfall nahte, dass niemand in der Nähe war, der ihn sah, wenn er stürzte. Der letzte Anfall war nicht schlimm gewesen, nur schmerzhafte Zuckungen in den Armen, wie von heftigen Stromstößen, und ein starkes Schwindelgefühl, dann flog die Zahnbürste durchs Bad.

»Nein, Lynne, er kann nichts mehr für mich tun, der Anfall ist vorbei. Ich will, dass du Cayden zu mir bringst. Ich möchte, dass er heute Nacht hier schläft, bei mir.«

Ich will nicht allein sein, dachte er, ich will den Kleinen neben mir spüren, ich will auf seinen Atem lauschen, ich will seine Hand halten und nie, *nie* mehr loslassen. Ich will mich darüber freuen, dass ich noch hier sein darf. Ich will leben und jeden Augenblick genießen.

Lynne zögerte einen Herzschlag lang, dann nickte sie verhalten. In ihren Augen sah Ronan Schmerz, ihre Schultern waren hochgezogen und verkrampft, und er spürte ihre rigorose Selbstbeherrschung, mit der sie ihre Haltung bewahrte. »Einen Augenblick, ich hole ihn.«

# 8

Rasant durchquerte Ronan mit dem offenen Maybach den Golden Gate Park, ließ das Portal der Vergangenheit, das dort drüben zwischen den Bäumen schimmerte, hinter sich zurück, bog nach Norden in den Park Presidio Boulevard und preschte an den Bäumen am Straßenrand entlang. Dazu summte er Ruth Ettings *Shaking the Blues away* und schnipste mit den Fingern den swingenden Takt der Klaviermelodie.

Da war ja schon das Schild: California Street. Auf dem Kopfsteinplaster schlitternd, bog er nach rechts ab. Viktorianische Häuser, blühende Magnolien und spielende Kinder huschten vorbei. Die California stieg zur Buchanan Street an, und Ronan beschleunigte noch weiter, sodass er mit Schwung auf der anderen Seite des Hügels hinabraste.

Tess, wie er in Jeans und Shirt, genoss die flotte Fahrt. Sie klemmte auf dem Beifahrersitz, den Kopf gegen die Rückenlehne gelegt, beide Beine lässig gegen das Armaturenbrett gestemmt, und lachte ausgelassen. Ihr offenes Haar wirbelte im Fahrtwind. »Gibt's in diesem Rennwagen eigentlich auch Sicherheitsgurte?«

Ronan grinste. »Angst?«

»Nicht bevor wir in den steilen Straßen abheben, weil du zu schnell über die Hügelkuppen schießt.«

Swingend und twistend zu Ruth Ettings Song *Say yes today*, schnipste er mit den Fingern den Takt. »Willst du fahren?«

»Nee, und du?«, fragte Tess frech und deutete nach vorn.

Sein Bick folgte ihrem ausgestreckten Arm. »Verdammt!«

Ein viktorianisches Haus mitten auf der Straße bremste ihn voll aus. Ein House Mover transportierte das zweistöckige Holzhaus samt Gardinen und Möbeln auf einem Lastwagen quer durch die City. Die Frontseite des niedlichen Häuschens mit überdachter Haustür und Wohnzimmererker war ihnen zugewandt.

Gerade als er überholen wollte, wurden im oberen Geschoss die Gardinen angehoben, und ein kleiner Junge von vier oder fünf Jahren erschien am hochgeschobenen Fenster – offenbar war dort das Kinderzimmer. Der Bengel kniete sich auf die Fensterbank, beugte sich vor und guckte zu ihnen herunter. Cayden, der hinter Tess hockte, kletterte auf den Rücksitz und hielt sich auf dem weichen Lederpolster taumelnd an Tess' Schultern fest, um das niedliche Häuschen vor ihnen auf der Straße besser sehen zu können.

Er winkte dem Jungen zu. »Hi!«

Mit einem strahlenden Lächeln winkte der Kleine zurück.

»Wohin zieht ihr um?«, brüllte Cayden.

Der Kleine zuckte mit den Schultern. »Und ihr?«

Tess kicherte und warf einen Blick auf die Rückbank, wo sich zwischen Cayden und Ricky das Gepäck stapelte: Schlafsäcke, ein Topf, eine Pfanne, eine Kaffeekanne, Campinggeschirr und Vorräte für einige Tage.

»Wir fahren ins Wine and Gold Country«, rief Cayden. »Weil wir wollen nämlich ein bisschen am Lagerfeuer schlafen.«

»Auch Gold suchen?«

Cayden, der sich immer noch auf Tess stützte, nickte heftig.

Tess und Ronan sahen sich an und prusteten los. Die Goldgräberausrüstung mit Schaufel und Rüttelsieb lag im Kofferraum. Na klar, sie hatten auch ein bisschen Goldstaub dabei, damit ihr Kleiner im kalten Wasser des American River etwas finden konnte.

Jetzt waren sie am Nob Hill. Der Transporter mit dem viktorianischen Häuschen wurde bergauf noch langsamer.

»Cayden, setz dich wieder hin!« Ronan wartete ein Cable Car ab, das ratternd und quietschend entgegenkam, winkte dem kleinen Jungen zum Abschied zu, schaltete in den zweiten Gang zurück und überholte mit einem gewagten Schlenker zwischen einem alten Ford Pick-up und einem Pferdekarren hindurch. Der Karren, mit scheppernden Blechkannen beladen, gehörte einem Milchmann, der in der City auch Obst und Gemüse verkaufte. Hinter dem Karren rumpelte am Schleppseil ein Leiterwägelchen her, in dem er Abfälle zum Füttern seiner Schweine, Ziegen und Hühner sammelte.

Jetzt ging's wieder steil abwärts.

Dort vorn, California Street Ecke Sansome, ragte der imposante Brandon Tower, eines der höchsten Gebäude im Financial District, in den wolkenlosen Morgenhimmel. Ronan erinnerte sich, wie hektisch die letzten Tage nach seinem Besuch bei Dr. Munro-Hayes gewesen waren. Die Stimme in seinem Kopf, die unermüdlich auf ihn einredete, was er noch alles erledigen musste, konnte er immer noch hören: Du musst ... Du musst ... Du musst ... Du musst in New York anrufen ... Du musst dem Londoner Office wegen des letzten Jahresabschlusses ein Telegramm schicken ... Du musst mit Ty über die Rekrutierung von Absolventen der Harvard Business School für leitende Positionen in Hongkong, Sydney und Kapstadt reden ... Du musst mit dem Chefredakteur des *Wall Street Journal* telefonieren und das Gerücht dementieren, dass BRANDON-CONROY-TYRELL an die Börse will ... Du musst deinen Anwalt Mr Williard wegen des Weinguts zurückrufen ... Du musst die letzten Verträge wegen des Deals unterschreiben ... Und du musst deinen Schreibtisch ausräumen, bevor du gehst ...

Ronan schoss die California Street hinunter und ließ alles hinter sich zurück.

Ricky hatte sich selbst im Seitenspiegel entdeckt! Er kam nach vorn, hockte sich zwischen Tess und Ronan, grinste ihn mit seitlich heraushängender Zunge an und guckte mit aufgestellten Lauschern an ihm vorbei in den Spiegel.

Tess packte den Husky am Halsband und zog ihn zu sich heran. »Hey, Ricky! Komm zu Mommy, und lass Daddy Auto fahren. Schau mal, hier ist auch ein Spiegel.«

Der Husky war echt zum Knuddeln! Er schob sich an Tess vorbei, steckte seinen Kopf aus dem heruntergekurbelten Beifahrerfenster, schüttelte sein dichtes Fell im Fahrtwind und guckte sich sein Spiegelbild genau an. Seine buschige Rute haute er dabei Ronan um die Ohren.

Tess zog Ricky auf ihren Schoß. Der Husky grinste den Hund im Spiegel an, und der grinste zurück. Ricky stupste den anderen mit der Schnauze an, und der stupste einfach zurück. Ricky kläffte den anderen an. Kläffte der etwa zurück? Nee, oder?

Tess lachte. »Hey, Ricky! Sag Hallooooo!«

Ricky richtete sich auf und heulte: »Hawooooh-ah!«

Und der andere? Wo war der denn geblieben? Ricky drückte die Schnauze gegen die Spiegel. Oh, da war er ja wieder!

Plötzlich hopste er wie ein Irrer mit aufgestellter Rute auf dem Sitz herum und kläffte sich heiser. Tess hatte alle Hände voll zu tun, ihn wieder zu beruhigen. Sie streichelte ihn, und er leckte ihre Hand. »Du bist heute ein bisschen albern, oder?«

»Nooooo!«, jaulte Ricky, und alle lachten.

»Darf ich auch mal vorne sitzen?«, meldete Cayden sich vom Rücksitz.

Da vorn war schon das Ferry Building, und dort drüben am Pier lag die Fähre über die Bay rüber nach Sausalito. Dort wollten sie sich nachher die Hausboote im Hafen ansehen, mit brüllenden Seelöwen auf dem Sonnendeck, bevor sie nach Muir Woods weiterfuhren. In Cathedral Grove wollte Ronan seinem Kleinen die richtig großen Sequoias im Nebel zeigen, der nachmittags vom Pazifik heranschwebte. Und er kannte eine Stelle im Tal, im Dickicht der Farne nahe dem Redwood Creek, wo es noch Bären gab – vielleicht konnten sie die von Weitem sehen. Nach dem Picknick auf den blühenden Wiesen unter den Sequoias wollten sie dann zum Mount Tam weiterfahren, um den Blick auf die Skyline von San Francisco und den dichten Nebel über der Bay zu genießen. Vom Gipfel aus konnte man die Sinfonie der Nebelhörner auf den Schiffen, Inseln und Bojen deutlich hören – vor Jahren, als er nur so zum Spaß für die Tour de France trainiert hatte, war Ronan einige Male mit seinem Fahrrad dort oben gewesen. Eine schweißtreibende Quälerei, aber die Strapazen hatten sich gelohnt. Die Bay mit dem Golden Gate im dichten Nebel war die schönste Bucht der Welt! Honolulu, Sydney, Hongkong und Kapstadt, die er in den nächsten Wochen mit Tess besuchen wollte, konnten da einfach nicht mithalten. Diese Reise mit ihr zu machen, diese ... ja, diese Lebensreise, das war sein sehnlichster Traum. Aber ob sie ihn begleiten würde?

Ronan sah sie von der Seite an, und sie erwiderte seinen Blick mit einem Lächeln. Dann drehte er sich zu Cayden um. »Du darfst später nach vorn, okay?«

»Ja, gut«, schmollte der Kleine und rutschte zur Seite, als Ricky nach hinten hopste und sich wieder auf den Schlafsäcken zusammenrollte.

»Na, Kumpel, was hältst du davon, wenn du nachher mal ein bisschen fährst?«

Wie der Kleine strahlte! »Echt jetzt?«

»Na klar, in der Auffahrt zum Weingut. Die ist fast eine Meile lang.«

»Au ja! Das wäre total super! Wann sind wir da?«

»Und wenn er sich auf die ärztliche Schweigepflicht beruft?« Lynne stand am Fenster des Sprechzimmers und blickte hinüber zum Golden Gate Park. »Wenn er uns einfach nichts sagt?«

Tyson lehnte sich auf seinem Stuhl vor dem Schreibtisch des Onkologen zurück, schlug die Beine übereinander und antwortete nicht.

Lynne drehte sich zu ihm um. »Ty?« Sie wirkte besorgt. Bestürzt. Verwirrt. Sie musste ihre Fassungslosigkeit nicht spielen, der Doktor würde sie ihr ansehen.

In diesem Augenblick wurde die Tür geöffnet, und Dr. Steven Munro-Hayes betrat im gestärkten weißen Kittel sein Sprechzimmer. In der offenen Tür blieb er kurz stehen und nickte ihnen zu, als hätte er sie schon erwartet. Dann ging er mit ausgestrecktem Arm zu Lynne hinüber, um sie zu begrüßen: »Mrs Brandon.«

Prima, er weiß also noch nichts von der Scheidung, dachte Tyson angespannt. Er denkt, Lynne sei noch immer Ronans Frau. Das ist gut.

Tyson erhob sich, der Doktor kam zu ihm herüber, und sie gaben sich die Hand, sahen sich in die Augen. »Mr Conroy.«

»Dr. Munro-Hayes. Es ist eine Weile her.«

»Fast zwei Jahre. Bitte nehmen Sie Platz, Ma'am, Sir.«

»Danke«, hauchte Lynne, ließ sich auf dem Stuhl neben Tyson nieder, schlug die Beine apart übereinander und ließ ein Spitzentaschentüchlein zwischen den Fingern hervorschauen. Als hätte sie eben geweint ...

Der Onkologe schob eine Krankenakte, vermutlich die von Ronan, über die lederne Schreibtischunterlage, verharrte mit gesenktem Blick kurz vor seinem Stuhl und setzte sich umständlich. Er sah erst Lynne, dann Tyson an. »Nun, was kann ich für Sie tun, Mr Conroy?«

Kein Smalltalk? Auch gut.

»Mrs Brandon und ich brauchen Ihren Rat«, wagte er sich auf das Minenfeld dieses Gesprächs vor.

Ein falsches Wort, das sein Misstrauen weckt, eine unbedachte Geste, ja selbst ein Lächeln zur unangemessenen Zeit kann dieses Gespräch beenden, bevor wir es überhaupt geführt haben, dachte Tyson. Ärztliche Schweigepflicht? Na, von mir aus! Auch ein Schweigen kann eine Antwort sein.

»Meinen Rat?« Der Onkologe zog die Augenbrauen hoch.

»Mein Bruder ... Mr Brandon ... hatte gestern erneut einen schweren Anfall.«

Dramatische Pause.

Und die Reaktion? Dr. Munro-Hayes nickte ernst.

Kein »Damit war zu rechnen, wenn er seine Medikamente nicht mehr nimmt!«, bei dem er ansetzen und nachfragen könnte. Nichts, nur ein Nicken. Er machte es ihm wirklich nicht leicht.

»Bei seinem letzten Besuch vor einigen Tagen haben Sie ihm ein Fläschchen Morphium gegeben«, wagte Tyson sich noch weiter vor. Lynne hatte das Schmerzmittel heute Morgen in Ronans Nachttisch gefunden, als sie die fehlenden Bilder von Alphonse Mucha in seinem Schlafzimmer gesucht hatte – im Arbeitszimmer waren sie nicht. Das Morphiumfläschchen war nicht angebrochen, stammte also nicht aus der Zeit vor zwei Jahren, als Ronan die Chemotherapie und den Zyklus von Bestrahlungen erhalten hatte.

Der Doktor nickte unmerklich.

Na klar, dachte Tyson, woher sollte ich denn von dem Morphium wissen, wenn mein Bruder sich mir nicht anvertraut hätte? Okay, Ty, mach weiter!

Ein rascher Blick zu Lynne, die mit dezent rot geschminkten Augen und einem zerdrückten Taschentuch neben ihm saß. Nahm der Doktor ihr die ängstliche, verstörte Hilflosigkeit ab?

Tyson nahm Lynnes Hand und drückte sie ermutigend, und sie lächelte dankbar. Dann sah er wieder den Doktor an. »Mrs Brandon war gestern Abend bei ihm, als mein Bruder einen schweren Anfall erlitt. Sie hat ihn im Arm gehalten, bis er wieder bei sich war. Sie hat ihm ins Bett geholfen. Aber sie war nicht in der Lage, ihm das Morphium gegen seine Schmerzen zu verabreichen.«

Wieder nur ein Nicken.

»Mrs Brandon und ich leben im selben Haus, wir sind seine Familie, seine vertrauten Bezugspersonen. Wir wollen Mr Brandon helfen. Aber wir können nicht mit ihm über seine und unsere Sorgen und Ängste sprechen. Sie kennen ihn, Sir: Er macht immer alles mit sich selbst aus. Er will sich die Verantwortung für sein Leben nicht aus der Hand nehmen lassen. Doch als Angehörige, die selbst körperlich und seelisch von dieser schrecklichen Situation betroffen sind, benötigen wir Hilfe. Auch Cayden, unser Kleiner, leidet sehr unter der Krankheit seines Daddys. Deshalb sind wir hier, Sir. Wir brauchen Ihren medizinischen Rat.«

Immer noch kein Entgegenkommen?

Na gut, weiter im Text.

»Mrs Brandon sieht sich nicht imstande, meinem Bruder eine Spritze zu geben, um ihn von seinen Schmerzen zu erlösen, aber ich würde es tun. Wenn ich die Dosierung wüsste.«

Dr. Munro-Hayes presste die Lippen aufeinander, und sein Blick huschte zu Ronans Krankenakte. Er dachte nach, was er tun konnte, er überlegte, was er ihm anvertrauen durfte, ohne die Schweigepflicht zu verletzen, er fragte sich, ob er die Verantwortung, die schwer auf ihm lastete, nicht mit ihm, dem Bruder, teilen könnte.

Schließlich sah er wieder auf und instruierte Tyson sehr genau, wie er seinem Bruder helfen konnte und wie er eine Morphiumspritze vorbereitete und verabreichte.

Also doch!, dachte Tyson traurig und entsetzt. Es geht Ronan wieder schlechter! Es wird weitere Anfälle geben! Das kann nur eines bedeuten! O mein Gott!

Tyson schluckte trocken. »Dr. Munro-Hayes, können wir sonst noch etwas für meinen Bruder tun?«

Der Arzt zögerte. »Fragen Sie ihn, Mr Conroy.«

Den resignierten Tonfall musste er nicht heucheln. »Sie kennen ihn doch!«

Der Doktor seufzte. »Allerdings, Sir.« Er sah erst Lynne, dann Tyson an. »Machen Sie es ihm so angenehm wie möglich.«

Der Tumor wuchert! Daher sein Verhalten in den letzten Tagen! Die Telefonate, von denen ich nichts wissen sollte. Die Verträge, die er noch unterschrieben hat, bevor er sein Büro verließ. Der aufgeräumte Schreibtisch. Das neue Notizbuch, in dem er schreibt, wenn er glaubt, er sei allein. Cayden. Tess.

Vor allem Tess! Was hat Ronan vor?

Er atmete tief durch, rutschte auf dem Ledersessel nach hinten und nahm eine aufrechtere Position ein, eine würdevollere und ... nun ja ... abgeklärtere Haltung. »Gibt es denn keine andere Möglichkeit mehr?«

Seine durch Selbstdisziplin beherrschte Verzweiflung war wohl glaubwürdig, denn der Arzt schüttelte langsam den Kopf.

»Eine stärkere Chemotherapie? Eine weitere Bestrahlung?«

»Der Tumor hat sich vor zwei Jahren bereits als resistent erwiesen. Die Therapien, unter denen Ihr Bruder sehr gelitten hat, haben den Tumor nicht vernichten können.«

Okay, er musste ganz sichergehen! »Eine Operation?«

»Nein, Sir. Der Tumor ist inoperabel. Ich sag's, wie es ist: Er sitzt zu tief, in einem Teil des Gehirns, an den wir durch den geöffneten Schädel einfach nicht herankommen. Und er hat bereits mehrere Gehirnregionen befallen.«

»Und er wuchert«, sagte Tyson leise, als hätte Ronan sich ihm in einem ruhigen, besinnlichen Moment anvertraut.

Dr. Munro-Hayes nickte verhalten. »Es tut mir sehr leid, Ma'am, Sir. Ich wünschte ...« Er stockte. »Wir können nichts mehr für ihn tun, als ihn palliativ zu behandeln, das bedeutet, die Beschwerden seiner Krankheit zu lindern, aber nicht die Krankheit selbst zu bekämpfen. Wir können nur seine Schmerzen stillen, seine Verzweiflung, seine Angst.«

»Um Gottes willen!« Lynne presste sich das Taschentuch vor die bebenden Lippen. Ihr Entsetzen war nicht mehr gespielt.

Und auch Tyson spürte plötzlich eine lähmende Schwere in seinen Gliedern und eine schmerzhafte Kälte in seiner Brust.

Mein Bruder stirbt!, dachte er. Als Cousins und Stiefbrüder hatten Ronan und ich nie ein gutes Verhältnis. Nach dem Tod meiner Eltern hat Mom mich von New York nach San Francisco geholt, da war ich acht. Ronan und Tess, beide vier Jahre älter als ich, waren damals schon unzertrennlich. Tess war immer wie eine

Schwester für ihn, viel mehr, als ich je sein Bruder sein konnte. Tess stand immer zwischen uns. Und jetzt ...

Langsam atmete er aus. »Wie lange noch?«

»Kann ich nicht sagen.«

»Ein Jahr?«

Dr. Munro-Hayes schüttelte den Kopf.

»Ein halbes Jahr?«

»Sir, ich weiß es nicht.«

»Weniger als ein halbes Jahr?«

»Mr Conroy, bitte ...«

»Er ist mein Bruder«, beschwor Tyson ihn und beugte sich vor, beide Ellbogen auf die Knie gestützt.

»Sir, ich wünschte ...« Jetzt brach er ein, na endlich! »Unsere Hoffnung beschränkt sich auf wenige Wochen. Mr Brandon hat keine Chance mehr.«

Tyson barg das Gesicht in seinen Händen. »O mein Gott.«

»Er braucht vor allem Ruhe. Er muss sich schonen.«

Und Ronan plant eine Weltreise! Mit Tess auf seiner Jacht! Die Karte mit seiner Reiseroute habe ich heute Morgen in seinem Schreibtisch gefunden. Und ein kurzes Telefonat hat vorhin ergeben, dass das Schiff auslaufen kann, sobald Tess' Vega verladen ist. Ich glaube allerdings nicht, dass er schon mit ihr darüber geredet hat – gestern Nacht war sie auf dem Weg zu ihm, als er in Lynnes Armen zusammenbrach. Weiß Tess, wie krank Ronan wirklich ist?

Lynne seufzte erstickt. Weinte sie?

Dr. Munro-Hayes sah sie an. »Es tut mir sehr leid, Ma'am. Ich verstehe Ihr Entsetzen angesichts dieses Schocks, Ihre Angst und Ihre Trauer. Aber ich bitte Sie, geben Sie Ihrem Mann die Chance, die letzten Wochen und Monate so zu verbringen, wie er es sich wünscht: selbstbestimmt. Lassen Sie ihn die Dinge erledigen, die ihm noch wichtig sind. Schenken Sie ihm das, was er jetzt mehr braucht als alles andere: Verständnis und Respekt. Wonach er sich jetzt sehnt, ist Menschlichkeit. Und bitte, *bitte* erfüllen Sie Ihrem Mann seinen letzten Wunsch.«

Tyson hielt den Atem an. »Was will er?«

»In Würde sterben.«

# 9

Da war ja schon die Auffahrt, der Kiesweg zur Winery!

LAVENDER FIELDS stand da drüben auf dem Schild.

Daddy hoppelte vom Sonoma Highway und bog dort ein. Um sie rum waren überall diese ... äh, diese Weintraubendingsdas, Cayden hatte keine Ahnung, wie die hießen. War ja auch piepegal. Jedenfalls, wegen denen wollte Daddy herfahren. Die wuchsen auf einem großen Feld, in langen Reihen, die bis zu den grünen Bergen dahinten reichten, da wo's so lila schimmerte. Die Berge, hatte Daddy vorhin erklärt, machten ein Tal. Das Valley of the Moon, Tal des Mondes. Den Namen hatte das Tal von Jack London, der hatte hier früher eine Ranch, nur ein paar Meilen entfernt. Daddy hatte ihm mal ein Buch von Jack vorgelesen. *Der Lockruf der Wildnis* oder so. Da ging's um einen Schlittenhund, der hieß Buck und der ... na ja ... der wurde nach Alaska verschleppt, das war während des Goldrauschs, jedenfalls hatte er's nicht so gut wie Ricky bei Tess, die sorgte nämlich echt toll für ihn, kuschelte mit ihm und streichelte ihn, deshalb ... äh, jedenfalls am Ende lebte Buck in der Wildnis, bei den Wölfen.

Daddy knirschte noch ein paar Yards über den Kies vom Weg. Unter einem Baum, Cayden glaubte, das war eine knorrige Eiche, bremste er und schaltete in den Leerlauf. Der Motor tuckerte leise vor sich hin.

Dann drehte er sich zu ihm um. »Was ist, hast du Lust?«

Cayden grinste. »Na klar!«

»Dann komm nach vorn!«

Er hopste raus, knallte die Tür zu und flitzte um den Wagen rum. Daddy öffnete ihm die Fahrertür, und über das Trittbrett kletterte er auf seinen Schoß. Weil seine Beine reichten nicht ganz bis zu den Pedalen runter.

»Okie dokie, preflight check«, sagte Daddy, zog ihm die Baseball Cap vom Kopf und legte einen Arm um ihn.

Hihihi, das würde echt lustig werden!

»Tür?«, fragte Daddy und hängte die Kappe über Tess' Knie.

Er lehnte sich zur Seite und zog die Tür zu. »Ist zu.«

»Motor?«

»Ist an.«

»Funk?«

Er kicherte und drehte das Autoradio lauter. Da kam irgendein total verrauschter Song. »Ist an.«

»Kurs?«

Er deutete nach vorn. »Da lang.«

»Kupplung.« Daddy trat aufs Pedal und fragte: »Gang?«

Cayden hatte vorhin schon mal zugeguckt, wie er das machte. »Okay. Ready for takeoff«

»Dann los!« Daddy gab Gas, und er steuerte. Zuerst langsam, dann immer schneller knirschten sie über den Kies.

»Schalten!«, rief Daddy.

»Okie dokie.« Er konnte den Gang nicht finden, und Daddy legte die Hand auf seine und half ihm dabei. Dann gab er noch mehr Gas, und Cayden fuhr die Auffahrt rauf. Das war voll super!

Hihihi, Tess summte jetzt den dramatischen Soundtrack aus dem Film, der über sie gedreht wurde. Weil der handelte von ihrer Suche nach Corey, der in der Wildnis verschwunden war. Der Film war so was von spannend, weil Tess war nämlich abgestürzt. Ein totaler Crash! Ty hatte gesagt, sie hatte dabei ihre Maschine komplett zerlegt. Aber das hatte Cayden nicht kapiert. Wenn sie sie auseinanderschrauben konnte, dann konnte sie sie doch auch wieder zusammenbauen, oder? Und zurückfliegen, zu Jason und Sheena, die auf sie gewartet hatten. Aber ihre Maschine war kaputt. Total geschrottet. Und Tess musste allein durch die

Wildnis, mit ihrer Winchester in der Hand. Na, jedenfalls kam das in dem Abenteuerfilm vor, von dem sie jetzt die spannende Musik summte. Weil sie dachte wohl, er fuhr so rasant, wie sie flog.

Daddy legte seinen Arm um ihre Schultern und zog sie näher zu sich ran, um ihr den Mund zuzuhalten, damit sie still war, aber sie summte nur noch lauter zwischen seinen Fingern durch. Hihihi.

Und dann nietete er aus Versehen eine von den Weintraubenruten, oder wie die hießen, um. Aber piepegal, das Dingsda sah nämlich vorher schon nach Totalschaden aus, ganz morsch und ohne Blätter und Trauben. Cayden riss das Steuer rum und fuhr weiter. Da vorn war eine Brücke über einen Creek. Und dahinter machte der Weg eine Kurve. Er nahm lieber die Abkürzung, das war viel lustiger!

Und schon holperten sie unter irgendwelchen Bäumen durch über eine blühende Wiese. »Yayayay!«, rief er begeistert.

Tess kriegte sich nicht mehr ein, stemmte die Beine gegen das Armaturenbrett, als ob sie sonst aus dem Wagen geschleudert würde, und lachte sich schlapp, genau wie Daddy.

Hey, er war ganz doll glücklich, dass Daddy jetzt nicht mehr so traurig war. Na ja, jedenfalls hatte er das vorgestern in ihr Erinnerungsbuch geschrieben. Der Brief von ihm ging ungefähr so:

*Cayden, mein Süßer,*

*als wir heute Abend in unserem Buch geblättert haben, wolltest Du wissen, ob ich jetzt nicht mehr traurig bin. Du hast mich nicht gefragt, warum ich so empfunden habe, aber ich will trotzdem versuchen, es Dir zu erklären. In den letzten Tagen habe ich etwas verloren, mein Kleiner. Ein Gefühl, ja, ich habe ein Gefühl verloren: Hoffnung. Weißt Du, wie Hoffnung sich anfühlt? Erinnere Dich an Weihnachten und wie sehr Du Dir gewünscht hast, dass Tess und Sheena kommen. Das ist Hoffnung. Und dieses Gefühl habe ich verloren, und das hat mich ganz doll traurig gemacht. Das ist schlimm, oder? Ich habe gehofft, ich könnte in mein altes Leben zurückkehren, damit alles so ist, wie es früher mal war. Aber das geht nicht. Es hat mir sehr wehgetan, mir das einzugestehen und das hinzunehmen. In den letzten Tagen habe ich sehr viel nachgedacht, und ich habe erkannt, dass ich nicht nur verloren, sondern auch gewonnen habe. Ein neues Leben, das schöner und aufregender ist als das alte. Ich habe Zeit zur Selbstbesinnung, Zeit zum Träumen, Zeit für Gefühle. Zeit, um mit Dir im Bett zu kuscheln und Dir Geschichten vorzulesen. Zeit, um mit Dir zu spielen und zu lachen. Zeit für richtig tolle Abenteuer, die wir gemeinsam mit Tess erleben können. Und darüber bin ich sehr glücklich. Es ist nie zu spät, um zu erkennen, was im Leben wirklich wichtig ist. Ich will die Zeit genießen, die mir geschenkt wurde, und nicht die betrauern, die ich nicht mehr leben kann. Jetzt bin ich nicht mehr traurig, Süßer, und ich werde es nie mehr sein, solange Du bei mir bist.*

*Hab Dich ganz doll lieb, Dein Daddy.*

Jedenfalls war er froh, dass es Daddy wieder gut ging. Auf die Seite neben seinem Brief hatte er mit Wasserfarben einen Schmetterling gemalt. Der schlüpfte gerade aus seinem Konkon, in den er als Raupe ... äh ... na ja, egal, jedenfalls breitete er seine regenbogenbunten Flügel aus, weil er ganz hoch und ganz weit fliegen wollte. Daddy hatte gesagt, er hatte geweint, als er sein Bild angeguckt hatte. Weil er sich nämlich ganz doll dadrüber gefreut hatte.

Mit knirschenden Reifen bremste Daddy vor dem Haus, und das Auto kam rutschend zum Stehen. Daddy stieß mit dem Fuß die Tür auf, hob ihn von seinem Schoß und stellte ihn auf den Boden, dann stiegen er und Tess auch aus.

Sie gingen rüber zum Haus. Das war echt groß. An den Mauern aus Feldsteinen rankte Wein hoch, das fand Tess so was von romantisch, und die großen Fenster hatten Läden, von denen die Farbe abblätterte. Die waren in demselben Lila gestrichen, in dem die blühenden Lavendelfelder um sie rum in der Sonne leuchteten, aber die waren alle zu, weil schon seit Jahren niemand mehr in dem alten Haus wohnte. Daddy sagte dazu Schattoo, keine Ahnung, was das war, aber Tess fand's toll, das merkte Cayden, als sie durch die Räume gingen, die alle verlassen waren, die Schlafzimmer, in denen die Betten nicht bezogen waren, und die große Küche, in der noch ein alter Eisschrank stand, so einer mit einem Eisklotz im Holzfach. In jedem Zimmer gab's einen offenen Kamin, in dem man Feuer machen konnte, und Bilder und Kerzenständer, und in dem Raum, den Daddy sich zum Schlafen ausgesucht hatte, stand sogar ein altes Grammofon mit Kurbel. Tess' Zimmer lag neben seinem, und wenn sie ihre Tür aufließ, konnte sie hören, was für Schallplatten Daddy auflegte. Jede Menge Spinnweben und Staub überall, und er fand sogar eine tote Maus auf der vorletzten Stufe von der Steintreppe runter in den Weinkeller. Oh, Mann, das Gewölbe war ja so was von gruselig! Total dunkel und verwinkelt und kühl und modrig! Ziemlich unheimlich!

Daddy zündete eine Kerze an und stellte sie auf einen Stapel von rumliegenden Weinfässern. Das Licht flackerte über Hunderte von Flaschen, die mit dem Korken voran in den Regalen lagen und eine Wand aus Glas bildeten. Daddy erzählte ihm, was Sache war, dass die großen Fässer alle leer waren, weil das war wegen der ... hm ... Prohippitsion oder wie das hieß. Na, jedenfalls war's seit ein paar Jahren verboten, Wein zu trinken. Und Champagner. Und Bier. Und die Cocktails, die Mommy so gern hatte, den Daiquiri mit Limetten oder mit Erdbeeren. Aber Daddy sagte, dass viele Leute trotzdem was trinken wollten, und wegen dem wollte er das Weingut wieder ... äh ... ja, jedenfalls wollte er wieder Wein anbauen, so wie früher. Er redete mit Tess über die Sorten, erstklassigen Schadonnee und exzellenten Kabernesovejong, aber davon hatte Cayden eh keine Ahnung. Coca-Cola schmeckte sowieso viel besser, vor allem, wenn man Brausepulver mit Kirschgemack auf die Zunge tat, bevor man trank. Das bitzelte und blubberte voll super. Vielleicht kriegte er nachher zum Abendessen eine Coke? Er wusste nämlich, sie hatten ein paar Flaschen im Kofferraum. Und die waren ganz doll durchgeschüttelt …

Aber erst mal gingen sie zusammen aufs Weinfeld. Weil sie sollten Schnecken suchen. Daddy wollte ihnen nämlich eine Schneckensuppe kochen, mit Gemüse und Schlagrahm und Wein und so weiter. Zuerst hatte Cayden gedacht, er wollte Nudeln in die Suppe tun, die wie kleine Schnecken aussahen, aber nee, er meinte echt die schleimigen Scheißerchen, die überall zwischen den Weintraubenrebenstöcken rumkrochen, auf der Erde und auf den Trieben, so hieß das richtig, sagte Daddy. Er ging mit Tess voran, den Arm um sie gelegt und einen Finger in die Gürtelschlaufe von ihrer Jeans gehakt. Hihihi, als ob sie weglief, wenn er sie auch nur mal kurz losließ. Echt lustig, die beiden. Wie die Schnecken, die am Rand vom Kochtopf hochflitzten, weil die wollten nichts wie weg, und zwar flott. Aber Cayden schubste sie immer wieder zurück und tat den Deckel vom Topf drauf, damit sie nicht abhauen konnten.

Die Sonne war untergegangen, und bald war's so dunkel, dass sie durch die Lavendelfelder, die toll dufteten, zum Schattoo zurückgingen. Das sah echt klasse aus, der Himmel hatte die Farbe von frisch gepresstem Orangensaft, der Wein leuchtete grün und der Lavendel lila. Tess war hin und weg davon, als sie das große Haus erreichten.

Okay, auspacken! Währenddessen Daddy Feuer im Herd machte und den Topf mit Wasser aufstellte, holten Tess und Cayden die Sachen aus dem Auto und schleppten sie ins Haus, die Vorräte in die Küche, die Schlafsäcke in ihre drei Zimmer, weil es gab keine frische Bettwäsche. Die Schlafsäcke waren echt toll, warm und weich, und vielleicht erlaubte Daddy ihm ja, heute Nacht draußen zu schlafen, unter dem Sternenhimmel?

Hey, er wollte ihn fragen, aber er hatte es vergessen, weil Tess hatte die Idee, ein Schneckenrennen zu veranstalten. Das Kochen von den schleimigen Scheißerchen braucht irre lange, sagte Daddy. Es dauerte also, bis die Suppe fertig war. Nachdem er und Tess das Gemüse geschnippelt hatten, ging's los. Drei Schnecken gingen ins Rennen, jede hatte eine Startnummer aus Lauchkringeln, Sellerieschnipseln und Karottenraspeln, die Tess mit Eiweiß aufs Häuschen klebte. Dann setzten sie die Schnecken in einer Reihe mitten auf den langen Küchentisch. Mit ausgestreckten Fühlern, da vorn waren die Augen dran, flitzten die Schnecken los, jede in eine andere Richtung, und sie feuerten sie an: »Los, lauf, nun mach schon!«

Sie kicherten und lachten, Tess schnappte sich zwei Salate und hopste wie ein Cheerleader mit ihren Pompoms durch die Küche, und Daddy quasselte eine aufgeregte Radioreportage über kalifornische Rennschnecken in ein Mikrofon, das eigentlich eine Karotte war. Die beiden waren ja so was von albern, weil er glaubte, die waren beide ganz doll glücklich, dass sie wieder zusammen waren. Die beiden hatten sich nämlich sehr, sehr lieb.

Und Daddy mogelte, und wie! Weil als er dachte, dass Cayden gerade nicht hinschaute, machte er eine Dose Schnecken auf und kippte sie in die Suppe, so schnell kannst du nicht gucken. Cayden tat so, als ob er nichts gemerkt hatte, aber er war froh dadrüber, weil dann mussten die Schnecken nicht sterben und konnten leben. Wenn die morgen nicht aus dem Topf abgehauen waren, würde er sie zurück zum Weinberg bringen. Ja, genau, das wollte er tun!

Als Ronan nach dem Duschen in die Küche zurückkam, hob er den Deckel vom Kochtopf und schnupperte an der Suppe, die leise vor sich hin brodelte und köstlich duftete. Hmm, lecker!

Er lauschte auf Schritte und hörte das Plätschern von Wasser. Tess duschte also noch. Und Cayden? Aus seinem Zimmer drang kein Laut. Ronan ging zur offenen Tür und warf einen Blick in den dunklen Gang. Unter der geschlossenen Tür von Caydens Zimmer schimmerte ein schmaler Streifen Licht auf den abgetretenen Steinfliesen und beleuchtete einige Staubflusen. Malte er jetzt gerade etwas in ihr gemeinsames Buch? Er hatte eine ganze Schachtel Buntstifte dabei.

Okay. Jetzt.

Er ging zum Telefon neben dem Kühlschrank und nahm den Hörer ab. Die Verbindung zur Anwaltskanzlei in San Francisco kam schnell zustande.

»Ronan Brandon«, sagte er leise seinen Namen. Er wollte nicht, dass Tess mitbekam, dass er telefonierte.

»Guten Abend, Mr Brandon«, antwortete eine Frauenstimme, offenbar die Sekretärin des Notars. »Mr Williard hat Ihren Anruf erwartet, Sir. Ich verbinde Sie.«

Ein Blick auf die Uhr neben dem Regal mit den Gewürzen sagte ihm, dass es gleich acht war.

Der große Kamin am Ende der Küche reichte bis zur niedrigen Balkendecke, von der kupferne Kochtöpfe und getrocknete Lavendelbüschel herabhingen. In die Wand aus roten Backsteinen waren Backöfen mit gusseisernen Türen eingelassen, die schon seit vielen Jahren nicht mehr ...

Ein Knacken in der Leitung.

»Mr Brandon? Guten Abend, Sir. Wie schön, von Ihnen zu hören. Sind Sie jetzt in *Lavender Fields?*«

Nach dem Duschen setzte Tess sich aufs Bett und holte aus ihrer Tasche die Flasche Bodylotion, die Lynne ihr mitgegeben hatte. Sie sollte sie mal ausprobieren, hatte sie ihr heute Morgen zugeredet. Sie hätte sie für Tess kreiert. Als sie sich bei ihr bedankt hatte,

hatte sie den Eindruck gehabt, Lynne wollte ihr noch etwas sagen, sie etwas fragen oder sie um etwas bitten, aber dann besann sie sich und schwieg beharrlich.

Aber wieso?

Und worum ging es? Um Lynnes unerfüllten Traum, den Beauty Salon in der City? Lynne musste das Gefühl haben, eingesperrt zu sein, sonst würde sie nicht mit derart emotionaler Wucht ihrem persönlichen American Dream entgegendrängen. Aber wodurch war sie überhaupt zu einer Gefangenen geworden? Durch den Reichtum und die Macht der Brandon-Conroy-Tyrells, durch die gesellschaftlichen Konventionen, durch die Pflichten der Repräsentation mit vornehmen Dinnereinladungen und eleganten Cocktailpartys? Durch ein Leben im Exil, weit weg von ihrer Wohnung in der Park Avenue in New York und dem Haus ihrer Familie auf Long Island? Durch die Ehe mit Ronan, den sie mit seinem Bruder betrogen hatte, als er sterbenskrank war und sie am nötigsten gebraucht hätte? Die Ehe war jetzt geschieden. Und Lynne benutzte ihr Lebenswerk, ihre Kreativität, ihren Traum dazu, sich zu befreien.

Tess ließ ein wenig Lotion in die offene Hand rinnen und schnupperte daran.

Hmm, riecht gut, dachte sie. Schön frisch.

Mit einem verträumten Lächeln cremte sie sich ein, die Arme und Beine, den Rücken und den Bauch, und dann streichelte sie ihre Brüste. Sie genoss das sanft belebende Gefühl auf ihrer Haut, dann zog sie sich rasch an. Nichts Schickes oder Elegantes, sie waren ja auf Abenteuertour. Nur eine andere Levi's, nicht verwaschen, an den Knien zerrissen und am Saum der Hosenbeine aufgeribbelt wie die andere, die sie vorhin im Weinberg getragen hatte.

Sie hatten beide geschwiegen, und Tess hatte es genossen, wie Ronan den Arm um sie gelegt und den Finger in die Gürtelschlaufe ihrer Jeans gehakt hatte. Die ganze Zeit, als Cayden um sie herumtobte, zwischen den Weinstöcken herumkroch und Schnecken in den Kochtopf sammelte, hatte Ronan nur einmal etwas gesagt: »Tess, mein Versprechen von damals gilt noch immer.«

Sie wusste, wann er es ihr gegeben hatte: bei ihrem Abschied im Hafen von San Francisco, als er sie küsste und dann für immer verließ.

Aber das ist lange her, das »für immer« ist beendet, und seine Ehe mit Lynne ist geschieden, dachte sie. Im Moment zählt nur, dass wir zusammen sind, dass wir Arm in Arm nebeneinanderher gehen, dass wir den Herzschlag des anderen spüren, seine Wärme, seine Liebe.

Tess besann sich und zog eine weiße Bluse an, die sie nicht in die Jeans stopfte, mit hochgerollten Ärmeln. Die obersten Knöpfe ließ sie offen. Mit den Fingern brachte sie ihre nassen Haare einigermaßen in Form. Ein Blick in den Spiegel: lässig und frisch.

Als sie die Tür hinter sich zuzog, drang aus der Küche leises Gemurmel. Mit wem redete Ronan? Cayden war in seinem Zimmer und spielte mit Ricky.

Ah, er telefonierte mit dem Apparat neben dem Kühlschrank. »Und haben Sie die Dokumente bekommen, die ich vorgestern unterzeichnet habe? ... Gut. Alles vorbereitet? ... Prima. Ich habe mir eben gerade auch die Nebengebäude angesehen, die zur Winery gehören. Keine Stufen, also für einen Rollstuhl geeignet ... Genau ... Ja ...«

In der offenen Tür blieb Tess stehen, ohne dass Ronan, der ihr den Rücken zukehrte, sie bemerkte. Vor ihm auf dem Küchentresen lag ein aufgeschlagenes Notizbuch, in dem er herumkritzelte.

Wieso Rollstuhl?, fragte sie sich. Soll das Weingut eine Altersresidenz für Josh werden, der seit seinem letzten Schlaganfall im Rollstuhl sitzt? Fühlt Dad sich denn nicht mehr wohl im Brandon

House, wo sich nach Moms Tod sein Sohn und sein Stiefsohn um ihn kümmern?

Sie hielt den Atem an und lauschte.

»Ich habe mich entschieden, die Lavender Fields Winery wird wieder Wein anbauen ... Chardonnay und Cabernet Sauvignon ... Ja, ja, ich weiß, aber die Prohibition wird irgendwann zu Ende sein ... Die Lavendelfelder sind verwildert ... Nein, die Lavendelfarm wird wieder Blüten ernten, um ... Ja, genau. Lavendelseife, Lavendelcreme, Lavendelöl ... Okay ... Danke, Mr Williard ... Und kein Wort zu meinem Bruder! ... Das wünsche ich Ihnen auch. Bye.«

Ronan legte auf, verharrte einen Moment reglos, dann strich er etwas in seinem Notizbuch als erledigt durch.

Jordan Williard war Ronans Anwalt, ein Vertrauter, der ihn in persönlichen Fragen, aber auch bei millionenschweren Unternehmensentscheidungen beriet. Mr Williard hatte sich von San Francisco aus darum gekümmert, dass Tess nach Jasons Tod als Geschäftsführerin der TYRELL-Unternehmen eingesetzt wurde.

Was hatte Ronan vor?, fragte sie sich. Und wieso sollte Ty nichts davon wissen?

Er steckte das Notizbuch ein. Als Tess die Küche betrat, blickte er erschrocken auf, als hätte sie ihn bei irgendetwas ertappt. Er schien etwas sagen zu wollen, aber dann überlegte er es sich anders und starrte sie an.

»Hi«, sagte sie.

»Hi«, flüsterte er. »Du bist ... wunderschön.«

»Danke.«

War das Begehren in seiner Stimme? Und Glückseligkeit in ihrer? Sehnsucht? Die Hoffnung auf Zärtlichkeit?

Ihre Blicke begegneten sich, und sie wussten, sie empfanden das Gleiche.

In diesem Augenblick stürmte Cayden mit Ricky im Schlepptau in die Küche. »Wollen wir jetzt essen? Und kriege ich eine

Coke? Und eine Tüte Brausepulver?« Ohne Punkt und Komma quasselte er weiter: »Und darf ich heute mit Ricky draußen schlafen? Oh, bitte!«

Der Tisch auf der Veranda mit Blick auf die Lavendelfelder war rasch gedeckt, und die Schneckensuppe, für Cayden ohne einen Schuss Weißwein, schmeckte köstlich, weich und samtig, mit einem Hauch Knoblauch.

Die Stimmung war fröhlich und entspannt, und Ronan und Tess hielten sich nach dem Essen bei einem Glas Chardonnay aus dem Weinkeller an den Händen. Sanft glühten ihre Gesichter im Schein der acht Kerzen auf dem Tisch. Aus ihnen hatte Ronan auf dem Tisch ein Herz geformt. Die acht Kerzen sollten wohl die Jahre sein, die sie getrennt gewesen waren. Die Dochte brannten nieder, und die Zeit schmolz dahin – aber das Herz blieb. Ihre Liebe verging nicht. Eine sehr schöne Idee, fand Tess.

Über ihnen rauschten die alten Bäume in der sanften Frühlingsbrise, die den Duft von blühendem Lavendel heranwehte, und aus den offenen Fenstern des Schlafzimmers drang romantische Musik. Ronan hatte einige Schallplatten dabei, und Ruth Ettings verträumter Song *Love me or leave me* gefiel ihnen beiden sehr.

Ich hätte Lust, mit ihm unter dem Sternenhimmel zu tanzen, dachte Tess. Ich sehne mich danach, seinen Körper an meinem zu spüren. Ich möchte die Augen schließen, mich der sanften Melodie hingeben und in seinen Armen diesen vollkommenen Augenblick genießen.

Sie war verliebt, und dieses Gefühl war noch wunderbarer als je zuvor. Sie genoss es, neben Ronan zu sitzen, dem Rhythmus seines Atems zu lauschen und seine warme Hand unter ihren Fingerspitzen zu spüren. Sanft streichelte sie seine Finger, bis sie auf die kleine blasse Einkerbung stieß, wo er bis vor wenigen Tagen seinen Ehering getragen hatte. Sie hielt inne, aber er griff nach ihrer Hand und schob seine Finger gefühlvoll zwischen ihre. Eine sehr intime Geste. Tess drückte seine Hand, und auch Ronan musste dieses Gefühl der Verbundenheit spüren, denn auch er lächelte ziemlich verträumt. »Ich hab noch ein Geschenk für dich«, flüsterte er und küsste sie sanft auf den Mundwinkel. »Bin gleich wieder da.« Er sprang auf und verschwand im Haus.

Verdutzt sah Tess ihm nach und trank einen Schluck Wein.

Durch das offene Schlafzimmerfenster sah sie ihn, wie er in seiner Tasche auf dem Bett wühlte und sich wieder aufrichtete. Mit einem langen, tiefen Atemzug sog er die frische Nachtluft ein und stieß sie mit einem leisen Seufzer langsam wieder aus. Was hatte er denn? Zugegeben, der Tag im Sequoiawald und auf dem Mount Tam war lang gewesen, und vielleicht war er einfach nur müde. Aber die hochgezogenen Schultern, die Haltung des Kopfes, die verhaltenen Bewegungen ... Er sah aus, als hätte er starke Kopfschmerzen. Wie gebannt beobachtete sie ihn, unfähig wegzuschauen. Irgendetwas an ihm war anders, und es war nicht nur das Leuchten in seinen Augen, dieses Strahlen, das ihr schon gestern aufgefallen war, diese ... ja, diese Sinnlichkeit auf seinem Gesicht. Irgendetwas Ungewöhnliches war um ihn. Aber was?

So viele Jahre zusammen, so viele Jahre getrennt, und trotz der vielen Tragödien in ihrem Leben waren sie immer füreinander da gewesen. Mom und Dad hatten sie dazu erzogen, Herausforderungen anzunehmen, ihr Schicksal selbst zu bestimmen und ihren Träumen zu folgen. Ronan und sie hatten das Beste aus ihrem Leben gemacht, weil sie es mussten und weil sie es wollten, jeder mit seiner eigenen Familie. Aber immer hatten sie füreinander gelebt. Sie teilten jedes Gefühl miteinander, das Glück über die Geburt der Kinder, die Trauer um Mom, die Verzweiflung über Dads fortschreitende Krankheit. Sie brauchten einander. Als Freunde. Als Liebende.

Sie hatten einander, bis ans Ende aller Tage.

Ronan kehrte zurück, und Tess merkte, wie ihre innere Anspannung allmählich nachließ. Während er sich setzte und die hölzernen Stuhlbeine über den Kies der Veranda knirschten, schloss sie die Augen, strich sich mit den Fingern über das Haar und genoss die leise Abendbrise auf ihrem Gesicht.

Was für ein wundervoller Abend!

»Hier, für dich«, sagte er und überreichte ihr ein Geschenk: eine flache Scheibe, die in blaues Geschenkpapier mit kleinen Glitzersternchen eingeschlagen war. Eine Schallplatte?

»Oh, danke. Aber ich hab gar nichts für dich besorgt.«

»Du bist hier, Tess. Das hab ich mir mehr als alles andere gewünscht.«

Sie betrachtete die Scheibe einen Augenblick, bevor sie das Seidenpapier aufriss. Für eine Schellackplatte war sie zu schwer. Sie schlug das Geschenkpapier auseinander.

Eine drehbare Sternkarte.

Damit konnte sie den Sternenhimmel zu jeder Jahreszeit und Nachtstunde bestimmen – was für ein schönes Geschenk!

Die Sternkarte bestand aus zwei runden Scheiben. Die größere, untere zeigte den nördlichen Sternenhimmel. Am äußeren Rand gab es mehrere Skalen, einen Jahreskalender und eine Gradeinteilung für Winkel. In der Mitte, unter der glänzenden Niete, um die sich die Karte drehen ließ, befand sich der Himmelsnordpol, der Polarstern. Die kleinere Deckscheibe hatte ein rundes Fenster, durch das sie den Sternenhimmel der unteren Scheibe betrachten konnte. Der Rand des Fensters war der sichtbare Horizont, und sie konnte auf der Karte alles sehen, was auf einem bestimmten Breitengrad im Laufe des Jahres am Himmel zu beobachten war: Sterne, Nebel und Galaxien.

Aber da war noch etwas, im Sternbild Kassiopeia, das immer sichtbar blieb, wenn sie die Sternkarte drehte.

Dort standen zwei Namen, neben dem W der Kassiopeia.

Jason und Sheena.

Ihre Hände zitterten, die Kehle wurde ihr eng, und heiße Tränen schossen ihr in die Augen.

Ronan legte ihr die Hand auf den Arm. »Du hast kein Grab, an dem du um sie trauern kannst. Dieser Ort im Sternbild, nah am Polarstern, das ist der Ort, an dem sie im Cook Inlet gestorben sind, nur in den Himmel projiziert. Dort kannst du um sie trauern.«

Ihr Herz klopfte bis zum Hals. Sie konnte die Tränen nicht mehr zurückhalten. »Oh, Ronan!«

Behutsam legte er seinen Arm um ihre Schultern und zog sie an sich. »Du wirst sie nie vergessen, Tess«, flüsterte er. »Du wirst dich an sie erinnern, wo auch immer du bist.«

»Danke«, schluchzte sie. »Danke, Ronan. Das ist das schönste Geschenk, das du mir machen konntest.«

Er küsste sie zart, aber sie schaffte es nicht, seinen Kuss zu erwidern. Sie war zu aufgewühlt, zu traurig.

Tess wischte sich die Tränen ab. »Bitte entschuldige, aber ... ich würde jetzt gern einen Augenblick allein sein.« Sie konnte nicht weiterreden, ihre Gefühle überwältigten sie.

Traurig und resigniert sah er ihr nach, als sie aufsprang, die Sternkarte an ihre Brust presste und leise weinend in der Dunkelheit verschwand.

Mein Bruder stirbt.

Tyson saß an Ronans Schreibtisch in dessen Arbeitszimmer, lauschte auf die Meeresbrandung, nippte an seinem Whiskey mit Eis und versuchte, mit dem Schock klarzukommen.

Ronan wollte die Medikamente nicht mehr nehmen, die sein Leben verlängerten, die ihn aber auch benommen machten, traurig und verzweifelt. Er wollte das Leben mit allen Sinnen genießen, das hatte er Dr. Munro-Hayes anvertraut, bis zum letzten Herzschlag und bis zum letzten Atemzug.

Er wollte eine Reise machen, eine Lebensreise ohne Wiederkehr.

Er wollte in Tess' Armen liegen, wenn er starb.

Und Cayden?

Hatte Ronan ihm gesagt, dass er bald sterben würde?

Er war der Erbe. Er bekam alles. Oder?

Und Tess?

Hatte Ronan nach der Scheidung sein Testament geändert? Würde *sie* das Unternehmen erben?

Mit beiden Händen fuhr Tyson sich über das Gesicht und atmete tief durch.

Und er, was war mit ihm? Was würde er bekommen?

Nichts?

Ein Legat von einigen Millionen, das es ihm gestattete, sorgenfrei zu leben? Ein Taschengeld für Luxusreisen, Autos und Pferde, Opernkarten und Champagner, Whiskey und Zigarren ...

Noch drei Monate, vielleicht weniger! Und es gab noch so viel zu tun!

Nein, nein, nein! Ronans Millionen-Dollar-Investition in die neue Technologie des Farbfernsehens war völlig irrsinnig! Er ging davon aus, dass in wenigen Jahren in jedem amerikanischen Haushalt ein Empfangsgerät stehen würde, mit dem man Fernsehen in Farbe sehen könnte. Filme, Wochenschauen, Werbung, zu Hause im Wohnzimmer. Aber diese Idee hatte doch keine Zukunft! Sie war völlig absurd! Ein Abend im Kino kostete nur ein paar Cents! Und ein Fernsehgerät? Hunderte Dollar! Abgesehen davon würde es noch *Jahre* dauern, bis ein solches Röhrengerät überhaupt in gewinnbringend großen Stückzahlen gebaut werden konnte.

Aber die Verträge hatte Ronan vor seiner Abreise noch unterschrieben, und Tyson konnte den Deal nicht mehr rückgängig machen. Ronan führte den Vorsitz im Aufsichtsrat und leitete die Brandon Holding, die die Aktien aller Brandon-Conroy-Tyrell-Unternehmen hielt. Mom und Dad hatten die Holding gegründet, um das Unternehmen abzusichern. Die Cousins – Ronan, Jason und Tyson – sollten sich gegenseitig kontrollieren, wobei Ronan, Shannons und Joshs Sohn, als Chef der Holding immer das letzte Wort behalten sollte: Einer hatte die Macht, aber die Verantwortung wurde geteilt.

Tyson schnaufte verbittert.

Und genau das erwies sich jetzt als Problem!

Ein solches Geschäftsrisiko einzugehen! Aber vielleicht könnte ein Börsengang an der New York Stock Exchange das benötigte Kapital aufbringen und das Risiko der Investition für BRANDON-CONROY-TYRELL verringern?

Verdammt! Ronan, wir haben doch darüber geredet! Ich habe dir gesagt, wie ich darüber denke! Aber du hast meinen Rat in den Wind geschlagen, einfach so! Bist du überhaupt noch bei Verstand? Oder haben die Persönlichkeitsveränderungen, vor denen Dr. Munro-Hayes mich gewarnt hat, bereits eingesetzt? Und jetzt, wie geht's jetzt weiter? Welche Entscheidungen wirst du noch treffen, ohne mich?

Verflucht! Was kann ich tun?

Außer …

Sein Blick fiel auf den Safe.

Nein!

Er zögerte. Oder doch?

Und wenn Ronan es merkt, dass ich …

Egal. Ich tu's.

Tyson sprang auf, ging zur Tür des Arbeitszimmers und drehte den Schlüssel im Schloss. Er wollte verhindern, dass Ronans Butler, Mr Mulberry, ihn überraschte. Dann ging er hinüber zum Safe, entsperrte das Zahlenschloss und öffnete die schwere Tür.

Ein ganzer Stapel Dokumente. Er blätterte sie durch.

Da war das Testament.

Tyson wog den verschlossenen Umschlag in der Hand. Fünf Seiten, vielleicht mehr.

Auf dem Umschlag stand in Ronans Handschrift sein Name.

*Tyson.*

Sollte er Ronans Testamentsvollstrecker sein?

Er ging zum Schreibtisch zurück, zog die Schublade heraus und suchte nach dem Brieföffner.

»Steckst du mich in den Schlafsack, Daddy?«, kicherte Cayden, der vor ihm her zu seinem Lagerplatz im nächtlichen Garten trabte. Die Gutenacht-Checkliste war abgehakt, Cayden trug seinen Schlafanzug, und die Zähne waren geputzt.

»Na klar!« Ronan schnappte sich seinen Kleinen und wirbelte ihn herum. Cayden kreischte vor Vergnügen, als er ihn sich unter den Arm klemmte, und er wand sich und strampelte wie irre, als Ronan ihm den viel zu großen Schlafsack überzog und ihn damit auf die Matratze auf der Veranda legte.

Ricky, der sich am Fußende zusammengerollt hatte, schaute kurz hoch und blinzelte sie an, dann legte er seinen Kopf wieder auf die Pfoten.

Atemlos schnaufte Cayden durch. »Das war ein schöner Tag heute. Ich hatte viel Spaß.«

»Ich auch, Süßer. Morgen wird's genauso schön, und übermorgen, und der Tag danach, und der folgende, und der danach, und der, der dann kommt …«

Cayden kicherte.

»Hast du deine Taschenlampe?«

Der Kleine tastete neben der Matratze herum, dann hob er sie hoch und knipste sie an.

In den Bäumen über ihnen zirpte eine Grille, und Cayden legte den Kopf in den Nacken und suchte in den Baumwipfeln nach ihr. Als er sie nicht finden konnte, knipste er die Taschenlampe wieder aus.

»Hast du deinen Teddy?«

Er zeigte ihn Ronan und nahm das völlig zerkuschelte Plüschtier liebevoll in den Arm.

»Aber keine langen Gespräche mehr.«

»Hihihi. Er kann doch gar nicht reden.«

Ronan zog den Schlafsack höher und stopfte ihn um den kleinen Kinderkörper herum fest wie eine Bettdecke. »Hast du keine Angst, so allein hier draußen?«

»Nee«, grinste Cayden. »Ricky passt doch auf mich auf.«

»Auch nicht, wenn's im Gebüsch raschelt?«

»Nee.«

»Und wenn der Mond untergeht und es ganz dunkel wird?«

»Nee.«

»Na gut«, sagte Ronan. »Aber wenn du nicht mehr draußen schlafen willst, dann kannst du jederzeit in mein Bett kommen und mit mir kuscheln.«

Cayden nickte, plötzlich ernst und versonnen. »Daddy?«

»Ja?«

»Ist Tess jetzt traurig?«

»Ja, sehr.«

»Sagst du ihr, ich hab sie ganz doll lieb?«

»Ich sag's ihr, Süßer.« Ronan schmuste mit ihm, und der Kleine umarmte ihn fest. »Gute Nacht. Schlaf gut und träum schön.«

»Du auch, Daddy.«

Er fand Tess im Lavendelfeld. Mit der Sternkarte stand sie zwischen den langen Reihen duftender Lavendelsträucher, die im silbernen Mondlicht wie eine Wolkenformation aussahen, über die sie gemeinsam hinwegflogen. Sie hatte die Karte eingestellt und blickte zum Himmel, zu Jason und Sheena.

Er schmiegte sich von hinten an sie, legte seine Arme um sie, zog sie zu sich heran und küsste sie zärtlich in den Nacken. »Hi«, flüsterte er.

Sie wandte den Kopf ein wenig. »Hi.«

Ihre Stimme war leise, als hätte sie geweint, aber sie wirkte sehr beherrscht, sehr aufrecht, sehr taff. Ihre Bewegungen waren langsam und bedächtig. Ihre Schultern waren hochgezogen, und ihr Rücken war verkrampft, das spürte er.

Sanft drückte er sie an sich. »Ich bin immer für dich da.«

Sie lehnte sich gegen ihn und nickte.

»Und ich helfe dir, so gut ich kann, damit du mit allem klarkommst.«

Aber darf ich mich ihr eigentlich zumuten?, fragte er sich. Liebe ist ein Geschenk, aber auch eine Lebensaufgabe. Tess liebt mich, und sie muss sich mir stellen, mit allen meinen Schwächen und Ängsten. Das wird ihr sehr wehtun. Darf ich sie überhaupt bitten, mich auf meiner Lebensreise zu begleiten, bis zum Ende?

Tess legte ihren Kopf an seine Schulter und küsste ihn auf den Mundwinkel. »Danke, Ronan. Die Sternkarte ...« Sie schluckte. »... dein Geschenk hat mich sehr berührt. Mit der Karte kann ich am Sternenhimmel ... nach meinem Sternchen suchen ... Nach Sheena ... Sie wird immer da sein.«

Die Sehnsucht nach ihrem Kind überwältigte sie, die Trauer, die Einsamkeit.

Gerührt flüsterte er: »Wenn sie dich jetzt hören könnte, was würdest du ihr gern sagen?«

Sie musste nicht lange überlegen. »Dass es mir leidtut, dass ich nicht immer für sie da war, wie eine Mommy es tun sollte. Dass ich sie gern öfter in den Arm genommen hätte, um mit ihr zu kuscheln und zu schmusen. Dass ich gern öfter mit ihr gelacht hätte.« Sie schwieg einen Herzschlag lang, dann sagte sie leise: »Danke, Ronan. Für alles.«

»Schon gut, Tess.«

Sie seufzte. »Du bist das Beste, was mir in meinem Leben passiert ist.«

»Und du bist das Beste in meinem.« Er küsste sie, dann ließ er seine Hände über ihren Körper gleiten, über ihre Arme bis zu ihren Händen. Er hob sie an, und gemeinsam breiteten sie ihre Flügel aus.

Hoch! Höher! Und noch viel höher!

Ronan führte sie, ohne sie festzuhalten, und Tess folgte seinen Bewegungen, als wären sie eins. Als drehten sie ihre Kurven gemeinsam. Als flögen sie, wie ein Doppeldecker, über das im Mondlicht schimmernde Lavendelfeld hinweg und in die Nacht hinein. Neuen Horizonten entgegen, neuen Träumen.

Und für einen Augenblick waren sie dem Himmel ganz nah.

# 10

Als Ronan am nächsten Morgen erwachte, war er allein.

Das rotgoldene Glühen der aufgehenden Sonne verfing sich in den geschliffenen Kristallen des Leuchters an der Decke und wurde als bunte Lichtfunken an die Wände geworfen. Wie Schmetterlinge aus Regenbogenlicht, würde Cayden sagen.

Das warme, sonnige Wetter hielt also an. Wie schön, denn sie wollten heute eine Radtour zu Jack Londons Ranch nahe Glen Ellen machen. Und morgen am American River nahe Sutter's Mill Gold suchen und am Flussufer ihr Camp aufschlagen. Sein Kleiner freute sich schon seit Tagen auf dieses Abenteuer.

Ronan reckte sich genüsslich und rekelte sich in dem weichen Schlafsack. Auf der Seite, wo Tess gestern Abend gelegen hatte, war das Kopfkissen zerdrückt.

Wie gern hätte er heute Nacht neben ihr geschlafen, nachdem sie im sanften Kerzenlicht noch ein bisschen gekuschelt hatten. Wie gern hätte er sie in seinen Armen gehalten, während sie schlief, hätte ihr entspanntes Gesicht betrachtet und auf ihren ruhigen Atem gelauscht, so wie früher, als sie noch ein verliebtes Paar waren. Wie gern wäre er zusammen mit ihr aufgewacht, eng aneinandergeschmiegt, die Glieder ineinander verschlungen, seine Lippen in ihrem Haar, und hätte ihre Wärme und ihre Nähe genossen. Ihre Lebendigkeit.

Als er spät in der Nacht aufwachte, stand Tess am offenen Fenster. Gedankenverloren schaute sie über die Lavendelfelder und die Weinberge im Mondlicht.

»Alles in Ordnung?«, flüsterte er.

Sie drehte sich um. »Hab ich dich geweckt? Entschuldige!«

»Was ist denn los? Kannst du nicht schlafen?«

Sie schüttelte den Kopf.

»Hab ich was falsch gemacht?«

Sie atmete tief durch und legte die Arme um sich, als fröstelte sie. »Nein, Ronan. Du machst alles richtig. Du schenkst mir Trost und Geborgenheit, Freude und Liebe. Es ist so schön mit dir, so wunderschön.«

Aber sie hatte plötzlich allein sein wollen. Na klar, das alles ging ihr viel zu schnell, und sie brauchte Zeit, um mit allem klarzukommen. Mit den Gefühlen der Trauer und der Verzweiflung, die sie noch nicht loslassen konnte, und denen, die sie überwältigten und die sie nicht annehmen konnte, weil sie noch zu schwach dafür war. Sie war einfach noch nicht so weit. Lange nach Mitternacht schlich sie sich in ihr Zimmer. Sie wollten beide nicht, dass Cayden sie zusammen im Bett erwischte.

Er wartete schon so lange auf sie, und ihre Zurückhaltung war für ihn nur schwer zu ertragen. Wie hatte er es bloß all die Jahre ohne sie ausgehalten? Er sehnte sich nach Geborgenheit, und er wollte zurückhaben, was er verloren hatte, als er sie verließ. Er wollte das Versprechen einlösen, das er ihr damals beim Abschied gegeben hatte.

Sie gehörten zusammen, sie waren eins.

Die Tür ging auf.

Cayden, dachte er. Schon bei dem Gedanken an ihn musste er lächeln.

»Hi, Daddy.« Sein Kleiner hängte sich mit einer Hand an die Klinke und schwang mit der offenen Tür hin und her. In der anderen Hand hielt er einen Strauß wilder gelber Blumen – wie niedlich! »Wo ist Tess?«

Ronan setzte sich auf und schlang die Arme um die angezogenen Knie. »Hast du die Blumen für sie gepflückt?«

»Mhm.«

»Weil sie gestern so traurig war?«

»Mhm.«

»Du bist so ein lieber Junge. Sie freut sich bestimmt.«

»Aber sie ist nicht da.«

»Sie schläft bestimmt noch.«

»Nee.«

»Vielleicht macht sie schon Frühstück.«

»Nee.«

»Dann geht sie mit Ricky eine Runde durchs Lavendelfeld.«

Cayden schüttelte den Kopf, während er am ausgestreckten Arm an der Klinke hin und her schwang. »Ricky ist auch weg. Ich hab ihn schon gerufen, aber er kommt nicht.«

Ronan warf einen Blick auf die Uhr auf seinem Nachttisch. Kurz nach acht. Wo steckte sie denn?

Er sprang aus dem Bett und folgte Cayden in Tess' Zimmer. Auf ihrem Nachttisch lag seine bunte Kinderzeichnung von ihrer Reise: die Insel mit der Palme im Sonnenschein, seine Jacht und ihr Flugzeug.

»Daddy?« Mit aufgerissenen Augen sah Cayden zu ihm auf. Seine Stimme bebte, als er fragte: »Ist sie vielleicht wegen mir weggegangen?«

»Mein Süßer, wie kommst du denn darauf?«, fragte Ronan besorgt, dass sein Kleiner sich die Schuld an Tess' Verschwinden gab.

»Weil sie hat mich gestern gefragt, welche Insel das ist. Und ich hab ihr gesagt, wir fahren nach Haiwa und Kakau.«

Trotz seiner Anspannung musste er schmunzeln. »Nach Hawaii und Kauai.«

»Mhm.«

»Hat sie irgendwas gesagt?«

»Nee.«

Er hob Cayden hoch, stellte ihn aufs Bett und umarmte ihn fest. »Sie ist nicht deinetwegen gegangen.« Er küsste den Kleinen aufs verwuschelte Haar. »Sie hat dich doch so lieb wie ich.«

Cayden nickte mit gesenktem Blick.

»Okay?«

»Okay«, flüsterte er, aber seine Stimme kippte. Er war immer noch den Tränen nah.

Ronan sah sich in Tess' Zimmer um: kein Zettel.

Auch in der Küche hatte sie keine Nachricht hinterlassen.

Er half Cayden in seine Sachen und zog sich an. Dann gingen sie Tess suchen, im Château, im Garten, in den Pferdeställen, auf den Lavendelfeldern und in den Weinbergen, und schließlich sogar im Schuppen. Ah, ein Fahrrad fehlte.

Weit konnte sie nicht sein.

Beruhigt ging Ronan in die Küche, stellte die gelben Senfblüten, die im Garten wild wucherten, in ein Wasserglas und kochte Kaffee. Sein Kleiner hockte am Tisch und drehte mit verkniffenen Lippen die Kurbel, um die knackenden und knirschenden Kaffeebohnen zu mahlen, während Ronan den Herd anfeuerte, einen Topf Wasser aufsetzte und Stuart Wilkinson in San Francisco anrief. Er sah auf die Uhr: halb neun. Er hatte wahrscheinlich wieder die Nacht durchgearbeitet und hielt sich jetzt an einer Tasse Kaffee fest, um nicht vom Stuhl zu kippen.

»Guten Morgen, Mr Brandon«, meldete er sich, als Ronan durchgestellt wurde, und er klang tatsächlich müde.

»Mr Wilkinson. Wie geht's voran?«

»Alles läuft nach Plan, Sir«, versicherte ihm der neue Geschäftsführer, den er erst vor wenigen Tagen eingestellt hatte, und fasste zusammen: Der Beauty Salon gegenüber dem Palace Hotel wurde gerade umgebaut und eingerichtet: Seide und Lack, Marmor und Kristall, das perfekte Setting für luxuriöse Behandlungen und Stilberatungen in gehobenem Ambiente. Das Personal, das die Produkte von Elizabeth Arden und Helena Rubinstein kannte, würde in den nächsten Tagen mit der neuen Kosmetiklinie vertraut gemacht werden. Die Bodylotions, Cremes, Peelings und Seifen würden schon in wenigen Tagen geliefert werden, ja, Sir, in die Salons in San Francisco, Los Angeles und New York.

»Werbung?«, fragte Ronan.

»Ganzseitige Anzeigen in den großen Tageszeitungen: *New York Times, San Francisco Examiner, Los Angeles Times.*«

»Und die Verpackungen und Etiketten?«

»Ganz wundervoll, Sir. Die Designs von Alphonse Mucha strahlen die Leichtigkeit aus, die Ihre Frau ... die Sie sich gewünscht haben.«

Cayden rutschte vom Stuhl und kam mit der Auffangschublade der Kaffeemühle zu ihm herüber. Behutsam hielt er das hölzerne Kästchen in beiden Händen. »Daddy? Reicht das?«

»Das ist genug Kaffee«, flüsterte er, während er mit der Hand den Hörer zuhielt. »Kannst du ihn in die Kanne dort auf dem Tresen schütten?«

Der Kleine nickte und ließ ihn weitertelefonieren. Cayden hantierte mit einem Löffel und schaufelte gemahlenen Kaffee aus der Schublade in die Kanne.

»Und das Corporate Design?«, fragte Ronan seinen Geschäftsführer.

»Sir, der Schriftzug fügt sich sehr gut in den Auftritt der anderen Unternehmen von BRANDON-CONROY-TYRELL ein.«

»Prima.«

»Elizabeth Arden präsentiert sich in Rot. Sie kennen die Red Door Spas in New York? Unsere Beauty Salons und Spas zeigen ihre Eleganz und Raffinesse in Blau.«

Stirnrunzelnd beobachtete Ronan, wie Cayden die Kaffeekanne ohne Deckel auf den Fliesenboden stellte und den Topf mit kochendem Wasser vom Herd nehmen wollte. Erneut hielt er den Hörer zu. »Mein Süßer, ich mach das gleich.«

»Ich kann das aber!«, schmollte er.

»Ich weiß, dass du's kannst, Cayden. Aber ich mach das schon.«

»Okay«, seufzte er gedehnt.

Ronan wandte sich wieder Mr Wilkinson zu. »Entschuldigen Sie bitte.«

»Sir, war das der kleine Mr Brandon?«

»Cayden, ja. Er wird bald sechs«, erklärte er. »Und, wie sieht der Schriftzug aus?«

»Die Entwürfe hat mir die Agentur gestern Abend vorgestellt. Sie haben das ganze Wochenende daran gearbeitet. Das HR von Helena Rubinstein ist zusammengezogen. Auch wir haben zwei Buchstaben im Logo, aber sie sind ineinander verschlungen. Der Schriftzug selbst, immer auf dunklem blauen Grund, ist geschwungen wie eine vornehme Unterschrift in mattem Gold.«

»Sehr persönlich, das gefällt mir.«

»Ja, Sir.« Mr Wilkinson zögerte kurz. »Steht der ... äh ... Termin eigentlich schon fest?«

»Mein Bruder und meine Frau wollen im Juni heiraten. Die beiden haben vorgestern mit mir geredet.«

»Wie schön.«

Cayden hopste zu Ronan herüber, zupfte ihn mit einem glücklichen Lächeln am hochgekrempelten Ärmel und deutete aus dem Küchenfenster. »Sie kommt!«

Tatsächlich, da kam Tess ziemlich flott die Auffahrt heraufgeradelt!

Er nickte Cayden zu. »Mr Wilkinson, ich werde nächste Woche in Hawaii sein. Schicken Sie meinem Sekretär die Muster für die Verpackungen. Er wird sie an mich weiterleiten.«

»Wie Sie wünschen, Sir.«

Cayden hängte sich an seinen ausgestreckten Arm und versuchte, an ihm hochzuklettern. »Tess kommt!«, rief er glücklich.

Er musste jetzt Schluss machen.

»Im verschlossenen Umschlag, bitte«, sagte er und legte seinen Arm um Cayden, der sich wie Tarzan im Dschungel an seiner Schulter hochhangelte. Der Kleine liebte die Comicstrips, die seit einigen Wochen in den Zeitungen erschienen. »Persönlich und vertraulich.«

»Ja, Sir.«

»Ich vertraue Ihnen, Mr Wilkinson.«

»Die Aufgabe, mit der Sie mich betraut haben, ist eine echte Herausforderung, Sir. In so kurzer Zeit ein ...«

»Sie machen einen exzellenten Job«, unterbrach er ihn.

Tess hatte die Veranda erreicht, schwang sich vom Fahrrad und nahm eine Papiertüte aus dem Körbchen am Lenker.

»Danke, Sir«, meinte Stuart Wilkinson schneidig.

Ronan verabschiedete sich von ihm und legte auf. Dann zog er rasch sein Notizbuch hervor, schlug die erste Seite auf und strich eine weitere Zeile durch.

Nur für dich, dachte er. Dein Glück liegt mir am Herzen.

Gerade als er das Büchlein zuklappen wollte, schlug die Seite um, und eine andere Liste erschien.

*Lebenskunst = stilles Genießen. Gelassenheit. Großzügigkeit. Güte.*

✓ Sich selbst beschenken
✓ Sich von Überflüssigem befreien und dem eigenen Leben etwas Wesentliches (zurück-)geben
✓ Sich Zeit lassen, sich frei nehmen, sich entspannen
✓ Sich um inneren Frieden bemühen
✓ Sich einsetzen für jemanden, den man liebt
✓ Sich trauen, Belastendes in Worte zu fassen, sich selbst vergeben und sich mit anderen versöhnen
✓ Sich auf Neues einlassen und für alles offen sein
✓ Sich wohlfühlen
✓ Sich glücklich fühlen
✓ Sich Sinn verschaffen
✓ Und am Ende die größte Lebensaufgabe von allen: Verantwortung und Freiheit zu vereinen

Kaum hatte er das Notizbuch wieder eingesteckt, wurde die Küchentür geöffnet, und Tess, die Tüte im Arm, trat ein. »Oh, hi!«, sagte sie. »Ich dachte, ihr Jungs schlaft noch!«

»Hallo, Tess!«, rief Cayden, flitzte durch die Küche und sprang in ihre Arme.

Sie drückte ihm einen Kuss ins Haar. »Hi, mein Kleiner!« Dann stellte sie ihre Einkaufstüte auf den Tisch, kam zu ihm herüber und küsste ihn auf die Wange. »Hi, mein Großer!«

»Wo warst du?«

»Ich bin schnell die drei Meilen nach Sonoma geradelt und hab ein bisschen was eingekauft. Ich wollte euch beide mit einem Frühstück überraschen.«

Sie hatte eine Stunde allein sein wollen, das sah er ihr an. Sie hatte in Ruhe nachdenken wollen, und sie hatte gehofft, die Fahrt auf dem Highway würde ihr helfen, sich darüber klar zu werden, was sie eigentlich wollte.

Für sich.

Für sie beide.

Tess wandte sich ab, um ihre Einkäufe auf dem Tisch auszubreiten. Eier, Speck, Kartoffeln, aha: Hash Browns mit gebratenen Eiern, sunny side up. Danach Pancakes mit Ahornsirup. Und Cheese Cake, den sie irgendwo gekauft hatte. Ein luxuriöses Frühstück wie im Palace Hotel.

Beim gemeinsamen Kochen war Tess still und ernst, und ihre Zurückhaltung und ihr Schweigen taten Ronan weh. Sie war traurig, und er wollte sie gern in den Arm nehmen, um sie zu trösten, aber er wagte es nicht, sie zu berühren. Es war ihr abwesender Blick, der ihn davon abhielt.

Wo war sie gerade?

Nicht hier, bei ihm.

Nach dem Frühstück gingen sie nach draußen, und Tess schloss die Tür hinter sich. Über die Veranda folgte sie Ronan und Cayden hinüber zu den Lavendelfeldern.

Über den langen Reihen der blühenden Sträucher waberten noch die Morgennebel, und die Bäume in der Ferne schienen auf einem See der Träume zu schweben. Ein wundervoller und romantischer Anblick, der sie, warum wusste sie nicht, noch schwermütiger und trauriger machte, als sie ohnehin schon war.

Ihr ganzer Körper war verkrampft und schmerzte, und Tess' Gedanken waren aufgewühlt bis zur verstörenden Panik, als hielte sie etwas fest und schaffte es nicht, loszulassen. Als klammerte sie sich mit aller Kraft an ihre Tochter, um sie festzuhalten und zu retten, bevor sie im schwarzen Wasser versank. Als könnte sie in ihr Leben *davor* zurückkehren, wenn sie nur entschlossen genug darum kämpfen würde. Wenn sie Jason und Sheena nicht vergessen würde, wenn sie sich an sie erinnern würde, um sie auf diese Weise am Leben zu halten. Aber ihr Leben *davor* war beendet, das war ihr gestern Abend klar geworden, als Ronan ihr die Sternkarte geschenkt hatte. Es gab nur noch das Leben *danach*.

Die Trauer, das Annehmen, das Loslassen, das Erinnern, das Vergessen.

Aber auch das neue Leben und eine zweite Chance, es so zu gestalten, wie sie es wollte. Ihre Träume zu leben. Ihre Liebe zu finden, ihr Glück.

Tess hatte die ganze Nacht nicht geschlafen, seit sie Ronan verlassen hatte. Sie hatte sich in den Kissen gewälzt, bis sie es am frühen Morgen nicht mehr ausgehalten hatte und aufgestanden war, um nach Sonoma zu fahren. Im Post Office hatte sie mit Will Hearst telefoniert, wegen ihrer Welttour. Zuerst hatte er gezögert, aber dann hatte er ihre Entscheidung akzeptiert. »Es ist *Ihr* Lebenstraum, Tess! Ich stehe doch nur einen Schritt hinter Ihnen und helfe Ihnen, soweit ich es vermag!«

Gemächlich schlenderten Ronan und sie durch die Lavendelfelder, jeder auf seinem eigenen schmalen Weg zwischen den langen Reihen der blühenden Sträucher, und hielten Händchen. Bienen flogen summend von einer Blütenähre zur nächsten, ein Schmetterling ließ sich auf einer hohen Distel mitten im Feld nieder, und von irgendwoher wehte ein leises Zirpen heran, von einer Grille oder einem Vogel, der gerade geschlüpft war, das konnte sie nicht sagen.

Das Spiel der Farben, die nach und nach aus dem Morgendunst auftauchten, war überwältigend: vor ihnen der violette Lavendel, der sich bis zu den blau schimmernden Bergen in der Ferne zu erstrecken schien, neben ihnen das zarte Frühlingsgrün des Weins und das leuchtende Gelb der Senfblüten, die Cayden vorhin für sie gepflückt hatte. Dazwischen leuchteten die roten Tupfer des blühenden Mohns. Das Valley of the Moon im Morgenlicht erinnerte an ein impressionistisches Gemälde von Vincent van Gogh oder Paul Gauguin – dieselbe friedliche und einsame Stimmung. Cayden und Ricky, die weit vor ihnen in den Nebelschwaden kreischend und kläffend miteinander Fangen spielten, verstärkten dieses Gefühl noch.

Ronan und sie genossen die milde Frühlingsluft und die morgendliche Stille. Er drückte ihre Hand, während sie gingen, und Tess wurde bewusst, dass sie wieder minutenlang mit den Gedanken anderswo gewesen war.

»Einen so schönen Morgen habe ich lange nicht erlebt«, sagte er leise.

»Ich auch nicht.«

Seine Hand, die ihre hielt – das erinnerte Tess an gestern Abend, als er ihre Arme anhob, um gemeinsam mit ihr über das im Mondlicht schimmernde Lavendelfeld zu fliegen.

Gestern hatte Cayden ihr gesagt, dass sie nach Haiwa, Wau und Kakau fahren würden. Aber bisher hatte Ronan noch nichts von Hawaii, Oahu und Kauai gesagt, und sie war ihm dankbar, dass er sie zu keiner Entscheidung drängte. Trotz allem, was er in den letzten Tagen für sie getan hatte, um sie zu trösten, hatte er sie nicht ein einziges Mal zu etwas gedrängt, wozu sie noch nicht bereit war. Immer hatte sie den ersten Schritt getan. Sie hatte ihn angerufen, als sie den Koffer voller Erinnerungen an ihre Lebensreise vor der Tür gefunden hatte. Sie war zu ihm nach San Francisco geflogen. Sie hatte ihn umarmt und geküsst, und sie war letzte Nacht zu ihm ins Bett gekrochen.

Nein, Ronan bedrängte sie nicht, obwohl sie seine Ungeduld spürte. Sie wusste, dass er sie beobachtete, wenn auch äußerst zurückhaltend und ohne ihr zu erzählen, was ihn so aufwühlte. Er verbarg seine Gefühle vor ihr, und er nahm sich Zeit für sie, um sie zu trösten und aufzurichten, damit sie sich in Ruhe entscheiden konnte, ob sie ihn begleiten wollte. Er war ein echter Gentleman, der beste Freund, den sie sich nur wünschen konnte. Aber er wusste einfach nicht, wie sie zu seinen Plänen stand, und es tat ihm weh, dass sie sich ihm immer wieder entzog, wenn der Schmerz und die Trauer für sie unerträglich wurden. Tess spürte das, denn er war so gelähmt und verkrampft wie sie, und seine Hand fühlte sich kalt an.

Sie drückte sie, und er sah sie fragend an.

»Ronan ...«

Mit dem Daumen streichelte er sanft ihre Hand. »Ja?«

»Die Reise nach Hawaii ... und nach Kauai zu Moms Absturzstelle und ihrem Grab ... Tut mir leid, Ronan, aber ich ...« Tess schluckte. »... ich brauche noch ein paar Tage zum Nachdenken. Gibst du mir die Zeit?«

Er nickte, dann wandte er den Blick ab, damit sie die Tränen in seinen Augen nicht sah.

Was war bloß los mit ihm? Auf dem Weg durch das Lavendelfeld hatte er kaum ein Wort gesprochen. Auch er schien in Gedanken, und sie wollte nicht in ihn dringen. Falls er etwas auf dem Herzen hatte, worüber er mit ihr reden wollte, würde er das von sich aus tun. Schon als Kinder hatten sie sich immer alles anvertraut.

Schweigend gingen sie weiter, Hand in Hand, aber jeder in seiner eigenen Spur zwischen den Lavendelsträuchern. Sie beobachteten Cayden und Ricky, die in der Ferne herumtollten. Der Kleine sang *Lavender's blue*, und sein ausgelassenes Kichern, als er Ricky mit Lavendelblüten bewarf und der Husky sein dichtes Fell schüttelte, drang bis zu ihnen herüber.

Wie auf einer grünen Insel mit hohem Gras ragte vor ihnen ein knorriger Baum aus dem lila Feld. Vor der alten Eiche endete die lange Reihe der Lavendelsträucher, die Ronan und Tess getrennt hatte, und ihre Pfade vereinigten sich zu einem einzigen schmalen Weg, der an der kleinen Insel im wogenden Blütenmeer entlangführte. Sie rückten eng zusammen, und Ronan legte seinen Arm um Tess und zog sie nah zu sich heran, damit sie nicht stolperten. Sie schob ihre Hand in die hintere Tasche seiner Jeans und strich über seinen festen Po, und er sah sie lächelnd von der Seite an.

Während sie langsam durch das Feld wanderten, pflückte er eine Hand voll Lavendelblüten und schnupperte daran. Seine Augen funkelten, als er plötzlich stehen blieb und ihr die piksenden Blütenähren unter die Bluse schob. Sie rutschten über ihren Rücken und blieben oberhalb der Jeans hängen.

»Du Mistkerl!« Tess zerrte die Bluse aus der Hose und versuchte, die Blüten herauszuschütteln.

»Warte, ich helfe dir!« Lachend schob er beide Hände unter den Stoff und streichelte mit den Fingerspitzen ihre Haut.

Tess war froh, dass er die angespannte Stimmung aufgelockert hatte und dass sie wieder miteinander herumalberten und lachten.

Seufzend lehnte sie sich gegen ihn, atmete tief seinen vertrauten Duft ein und genoss die sanften Berührungen, genau wie gestern Nacht. »Das fühlt sich gut an!«

Ronan legte seine Arme um sie und zog sie nah an sich heran. Mit dem Finger strich er über ihr Gesicht, so zart, dass sie fast glaubte, ein Schmetterling streife ihre Wange. Ein Gefühl von

Geborgenheit und Liebe rieselte durch ihren Körper, und für einen Augenblick konnte sie *alles* vergessen. »Und weißt du, was sich noch viel besser anfühlt?«

Kichernd stürmte Cayden heran und blieb vor ihnen stehen. »Hey, küsst ihr euch etwa schon wieder?«

# 11

»Hey, Cayden!«, rief Daddy und breitete die Arme aus. Weil er watete ins kalte Wasser vom American River, und das war ziemlich reißend, und die Steine im Fluss waren glitschig. »Siehst du den Regenbogen?«

Cayden ließ seine Waschpfanne fallen, die scheppernd auf die Kieselsteine krachte. Dann lief er über das Ufer zum rauschenden Wasser und guckte den Fluss runter.

Der Regenbogen sah aber toll aus!

Wie die Farben leuchteten, ganz knallbunt! Vielleicht malte er den nachher mit Buntstiften ins Erinnerungsbuch! Mit der atemberaubenden Kolüsse, oder wie Tess den Canyon, in dem sie campen wollten, eben genannt hatte. Auf ihrer Seite vom Fluss wuchsen Bäume auf den Bergen, ein echt dichter Wald. Auf der anderen Seite, wo Ricky gerade kläffend rumflitzte und wilde Hasen jagte, waren die Abhänge kahl. Nur wenige Sträucher wucherten zwischen den Felsen, die im Licht der tief stehenden Sonne leuchteten wie die Sanddünen in der Wüste vom Death Valley, wo Daddy und er vor ein paar Monaten mal waren. Das war echt klasse. Und ein bisschen unheimlich, wegen den wandernden Felsen, die auf dem Racetrack eine Spur hinterließen, und so. Voll gruselig.

»Cayden?«

Er drehte sich zu Daddy um, der noch weiter in den Fluss reingewatet war und mit den Händen in den Taschen seiner patschnassen Jeans Tess beobachtete, die nahe am Ufer in die Hocke gegangen war und mit beiden Händen im kalten Wasser herumplantschte. Sie drehte gerade einen Stein um. Ob sie was verloren hatte?

»Am Ende eines Regenbogens kann man Gold finden, weißt du?«, rief Daddy.

»Echt jetzt?«

»Na klar, hol deine Waschpfanne. Ich zeig dir, wie man Gold wäscht.«

»Wie Grandpa Charlton? Er war ein Fortyniner!«

»Genau, mein Süßer. Wir spielen ein bisschen kalifornischer Goldrausch anno 1849, was hältst du davon?«

»Au ja!« Als er sich umdrehte, um zum Kiesstrand zu rennen, sah er ein paar Schritte den Fluss runter einen umgekippten Baumstamm am Ufer liegen. Ui, dadrauf hockte ein schwarzweißer Skunk, ein Stinktier, und guckte ihn an. Wie niedlich! Vielleicht konnte er es nachher mit den Marshmallows füttern, die sie auf dem Rummel in Glen Ellen gekauft hatten?

Vom Schattoo aus hatten sie nämlich vor ein paar Tagen eine Radtour dahin gemacht, durch die ... äh ... Weintraubenrebenfelder oder wie das hieß. Die Tour war echt klasse. Zuerst radelten sie zur Ranch von Jack London. Der war ein guter Freund von Daddys Dad, Grandpa Josh, gewesen. Die beiden hatten sich am Klondike kennengelernt, als Jack in Alaska Gold gesucht hatte. Das war, bevor er die tollen Bücher geschrieben hatte. Weil er hatte da oben nämlich kein Gold gefunden. Aber das machte nichts, denn sonst hätte er vielleicht nie die Geschichte von Buck dem Schlittenhund geschrieben. Und die gefiel Cayden echt gut. Weil den Buck hatte die Wildnis gerufen, und er war am Ende frei und glücklich. Na ja, sie gingen jedenfalls zu Jacks Grab, und Daddy und Tess, die ihn gekannt hatten, bevor er gestorben war, legten Blumen dadrauf. Sie glaubten nämlich nicht dadran, dass Jack sich umgebracht hatte.

Von Jacks Ranch radelten sie rüber nach Glen Ellen. Weil da war Farmer's Market. Da gab's viele Stände mit Blumen und Früchten und Gemüse und Honig und Senf und Olivenöl und Fleisch und Fisch und so was. Der Stand, wo French Toast gebraten wurde, war echt toll. Aber das Karussell, auf dem Cayden drei Mal fahren durfte, war noch viel besser. Dann schleppte Tess ihn zu einer Schießbude, weil sie ein bisschen rumballern wollte. Wenn man drei Luftballons treffen konnte, bekam man nämlich was geschenkt. Und Tess traf und traf und traf, immer wieder, und sie tauschte jeden Gewinn gegen einen größeren ein. Am Ende hatte sie einen Kuschelbären erlegt, der fast so groß war wie Cayden. Der war total süß, und er hatte ihn Tiny genannt, hihihi, wie den kleinen Baby Bear aus der Geschichte von Goldlöckchen und den drei Bären. Auf jeden Fall war der Schießbudenbesitzer so was von stinkig, weil Tess so gut schießen konnte und er den süßen Teddy rausrücken musste. Daddy sagte, dass Tess so gut traf wie Grandma Shannon. Die hatte mal gesagt, dass Mädels besser schießen als Jungs, und das stimmte echt. Weil ihre Grandma Caitlin Tyrell hatte nämlich mal auf Charlton Brandon geballert und ihn um ein Haar hingemacht, so wütend war sie auf ihn gewesen. Das war auf Grandma Shannons Hochzeit, aber nicht die mit Grandpa Josh, sondern die davor, die mit Tysons Daddy Rob. Oder so ähnlich, so genau wusste Cayden das nicht.

Mit dem Kuschelbären und der Tüte Marshmallows gingen sie ins Nickelodeon. Weil, im Kino gab's einen Cartoon von Walt Disney. Der hieß *Plane Crazy* und war total lustig. Micky Maus baute sich nämlich ein Flugzeug und schraubte dadran rum, so wie Tess das immer tat. Dafür blätterte Micky in einem Baupackzettel oder einem Anleitungsheftchen, oder wie das hieß, und schaute sich ein Bild von Charles Lindbergh an. Dann guckte Micky in einen Spiegel und verwuschelte sich die Haare, damit er so verwegen aussah wie Lindy. Hihihi. Micky kletterte in sein Flugzeug, zog den Propeller auf, flitzte los und baute voll einen Crash. Tess lachte sich schlapp, als Micky sich kurz am Kopf kratzte und im Nu einen Trecker zu einem Flieger umbaute. Dann startete er mit Minnie. Aber er purzelte aus der Maschine und versuchte, wieder reinzukommen. Echt lustig. Na, jedenfalls hoben sie dann irgendwann mal ab, und Micky zerlegte wieder mal einen Flieger. Crash! Bang! Wie Tess in Alaska, hihihi.

Heute Morgen fuhren sie vom Wine Country ins Gold Country. Auf den Wiesen blühten überall die Poppys, die goldgelben Mohnblüten, die auch Schlafmützchen genannt wurden, und die Schafe futterten sich über die Weiden. Manche Dörfer sahen hier noch so aus wie zur Zeit vom Goldrausch, als die Fortyniner hier in der Gegend Gold gewaschen hatten. Und Cayden hatte auch eine alte Postkutsche gesehen, die mal überfallen wurde. Daddy zeigte ihm die Einschusslöcher. Echt aufregend, wie in einem Western von Conroy Pictures! Vielleicht wurden die hier irgendwo gedreht? Egal, jedenfalls hatte der Goldrausch vor achtzig Jahren bei Sutter's Mill begonnen, einem alten Sägewerk, das sie vorhin in der Nähe von Coloma besichtigten. Daddy erklärte ihm, was Sache war: Die Goldsucher hatten versucht, die Entdeckung geheim zu halten, um das ganze Gold für sich allein zu behalten, aber das ging irgendwie nicht, weil ein Reporter dahinterkam. Charlton Brandon hörte dann, wie ein Mann durch die Straßen von San Francisco rannte und »Gold! Gold! Gold am American River!« brüllte. Da war Charlton sofort hergeritten und hatte sich mit seiner rostigen Bratpfanne, mit der er sich abends am Lagerfeuer Eier und Speck gebraten hatte, an den Fluss gehockt, um Gold zu waschen.

Hier hatte Charlton auch Caitlin kennengelernt, die damals schon ihren Laden hatte, aus dem dann ganz viel später die Tyrell Commercial Co. wurde, wovon Tess jetzt der Boss war. Caitlin hatte den Goldsuchern und Abenteurern Vorräte und Werkzeuge verkauft, hatte Daddy vorhin erzählt, als sie das Auto außerhalb von Coloma abstellten und schwer bepackt mit ihren Rucksäcken über die steilen Abhänge zum Fluss runterkletterten. Na jedenfalls, ein Planwagen mit gebrochener Achse war Caitlins Warenlager, und ihre Vorräte hatte sie von einem Ladentisch verhökert, den sie aus ein paar Brettern vom Wagen und zwei Fässern zusammengenagelt hatte. Caitlin hatte das verkauft, was Daddy vorhin in Coloma für ihr Camp in der Wildnis besorgt hatte: Schaufeln, Spitzhacken, Waschpfannen, Wolldecken, Petroleumlampen, und so weiter.

Nur keine Erdnussbutter, hihihi, mit der Tess, die am Ufer auf einem Felsen hockte, gerade ziemlich leckere Peanut Butter Sandwiches schmierte. Yummy!

Daddy spritzte ihn nass. »Träumst du?«

Brrr, war das Wasser kalt! Daddy hatte vorhin gesagt, das war so eisig, weil in der Sierra Nevada jetzt der Schnee schmolz.

Cayden schüttelte sich und kicherte. »Nee.«

»Ich dachte, wir wollen Gold suchen? Na los, hol deine Waschpfanne!«

Er flitzte zum Kiesstrand und holte sie, und dann zeigte Daddy ihm, wie man Gold wusch. Mit nassen Hosen hockten sie im reißenden Wasser und wuschen Gold, wie Daddy es von Charlton und Josh gelernt hatte. Man musste nämlich erst den Dreck abwaschen, damit man das funkelnde Gold in der Waschpfanne überhaupt finden konnte.

»Schon was gefunden, Kumpel?«, fragte Daddy, und Cayden schüttelte den Kopf: »Nee.«

»Genau an dieser Stelle hat Charlton aber 1849 sein Gold gefunden.« Daddy schwenkte das Wasser in seiner Gold Pan, in der eine Hand voll Sand aus dem Fluss rumwirbelte.

»Hier?«

Daddy nickte.

»Genau hier?«, fragte Cayden nach und zeigte ins Wasser.

»Yup.«

Er deutete auf einen großen flachen Kiesel, der zwischen ihnen im Fluss lag. »Unter dem Stein da?«

»Kann schon sein.«

»Ob noch was da ist?«

Daddy grinste. »Sieh doch mal nach.«

Cayden drehte den Stein um und schaute drunter. Da funkelte was. »Oooooh!«

»Das ist ja irre, du hast Gold gefunden!«, freute sich Daddy und sprang auf. »Tess, stell dir vor, Cayden hat ein großes Goldnugget gefunden!«

»Ist ja super!«, rief Tess vom Ufer und strahlte Cayden an. »Charlton hat unserem kleinen Gold Prospector noch was übrig gelassen!«

Ganz genau guckte Cayden sich das Nugget an, das irgendwie aussah wie ein ausgelutschter Kaugummi, nur eben glänzend. »Daddy, wie viel ist das Gold wert?«

Der zuckte mit den Schultern. »Keine Ahnung, aber bestimmt ganz schön viel.«

»Eine Viellion?«

Daddy lachte ausgelassen. »Eine was?«

»Wie viele Viellionen haben wir eigentlich?«

»Verdammt viele, mein Süßer.«

»Ja, aber wie viele?«

»Eine Hand voll Dollars weniger als tausend Viellionen.«

»Boah, das ist echt viel!«, staunte Cayden, obwohl er keine Ahnung hatte, wie viel tausend eigentlich ganz genau war. Auf jeden Fall mehr als hundert, bis dahin konnte er nämlich schon zählen: ... einundvierzig, neunundfünfzig, vierundsechzig, zweiundsiebzig, siebenundneunzig, hundert. »Dann sind wir reich, oder?«

Daddy schaute zu Tess rüber und lächelte. »Ja, Cayden. Jeder auf seine Art.«

Okay, schon kapiert: Daddy war auch auf Schatzsuche. Aber er suchte kein Gold. Sondern einen anderen Schatz: Tess, die er ganz doll liebhatte. Er hoffte so sehr, dass sie mitkommen würde nach Haiwa, Wau und Kakau.

Tess sah Ronan in die Augen, und sein Blick sagte: Ich würde alles tun, damit du dich besser fühlst. Alles, Tess, alles. In seinen Augen leuchteten die innigen Gefühle, die aufrichtige Freundschaft und die tiefe Liebe, die er für sie empfand.

Er liebt mich, wie ich ihn liebe, dachte sie. Bei ihm fühle ich mich geborgen und beschützt, und wenn er bei mir ist, sind die Trauer und der Schmerz viel leichter zu ertragen.

Er ist reich, weil er mich hat.

Tess lächelte unwillkürlich, und ihr Herz floss über vor Gefühlen. Eines davon, ein Gefühl von Ruhe und Gelassenheit, war ihr abhandengekommen, als ihre Liebsten starben.

Sie fehlen mir so sehr, dachte sie. Jede Nacht suche ich mit der Sternkarte meine beiden Sterne am Himmel. Ich trauere um sie, um das gemeinsame Leben in Hope, Alaska, das mir fortgerissen wurde, um alles, was hätte sein können und niemals sein wird. Der Schmerz ist immer noch da, tief in meinem Herzen. Es gibt Augenblicke, in denen mich die Verzweiflung mit voller Wucht überkommt und mit sich reißt und ich in Tränen ausbrechen will. Da ist die Wut, weil ich nichts tun konnte, um ihnen zu helfen, und da ist die Schuld, weil ich nicht bei ihnen war, als sie starben, weil ich lebe und sie tot sind. In solchen Momenten der Schwäche stehe ich mit zitternden Knien und schmerzenden Gliedern auf und gehe mit gesenktem Blick still weg, um allein zu sein, wenn ich mich erinnere, wenn ich schluchze und schreie. Ich will Ronan nicht noch mehr belasten. Ich kann nicht von ihm erwarten, dass er mich in diesen schrecklichen Minuten, länger dauern diese Anfälle ja nicht, in den Arm nimmt und tröstet. Er ist so lieb zu mir. Er ist mitfühlend, verständnisvoll und sehr besorgt um mich. Wie kann ich mich denn *nicht* besser fühlen – ihm zuliebe? Ich will ihn nicht enttäuschen, deshalb bemühe ich mich in seiner Gegenwart um ein unbeschwertes Lachen. Und manchmal gelingt es mir sogar. Und es tut mir gut, das spüre ich. Die Wunde wird heilen, und der Schmerz wird irgendwann vergehen, tröstet Snivel mich jede Nacht. Das Leben geht weiter.

Mit Ronan. Und seiner Liebe.

Und ich werde ihn ...

Cayden kam mit seiner Waschpfanne zu ihr herübergewatet. »Guck mal, Tess, mein Goldnugget!«

Sie setzte sich auf einen Felsen am Flussufer, nahm ihm das Nugget aus der Hand, die von der eisigen Kälte des Wassers schon ganz rot geworden war, und betrachtete es von allen Seiten. »Das ist wirklich toll, Süßer!«

Cayden verdrehte die Arme vor seinem Körper, faltete die Hände und wand sich verlegen. »Darf ich's behalten?«

»Na klar, du hast es doch gefunden.«

»Dann tu ich's in meine Steinsammlung.«

Warum sammeln Kinder bloß so viel?, fragte Tess sich. Steine, Sanddollars und Seesterne, Muscheln und Schnecken, Sequoiazapfen und Kolibrifedern, getrocknete Blumen. Sheena hatte auch alles nach Hause geschleppt, in ihre Sammelbox getan und immer wieder neu sortiert. Es war ihre Art, auf ihren Streifzügen die Welt zu erkunden und beim Spielen mit ihren Schätzen abenteuerliche Forschungsreisen zu unternehmen. Cayden machte genau dasselbe. Dass das Goldnugget eine Viellion wert sein könnte, war ihm völlig schnuppe. Es war hübsch und glänzte, es lag gut in der Hand, und es war spannend, es mit Daddy zu finden. Das war alles, was zählte: Er hatte Freude daran.

Das sind die kostbaren Augenblicke in unserem Leben, dachte Tess, und sie sind wertvoller als alles Gold dieser Welt.

Cayden legte seine Hände auf ihr Knie, stützte sein Kinn darauf und guckte zu ihr hoch. »Du, Tess?«

»Ja?«

»Kannst du das Nugget für mich aufbewahren?«

»Na klar, mach ich.« Tess schob es in die kleine Uhrentasche über der rechten Tasche ihrer Levi's.

Cayden presste die Knie zusammen – das Wasser war wirklich verdammt kalt. »Ich muss nämlich mal.«

»Mit Schäufelchen oder ohne?«

Er kicherte verschämt. »Mit.«

»Es liegt bei den Schlafsäcken. Da drüben, siehst du?«

Er schaute hinüber zu ihrem Camp, das Ronan und Tess vorhin aufgebaut hatten. Alles Wild West Style – sie waren ja schließlich in Kalifornien, im West of the West, wie Teddy Roosevelt einst begeistert ausgerufen hatte. Es fehlten nur die Pferde, eine aufregende Verfolgungsjagd durch den American River, eine Kiste voller Goldnuggets und ein paar rauchende Colts.

Cayden nickte. »Mhm, ich seh's.«

»Lauf nicht so weit, Cayden.«

»Nee.«

»Und wenn was ist, dann schlag mit dem Schäufelchen gegen einen Baum, so fest du kannst, ja? Wenn du Daddy oder mich rufst, können wir das nämlich nicht hören, weil der Fluss so laut ist.«

»Ist gut.«

»Soll Ricky mitkommen, um dich in der Wildnis zu beschützen?«

Er schaute ans andere Ufer, wo der Husky immer noch wilde Hasen jagte. In geduckter Haltung, alle Muskeln angespannt, die buschige Rute weit abgespreizt und die Schultern hochgezogen wie bei einem jagenden Wolf, tappte Ricky Schritt für Schritt am Ufer entlang, bereit zum Sprung. Die Szene erinnerte Tess an den Film *Wolfsblut* nach dem Roman von Jack London, der vor einigen Jahren in den Kinos gelaufen war. Ricky hätte ohne weiteres die Hauptrolle des Hundes Wolfsblut spielen können. Er war manchmal ziemlich wild und nur schwer zu bändigen.

Ricky legte gerade die Ohren an und senkte den Kopf. Wenn Tess ihn jetzt rief, hörte er sie sowieso nicht. Ah, jetzt sah sie auch den Hasen. Er hoppelte durch das Gras, und als Ricky mit aufgestellter Rute zum Sprung ansetzte, sauste er los und nahm Reißaus.

Cayden grinste von einem Ohr zum anderen. »Nee, ich komm allein zurecht.«

»Wie du willst«, sagte Tess. »Bye, und schreib mir mal 'ne Postkarte!«

Kichernd rannte er zu den Schlafsäcken, schnappte sich das Schäufelchen und ein Sandwich mit Erdnussbutter und verschwand zwischen den Büschen am Ufer.

Ricky hatte inzwischen die Verfolgung aufgenommen, schnupperte eine Weile im Gras herum und begann dann mit Begeisterung zu buddeln, dass die trockene Erde nur so flog.

Ronan kam zu Tess herüber, lehnte seine Goldpfanne gegen den Felsen und rutschte neben sie. In seiner nassen Jeans zitterte er vor Kälte. »Das ist ja gerade noch mal gut gegangen.«

Seine Zähne klapperten, und Tess legte ihren Arm um ihn, um ihn zu wärmen. In der Abenddämmerung wurde es schnell kühl.

»Der Fluss ist ziemlich reißend«, knirschte er durch die zusammengebissenen Zähne. »Hättest du den Nugget nicht unter den Stein geschoben, wäre er bestimmt weggeschwemmt worden. Mir war schon ganz mulmig.«

»Frag mich mal«, lachte sie. »Hast du Caydens Augen gesehen? Groß und glänzend wie neue Vierteldollarmünzen!«

Ronan küsste Tess auf die Wange, und sein Dreitagebart kratzte sie ein bisschen, als er »Danke« flüsterte.

»Wofür?«

»Deine Idee war einfach genial. Cayden hatte eben viel Spaß, als er ›zufällig‹ das Nugget gefunden hat. Und darüber freue ich mich sehr.«

Sie nickte versonnen.

»Und weißt du, was noch viel lustiger wird?«, schmunzelte er. »Wenn Cayden und ich heute Abend am Lagerfeuer um das Gold pokern.«

»Lässt du ihn gewinnen?«

»Nicht, wenn ich einen Royal Flush auf der Hand habe. Ich hatte noch nie einen.«

Lachend knuffte sie ihn in die Seite. »Du …«

»Okay, okay, beruhige dich, Mommy Bear.« Ronan grinste wie ein kleiner Junge. »Mal sehen, vielleicht kriegen wir beide es ja hin, dass Cayden ein Full House hat …«

Mit dem leckeren Peanut Butter Sandwich, das Tess für ihn geschmiert hatte, lief Cayden schon eine ganze Weile am steinigen Ufer entlang. Da vorn wurde das Rauschen lauter, und das Wasser war ganz weiß, das war wegen der Gischt! Da waren Stromschnellen mit total vielen Wirbeln und so! Voll irre, wie das Wasser spritzte! Das musste er sich gleich mal ansehen!

Cayden legte die Schaufel, um das Aa zu vergraben, auf einen umgestürzten Baumstamm und ging ein bisschen weiter, als er eigentlich wollte, ganz bis zur Biegung des Flusses. Der American River war hier breit und flach, und viele Steine und Felsen lagen im Flussbett rum.

Aus den Baumwipfeln über ihm flogen Lerchen auf, und von überall her zirpte und zwitscherte es, wie vorhin bei ihrem Abstieg in den Canyon. Hier am Fluss gab's viele Vögel und Hörnchen, nämlich Chipmunks und Squirrels und so was. Ein Streifenhörnchen sauste über einen tief hängenden Zweig, blieb zwischen den Blättern über ihm stehen und guckte neugierig zu ihm runter.

Cayden stapfte über eine Wiese mit vielen bunten Blumen, keine Ahnung, wie die hießen. Ein paar Schritte weiter rauschte ein Bach von den Bergen runter bis zum Fluss. Die Bäume auf beiden Seiten vom Ufer waren so gebogen, dass sie so was wie einen Tunnel bildeten oder ein Gewölbe, wie auf den Zeichnungen von den langen Auffahrten zu den Südstaatenplantagen von Mrs Souri oder Mrs Sippi, oder von wem auch immer, in *Tom Sawyer* oder

*Huckleberry Finn* ... äh, nee, das musste doch ein anderes Buch gewesen sein, nicht eines von Mark Twain. Na, jedenfalls war das Wasser vom Bach so glitzerklar, dass Cayden sich flach ins Gras legte und trank. Daddy hatte ihm mal ein Buch von Jack London vorgelesen, und da hatte ... äh, wie hieß der noch? Der mit dem lustigen Namen? Piepegal. Jedenfalls hatte der auf Seite siebenundneunzig auch so aus einem Bach getrunken. Das musste er einfach mal ausprobieren.

Mit tropfnassem Gesicht ging er weiter. Dabei schleuderte er Steine flach über das Wasser, aber die Strömung war zu stark, und er konnte sie nicht flippen lassen.

Die verfallene Hütte da vorn hatte früher bestimmt Grandpa Charlton gehört. Gleich dahinter begann ein Wäldchen. Die Bäume standen da ganz dicht, aber es gab kein Gestrüpp dazwischen, keine morschen Äste und kein Farn oder Moos oder so was, deswegen kam er da total leicht durch, ohne auszurutschen und hinzufallen.

Wow, da vorn war ja ein kleiner Bär!

War der niedlich! Sein schwarzer Pelz war weich und flauschig, wie der von seinem neuen Teddy, den Tess auf dem Rummel in Glen Ellen für ihn erlegt hatte. Er stand auf seinen Beinen, die Tatzen der Arme an der rauen Rinde von dem Baum, an dem er wohl gern hochklettern wollte. Das packte er aber nicht, weil er noch so klein war. Vielleicht war er drei Monate alt oder so, keine Ahnung. Der kleine Bär, der Cayden an Baby Bear aus der Geschichte von Goldlöckchen und den drei Bären erinnerte, machte total lustige Geräusche. Er brummte, fiepte und schnaufte, während er immer wieder versuchte, auf den Baum raufzukommen.

Wo war denn seine Mommy?

Ah, sie hing da drüben in einem Baum und guckte ganz aufmerksam zu ihnen rüber.

Im Sequoiawald hatte Daddy ihm vor einigen Tagen erzählt, dass Schwarzbären oft Beeren, Nüsse, Blüten, Gräser und Wurzeln und so was fraßen, aber im Frühjahr vor allem frische Getriebe oder wie das hieß. Aber auch Ameisen und Bienen. Daddy hatte gesagt, er hatte mal einen Bären beobachtet, der über einen steilen Felsen zu einem Adlernest hochgeklettert war, weil er die Küken piepsen gehört hatte. Daddy hatte die Geschichte aber nicht zu Ende erzählt, weil er glaubte, die hatte kein Happy End. Jedenfalls nicht für die süßen Adlerküken. Oh, und Schwarzbären liebten Honig, hatte Daddy gesagt, und sie knabberten und kratzten sich durch die Bäume durch, um an die Höhlen von den Bienen ranzukommen und die Honigwaben von denen zu futtern.

Toll, jetzt kletterte Mommy Bear vom Baum. Flups, und schon war sie unten und kam auf sie beide zu.

»Hallo, Tiny!«, sagte er leise zu Baby Bear, damit der sich nicht erschreckte. Weil seine Mommy war ja nicht bei ihm. »Du bist ja voll süß! Weißt du, ich hab einen Teddy, der sieht genauso niedlich aus wie du!«

Tiny stieß sich vom Baum ab und kam zu ihm rüber.

Cayden hockte sich ins Gras und hielt ihm sein Peanut Butter Sandwich hin. »Willst du mal abbeißen? Ist echt lecker.«

Tiny schnupperte an der Erdnussbutter, die ziemlich klebrig in Caydens Hand schmolz, dann schaute er zu seiner Mommy rüber, die näher kam, um ihr Baby zu beschützen. Der kleine Bär holte mit seiner Tatze aus und haute ihm das weiche Sandwich aus der Hand. Dann machte er sich schmatzend darüber her.

»Hey!«, rief Cayden. »Das ist mein Sandwich!«

Er warf sich auf Tiny, der fast so groß war wie er, und versuchte, an das Sandwich ranzukommen, das unter seinen Tatzen auf dem Boden lag. Tiny richtete sich auf und schnappte nach seiner Hand, aber das tat überhaupt nicht weh. Weil er wollte ihm ja kein Aua machen, sondern nur mit ihm spielen. Ein bisschen ringen und so. Und das machte echt Spaß. Tiny war nämlich kein bisschen stärker als er, obwohl er doch ein Bär war, aber nee! Er ging auf Cayden los und warf ihn um, dann flitzte er weg, hopste um seine Mommy rum und kam zu ihm zurück. Und wieder kämpften sie um das Sandwich, das Tess für ihn geschmiert hatte. Sie rangen wie zwei knallharte Boxer miteinander, und Cayden versuchte, dem kleinen Bären ein Bein zu stellen, um ihn umzuwerfen.

Seine Mommy kam leise grollend immer näher.

Dann wälzten Tiny und er sich wieder auf dem Boden rum. Der kleine Bär strampelte quietschend unter Cayden, als der ihn ordentlich durchkitzelte, und seine scharfen Krallen blieben in den Falten von Caydens Jeans hängen. Seine Schnute war dicht vor seiner Nase, und Cayden konnte seinen Atem riechen. Es gab Blümchen zum Mittagessen. Dann lag Tiny wieder oben, und Cayden versuchte, ihn von sich runterzuschubsen. Das war echt lustig, weil sein dichter Pelz an seiner Stupsnase kitzelte und er ganz doll niesen musste. Flups, sprang Tiny erschrocken von ihm runter und guckte ihn mit seinen schwarzen Augen an.

Und Cayden lachte sich schlapp.

Dann schnappte er sich das Sandwich, so schnell kannst du nicht gucken, und biss davon ab. »Hmm, lecker!«

Tiny machte große Augen und schaute ihm dabei zu.

Mit dem Ärmel wischte Cayden die Erde und das Laub von der Erdnussbutter und hielt Tiny das Brot hin. Mit vollem Mund fragte er: »Du auch?«

Schnuppernd kam Mommy Bear näher, zeigte ihm ihre scharfen Zähne und leckte mit der Zunge über seine Hand mit dem Sandwich. Weil die Erdnussbutter klebte nämlich dadran.

Oh, Mann! Jetzt raste sein Herz doch!

Dann holte sie mit der Tatze aus und biss zu.

Die Stille in der Wildnis um sie herum war so undurchdringlich wie der Nebel über der San Francisco Bay.

Tess stand am Flussufer und lauschte auf Laute jenseits des

Rauschens des American River. Ein Rufen, ein panisches Schreien, ein aufgeregtes Zwitschern, ein schrilles Pfeifen? Nein, nichts.

Spielt Cayden mit uns Verstecken?, fragte sie sich und horchte auf ein trockenes Knacken – hinter ihr.

Das musste Ronan sein, der den steilen Abhang oberhalb ihres Lagers hochkletterte. Sie hatten sich vorhin getrennt, um den Kleinen in unterschiedlichen Richtungen zu suchen. Das Rauschen des Flusses war so ohrenbetäubend, dass sie einander nicht hören konnten, wenn sie sich riefen. Zwei Schüsse mit der Winchester in die Luft bedeutete daher: Komm, ich habe ihn gefunden. Drei Schüsse hieß: Komm schnell, ich brauche Hilfe.

Wieder blieb Tess stehen und lauschte.

Alles ruhig.

Der Kleine hat zu viele Gutenachtgeschichten mit Tarzan und Mowgli vorgelesen bekommen, dachte sie. Er hat einfach keine Angst vor Tieren in der Wildnis. Vielleicht beobachtet er wie gebannt ein Streifenhörnchen? Oder versucht er, ein Stinktier zu streicheln und zu füttern? Na, viel Spaß! Aber den hat er ganz sicher, wenn wir hinterher seine stinkenden Sachen verbrennen …

»Cayden?«, rief sie erneut. »Cayden!«

Der kleine Abenteurer versteckte sich einfach gern. In Brandon House hatte er sich etliche Geheimverstecke eingerichtet. Auf dem Dachboden, in einer Besenkammer, in einem Schrank. An Weihnachten hatte er mit Sheena dort gespielt, nachdem die beiden lachend durch die Korridore des großen Hauses getobt waren.

Sheena.

Traurig ging Tess am Ufer entlang und ließ ihren Blick über die Bäume schweifen. Schatten hingen in den Baumwipfeln. Die Abenddämmerung hatte bereits eingesetzt, so langsam wurde es dunkel und kalt im Canyon. Sie hätte eine Taschenlampe mitnehmen sollen.

»Cayden!«, brüllte sie.

Immer noch keine Antwort.
Versteckte er sich wirklich? Oder …
Nein, nicht daran denken!
Ihr Herz klopfte bis zum Hals, und sie tastete nach dem Bowiemesser an ihrem Gürtel.
War da nicht ein Geräusch?
Ein Lachen? Nein, das konnte nicht sein. Ein … Schrei?
Tess erstarrte vor Angst, und ihre Hände zitterten, als sie die Winchester von der Schulter zog, durchlud und anlegte.
»Cayden?«
Nichts, nur Schweigen.
Nach allen Seiten sichernd, setzte sie einen Fuß vor den anderen. Knirschend trat sie einen Kiesel zur Seite, ein trockener Ast knackte, und das Gras raschelte unter ihren Füßen. Sie lauschte angespannt.
Da war es wieder!
Es klang wie eine helle Kinderstimme, die »Mommy! Mommy!« rief.
O Gott! Sie klang wie Sheena!
»Mommy, hilf mir!«
Ihr Herz begann zu rasen, und die Panik packte sie und riss sie vorwärts.
Meine Kleine, ich muss sie retten!
Tess stürzte ihr nach, rief ihren Namen, bat sie, sie solle stehen bleiben und zu ihr zurückkommen, sprang über umgestürzte Baumstämme und einen kleinen Bach, der von der Höhe des Canyons herabrauschte, und erreichte Charltons eingestürzte Goldgräberhütte.
Kein fröhliches Lachen, kein ausgelassen umherhopsendes Kind, kein kicherndes »Mommy, spielst du mit mir Verstecken?«.
Tess konnte sie nicht sehen.
Sie stolperte umher und rief sie.
Aber Sheena war nicht hier. Sie war …

Tess blieb stehen. Benommen. Verwirrt.

Sie war …

Tess atmete tief durch, als sie sich schließlich erinnerte.

Sheenas Stimme … sie hörte sie nur in ihren Gedanken.

Denn ihr Kind war gestorben. Nie mehr würde Sheena sie umarmen und ihr Schmetterlingsküsse geben. Nie mehr würde sie ihr den Teddy Roosevelt unter den dicken Wollpullover schieben, weil der Kuschelbär in Alaska immer ganz doll fror. Nie mehr würde Tess dabei ihr süßes Lächeln sehen. Nie mehr ihr glucksendes Kichern hören, das wie ein Schluckauf klang … nie mehr … nie mehr …

Sheena war tot.

Aber Cayden lebte – ihn konnte sie noch retten!

»Cayden!«, rief sie, so laut sie konnte. Es klang wie der schrille Schrei einer verzweifelten Mutter. Aber das Rauschen des Flusses übertönte ihn. »Wo bist du? Sag was, mein Kleiner!«

Er war in Gefahr, das wusste sie! Eine Mommy spürte so was!

Mit einem Keuchen, das einem Schluchzen schon sehr nahekam, stürmte Tess weiter in die aufziehende Nacht hinein, die Winchester im Anschlag. Der kalte Schweiß lief ihr über das Gesicht, und ihre Bluse klebte ihr auf dem nassen Rücken. Sie spähte zu den Bäumen am Abhang, aber dort war er nicht. Und auch im eiskalten Wasser des Flusses trieb kein lebloses Kind.

Tess begann zu laufen, glitt auf den bemoosten Steinen aus, stolperte vorwärts und rannte weiter.

*»Cayden!«*

Ein Schrei.

Panisch.

Tess.

Am steilen Abhang abrutschend, blieb Ronan stehen und lauschte.

Hatte sie Cayden gefunden?

Keine Schüsse. Weder zwei, dass sie ihn aufgestöbert hatte, noch drei, dass sie Hilfe brauchte.

Also weiter.

Die Sonne war hinter den Bergrücken versunken, und die Luft hatte sich bereits merklich abgekühlt. Zähneklappernd und zitternd vor Kälte stieg Ronan weiter den bewaldeten Abhang hinauf. Die Jacke für Cayden, dessen Levi's genauso patschnass war wie seine, klemmte er sich unter den Arm. Drei Mal war er schon gestürzt, sein ganzer Körper schmerzte, als wäre er eine Treppe hinuntergefallen, und Jeans und Hemd waren schmutzig und klebten ihm am Körper. Eine Wolldecke und eine Tasse Kaffee wären jetzt wundervoll.

Ein Blick zur Uhr, die in der Dämmerung zwischen den Bäumen kaum noch zu erkennen war: Cayden war schon seit dreißig Minuten verschwunden. Nein, einunddreißig.

Wo steckte er bloß?

War er zum Auto zurückgelaufen, das oberhalb des Canyons abgestellt war? Aber was wollte er dort? Seinen neuen Teddy holen, den Tess auf dem Rummel für ihn gewonnen hatte, weil er heute Nacht am Lagerfeuer mit Tiny kuscheln wollte?

Mit den Händen drückte Ronan fest die winzige Jacke unter seinem Arm, als könnte er seinen Kleinen auf diese Weise festhalten und zurückholen.

»Cayden, wo bist du?«, rief er.

Keine Antwort.

Ronan biss sich auf die Lippen. Er hatte Angst, aber er versuchte, gefasst zu bleiben. Er wollte nicht, dass sein Kleiner das Beben in seiner Stimme hörte. Und dass er sich versteckte, weil er glaubte, dass er was falsch gemacht und seinem Daddy damit wehgetan hatte. Das würde ihn völlig verunsichern und ihm Angst machen.

»Cayden, mein Kleiner, komm zu Daddy!«

Zweiunddreißig Minuten, und die Zeiger seiner Breitling tickten unaufhaltsam weiter.

Und wenn der Kleine auf dem steilen Abhang gestürzt war? Wenn er sich verletzt hatte? Wenn er bewusstlos war und nicht um Hilfe rufen konnte? Wenn er ihn nicht hörte?

Angst, Wut und Hilflosigkeit lähmten Ronan, und seine Kehle war plötzlich wie zugeschnürt.

Und wenn er nicht mehr antworten konnte?

Wenn er …

O Gott!

*»Cayden!«*, brüllte Ronan verzweifelt und keuchte weiter bergauf. Obwohl er sich auf dem schmalen Wildpfad hielt, über den sie vorhin abgestiegen waren, erschwerten Bäume und Gestrüpp, bemooste Felsen, umgestürzte Baumstämme und loses Geröll sein Vorankommen. Schlammbespritzt und zerkratzt zog er sich an Ästen hoch, rutschte auf Farnen aus und kämpfte sich weiter vorwärts.

Wie weit konnte sein Kleiner in zweiunddreißig … nein, dreiunddreißig Minuten gelaufen sein? Eine Meile? Oder zwei? So weit war's bis zum Auto. Nein, Cayden *musste* hier in der Nähe sein!

Ronan hechelte noch schneller bergauf, und sein Herz raste, obwohl er in bester körperlicher Verfassung war. Zugegeben, in den letzten Jahren hatte er keine ausgedehnten Radtouren durch Marin County mehr gemacht. Aber er war viel geritten, als Ausgleich für die langen Stunden im Büro, und er war topfit.

Mit dem Handrücken wischte er sich den Schweiß aus dem zerkratzten Gesicht, während er kurz stehen blieb und durchschnaufte. Er blickte hinauf zum bewaldeten Gipfel über ihm. Wie Aquarellfarben in wässrigem Blau und hauchzartem Gelb leuchtete die Abenddämmerung zwischen den schwarzen Silhouetten der Bäume hindurch. Er drehte sich um und schaute hinunter zum Fluss, von dem er kaum mehr als ein silbriges Schimmern erkennen konnte, denn unten im Canyon war es schon zu dunkel.

*»Cayden!«*

Der Schrei wurde zu einem Schluchzen.

Er lebt noch. Er muss noch leben. Wenn Cayden tot wäre, wüsste ich das. Ich bin doch sein Daddy.

Ronan spürte den Anfall kommen. Schnell. Und schwer.

O Gott, tu mir das nicht an! Nicht jetzt!

Doch, jetzt.

Sein Körper ließ ihn im Stich. Dann kamen mit ziemlicher Wucht die Kopfschmerzen, wie eine Woge aus Hitze und Kälte, und er fing an zu zittern. Ein Kribbeln rieselte durch seine Glieder, die sich plötzlich wie gelähmt anfühlten, wie zu Eis erstarrt. Und schwindelig war ihm, wie vor einigen Tagen, als er in Glen Ellen mit Cayden im Kinderkarussell gefahren war und sie auf den hübschen Holzpferdchen an den bunten Stangen geritten waren.

Die Kopfschmerzen und der Druck in seinem Schädel wurden jetzt so stark, dass vor seinen Augen Funken sprühten. Wie in einem Cartoon von Walt Disney, dachte er benommen, wenn um den Kopf von Micky Maus die Sternchen kreisten.

Dann verlor er das Gleichgewicht. Taumelte einen Schritt vorwärts. Glitt auf einem Felsen aus. Wollte sich an einem Baum festhalten, verfehlte ihn jedoch. Riss sich die Hand blutig. Und stürzte. Kopfüber.

Den Abhang.

Hinunter.

Ein Schmerz.

An seiner Stirn.

Dann nichts mehr.

Stöhnend schlug Ronan die Augen auf.

Auf seiner Zunge schmeckte er Blut. Hatte er sich auf die Zunge gebissen?

Ihm tat alles weh, und er hob vorsichtig den Kopf, um sich in der Dämmerung umzusehen. Er blinzelte, denn die Welt um ihn herum war noch ein bisschen verschwommen.

Ein morscher Baumstamm, der quer über dem steilen Wildpfad lag, hatte seinen Sturz aufgehalten. Er konnte von Glück reden, auf den karstigen Felsen hätte er sich das Genick brechen können. Die Winchester bohrte sich schmerzhaft in seinen Rücken.

Ronan atmete tief durch.

Er lebte.

Noch.

Wie lange war er bewusstlos gewesen? Er hob den Arm, konnte aber das Zifferblatt der Uhr nicht erkennen. Nicht weil es zu dunkel war, sondern weil er noch zu benommen war und nicht scharf sehen konnte.

Okay, zwei Minuten, vielleicht drei. Nicht mehr.

Noch einen Augenblick liegen bleiben. Nur ganz kurz, bis er sich wieder besser fühlte.

Mit den Fingerspitzen tastete er seine Stirn ab. Er blutete aus einer Platzwunde. Aber nicht schlimm.

Eine Bewegung neben ihm, ein Rascheln im trockenen Laub. Langsam drehte Ronan den Kopf.

Neben ihm hockte ein Eichhörnchen und sah ihn an.

»Hi, du«, krächzte er.

Neugierig kam das silbrig schimmernde Hörnchen näher und richtete sich auf, die spitzen Lauscher aufgestellt, die kleinen Arme vor dem pelzigen Körper gekreuzt, den buschigen Schweif abgespreizt, um auf dem abschüssigen Waldboden Halt zu finden. Jetzt ließ es sich auf alle viere fallen, machte einen Satz nach vorn und richtete sich erneut auf. Der kleine Kopf ruckte hin und her, dann guckte ihn das Squirrel mit seinen schwarzen Knopfaugen wieder an. Erneut fiel es auf die Pfoten, steckte die Nase ins trockene Laub und schnüffelte sich zwei, drei Schritte näher an ihn heran. Das herzförmige Schnäuzchen war dabei geöffnet. Dann kratzte sich das Hörnchen mit den Krallen am Hinterfuß, spreizte ruckartig alle viere, reckte den buschigen Schwanz und schaute ihn mit schief gelegtem Kopf an, als wollte es sagen: Hi, wer bist du denn? Ich hab hier irgendwo Nüsse verbuddelt, aber keine Ahnung, wo. Hast du sie vielleicht gefunden?

Ganz nah wagte es sich an ihn heran und schnupperte an ihm. Wie niedlich!

Plötzlich erstarrte es, legte den Schweif an und reckte den Kopf.

Auch Ronan lauschte angespannt. Was war das eben? Ganz leise, beinahe übertönt vom fernen Rauschen des Flusses.

Ein Kratzen, ein Schaben, ein Scheuern.

Wie scharfe Krallen und dichter Pelz an der rauen Borke eines Baums.

O mein Gott!, durchzuckte es Ronan, und die Kopfschmerzen wurden plötzlich wieder stärker.

Das Hörnchen flitzte weg.

Bären!

Sie markierten ihr Revier, indem sie sich an Bäumen rieben oder ihre Tatzen an der Rinde wetzten.

Es gab hier Bären!

Mühsam richtete Ronan sich auf, zog die Winchester unter seinem Rücken hervor und brüllte mit aller Kraft: *»Caydeeeeen!«*

Behutsam, ohne ein Geräusch zu machen, schob Tess sich durch die Zweige und betrat eine kleine Lichtung, wo die Vegetation nicht allzu üppig wucherte. Die Bäume standen hier nicht ganz so dicht, und Farne bedeckten den weichen Waldboden.

Da waren sie!

Das Grollen, Schnauben und Quietschen der Bären und Caydens Gekicher und Gequassel hatte sie zu ihnen geführt. Mit einem Streichholz hatte sie die Windrichtung geprüft, und der Wind stand günstig, um sich durch morsches Geäst und nassen Schlamm unbemerkt heranzuschleichen. Gar nicht so einfach, weil ihr die Äste ins Gesicht schlugen und ihre Stiefel im matschigen Boden versanken.

Leise entsicherte Tess die Winchester und legte sie an, den Lauf schräg nach unten auf den Waldboden gerichtet. Ihr Atem ging flach, aber ihr Puls hämmerte, und das Blut rauschte in ihren Ohren.

Zum Glück waren es nur Schwarzbären, keine Grizzlys. Sie waren weniger gefährlich. Ihre Angriffe, meist aus Notwehr, waren nur selten tödlich, aber ein Hieb mit den scharfen Krallen riss schon mal tiefe Wunden.

Cayden tobte mit Baby Bear herum, und Mommy Bear stand gelassen daneben und sah den beiden Kleinen zu, die fröhlich strampelnd miteinander spielten. Jetzt hob sie den Kopf und sah Tess in die Augen.

Eine Weile standen sie so und maßen einander mit Blicken. zwei Mommys mit ihren Kindern, die sie beschützen wollten.

Die Gliedmaßen der Bärin waren kräftig. Wenn sie sich aufrichtete, war sie so groß wie Tess, aber vermutlich wog sie vierzig oder fünfzig Pfund mehr.

Langsam kam Mommy Bear ohne Drohgebärden und ohne warnendes Grollen drei oder vier Schritte auf Tess zu, aber sie rührte sich nicht von der Stelle. Ihre Hand lag fest am Abzug der Winchester. Nur keine Angst zeigen! Weder schnaubte die Bärin, noch schlug sie mit den Tatzen auf den Boden. Und deshalb machte Tess sich nicht kleiner als sie, damit sie weniger bedrohlich wirkte, begab sich nicht in eine unterlegene Position am Boden, die ihr gefährlich werden konnte, und senkte auch nicht unterwürfig ihre Lider.

Stattdessen spähte Tess hinüber zu den beiden Kleinen, und die Bärin folgte ihrem Blick.

Um einen plötzlichen Angriff zu vermeiden, weil die Bärin sich und ihr Kleines bedroht fühlte, bewegte sie sich langsam und bedächtig – vor allem, wenn die Bärin sie nicht anschaute.

Noch nie war sie einem Bären so nah gewesen, auch damals nicht, als Ronan und sie noch klein waren und Mom und Dad sie in den Sequoiawald nördlich von San Francisco mitgenommen hatten – dort hatten sie oft mit Shannon und Josh gezeltet.

»Cayden?«, rief sie leise.

Er schubste Baby Bear von sich herunter und setzte sich auf. Sein Pullover und seine nasse Jeans waren völlig verdreckt. »Hi, Tess!«

»Hi, Süßer. Wie geht's dir?«

»Gut«, schnaufte er, noch außer Atem von dem Herumtoben mit dem kleinen Bären.

»Bist du verletzt?«

»Nee, Tiny und ich spielen doch nur. Wir tun uns nicht weh.«

»Das ist in Ordnung«, sagte sie ruhig und bemühte sich, ihre Stimme für die Bärin fest und sicher klingen zu lassen. Sie kniete sich hin. »Was hältst du davon, wenn du jetzt ein bisschen mit mir spielst?«

Cayden guckte sie mit großen Augen an. »Äh, und was?«

»Mommy Bear und Baby Bear.«

Er kicherte. »Echt jetzt?«

»Na klar. Du bist das Baby, und ich bin deine Mommy.«

»Hihihi.«

Die Bärin beobachtete sie, als sie ihre Hand nach Cayden ausstreckte und ihn mit den Fingern heranwinkte. »Komm zu mir, Süßer.«

»Okay.« Er schubste Tiny zur Seite, der ihn von hinten umstoßen wollte, sprang auf, flitzte zu ihr herüber und warf sich in ihre Arme.

Tess verwuschelte sein Haar, in dem einige trockene Blätter hingen, und schmatzte ihm einen Kuss auf die dreckverschmierte Wange. »Hab dich ganz doll lieb!«

Er hängte sich an ihren Hals. »Ich dich auch!«

Mit Cayden in ihren Armen richtete Tess sich langsam auf den Knien auf, um die Bärin nicht zu erschrecken. Dann stand sie geschmeidig auf.

In diesem Augenblick hörte sie ein Rascheln – hinter ihr!

War es Ronan?

Tess drehte sich um.

Verdammt! Es war Ricky.

Lautlos, wie ein Wolf beim Angriff, sprang er auf die kleine Lichtung und ging auf die Bärin los, um Cayden und sie vor der drohenden Gefahr zu retten.

»Ricky, nein!«, schrie Tess. »Whoa, whoa, whoa!«

Aber zu spät.

Ricky reagierte nicht auf ihr Kommando, das ihm als Leithund ihres Teams gebot, den Schlitten sofort anzuhalten. Stehen zu bleiben und sich nicht mehr von der Stelle zu rühren, bis sie den Befehl zum Weiterlaufen gab: »Mush!« oder »Yake!«.

»Whoa! Ricky! Whoa!«, brüllte sie.

Aber der Husky preschte unbeirrt vorwärts, auf die Bärin zu, vor der er sie mit seinem Leben beschützen musste.

Tess stellte Cayden auf den Boden und schubste ihn von sich weg. »Lauf, Cayden, lauf, so schnell du kannst!«

»Wohin?«

»Zurück zum Camp. Zu Daddy. Bleib beim Fluss und folg der Strömung. Und erschrick nicht, wenn du gleich zwei Schüsse hörst. Ich schieße nicht auf die Bären, sondern rufe Daddy, damit er dir entgegenkommt und dich einsammelt.«

»Und du?«

»Ich muss mich um Ricky kümmern.«

»Okay.«

Ein Klaps auf den Po, und weg war er.

Mommy Bear atmete schnaufend und schlug mit der Tatze auf den Boden. Dann richtete sie sich auf, ließ Ricky an sich herankommen und verpasste ihm einen Schlag mit der Tatze, dass er jaulend rückwärts flog. Doch sofort war Ricky wieder auf den Beinen und ging erneut laut kläffend auf die Bärin los, die sich über dem wild hin und her springenden Husky aufrichtete und auf ihn herabschaute. Dann knallte sie ihm wieder eine, und Ricky wich winselnd zurück. Das tat wohl ziemlich weh.

»Ricky, verdammt!«, fluchte Tess, und irritiert sah er sich nach ihr um. Seine Augenbraue blutete. »Whoa!«

Mit angespannten Muskeln und aufgestellter Rute kläffte Ricky erneut die Bärin an, die sich schützend vor ihren Kleinen stellte. Schwanzwedelnd trabte er wieder auf sie zu, und Mommy Bear machte kehrt und scheuchte ihr Baby vor sich her in die tiefe Dämmerung des Waldes.

»Ricky, zu mir!«, brüllte Tess den Husky an, der ihr nachsetzen wollte. »Oder es setzt was mit dem Lederriemen!«

Na gut, er hatte kapiert, dass sie ziemlich wütend auf ihn war. Er klemmte den Schwanz ein und kam in unterwürfiger Haltung zu ihr herübergeschlichen.

»Sag mal, spinnst du?«, fuhr Tess ihn an, und er duckte sich und blinzelte sie an. Mit den Fingerspitzen drückte sie seinen Kopf noch weiter hinunter, bis er sie von unten ziemlich schuldbewusst anguckte. »Böser Hund!«, schimpfte sie wie damals, als er mit einer ihrer Wollsocken getürmt war und die ziemlich zerfetzt hatte. »Böser Hund!«

Und wieder zog er ein Gesicht, dass Tess ihm einfach nicht böse sein konnte. Er stellte die Ohren auf, schaute zur Seite und versuchte, wie ein treuer und braver Husky auszusehen, der artigste Hund auf der ganzen Welt.

Aber nicht mit mir, Kumpel!, dachte Tess. Vergiss es!

Sie richtete sich auf und machte sich auf den Weg zurück zum

Camp. Sie musste Cayden suchen, der irgendwo vor ihr durch den dunklen Wald stolperte, nahm die Winchester von der Schulter und feuerte zwei Schüsse ab.

Mit gesenktem Kopf schlich Ricky hinter ihr her.

# 12

Lagerfeuerromantik.

Ronan steckte ein Marshmallow aufs angespitzte Stöckchen und hielt es ins prasselnde Lagerfeuer. Tess würde sicher gleich kommen, und dann wäre es schön knusprig karamellisiert.

Er sah hinüber zu ihr. Gerade beugte sie sich über Cayden, der wie ein wilder Bär in seinem Schlafsack herumstrampelte. Vergeblich versuchte sie, ihm einen Gutenachtkuss zu geben. Kreischend vor Vergnügen wand er sich und entzog sich ihr immer wieder, sodass ihre Küsse in alle Richtungen durch die Luft flogen.

Fliegerküsse, sagte Cayden dazu.

»Bist du jetzt still?«, lachte sie.

»Neeeiiiiin!«

»Na gut, ich krieg dich schon ruhig!« Sie kitzelte ihn ordentlich durch, schob den keuchenden und schnaufenden Kleinen einfach tiefer in den Schlafsack und machte sich daran, den Reißverschluss zuzuziehen, um Cayden mit seinem Teddy im Schlafsack einzuschließen.

Auf dem Rückweg ins Camp hatten die lauten Schüsse Cayden so erschreckt, dass er in der Dunkelheit in ein Dornengestrüpp gerannt war. Tess hatte ihn schließlich daraus befreit und im Lager seine Kratzer versorgt. Während Ronan sich um das Abendessen kümmerte, ging sie zurück zum Auto und holte Caydens neuen Teddy Tiny und ihre Gitarre, um dem Kleinen noch ein Gutenachtlied vorzuspielen. Seine Wunden taten nämlich ganz schön weh, auch wenn er das nie zugeben würde, der tapfere Bengel.

Cayden schaffte es noch, rasch eine Hand durch den offenen

Spalt zu schieben, bevor sie den Reißverschluss ganz hochgezogen hatte. »Hihihi.«

Tess packte die Hand und schubste sie zurück in den Schlafsack. Mit einem Ruck zog sie den Reißverschluss zu, richtete sich auf ihren Knien auf und wartete ab.

Cayden gab keinen Mucks von sich.

»Bist du jetzt ruhig?«, fragte sie.

Schweigen. Dann ein Nicken.

Ronan sah, dass sein kleiner Körper unter der weichen Daunenfüllung bebte. Aber nicht, weil er Angst hatte, oh nein, nicht sein Kleiner! Sondern weil er unbändigen Spaß mit Tess hatte und sich zusammenriss, um nicht erneut loszuprusten. Denn wenn er zu laut war, suchte sie vielleicht wieder seinen Aus-Knopf.

Als Tess vorhin mit der Taschenlampe in der Wildnis unterwegs war, hatten Cayden und er ein Gespräch unter Männern geführt. Sie setzten sich auf einen Stein am Fluss und redeten ganz ernsthaft. Ronan war sehr gerührt, wie Tess den Kleinen vor den Bären gerettet und sich um seine Wunden gekümmert hatte, und Cayden empfand es ähnlich. Er fand es toll, wie sie sich um ihn sorgte, als er verletzt in den Dornen festhing, wie sie sanft auf ihn einredete, während sie vorsichtig seinen Pullover zerriss, um ihn zu befreien, wie sie ihn tröstete, während sie behutsam seine Kratzer versorgte, die ganz doll wehtaten, wie sie mit ihm spielte und lachte und wie lieb sie ihn hatte. Ronan fragte ihn, ob er sich Tess als Mommy vorstellen könnte. Wie der Kleine ihn anstrahlte! Echt jetzt?

Tess zog den Reißverschluss des Schlafsacks wieder auf, und Cayden rutschte eine Handbreit nach oben. Auch Tiny Bear tauchte wieder auf. Cayden schloss ihn fest in die Arme und lag still, als Tess ihm einen Gutenachtkuss gab. »Spielst du noch ein Lied für mich?«

»Und welches?«

*»Down the River.«*

»Aber dann wird geschlafen.«

Cayden grinste von einem Ohr zum anderen.

»Schlaf gut und träum süß.«

»Du auch.« Cayden schaute zu ihm herüber. »Und Daddy.«

»Gute Nacht, Süßer«, rief er ihm zu, während er das inzwischen völlig verkohlte Marshmallow vom Stöckchen zog und ins Feuer warf.

Während Tess zu ihm herüberkam und sich mit ihrer Gitarre neben ihn setzte, steckte er ein neues auf und hielt es ins Feuer. Sobald es geröstet war, außen karamellisiert und innen geschmolzen, hielt er Tess das Stöckchen hin.

»Krieg ich auch eins?«, rief Cayden aus dem Off.

Tess guckte Ronan an und grinste. »Hast du eben was gehört?«

Er schüttelte den Kopf. »Nee. Wieso?«

»Ich dachte, ich hätte ein Geräusch gehört.« Lässig deutete sie über ihre Schulter, in Richtung des Schlafsacks, in dem ein Kind und ein Teddy steckten, die eigentlich mal langsam schlafen sollten.

»Nee, da war nichts«, sagte Ronan.

Sie kicherten, und Tess futterte ihren Marshmallow. Dann legte sie sich den Schultergurt um, stimmte die Gitarre und spielte die ersten Takte von *Down the River.*

Die Melodie und den Text hatte sie selbst erfunden. Ursprünglich war das Lied nämlich eine Gutenachtgeschichte für Sheena, die sich im Lauf der Jahre zu einer Kurzfassung der Story mit ruhiger, folkartiger Musikbegleitung entwickelt hatte. Das Lied erzählte, wie Ronans Dad, Josh Brandon, mit Jasons Dad, Colin Tyrell, und ihrem Freund Jake Fynn vor vielen Jahren ein Floß baute, um den Tanana und den Yukon hinabzufahren und aufregende Abenteuer zu bestehen, wie Dads Kampf mit einem Grizzly. Ein wundervoller Song für lange Abende am Lagerfeuer, der zum entspannten Träumen verleitete. Ronan sah die herrlichen Landschaften am Yukon förmlich an sich vorbeiziehen.

Als Tess den Gitarrengurt über ihren Kopf ziehen wollte, brüllte Cayden: »Ich schlafe noch nicht!«

Sie drehte sich zu ihm um. »Ja, und?«

»Noch ein Lied!«

»Wie heißt das?«

*»Into the Wild.«*

»Das meinte ich nicht ...«

»Okay«, feixte der Kleine. *»Bitte.«*

»Na gut«, gab Tess nach. »Eines noch.«

Sie stimmte das melancholische Lied mit der mitreißenden Melodie an. Auch dieses war aus einer Gutenachtgeschichte für Sheena entstanden. Na klar, Cayden suchte sich nur die Songs aus, in denen Bären vorkamen. Also: Nach dem Tod seiner Mutter, die von Pelztierjägern erlegt wurde, irrt ein kleiner Grizzlybär ganz allein umher. Die Trapper verfolgen das süße Fellknäuel durch die Wildnis Alaskas und fangen es schließlich ein, um es nach Kalifornien zu bringen. Doch dem gewitzten Knirps gelingt die Flucht in die Wildnis, wo er eine neue Mommy findet. Ganz süß, ehrlich! Am liebsten würde man das niedliche Bärchen einpacken und mit nach Hause nehmen! Zum ganz doll Liebhaben, wie Sheena immer gesagt hatte.

So, das Lied verklang, und Tess wollte die Gitarre wegstellen. Aber, hey, nicht mit Cayden!

»Noch eines!«, forderte er. »Tiny schläft auch noch nicht!«

Tess spielte die ersten Akkorde von *North to Alaska, Land of the Midnight Sun*.

»Yippie!«, piepste es leise aus dem Schlafsack hinter ihr.

Ronan beugte sich vor und guckte hinüber zu Cayden.

Der feixte. »Das war ich nicht! Das war Tiny!«

»Jetzt ist aber Ruhe im Sack. Wenn Tiny frech ist, dann muss er bei mir schlafen.«

Cayden umarmte den süßen Teddy, der fast so groß war wie er, und hielt ihn fest.

»Okay?«, fragte Ronan nach.

Kein Mucks. Aber Cayden nickte. Er kannte seine Grenzen genau, er testete sie ja immer wieder aus.

»Was für eine tolle Abendstimmung!«, seufzte Tess, während sie die Gitarre endlich neben sich an einen Felsen lehnte. Sie deutete auf den Fluss. »Hast du Lust auf ein erfrischendes Bad?«

»Klar, warum nicht?«, erwiderte Ronan, während sie schon aufsprang und sich den Pullover und die Bluse auf einmal über den Kopf zog. Dann kickte sie die Stiefel fort, stieg aus ihrer Levi's und stürmte über den Kies zum Wasser.

Tja, er hatte den Abend eigentlich ein bisschen romantischer angehen lassen wollen: am Lagerfeuer in schönen Erinnerungen schwelgen, Arm in Arm alte Fotos anschauen, ein bisschen verträumt kuscheln, ein bisschen schmusen, und dann ... na ja ...

Ich werde sterben, dachte er. Aber ich bin noch nicht tot. Ich fühle mich sogar lebendiger als je zuvor. Der Schock über das Todesurteil von Dr. Munro Hayes ist vorbei, und ich habe keine Angst mehr. Ich brauche Wärme, Nähe und Geborgenheit, ich sehne mich nach Lebensfreude, nach Zärtlichkeit und Liebe. Und mein Bedürfnis nach Sinnlichkeit ist stärker denn je. Seit Monaten habe ich nicht mehr mit Lynne geschlafen, und weder schäme ich mich für mein starkes Verlangen nach Lust und Vertrautheit, noch empfinde ich auch nur ein leises Schuldgefühl, weil ich Tess begehre und ich mich nach leidenschaftlichem Sex mit ihr sehne. Nee, kein bisschen!

Wenn ich nur mit ihr über meine sinnlichen Wünsche und mein Verlangen sprechen könnte!

Aber nichts ist, wie's früher mal war. Tess ist einfach noch nicht so weit, sich auf mich einzulassen und zuzulassen, dass wir uns ganz neu kennenlernen und unsere sexuelle Unbefangenheit wiederfinden. Und ich hänge weiter in der Warteschleife.

Aber okay. Lustvoller Sex ist ein Stück Lebendigkeit, das ich niemals aufgeben werde. Und er ist jeden Tag, jede Stunde und jede Minute wert, in denen ich mich danach sehne und mich darauf freue, ihn mit Tess zu erleben.

Also, hinterher!

Was für ein Spaß! Trotz des eiskalten Wassers, das ihre Haut rötete und ihre Zähne klappern ließ, während sie einander nass spritzten und sich gegenseitig in die starke Strömung stießen, um prustend und lachend in den Armen des anderen wieder aufzutauchen.

Ein Bild der Unschuld ... nicht wahr?

Ha, von wegen! Sie alberten ziemlich herum, bis sie völlig durchgefroren zurück ans Ufer wateten, sich gegenseitig abtrockneten und einander unter einer Wolldecke am lodernden Feuer wärmten.

Tess wirkte jetzt zufrieden und ... ja, gelöst – trotz der sexuellen Spannung zwischen ihnen, wenn sie sich berührten, streichelten und küssten. Und als Ronan seinen Arm um sie legte und sie ihren Kopf mit dem nassen Haar ganz selbstverständlich an seine Schulter lehnte, fragte er sich, wie dieser Abend wohl enden würde.

Plan B war in Ordnung, abgesehen vom eisig kalten Wasser. Aber jetzt zurück zu Plan A: Wärme und Nähe, ein bisschen kuscheln unter der Wolldecke, ein bisschen schmusen auf dem weichen Daunenschlafsack ... und dann ...

Na ja, mal sehen ... Es lief ja besser, als er dachte.

Schulter an Schulter sahen sie ins knisternde und knackende Lagerfeuer und lauschten auf das Rauschen des Flusses und die Laute des nächtlichen Waldes. In der Ferne heulte ein Wolf den Mond an. Ricky sprang auf, reckte den Kopf und antwortete ihm mit einem lang gezogenen Heulen. Der Wolf und der Husky sangen und redeten eine Weile miteinander, dann wurde es wieder still.

Funken stoben hinauf in den Sternenhimmel, und Tess schmiegte sich unter der Decke dicht an Ronan heran. Wie warm sie sich anfühlte, wie weich und wie entspannt ...

Er küsste sie auf den Mundwinkel, und sie lächelte und flüsterte: »Hi.«

»Hi«, flüsterte er, so überwältigt von seinen Gefühlen, dass er den Blick abwenden musste.

Tess legte ihre Hand auf sein Knie und streichelte ihn sanft, und er sah sie wieder an.

Einundzwanzig Jahre waren sie zusammen, ihr ganzes Leben. Jahre der Liebe und des Glücks, die sie einander schenkten, und Jahre der innigen Freundschaft, in denen sie sich nach der verlorenen Vertrautheit sehnten, weil sie beide verheiratet waren. Nur eben nicht miteinander. Und dann die Monate nach seinem ersten Zusammenbruch, in denen Tess ihn so liebevoll umsorgte, während der entsetzlichen Therapien seine Hand hielt und in den furchtbaren Nächten neben ihm im Bett schlief.

Kostbare Augenblicke voller Hoffnung ... voller Herzlichkeit ... voller Nähe ... Aber auch voller unausgesprochener Wünsche.

Ein Mann und eine Frau. Freunde und Liebende, in guten wie in schlechten Zeiten.

Zwei Menschen, die untrennbar zusammengehörten.

Ein Leben, bis zum Ende.

Ronan atmete tief durch.

Ich habe sie verlassen, dachte er. Und jetzt hoffe ich, dass sie zu mir zurückkehrt.

»Weißt du, dass du das erste Mädchen warst, das ich geküsst habe?«, fragte er.

Sie lachte leise.

Er zog die beiden Fotos, die er schon den ganzen Tag mit sich herumtrug, aus der Tasche seiner Jeans. Die ältere der beiden Aufnahmen, die mit dem wellig geschnittenen Rand, gab er ihr.

»Das sind ja wir zwei!«, rief sie und betrachtete sie beide in enger Umarmung. Nebeneinander hockten sie auf einer der Marmorstufen, die zum Portal des Brandon House hinaufführten, beide in Shirt und Jeans, beide völlig verdreckt vom Toben am Strand und barfuß. Wie niedlich sie mit den nackten Zehen wackelten, während sie sich innig küssten! Tess' Hand lag wie gerade jetzt auf seinem Knie, seine Finger streichelten ihr Gesicht. »Zwei Achtjährige, total verknallt!«, lachte Tess und strich mit dem Daumen über sein Knie. »Die Aufnahme kenne ich gar nicht!«

»Dad hat das Foto geschossen, erinnerst du dich? Auf die Rückseite hat er ›Der erste Kuss‹ geschrieben.«

Tess drehte das Foto um. »Wie süß.«

»Und diese Aufnahme hat Mom gemacht.« Ronan gab ihr das andere Foto mit dem glatten weißen Rand. Es zeigte ihren Abschiedskuss vor seiner Abreise nach Sydney, Kapstadt, Paris und London ... und schließlich New York, wo er Lynne kennenlernte ...

Gemeinsam mit Tess betrachtete er das Foto: Eine Hand am Geländer, beugte er sich von der Gangway der Jacht weit hinunter zu Tess, die sich ihm auf Zehenspitzen entgegenreckte, um seinen innigen Abschiedskuss zu erwidern. In ihrer Hand hielt sie einen Blumenstrauß, den sie ihm mit auf den Weg geben wollte, und mit seiner Hand hielt er ihre fest.

Er erinnerte sich, wie gerührt er damals war. Auf der Fahrt in Dads Rolls-Royce hatten Tess und er Händchen gehalten und darüber gesprochen, ob sie sich Kinder wünschten. Oh ja, und ob! Wie viele, hatte Mom, die sich zu ihnen umdrehte, gefragt. Ohne sich abzustimmen, sagten Tess und er gleichzeitig: ›Drei.‹

»Was für ein Kuss!«, seufzte sie. »Ich weiß noch, wie er geschmeckt hat.«

»Wirklich?«

Sie nickte versonnen und strich mit den Fingerspitzen über das Foto. »Damals habe ich dich verloren.«

»Du hast mich nicht verloren. Ich bin immer noch da.«

Sie sah ihn an, und ihre Blicke versanken ineinander.

»Wir sind wieder zusammen«, sagte er leise. »Dieses Mal für immer.«

Sie nickte.

»Tess, du machst mich sehr glücklich. Mein Herz ist bis zum Überfließen voller Glück – das ist ein Gefühl, das ich lange nicht mehr gespürt habe. Ich bin so froh, dass du mitgekommen bist.«

Sie lächelte matt, nahm seine Hand und drückte sie.

So, jetzt! »Tess, ich hab dir was zu sagen ...«

»Ich dir auch«, sagte sie und nickte ihm zu. »Du zuerst.«

»Ich liebe dich«, flüsterte er gerührt. »Ich liebe dich so sehr.«

Ihr Blick streichelte sein Gesicht. »Ich liebe dich auch.«

Sie küssten sich zärtlich, und ihr Kuss wurde immer leidenschaftlicher und begehrlicher. Tess ließ sich auf den weichen Daunenschlafsack zurücksinken und zog ihn zu sich herunter. Beide Arme aufgestützt, beugte er sich über sie. Eng umschlungen küssten sie sich im Mondschein, und es war wie ein schöner Traum voller Zärtlichkeit und Sinnlichkeit. Und die Glut, die all die Jahre nur in ihnen geschwelt hat, flammte plötzlich auf zu einem lodernden Feuer der hitzigen Gefühle.

Ronan zog ihren Pullover hoch, zerrte ihre Bluse aus der Jeans und schob seine Hände unter den warmen Stoff, um sie sanft zu streicheln, ihren flachen Bauch, ihre festen Brüste und ...

»Was macht ihr da?«

Cayden!

Seufzend setzten sie sich auf und brachten ihre Kleidung in Ordnung. Als sie sich ansahen, prusteten sie sofort los wie zwei frisch Verliebte.

Cayden stemmte beide Arme in die Seiten und guckte sie an. »Naaaaa?«, meinte er gedehnt.

»Ich hab Tess nur was gefragt«, wiegelte Ronan ab und sah sie dabei an.

»Und ich wollte ihm gerade antworten.« Tess nahm wieder seine Hand und drückte sie. »Ich habe mich entschieden.«

Sein Herz setzte einen Schlag aus, als sie ihn anlächelte.
»Ich komme mit nach Hawaii.«

Mut zum Schuldbekenntnis, Mut zur Wahrheit ...

Mit einem Ziehen im Bauch, das ihm Übelkeit bereitete, öffnete Tyson die Schublade des Schreibtischs in seinem Büro und holte ein neues Blatt Papier hervor.

Weiß und unberührt ... wie die Unschuld ...

Tief atmete er durch und schraubte seinen MONTBLANC-Füllfederhalter auf. Die vergoldete Feder schwebte über dem Papier. In einem Hollywood-Drama von Conroy Pictures wäre nun in einer Nahaufnahme die schwarze Tinte auf das Papier getropft, als Zeichen der Schuld, der Befleckung. Einer Entwürdigung und Entehrung, die am Ende nur durch eine gute Tat gesühnt werden konnte.

Aber dies war das richtige Leben, und es würde kein Happy End geben. Und keine Vergebung.

Also gut, der Brief.

Schon die Anrede! War Adrienne Shaw eine Miss oder eine Mistress? War sie verheiratet? Sie hatte doch ein kleines Kind, eine Tochter, drei oder vier Jahre alt, jedenfalls jünger als Cayden.

O Gott!, dachte er. Was habe ich ihr angetan ...

*Dear Ms Shaw,*

*mit großem Bedauern schreibe ich Ihnen ...*

Die vergoldete Feder schwebte über dem Papier, und die Erinnerungen kehrten zurück.

Wieder hallten Schüsse durch die nächtliche Market Street, und die Kugeln pfiffen ihm um die Ohren und schlugen hinter ihm in die Prachtfassade des Palace Hotels, wo er zu einem Geschäftsessen mit John D. Rockefeller III verabredet gewesen war, einem Freund aus seiner Zeit in Boston und New York. Wie Tyson stammte er aus der elitären Ivy-League-Aristokratie: John hatte in Princeton studiert, Tyson in Harvard.

»Sie feuern auf uns, Sir!«, rief einer seiner Bodyguards.

»Sir, gehen Sie hinter dem Wagen in Deckung!«, brüllte ein anderer. »Wenn Sie es schaffen hineinzukommen, wird der Chauffeur Sie von hier wegbringen! Wir geben Ihnen Deckungsfeuer! Laufen Sie, Sir!«

Eine Scheibe der Drehtür zum eleganten Foyer zersprang, und die Splitter prasselten auf die Stufen hinunter zum Trottoir.

Dann ein Schrei. Und ein ersticktes Schluchzen, das Tyson nie mehr vergessen würde.

Blut.

Schuld.

Schmerz und Leid.

O Gott!

Mit langsamen Bewegungen zerriss er den Brief, holte ein neues Blatt aus der Schublade und begann von vorn.

*Dear Ms Shaw,*

*schweren Herzens habe ich vernommen, dass Sie . . .*

Nein!

Tyson zerknüllte den Brief und warf ihn in den Papierkorb neben seinem Schreibtisch aus dunklem Redwoodholz, als es leise an der Tür klopfte.

Der vergoldete Türgriff bewegte sich, und seine Sekretärin steckte den Kopf in sein Büro. »Sir?«

»Ja, Grace?«

Die junge Frau trat ein und blieb an der Kante des purpurfarbenen Aubusson-Teppichs mit klassischem Rankenmuster stehen.

»Bitte verzeihen Sie, Mr Conroy. Ich weiß, Sie wollten nicht gestört werden ...«

»Was ist denn?«

»Dr. Patrick Stanton hat nach seiner Sprechstunde zurückgerufen. Er ist noch in der Praxis.«

Als Tyson nicht sofort reagierte, erklärte sie ihm:

»Der behandelnde Arzt von Ms Adrienne Shaw. Sie wollten mit ihm sprechen. Er wartet. Soll ich ihn durchstellen?«

»Ja, bitte.«

Grace sah ihn aufmerksam an. »Sie sehen blass aus, Sir. Darf ich Ihnen einen Tee bringen?«

»Nein danke.«

»Einen Whiskey?«, fragte sie, und ihre Stimme klang mitfühlend und besorgt. Grace wusste, was vor einigen Tagen geschehen war.

Tyson bemühte sich um ein Lächeln. »Nein danke.«

Sie nickte knapp, verließ das Büro und schloss die Tür.

Das Telefon klingelte. Er nahm den Hörer ab. »Dr. Stanton. Danke für Ihren Rückruf.«

»Es ist mir ein Vergnügen ... eine Ehre, Mr Conroy.«

»Ich würde mit Ihnen gern über Ihre Patientin sprechen.«

»Adrienne Shaw.«

»Ja.« Nach einer dramatischen Pause fuhr er fort, und das Sprechen fiel ihm leichter als das Schreiben des Briefes: »Was ihr widerfahren ist, tut mir sehr leid. Es ist eine Tragödie. Wenn einem Unschuldigen so etwas passiert, sucht man verzweifelt nach jemandem, dem man die Schuld geben kann ...«

»Sir, bitte! Nach der Schießerei haben Sie doch versucht, ihre Wunden zu versorgen und ihr das Leben zu ...«

»Dr. Stanton«, fiel Tyson ihm ins Wort. »Sagen Sie mir, wie es um sie steht.«

»Sie hat unglaubliches Glück gehabt, Sir. Die Folgen der Schussverletzung am Kopf sind ... na ja ... vernachlässigbar. Die Kugel, die hinter Ihnen die Drehtür des Palace Hotels zertrümmerte, konnte aus dem rechten Stirnlappen des Gehirns entfernt werden, ohne weitere Schäden anzurichten.«

»Das ist eine gute Nachricht.«

Das San Francisco Police Department hatte ihm bereits mitgeteilt, dass die verirrte Kugel aus der Smith & Wesson eines seiner Bodyguards stammte. Der Mann hatte auf die Angreifer gezielt, die sich auf Tyson stürzten, um ihn zu entwaffnen und zu überwältigen, doch die Kugel ging fehl.

»Aber es gibt auch eine schlechte Nachricht. Die andere Kugel, die Sie am Handgelenk gestreift hat, Sir, hat ihre Wirbelsäule zerschmettert. Ich erspare Ihnen die medizinischen Fachausdrücke und sage es einfach, wie es ist.«

Tyson klemmte sich den Hörer an die Schulter und rieb die noch nicht verheilte Wunde an seiner linken Hand. »Ich bitte darum, Dr. Stanton.«

»Die Wirbelsäule ist zerschmettert, zwei Wirbel sind gebrochen, das Rückenmark wurde verletzt. Und jetzt die Kurzfassung: Adrienne wird nie wieder gehen können.«

»O Gott.« Er nahm den Hörer wieder in die rechte Hand und richtete sich auf seinem ledernen Schreibtischstuhl auf.

»Zeit ihres Lebens wird sie im Rollstuhl sitzen.«

Eine Hitzewelle schoss durch seinen Körper. Wie sollte er diese Schuld jemals sühnen?

»Was ich sagen will, Sir: Die Rehabilitation wird lange dauern, sehr lange.«

»Wie lange?«

»Monate.«

»O Gott.« Tyson schnaufte durch. »Adrienne ...« Es fühlte sich so fremd an, sie bei ihrem Vornamen zu nennen – als würde er sie kennen. »... sie hat eine kleine Tochter. Der Chief des SFPD, William J. Quinn, kümmert sich persönlich um diesen Fall. Er hat mir von ihr erzählt.«

»Denise ist vier.«

»Gibt es einen Vater?«

»Nein.«

»Verstehe.« Adrienne erzog die Kleine also allein. »Und ihr Job? Ihre Karriere?«

»Sie war auf dem Weg nach Hause. Adrienne betreibt einen Shop im Palace Hotel. Am Ende der großen Promenade, hinter der Bar. Parfums, Cremes, Shampoos, Rasierschaum ...«

»Ja, ich weiß, wo das ist. Ich erinnere mich an den Laden.«

Bei einem festlichen Dinner im Palace Hotel hatte ihm der Gouverneur von Kalifornien versehentlich seinen Merlot über das weiße Hemd geschüttet. Tysons Chauffeur konnte beim Concierge des Hotels keinen Ersatz in der passenden Farbe auftreiben, und im Cadillac hatte er nur zwei Hemden in Bleu und Rosé liegen, beide mit weißem Button-Down-Kragen. Völlig unpassend zu seiner Seidenkrawatte. Dann war es also Adrienne gewesen, die seinem Fahrer den Tipp gegeben hatte, den Rotweinfleck mit Weißwein abzutupfen. Das Hemd war während des Dinners zwar feucht gewesen, aber der Fleck war verschwunden. Und Tyson blieb die Peinlichkeit erspart, sich wegen dieses Malheurs des Gouverneurs umziehen zu müssen. Dank Adrienne, wie er jetzt wusste.

»Nun, Sir, sie wird den Laden nicht mehr betreiben können als ...« Der Doktor zögerte, ihm dieses schreckliche Wort anzutun. »... als Invalidin.«

Tyson war sonst nicht um Worte verlegen. Aber er wusste wirklich nicht, was er sagen sollte.

»Ihr Bruder hat ähnlich reagiert«, sagte Dr. Stanton.

»Mein Bruder?«, fragte Tyson verdutzt.

»Mr Brandon.«

»Sie haben mit ihm gesprochen?«

»Er hat mich vor ein paar Tagen angerufen, Sir.«

»Aha. Und wieso?«

»Soweit ich das SFPD verstanden habe, handelte es sich bei der nächtlichen Schießerei vor dem Palace Hotel um einen Versuch, Sie zu entführen und von Ihrem Bruder ein Lösegeld in Millionenhöhe zu erpressen.«

Der Fluch der Macht und des Reichtums und der Herrlichkeit. In Ewigkeit. Amen.

»Ja, das stimmt. Ich sollte entführt werden. Meine Bodyguards konnten mein Leben schützen.«

Aber um den Preis eines anderen Lebens ...

Eines zerstörten Lebensglücks ... Schmerz und Leid ...

Das Gefühl der Schuld quälte ihn fast körperlich, doch das Gefühl der Angst war noch schwerer zu ertragen. Was, wenn die Presse erfuhr, dass Adrienne durch die Kugel eines seiner Bodyguards so schwer verletzt worden war? Gott, ein Kopfschuss! Was, wenn die Sensationsreporter Adriennes tragisches Schicksal auf der ersten Seite ihrer Blätter ausbreiteten? Als endlose Fortsetzungsstory! Die Schlagzeilen, die ihn standrechtlich lynchten, konnte er schon vor sich sehen ...

»Sir?« In der Leitung raschelte es, als Dr. Stanton den Hörer in die andere Hand nahm. »Mr Brandon macht sich große Sorgen um Sie, Mr Conroy ...«

# 13

Folge dem Pfad deiner Träume ...

Seine Kopfschmerzen wurden stärker, und Ronan war aufgewühlt, als er den Zettel mit seinem letzten Wunsch zusammenrollte und in die Glaskugel schob. Er schraubte sie zu und ging die Stufen der Veranda hinunter zu Moms Wunschbaum, der den blühenden Garten am Strand überragte.

Der alte Eukalyptusbaum war wie ein Freund für ihn. Er kannte ihn schon sein ganzes Leben. So lange er sich erinnern konnte, hingen Glaskugeln mit Wünschen an seinen Zweigen. Eine schöne Idee: Die Brise vom Pazifik, die die Kugeln zum Schwingen brachte, trug die Wünsche hinauf in den Himmel.

Ronan hängte seinen letzten Wunsch in den Baum und sah zu, wie er vom Wind erfasst wurde.

Flieg, dachte er, flieg, mein Wunsch, so weit du kannst!

Einen Augenblick lang glaubte er, Tess hätte ihn gerufen. Aber vielleicht hatte er sich getäuscht, und es war der Schrei der Möwe, die über dem Strand ihre Runden drehte.

Ronan lehnte sich gegen den Wunschbaum, drückte seine Stirn gegen die Borke und umarmte ihn zum Abschied. Ihm war einfach danach zumute. Er wollte dieses Gefühl noch einmal spüren. Nicht die Erinnerung an glückliche Kindertage, nicht Trost oder Geborgenheit im Schatten der Zweige, nicht die verträumten Stunden, in denen er hier nachgedacht, gelesen oder einfach nur dagesessen und aufs Meer hinausgeblickt hatte. Sondern das Festhalten dessen, was er mal besessen hatte, und das bewusste Loslassen.

»Ronan?«

Das ist meine Art, für immer Abschied zu nehmen, dachte er. Denn mein Herz geht auf Reisen. Ich sehne mich nach der Ferne und der Weite. Ich freue mich auf den Wind in meinem Haar und die Sonnenglut auf meiner Haut.

Cayden hat mich mal gefragt, was Glück eigentlich ist, ob es bunt und schön und warm und weich ist.

Glück ist Sinnlichkeit, Hoffnung und Freude. Glück ist, zärtlich gestreichelt zu werden, beim Einschlafen zugedeckt zu werden, liebevoll in den Arm genommen zu werden, wenn ich es wirklich brauche. Glück ist, einen Sohn wie Cayden zu haben, auf den ich sehr stolz bin. Glück ist, eine Frau wie Tess zu haben, sie zu lieben, sie zu umarmen und nie wieder loszulassen. Glück ist, alles erledigt zu haben, was noch getan werden musste. Glück ist, fertig zu sein mit dem Leben. Glück ist Zufriedenheit. Glück ist loslassen können. Glück ist, nichts zu bedauern, nichts zu vermissen, nichts mehr zu wünschen. Glück ist, nicht mehr zu kämpfen. Glück ist, die Augen zu schließen und friedlich einzuschlafen, Glück ist, dabei in ihren Armen zu liegen.

Glück ist, mitten im Leben noch einmal neu anfangen zu dürfen und sagen zu können: Heute ist der Beginn meines wirklichen Lebens. Ein Leben voller Dankbarkeit, dass ich noch hier sein darf, voller Liebe, voller Leidenschaft und Hingabe, voller Gelassenheit, bis zum Ende.

Ich bin endlich frei, ich selbst zu sein und mein Leben zu leben, wie ich es will.

Bin ich glücklich? Ja! Aber ich bin auch traurig, weil ich Abschied nehmen muss – jetzt schon. Von dem Haus, in dem ich geboren und aufgewachsen bin, von dem Wunschbaum, in dessen Schatten ich eine unbeschwerte Kindheit verbracht habe, und von Dad. Vor allem von Dad.

»Ronan!«

Unter den Zweigen des Wunschbaums konnte er das Meer sehen, das in der Abendsonne glitzerte. Dort drüben, hinter der heranrauschenden Brandung, lag seine weiße Motorjacht in der Dünung vor Anker. Tess' Vega stand festgezurrt auf dem Tennisplatz am Heck, und Ricky wartete schon in ihrer Kabine. Sie würden auslaufen, sobald Tess und er mit dem Boot dort vorn am Steg an Bord gehen würden.

Von Tyson und Lynne hatten sie sich vorhin schon verabschiedet. Sein Bruder hatte ihn fest umarmt, und seine künftige Schwägerin hatte ihn auf die Wange geküsst und ihn unter Tränen angefleht, Cayden bei ihr in San Francisco zu lassen. Seit ihrer Rückkehr von der Abenteuertour gestern Nacht hatte Lynne möglichst viel Zeit mit ihrem Sohn verbracht. Na klar, es ging ihr immer noch um das Sorgerecht für Cayden. Er war der Erbe – jedenfalls glaubte sie das.

»Ronan!« Tess kam von der Veranda zu ihm herunter in den Garten. »Bist du so weit?«

Nein, Tess, hätte er am liebsten gesagt, denn der Abschied von seinem Vater würde eine der schwersten Stunden seines Lebens sein.

Tess sah Ronan in die Augen. »Geht's dir gut?«

Er wischte sich über die Augenwinkel. »Ist nur der Wind. Er hat mir was ins Auge geweht.«

Sie nickte, sagte aber nichts dazu, als sie ihren Arm um ihn legte und ihn die Stufen zur Veranda hinaufschob.

Dads Räume lagen im Südflügel. Es waren die hellsten und sonnigsten im ganzen Haus.

Wie immer saß Dad zusammengesunken in seinem Rollstuhl. Es tat Ronan weh, ihn so zu sehen. Ihn, den harten Kerl, der zu Fuß ganz Alaska durchquert hatte, von der zugefrorenen Beringsee über die Gletscher der Alaska Range bis zum Prince William Sound. Ihn, den Abenteurer, der bei minus sechzig Grad Kälte im Busch überwintert hatte, der auf dem zugefrorenen Yukon ein wildes Schlittenhunderennen gewonnen hatte, der mit Grizzlys gekämpft hatte, der mit seinen Freunden ein Floß gebaut hatte, um den Fluss hinunterzufahren, wie Tess in ihrem Lied sang. Ihn, den Helden, zu dem Ronan als Kind immer aufgeblickt hatte.

Ronan kniete sich neben den Rollstuhl und umarmte ihn. »Hallo, Dad.«

Aber Josh reagierte nicht. Sein Blick war leer.

Er erkannte Ronan überhaupt nicht.

»Wie geht's dir heute?«

Nichts.

Eine rätselhafte Krankheit hatte ihn nach seinem ersten Schlaganfall nach Moms Tod befallen. Dad sprach kaum noch ein Wort und zog sich immer tiefer in sich selbst zurück. Sein geliebtes Alaska würde er nie mehr wiedersehen, und Ronan fragte sich, was für ihn schlimmer war. Das Leben, das er einst gelebt hatte, nicht mehr in sich spüren zu können, die Körperkraft, die Charakterstärke, die Lebensfreude, die Abenteuerlust. Oder die schönen Erinnerungen zu verlieren, das Letzte, was er am Ende mitnehmen konnte.

Ich weiß nicht mal, ob er leidet, wenn er mich so wie jetzt ansieht, dachte Ronan traurig. Er erkennt mich nicht. Wer, glaubt er, bin ich?

Er rang mit seinen Gefühlen.

Tess, die ahnte, was in ihm vorging, legte ihm tröstend die Hand auf die Schulter.

Jetzt sah Dad zu ihr auf, und seine Finger, die um die Armlehne seines Rollstuhls lagen, lösten sich. Er streckte die Hand nach ihr aus und versuchte, sie zu berühren. »Shannon?«

Ronan brachte es nicht übers Herz, ihm zu sagen, dass Mom tot war, denn in Dads Gedanken lebte sie weiter, da er Tess, die Shannon tatsächlich ein bisschen ähnlich sah, mit ihr verwechselte. Shannon Tyrell und Josh Brandon hatten sich im Jahr 1900 kennengelernt, als sie so alt waren wie Tess und Ronan. Er wusste nicht, ob Dad hoffte, dass seine große Liebe irgendwann zu ihm zurückkehren würde. Aber er sehnte sich nach ihr, wie Tess und er.

Mom war von Oahu nach Kauai hinübergeflogen, weil sie sich eine Plantage an der Küste ansehen wollte, Zuckerrohr, Ananas, Kokosnuss oder Vanille, keine Ahnung. Laut Wetterbericht gab es nichts Ungewöhnliches, kein dichter Nebel mit prasselndem Regen über dem Mount Waialeale wie sonst immer, kein pazifisches Gewitter, kein Sturm über den Inseln, nichts. Moms DeHavilland war in Honolulu gewartet und aufgetankt worden, und sie kannte die Route, die sie schon oft geflogen war. Doch aus irgendeinem Grund stürzte sie über Kauai ab. Sie verlor die Kontrolle über ihre Maschine und raste in die steile Flanke des Waialeale Crater, oberhalb der Wasserfälle im smaragdgrünen Regenwald.

Ronan war bei Dad in seinem Arbeitszimmer, als das Telefon klingelte. Dad nahm den Hörer ab, lauschte einen Augenblick den aufgeregten Worten, dann wurde er bleich und gab ihm den Hörer, und seine Hände zitterten so sehr, dass er ihn beinahe fallen ließ. »Deine Mom … ist abgestürzt … über dem Mount Waialeale.«

Er wusste noch, wie ein scharfer Schmerz ihn durchzuckte. O Gott, Mom! »Geht's ihr gut?«, fragte er atemlos.

Dad schüttelte den Kopf.

»Ist sie in einem Krankenhaus? Liegt sie in der Notaufnahme?« Gab es in Waimea oder Lihue, den größten Orten auf der Insel, überhaupt so etwas wie eine Notfallklinik?

Dad schwieg, bleich und benommen, und sein Blick war so abwesend wie gerade jetzt. Tränen liefen ihm über das Gesicht.

»Ist sie …« Ronan musste tief Luft holen. Ihm war plötzlich schwindelig, und der Raum drehte sich um ihn. »Ist Mom tot?«

Dad senkte den Blick. »Die Wrackteile der DeHavilland liegen im Waialeale Crater verstreut, unter den Wasserfällen der Weeping Wall.«

Tröstend nahm Ronan ihn in die Arme, aber dann schluchzten sie gemeinsam, jeder an der Schulter des anderen.

Mom war an einem der schönsten Orte der Welt gestorben. In ihrem Flugzeug, das sie so geliebt hatte.

Tess war sofort in ihre Maschine geklettert, hatte Sheena bei Corey gelassen und war nach San Francisco geflogen, um Dad und Ronan beizustehen. Gemeinsam fuhren sie mit der Jacht nach Kauai, um von Mom Abschied zu nehmen.

Sie zu sehen, leblos, reglos, kalt, war entsetzlich. Sie war immer so voller Leben gewesen, mit einem Lächeln auf den Lippen. Sie versuchten, einander zu trösten, und umarmten sich immer wieder, und Tess hielt die ganze Zeit Dads und seine Hand und gab ihnen Kraft.

Aber diese Kraft, dieser unbändige Lebensmut, über den Tess genau wie Shannon verfügte, war Dad in den letzten Jahren verloren gegangen. Als Mom von ihnen ging, war etwas in ihm gestorben. Er konnte nicht ohne sie leben. Seit seinem Schlaganfall verließ er kaum noch das Haus. Reiten konnte er ja nicht mehr, aber auch sein Segelboot betrat er kein einziges Mal, nicht einmal, um an Deck zu sitzen und sich an Shannon zu erinnern.

Aber auch einen Teil von mir hat Mom mitgenommen, als sie ging, dachte Ronan. Den Teil, der unbeschwert lachen konnte, bevor ich nach Dads Gehirnschlag die Verantwortung für BRANDON-CONROY-TYRELL übernahm, den Teil, der wirklich frei war.

Lange saßen sie stumm nebeneinander, dann fuhr er sich über das Gesicht, das sich heiß anfühlte. »Dad?«

Josh sah ihn an. Aber er erkannte ihn immer noch nicht.

Ronan setzte sich auf seine Fersen, legte seine Hand auf die seines Vaters und streichelte sie sanft. »Dad, Tess und ich machen eine weite Reise. Wir werden lange unterwegs sein.« Wie Tess, die gestern Nacht in seinen Armen lag, erzählte er Dad von Hawaii, Hongkong und Sydney, von Kapstadt und Marrakesch, von Rom, Florenz und Venedig, von Paris und London – na ja, falls er's überhaupt bis dorthin schaffte.

Plötzlich spürte er ein Stechen hinter den Augenlidern, und Tränen rannen ihm über das Gesicht.

Dad strich ihm tröstend über das Haar, wie er's früher getan hatte, als er noch klein war.

»Ich werde dir viele Briefe schreiben, Dad.« Ronan schniefte gerührt und wischte sich die Tränen ab. Dann nahm er Dads Hand in seine und küsste sie. »Ty kann dir die Briefe vorlesen. Dann kannst du an unserem Glück teilhaben. Und in Gedanken jederzeit bei uns sein, bei Tess und mir.«

Ronan umarmte ihn und hielt ihn fest.

Sie würden sich nie mehr wiedersehen. Seine Reise mit Tess und Cayden war eine Reise ohne Wiederkehr.

Die Zeit war gekommen. Es machte keinen Sinn, den Abschied noch länger hinauszuzögern, ohne dass Tess sich fragte, warum er weinte.

Es zerriss Ronan das Herz, als er ihn losließ und sich wieder auf seine Fersen hockte.

Es gibt so vieles, das ich ihm sagen will. Dass er der beste Daddy war, den ich mir nur wünschen konnte. Er hat mit mir auf dem Schoß einen Drachen gebastelt und ihn am Strand fliegen lassen. Er hat mit mir in der Wildnis gezeltet, am Lagerfeuer Marshmallows geröstet und dabei die ganze Nacht lang Abenteuergeschichten aus seiner Zeit in Alaska erzählt. Er hat mir das Fahrradfahren beigebracht und das Rad am Sattel festgehalten, während ich in die Pedale trat. Und als ich gestürzt bin, hat er mein aufgeschürftes Kinn verbunden. Nie hat er die Hand gegen mich erhoben, obwohl Tess und ich als Kinder ziemlich viel angestellt haben. Jeden Streich hat er mir verziehen, und nie war er wütend auf mich. So vieles hat er mich gelehrt, was heute mein Leben ausmacht: Gelassenheit. Besonnenheit. Mut. Aus dem Kind hat er mit Geduld, Großzügigkeit und Liebe den Mann geformt, der ich heute bin.

Aber wie soll ich ihm das alles sagen, wenn er mich nicht erkennt?

Ronan wünschte, sein Vater würde ihn in den Arm nehmen, so wie früher, um ihn zu trösten.

»Dad, ich liebe dich«, schluchzte er.
Lange sah Josh ihn an. Verwirrt. Stumm.
Dann bewegten sich seine Lippen, als versuchte er ... ja, was? Was ging jetzt in ihm vor? Was dachte er? Und was fühlte er?
Plötzlich lächelte Dad und legte den Kopf schief. »Ich dich auch, mein Kleiner. Ich hab dich sehr, sehr lieb.«
Es dauerte einen Moment, bis Ronan die genuschelten Worte verstand. Aber dann konnte er die Tränen nicht mehr zurückhalten, und er barg sein Gesicht in den Händen und weinte mit zuckenden Schultern.
Wie lange hatte er auf diese Worte gewartet!
Dad legte seine Hand in Ronans Nacken.
Und auch Tess kniete sich neben ihn und drückte ihn gerührt an sich. Dann legte sie ihren Arm um Dads Schultern und umarmte sie beide. Mitgerissen von ihren Gefühlen, weinte auch sie.
Schließlich richtete er sich wieder auf und sah durch den Tränenschleier seinen Vater an, der seinen Blick erwiderte, klar und wissend. Er war jetzt bei Verstand, aber niemand wusste, wie lange.
»Ist ja gut, mein lieber Junge, ist ja gut!«, nuschelte er, ergriff seine Hand und hielt sie fest, mit einer Kraft, die Ronan erstaunte. »Wir sehen uns doch bald wieder!«
Ronan presste die Lippen zusammen und nickte.
An diesen bewegenden Augenblick mit seinem Vater wollte er sich für immer erinnern.
Denn es war das letzte Mal, dass er ihn sah.

# *Leidenschaft*

Mai 1929

# 14

»Ready for takeoff?«

Tess drehte sich zu Ronan um, der mit angezogenen Beinen auf dem Notsitz hockte, die Füße lässig gegen die eingebauten Zusatztanks für Langstreckenflüge gestemmt. Ah, er war bereits angeschnallt.

Grinsend gab er ihr das Thumbs-up-Zeichen. »Yup.«

»Dann auf ins Paradies! Palmengesäumte Strände mit schwarzem Sand! Schneebedeckte Vulkane und fließende Lava! Hawaii ist die Insel der Sehnsucht! Sir, wir danken Ihnen, dass Sie einen Flug mit Tyrell Airways gebucht haben! Have a great time on board!«

»Ich hatte ja eigentlich First Class gebucht ...«, feixte er und hopste auf dem quietschenden Klappsitz herum wie Grandpa Charlton bei Tisch, wenn er ein Kängurusteak gegessen hatte.

»Ha!«, lachte sie. »Mal sehen, was sich da machen lässt, wenn wir gestartet sind, Sir.«

»Okay, und wann werden die Drinks serviert?«

»Kimo hat uns eine Thermoskanne mit Kaffee mitgegeben.«

Tess wischte sich den Schweiß aus dem Gesicht, wedelte mit ihrem Alohashirt, um sich dort, wo sie schweißnass war, Kühlung zuzufächeln, und sah aus dem Cockpitfenster.

Auf der Wiese neben der Ranch Road stand Cayden brav neben Kimo, dem Butler des großen Hauses von Ronans Ranch auf Big Island.

Kimo war die hawaiianische Entsprechung für den sprichwörtlichen Butler James. Na ja, der Name war eigentlich nur ein Witz. Ronan und sie hatten ihn sich bei ihrem letzten Besuch ausgedacht, nachdem Mom abgestürzt war. Kimos wirklichen Namen, Kealoha-du-weißt-schon-wen-ich-meine, konnte man ohne einen Knoten in der Zunge nicht aussprechen. Kimo also.

In Hawaiishirt, Shorts und Flipflops und mit einem längeren Pferdeschwanz als ihrer sah Kimo eher aus wie der Boy als wie der Butler. Er hatte die massige Statur eines japanischen Sumo-Ringers, und genauso wuchtig und gemessen waren seine Bewegungen. Zuerst hatte Cayden ein bisschen Angst vor ihm gehabt, wegen seiner ... na ja ... seiner Größe. Dabei war Kimo der freundlichste Mensch, der Tess je begegnet war: treu, aufmerksam, selbstlos und immer mit einem strahlenden Lächeln. Jetzt hielt er mit sanftem Griff die Hand des Kleinen in seiner, damit Cayden nicht in den Propeller der Vega geriet.

Der Vormann der hawaiianischen Cowboys, der nach ihrer Ankunft auf der Ranch gestern Abend noch auf die Schnelle ein Rodeo und ein Lassowerfen für Cayden organisiert hatte, trabte die Ranch Road herauf. John lehnte sich auf seinen Sattelknauf und gab ihr Thumbs-up. Seine Jungs hatten mit ihren Pferden jetzt den Highway gesperrt – ihre Startbahn.

Tess winkte zurück.

Als sie den Motor startete, trieben die weißen Qualmwolken aus den Auspuffstutzen mit der heißen Brise hinüber zu den Kokospalmen. Von der Veranda aus gesehen, bildeten sie Schattenrisse vor dem im Morgenlicht glitzernden Meer. Das Haus hatte eine traumhafte Lage!

Während sie den Motor gedrosselt laufen ließ, sprangen zwei Cowboys in weiten ledernen Chaps von ihren Pferden, krochen unter die Vega und zogen die hölzernen Bremsklötze von den Rädern weg.

Der Motor dröhnte, und das Flugzeug rollte an. Über die asphaltierte Ranch Road rumpelte die Vega hinunter zum Highway. Üppige Plantagen zogen vorbei, Mango- und Papayabäume, Vanilleranken, Ananaspflanzen und Macadamia-Nussbäume.

Jetzt konnte Tess nur den Gestank des Kerosins riechen. Aber als sie gestern Abend im offenen Auto die Straße heraufgefahren waren, hatte sie mit zurückgelehntem Kopf und geschlossenen Augen an Ronans Schulter die exotischen Düfte genossen, und er hatte den Arm um sie gelegt und sie geküsst.

Die Weiden für Tausende von Rindern lagen im Süden, hinter dem flatternden Leitwerk. Ronans Rinderzucht war eine der größten auf Hawaii. Den Vergleich mit einer Ranch in Texas musste sie nicht scheuen. Nur dass es in Texas eben keine Vulkane gab, die die Brandon Estates bedrohten, die Krater des Kilauea: Neben dem Weg parkten drei mittlerweile verrostete Ford Pick-ups der Ranch, bei der letzten großen Eruption vor fünf Jahren von der Lava überrollt und schon wieder von ersten Pflanzen überwuchert. Nur ein Teil der Ladeflächen war noch sichtbar, die Seitentüren und die rostzerfressenen Räder. Die Reifen waren bei der Berührung mit der glühend heißen Lava sofort in Flammen aufgegangen und mit lautem Knall zerplatzt.

Und das war auch der Grund, warum Ronan und Tess heute Morgen zu einem Aufklärungsflug über die Insel starteten. Kimo-du-weißt-schon-wer hatte ihnen gestern Abend beim Mondscheindinner auf der Veranda erzählt, die Geologen hätten gewarnt, die Brandon Estates wären von einem Ausbruch aus einem der Krater des Kilauea bedroht. Es gäbe eindeutige Anzeichen von Aktivität, möglicherweise bildete sich sogar ein neuer Eruptionskanal aus einer tiefen Spalte an der Flanke des Vulkans.

Der Kilauea mit dem Halemaumau-Krater war einer der aktivsten Vulkane der Welt, zudem der Sitz der Feuergöttin Pele, die zurzeit offenbar ganz miese Laune hatte. Ronan nahm die Warnung der Vulkanologen jedenfalls sehr ernst. Die begrabenen Pick-ups waren ein Mahnmal, das betroffen machte und Erinnerungen an eine schreckliche Nacht des Feuers weckte, in der weite Teile der Plantagen niedergebrannt und zwei Menschen gestorben waren.

Sie bogen in den breiteren Highway ein, der an der Küste entlang nach Nordosten führte. Der Blick aus dem Cockpit war atemberaubend: rote Erde, schwarze Lava und am Horizont das Grün des hawaiianischen Dschungels. Auf der anderen Seite ein endloser schwarzer Sandstrand, weiße Gischt, die von der heißen Brise hochgewirbelt wurde, und dahinter das weite Meer. Nächster Halt: Kalifornien.

Tess drehte die Vega in den Wind, beschleunigte und scheuchte sie über den Highway. Dann zog sie das Steuer an, die Stöße des Fahrgestells auf dem mit Schlaglöchern übersäten Asphalt hörten auf, und sie hoben ab.

Im Überfliegen sah Tess noch, wie die Cowboys am Ende der Startbahn mit ihren Stetsons winkten. Hinter ihnen warteten drei Autos auf dem gesperrten Highway. Die Fahrer hockten breitbeinig auf den Rückenlehnen, ihre nackten Füße oder staubigen Flipflops auf den Fahrersitzen. Mit den Händen beschatteten sie ihre Augen und schauten zu ihr herauf. Dann blieben sie hinter ihr zurück.

Entspannt lehnte sie sich zurück, leitete eine sanfte Kurve ein und folgte den schwarzen Stränden nach Nordosten. »Du kannst jetzt ins Cockpit kommen.«

Hinter ihr öffnete Ronan den Gurt, rutschte vom Notsitz und schob sich, halb über sie gebeugt, neben den Pilotensessel.

»Übernimmst du den Logbucheintrag?« Tess zog das Buch aus der Halterung neben ihrem Sitz und gab es Ronan.

Er schlug es auf und zog den Stift aus dem Buchrücken. »Schieß los.«

»16. Mai 1929, 10.32 Uhr.«

Er kritzelte ins Buch und sah wieder auf. »Mhm, hab ich.«

»Wetterlage: Wie heißt es bei den Radiomoderatoren in Honolulu? Es sind 27 Grad im Paradies.«

»Soll ich das schreiben?«

»Klar doch. Weiter: Steigflug auf 900 ft. Geschwindigkeit 120 mph. Kurs 52 Grad. Hast du das? Okay. Wir fliegen an der Küste entlang bis zu den heißen Quellen von Ahalanui. Dann drehen wir nach links auf 317 Grad, Kurs Mauna Kea ...«

»... und sehen uns unterwegs die Lava Trees von oben an.«

»Mhm.« Die Lava Trees südlich von Pahoa waren entstanden, als sich flüssige Lava in einen Wald ergoss. Schwarze Kegel, die aussahen wie verkohlte Baumstümpfe, ragten aus dem Dschungeldickicht. Ein spektakulärer Anblick, den sie im Tiefflug über die Ohia-Bäume und die Orchideenfelder genossen.

Schon bald kam der Mauna Kea in Sicht. Er war nicht nur der höchste Berg der Inseln, sondern, vom Meeresgrund gerechnet, sogar der höchste Berg der Welt. Auf den Schneefeldern des Gipfels hatten Ronan und sie mit ihren Surfboards schon mal eine ziemlich rasante und völlig bescheuerte Abfahrt hingelegt. Endlose unberührte Abhänge, eine majestätische, Ehrfurcht gebietende Natur, ein unendlich weiter Himmel und kein Mensch außer ihnen beiden auf ihren Surfbrettern. Hey, war das ein Spaß! Wie hatten sie dabei gelacht! Das musste wohl an der großen Höhe und der dünnen Luft dort oben gelegen haben!

Aber jetzt mal im Ernst. Sie waren in den frühen Morgenstunden aufgestiegen. Nachts sah man dort oben auf dem Gipfel der Welt mehr Sterne als irgendwo sonst auf der Erde. Sie leuchteten so hell, und sie schienen so nah, als könnte man sie mit Händen greifen: Reach for the sky! Das war ein wirklich berührender und erhebender Augenblick gewesen. Und sie glaubte, Ronan erinnerte sich gerade daran, denn er sah versonnen aus dem Cockpitfenster.

Na schön, Steigflug auf vierzehntausend Fuß, das war eine Handbreit oberhalb des verschneiten Gipfels.

»Willst du im Schnee landen, oder was?«, neckte Ronan sie, während sie eine Runde über die hügelige Gipfellandschaft aus rotem Lavageröll drehte. In einem Whiteout, dichtem Nebel mit heftigen Schneestürmen, erinnerte der Gipfel des Mauna Kea an den North Slope in Alaska in einer der drei Jahreszeiten: Winter, Bald-nicht-mehr-Winter und Beinahe-schon-wieder-Winter.

»Nee, ich hab keine Kufen unter den Rädern«, sagte Tess. »Seit meinem Tankstopp in Ketchikan liegen die hinten im Laderaum.«

Sie flogen so tief, dass sie die kleinen Haufen von Opfersteinen unterhalb des heiligen Gipfels sehen konnten. Auf der anderen Seite des Vulkans erwartete sie ein traumhafter Anblick.

»Sieh dir das an, Sternschnuppe!«, rief Ronan aufgeregt. »Der Nebel schwappt an den flachen Abhängen hoch wie die Gischt eines Meeres an einem roten Strand! Der absolute Wahnsinn!«

Tess freute sich über seine Begeisterung. In den letzten Tagen an Bord der Jacht schien es ihm an einigen Abenden bei Musik und Drinks an Deck nicht so gut zu gehen. Er war blass und zittrig, als er in sich gekehrt aufs sternenfunkelnde Meer hinausstarrte, reglos, die Hand um sein Glas mit Fruchtsaft verkrampft. Und trotzdem war da dieses Leuchten in seinen Augen, das sie noch nie zuvor wahrgenommen hatte, diese … ja, diese innere Abgeklärtheit, diese Gelassenheit, die neu war. Sie spürte, er hatte etwas auf dem Herzen. Aber was belastete ihn denn so? Der Abschied von seinem Vater war ihm sehr nahegegangen. An jenem Abend hatte er geweint. Sein Schluchzen hatte sie durch die Teakholzwand ihrer Kabine gehört. Was war bloß los mit ihm?

Wenn es ihm wieder schlechter ginge, nähme er doch seine Medikamente. Tat er aber nicht. Also musste es ihm so gut gehen, dass er sie nicht brauchte.

Oder?

Sie sah zu ihm hoch. »Sir, der Captain Ihres Fluges mit Tyrell Airways hat gerade beschlossen, Sie auf First Class upzugraden.«

Ronan drehte sich zu ihr um. »Gibt's Drinks?«

»Nee, aber 'ne tolle Aussicht.« Tess rutschte auf dem Pilotensitz zur Seite, klopfte neben sich auf die schmale Sitzfläche, dann hakte sie ihren Finger in die Gürtelschnalle seiner Shorts und zog ihn zu sich heran. »Komm schon.«

Er strahlte sie an, quetschte sich neben sie und lehnte sich gegen ihre Schulter, während sie das Steuer mit der linken Hand hielt und ihren rechten Arm um ihn legte.

»Stemm deine Füße gegen die Pedale dort vorn.«

»Die Ruder.«

»Genau.« Tess gab die Pedale frei und ließ Ronan seine Füße in die Vertiefungen unterhalb des Instrumentenpanels schieben. »Okay, jetzt das Steuer. Und lass die Instrumente nicht aus den Augen.«

»Nein, nein.«

»Geschwindigkeit?«

Er überlegte kurz, dann fand er die Anzeige. »Hundertzwanzig Meilen pro Stunde.«

»Höhe?«

»Vierzehntausendeinhundert Fuß.«

»Kurs?«

»Hundertfünzig Grad, Südost.« Er richtete sich auf und schaute aus dem Cockpitfenster. »Wir fliegen jetzt zum Kilauea, stimmt's?«

»Yes, Sir. Kurs, Höhe und Geschwindigkeit beibehalten.«

Er grinste sie hilflos an. »Das sagst du so ...«

»Ich habe meinen Fallschirm nicht dabei.« Tess streichelte seinen Nacken und küsste ihn auf die Wange. »Ich bin also bei dir. Du bist viel zu verkrampft. Jetzt entspann dich doch mal.«

»Ich kenn da ein tolles Mittel ...«

»Ach ja?«

Er küsste sie, zuerst sanft, dann wurde sein Kuss immer fordernder. Er ließ von ihr ab, schaute ihr in die Augen und grinste. »Nee, das reicht noch nicht«, lachte er und küsste sie noch mal. »So, jetzt fühl ich mich besser.«

Tess musste lachen.

Oh ja, ich weiß genau, was er jetzt empfindet, dachte sie. Er erlebt etwas Majestätisches, er fühlt sich klein und unbedeutend, und er genießt es in vollen Zügen. Für die grandiose Naturgewalt, die uns umgibt, spielt es überhaupt keine Rolle, ob es uns gibt oder nicht. Von oben betrachtet, aus großer Höhe und mit weitem Abstand, relativiert sich vieles im Leben, nicht nur der Blickwinkel auf das, was unter dir vorbeigleitet. Ich glaube, das ist Ronan noch nie so klar geworden wie gerade eben.

Unter ihnen huschte jetzt eine weite Ebene vorbei, flache rote Vulkankrater und eine grasbewachsene Prärie mit nur wenigen Bäumen. Dann tauchten in den Lavafeldern vor ihnen flache Hügel auf. Sie erinnerten Tess an die mit der Harke gerechten Linien in einem japanischen Zen-Garten, die die bemoosten Steinsetzungen im weißen Kies umflossen. Der gewaltige Stein in der Mitte dieses hawaiianischen Zen-Gartens war der Mauna Loa.

Auf der Höhe des letzten Baums am Aufstieg zum Gipfel des Mauna Loa gab sie Ronan die Anweisung, die Richtung zu ändern. »Geh auf hundertfünfundsiebzig Grad.«

»Und wie?«

Sie zeigte es ihm, und die Vega neigte sich in eine sanfte Kurve mit Kurs auf den Krater des Kilauea.

Schroffe Lavafelder glitten unter ihnen vorbei, tiefe Risse im Gestein, Lavatubes, groß wie Subway-Schächte in New York, weite Regenwälder mit dichtem Farn. Dann wurde der Boden im Gegenlicht der Morgensonne wieder schwarz und glänzend, und Fumarolen, ausströmende Säulen aus Dampf oder Gas, stiegen aus den Felsspalten der Wüste.

Durch das linke Cockpitfenster konnten sie den Halemaumau-Krater in der Caldera des Kilauea sehen. Bis vor fünf Jahren, als der letzte große Ausbruch an den Flanken erfolgte, gab's im Halemaumau einen brodelnden Lavasee. Das war echt atemberaubend, ja wirklich: Tess stockte bei dem Anblick der Atem! Aber jetzt konnte sie vor lauter Dampf, der zwischen den schwefelgelben Felsen aufstieg, kaum etwas erkennen – jedenfalls keinen Feuerschein einer Eruption. Dafür aber einen Regenbogen direkt vor ihnen.

Turbulenzen! Die Vega schüttelte sich in den heißen Aufwinden, wurde hochgerissen und sackte durch, und Tess übernahm wieder das Steuer, während Ronan sich ans Cockpitfenster drückte.

Unter ihnen stieg Dampf auf, quoll aus karstigen Felsspalten im erstarrten schwarzen Lavameer und hüllte die grünen Farne ein, die auf den Abhängen des Vulkans wucherten. Und dort blühten Blumen! Überall kämpfte sich die Natur zurück ins Leben!

Und was war das? Sie flogen so tief, dass Tess auf einem flachen Stein am scharfen Kraterrand einen Lei, eine rote Blütenkette, sehen konnte. Eine Opfergabe für die Feuergöttin Pele? Stand ein Ausbruch unmittelbar bevor?

Weiter!

»Da unten sind Schlote mit glutflüssiger Lava!«, rief Ronan plötzlich aufgeregt. »Siehst du, wie die Lava hochspritzt?«

»Ich seh's. Und guck mal da vorn. Eine aufschießende Feuerfontäne, und da ist auch ein Lavastrom.«

Ein dunkelorangefarbener Schmelzfluss schoss rasend schnell durch ein enges Tal auf die sieben Meilen entfernte Küste zu. Es sah aus, als blute die Erde. An einer Stelle erkaltete die Lava an der Oberfläche, und eine Lavatube bildete sich, ein Tunnel, durch den der Fluss weiterströmte.

Und da vorn leuchtete ein Lavafall, nicht so hoch und imposant wie die Niagara-Fälle, aber trotzdem atemberaubend in seiner katastrophalen Naturgewalt. Die Lava war so dünn und so flüssig, dass sie eine erstaunliche Geschwindigkeit erreichte, bis zu fünfunddreißig Meilen pro Stunde. Weglaufen, um sein Leben zu retten? Keine Chance! Wenn die glühenden Ströme unterhalb des Kilauea ins Meer flossen, entstand ein tosendes Inferno aus Feuer, Dampf und Wasser. Ein faszinierender Anblick!

Ronans Ranch, einige Meilen nördlich gelegen, schien vom Lavafluss noch nicht bedroht zu werden. Aber das ließ sich aus der Luft nicht verlässlich sagen. Sie müssten mit der Landkarte der Geologen zum Lavafeld dort unten wandern, und sie könnten Cayden mitnehmen. Für ihn wäre das Hiking in der Wildnis rund um den Kilauea ein aufregendes Abenteuer. Hey, warum eigentlich nicht?

Ronan nickte. »Ist gut, das machen wir morgen. Was hältst du von einem Picknick auf dem Lavafeld? Grillwürstchen vom heißen Lavastein?«

»Hmm, das wollte ich immer schon mal probieren.«

»Und heute Abend?«

Tess zuckte mit den Schultern.

»Heute Abend werden in Los Angeles die ersten Academy Awards verliehen. Dein Film *Hope, Alaska* ist als Best Picture nominiert.«

»Ich weiß.« Tess hatte eigentlich vor, sich die Verleihung über das Funktelefon anzuhören. Tyson und Lynne würden an diesem Abend zum festlichen Bankett in Hollywood sein, und sie hatten versprochen, sie anzurufen, damit sie von Hawaii aus mithören konnte. Außerdem wollten sie Fotos von Cary Grant machen. In dem Streifen über Tess' Leben spielte er ihren Mann Jason.

»Was hältst du von einem Candle Light Dinner an Bord meiner Jacht?«, fragte Ronan. »Mit Blick auf die ins Meer stürzende Lava? Ein bisschen glühendes Inferno zum Abendessen?«

»Wie romantisch!«

Und so verführerisch wie die Abendkleider, die Lynne für sie entworfen hatte, damit Tess sie bei der Verleihung der Academy Awards im Roosevelt Hotel in Hollywood trug. Vor ihrer Abreise aus San Francisco hatte Tess sie anprobiert. Ein Kleid aus mitternachtsblauer indischer Seide war besonders spektakulär. Die eng geschnittene Korsage aus einem goldbestickten indischen Sari hatte einen kessen Einschnitt zwischen den Brüsten, und der durch eine Goldborte betonte Schlitz des langen Rocks enthüllte bei jedem Schritt auf dem roten Teppich ihr Bein bis zum Oberschenkel, sodass sie auf Strapse und Seidenstrümpfe mit Spitzenborte verzichten müsste.

Als Lynne das dunkelblaue Kleid mit der langen Seidenschärpe für Tess entwarf, sah sie wohl schon die Schlagzeilen auf den Titelseiten des *Cosmopolitan* und der *Vogue* vor sich. Jedenfalls hatte sie Ronan gebeten, Fotos von Tess zu machen, sollte sie das Kleid während der Funktelefonübertragung aus Hollywood tragen, und für diesen Abend hatte sie Tess eine ganze Schachtel voller Kosmetika eingepackt, die sie eigens für sie kreiert hatte: eine Duschlotion, ein Shampoo, ein sanftes Peeling, eine duftende Seife, eine kühlende Gesichtscreme, ein mattes Rouge und sogar ein Parfum, das Tess sehr mochte.

Na ja, als sie sich auf Zehenspitzen vor Lynnes Spiegel drehte, kam sie sich jedenfalls ziemlich sexy vor. Und Ronan, der entspannt in einem Sessel in Lynnes Salon hing, ein Bein lässig über die Armlehne gelegt, lächelte derart verträumt, als stellte er sich gerade vor, sie trüge überhaupt nichts unter dem Kleid. Schließlich sprang er auf, holte eine Samtschatulle aus der Tasche und überreichte sie Tess. Auf einem Bett aus weißer Seide schimmerten Moms blauschwarze Tahiti-Perlen mit demselben goldenen Schimmer wie ihr Abendkleid aus dem goldbestickten Sari.

Ronan legte seinen Arm um Tess und flüsterte ergriffen: »Die kostbarsten Perlen der Welt für die schönste Frau der Welt.«

Er hat mir die Perlen seiner Mutter geschenkt! Shannon hatte sie von Josh während ihrer Hochzeitsreise nach Tahiti bekommen, dachte Tess, im Herzen berührt. Und jetzt auch noch ein romantisches Candle-Light-Dinner? Ich ahne, was Ronan vorhat, und ich freue mich auch schon darauf. In den letzten Tagen, als es ihm nicht gut ging, habe ich's nicht gewagt, den ersten Schritt zu tun. Aber heute Abend, hey, warum nicht? Ein köstliches hawaiianisches Abendessen aus rohem Thunfisch, gewürzt mit Sojasauce, Sesamöl und Kukui-Nüssen … eine eiskalte Flasche Champagner … die knisternde Lava neben der Jacht ... Vielleicht fangen wir beide ja Feuer?

Ronan drehte sich zu ihr um. »Wie romantisch!«, zitierte er sie und zog eine Schnute, als wäre er enttäuscht. »Ist das alles, was du dazu zu sagen hast?«

Tess lächelte verträumt.

»Na?«, fragte er nach.

»Festhalten!«

Sie erfüllte ihm die Wünsche, die er ihr vor zwei Wochen während der Fahrt ins Valley of the Moon anvertraut hatte: Er wollte mit ihr über Regenbogen rutschen, auf Sternschnuppen reiten und über Wolken flippen wie ein flacher Stein über das Wasser. Na gut, also los! Sie war gerade in Hochstimmung!

Tess legte einen Hebel um, spritzte Öl in die heißen Auspuffrohre ein und zog eine Himmelsspur aus langen Wolken schillernder Tröpfchen hinter sich her.

Sturzflug! Abfangen! Dann flog sie eine enge Schleife, bevor sie wieder steil aufstieg. Ein kleiner Looping, der Ronan ziemlich blass aussehen ließ, dann wieder ein Sturzflug. Der Boden raste auf sie zu. Okay, ein Bogen mit Aufwärtsdrehung, ein Parabelflug in Schwerelosigkeit, dann fing Tess die Maschine wieder ab. Und sofort ging's wieder rauf in den Himmel!

»Yippie-ya-yay!«

Sie flog eine weite Kurve, damit Ronan aus der Entfernung lesen konnte, was sie so schwungvoll an den Himmel geschrieben hatte:

Über den Vulkanen verwehte das I ♥ U Skywriting sehr schnell, war aber noch lesbar.

»Ich liebe dich auch.« Ronan grinste sie an, blass aber glücklich: »Ist das ein Ja?«

Ganz schön zweideutig!

». . . habe vorhin mit Ihrem Arzt, Dr. Stanton, telefoniert. Er sagte mir, Ihre stationäre Behandlung in der Klinik sei nun abgeschlossen und Sie wären wieder zu Hause in Pacific Heights bei Ihrer Tochter Denise.«

»Ja, Mr Brandon . . . Sir.«

»Ms Shaw, ich kenne Ihren Laden im Palace Hotel. Sie haben mir schon einige Male aus der Verlegenheit geholfen«, gestand Ronan. Er nahm den Telefonhörer in die andere Hand. »Ich finde es sehr schade, dass Sie den hübschen, kleinen Laden nicht weiterführen können. Gerade diese Aufgabe . . .« Er verstummte.

»Ja, Sir.« Adrienne Shaw verstand, was er sagen wollte – er musste das Schreckliche nicht aussprechen. »Danke, Sir.«

»Sie sollten sich jetzt aber keine Gedanken darüber machen, sondern sich vor allem auf Ihre Genesung konzentrieren. Auf Ihr neues Leben. Und auf Ihre kleine Tochter.«

»Denise ist vier.«

»Mein Sohn Cayden wird bald sechs.«

»Das ist die schönste . . . die erfüllendste Zeit.« Ihre Stimme klang warm und herzlich.

»Ja, das stimmt«, nickte Ronan und kämpfte gegen ein Gefühl der Wehmut an. Wie lange würde er diese kostbare Zeit mit seinem Sohn noch genießen können? »Ms Shaw, es ist wichtig, dass Sie vor allem an sich denken. Nehmen Sie sich die nötige Auszeit, um bald wieder fit zu sein.«

»Das werde ich, Sir.«

»Ma'am, ich wünsche Ihnen die Kraft und die Ruhe, die Sie jetzt benötigen.«

»Danke, Sir. Ich danke Ihnen von Herzen für Ihre aufrichtige

Anteilnahme. Ihr Anruf gibt mir das Gefühl, dass ich nicht vergessen werde. Sie wissen schon …«

Ty war betroffen, und wie. Er fühlte sich schuldig an Adrienne Shaws tragischem Schicksal. Er war verunsichert und wusste nicht, wie er reagieren sollte.

»Ms Shaw, ich bin sicher, dass mein Bruder, Mr Conroy, sich bald bei Ihnen melden wird, um Ihnen seine Fürsorge und seine Anteilnahme an Ihrem schweren Schicksal zu bekunden.«

»Danke, Sir.«

»Als Zeichen meiner Wertschätzung … Bitte verzeihen Sie, Ma'am, das klingt zu anmaßend … zu arrogant.« Ronan holte tief Luft. »Adrienne, ich lasse Sie in dieser schweren Zeit nicht allein.«

Schweigen. Dann ein leises Schniefen.

Weinte sie? »Ms Shaw?«

»Sir, das ist …« Sie atmete durch. »Ihr Mitgefühl ist … ein großer Trost für mich.«

»Das freut mich aufrichtig, Ma'am.«

»Nochmals vielen Dank für die Blumen, Sir. Die Päonien sind wunderschön. Und der Geschenkkorb … ich weiß nicht, was ich sagen soll. Ich empfinde Ihre Geste als überwältigend, Sir. Ihr Brief … ihre tröstenden Worte … haben mich wirklich sehr berührt.«

Er lächelte matt. Das war doch noch gar nichts.

»Leben Sie wohl, Ms Shaw.«

»Sie auch, Mr Brandon. Bye.«

Ronan legte auf.

Vor ihm auf dem Schreibtisch lag sein Notizbuch mit der Wunschliste.

4. ~~*Zufriedenheit, die als Geschenk empfunden wird.*~~
5. *Und Versöhnung, das schönste Gefühl von allen.*

Ich vertraue auf Ty, dachte er. Er wird's schon schaffen.

*6. Und am Ende das größte Geschenk von allen ...*

Ronan schraubte seinen Federhalter auf und schrieb an den Rand der Seite:

*Würde.*

Er wollte das Notizbuch schon zuklappen, aber dann schrieb er noch etwas:

*Verantwortung.*

Die warme Brise vom Pazifik, die in den Zweigen des Wunschbaums rauschte, verwehte das Knistern und Knacken des Plattenspielers neben Lynne auf der Veranda. Giuseppe Verdis *La forza del destino*, eine herrliche Aufnahme mit Enrico Caruso, klang wie eine weit entfernte Open-Air-Aufführung der Oper.

Über ihr glitzerten und funkelten die gläsernen Wunschkugeln im grellen Mittagslicht. Eine Kugel blendete sie, während sie im Wind hin und her schwankte. Lynne setzte ihre Sonnenbrille auf und trank einen Schluck Champagner. Dann stellte sie das Kristallglas, das ihr der Butler eben gebracht hatte, zu den Kanapees mit Roastbeef und Crème fraîche, geräuchertem Lachs und Kaviar auf dem Tischchen neben ihrem Liegestuhl.

Wirklich verführerisch, aber nein danke, Mr Kingsley!

Lynne war noch zu erschöpft von der halben Stunde Training in ihrer neuen Vibrating Belt Machine, und sie konnte einfach keinen Bissen hinunterbringen. Für das Dinner heute Abend in Hollywood musste sie topfit sein. Ein strahlendes Lächeln für die Kameras, seidige sonnengebräunte Haut, perfekt gestyltes Haar und einen Körper, der Greta Garbo vor Neid erblassen ließ.

Hollywood eben! Überdrehte Produzenten und Regisseure, feinnervige Schauspieler, viele an der Traumwelt Hollywoods gescheitert, mit verkrampftem Dauerlächeln und zwanghaftem Glücklichsein für die Kameras. Als Darsteller, Werbeträger und Stilikonen gehörten die meisten nicht mehr sich selbst, sondern lebten nur noch für ihre Roaring-Twenties-Partys und ihre Affären, für ihre privaten Psychosen, für Alkohol und Drogen und die Vermarktung ihrer Kreativität und ihrer Körper in Filmen.

Greta Garbo als Kundin zu gewinnen! Sie würde an ihrem Tisch sitzen, neben Ty und ihr. Oder Gloria Swanson. Oder Pola Negri. Ein wichtiger Abend für Lynne – trotz ihrer maßlosen Enttäuschung.

Ja, ich bin enttäuscht, und wie!, dachte sie. Geradezu desillusioniert!

Als sie gestern shoppen gewesen war, hatte sie in der Market Street gegenüber dem noblen Palace Hotel einen neuen Beauty Salon entdeckt, der in Kürze eröffnen würde. Schöner hätte sie ihn sich nicht vorstellen können! Ein Traum in warmen Farbtönen, beigefarbene Seide und weißer Lack, ein bisschen Gold, ein wenig Kristall, sehr dezent das alles, sehr edel. Genau ihr Geschmack.

Ein junger Mann in elegantem schwarzen Anzug überwachte das Entladen der Paletten und das Auspacken der Kartons mit Lotions, Cremes und Seifen. Der neue Geschäftsführer? Lynne winkte ihm zu, aber er reagierte nicht. Durch die reflektierende Scheibe konnte sie sein Gesicht nicht genau erkennen, aber sie hatte den Eindruck, er spannte seine Schultern an, als er sie sah. Aber wieso?

Mit goldener Farbe pinselte ein Kunstmaler einen Schriftzug auf das Schaufenster: FILIALEN IN SAN FRANCISCO, LOS ANGELES UND NEW YORK. Leider arbeitete er hinter dem verschlossenen Glasportal, sodass Lynne auch ihn nicht fragen konnte, wie der

Beauty Salon hieß. Die blaue Markise über dem eindrucksvollen Portal war nämlich noch nicht beschriftet. Auch sie würde wohl sehr edel von Hand bemalt werden. Mit einem goldenen Schriftzug. Sehr schön, das alles, ganz wundervoll.

Wer eröffnete in der Market Street ein solch luxuriöses Spa? Helena Rubinstein? Elizabeth Arden? Bisher gab es noch kein Red Door Spa in San Francisco oder Los Angeles. Aber der neue Salon hatte ja auch keine rote Tür! Und durch das Schaufenster konnte Lynne die leeren Kleiderstangen und Regale sehen. In diesem Spa würde nicht nur Wellness angeboten werden, kosmetische Behandlungen, modische Haarschnitte und Stilberatungen, sondern ... ach, verdammt! ... sondern auch Haute Couture!

Das ist doch meine Geschäftsidee, mein Traum!, dachte sie erbittert und enttäuscht und ... ja, verdammt! ... auch wütend. Beauty und Wellness als stilsicher abgestimmtes Gesamtkonzept! Ein Kaufhaus der Sinne mit einem luxuriösen Produktangebot, noch nie da gewesen!

Elizabeth Arden präsentierte sich noch nicht in San Francisco und Los Angeles. Lynne hatte gehofft, das Rennen zu gewinnen, denn der Markt war hart umkämpft. Aber als sie gestern vor diesem Beauty Salon stand, vor diesem Palast der Harmonie und Schönheit, dem Zentrum eines offenbar neu gegründeten Imperiums, wusste sie, sie hatte überhaupt keine Chance! Wie sollte sie ihre Träume denn verwirklichen? Dieses Spa war größer als alles, was sie sich je ersonnen, erhofft, erträumt hatte!

Sie konnte gar nicht sagen, wie wütend sie auf Ronan war.

Die Entwürfe von Alphonse Mucha hatte sie nicht gefunden, weder in seinem Arbeitszimmer noch in seinem Schlafzimmer. Jeden Schrank hatte sie durchwühlt, jede Kommode, jede Schublade, jede Schachtel, selbst den Safe. Nichts. Aber sie war sicher, er hatte sie genommen.

Er hat mir meinen Traum genommen, dachte sie. Meine Freiheit. Mein Glück.

Lynne trank noch einen Schluck Champagner, um sich wieder zu beruhigen.

Ronan, du Mistkerl! Ich werde dich anrufen, um dich zur Rede zu stellen! Ich will wissen, warum du mir das angetan hast, du verdammter ...

Dann fiel es ihr plötzlich wieder ein.

Er stirbt.

Ach, verdammt!

Lynne stellte das Champagnerglas auf das Tischchen und lehnte sich mit angezogenen Beinen auf dem Liegestuhl zurück.

Die Glaskugel über ihr blendete sie schon wieder. Sie blinzelte sie an. Die war doch neu, oder?

Lynne setzte sich auf, legte die Arme um ihre nackten Knie und beobachtete die schwingende Wunschkugel. Darin eingerollt lag ein kleiner Zettel. Ein Wunsch.

Ein ... Ihr stockte der Atem ... ein letzter Wunsch?

O mein Gott!

Das geänderte Testament, kurz vor seiner Abreise unterschrieben! Am Tag nach Jasons und Sheenas Tod!

Was hatte Ronan vor?

Mit Tess.

Lynne sprang auf, zupfte ihren Badeanzug aus gerafftem, seidigem Goldlamé zurecht, schlüpfte in ihre High Heel Pantolettes und ging hinüber zum Wunschbaum, um sich die Kugel aus der Nähe anzusehen.

Nichts zu erkennen.

Sie blickte sich um, ob sie beobachtet wurde. Mr Mulberry? Mr Kingsley? Das Hauspersonal? Nein, niemand zu sehen.

Also dann. Sie holte die Glaskugel vom Baum, ging ein paar Schritte weiter, schraubte sie auf und entrollte mit zitternden Fingern den kleinen Zettel mit Ronans Wunsch.

Lynne schlug sich die Hand vor die Lippen.

Nein!

Sofort hastete sie zurück zu ihrem Liegestuhl, warf sich rasch den weiten Mantel aus durchscheinendem weißen Organdy über und eilte ins Haus.

Tyson, wie immer unter Starkstrom, hatte gerade ein Meeting in der Bibliothek. Es ging um den Millionen-Dollar-Farbfernsehdeal, dessen Verträge Ronan vor seiner Abreise noch unterschrieben hatte. Lynne wusste nicht genau, was Ty vorhatte. Nur dass er wegen eines Börsengangs von BRANDON-CONROY-TYRELL mit der New Yorker Börse verhandelte. Und dass dieses Meeting, das nicht im Büro in der California Street stattfinden konnte, geheim bleiben musste. Ronan durfte nichts davon erfahren. Dabei war er der Aufsichtsratsvorsitzende! In Klammern: noch.

Tys Sekretärin, die sich anstelle von Mr Kingsley um Kaffee, Whiskey und Zigarren kümmerte, wartete im Vorraum der Bibliothek auf das Ende des Gesprächs. Als Lynne eintrat, sprang die junge Frau aus ihrem Sessel auf.

»Hallo, Grace!« An ihr vorbei rauschte Lynne zur Tür der Bibliothek.

»Hallo, Mrs ... Bitte warten Sie, Ma'am! Das Meeting mit Mr Irving ist noch nicht ...«

Entschlossen öffnete Lynne die Tür und spähte in die Bibliothek. Im Marmorkamin flackerte ein Feuer. Die beiden Männer saßen rauchend in den dunklen Ledersesseln und sprachen über den milliardenschweren Börsengang, die Vorlage des Börsenprospekts, die Kurserwartungen der Analysten und den Wert des neu zu gründenden Kommunikationsunternehmens für alle Medien: Fernsehen, Wochenschauen, Radio, Bücher, Zeitungen – Marktbeherrschung durch Informationsmanagement.

Ja, natürlich, es gab einige Analysten an der Wall Street, die schon seit Wochen vor einem Börsencrash warnten, vor einer weltweiten Finanz- und Wirtschaftskrise, aber wer nahm die schon ernst? Der Dow-Jones-Index stieg von einem Rekordhöchststand zum nächsten! Die Kurse lagen stets auf hohem Niveau. Die

Eternal Prosperity, der ewige Wohlstand, war keinesfalls gefährdet! Und der vorgelegte Businessplan für das neue Unternehmen, das in diesem Jahr auf eine achtzigjährige Erfolgsgeschichte zurückblicken konnte, war doch im höchsten Maße überzeugend!

»William Randolph Hearst wird angesichts Ihrer Marktmacht mit den Zähnen knirschen«, prophezeite Mr Irving.

Ty zog an seinem Zigarillo und lächelte entspannt. Cool und unnahbar, wie immer. Seelisch unberührbar.

Dessen ungeachtet: Auf seinen Gesprächspartner wirkte er offenbar liebenswürdig und angenehm – ein Gentleman, mit dem Mr Irving in gediegener Atmosphäre bei Zigarren und Brandy über Tennis, Polo und Golf plaudern konnte.

Mr Irving lehnte sich zurück und schlug die Beine übereinander. »Bitte verzeihen Sie die Frage, Sir. Ist für den Fall des Todes Ihres Bruders, Mr Brandon, vorgesorgt?«

»Ja«, nickte Ty gelassen, offenbar auf alles vorbereitet. »Eine Nachfolgeregelung wäre im Börsenprospekt umrissen.«

»Sie.« Kein Fragezeichen.

»Ich.« Mit Ausrufezeichen.

Ja, so war er. Immer kampfbereit, und wenn er den Fehdehandschuh zum Duell aufhob, entschlossen und ungestüm. Immer vorwärtsstürmend, in großen Schritten, nie zurückblickend. Weder auf das Schlachtfeld, auf dem er sich bewiesen hatte, noch auf seine Truppen oder auf seine Opfer.

Ty unterteilte die Menschen, mit denen er sich abgab, in Kategorien. Menschen, mit denen er geschäftlich verhandelte, weil er sie brauchte. Menschen, die er kaufte. Und Menschen, die er benutzte. Alle anderen nahm er überhaupt nicht zur Kenntnis. Mr Irving schien zu der Kategorie zu gehören, die Ty ernst nahm, die er durch Macht und Prestige für sich gewinnen wollte. Nicht gerade gentlemanlike, aber überaus überzeugend – und daher wirkungsvoll.

»Mr Conroy, Sir ... Sie sind erst fünfundzwanzig ...«

»Ein Jahr älter als mein Bruder, als er nach dem Tod seiner Mutter ... meiner Stiefmutter ... Shannon Conroy Brandon vor fünf Jahren den Vorsitz im Aufsichtsrat übernahm«, sagte Ty und fügte im selben Atemzug hinzu: »Und was die beteiligten Banken betrifft, da hatte ich an JP Morgan und Merrill Lynch gedacht, denn wie Sie wissen, hat BRANDON-CONROY-TYRELL noch keine eigene Investmentbank, die ...« Ty unterbrach sich, als er sie in der offenen Tür bemerkte. »Lynne!«

Sein Gast drehte sich zu ihr um und sprang auf. »Oh, wie schön, dass Sie uns mit ihrer Gesellschaft beehren, Mrs Conroy!«

Während Ty sich ebenfalls erhob, reichte sie Mr Irving die Hand. »Noch nicht, Sir. Mr Conroy und ich heiraten im Juni.«

Mr Irving verneigte sich devot. »Meinen Glückwunsch, Ma'am!«

»Sir, würden Sie Mr Conroy bitte einen Augenblick entschuldigen? Eine dringende Angelegenheit, die keinen Aufschub duldet.«

Er machte eine großzügige Geste, und die Zigarre in seiner Hand hinterließ eine feine Spur aus wirbelndem Rauch. »Selbstverständlich, Ma'am!«

»Danke für Ihr Verständnis, Sir!«

»Ma'am.«

»Ty?«

Er legte seinen Zigarillo in den Aschenbecher, folgte ihr in den kleinen Salon nebenan und schloss leise die Tür hinter sich. »Was ist los?«

»*Das* ist los.« Lynne hielt ihm die Wunschkugel hin, in der Ronans letzter Wunsch steckte.

Tyson sah sie erstaunt an. Dann zog er den kleinen Zettel aus der Kugel und entrollte ihn.

Na klar, die Handschrift seines Bruders erkannte er sofort.

Bleich wandte Ty sich ab, schloss die Augen und fuhr sich übers Gesicht.

»Du weißt, was das bedeutet«, sagte Lynne und legte die Hand auf ihren Bauch. »Für uns und unser Kind. Für Cayden. Und für BRANDON-CONROY-TYRELL.«

Ty schaute sie an, ernst und bedächtig. Er atmete tief durch, aber er wirkte kein bisschen resigniert. Nein, er sah sogar seltsam entschlossen aus, sogar kämpferisch, als er schließlich langsam nickte. »Oh ja, das weiß ich.«

# 15

»Ich bin glücklich.«

Tess wandte den Blick von der ins Meer fließenden Lava des Kilauea und sah Ronan von der Seite an. »Jetzt?«

»Genau jetzt.«

Der Wind trieb die heißen Dampfwolken, die im orangefarbenen Schein der Lavaströme fliederfarben schimmerten, zu ihnen herüber und hüllte sie für Augenblicke in einen dichten Nebel.

Der heiße Atem der Erde.

Ronans Gesicht glühte von der Hitze der Lava, und in sich fühlte er eine wohlige Wärme, eine sanfte Erregung, wie immer, wenn sie bei ihm war.

»Und vorhin?«, fragte Tess, beide Hände an der Reling, denn die Jacht tanzte in der gischtigen Dünung nur wenige Yards vor der Felsenküste.

Die dampfenden Lavaströme, die im Abstand von nur wenigen Fuß aus dem schwarzen Basalt der Küste hervorbrachen und ins Meer rannen, erweckten den Anschein, als zerschmölze alles, was sonst so unverrückbar und so verlässlich erschien.

Aber gibt's das überhaupt im Leben?, fragte er sich. Ich meine, außer dem Tod?

Er sah Tess an. »Nicht so glücklich wie jetzt.«

»Und davor?«

Langsam schüttelte er den Kopf. »Ich musste eben eine Weile nachdenken, um mich zu erinnern, wann ich das letzte Mal so glücklich war.«

»Wann war das?«

»Es war der kostbarste Augenblick in meinem Leben.«

Sie nickte versonnen. Der Schein des flüssigen Gesteins tauchte ihr Gesicht in ein unbeschreibliches Glühen. In der Dunkelheit, die sie umgab, sah es aus, als leuchtete sie von innen.

»Nach meinem ersten Zusammenbruch bin ich in der Klinik aufgewacht, und du hast neben mir im Krankenbett geschlafen. Du warst mir so nah, dass ich dein Herz schlagen hören und deinen Atem auf meinem Gesicht spüren konnte. Ich wusste, ich bin nicht allein in dieser schrecklichen Situation, weil du mich immer noch liebst. Der kostbarste Augenblick. Ich war tatsächlich glücklich.«

Schweigend blickte Tess auf das Inferno der zerschmolzenen Lava, das pulsierende Blut der Erde, das ins Meer rann und dort zu schwarzem Basalt erstarrte.

Diese ungebändigte Gewalt war das ergreifendste Naturschauspiel, das Ronan kannte. Es war der Tod und der Beginn des neuen Lebens. Es war das unaufhaltsame Hineinfließen in etwas Größeres und Erhabeneres, etwas Unveränderliches und Zeitloses. Es war ein Ende und ein neuer Anfang.

Ja, dort bildete sich gerade ein neuer Felsen aus Basalt.

Schwer zu beschreiben, was er jetzt empfand.

Nur eines, spontan dahingesagt: Er musste dabei an Cayden denken, an den festen Felsen, der aus seinem zerfließenden Lavastrom hervorging.

Ronan spürte, wie aufgewühlt auch Tess war. »Es sind die einfachsten Dinge, die uns glücklich machen«, sagte sie so leise, dass er sie unter dem Zischen und Donnern der aufeinanderprallenden Elemente Feuer und Wasser kaum verstehen konnte.

»Liebe ist nicht einfach, Tess, nicht deine Liebe«, erwiderte er sanft. »Aufmerksamkeit. Mitfühlen. Sorgen. Begehren. Sinnlichkeit. Freude. Lachen. Weinen. Bereuen. Vergeben. Lustvoller Sex. Wahre Liebe kann auch eine harte Prüfung sein. Eine große Lebensaufgabe.«

Tess hatte Tränen in den Augen, und ihr Lidstrich verlief.

Ronan packte sie bei den Schultern, drehte sie zu sich um und fuhr mit der Fingerspitze die Kontur ihrer Augen und ihrer Wimpern nach. Dann hauchte er ihr einen Kuss auf die geöffneten Lippen und flüsterte: »Das Leben ändert sich ständig, und es verändert uns. Nichts bleibt, wie es mal war. Einiges wird besser, anderes schlechter, und manchmal geschieht das so schleichend, dass man es nicht merkt, bis es zu spät ist. Oder es haut dich um, von einem Augenblick auf den anderen, wie bei dir, als du Jason und Sheena verloren hast und plötzlich allein warst.«

Mich hat das Leben umgehauen, wie sie, dachte er. Ich bin tief gestürzt und sehr hart aufgeprallt. Aber nur wer fällt, so heißt es, lernt wieder aufzustehen. Sich zu besinnen. Sich zu freuen, weil man noch da ist. Sich neu zu orientieren, um seinen eigenen Weg zu finden, bis zum Ende. Und dieses Ende bewusst zu inszenieren. Als Fest. Als Höhepunkt des Lebens, mit einem Feuerwerk von Erinnerungen. Und dann … nichts.

Tess nickte und schaute unwillkürlich nach Norden zum Polarstern, wo sie um ihre Liebsten trauerte.

»Eine Liebe, die allem standhält, ist das größte Geschenk, das du einem anderen Menschen machen kannst.«

Sie sah ihn wieder an.

»Geht's dir gut?«

Sie legte ihm die Hand auf den Ärmel seines Dinner Jackets, streichelte ihn sanft und lächelte matt. »Mhm.«

»Sir?« Der Butler trat einen Schritt näher. Für ihr Candle-Light-Dinner hatte Kimo sein langes Haar zu einem Knoten aufgesteckt. Aber, hey, schon mal einen Butler in schwarzen Shorts gesehen? »Ma'am, Sir, Mr Conroy ruft aus Hollywood an. Die Academy Awards …«

»Können Sie das Telefon bitte zu unserem Tisch bringen?« Ronan deutete auf den festlich gedeckten Tisch einige Schritte entfernt an Deck. Unter einem weißen Zelt aus gerafften Stoffbahnen, von unzähligen weißen Kerzen in Windlichtern erleuchtet, glitzerten Silber und Kristall. Weiße Blüten bedeckten das Tischtuch aus feinem Damast, und der Champagner, eine Flasche Moët & Chandon, lag in einem silbernen Kühler auf Eis.

Ein Traum in Weiß!

»Sofort.« Kimo verschwand im Nebel und kehrte mit dem Apparat zurück, sobald Tess und Ronan Platz genommen hatten. Er zog das lange Kabel hinter sich her, stellte das Telefon auf den Tisch und reichte Ronan den Hörer. »Sir.«

»Danke, Kimo.«

»Soll ich den Champagner öffnen?«

»Ja, bitte.«

Er hielt sich den Hörer ans Ohr, und Tess rückte nah an ihn heran, damit sie mithören konnte. »Hallo, Ty.«

»Hi, Ronan. Hi, Tess.«

»Wo bist du?«

»Im Blossom Room des Roosevelt Hotels in Hollywood. Lynne sitzt neben mir und lässt uns gerade Orangensaft nachschenken. Das Bankett für zweihundertsiebzig Gäste hat schon begonnen, und die Awards werden gleich verliehen.«

»Wer sitzt an eurem Tisch?«

»Charlie Chaplin. Und Greta Garbo.« Und etwas leiser: »Stell dir vor, sie kann kaum die Augen von Lynnes Kleid lassen. Sie sieht aber auch umwerfend aus. Und ...« Ty lachte vergnügt. »In Lynnes Augen schimmern die Dollarzeichen. Hey ... au, das tut weh. Das war ein Tritt vors Schienbein.« Er schnaufte. »Cary Grant sitzt übrigens mit dem Rücken zu mir. Als ich ihn vorhin fotografiert habe, hat er mich um ein Autogramm von Tess gebeten.«

»Schick ich ihm«, versprach Tess so laut, dass Ty sie hören konnte.

»Ich sag's ihm.«

»Wer moderiert?«, fragte Ronan.

»Douglas Fairbanks, er spricht gerade. Hörst du ihn?« In der

Leitung knisterte und raschelte es. Tyson schien seinen Telefonhörer hochzuhalten.

Tosender Applaus im Blossom Room, dann eine Stimme. Tatsächlich, Douglas Fairbanks.

»Tess und ich können alles verstehen.«

»Prima.« Wieder ein Rascheln. »So, ich hab jetzt mein Glas in der Hand. Lasst uns anstoßen.«

Tess reichte Ronan sein Glas mit fünfzehn Jahre altem Dom Pérignon, und sie prosteten sich zu. »Auf einen wundervollen Abend«, sagte er. »Mögen alle unsere Wünsche in Erfüllung gehen. Und auf das Leben!«

Durch das Telefon hörte er, wie auch Tyson und Lynne ihre Kristallgläser klingen ließen.

Unterdessen servierte Kimo die Vorspeise des Dinners. Poke war die hawaiianische Variante des japanischen Sashimi, roher Fisch in Meersalz und Gewürzen mit Meeresalgen, rotem Chili, grünen Zwiebeln und Sojasauce. Dazu gab's leckere Mango-Kokos-Cocktails mit Früchten und Blüten am Glasrand. Mit den weißen Blumen auf dem Tischtuch und den reifen Früchten in der Silberschale sah der Tisch aus wie Paul Gauguins *Stillleben mit Mangos*.

»Es geht los«, hörte er Lynne sagen. »Mit der Kategorie bester Film.«

Douglas Fairbanks: »Als Präsident der Akademie hätte ich mich heute Abend geehrt gefühlt, Tess Tyrell begrüßen zu dürfen, deren abenteuerliches Leben der Regisseur von *Hope, Alaska* verfilmt hat. Sie bereitet sich gerade auf ihre spektakuläre Welttour vor, und zu meinem großen Bedauern konnte sie nicht kommen. Und auch Ronan Brandon ist heute Abend leider verhindert. An seiner Stelle begrüße ich Tyson Conroy von Conroy Pictures und seine zukünftige Frau Lynne Brandon Conroy.«

Sobald der Applaus verebbt war, nannte Douglas Fairbanks die nominierten Filme.

In Hollywood knisterte die Luft in gespannter Erwartung.
And the winner is …

… nicht das Drama *Hope, Alaska.* Nein, der erste Academy Award of Merits ging an einen anderen Fliegerfilm: *Wings.*

Tess trank einen Schluck Champagner.

»Enttäuscht?«, fragte Ronan sie, nachdem er kurz mit seinem Bruder geredet und den Hörer aufgelegt hatte. Die Kategorien Best Actor und Best Actress interessierten ihn nicht mehr.

»Nein.«

»Kein bisschen?«

Sie schüttelte den Kopf. »Mein Leben wird nicht dadurch wertvoller, weil ich durch eine Auszeichnung für einen Film über mich geehrt werde.«

»Stimmt.«

»Na also. Ronan, was ich tue, tue ich, weil ich's so will.«

Sie ist so stark und selbstbestimmt!, dachte er. Wie ich lebt sie jetzt ohne Zugeständnisse und ohne Kompromisse. Was sie tut, tut sie aus vollem Herzen. Sie konzentriert sich auf die schönen Dinge im Leben, und sie ist dankbar für alles, was das Leben ihr schenkt. Es wird ihr schwerfallen, am Ende das zu opfern, was ihr am meisten bedeutet: ihre Träume.

Und ihre Freiheit.

Ja, auch die werde ich von ihr fordern.

»Und was macht dein Leben wertvoll?«, fragte er.

Sie sah ihn lange an, dann lächelte sie. »Du.«

Nur ein Wort, aber was für überwältigende Gefühle in seinem Herzen! Liebe. Hoffnung. Sehnsucht. Glück.

Ronan wollte ihr antworten, als das Telefon klingelte. Er nahm den Hörer ab. »Ty?«

»Nein.«

»Ronan Brandon«, stellte er sich vor.

»Will Hearst«, meldete sich der andere. »Ich habe mir gerade die Verleihung der Academy Awards angehört.«

»Ich auch.«

»Ist Tess bei Ihnen?«

»Sie sitzt neben mir. Augenblick, ich gebe sie Ihnen.« Er reichte Tess den Hörer.

»Hallo, Will.« Sie lehnte sich auf ihrem Stuhl zurück und betrachtete das Herz, das Kimo aus einem Palmwedel gebastelt hatte, indem er die Spitze gesplissen, zurückgebogen und unten am Zweig, der in einer Vase mit weißem Sand steckte, festgebunden hatte. »Ja, ich hab gehört, dass er die Welttour erwähnt hat.«

Plötzlich hatte Ronan Kopfschmerzen, so stark, dass ihm die Tränen in die Augen schossen! Seine Hände zitterten, als er sich über die heiße Stirn fuhr, und er fühlte sich so schwach, als würde er gleich vom Stuhl kippen.

Ein Anfall?

Gott, nicht jetzt, bitte nicht jetzt!

Tess spielte unterdessen mit einer der weißen Blüten auf dem Tisch, hielt die zarten, durchscheinenden Blütenblätter vor ein Windlicht und betrachtete sie, als wären sie kostbare Juwelen. »Ja ... Ja, ich weiß, die Publicity ist ... Will, ich ... Will ...« Sie hielt den Hörer vom Ohr weg und verdrehte genervt die Augen.

Entsetzliche Schmerzen schossen plötzlich durch seinen Körper, und er krümmte sich mit den geballten Fäusten auf den Knien zusammen, um sie auszuhalten, ohne gequält das Gesicht zu verziehen.

Tess sollte nicht merken, wie schlecht es ihm seit ihrer Abreise aus San Francisco ging. Er wollte sich ihr anvertrauen, er wollte ihr sagen, dass er schon bald sterben würde, aber nicht an diesem wundervollen Abend ...

»Will! Ich hab's Ihnen gesagt, als ich Sie aus Sonoma angerufen habe, und ich wiederhole es jetzt: Ich brauche noch Zeit ... Wie lange? Keine Ahnung! Ich bin erst seit gestern auf Hawaii und ...« Wieder unterbrach Will Hearst sie. Als Tess die Beine übereinanderschlug, öffnete sich der lange Schlitz im Rock und enthüllte ihr nacktes Bein.

Mühsam unterdrückte Ronan ein Seufzen, ein Stöhnen, als er schließlich aufatmete. Die Schmerzen ließen allmählich nach. Aber das Brausen in seinen Ohren war so laut, dass er kaum verstehen konnte, was Tess sagte.

»Nein, Will, nein. Ich habe mich nicht anders entschieden. Ich werde fliegen und ... Die Tour wird wie geplant durchgeführt, okay? ... Prima ... Also dann gute Nacht, Will ... Ja, ich sag's ihm. Bye.«

Sie legte auf und sah Ronan an. »Schöne Grüße.«

Er nickte stumm.

Sie will fliegen. Sie will sich ihren Traum erfüllen. Und ich werde sie ... O Gott!

Welches Recht habe ich, *das* von ihr zu verlangen? Ihren größten Traum zu opfern ... ihre Sehnsucht nach der Freiheit, die sie nur hoch oben im Himmel finden kann ... ihr ganzes Leben aufzugeben ...

Er atmete tief durch.

Mich auf meiner letzten Reise zu begleiten, das muss immer *ihre* Entscheidung bleiben.

Bei dem Gedanken bekam er Herzklopfen, und seine Kehle wurde ihm eng. Er hatte Angst. Nicht vor dem Tod. Sondern vor dem, was ihnen beiden noch bevorstand. Das Geständnis, irgendwann in den nächsten Tagen. Der Schmerz der Trauer. Der lange Abschied. Er hatte Angst um Tess. Sie würde auch noch ihn verlieren und ohne ihn weiterleben müssen.

Er wollte das Versprechen erfüllen, das Tess und er sich vor Jahren gegeben hatten. Dafür wollte er kämpfen, obwohl er wusste, dass er diesen Kampf verlieren würde.

Aber jetzt noch nicht.

Er winkte Kimo zu, und der nickte.

Mit einem silbernen Tablett kam er zu ihnen herüber. Auf

einem weißen Seidentuch lag ein Lei, ein Blütenkranz. Ronan wären zwei Ringe lieber gewesen, aber so weit war sie noch nicht, und er hatte seit einigen Tagen das Gefühl, ihm liefe die Zeit davon. Unter den weißen Blüten und den Farnwedeln lugte ein Umschlag hervor.

Ronan sprang auf und zog Tess hoch.

Erstaunt sah sie ihn an, als er ihr den duftenden Lei um die nackten Schultern legte. »Für mich?«

Er küsste sie zärtlich. »Ein hawaiianischer Lei steht für Liebe und Verbundenheit. Die Blüten drücken Anteilnahme bei Trauer aus und wünschen Glück. Ein Blütenkranz, vollkommen wie ein Ring ohne Anfang und Ende, symbolisiert ein gemeinsames Leben, das ewig währt.«

»Oh, Ronan«, flüsterte sie ergriffen. »Was für ein wundervolles Geschenk.«

»Lies den Brief!«

Tess nahm den Umschlag vom Tablett und überflog die wenigen Zeilen, die er letzte Nacht, allein in seinem Bett, geschrieben hatte.

Dieses Lächeln – wie er das liebte!

Mit Tränen in den Augen sah Tess auf. »Ich liebe dich auch, Ronan, von ganzem Herzen. Auch mein Schwur gilt noch immer, bis in alle Ewigkeit. Nur du und ich.«

Mit beiden Händen hob sie den Blütenkranz an und legte ihn Ronan über die Schultern, sodass er sie beide verband, Herz an Herz.

Sie küssten sich, seine Hand glitt unter die lange türkisfarbene Seidenschärpe ihres Abendkleides, die sie sich über die Schulter geworfen hatte, und er streichelte ihren nackten Rücken.

Ihre Finger verwuschelten sein Haar, dann legte sie ihre Arme um ihn und zog sein Hemd aus der Hose, als wollte sie mit den Fingerspitzen die Wärme seines Körpers in sich aufnehmen.

Die Art, wie sie ihn jetzt ansah – er konnte sich nichts Schöneres vorstellen ... doch, hey, ... er konnte ...

... und sie offenbar auch.

Die Jacht rollte in der aufgewühlten Dünung, ein warmer Dunst streichelte sie, und die glühende Lava verlieh ihrer Haut einen unwirklichen Schimmer und leuchtete in ihren Augen.

Ronans Herz klopfte wie verrückt, und die harten Schläge schwangen durch seinen ganzen Körper.

Beide gaben sich ihren Gefühlen hin, die in den letzten Tagen an Bord der Jacht zwischen ihnen nur geschwelt hatten. Die Luft knisterte, Funken sprühten zwischen ihnen, ihre Haut glühte, und das Feuer ihrer Leidenschaft loderte immer heißer. Eng umschlungen küssten sie sich, drehten sich wie berauscht umeinander und gaben sich einander hin, immer heißblütiger, immer begehrender, immer fordernder.

»Wie lange haben wir auf diesen Augenblick gewartet!«, seufzte Ronan.

Tess küsste ihn innig und flüsterte. »Niemals soll er enden, niemals!«

Nein, niemals!, dachte er, und eine warme Welle der Erregung rann durch seinen Körper. Worauf er all die Monate nur zu hoffen gewagt hatte, wovon er in einsamen Nächten nur träumen konnte, wurde jetzt Wirklichkeit.

Tess zu verlassen war der größte Fehler seines Lebens gewesen. Wie viele Jahre hatte er vergeudet, wie viel Glück, wie viel Zufriedenheit. Sie hätten schon längst eine Familie sein können, Sheena seine Tochter, Cayden ihr Sohn. Sie hätten die drei Kinder haben können, die sie sich schon immer gewünscht hatten. Aber es war noch nicht zu spät für eine zweite Chance.

Endlich ist es so weit!, dachte er. Wir sind wieder zusammen! Aber plötzlich ist da zwischen all den überwältigenden Gefühlen auch eine Angst, die ich vorher nicht gespürt habe, eine Befürchtung, die mich schmerzt. Wie soll ich es schaffen, ihren Erwartungen gerecht zu werden? Wie kann ich sie trösten? Wie kann ich sie glücklich machen – und das will ich doch mehr als alles andere auf der Welt? Ich muss es ihr bald sagen, schon in den nächsten Tagen! Sie muss wissen, dass ich bald sterben werde. Es ihr länger zu verschweigen wäre nicht fair. Ich darf nicht mit ihren Gefühlen spielen! Aber wie wird sie reagieren? Ich könnte es nicht ertragen, ihr Leid zuzufügen. Oder auch nur einen Augenblick lang Angst zu haben, sie zu verlieren, weil sie die erneute Trauer, den erneuten Schmerz, den erneuten Verlust nicht ertragen kann.

Tess strich ihm über das Gesicht und küsste ihn. Hatte sie gespürt, was in ihm vorging, wie aufgewühlt er war? Offen sah sie Ronan in die Augen, und dieses Gefühl der Zusammengehörigkeit, der Vertrautheit, ja, der Intimität machte ihm Mut und ließ ihn seine Angst vergessen.

Wir werden's schaffen, dachte er, fühlte er, hoffte er. Zu dritt! Oder ... zu viert?

Tess nahm seine Hand und führte ihn zu seiner Kabine, einem wundervollen Traum in Weiß. Das duftige Moskitonetz war zurückgeschlagen, helle Kerzen flackerten in glitzernden Windlichtern, und zarte Blüten bedeckten sein Bett. Wie zauberhaft und wie romantisch!

Sie schaute ihm in die Augen, als sie Ronan das Dinner Jacket auszog und sein Hemd aufknöpfte, und ihre Mundwinkel zuckten, als er langsam am Reißverschluss ihres Abendkleides zog und den Knoten ihrer Seidenschärpe löste. Das mitternachtsblaue Kleid fiel zu Boden, und ihm stockte der Atem. Tess trug tatsächlich *nichts* darunter.

»Wie schön du bist!« Ronan umarmte und küsste sie, während sie sich auf eine äußerst umständliche und ziemlich provozierende Weise an seiner Hose zu schaffen machte. Er schloss die Augen und genoss die sanften Liebkosungen ihrer Hände, als sie den schwarzen Stoff über seine Hüften schob, die feucht von Schweiß waren. Sein Atem ging schwer, als er sie leidenschaftlich küsste. »Oh, Tess ... Tess ... Tess ...«

Voller Hingabe erwiderte sie seinen Kuss, presste ihren Körper an seinen und schob ihn rückwärts zum Bett hinüber. Gemeinsam ließen sie sich in die weichen Blüten fallen und bedeckten den Körper des anderen mit heißen, feuchten Küssen.

Tess legte sich auf den Rücken und zog ihn zu sich herunter. Behutsam schob er sich auf sie, und sie schloss die Augen und stöhnte leise. »Ich will dich so sehr!«

Oh ja, sie kannten sich genau, ihre sexuellen Vorlieben, ihre intimsten Bedürfnisse, ihre geheimsten Wünsche. Nichts hatte sich zwischen ihnen geändert, nicht die innige Vertrautheit, die sie füreinander empfanden, nicht die Geborgenheit, die sie in den Armen des anderen fühlten, nicht die Lust, die sie einander bereiteten, um gleichzeitig den Höhepunkt zu erreichen und ihn gemeinsam zu erleben.

Ronan mochte es, wie sie mit ihren Fingerspitzen seinen ganzen Körper abtastete, aber vor allem seinen Po, der besonders empfindlich war. Das erregte ihn immer sehr. Und er fand es köstlich, wenn sie mit beiden Händen sein Gesäß umfasste und ihn dabei auf eine ziemlich erotische Weise küsste. Und, ja, er genoss es, wie sie ihm durchs Haar strich, ihn an der kitzeligen Stelle im Nacken küsste und ihm dabei über den Rücken und die Schenkel kratzte. Ja, das mochte er besonders gern. Vor allem, wenn sie ihm dabei verliebten Unsinn ins Ohr flüsterte, wie gerade jetzt, und ihr Atem ihn dabei zum wohligen Erschauern brachte. Ein gehauchtes »Ich liebe dich, du bist so weich, so sanft« – gab es etwas Zärtlicheres, Vertrauteres, Intimeres?

Aber auch er wusste, was sie von null auf hundert brachte, in Rekordzeit in die Erdumlaufbahn. Sie stand auf Küssen, Streicheln, Umarmen, Sichansehen und Spüren, sein Herzklopfen, seine Gefühle, sein Verlangen, seine Liebe. Sie mochte es, wenn er ihr sagte, wie wunderschön sie war, wenn sie sich leidenschaftlich unter ihm bewegte! Wie unbeschreiblich sexy sie war! Wie erregend!

Und das war sie! Ihre Brüste waren fest und voll, das Gesicht weich und glatt, das Lächeln ... lebensfroh und strahlend. Wie er dieses Leuchten in ihren Augen liebte, die leicht geblähten Nasenflügel, dieses verschmitzte Hochziehen der Mundwinkel, das ihm bewies, wie sehr sie den Kuschelsex genoss, wie intensiv sie auf sein Schmusen reagierte und wie viel Lust sie nach all den Jahren noch immer auf ihn hatte! Ihre Brüste waren empfindlicher als früher und reagierten sofort auf Streicheln und Küssen, zart wie ein vom Wind bewegtes Blütenblatt oder sanft wie der Flügelschlag eines Schmetterlings im Sonnenschein. Wie sehr sie es genoss, ihn zu spüren! Ihn zu berühren! Ihn zu lieben! Mit ihm glücklich zu sein!

Guter Sex war für sie mehr, als lachend übereinander herzufallen, um einander ein sinnliches Vergnügen zu bereiten, das sich schließlich in einem Feuerwerk der Lust entlud. Er bestand aus zwei Körpern, die sich vereinigten, aus zwei Seelen, die untrennbar verbunden waren.

Ein erregender Gedanke, nicht wahr?

Gerade jetzt fand er ihn so schön, dass es ihm den Atem verschlug.

Diesen Augenblick vollkommenen Glücks wollte Ronan feierlich begehen, in die Länge ziehen, mit Spannung anreichern, auskosten bis zuletzt und dann zur Erfüllung bringen, zur Erlösung, lachend, weinend, schreiend vor Glückseligkeit!

Sein Begehren war unermesslich, und sein ganzer Körper bebte vor Lust, als Tess leise aufstöhnte und schwer atmend ihre Arme und Beine um ihn legte, um den Rhythmus zu beschleunigen.

Sie musste nichts sagen, er wusste, sie war so weit.

Und er war es auch.

Nur du und ich ...

Den schönsten Augenblick dieser Nacht erlebten sie gemeinsam.

Als Tess danach völlig erschöpft in seinen Armen lag, ihr Kopf neben seinem auf dem Kissen, hatte sie plötzlich Tränen in den Augen, und ihr Lächeln wirkte traurig.

Er musste schlucken. Was hatte sie denn?

Ganz sanft strich er über ihre Lippen, ihr Kinn und ihre Wangen, aber sie sah ihn nicht an. Er küsste ihren Hals, und sie presste die Lippen aufeinander und strich ihm über das Gesicht.

Sie schluchzte leise auf, und er nahm sie in den Arm und wiegte sie. »Ist ja gut, Tess«, tröstete er sie, und die Rührung schnürte ihm die Kehle zu. Ihr ungehemmtes Weinen machte diese Nacht nicht nur ergreifend schön, sondern verlieh ihr auch eine Tiefe, die Ronan nie für möglich gehalten hätte.

Ich will für sie da sein, dachte er ergriffen, ich will sie trösten, und ich will ihr helfen, sich zu erinnern. Denn das, was von einem Menschen bleibt, wenn er stirbt, ist das, was wir nicht vergessen. Die ganze Zeit frage ich mich, ob *sie* stark genug ist, mich und mein Sterben zu ertragen. Aber werde *ich* es schaffen, ihren Schmerz auszuhalten, den sie körperlich empfindet, ihre Trauer um ihre Liebsten? Werde *ich* stark genug sein, um ihr bis zum Ende, wenn ich sterbe, Kraft zu schenken und Halt zu geben? Sie braucht Zeit, um mit sich selbst und mit der Situation ins Reine zu kommen. Und sie braucht mich, ihren besten Freund, ihren Geliebten …

»Tess, mein Liebes.« Er küsste sie auf die Lippen. »Alles ist gut, wie es ist.«

Sie nickte und wischte sich die Tränen ab. »Entschuldige, ich wollte nicht …«

Seine Lippen streichelten ihre. »Schon gut.«

Sie drehte sich auf die Seite, schmiegte sich eng an ihn, ein Bein über seine Hüfte gelegt, und küsste ihn innig.

Ihre Liebkosungen, zuerst sanft und behutsam, wurden wieder

leidenschaftlicher. Eng umschlungen fanden sie schnell wieder ihren Rhythmus, und die Begierde trieb sie an.

Nur du und ich …

Ronan wusste nicht, wie lange sie verliebt tuschelnd beieinanderlagen, bis Tess mit einem entspannten Lächeln an seiner Schulter einschlummerte. Er hauchte ihr einen Kuss auf die Lippen, dann schmiegte er sich dicht an sie, legte den Arm um sie und schloss die Augen.

Glück ist ein wundervolles Gefühl, dachte er kurz vor dem Einschlafen. Es ist die unbändige Freude, etwas Verlorenes wiedergefunden zu haben: Zufriedenheit.

# 16

»Aber das kapier ich nicht«, sagte Cayden, der einige Schritte vor Tess und Ronan über das schroffe grauschwarze Lavafeld stapfte und die Bodenformationen unter seinen Wanderstiefeln betrachtete: loses Geröll aus porösem Gestein, das wie Zartbitterschokolade aussah, wie Cayden fand, die vor dem Erstarren mit einem Strohhalm blubbernd aufgeschäumt worden war. Lavaflüsse, die ihn an vertrocknete Schokomuffins erinnerten oder an zerlaufenden Schokopudding oder an schmelzendes Schokoeis. Oder feine, ineinandergeflossene Falten, die wie die Haut der Milch auf heißem Kakao aussahen. Oder, oder, oder …

»Was verstehst du denn nicht?«, fragte Ronan.

»Ich hab gedacht, ein Vulkan wie der … äh … Killekille …«

»Kilauea.«

»Ja, genau. Ich hab gedacht, der bricht nur im Krater auf dem Gipfel aus, und die heiße Lava schwappt über den Rand. So wie wenn das Eis in meiner Eiswaffel schmilzt und kalt auf meine Hand tropft.«

»So war's das letzte Mal, als der Kilauea ausbrach«, erklärte Ronan geduldig, aber viel zu kompliziert. »Aus dem Halemaumau-Krater.«

Cayden kicherte über den lustigen Namen.

»Das war vor fünf Jahren, 1924, nach Grandma Shannons Tod«, erklärte Tess, ein bisschen einfacher als Ronan. »Daran kannst du dich nicht erinnern, weil du noch ein kleines Baby warst. Aber Daddy und ich waren hier und Grandpa Josh, als der Lavastrom die Ranch verwüstete. Als wir vorhin mit John Takeshi, dem Vormann der Cowboys, im Geländewagen gefahren sind, hast du doch die Pick-ups am Straßenrand gesehen, die die Lava begraben hat. Bevor wir in den Highway eingebogen sind?«

Vor zwei Stunden hatte John sie und ihre Rucksäcke mit Wasser und Proviant auf einem schmalen Weg bis in den dichten Farndschungel gefahren, der das karstige Lavafeld begrenzte. Dort wurde der Wildpfad von den erhärteten Wogen schwarzer Lava blockiert, und der Wagen konnte nicht weiter. Hinter ihnen lag ein wuchernder Dschungel aus bemoosten Bäumen, blühenden Sträuchern, Farnen und Gras, vor ihnen ein erstarrtes Meer aus graublauschwarzen Lavawogen, hier und da mit Inselchen aus gelbem Schwefel oder grünen Pflänzchen und aufsteigenden Dampfwolken am dunstigen Horizont. Über den schwarzen Rissen und Spalten verwehten sie zu durchscheinenden Nebeln. Eine Szenerie wie aus Dantes Inferno, Ehrfurcht gebietend und Angst einflößend. Oder wie ein Gemälde der Hölle von Hieronymus Bosch.

Gegen Abend würde John sie am Farnwald wieder einsammeln. Bis dahin erlebten sie Abenteuer pur! Trekking auf dem Lavafeld, bunte Vögel beobachten, Skylights mit unterirdischer Lava suchen, Würstchen auf heißen Lavasteinen grillen, so was eben.

»Die Pick-ups sind total geschrottet, und die Reifen sind voll kaputt«, erinnerte sich Cayden, der Ricky am Halsband packte, um sich ein Stückchen von ihm ziehen zu lassen.

»Weißt du, der Kilauea kann auch durch Risse und Spalten an den Seiten ausbrechen, und diese undichten Stellen können ziemlich weit vom Vulkan entfernt liegen«, erklärte Tess. »Fünf Meilen, zehn Meilen oder noch viel weiter.«

Cayden deutete auf das weite Lavafeld, über das sie wanderten. »Hier?«

Tess nickte. »Ja.«

Der Kleine deutete nach unten, auf einen Lavabrocken vor seinen Füßen. Ricky, der ebenfalls stehen geblieben war, schnupperte daran und hob sein Bein. »Genau hier?«

»Kann schon sein.« Tess zog die Landkarte aus der Gesäßtasche von Ronans Levi's, entfaltete sie und zeigte sie Cayden. »Guck mal, das haben uns die Wissenschaftler dagelassen, damit wir's uns mal ansehen.«

»Die Kegelogen.«

Ronan lachte. »Die was?«

Cayden bildete mit den Armen, die Ellbogen abgespreizt, die Fingerspitzen aneinandergelegt, einen Kegel. Na klar, ein Vulkan war für ihn ein Berg mit gleichmäßigen Abhängen, wie der Kilimandscharo oder der Fujiyama. So wurde es ja in Kinderbüchern dargestellt, und so hatte Cayden gestern auch den Kilauea mit seinen Buntstiften gemalt. »Kegelogen.«

»Geologen. Oder Vulkanologen«, sagte sie und atmete tief durch. Die heiße Brise roch ein wenig nach Schwefel. »Die haben hier eine Beobachtungsstation, weißt du, ein Vulkanobservatorium.«

»Okay.«

»Jedenfalls haben die gesagt, dass es einen Ausbruch geben könnte, der Daddys Ranch bedroht. Das Haus, die Ananasplantagen, die Mango- und Papaya-Bäume, die Orchideenfelder, die Rinder, die Pferde, die Menschen.«

»Und Kimo.« Cayden liebte den sanften Hawaiianer mit den langen Haaren heiß und innig. Die beiden kämpften gegeneinander wie beim Sumo-Ringen, und Cayden schaffte es jedes Mal, den großen und massigen Kimo umzuwerfen, und lachte sich schlapp.

»Lasst uns weitergehen!«, mahnte Ronan und nahm wieder ihre Hand.

Seit heute Morgen, seit sie aneinandergekuschelt an Bord der Jacht aufgewacht waren, hatte er sie kaum losgelassen. Nicht, als sie noch ein bisschen miteinander tuschelten und schmusten, und nicht, als Kimo mit dem opulenten Frühstück an ihrem Bett erschien und sie bei eisgekühltem Champagner und hawaiianischen Speisen noch ein bisschen herumalberten. Ihr schien, als könnte er nicht die kleinste Berührung entbehren, als hätte er Angst, sie zu verlieren, wenn er sie auch nur kurz mal losließ.

Oh ja, das Champagnerfrühstück war ein Fest der Sinne. Die kühlen Seidenlaken, der Duft der Blüten, die Wärme seiner Haut auf ihrer, das Kichern und Lachen, als sie sich gegenseitig fütterten und dabei auf die Kissen und Laken kleckerten, das Streicheln, das Küssen, und die unbändige Lust, als sie noch mal miteinander schliefen, dieses Mal so langsam und bedächtig, als hätten sie alle Zeit der Welt.

Haben wir ja auch!, dachte sie und lächelte versonnen. Wir sind wieder zusammen, für den Rest unseres Lebens!

Der Lei-Blütenkranz gestern Abend beim Candle Light Dinner, ich dachte schon ... na ja, dass er mich fragt ...

Tess sah Ronan von der Seite an, und er lächelte zurück. Schnell und mühelos schritt er voran, trotz des schweren Rucksacks mit ihrem Proviant und dem Wasservorrat.

Die schimmernde Lava unter ihren Wanderstiefeln und Rickys Pfoten knirschte und knackte bei jedem Schritt – das kam von den zahllosen Fasern vulkanischer Glaslava, die sich beim Abkühlen auf der Kruste gebildet hatten. Aus der Tiefe stiegen Dämpfe auf, die leicht nach Schwefel rochen, bevor der heiße Passatwind sie verwehte.

Okay, ja, die Tour über das karge Lavafeld war riskant. Ein falscher Schritt konnte furchtbare Folgen haben. Denn das glühende Magma floss auch unter der Erde ... unter einer dünnen Schicht erstarrter Lava, durch die man einbrechen konnte ... und die Lava des Kilauea floss schnell, verdammt schnell.

Vor einer halben Stunde hatten sie eine Meile von hier einen Lavastrom beobachtet, der aus der Erde hervorbrach. Er war leuchtend gelborange mit einer silbrig-grau schimmernden Schicht an der Oberfläche und schoss mit der Geschwindigkeit eines Sturzbaches durch ein enges schwarzes Lavatal. Cayden hätte am liebsten einen Marshmallow über der Glut geröstet, aber das konnten Ronan und Tess ihm zum Glück ausreden.

Wie festgeschweißt blieb Cayden auf einem in der Sonne glühenden Lavafelsen stehen. Er war völlig nassgeschwitzt und ausgepowert. In einem Comicstrip würden Schweißtropfen um seinen Kopf herumsprühen, und die Sohlen seiner Wanderstiefel würden lange Fäden aus geschmolzenem Gummi ziehen, so erhitzt sah er aus. »Daddy, wann machen wir mal 'ne Pause? Ich kann nicht mehr.«

Tess schaute sich nach Ricky um, der auch schon ziemlich erschöpft mit hängender Zunge hinter ihnen herhechelte.

Ronan schob seinen Stetson in den Nacken und blickte hinauf zur Sonne, die fast senkrecht über ihnen stand. Es war Mittag. »Hast du Hunger?«

»Nee, aber Durst. Ich will was trinken.«

»Na gut.«

»Aber kein heißes Wasser.«

»Wir haben aber nichts anderes. Das Eis in den Flaschen ist längst geschmolzen, und das Wasser ist warm geworden.«

Cayden zog die Nase hoch und schob die Unterlippe vor, die vor Enttäuschung leise zitterte. »Kann ich dann 'ne Tüte Brausepulver kriegen?«

»Klar doch.«

Ronan ließ ihre Hand los, zog den Rucksack von den Schultern und lehnte ihn an einen matt glänzenden Lavabrocken. Cayden nahm die Baseballmütze ab, fuhr sich durch das klatschnasse Haar und hockte sich seufzend und schnaufend neben ihn auf einen flachen Felsen. Ronan holte die Wasserflasche aus dem Rucksack, öffnete sie und gab sie seinem Kleinen. »Hier!« Dann suchte er in einer Seitentasche nach den Brausepulver-Tütchen und riss eines für Cayden auf. Dann sah er Tess an. »Du auch?«

»Mhm.«

Während Tess sich das bitzelnde Pulver aus dem Papiertütchen in den ausgetrockneten Mund schüttete und einen großen Schluck heißes Wasser nachtrank, füllte Ronan die Vertiefung in einem Felsen mit Wasser für Ricky, der in seinem dichten Fell schon ziemlich japste.

Derweil sprang Cayden schon wieder auf und flitzte mit Lichtgewindigkeit an Tess vorbei.

»Hey, stopp!«, rief sie ihm nach. »Bleib hier!«

»Cayden!«, brüllte auch Ronan. »Das ist zu gefährlich!«

»Da liegt ein toller Stein, gleich da vorn.« Mit ausgebreiteten Armen rannte Cayden einfach weiter, auf einen kniehohen Busch zu, der in einer Lavaspalte wurzelte. Nur wenige Pflanzensamen, die vom Passatwind herangeweht wurden, fanden Halt in den schroffen Lavafurchen. Die gelben Blüten des Strauchs waren abgefallen und lagen auf dem Boden verstreut. »Den Lavastein will ich für meine Sammlung haben. Weil der ist so schön wie das Goldnugget. Ganz schwarz und glänzend. Vielleicht ist er eine von den Tränen von der Vulkangöttin Pele, oder wie die heißt.«

Er meinte vulkanisches Glas, das in Hawaii tatsächlich als Tränen der Feuergöttin bekannt war.

»Cayden!«, rief sie ihn zurück. »Komm her! Sofort!«

Kläffend schoss nun auch Ricky an ihr vorbei und folgte Cayden über das Lavafeld.

»Guck mal, Tess! Da ist ein hübscher Vogel«, schrie der Kleine. »Der ist so bunt wie ein Kolibri und klein und niedlich. Ob ich den fangen kann?«

Der Vogel flatterte zwitschernd auf, als Cayden auf ihn zustürmte, den wilden Husky im Schlepptau. Dann stolperte der Kleine in einer schmalen Vertiefung, knallte der Länge nach hin und haute sich den Kopf an einem Lavafelsen an. Sofort brüllte er los.

Das musste ziemlich wehgetan haben!

Tess warf Ronan ihre Wasserflasche zu und stürmte los, um ihn in die Arme zu nehmen und zu trösten. »Cayden, Süßer, ich komme!«

In diesem Augenblick geschah es!

Ein Knacken, wie von einem morschen Ast. Dann ein Knirschen, genau unter ihren Füßen, ein lautes Krachen, wie von berstendem Gestein.

Der Boden unter ihr brach ein!

Sie stürzte ab, in die schwarze Tiefe!

Eine Lavatube!

Mit den ausgestreckten Armen versuchte sie noch, am geborstenen Rand Halt zu finden, doch ihre Hände glitten über die scharfen Abbruchkanten, und ihre Finger rissen an den feinen Fasern der vulkanischen Glaslava blutig.

Dann fiel sie.

Hinunter.

In die dunkle Spalte.

Der Aufprall auf dem Lavaboden war hart. Der Schmerz in ihrem Rücken presste ihr die Luft aus den Lungen, und sie rang japsend nach Atem. Ihr Körper fühlte sich an, als wäre jeder Knochen zersplittert und jeder Muskel zerrissen.

»Tess!«, brüllte Ronan panisch über ihr. Durch das Skylight, den Einbruch, durch den sie den Himmel sehen konnte, blickte er zu ihr herunter. »Alles in Ordnung?«

Schräg fielen die Lichtstrahlen durch das Loch zu ihr herunter und erhellten die Lavatube aus glänzend schwarzem Basalt. Stöhnend richtete Tess sich auf dem unebenen Felsboden auf. »Ich bin okay.«

»Bist du verletzt?«

Sie bewegte sich. »Nichts gebrochen.«

»Du blutest.«

»Ich hab mir die Hände aufgerissen.«

»Kannst du aufstehen?«

»Ich versuch's.« Mit zitternden Knien rappelte Tess sich hoch, aber sofort musste sie sich an einem Felsen festhalten, sonst wäre sie gleich wieder umgekippt. Ihr war schwindelig.

Rasch sah sie sich um. Die Wände der Höhle waren glatt und gebogen – keine Chance, dort hochzusteigen!

»Augenblick, ich hol dich gleich da raus«, versprach Ronan und verschwand aus ihrem Blickfeld.

Ganz leise konnte sie Cayden brüllen hören, weinen, schluchzen, als Ricky plötzlich an der Abbruchkante über ihr auftauchte und zu ihr herunterschaute. Sein schrilles Winseln hallte in der Lavaröhre wider und brach sich an den Tropfsteinen aus schwarzem Basalt, die an der Höhlendecke erstarrt waren.

Sieht ziemlich gefährlich aus!, dachte sie. Und das ist es auch!

Denn Ricky trat Lavabruch los, der zu ihr herunterfiel. In letzter Sekunde konnte sie zur Seite springen und in Deckung gehen. »Verschwinde, Ricky!«

Der Husky wedelte mit dem Schwanz und kläffte sich heiser.

Gott, hoffentlich kam er nicht auf die Idee zu springen!

»Hau ab!«, brüllte Tess und scheuchte ihn fort, aber er reagierte nicht. »Mush! Mush! Lauf! Lauf!«

Keine Reaktion. Außer, dass er sich irritiert umschaute, wo denn auf dem Lavafeld ein Schlitten mit Hundegeschirr sein sollte.

Wieder stürzte ein Stück des porösen Gesteins zu ihr herunter, krachte neben ihr auf den Boden der Lavatube und zersplatzte. Einer der scharfen Splitter blieb in den Falten ihrer Levi's hängen, ein anderer verfing sich in den Schnürsenkeln ihrer Wanderstiefel.

Ronan erschien wieder am Lavarand. Entschlossen packte er Ricky am Halsband und zerrte ihn zur Seite. Dann stemmte er sich mit beiden Händen auf den Rand und schaute zu ihr herunter. »Alles klar?«

»Sei vorsichtig! Die Tube kann jederzeit einstürzen!«

»Ich bin gesichert.«

»Wie?«

»Mit Rickys Leine. Ich habe das Lederband um einen Felsen gelegt. Der Karabiner für das Halsband hängt an der hinteren Gürtelschlaufe meiner Jeans.«

»Na toll! Das hält ungefähr so gut, wie wenn ich einen Treibstofftank mit einem ausgelutschten Wrigley's abdichte.«

Ronan legte sich auf den Bauch und zog seinen Rucksack, den er geleert hatte, zur Abbruchkante. Offenbar wollte er sie am Rückengurt hängend zu sich heraufziehen.

Die Kraft hatte er, das wusste sie. Den Willen und das Durchhaltevermögen auch. Wenn's darauf ankam, konnte Ronan hart zu sich selbst sein.

Nur schaffte sie es einfach nicht, mit ausgestreckten Armen den herabhängenden Rückengurt zu erreichen, nicht mal, als sie mit Anlauf hochsprang.

Wieder krachte ein Stück Lava auf sie herunter.

Und jetzt?

Rickys Leine reichte auch nicht bis zu ihr.

Sie saß fest, und John kam erst in der Abenddämmerung mit dem Pick-up voller Werkzeug zum Farnwald, um sie dort wieder einzusammeln.

Kein Seil, keine Rettung, that's it.

Aber das war doch nicht ihr erster Absturz! Und auch nicht ihr aufregendster!

»Ronan!«

»Ja?«

»Wirf mir mal die Taschenlampe runter.«

»Haben wir denn eine dabei?«

»Ich hab eine in den Rucksack gepackt.« Sie griente. »Du weißt schon, falls wir uns mal eine offene Lavatube ansehen wollen ...«

Er zog die Augenbrauen hoch. »Was hast du vor?«

»Ich gehe ein Stück durch die Lavaröhre und suche mir einen Aufstieg an die Oberfläche.«

»Tess, das ist Wahnsinn!«, rief er zu ihr hinunter. »Viel zu gefährlich!«

Ronan sah kurz zu Cayden hinüber, der sich mittlerweile neben dem blühenden Busch aufgesetzt hatte, mit den Fäusten seine Augen rieb und immer noch heulte. Sein Gesicht war ganz verzogen, und Rotz lief ihm aus der Nase. Beim Sturz hatte er sich die Lippe blutig gebissen, und wie es schien, fehlte auch ein Zahn. Der arme Kleine!

»Hast du einen anderen Vorschlag?«, fragte Tess.

Er überlegte. John? Drei Meilen Rückweg zum Treffpunkt und mehrere Stunden Wartezeit. Und ob er ein Seil im Pick-up hatte? »Nein«, rief er zu ihr hinunter.

»Na, siehst du.«

»Aber vielleicht ist dies der einzige Weg nach oben.«

»Ja, vielleicht. Das werde ich herausfinden, wenn ich weitergehe. Sollte ich einen Aufstieg finden und es allein nicht bis an die Oberfläche schaffen, rufe ich.«

»Ist gut.«

Tess stemmte die Arme in die Hüften. »Ich brauche eine Taschenlampe. Eine Flasche Wasser. Und ein Sandwich.«

»Thunfisch Hawaii Style in Limettensaft mariniert oder Hühnchen California Style mit Orangen-Mayonnaise?«

»Hahaha.«

»Na gut, du kriegst das Thunfischsteak-Sandwich«, gab er nach. »Vielleicht finde ich auch noch ein paar von Caydens Oreo-Keksen im Rucksack. Warte!«

»Ich lauf schon nicht weg!«

Ronan sprang auf, suchte alles zusammen und stopfte es in den Leinenrucksack, mit dem er zur Abbruchkante zurückkehrte, um ihn zu ihr hinunterzuwerfen.

»Hab ihn!«

»Ich muss mich jetzt um Cayden kümmern. Er hat sich einen Zahn ausgeschlagen und heult immer noch.«

Tess holte die Taschenlampe aus dem Rucksack, knipste sie an und nickte. »Drück ihn fest von mir. Und sag ihm, dass es mir gut geht.«

»Mach ich.«

Tess funzelte in der Höhle herum. Dann schaute sie wieder hoch und streckte den Arm aus. »Die Lavatube verläuft in diese Richtung.«

»Ich folge dir an der Oberfläche in Richtung des Kraters.« Ronan wollte noch etwas sagen wie: In Gedanken bin ich bei dir. Du bist nicht allein. Aber er wusste nicht, wie sie darauf reagierte, also hielt er die Klappe. Sie packte das schon. »Mach's gut!«

Und weg war sie.

Ronan ging zu Cayden hinüber, setzte sich neben ihn und zog ihn auf seinen Schoß, um ihn zu trösten. Der Kleine lehnte den Kopf gegen seine Schulter und rieb sich mit dem Handrücken die verheulten Augen.

»Hey, Süßer. Was tut dir weh?«

»Meine Lippe«, nuschelte Cayden. »Sie blutet.«

»Und deine Zähne?«

Er nickte. »Ich hab'n Zahn ausgespuckt«, schniefte er, zog eine Schnute und deutete mit dem Finger auf eine neue Zahnlücke.

Ronan drückte ihn fest, um ihn zu trösten, und küsste ihn aufs verwuschelte Haar. »Alles wird gut, mein Kleiner.«

»Wo ist Tess?«, fragte Cayden, immer noch leise schluchzend. Sein ganzer Körper zitterte und bebte in seinen Armen.

Tja, wie sollte er ihm das erklären? Dass Tess wie Alice im Wunderland in ein tiefes Loch gestürzt war? Dass sie dort unten aufregende Abenteuer erlebte? Nein, bloß nicht!

»Tess ist abgestürzt, als sie dir eben hinterhergerannt ist.«

Cayden sah zu ihm auf, und seine Lippen bebten. »In das Loch da?«

»Ja, genau.«

»Ist das tief?«

»Ja, ein bisschen.«

»Hat sie sich wehgetan?«

»Nein, es geht ihr gut.«

»Und wann kommt sie wieder raus?«

Ronan holte tief Luft. »Noch nicht.«

»Warum nicht?«

»Sie will noch ein bisschen Verstecken spielen. Wir sollen sie suchen.«

Mit verheulten Augen sah der Kleine ihn an. Er glaubte ihm kein Wort. »Sie hat ganz doll Aua, oder?«

»Nein, Cayden, ihr tut nichts weh.«

Mit dem Ellbogen kämpfte er sich aus der Umarmung, sprang von Ronans Schoß und stürmte zur Abbruchkante.

»Cayden! Nicht!«

Der Kleine warf sich auf die Knie, stemmte die Hände auf den Rand der Lava und lugte hinunter in die Finsternis. »Tess?«

Keine Antwort.

»Tess!«, brüllte er, und die Angst flackerte in seinen Augen, als ihm nur das Echo seiner Stimme aus dem Loch entgegenhallte. »Daddy, wo ist Tess?«, kreischte er schrill. »Ich kann sie nicht sehen! Ist sie tot?«

Ronan trat neben ihn und nahm ihn auf den Arm, während er sofort wieder losbrüllte. »Nein, Cayden. Sie lebt!«

»Aber wo ist sie denn?«, quiekte Cayden mit zitternder Stimme, atemlos und panisch.

Ricky reckte den Kopf und heulte ebenfalls mit voller Lautstärke los. »Wa-ooooooh-wa-wa!«

Ronan küsste Cayden auf die tränennasse Wange. »Schhht!«

»Sie ist wegen mir da reingefallen!«

Er drückte Cayden fest an sich. »Es ist nicht deine Schuld, Süßer!«

»Doch!«, schluchzte der Kleine und nuschelte: »Du hast gesagt, sie ist abgestürzt, als sie mich trösten wollte.«

Mit dem Saum seines Shirts wischte Ronan ihm die schwarzen Tränenspuren aus feinem Basaltstaub ab. »Aber deshalb bist du doch nicht daran schuld, Cayden.«

»Doch!«, seufzte er, und ein heftiger Schluckauf ließ ihn zusammenzucken. »Hiii!«, hickste er.

»Nein, bist du nicht!«

»Hiii!« Er zögerte. »Echt nicht? Hiii!«

Ronan strich ihm über den Rücken, der unter den heftigen Hicksern bebte. »Nein.«

Es dauerte eine Weile, bis Cayden sich so weit beruhigt hatte, dass sie mit Ricky aufbrechen konnten, um Tess zu suchen. Mit der Wasserflasche in der einen und Cayden an der anderen Hand ging er schließlich los.

Da hinten auf dem Felsen lag ein Lei aus weißen Orchideen. Davor standen in zwei gefalteten Papierschachteln Blumengestecke, die in der sengenden Hitze des Lavafelds schon ziemlich welk aussahen.

Opfergaben für die Feuergöttin Pele?

Das Gestein, das unter ihren Wanderstiefeln knirschte und knackte, schien tatsächlich immer heißer zu werden. Und das lag nicht nur daran, dass die Sonne erbarmungslos auf sie herunterbrannte und dass es nirgendwo auf dem Lavafeld auch nur eine Pfütze Schatten gab.

Unwillkürlich packte er Caydens Hand fester und blickte hinüber zu dem glühenden Lavaflow, der keine Meile entfernt leise klirrend wie feines Glas aus der Erde sprudelte und sich wie ein Sturzbach über den schwarzen Basalt ergoss.

Was, wenn die Lava ihre Richtung änderte?

Was, wenn sie durch einen Spalt in die tiefer gelegene Lavatube eindrang und dort weiterfloss?

Was, wenn …

O Gott, Tess!

## 17

Mit der Taschenlampe in der Hand stolperte Tess durch die Lavatube. Der unebene Boden bestand aus erstarrter Lava. Fasziniert betrachtete sie die horizontalen Linien an den gewölbten Basaltwänden, die offenbar den Höchststand des letzten Lavaflusses markierten. Vielleicht war die Lava, die vor fünf Jahren Ronans Ranch bedrohte, durch eine dieser Röhren getost?

Wie weit war es noch?

Wie lang war diese Tube? Seit dem letzten Ausbruch wusste Tess, dass die Lava etliche Meilen unterirdisch fließen konnte, weil sie in einer Tube ihre Hitze bewahren konnte. Im Gegensatz zu einem Lavastrom an der Oberfläche, der innerhalb von zwanzig Minuten abkühlte und erstarrte.

Hin und wieder watete sie durch Wasserpfützen – Regenwasser von der Oberfläche, das sich in Vertiefungen gesammelt hatte. Staub und Sand knirschten unter ihren Stiefeln, und überall lag Geröll herum, was das Vorankommen ziemlich mühsam machte.

Stalaktiten aus erstarrten Lavatropfen! Im Schein ihrer Taschenlampe schimmerten sie wie Opale im Gestein. Ein zauberhafter Anblick! Die Opalmine von Rob, Tysons Vater und Ronans Stiefvater, in Lightning Ridge in Australien hatte sie nie gesehen. Aber dort musste es ganz ähnlich gefunkelt und geglitzert haben, als Rob Conroy dort Opale herausgeschlagen hatte. Von Sydney aus wollten Ronan und sie in einigen Wochen dorthin fahren, zur Opalmine in Lightning Ridge. Ronan wollte dort das Andenken seines ersten Dads ehren, an den er nur die besten Erinnerungen hatte.

Die Geräusche um sie herum wurden dumpfer, die Lavatube

schien sich vor ihr zu verengen. Tess hatte keinen Helm, deshalb setzte sie ihren Stetson wieder auf, den sie am Band um den Hals getragen hatte.

Ja, tatsächlich: Die schwarze Decke wurde niedriger und funkelte jetzt wie der Sternenhimmel in einer lauen Sommernacht. Und so finster war es auch um sie herum. Kein Lichtstrahl und nicht der leiseste Windhauch. Allerdings war es in den letzten Minuten merklich wärmer geworden, nicht nur die Luft, sondern auch die Wände. Vermutlich näherte sie sich einem Aufstieg, den sie noch nicht sehen konnte. Okay, weiter!

Da vorn teilte sich der Gang. Was jetzt?

Der linke Durchbruch verschwand in der undurchdringlichen Finsternis jenseits des Lichtscheins ihrer Lampe – nichts zu sehen. Im rechten Abfluss konnte Tess an den Wänden Wellen aus erstarrter Lava erkennen, die ... hm ... die ihr scheinbar nicht entgegengekommen war, sondern ... na ja ... Okay, egal. Sie kapierte einfach nicht, was hier passiert war. Die Lava hatte hier jedenfalls die Richtung geändert.

Tess zog das Feuerzeug aus ihrer mittlerweile ziemlich verdreckten Levi's, knipste es an und beobachtete die Flamme. Sie schwankte nicht. Kein Windhauch, der ihr die Richtung anzeigte, in der sie weitergehen musste. Na gut.

Die nächstbeste Entscheidungshilfe für Unentschlossene wäre, eine Münze zu werfen. Aber ich bin nicht unentschlossen, dachte sie. War ich noch nie.

Rechts.

Warum? Weil der Gang irgendwie interessanter aussah. Der Boden war gerissen und gespalten, der Gang war gewundener als der andere, und die Fließrichtung der Lava war offenbar entgegengesetzt. Vielleicht gab's einen Durchbruch zur Oberfläche, durch den die Lava aus diesem Seitenkanal emporgesprudelt war? Also los!

Gut: Der Gang führte aufwärts. Schlecht: Er endete nach

geschätzten hundert Yards. Vermutlich zwei Handbreit unter der Oberfläche. Tess atmete tief durch, kehrte um und ging zurück zur Abzweigung.

Links also.

Die Tube führte sie stetig weiter auf den Vulkankrater zu. Und die Form des Gangs änderte sich. Die Wände sahen jetzt aus, als wären sie in der großen Hitze der fließenden Lava geschmolzen und herabgeflossen.

Und dort vorn wölbte sich eine Kuppel! Tess leuchtete nach oben. Und tatsächlich, dort war ein Fenster. Kein Skylight zur Oberfläche, sondern ein Durchbruch der Lava in eine andere Ebene. Diese Lavatube war ein Labyrinth aus Gängen!

Ehrlich gesagt …

Ihr Mund wurde trocken, und sie musste schlucken.

Nein, verdammt! Das war doch zu erwarten! Ich verliere jetzt nicht den Mut und gehe einfach weiter!

Sie war schätzungsweise eine Meile gelaufen, vielleicht mehr und vermutlich nach Süden, in Richtung des Vulkankraters – so genau konnte sie das nicht sagen. Wie weit erstreckte sich dieses Labyrinth?

Wenn Ronan sie in den nächsten Stunden nicht fand und die Suche während der Nacht abbrach, dann marschierte sie eben die zehn Meilen zurück zur Ranch, über das Lavafeld, durch den Dschungel und über den Highway. Kein Problem. Sie hatte Wasser, und sie hatte ein Sandwich. Solange die Batterien der Taschenlampe durchhielten, ging's ihr gut. Es sei denn, sie verletzte sich schwer, sie stürzte und brach sich ein Bein oder so was. Dann konnte dieses Abenteuer tödlich enden …

Tess zog den Rucksack von den Schultern und wühlte darin herum. Ah, die Oreo-Kekse. Sie leerte die Pappschachtel in den Rucksack und zerriss sie in hellblaue Schnipsel, um alle hundert Schritte einen deutlich sichtbaren Hinweis für einen Suchtrupp zu hinterlassen: Ich war hier, und es ging mir gut.

Weiter! Sie hatte keine Zeit mehr zu verlieren!

Tess blinzelte. Etliche Schritte weiter blieb sie abrupt stehen. Vor ihr tauchte ein Lavafall aus der Finsternis auf. Aus einem gewölbten Tor war die Lava sechs Fuß in die Tiefe gestürzt, bevor sie unter ihren Füßen weiterfloss. Ja, gut, da musste sie rauf. Sechs Fuß glatte, erstarrte Lava und nichts, woran sie sich festhalten und hochziehen konnte. Sie warf den Rucksack hinauf und suchte nach einem Halt für Hände und Füße. Inch für Inch zog sie sich hoch. Dabei stellte sie sich vor, sie würde den Half Dome im Yosemite Valley erklimmen. Hey, es funktionierte!

Und die Anstrengung lohnte sich. Denn einige hundert Yards weiter wusste sie, dass sie sich dicht unter der Oberfläche befand! Die Wurzeln von Ohia-Bäumen hingen wie glitzernde Perlenschnüre von der Decke, und die Lavatube sah plötzlich aus wie ein unterirdischer Dschungel.

Die Oberfläche konnte nicht mehr als ein paar Handbreit Lavagestein entfernt sein! Ihr Herz raste vor Aufregung, und sie begann zu laufen. Die feinen Wurzeln, dünn wie Zweige, schlugen ihr ins Gesicht.

Da vorn war wieder eine Abzweigung! Und dieses Mal fiel ihr die Entscheidung nicht schwer. Denn aus dem rechten Gang drang Tageslicht!

»Yahoohoohoo!«

Der Durchstieg war so schmal, dass Tess auf allen vieren vorwärtskriechen musste. Und das Gestein war so warm, dass sie dabei ziemlich ins Schwitzen geriet. Ein Schultergurt des Rucksacks war mit dem Schnürsenkel an ihrem Fußgelenk befestigt, und die Taschenlampe, die sie ausgeknipst hatte, um die Batterien zu schonen, schob sie am ausgestreckten Arm vor sich her.

Knirschend kroch sie durch den Schacht, der sich immer weiter verengte. Schließlich war die gewölbte Decke so niedrig, dass die erstarrte Lava ihre Schultern und ihren Po streifte.

Ganz ruhig, Tess, du schaffst das! Einatmen, ausatmen, dann

weiter! Auf ihren aufgescheuerten Ellbogen robbte sie vorwärts, dem Licht entgegen.

Doch dann steckte sie plötzlich fest.

»Verdammter Mist.«

Panisch rang sie nach Atem, doch die Lava presste ihr die Lungen zusammen, und sie bekam nicht genug Luft, um durchzuatmen.

Mit den Füßen tastete sie nach einem Halt, um sich vorwärtszuschieben, aber sie fand keinen. Hing sie mit der Gürtelschlaufe ihrer Levi's irgendwo fest? Nein. Mit dem Shirt? Auch nicht. Tess versuchte sich zu drehen, aber das brachte auch nichts.

Das Licht war so nah! Sie konnte das Grün von Farnen erkennen und das Blau des Himmels, und sie konnte das Rauschen des Windes und das Zwitschern der Vögel hören.

Sie blieb ruhig liegen und versuchte, sich zu entspannen. Nur keine Panik! Und keine unbedachten Bewegungen!

Und jetzt ausatmen, bis keine Luft mehr in den Lungen ist. Weiter, noch weiter und noch ein bisschen. Jetzt! Sie krallte ihre Finger in die gefaltete Lavakruste und zog sich Inch für Inch vorwärts.

Geschafft! »Yippie-ya-yay!«

Tess zerrte ihren Rucksack aus dem Schacht und sah sich in der Höhle um.

Das Licht fiel durch ein großes Skylight über ihr, ein Einbruch in die Lavatube. Eine Lawine aus schwarzem Geröll ergoss sich über den unebenen Boden. Zwischen den zerborstenen Lavaplatten wucherten Farne, Gräser und Moose in allen Schattierungen von Grün. Diese erkaltete Feuergrube war ein unberührtes Paradies, ein Tempel für das neue Leben, das aus dem Tod entstand.

Jules Verne hätte seine Freude daran gehabt, diese wundervolle Höhle zu beschreiben.

Sie nicht.

Denn der Einbruch über ihr war zu hoch, als dass sie seinen geborstenen Rand erreichen konnte. Tess sah sich in der Höhle um, konnte aber nichts entdecken, woran sie hinauf zur Kuppelöffnung klettern konnte. Die Lavabrocken waren zu schwer, um sie herumzuwuchten oder aufzurichten.

So nah und doch so fern!

»Ronan!«, brüllte sie hinauf. »Ricky!«

Nichts, nur der heiße Wind rauschte durch die Spalten der geborstenen Lava über ihr.

Tess versuchte es noch eine Weile, dann gab sie auf.

Keine Rettung.

Sie musste zurück.

Durch den engen Schacht.

In die Lavatube.

»Verdammt, Ricky, jetzt komm schon!«

Der Husky warf den Kopf hoch, stellte die Ohren auf, schaute in eine andere Richtung und versuchte, ihn überhaupt nicht zu beachten.

»Ricky!«

Na also! Er senkte den Kopf, blinzelte Ronan mit seinen blauen Augen an und winselte vor Schmerz. Seine Pfoten waren mittlerweile ziemlich aufgerissen und verbrannt. Sie bluteten.

Heiß glühte die graublaue Lava unter ihren Füßen. Die Hitze durchdrang die dicken Sohlen der Wanderstiefel, war aber nicht stark genug, um sie zum Schmelzen zu bringen. Aber Ricky litt und weigerte sich, auch nur einen Schritt weiterzugehen.

Ronan hatte ihm die Lederleine angelegt, aber er konnte ihn nicht dazu bringen, ihm zu folgen, um Tess zu suchen. Wie Cayden und er hatte der Husky Angst. Die Oberfläche des Lavafeldes war eine zerbrechliche Kruste aus glänzenden Wellen, die nur wenige Schritte entfernt an mehreren Stellen geborsten war. Durch Skylights konnten sie die leuchtende Lava in der Tube darunter sehen, die mit hoher Geschwindigkeit nach Norden abfloss, in Richtung der Ranch.

Tess entgegen.

»Ricky, komm jetzt!«, drängte nun auch Cayden den Husky. »Wir müssen Tess suchen! Sie ist in Gefahr! Wir müssen sie retten!«

Panisch spähte Ricky in alle Richtungen und wedelte mit dem buschigen Schwanz. Wie Cayden und Ronan suchte er nach einer Stelle, wo die unterirdisch fließende Lava hervorbrechen konnte.

Hier waren sie sicher – glaubte Ronan jedenfalls. Sie standen auf einer kleinen Anhöhe, vier oder fünf Fuß über dem ebenen Lavafeld. Wenn die Lava irgendwo durchbrach, würden sie's von hier aus sehen. Aber auch nur von hier aus. Und das schien Ricky zu begreifen.

Ja, hier waren sie sicher. Ja, hier schmerzten seine verbrannten und verletzten Pfoten nicht so sehr. Aber nein, sie konnten nicht einfach hierbleiben. Die Zeit lief ihnen davon. Sie mussten Tess suchen. Die Lava ... Verdammt!

»Ricky!« Er hockte sich neben ihn und streichelte ihn, um ihn zu beruhigen. »Cayden, setz dich neben mich und zieh deine Schuhe und deine Socken aus.«

»Wieso?«

»Ricky braucht Booties. Wir ziehen ihm unsere Wollsocken über.«

»Hihihi.«

Ronan half Cayden, die Stiefel wieder zu verschnüren. Dann zog er dem Husky die dicken Socken über die empfindlichen Pfoten. Seine großen befestigte er mit einem Wollfaden an seinem Halsband, Caydens kleine rutschten nicht von seinen Pfoten. Schließlich tränkte er die Wolle mit Wasser aus der Flasche. Das würde die Schmerzen ein wenig lindern.

»Okay, Ricky! Jetzt aber!«

Erschöpft hechelte der Hund ihn an.

»Wo ist Tess?«, lockte Ronan den Husky.

Ricky sah sich um, suchte auf dem Lavafeld nach ihr und kläffte sich heiser.

»Komm schon, Ricky, wir müssen Tess suchen! Sie ist in Gefahr!«

Der Husky schaute ihn an und rührte sich nicht.

»Cayden? Du nimmst jetzt die Wasserflasche und die Sandwiches. In Ordnung?«

»Und du?«

»Ich werde Ricky tragen.«

»Weil er nicht weitergehen will?«

»Genau.« Ronan packte den ausgewachsenen Schlittenhund unter den Schultern und hob ihn hoch – er wog fünfzig oder sechzig Pfund, schätzte er.

Der Husky warf den Kopf zurück gegen seine Schulter und heulte durchdringend, alle viere wie gelähmt vor Angst von sich gestreckt. Na, wenigstens strampelte er nicht wie ein Irrer, sodass Ronan ihn loslassen musste.

Sie kamen nur langsam voran, denn das Lavafeld wurde immer unwegsamer und gefährlicher. Und Ronan wusste nicht mal, ob sie überhaupt in dieselbe Richtung liefen wie Tess etliche Fuß unter ihnen. Was, wenn die Lavatube eine Biegung machte? Was, wenn es Abzweigungen gab und Tess die Richtung ändern musste? Was, wenn es dort unten giftige Dämpfe gab? Oder einen Lavastrom? Oder einen Einbruch …

Sie mussten sie so schnell wie möglich finden!

Aber wie?

Seine Krankheit machte alles viel schwieriger. Mit Ricky in seinen Armen über die Lava zu stolpern, im Geröll auszurutschen und das Gleichgewicht zu halten, um nicht zu stürzen, empfand Ronan als unglaublich mühsam und anstrengend. Cayden schlug sich wacker, stapfte tapfer voran und beschwerte sich mit keinem Wort über die sengende Hitze, die ihre gerötete Haut glühen ließ und ihnen den Atem raubte. Er war unbeschreiblich stolz auf seinen Kleinen, und das würde er ihm heute Abend ins Erinnerungsalbum schreiben.

Ronan wusste nicht, wieso. Aber der Lavastrom dort vorn erinnerte ihn an seinen letzten Besuch bei Dr. Munro-Hayes. Der Doc hatte die letzte Aufnahme von seinem Kopf in den Lichtkasten geklemmt, damit er sich den wuchernden Tumor ansehen konnte. Ihm schnürte sich die Kehle zu, und sein Herz begann zu rasen. Die Aufnahme zeigte ein Schneegestöber in seinem Kopf, ein Whiteout. Der Tumor war einfach überall. Und Dr. Munro-Hayes' Gesichtsausdruck, als er die Aufnahme schließlich aus dem Lichtkasten nahm, zerstörte alle Illusionen. Das war's.

In mir, dachte er versonnen, scheint unter der harten Kruste der Verbitterung, die jetzt aufbricht, die Gelassenheit hindurch. Die Freude.

Keine Medikamente mehr! Keine Nebenwirkungen! Keine Benommenheit! Nur noch Bewusstheit, Klarheit, Licht. Nur noch Farben, Düfte, Wärme, Sinnlichkeit.

Eine Welt, so schön, dass ich sie nie verlassen will.

Ein Tag, so lang, dass ich nie meine Augen schließen möchte.

Und Tess.

Mir bleibt nicht mehr viel Zeit, das spüre ich.

Ronan musste an Cayden denken und dabei gegen die Tränen ankämpfen. Er war doch noch so klein und ...

In diesem Augenblick geschah es: Mit Ricky auf den Armen stolperte er über eine aufgeworfene Lavafalte und stürzte auf das sengend heiße Gestein.

Der Schmerz zuckte durch seinen Kopf, und er knirschte mit den Zähnen, um nicht aufzustöhnen. Hatte er sich den Kopf gestoßen? Nein, da war kein Blut.

Cayden warf sich neben ihn. »Daddy? Hast du dir wehgetan?«

Ronan versuchte den Kopf zu heben, aber er schaffte es nicht. Er war wie gelähmt vor Schmerz. Und dann spürte er es kommen.

Zu viel Stress, ja klar! Zu viel Angst! Zu viel Aufregung! Zu viel Anstengung, als er Ricky getragen hatte!

Ja, es kommt, dachte er. Nein, bitte nicht! Cayden soll nicht sehen, wie sein Daddy sich unter Qualen auf dem Boden windet, zuckend und keuchend und stöhnend und schreiend vor Schmerz! Und am Ende bewusstlos, empfindungslos, starr! Das ist ein Anblick, den er nie vergessen wird ... bitte ... nicht!

Ronan kämpfte dagegen an, aber er wusste, er würde diesen Kampf verlieren.

Wärme breitete sich in ihm aus, fiebrige Hitze ... ja, und ein Zittern, das sich zum Kribbeln steigerte, zu unbeschreiblichem Schmerz. Er konnte sich nicht mehr bewegen.

Sein Gesichtsfeld verengte sich zu einem dunklen Tunnel, in dem grelle Lichtfunken herumwirbelten.

»Daddy!«, rief Cayden, den Tränen nah, mit piepsiger Kinderstimme. »Was ist mit dir?«

Jetzt überkamen ihn wieder diese seltsamen Empfindungen, als ob sich die Zeit zu einer kleinen Ewigkeit zerdehnte und gleich darauf zu einem einzigen Punkt zusammenzog. Und er hatte das Gefühl eines Déjà-vu, als hätte er genau diese Situation bereits erlebt. Vorhin. Irgendwann.

»Daddy!«, kreischte Cayden panisch. »Steh auf, bitte! Nicht einschlafen!«

Aber das konnte nicht sein. Cayden hatte noch nie einen Anfall gesehen. Nun erlebte er die Situation auch ganz anders. Sie kam ihm jetzt ungewöhnlich fremd vor, und auch der kleine Junge, der vor ihm kniete und heulte, war ihm plötzlich fremd. Ein Jamais-vu?

Ronan wollte etwas zu dem weinenden Jungen sagen, aber er brachte nur ein Stöhnen heraus. Er schmeckte Blut auf seiner

Zunge, einen metallischen Geschmack, aber er konnte sich nicht erinnern, dass er sich gebissen hatte. Er spürte jedenfalls nicht, dass ihm Blut aus dem Mundwinkel rann, und er schluckte auch keines.

Wieso weinte der kleine Junge?

Ah, seine Hand zuckte. Der Kleine versuchte, sie festzuhalten, damit er sich auf dem scharfkantigen Geröll nicht verletzte. Aber er schaffte es nicht, und die Hand traf ihn ins Gesicht.

Der Kleine brüllte los, als hätte er ihn absichtlich geschlagen. »Daddy!«, rief er verzweifelt. »Du darfst nicht sterben, Daddy! Ich bin doch noch so klein! Du kannst mich doch nicht allein lassen!«

Die Angst schnürte ihm die Kehle zu, und er brachte nichts als ein ersticktes Röcheln heraus.

Der kleine Junge schluchzte auf. Tränen strömten ihm über das Gesicht, die er mit seinen kleinen Händen immer wieder wegwischte. »Daddy, geh nicht weg, bitte! Ich will auch der bravste Junge von der ganzen Welt sein, wenn du nur wieder gesund wirst! Ich will ganz artig sein! Ich werde auch Mommy nicht mehr ärgern!« Er stupste ihn an. »Daddy?«

Dann wusste er wieder, wer der Junge war.

»Cayden!«, keuchte er.

Der Kleine wischte sich die Tränen ab. »Uh-huh?«

»Alles … in … Ordnung.«

»Okay«, quiekte er schrill.

»Hab … keine … Angst.«

Cayden schüttelte den Kopf, stumm vor Verzweiflung. Seine Augen waren aufgerissen, seine Lippen, immer noch blutig von seinem Sturz vorhin, waren verkniffen.

Heiße Tränen rannen Ronan aus den Augen. Er war so stolz auf seinen Kleinen. Er war so tapfer. »Es … geht … mir … gut.«

Cayden schniefte den Rotz hoch, rieb sich die verheulten Augen und nickte.

»Komm ... her ... Cayden.«

Auf Knien rutschte der Kleine über das Geröll näher an ihn heran, während er sich mühsam auf die Seite drehte.

»Sag mir, was ich tun soll, Daddy. Ich mach alles, was du willst.«

Du kannst nichts tun, um mir zu helfen, wollte Ronan sagen, aber das würde ihn nur noch mehr erschrecken.

»Leg dich ... neben mich.«

Cayden schmiegte sich dicht an ihn heran, legte seinen Kopf auf Ronans ausgestreckten Arm, packte den anderen und legte ihn wie seine Kuscheldecke um sich.

Tief atmete Ronan seinen Geruch ein und drückte ihn mit aller Kraft an sich. Wie schön es war, den kleinen Kinderkörper im Arm zu halten. Er drückte die Lippen in sein verwuscheltes und verschwitztes Haar. »Cayden, Süßer?«

»Ja, Daddy?«

»Es tut mir leid ... Ich wollte dich eben nicht hauen.«

Er zuckte mit den Schultern. »Hat gar nicht wehgetan.«

Gott, wie süß! »Hab dich lieb.«

»Ich dich auch, Daddy.«

»Ich bin sehr müde, mein Kleiner ... Ich werde jetzt ein paar Minuten schlafen, okay?«

Er nickte, und sein Haar kitzelte auf Ronans Wange.

»Fünf Minuten. Dann geht's mir wieder besser.«

Cayden schmiegte sich an ihn und hielt seine Hand fest. »Ist gut.«

»Singst du mir vor dem Einschlafen noch ein Lied?«

Cayden überlegte kurz – ganz ernsthaft: Er machte sich Gedanken, welches Lied er sich wünschen könnte. »Welches denn?«

»Das Lied, das Tess immer für dich singt. *North to Alaska, Land of the Midnight Sun.*«

»Okay.«

Hinter der nächsten Abzweigung roch es nach …

Was war das? Gas? Oder …

Nein, nicht das!

Mit angespannten Schultern ging Tess weiter. Mit jedem Schritt wurde es heißer.

Wieder flackerte die Taschenlampe. Die Batterien wurden immer schwächer. Es war nur noch eine Frage von Minuten, bis es finster um sie wurde.

Was war dort vorn? Ein Lichtschimmer?

Sie knipste die Taschenlampe aus.

Ja, dort vorn war's hell.

Ein Aufstieg?

Langsam ging sie weiter.

Die sengende Hitze glühte auf ihrer Haut, und ihre Fußsohlen brannten trotz der Wanderstiefel. Die Gummisohlen klebten am Boden und machten ein schmatzendes Geräusch, das in der Tube widerhallte.

Wonach roch es hier bloß?

Tess ging auf das Licht zu. War es Sonnenschein, der durch ein Skylight zu ihr herunterdrang? Ein Einbruch, so wie vorhin das verträumte Paradies?

Weiter!

Die Basaltwände reflektierten jetzt den gelborangenen Schein, und die Lavatube war deutlich sichtbar. Der Boden vor ihr war abschüssig. Es ging also wieder hinunter.

Tess schob die Taschenlampe in den Gürtel.

Noch eine leichte Biegung, dann hörte sie das leise Knistern. Was war das? Der Wind, der die Farnwedel rascheln ließ?

Noch drei, vier, fünf Schritte, dann … Oh nein!

Einen Moment lang war Tess von dem, was sie da sah, so entsetzt, dass sie erstarrte.

Ein Lavastrom! Direkt vor ihr!

Durch einen seitlichen Einbruch aus geschmolzenem Gestein

konnte sie nur wenige Schritte entfernt die Lava in der benachbarten Tube fließen sehen. Sie schoss durch einen offenen Seitentunnel an ihr vorbei in die Richtung, aus der sie gekommen war. Die Luft waberte vor Hitze.

Jeden Augenblick konnte die Wand zwischen den beiden Tubes endgültig einbrechen! Dann würde sich das flüssige Gestein mit rasender Geschwindigkeit in ihren Gang ergießen!

Panisch warf Tess sich herum, zog die Taschenlampe aus dem Gürtel und lief hinein in die Finsternis.

Zurück zur Abzweigung! Dann den anderen Weg!

Diese eine Chance hatte sie noch!

Ihre Nerven waren zum Zerreißen gespannt, und das laute Krachen, das sie hinter sich hörte, ließ ihr das Blut in den Adern gefrieren. Eine Explosion! Wie von berstendem Gestein!

Sie drehte sich nicht um. Sie wollte das, was sie hinter sich vermutete, nicht sehen.

Als sie die Lampe anknipste, flackerte die kleine Glühbirne nur noch. Verdammt, die Batterien waren fast leer ...

Ich gebe nicht auf!, dachte sie. Ich habe immer noch mein Feuerzeug!

Lauf, Tess, lauf um dein Leben!

Ronan mühte sich die letzten Schritte hinauf, dann stand er auf dem flachen Hügel inmitten des Lavafeldes. Dort ließ er Caydens Hand los und hockte sich auf einen staubigen Felsbrocken, der sich unter seinem Hintern verdammt heiß anfühlte. Er schob seinen Stetson in den Nacken und wischte sich mit dem Handrücken den Schweiß ab. Erschöpft blinzelte er. Nach seinem Anfall vorhin war er immer noch ziemlich ausgepowert.

Cayden hockte geduldig neben ihm und guckte mit der Unterlippe zwischen den Zähnen immer wieder zu ihm hoch. Ja klar, er machte sich Sorgen um ihn. Für den Kleinen hatte es so ausgesehen, als würde er sterben.

Gott, es wird so schwer werden, ihm zu erklären, dass ich das tatsächlich tue, dachte Ronan. Obwohl ich ihn mit unserem Buch voller Erinnerungen so behutsam wie nur möglich auf diesen Augenblick vorbereite, auf diesen langen Abschied. Die Briefe, die Bilder, die Erinnerungen an eine glückliche Zeit ... vielleicht die glücklichste und unbeschwerteste Zeit meines Lebens ...

Er atmete tief durch.

Tess.

Sie mussten weiter.

Ronan trank einen Schluck aus der Flasche, die er nun wieder trug, weil Ricky mit seinen Booties aus nassen Wollsocken jetzt prima klarkam. Na ja, er humpelte, weil er Schmerzen hatte. Aber gerade schnüffelte er über das weite Lavafeld, auf der Suche nach einer Spur von Tess, und spähte in jedes Skylight.

In dieser Gegend gab es unzählige Einbrüche, und unter fast allen rauschte hinter einem wabernden Schleier heißer Luft die glühende Lava vorbei. Die Skylights hatten Tess und er während ihres Fluges gestern früh entdeckt, nach ihrem romantischen I♥U am Himmel. Aus der Luft sahen sie aus wie eine Kette glühend roter Perlen auf zerknittertem schwarzen Samt. Deshalb wollten Ronan und Tess sie sich aus der Nähe ansehen, um herauszufinden, wohin die Lava floss. Jetzt wusste er es. Nach Nordosten. Zur Ranch.

Da vorn war wieder ein Skylight. Cayden sprang auf und stürmte darauf zu. Vor dem Einbruch kniete er sich mit abgewinkelten Beinen auf den Lavaboden, stemmte sich auf beide Hände und blinzelte ins orangefarbene Glühen. Dann nahm er einen Stein und versuchte, ihn über die Lava flippen zu lassen. Das funktionierte natürlich nicht. Aber er beobachtete aufmerksam, wie der Stein mitgerissen wurde.

Cayden faszinierte die Lava. Flüssiges Gestein! Das war was

anderes als seine Steinsammlung in San Francisco. Das war sogar toller als ein schimmerndes Goldnugget, das eine Viellion Dollars wert war, oder schwarzes Vulkanglas, das aussah wie die Tränen der Feuergöttin Pele.

Ja, gut, er ließ seinen kleinen Abenteurer in Ruhe die Gegend erforschen. Denn solange seine Augen glänzten wie gerade jetzt, hatte er keine Angst. Weder um Tess noch um ihn.

Als sie weitergingen, stießen sie auf einen Lavastrom, einen schmalen, sehr langsam fließenden Fluss aus silbergrau erstarrender Lava. Die Gasblasen und die Wirbel an der Oberfläche sahen aus wie Stromschnellen in einem Gebirgsbach.

Sie umgingen den Lavastrom über die Felsen oberhalb der sprudelnden Quelle, als Cayden einige Schritte entfernt eine eingebrochene Lavatube entdeckte. Sofort flitzte er los, den Husky im Schlepptau.

Als Ronan die eingestürzte Röhre vom Rand aus betrachtete, schwindelte ihm vor Angst, und die Kopfschmerzen wurden wieder stärker. Wo war Tess?

Er ließ seinen Blick über die rötlich schwarze Ebene schweifen, die am dunstigen Horizont, in Richtung des Kilauea, ins Blaue überging. Aus vielen Spalten stiegen Fumarolen aus weißem Dampf auf – aus dem Riss dort vorn, der an eine Gletscherspalte erinnerte, sogar eine besonders eindrucksvolle. Nur ein paar Schritte weiter wuchs einsam und verloren ein zartes Pflänzchen, gelbe und grüne Blätter, rote Blüten. Ein zauberhafter Anblick inmitten dieser schroffen Wüste mitten im Nirgendwo.

Ricky flitzte an ihm vorbei zum Abgrund und lugte schwanzwedelnd hinunter. Aufgeregt hopste er am Rand entlang und winselte. Plötzlich warf er sich herum, preschte zu Ronan herüber, kläffte ihn an, wendete mit dampfenden Socken und sauste zurück zum Abgrund. Mit aufgestellten Ohren guckte er hinunter und wimmerte schrill. Dann sah er wieder zu Ronan herüber. Als er nicht schnell genug kam, um zu sehen, was er entdeckt hatte, kehrte er zurück, drehte eine Runde um ihn herum und jagte wieder voraus zum Abgrund.

Ronan kniete sich neben ihn, klopfte ihm auf die vor Aufregung bebenden Flanken und spähte hinunter in den Spalt. Die Abbruchkante sah aus ... ja, wie? Cayden würde sagen: wie ein Brownie mit Nüssen im Schokoguss und einer leckeren Füllung aus Aprikosenmarmelade. Die schwarze Schokoschicht des Brownies war glatt, wie mit einem scharfen Messer angeschnitten, die rotorangene Füllung quoll dazwischen heraus.

Und jetzt sah er auch, was Ricky so aufregte!

Die Spalte hatte eine Lavatube auseinandergerissen. Trotz der schwarzen Schatten, die das Licht des späten Nachmittags in den Spalt warf, sah Ronan auf beiden Seiten den Tunnelverlauf.

Und da war Tess! Neun oder zehn Fuß unter ihm!

Sein Herz platzte fast vor Erleichterung, das Blut rauschte in seinen Ohren, und eine Hitzewelle voller Glücksgefühle pulsierte durch seinen Körper.

Sie lebt! O Gott, sie lebt!

Auch sie hatte ihn entdeckt. »Ronan!«

»Tess!«

»Bin ich froh, dich zu sehen!«

»Und ich erst! Bist du okay?«

»Nur ein bisschen aus der Puste.«

»Lava?«

Sie nickte.

»Warte, ich helf dir rauf.«

Tess schob sich aus der Lavatube, fand mit ihren Wanderstiefeln Halt, sah zu ihm hoch und reckte ihm den Arm entgegen.

Ronan legte sich flach auf den Boden und streckte die Hand zu ihr hinunter. Ihre Fingerspitzen berührten sich, aber er konnte ihre Hand nicht packen, um sie hochzuziehen. Er rutschte ein Stück nach vorn, renkte sich fast die Schulter aus und versuchte es erneut – vergeblich.

Der Spalt verengte sich nach unten, einen Boden gab es nicht. Tess konnte also nicht hinunterspringen, ohne sich zu verletzen. Und selbst wenn sie es schaffen sollte: Es gab keine Geröllhalde, über die sie am spitz zulaufenden Ende der Felsspalte heraufsteigen konnte.

»Ricky, komm her!« Mit aufgestellter Rute sprang der Husky heran, immer noch völlig aufgedreht, und hechelte ihn an. Ronan kraulte das dichte Fell in seinem Nacken. »Ricky, mein Kleiner, wir müssen Mommy retten.«

Er deutete nach unten, zu Tess, die erwartungsvoll zu ihnen heraufschaute, und der Husky schien ihn zu verstehen. Ronan nahm die aufgerollte Hundeleine vom Gürtel und hakte den Karabiner in sein Halsband, das er bis zum letzten Loch der Schnalle erweiterte. Tess an der Lederleine hochzuziehen würde ohne Brustgurt eine unendliche Quälerei für ihn werden, weil ihn das Halsband würgte. Aber er würde es schaffen. Ricky war stark, und er war entschlossen. Er liebte sie. Er würde alles für sie tun, alles, sogar auf Bären losgehen, die Tess bedrohten. Nicht umsonst war er der Leithund ihres Schlittenteams.

Die Leine mit der Handschlaufe warf Ronan zu Tess hinunter. Sie schob die rechte Schulter hindurch, wickelte die Leine um den Arm und hielt sich mit beiden Händen am Lederband fest. Sie würde an der steilen Wand hochklettern, sobald sie mit den Sohlen ihrer Stiefel einen Halt fand. »Kann losgehen!«

Ronan packte Ricky am Halsband und zerrte ihn vorwärts, einen Schritt, noch einen und noch einen weiteren.

Dann tauchten Tess' Finger an der scharfen Abbruchkante auf. Stöhnend stemmte sie sich hoch, schob Ellbogen und Knie über den Rand und zog sich an der gespannten Leine auf das knirschende Geröll, das an ihr vorbei in den Abgrund stürzte.

Ronan ließ Ricky los, der sich schwanzwedelnd und jaulend umwandte, hastete zu Tess hinüber und warf sich neben sie in die Lava, um sie zu umarmen.

Tess warf ihre zitternden Arme um seinen Hals, zog ihn zu sich herunter und küsste ihn. »Hi.«

Seine Lippen streichelten ihre. »Hi.«

Überwältigt von ihren Gefühlen ließ sie sich zurücksinken, erschöpft, aber glücklich. »Puh! Was für ein Abenteuer!«

»Machst du so was öfter, da oben in Alaska?«

»Na klar, jeden Tag.« Sie grinste. »Wieso?«

# 18

»Die Delfine waren ja sooo toll!«, rief Cayden, der völlig aufgedreht vor Ronan und Tess zum Haus hopste.

Sie folgten ihm mit ihren nassen, sandigen Surfboards unter dem Arm, Ronan in seiner Badehose, Tess in einem sexy Schwimmanzug, den Lynne für sie entworfen hatte und der ihren durchtrainierten Körper auf eine geradezu verwegene und ziemlich verstörende Weise zur Geltung brachte. Vielleicht würden sie nach dem Duschen und vor dem Abendessen auf der Veranda mit Blick aufs Meer noch rasch einen … wie sagte Tess dazu? … einen Touchdown, eine Zwischenlandung, in seinem Bett einlegen …

Wir haben so viel Spaß miteinander, dachte Ronan, und wir bereiten uns so viel Lust, so viel Freude! Wie konnten wir nur all die Jahre darauf verzichten?

»Meiner war der süßeste Delfin!«, japste Cayden, als er durch das offene Portal ins Haus flitzte. Dann plapperte er wohl nicht mehr mit ihm und Tess, sondern mit Kimo, den er vermutlich gerade in der Eingangshalle umrannte. »Weil der war noch ganz klein! Und ich hab das Delfinbaby ganz allein zurück ins Wasser geschubst!«

Ja, das hat er, mein mutiger kleiner Sohn!

Den ganzen Nachmittag haben Tess und ich am schwarzen Sandstrand verbracht, die meiste Zeit in den Wellen, um Cayden das Surfen beizubringen – das wollte ich unbedingt noch tun, bevor ich …

Jedenfalls hatten wir wahnsinnig viel Spaß! Tess und ich haben uns mit unseren Boards weit draußen in den Brechern ausgetobt. Wir sind glitzernde Steilwände hinabgezischt, die über uns aufragten, wir sind geduckt durch Tubes gesaust, die blau und grün schimmerten, und wir sind der über uns hinwegbrandenden Gischt davongerast! Und so manches Mal hat uns eine Welle von unseren Boards gefetzt! Adrenalin pur! Was haben wir gejohlt und gelacht!

Ziemlich ausgepowert waren sie zum Strand zurückgekehrt und hatten Cayden zum ersten Mal auf ein Surfboard gepackt. Natürlich mit einem spannenden Soundtrack, in Klammern: Tess, und dem Kommentar eines aufgeregt quasselnden Radioreporters, in Klammern: Ronan.

Warten auf die Welle: Cayden lag auf dem Board, beide Hände im Wasser, Schultern nach oben, Blick nach vorn. Und ... anpaddeln! Cayden kraulte los, und wie viel Kraft er in seinen Armen hatte! Ein echt toller Takeoff!

Natürlich hatten sie ihn nicht zu den großen Wellen ganz weit draußen mitgenommen. Aber das Surfen in der gischtigen Brandung vor dem Strand war schon ziemlich aufregend für den Kleinen. Sieben Mal kippte er vom Surfbrett, haute sich den Kopf am Board an, schluckte jede Menge Wasser, aber jedes Mal kletterte er tapfer wieder rauf – das Interesse am Surfen verlor er erst, als er die gestrandeten Delfine entdeckte.

Fünf Delfine kämpften in der Brandung, wanden sich auf dem nassen schwarzen Sand, schlugen mit den Schwanzflossen auf das heranrauschende Wasser und versuchten verzweifelt, zurück ins Meer zu kommen – aber vergeblich!

Tess und er schleppten die Boards auf den Strand, während Cayden schon zu den zappelnden Delfinen flitzte. »Weil wir müssen die doch retten!«, rief er. »Sonst sterben die! Und das dürfen die doch nicht!«

Jeder von ihnen lief zu einem Delfin und streichelte ihn an der Finne, um ihn zu beruhigen. Dann packten sie ihn mit beiden Händen an der Schwanzflosse, um ihn umzudrehen und rückwärts ins Meer zu ziehen. Und auch Cayden traute sich an einen kleinen Delfin heran, während Tess und er sich um die anderen beiden kümmerten. Zuerst war Cayden ein bisschen zögerlich, aber dann streichelte er das Delfinbaby behutsam und quasselte ermutigend auf es ein. Schließlich wuchtete er die Schwanzflosse hoch und schubste den kleinen Delfin mit aller Kraft zurück ins Wasser.

Wie er gestrahlt hat!, dachte Ronan. Wie seine Augen geleuchtet haben, weil er dem kleinen Delfin das Leben gerettet hat, und wie glücklich er gelächelt hat!

Glück ist ein Funke, der leicht überspringt.

Während Tess und er ihre Boards zum Haus zurücktrugen, fragte er sich, wieso er es nicht wusste: War sein Leben eigentlich glücklich?

Was war das überhaupt, ein glückliches Leben? Ein gelungenes Leben? Wie gelingt ein Leben? Was muss man dafür tun, um es gelingen zu lassen, worauf verzichten, um sich dessen bewusst zu werden, was erleiden, um es wertzuschätzen wie gerade jetzt?

Seinen Eltern war er dankbar für ihre großzügige Unterstützung, für ihr Vertrauen, niemals infrage zu stellen, was er tat, und für ihre Liebe. Für eine Kindheit ohne Sorgen. Für ein Leben, in dem Freude und Leid geteilt wurden. Für lange Gespräche, um Belastendes in Worte zu fassen und loszulassen. Um unter der Verzweiflung und Traurigkeit über die Krankheit den ungestümen Lebensmut wiederzufinden, die Hoffnung. Die leidenschaftliche Liebe zum Leben.

Ein Lächeln schenken, das tröstet. Eine herzliche Umarmung, die wieder aufrichtet, manchmal mit Tränen in den Augen. Glück. Gelassenheit. Menschlichkeit … Was kann man als Vater, Mutter, Bruder mehr für einen geliebten Menschen tun?

War er glücklich? Ja, trotz der Schmerzen, der Benommenheit, der Anspannung. Denn in diesem längsten Jahr seines Lebens hatte er die richtigen Menschen an seiner Seite gehabt, und ihm war bewusst, welche Belastung das für sie war. Nicht allein zu sein ist ein unbeschreibliches Gefühl. Es ist nicht Glück, nein, das nicht, aber es kommt der Zufriedenheit schon sehr nahe, und es ist eine Gehhilfe auf dem langen Weg zum inneren Frieden, den man nur allein gehen kann. Zu einem unaufgeregten und entspannten Rest des Lebens, letzter Teil: der Epilog.

Ist es nicht der gelungene Schluss, der Tod des Helden in Würde und Gelassenheit, an einem Ort der Sehnsucht, mit einem geliebten Menschen an seiner Seite, der bis zum Schluss seine Hand hält, der dem ganzen Leben Sinn verleiht, nicht nur den letzten Stunden?

Zufriedenheit und Glück kann man mit allem Geld dieser Welt nicht kaufen. Aber man kann sie selbst erschaffen, jeden Tag aufs Neue ...

Mit Cayden.

Und mit Tess.

Sie lehnten ihre Surfboards gegen die Stelzen der Veranda und stiegen Arm in Arm hinauf aufs hölzerne Sonnendeck, wo sie auf den blütengeschmückten Liegestühlen gleich einen Sundowner genießen wollten.

Von der Veranda hatte man einen unvergesslichen Blick auf die tropischen Gärten mit stillen kleinen Lagunen im Schatten von alten Bäumen, auf die versteckten Terrassen, wo man bei einem exotischen Fruchtcocktail die Ruhe des Dschungels genießen konnte, und auf das im Licht der untergehenden Sonne aufgleißende Meer. Während der Dämmerung wurden zwischen den blühenden Büschen und den schwarzen Lavasteinen des Dschungelgartens Fackeln entzündet. Eine zauberhafte Abendstimmung, mit einer warmen Brise vom Pazifik, die nach Vanilleschoten, Mangoblüten und Papayafrüchten duftete.

Wie sehr er diese Insel der Glückseligkeit genoss, die für ihn schon sehr bald nur noch ein verlorenes Paradies sein würde!

Aber erst eine kühle Dusche mit Tess und dann ... hmm, darauf freute er sich noch mehr als auf das verträumte Candle-Light-Dinner danach ...

»Sir?« Der Butler erwartete ihn in der kühlen Eingangshalle, ernst und gemessen. »Bitte verzeihen Sie.«

»Ja, Kimo?«

»Mr Brandon ... Ihr Bruder ist am Telefon ... Mr Conroy ... Er klingt sehr aufgeregt.« Kimo deutete auf die offene Tür zu Ronans Arbeitszimmer, in der Cayden, Hände und Füße am Türrahmen, hochkletterte wie ein Äffchen. Vom Surfen ausgepowert? Von wegen! Vor dem Zubettgehen drehte er noch mal voll auf!

An ihm vorbei schob Ronan sich in sein Arbeitszimmer. Tess kitzelte Cayden, der vor Vergnügen kreischte und kicherte wie Mowgli und die Affen im *Dschungelbuch,* und folgte ihm.

Der Telefonhörer lag auf dem Schreibtisch – auf dem Umschlag mit den Verpackungen für die Kosmetika, die Stuart Wilkinson, der neue Geschäftsführer des Beauty Salons, ihm geschickt hatte.

Er nahm den Hörer. »Hallo, Ty.«

»Hallo, Ronan. Na, wie geht's?«

Sein Bruder klang angespannt. Leise und beklommen. Ronan machte sich Sorgen, weil er fand, dass es für Tyson und Lynne noch etwas anderes als das Unternehmen, die Arbeit und das Geld geben sollte: das Leben, ehe es vorbei ist.

Doch bevor er seinen Bruder fragen konnte, was passiert war, sauste Cayden zu ihm herüber, kletterte auf den Schreibtisch und riss ihm den Hörer aus der Hand. »Ist Mommy auch da?«

Die Funkverbindung knisterte und knackte. Offenbar reichte Ty den Hörer weiter.

»Hallo, Mommy!«, japste Cayden, immer noch atemlos. »Du, das ist voll aufregend hier! Ich bin heute zum ersten Mal gesurft. Und dann haben wir verstrandelte Delfine gerettet, die haben sich irgendwie im Meer verirrt. Keine Ahnung, vielleicht wollten die nach Kakau, sind bei einem Riff falsch abgebogen und sind in Haiwa gelandet. Hihihi. Na, jedenfalls, gestern bin ich auf dem Lavafeld gestürzt, weißt du, da wo die glühende Lava fließt, und ich hab mir die Lippe aufgerissen und einen Zahn ausgeschlagen und ...« Er lauschte. »Nee, das tut gar nicht mehr weh, Mommy ... Nee, sonst hab ich mir nichts getan ...« Cayden nickte. »Ja, ja, ich geb ihn dir.« Er hielt Ronan den Hörer hin. »Daddy, Mommy will dir was sagen.«

»Lynne?«

Ein Rascheln in der Leitung. »Nein, hier ist Ty.«

Offenbar hatte er Lynne den Hörer wieder aus der Hand genommen. Was war denn bloß los?

»Also, was gibt's?«, fragte er seinen Bruder.

Ty atmete tief durch, und es knatterte in der Funkverbindung. »Ich ruf an, weil Dad ...«

»Was ist mit ihm?«

»Ronan ...«, druckste Ty herum.

Ihm stockte der Atem, und sein Herz setzte einen Schlag aus.

»Dad ist tot, Ronan«, sagte sein Bruder so leise, dass er ihn kaum verstehen konnte.

»Was?«, hauchte er, und Tess sah ihn bestürzt an und kam zu ihm herüber, um mitzuhören.

»Er ist vor einer Stunde gestorben.«

Der Raum begann sich zu drehen, und Ronan war plötzlich schwindelig. Heiße Tränen schossen ihm schmerzhaft in die Augen, und auch Ty schluchzte leise auf.

»Warst du bei ihm?«, stieß er mühsam hervor. Ronans Kehle war plötzlich so eng, dass er kaum ein Wort herausbrachte.

»Er hat nach dir gefragt, Ronan. Wo du steckst. Wieso du nicht da bist.« Ty schluckte trocken, das konnte er hören. »Ich wusste nicht, was ich ihm sagen sollte ...«

»Daddy ... hat sich an mich erinnert?«, fragte Ronan fassungslos.

»Ja, kurz bevor er starb, war er ganz klar ...«

»Und ich war nicht bei ihm.«

Mein Dad ist allein gestorben, dachte Ronan. Ohne mich.

Ich habe ihm das angetan, wovor ich mich am meisten fürchte.

Nicht im Arm gehalten zu werden, wenn ich zum letzten Mal die Augen schließe, keine Geborgenheit zu spüren, keine Liebe.

Tess, bleich und benommen, spürte, was in ihm vorging, und umarmte ihn weinend. Nachdem sie ihren Vater verloren hatte, war Josh doch auch für sie ein liebevoller Daddy gewesen.

Schluchzend legte Ronan seinen Kopf an ihre nackte Schulter, und sie strich ihm durchs nasse, salzverkrustete Haar.

Mit Dad war etwas in ihm gestorben, das spürte er. Aber er konnte nicht sagen, was es war. Ein Gefühl, das plötzlich nicht mehr da war, eine Empfindung, die sich auflöste und eine Kälte hinterließ, eine Leere, ein Nichts.

Es dauerte eine Weile, bis er mit belegter Stimme fragte: »Ist er friedlich eingeschlafen?«

»Ja.«

»Hatte er Angst?«

Ty seufzte, ehe er antwortete: »Nein.«

Ein schöner Tod. O Gott, ich wünschte ...

»Ronan?«, riss Ty ihn aus seinen Gedanken.

Schniefend wischte er sich die Tränen ab, während Tess leise und behutsam Cayden erklärte, dass Grandpa Josh vorhin gestorben war. Der Kleine heulte los, und Tess nahm ihn in den Arm, küsste ihn aufs verwuschelte Haar und wiegte ihn zärtlich.

Er presste sich den Hörer ans Ohr. »Ja?«

»Ronan, hör mir zu«, sagte Ty eindringlich. »Du musst dich um nichts kümmern, ich mach das schon. Ich werde Mr Mulberry die Anweisung geben, dass er mit Mr Kealoha-du-weißt-schon-wer eure Abreise bespricht. Die Koffer packen, die Vega verladen, die Jacht klarmachen zum ...«

»Nein.«

Er glaubte sich verhört zu haben. »Wie war das? Habe ich dich richtig verstanden?«

Ronan holte tief Luft. »Hast du, Ty. Ich werde nicht zurückkommen.«

Tess setzte sich mit Cayden auf dem Schoß neben ihn auf die Tischkante, ihre Hand auf seinem Knie. Selbst diese leise Berührung schenkte ihm ein wenig Trost.

»Willst du deinen Vater denn nicht mehr sehen?«

Doch, will ich! Aber ich kann nicht! »Ty, ich ...«

»Willst du ihn denn nicht ehren? Willst du ihm denn keinen Respekt erweisen?« Und im selben Atemzug: »Willst du für ihn nicht das tun, was er auch für dich getan hätte?«

Der Hieb saß, und er tat verdammt weh!

Ich weiß, was ich Tess mit meiner Entscheidung antue! Ja, das weiß ich genau! Ich muss sie doch nur ansehen, ihre aufgerissenen Augen, ihre verkniffenen Lippen.

Und er fragte sich, was Tyson ahnte und was er schon wusste. Hatte er das neue Testament gefunden? Hatte er seinen letzten Willen gelesen?

»Um Himmels willen, Ronan ...«

»Es ist mein Leben.«

Schweigen. Dann ein leises, beklommenes »Ja«.

Er weiß es, dachte Ronan mit einem schmerzhaften Stechen in der Brust. Tyson und Lynne wissen, dass ich bald sterben werde. Wie haben sie Dr. Munro-Hayes rumgekriegt, dass er sich ihnen anvertraut? Tyson ist gerissen, ich kann's mir denken.

Er konnte nicht in Worte fassen, was er jetzt empfand. Trauer um seinen Vater, ja. Schmerz über den Verlust, ja. Schuld, weil er in der letzten Stunde seines Lebens nicht bei ihm gewesen war, ja. Enttäuschung über seinen Bruder, der hinter seinem Rücken gegen ihn intrigierte, aber auch Erleichterung, dass er es ihm nicht mehr sagen musste. Dass er es schon wusste. Und dass er Lynne hatte, die ihm zur Seite stehen und ihn trösten konnte.

Sie hatte jetzt wieder den Hörer in der Hand. »Ronan?«

»Ja?«

»Es tut mir leid, mein Liebster«, sagte sie behutsam. »Es tut mir so unendlich leid.«

»Ich weiß, Lynne.«

»Ich möchte, dass du nach Hause kommst, Ronan ...«

»Nein.«

»... zu uns.« Dramatische Pause. »Lass uns gemeinsam trauern.«

Aber ich will nicht trauern!, dachte er. Nicht um Mom, nicht um Dad, nicht um mich selbst und nicht um mein ungelebtes Leben. Meine Lebenszeit zerrinnt mir zwischen den Fingern, wie der Sand in einer Sanduhr, und es ist kaum noch eine Hand voll Staub übrig. Ich habe keine Zeit mehr für lange Abschiede, mir bleibt kaum noch Zeit für das, was ich noch tun will: einen Neubeginn wagen ...

»Nein, Lynne. Dad ist hier drin ...« Ronan legte die Hand auf seine Brust. »... er ist in meinem Herzen. Ich brauche keine Aufbahrung, denn ich habe mich schon von ihm verabschiedet. Ich brauche kein Grab, an dem ich um ihn trauern kann. Und ich brauche auch keine Gedenkfeier, um mich an ihn zu erinnern.«

Von Mom konnte ich mich auch nicht verabschieden, bevor sie starb. Wir haben noch telefoniert, bevor sie zu ihrem letzten Flug nach Kauai startete. Wir haben gelacht, das weiß ich noch. Aber ich kann mich beim besten Willen nicht mehr erinnern, was meine letzten Worte an sie waren. Ich glaube es war: »Du fehlst mir so.«

Und das tut Mom immer noch ...

Und Dad ...

Wenn ich doch in seinen letzten Stunden bei ihm gewesen wäre!

»O Gott, Ronan ...« Lynne schluchzte auf. »Bitte komm nach Hause!«

»Nein, Lynne.«

»Ronan, ich möchte, dass du mir Cayden zurückbringst, nach San Francisco. Die Reise ist viel zu gefähr...«

»Nein.«

Ganz klar, Lynne kämpft um ihren Sohn. Um das Sorgerecht. Um das Erbe. Um ihren Platz in der Hierarchie der Macht. Um eine Milliarde Dollar.

Sie wusste, dass er bald sterben würde. Und sie ahnte, was er noch vorhatte. Mit Tess.

»Cayden ist verletzt!«, bedrängte ihn Lynne, und ihre Stimme bebte. »Er hat geblutet, und er hat sich einen Zahn ausgeschlagen!«

»So wie vor einigen Tagen, als er vom Fahrrad gestürzt ist«, beschwichtigte er sie. »Es geht ihm gut, und er hat sehr viel Spaß mit Tess und mir. Cayden bleibt bei mir.«

»Ronan, ich ...«

»Lynne ... Lynne, ich lege jetzt auf. Mir ist zum Heulen, und ich möchte jetzt ein bisschen allein sein. Mit Dad.« Ronan atmete tief durch. »Ich rufe euch später wieder an. Bye.«

Seine Hände zitterten, als er den Hörer auflegte, und dann konnte er die Tränen nicht mehr zurückhalten

»Bye«, flüsterte Lynne mit erstickter Stimme in den lang gezogenen Summton der toten Leitung. Ronan hatte die Verbindung unterbrochen. Mit Tränen in den Augen legte sie behutsam den Hörer auf. »Bye, Ronan.«

Tyson wusste, wie sie sich fühlte, er sah es ihr an. Und er wusste, was sie dachte, ohne es auszusprechen: Meine Träume kannst du zerstören, indem du mir meine Entwürfe für Verpackungen, meine Rezepte für Kosmetika, meine Ideen für einen einzigartigen Beauty Salon wegnimmst. Aber meinen Sohn bekommst du nicht! Ich werde um ihn kämpfen!

Lynnes Hand ruhte auf ihrem Bauch. Das Kleid aus einem fließenden Stoff betonte ihre Kurven. Dank einer raffinierten Schnürung und der weich fallenden Falten passte sich das Wickelkleid ihrem atemberaubenden Körper an und setzte die werdende

Mommy gekonnt in Szene. Von der Schwangerschaft – zwölfte Woche, sagte der Arzt – war noch nicht viel zu sehen. Lynnes Brüste waren üppiger und empfindlicher geworden, ja, aber ihr Bauch war immer noch flach. Dabei sollte das Baby schon sehr menschlich aussehen, mit winzigen Armen und Beinen, Fingern und Zehen, mit einem Mund, der sich öffnete und schloss, wenn es schluckte, und geschlossenen Augenlidern.

Wie eine warme Woge überkam Tyson plötzlich ein Gefühl von Stolz und ... ja, von Liebe für diesen Winzling, der völlig ungeplant in sein Leben gepurzelt war. Ein Gefühl von Zärtlichkeit, ein Bedürfnis, sein Kind zu streicheln, es in die Arme zu schließen und es zu behüten.

Ich werde Vater!, dachte er.

Aber wie schnell verflog dieses Gefühl, als Lynne mit hochgezogenen Schultern und gesenktem Blick sein Arbeitszimmer verließ. Zurück blieb nur die Trauer um Josh ... und um Ronan.

Was mich hart ankommt, dachte er: Dad hatte nicht die Chance, die Dinge, die ihm wichtig waren, noch zu regeln. Nicht die materiellen Dinge, sondern die Angelegenheiten in der Familie. Wie soll man einen Sterbenden fragen, wie man dieses oder jenes erledigen soll, wenn er tot ist? Wir hatten nicht mehr viel Zeit zum Reden. Dad wurde immer schwächer, und das Sprechen fiel ihm schwer.

Umgeben von Fremden zu sterben, ohne ein vertrautes Gesicht mit einem liebevollen Lächeln, ohne eine streichelnde Hand, die Geborgenheit schenkt, muss schrecklich sein. Aber Dad hat Lynne und mich nicht mehr erkannt. Und natürlich hat er sich auch nicht an Ronan erinnert, bevor er starb.

Tyson lehnte den Kopf gegen die Rückenlehne des Ledersessels.

Von keinem meiner Väter konnte ich mich verabschieden, erinnerte er sich. Rob Conroy, mein Vater, starb, als ich ein Baby war. Ich habe ihn nie kennengelernt, ich habe nie in seinen Armen gelegen, ich habe nie seinen Herzschlag gespürt, und ich weiß nicht, wie sich ein Kuss von ihm angefühlt hätte. Ich kenne ihn nur von Fotos und Erzählungen von Shannon, die als Stiefmutter versucht hat, mir all die Liebe zu schenken, die mein Vater mir nicht mehr geben konnte.

Lance Burnette, mein Stiefvater, war der Ehemann meiner Mutter Sissy Brandon, Joshs Schwester. Auch von ihm konnte ich mich nicht verabschieden, als ich, ein achtjähriger Junge, in das Rettungsboot der *Titanic* gestoßen wurde und meine Eltern Arm in Arm inmitten der Panik an Bord des sinkenden Schiffes zurückblieben.

Diesen Anblick werde ich nie im Leben vergessen: Lance' aufrechte Haltung, nicht weniger Ehrfurcht gebietend als die von John Jacob Astor und Benjamin Guggenheim neben ihm, und Sissys aufgerissene Augen, in denen Tränen funkelten. Mommy hat auf ihren Platz im Rettungsboot verzichtet, um bei Lance zu bleiben. Bis in den Tod.

Da gab es kein geflüstertes »Bleib ruhig, mein Kleiner. Daddy und ich kommen bald nach, gleich mit dem nächsten Boot«. Kein »Hab keine Angst, Süßer. Wir sehen uns in New York«.

Nein, für einen gefühlvollen Abschied zu den beschwingten Ragtime-Rhythmen der Musiker an Bord blieb keine Zeit. Und der spektakuläre Anblick des sinkenden Schiffes, das sich steil im Wasser aufrichtet, während nacheinander die Lichter verlöschen, ist keine angemessene Entschädigung für eine liebevolle Umarmung und einen zärtlichen Kuss. Lance hat mir noch rasch seine goldene Uhr in die Tasche meines Dinner Jackets gesteckt, das einzige Erinnerungsstück an meine Eltern, das mir geblieben ist. Ich habe sie am 15. April 1912 um zwei Uhr zwanzig angehalten, als die *Titanic* in der schwarzen Tiefe versank. Seit jener Nacht habe ich sie nicht mehr aufgezogen. Aber ich trage sie immer bei mir.

Und jetzt Josh, eigentlich mein Onkel, der nach dem Tod seiner Schwester Sissy an Bord der *Titanic* zu meinem dritten Vater wurde. Aus einem traumatisierten achtjährigen Jungen hat er mit Nachsicht, Geduld und Liebe einen Mann gemacht.

Eines hat mich mein dramatisches Leben gelehrt: Von einer Minute zur anderen kann etwas geschehen, das alles verändert, dein ganzes Leben, etwas, das dich einfach umhaut. Wir dürfen nicht aufhören, miteinander zu reden, auch wenn uns die Worte manchmal im Hals stecken bleiben, und wir müssen immer wieder aufeinander zugehen, auch wenn der andere die ausgestreckte Hand nicht gleich ergreifen will.

Das Band zwischen Ronan und mir ist noch nicht zerrissen. Wir könnten uns noch in die Augen sehen, wir könnten uns die Hand zur Versöhnung reichen, um unseren Streit beizulegen, wir könnten füreinander Brüder sein. Nur dass Ronan nicht mehr da ist. Und auch nie mehr zurückkehren wird.

Tyson atmete tief durch.

Die Glaskugel am Wunschbaum ... der letzte Wunsch meines Bruders ...

Was soll ich bloß tun? Ich kann nicht nach Hawaii fahren, um mit ihm zu reden. Um ihn zur Vernunft zu bringen. Um seine Angelegenheiten für ihn zu regeln, bevor *sie* es tut.

Nach der *Titanic* werde ich kein Schiff mehr betreten, nein, nein, nein, ich kann es einfach nicht!

Durch die offenen Fenstertüren zum Garten konnte Tyson das Rauschen der Brandung und das Kreischen der Möwen hören. Sein Blick fiel auf das Telefon auf seinem Schreibtisch. Es musste einen anderen Weg geben, um das Schlimmste zu verhindern ...

Der bittere Geschmack von Verrat an seinem Bruder legte sich auf seine Zunge, und er musste trocken schlucken.

Aber hatte er denn eine Wahl?

Nein.

In seinem Leben hatte er schon viel zu oft viel zu viel verloren.

Seine Eltern, seine Kindheit, seine Heimat, sein ganzes Leben. Das würde er nicht mehr hinnehmen. Er würde sich nichts mehr wegnehmen lassen. Macht, Prestige und Sicherheit schon gar nicht.

Ronan konnte das Unternehmen nicht mehr leiten.

Er war allein, in gewisser Weise.

Schon jetzt.

Während er das Aquarell der einsamen Zypresse von Monterey an der dunklen Wandvertäfelung vor dem Schreibtisch betrachtete, nahm er entschlossen den Hörer ab und ließ sich mit dem Post Office von Beaver, Alaska, verbinden.

Beaver lag am Nordufer des Yukon River, in den Yukon Flats, sechzig Meilen südwestlich von Wo-sind-wir-hier-eigentlich? und hundertzehn Meilen nördlich von Gibt's-hier-überhaupt-eine-Stadt-in-der-Nähe?, auf Landkarten ein Fliegenschiss namens Fairbanks.

Vor Jahren war Beaver ein Trading Post der Tyrell Commercial Co. gewesen, ein Zeltlager für die Goldgräber, die zu den Goldfeldern im Norden wollten. Jetzt bestand es aus einer Hand voll Blockhütten, einem Trockengestell für Lachs und einem gecrashten Flugzeugwrack auf der unbefestigten Landebahn mitten im Nichts. Die nächstgelegene Stelle für ein interessantes Sightseeing wäre dann der Nordpol ...

Ein Krachen in der Funkverbindung.

Ah, Beaver, Alaska.

»Post Office«, meldete sich eine tiefe Männerstimme, Marke: ganzer Kerl, zerrissene Jeans, kariertes Flanellhemd, Lederparka Indian Style mit Pelzbesatz und Fransen, wie Jack London einen auf den alten Fotos trug. »'n Abend, Mr Conroy. Was kann ich für Sie tun, Sir?«

»Ich suche einen Mann«, erklärte Tyson. »Ich habe eine Nachricht für ihn.«

»Wie heißt er?«

»Lyle Morrissey. Kennen Sie ihn?«

»Yup. Er wohnt in Lyle's Cabin. Okay, wie soll die Lodge auch anders heißen.« Der Mann lachte rau. »Lyle's Cabin liegt fünf oder sechs Meilen westlich von Beaver, in den Yukon Flats.«

Lyles Hütte lag drei Fingerbreit südlich des Arctic Circle. Die Yukon Flats, das wusste Tyson von der Landkarte in Ronans Arbeitszimmer, waren ein ausgedehntes Gebiet von Feuchtgebieten mit Flussarmen, Sümpfen, Seen und Wäldern. Der Yukon verzweigte sich dort in mehrere miteinander verflochtene Nebenarme, die immer wieder ineinanderflossen und sich bald wieder zu mehreren breiten und schmalen Flussläufen trennten. In den Yukon Flats, einer grandiosen, majestätischen Landschaft, geformt von Wasser, Feuer und Eis, gab es große Vorkommen von Erdöl und Erdgas – also viel zu tun für die Tyrell Oil Co. Und für Tess als Boss des Unternehmens …

Verdammt!

»*Den* Lyle Morrissey meine ich«, knirschte Tyson. »Ist er da?«

»Keine Ahnung. Na ja, er wollte Karibus jagen. Vielleicht legt er sich auch mit einem Grizzly an. Wissen Sie, Sir, erst vor Kurzem hat ein Bär einen seiner Huskys gerissen, und Lyle …«

»Können Sie ihm einen Zettel an die Tür hängen?«

»Na klar.«

»Heute Abend noch?«

Ein kurzes Zögern. »Wenn Sie's wünschen, Sir.«

»Ich wäre Ihnen sehr verbunden«, stellte Tyson in bestem Ostküstenakzent klar.

Der andere glaubte wohl, das Rascheln von Dollars in seiner Stimme zu hören: »Verstehe, ja, okay, 'n Augenblick …« In der Leitung knisterte es, dann knallte etwas, als ob eine klemmende Schublade mit Wucht zugeschlagen wurde. »So, jetzt hab ich 'n Stift und 'n Zettel. Also, was soll ich schreiben?«

It's hard to say goodbye

Verlassen.

So fühlte Tess sich, während das kühle Wasser der Dusche über ihr Gesicht rann und ihre heißen Tränen fortspülte.

Verloren.

Ein überwältigendes Gefühl von Traurigkeit breitete sich mit schmerzhaftem Stechen in ihrem Herzen aus, schoss hinauf in ihren Kopf und in ihre Augen, die vor Tränen brannten.

Wie gelähmt stand sie mit ausgebreiteten Armen in der Außendusche und hielt sich mit zitternden Händen an den Bambusstämmen der Duschkabine fest. Ihre Beine drohten nachzugeben. Ihr Kopf war gesenkt, und das Wasser schwemmte ihr die langen Haare ins Gesicht.

Eine Weile stand Tess so und weinte mit zuckenden Schultern. Sie ließ das plätschernde Wasser über sich hinwegfließen, wie ein Fels den Wasserfall. Und sie ließ die Zeit durch sich hindurchfließen und hoffte, dass sie dieses entsetzliche Gefühl der Ohnmacht aus ihr herausschwemmte.

Jason ... Sheena ... Josh ...

Das war mehr, als sie verkraften konnte.

Aber was am schlimmsten für sie war: Cayden zu trösten. Seine Kulleraugen voller Tränen zu sehen, seine Stupsnase voller Rotz, seine Schnute verkniffen. Sein bebender kleiner Körper an ihrem, seine Arme fest um ihren Hals.

Das hatte wirklich wehgetan, tief in ihrem Herzen.

Mit zitternden Knien kauerte sie sich auf den Lavasteinboden der Dusche, lehnte den Kopf gegen die Bambusstämme und weinte ungehemmt.

Niemand kam, um nach ihr zu sehen, um sie dort herauszuholen, um sie in den Arm zu nehmen und zu trösten.

Ronan stand mit dem Rücken gegen den Stamm einer Palme gelehnt, den Blick aufs Meer gerichtet, und weinte um seinen Vater. Er wollte einen Augenblick allein sein, hatte er gesagt, als er eben das Gespräch beendet und das Arbeitszimmer verlassen hatte, um zum schwarzen Strand hinunterzugehen.

Allein.

Ja, das kenne ich, dachte sie. In den letzten Wochen war ich immer allein. Aber nur so ist die Trauer zu bewältigen, der Schmerz zu ertragen, die Stille zu akzeptieren. Die ohrenbetäubende Stille um dich herum, die gedankenlähmende Stille in dir.

Blinzelnd tastete Tess dem kühlen, erfrischenden Wasserstrahl entgegen und stellte ihn ab. Taumelnd stand sie auf und trat aus der Dusche, um sich mit einem der flauschigen Handtücher abzutrocknen, die am Rand der Waschbecken lagen.

Die weißen Waschbecken waren in eine schroffe Platte aus schwarzem Lavastein eingelassen, die am Stamm eines blühenden Baums befestigt war. Die Äste und Zweige, die Blätter und Blüten bildeten das luftige Dach des Outdoor-Bades, durch dessen Palisadenwand aus Bambus Tess die tropischen Gärten der Brandon Estates sehen konnte.

Ins Handtuch gewickelt, ging sie ins Schlafzimmer und setzte sich aufs Bett, in dem sie mit Ronan eine wunderbare Nacht verbracht hatte.

Wir sind wieder zusammen, dachte sie.

Ein Liebespaar, so wie früher.

Nein, nicht so. In Kalifornien schien es so, als hätte sich zwischen uns nie etwas geändert. Als hätte es die Jahre der Trennung nicht gegeben. Als wären wir immer noch dieselben. Aber das sind wir nicht. Ich nicht, und er auch nicht. Wir haben uns beide verändert. Er mehr als ich, und er scheint sich noch immer stündlich zu verändern. Das geschieht so schleichend, dass ich es nicht einmal spüren kann, dass ich es nur ahnen kann. Aber diese Ahnung ist überwältigend. Und beklemmend.

Wieso? Weil er mich bisher nicht gefragt hat, wie ich mir unsere gemeinsame Zukunft vorstelle. Ob ich zu ihm nach San Francisco ziehen will. Ob ich ihn heiraten will. Ob ich den Rest meines Lebens mit ihm verbringen will.

Aber es ist noch zu früh, darüber nachzudenken.

Ich bin noch nicht so weit.

Und ich bin nicht sicher, ob er es ist. Da ist etwas an ihm, das ich so nicht kenne. Eine Entschlossenheit, das Leben zu genießen, eine Achtsamkeit für die Dinge, die ihn umgeben und die ihm Freude bereiten, eine Dankbarkeit für fast alles, was geschieht. Er sieht plötzlich Dinge, die er früher übersehen hat. Er freut sich über Begebenheiten, die er früher als belanglos und unbedeutend abgetan hat, und macht kleine Glücksmomente daraus, die er aus vollem Herzen genießt. Zeit scheint für ihn plötzlich so kostbar geworden zu sein wie die Freude, die Liebe und das Glück.

Ich weiß, ich fehle ihm, wenn wir nur kurz getrennt sind und wenn er mich nicht neben sich spüren kann. Und wenn wir zusammen sind, scheint nichts auf der Welt mehr wichtig zu sein.

Ronan wirkt ... ja, wie? ... er wirkt frei, vollkommen frei.

Aber ich weiß nicht, wieso. Was hat ihn so verän...

Die Tür ging auf, und Cayden, beide Hände an der Klinke, steckte den Kopf herein. Am Türgriff hängend, schwang er ins Schlafzimmer, während seine Füße draußen blieben. »Hi, Tess.«

»Hi, Süßer.«

»Darf ich reinkommen?«

Als sie nickte, ließ er die Klinke los, hob ein dickes Buch vom Boden auf und spazierte damit zu ihr herüber. Als ein Foto herausfiel, machte er kehrt, stopfte es zurück ins geschlossene Buch und trottete weiter zum Bett. Keine Ahnung wieso, aber er schien zu wissen, auf welcher Seite sein Daddy schlief und auf welcher sie lag. Na, jedenfalls schob er das Buch unter Ronans Kopfkissen. Dann kletterte er aufs Bett und zog den Teddy Snivel, der zwischen den Kopfkissen hockte, am Bein zu sich heran.

»Snivel und du, wollt ihr mal ein langes Gespräch unter Männern führen?«, neckte sie ihn. »Du weißt schon, ganz ernsthaft und so? Über die Liebe und das Leben?«

Caydens Mundwinkel zuckten nach oben. »Nee.«

»Oder wollt ihr beide ein bisschen am Strand spazieren gehen und im Sand spielen?«

Cayden drückte den süßen Teddy an seine Brust. »Nee, ich will Snivel zu Daddy bringen, damit er ihn tröstet. Und damit er sich nicht so einsam fühlt.«

»Weint er noch?«, fragte Tess und blinzelte, um die Tränen zurückzuhalten.

Der Kleine zog eine Schnute und nickte. »Mhm.«

»Und du? Bist du traurig wegen Grandpa Josh?«

Er legte den Kopf schief und zuckte mit den Schultern. »Ich hab ihn ganz doll liebgehabt.«

Tess zog ihn zu sich heran, strich ihm tröstend über das verwuschelte Haar und zupfte sein Shirt zurecht, das er sich eben offenbar selbst übergezogen hatte.

Cayden deutete auf seine Brust. »Es tut ganz doll weh.«

Sie küsste ihn zärtlich. »Ich weiß. Mir tut's auch ganz doll weh.«

»Wie bei Sheena?«

»Ja.«

»Hast du sie noch lieb?«

»Eine Mommy hat ihr Kind immer lieb. Sie kann es nicht vergessen. Niemals.«

»Doch.«

Ein resigniertes Wort, eine Einsicht, überraschend wie ein harter Schlag. Er traf sie schmerzhaft. »Deine Mommy hat dich aber lieb.«

Er schüttelte den Kopf. »Nicht so wie du.«

Ihr fehlten die Worte, um auszudrücken, was sie empfand.

»Ich will nicht zurück zu Mommy. Ich will nicht bei ihr und Ty leben. Ich will bei dir und Daddy bleiben.«

»Cayden ...«

Er zog die Schultern hoch und presste Snivel mit beiden Armen fest an seine Brust. Seine Lippen waren dicht am Ohr des Teddys, als er sagte: »Wenn ich zurück muss nach San Francisco, dann hau ich ab.«

»Du willst weglaufen?«

Er nickte ernsthaft. »Mhm.«

»Und wohin?«

Unschlüssig zuckte er mit den Schultern.

»Bis zum Strand?«

»Nee, ich laufe ganz weit weg.«

»Bis zu den Dünen?«

»Nee, viel weiter.«

»Bis Carville? Du könntest in mein altes Streetcar ziehen.«

»Nee, noch weiter.«

»Du wirst Geld brauchen.« Tess stand auf und zog einen zerknitterten Schein aus der Tasche ihrer Jeans, die über einem Stuhl neben dem Bett hing. »Fünf Dollar.«

»Wie weit komme ich damit?«

Wie süß! »Grandma Shannon ist mit einer Hand voll Dollars um die ganze Welt gereist.«

»Echt jetzt?«

»Na klar.«

Cayden kicherte verlegen und klemmte den Schein unter Snivels Arm. »Danke.«

»Gern geschehen, Kumpel. Tust du mir auch einen Gefallen?«

»Und welchen?«

»Schreibst du mir eine Postkarte? Aus Timbuktu?«

Cayden grinste, und er wirkte nicht mehr so traurig wie eben.

Die Hoffnung ist ein schönes und tröstendes Gefühl, das mächtigste von allen, dachte Tess. Kein Mensch kann ohne sie leben. Die Zuversicht macht das Leben erst lebenswert und gibt ihm einen Sinn. Für mich ist die Hoffnung stärker als die Liebe bis in den Tod.

»Vielleicht sehen wir uns dort.«

Wie er jetzt guckte! Völlig verdutzt! »Wieso?«

»Vielleicht lande ich dort während meiner Welttour.«

»Echt jetzt?«

»Stell dir vor, wir würden uns dort wiedersehen und fest umarmen.«

»Au ja.«

»Und wenn ich nach Hause fliege, nehme ich dich mit.«

»Super.«

Tess legte ihren Arm um seine Schultern und zog ihn an sich, um ihn zu küssen. »Hab dich ganz doll lieb, lieber als alles andere auf der Welt.«

»Ich dich auch. Und Daddy?«

»Den liebe ich von ganzem Herzen.«

»Ich auch.« Cayden packte den Arm des Teddys und ließ ihn Tess zuwinken. »Ich bring Snivel jetzt mal zu Daddy.«

»Tu das.«

Sobald der Kleine die Tür hinter sich zugemacht hatte, ließ sie sich aufs Bett zurückfallen, tastete nach dem Buch unter Ronans Kopfkissen und zog es zu sich heran. Auf ihrem Schoß schlug sie es auf.

Ihr stockte der Atem, als sie fassungslos in diesem ... da, auf der Titelseite, da stand es ... in diesem Erinnerungsalbum blätterte.

Ein ganzer Stapel Fotos steckte zwischen den Seiten, besinnliche Erinnerungen an Momente voller Glückseligkeit. Da waren Briefe, kurz wie Tagebucheintragungen, von Ronan an Cayden. Antworten auf ungestellte Fragen voller unausgesprochener Gefühle und verschwiegener Ängste. Geborgenheit. Vertrauen. Liebe. Und da waren Bilder, die Cayden als empfindsame Erwiderung auf die Briefe gemalt hatte. Ein zerbrochener Regenbogen. Ein Flugzeug im Himmel, über den Wolken, schwerelos und frei. Eine hingekritzelte Zeile traf's ganz gut – alle Bilder zeigten: Dady und Ich.

Die Intensität der Gefühle in diesem Buch war überwältigend. Es schien, als hätte das Schreiben, Malen und Zeichnen eine ähnlich heilende Wirkung wie das Träumen.

Völlig verstört blätterte Tess weiter, las Ronans Briefe und betrachtete Caydens Bilder, und mit jedem Wort, mit jedem Buntstiftstrich stieg eine Empfindung in ihr auf und drängte sich ins Bewusstsein.

Angst.

Ihr Mund war trocken, und sie presste die Lippen zusammen, als sie auf die letzte Seite starrte. Das Bild musste Cayden gestern Abend für Ronan gemalt haben.

Ronan lag auf der Seite und hielt Cayden, der vor ihm kauerte, in seinen Armen. Seine Augen waren geschlossen, als schliefe er, seine Lippen berührten das Haar des Kleinen, als küsste er ihn innig. Glühende Lava umfloss Ronan und Cayden, die offenbar auf dem Lavafeld lagen.

Die Angst wurde zu Erschrecken, Verzweiflung, Panik, als Tess die Bildunterschrift in Caydens krakeliger Kinderschrift las: Was fehlt dir, Dady?

O Gott!, dachte sie. Was ist gestern passiert, als ich durch die Lavagänge irrte? Tausend Gedanken schwirrten ihr durch den Kopf. Aber das Erste, woran sie dachte, war der Tod.

Wieso? Weil es Ronan von Tag zu Tag schlechter geht und weil er sich von Stunde zu Stunde mehr bemüht, mich das nicht spüren zu lassen.

Na klar, Cayden hat Angst, er macht sich Sorgen um seinen Daddy. Und Ronan schenkt ihm so viel Aufmerksamkeit, wie er braucht, um darüber hinwegzukommen, dass sein Daddy ... ja, was? ... Dass er krank ist, lebensbedrohlich und unheilbar krank? Dass er stirbt?

Das Erinnerungsbuch ist ein Dialog zwischen Vater und Sohn, ein sehr intimes Gespräch zwischen Ronan und Cayden, das den Kleinen ... O Gott!

Ronan bereitet Cayden behutsam auf seinen Tod vor! Der Kleine, feinfühlig wie er ist, hat ein ausgeprägtes Gespür für Stimmungen. Aber Ronan kann mit ihm nicht ... noch nicht ... über seine Gedanken sprechen, seine Hoffnungen und Ängste. Aber er will seinem Kleinen Geborgenheit und Sicherheit schenken, bevor seine Welt erschüttert wird und sein Leben über ihm einstürzt, wie San Francisco während des Erdbebens. Daher dieses Buch voller Briefe und Bilder.

Ein Buch voller Erinnerungen.

Das ist, was Cayden bleibt, wenn sein geliebter Daddy nicht mehr für ihn da ist.

Das klingt so schrecklich, ich mag's nicht einmal in Gedanken aussprechen.

Ihr Herz raste, und Tess rang nach Atem. Ihr Blick huschte zu Ronans Überseekoffer. Sie sprang auf, um sich Gewissheit zu verschaffen. Sie öffnete eine Schublade des Schrankkoffers und wühlte darin herum.

Da! Ein Fläschchen Morphium.

Sie kramte weiter – und stieß auf noch mehr Fläschchen und ebenso viele Spritzen.

Um Gottes willen! Das reichte ja, um ihn ...

Schritte – im Gang!

Hastig stopfte sie das Morphium zurück und schob die Schublade zu.

Gerade noch rechtzeitig konnte sie das feuchte Duschhandtuch über das Erinnerungsalbum auf dem Bett werfen, als Ronan ins Schlafzimmer kam. Bleich sah er sie an, sein Blick war starr vor Trauer. Dieser Ausdruck auf seinem Gesicht ...

Erschüttert atmete sie aus. »Bist du okay?«

Er nickte verhalten. »Und du?«

Sie umarmten sich, und Tess hielt ihn fest an sich gedrückt. Sie wollte ihm Halt geben. Sie wollte ihn trösten. Sie wollte für ihn dasselbe tun, was er für sie getan hatte, als er sie auf diese ... diese Lebensreise mitgenommen hatte. Sie wollte ihm Mut machen. Und sie wollte ihm Hoffnung schenken.

Und Liebe.

»Tess?« Er küsste sie sanft. »Ich möchte nach Kauai fliegen. Auf dem Mount Waialeale will ich von Mom und Dad Abschied nehmen.«

Sie musste schlucken. »Wann?«

»Jetzt gleich.«

»Ist gut.«

»Hilfst du mir, Cayden ins Bett zu stecken?«

# 19

Spring Breakup, Frühjahrseisbruch, am Yukon im Abendlicht.

Das fantastische Naturschauspiel des Sommers ist nicht weniger beeindruckend als das flirrende Polarlicht im Winter, dachte Lyle am Ufer des Yukon. Eine Sinfonie in Blassblau und Zartrosa, wo sich die im Licht der untergehenden Sonne glühenden Wolken auf dem glitzernden Eis spiegelten.

Ein Blick auf die Uhr: Viertel vor elf. Nicht mehr lange, nur noch ein paar Wochen, und er konnte von der Veranda seiner Lodge die Mitternachtssonne genießen, die auf den Horizont sank, ohne ihn zu berühren, und dann wieder aufstieg.

Lyle steckte sich eine Lucky Strike an und genoss den Anblick des vorbeirauschenden Eises. Der aufgebrochene Yukon sah aus wie ein zerklüfteter Gletscher mit tiefen Spalten, der ziemlich schnell an ihm vorbeischoss.

Vor seinen Füßen rollten lattenkistengroße Blöcke aus blankem Eis über das lehmige Ufer, angeschoben von der Wucht des fließenden Wassers. Sie stürzten zurück in den Fluss und wurden von den Eismassen erneut ans Ufer geworfen. Da trieb ein Baumstamm in der Strömung! Und da! Unter dem Druck des Wassers richtete sich ein Eisblock, groß wie sein alter Greyhound-Bus, im Wasser auf! Als er wieder umkippte, zerknickte er einen jungen Baum am Ufer. Peng, einfach so. Das Bäumchen war hin. Totalschaden.

In einer Welle schwappte das aufgewühlte Wasser bis vor seine pelzgefütterten Mokassins, und seine Huskys, die einige Schritte entfernt mit dem improvisierten Zugschlitten aus zwei jungen Birkenstämmen warteten, wichen winselnd zurück. Auf dem Schlitten hing festgezurrt das Karibu, das er vorhin in den Flats erlegt hatte.

Ist schon interessant, was der Yukon so anschwemmt, dachte Lyle. Letztes Jahr trieb eine ganze Blockhütte vorbei, vom Schmelzwasser unterspült und mitgerissen. Ein Cheechako hatte seine Lodge ans Wasser gebaut, so 'n Trottel! Null Erfahrung, aber in der Wildnis Alaskas überleben wollen, na klar!

Jetzt trieb Packeis vorbei, und einige der dunklen Eisblöcke sahen aus wie schroffe Felsen aus Granit, die mitgerissen wurden. Ein Hundeschlitten! Hoffentlich waren der Fahrer und seine Huskys in Sicherheit.

Er nahm einen tiefen Zug aus der Zigarette und dachte an Jason und Sheena. Den besten Freund zu verlieren war hart. Aber unversöhnt auseinandergegangen zu sein, nach einem Streit, der fast in einer Prügelei geendet hätte ... das war unerträglich ...

»Verdammt, Jason!« Lyle atmete tief durch.

Ja, wie ein Gletscher sah der Yukon aus, die geborstene Eisdecke war noch nahezu geschlossen. Erst vor Kurzem war sie mit lautem Getöse wie in einer wüsten Schießerei aufgebrochen. In seiner Lodge war er aus dem Schlaf geschreckt und hatte die Winchester entsichert, die immer neben ihm im Bett lag.

Verdammt, er hatte wirklich gedacht, sie hätten ihn gefunden. Nackt war er rausgerannt in die Mitternachtsdämmerung, die Winchester im Anschlag. Aber es war nur das brechende Eis gewesen. Den Whiskey hatte er wirklich gebraucht, um sich wieder zu beruhigen.

Unwillkürlich lauschte er, doch außer dem Donnern des Wassers und des Eises konnte er nichts hören. Der Winter war lang und kalt gewesen, und die Zugvögel waren noch nicht in die Flats zurückgekehrt. Letztes Frühjahr hatte er Ende Mai Drosseln, Sperlinge und Spatzen gesehen, aber dieses Jahr? Nichts, kein Singvogel. Nur Elche und Karibus, Weißkopfadler und Grizzlys. Es war still in den weiten Wäldern rund um seine Lodge. Aber es wurde wärmer. Der Wind kam von Süden. Schon in den nächsten Tagen würde er Schwärme von Vögeln zu ihm heraufwehen. Dann würde der Wald lebendig werden, und von überall her würde es zwitschern und pfeifen. Und dann würde es bald Sommer werden, und Tausende Schwäne würden hier brüten. Oder wie Tess immer sagte: Sommer in Alaska, das waren die dreieinhalb Wochen zwischen Heute-bricht-vielleicht-das-Eis und Morgen-schneit-es-bestimmt-wieder.

Jetzt aber zurück zur Lodge. Es war schon spät, und er hatte noch viel Arbeit mit den Huskys und dem Karibu.

»Yake! Yake!«, rief er und gab den Hunden den Befehl zum Aufbruch. »Los geht's! Come gee!« Das war das Kommando, rechtsherum zu wenden, zurück zur Hütte.

Aussie, sein Leithund, warf sich ins Geschirr, und Kiwi, Yankee, Indy und Pommie, die Swing Dogs und Team Dogs seines Gespanns, folgten ihm. Der Schlitten mit dem Karibu ruckte an und holperte über die matschigen, baumbestandenen Wiesen zur Lichtung, wo die Lodge stand.

Okay, ja, eigentlich reichte eine Meute Huskys in der Wildnis als Wache. Sie schlugen an, wenn Fremde sich näherten, und ihm blieb genügend Zeit, um die Winchester zu laden und zu entsichern. Aber Lyle hatte sich noch eine weitere zuverlässige Alarmanlage gebaut: Ein Wall aus brüchigem Reisig lag zwischen den Bäumen am Waldrand aufgeschichtet. Niemand konnte das Holz geräuschlos übersteigen oder forträumen. Zusätzlich hatte er über dem Boden Angelschnüre gespannt, die bei der leisesten Berührung rostige Kochtöpfe und Deckel im Gebüsch klappern ließen. Diese Stolperschnüre machten einen ziemlichen Krach, ehrlich: Ein Cheechako, der sich an seinem Kamin aufwärmen wollte, hatte es im letzten Winter mal ausprobiert. Ach ja, und der Grizzly, der vorgestern einen seiner Huskys gerissen hatte.

Die Dämmerung schwebte über der Lichtung, und die ersten Sterne waren zu sehen, als Lyle den einzigen nicht gesicherten

Zugang zur Lodge erreichte. An einem morschen Telegrafenmast, den er aus Beaver hergeschleppt hatte, hing eine verbogene Metallfelge von seinem Greyhound-Bus. Mit einer alten Suppenkelle, die daneben baumelte, schlug er gegen die Felge. Die Wildnisversion einer Türklingel, made in Australia. Lyle Morrissey stammte ja aus dem Outback, das erzählte er zumindest jedem, der es hören wollte. Aus den Kimberleys nämlich, am Rand der Great Sandy Desert. Wer's glaubte! Na ja, viele hauten ihm auf die Schulter und fragten ihn im Scherz, ob er in Alaska Kängurus jagen und Krokodile fangen wollte. Nee, das nervte ihn nicht, echt nicht. Denn es zeigte ihm, dass sie ihm glaubten. Und dass er sicher war. Ehrlich, kein Yankee in Alaska konnte einen Aussie von einem Kiwi unterscheiden. Von hier aus gesehen war doch *alles* down under, Australien wie Neuseeland ...

Okay, richtig. Warum er bei seiner eigenen Lodge anklopfte? Das war wie Schlangen aufscheuchen in Aussieland – man musste Krach schlagen, damit sie verschwanden. Mit der Radfelge wollte er jeden aufschrecken, der während seiner Abwesenheit in seinen Sachen stöberte, in seinen Fotos und dem Tagebuch und so. Ihm war es echt lieber, ihm pfiff aus der Distanz von hundertfünfzig Yards eine Kugel um die Ohren, die ihn knapp verfehlte, als dass er den Kolben einer Winchester in die Fresse kriegte, wenn er die Hütte betrat. Ganz einfach zu kapieren, oder?

So überlebte man.

Was war denn das? Abrupt blieb Lyle stehen. Dort, an der Tür seiner Hütte!

»Whoa!«, befahl er den Huskys stehen zu bleiben, nahm die Winchester von der Schulter, lud durch und entsicherte.

Das Kläffen der Hunde wehte über die Lichtung. Aber es klang nicht aufgeregt, denn es galt ihm, weil er nach Hause kam, nicht einem Fremden, der sich in der Hütte versteckte, um ihn aus Blutrache umzunieten.

Mit angespannten Schultern, die Winchester im Anschlag,

ging Lyle langsam weiter über die matschige Wiese, die unter seinen Mokassins schmatzte und gluckste. Dann stieg er die Stufen hinauf zur Veranda.

Angenagelt an die Tür hing eine vergilbte und zerknickte Postkarte aus San Francisco. Nee, oder?

Er warf einen Blick durchs Fenster, aber die Hütte war leer. Das Bett war unberührt, und alles war so, wie er es gestern zurückgelassen hatte, bevor er zur Karibujagd aufbrach.

Er riss die Postkarte ab und drehte sie um.

*Hallo, Lyle. Sie staunen? Ja, ich hab Sie gefunden. Schon vor Monaten. Rufen Sie mich an. Heute noch. Wir müssen reden.*
*Tyson Conroy*

Darunter stand seine Privatnummer im Brandon House.

»Oh, shit!« Wütend stampfte Lyle mit dem Fuß auf, enttäuscht und ängstlich. Wie hatte er ihn aufgespürt?

Wenn Ty es von San Francisco aus schaffte, ihm eine Postkarte an die Tür nageln zu lassen ... Verdammt! Wie nah waren dann die anderen? Lyle spähte zum Waldrand hinüber. Nichts zu sehen, nichts zu hören.

Okay, jetzt aber! Er musste hier weg, und zwar schnell!

Lyle stürmte in die Lodge und packte in aller Eile seine Sachen. Das Blechgeschirr vom Küchentisch, die Töpfe und Pfannen vom Herd, die Matratze und das Bettzeug vom Bettgestell aus Holzstämmen, die Landkarten, die unter den Deckenbalken klemmten, seine Bücher von dem kleinen Regal über dem Bett, seine Winterklamotten, Parka, Hose, Mokassins, auch den gusseisernen Ofen montierte er ab und schleppte ihn, wie alles andere, sogar das gehackte Feuerholz, zu seinem Greyhound-Bus. Der war auf einer kleinen Anhöhe hinter der Hütte abgestellt, wo die Räder während der Schneeschmelze nicht im Schlamm versinken konnten.

Wie der Greyhound-Bus von Texas nach Alaska gekommen war? Irgendein bekloppter Cheechako, der das Leben in der Wildnis Alaskas nur aus den Büchern von Jack London kannte, hatte ihn mitgebracht. In einem Camp am Polarkreis hatte er den Bus verkauft, weil er noch weiter nach Norden wollte, wo's keine Straßen mehr gab. Lyle war auf der Flucht, der Preis stimmte, der Tank war voll, und die hinteren Sitze ließen sich leicht ausbauen. Hey, wer hatte schon einen Greyhound-Bus?

Lyle wuchtete das Karibu auf den Bus und zurrte es, wie zuvor das Feuerholz, am Dachgepäckträger fest. Unter dem Bett, das er sich auf der Rückbank des Busses eingerichtet hatte, stapelten sich die Vorräte: Mehl, Reis, Kaffee, Milchpulver, Zucker, Salz, Kartoffeln, Eier, Speck, Butter und jede Menge Dosenfutter, hauptsächlich Bohnen und Mais, aber auch Ölsardinen. Und natürlich Lucky Strikes, sein liebstes Gemüse. Okay, war'n Witz.

Jetzt noch die Hunde, so wie sie waren. Füttern würde er sie später, wenn er mit Ty telefoniert hatte. Und wenn er im Trading Post seine Vorräte für die überstürzte Flucht aufgestockt hatte – er konnte sie gegen die Pelze eintauschen, Bär und Biber, die er während des langen Winters gehortet hatte. Die Hunde kettete er an die vorderen Sitze, denn es gab nichts, was ein hungriger Husky nicht fraß. Vor allem, wenn hinten im Bus eine fettige Bratpfanne und ein ungewaschener Teller mit dem unwiderstehlichen Duft von Bratkartoffeln und Speck lagen. Hmm, lecker! Besser als getrockneter Lachs!

So, jetzt aber los!, dachte er, als er den Motor anließ. Zurück in die Zivilisation! Dahin, wo Ty auf mich wartet. Dahin, wo's so richtig gefährlich ist!

Der Traum von letzter Nacht ...

Mit dem aufgeschlagenen Fotoalbum auf den Knien und dem Whiskeyglas in der Hand schloss Tyson die Augen, legte den Kopf gegen die Lehne des Ledersofas und erinnerte sich an die Szenenfetzen, die ihn letzte Nacht, wie schon so oft, aus dem Schlaf gerissen hatten:

In meinem Schlafzimmer gibt es eine Tür zu einem Wandschrank. Die Tür ist verschlossen, und ich habe keinen Schlüssel. Ich brauche auch keinen, denn in dem Schrank ist etwas, dem ich mich nicht stellen will: meine Angst.

Ich fliehe, wovor weiß ich nicht. Ich irre durch ein schwankendes Gebäude aus Glas und Stahl, ängstlich, allein. Es sind Hunderte von Räumen und alle gleich. Ich suche einen Aufzug, der mich irgendwohin bringt, egal, ob nach oben oder nach unten. Nur weg von hier! Da ist einer! Ich drücke den Messingknopf, immer wieder. Ich muss lange warten, schlotternd vor Panik. Als die Türen sich endlich öffnen, ist da keine rettende Kabine. Nur ein leerer, dunkler Schacht. Kein Ausweg. Wieder schwankt das Gebilde aus Stahl und Glas, das ich jetzt als Schiff erkenne. Es sinkt schnell und reißt mich in die Tiefe.

Tyson atmete tief durch.

Ich träume von einem sinkenden Schiff. Mit acht habe ich den Untergang der *Titanic* überlebt. Ronan und Tess dagegen träumen von einstürzenden Gebäuden. Sie waren keine sechs Jahre alt, als das Erdbeben und der Feuersturm ganz San Francisco in Schutt und Asche legten.

Wir alle haben unsere Albträume, die uns nachts aus dem Schlaf reißen. Aber Ronan und Tess haben denselben Traum. Und sie haben einander.

Aber ich bin allein.

Während er einen Schluck Whiskey trank, starrte er das Fotoalbum auf seinen überschlagenen Knien an.

Zwei Cousins, die zu Stiefbrüdern wurden.

Tyson stellte das Kristallglas neben den Zigarillo, der im Aschenbecher seines Arbeitszimmers vor sich hin schmurgelte. Es war schon spät, und Lynne hatte sich längst zurückgezogen.

Kurz nach zwei in San Francisco, kurz nach eins in Alaska.

Er blätterte weiter.

Die schönsten Bilder der glücklichsten Momente fehlen in diesem Fotoalbum, dachte er. Wo sind sie? Hat Ronan sie auf seine letzte Reise mitgenommen?

Ich bin wütend, weil er damit meine Erinnerungen an unsere Kindheit zerstört hat. Aber ich bin auch enttäuscht, dass er nicht mehr Fotos mitgenommen hat, auf denen wir beide zu sehen sind, nur wir beide, nicht wir drei, Ronan, Tess und ich. Die meisten Fotos von uns zwei Brüdern sind noch da, und das trifft mich ins Herz.

Bin ich ihm nicht wichtig genug?

Dabei gibt es so tolle Fotos von uns beiden. Dieses hier ist besonders schön. Ich bin acht, das muss kurz nach meiner Ankunft aus New York gewesen sein – Mom hatte mich von der *Carpathia* geholt und nach San Francisco gebracht. Auf dem Foto sind meine Augen verheult, meine Nase läuft. Ronan, einen Kopf größer als ich, beugt sich über mich, hält mir mit der besorgten Miene des großen Bruders ein Taschentuch hin und putzt mir die Nase. Ein unbeschreiblich rührendes Foto, das Mom gemacht hat.

Oder dieses: Ronan und ich in der Badewanne, die bis zum Rand mit weiß glitzerndem Schaum gefüllt ist. Mit nassem, zerzaustem Haar lehnen wir uns mit den Ellbogen über den Wannenrand und patschen uns Badeschaum ins Gesicht, um uns Schaumbärte zu machen. Dad hat das Foto geschossen, das weiß ich noch. Er hat Ronan und mir nämlich nach dem Abtrocknen die Schaumbärte abrasiert. Nein, ehrlich! Was haben wir gelacht!

Und hier ist noch eines: Ronan und ich stehen am Ocean Beach, hinter uns ist der aufgewühlte Pazifik zu sehen. Aneinandergelehnt umarmen wir uns. Ronan hat seine Arme um mich geschlungen, ich meine um ihn, und mein Kopf ruht an seiner

Schulter, weil er mit zwölf größer ist als ich mit acht. Zwei Brüder, unzertrennlich. So scheint es.

Aber schon das nächste Foto zeigt, wie es wirklich war.

Derselbe sonnige Nachmittag am Strand: Ronan und ich liegen im Sand. Zwischen uns stützt sich Tess auf ihre Ellbogen, und Ronan lehnt verträumt lächelnd seinen Kopf an ihre Schulter, als wäre er damals schon in sie verliebt gewesen. Und sie in ihn, denn auch sie lächelt gefühlvoll.

Dieses Foto sagt alles: Ronan und Tess waren unzertrennlich, sie hatten einander, und ich war allein.

Sie lebten in ihrer Welt, sie waren Boy and Girl Next Door, sie sprangen von Tess' kunterbuntem Haus in Carville mit einem zerschlissenen Bettlaken als Fallschirm, sie schlitterten auf einem zerschnittenen Pappkarton johlend die Dünen hinunter, sie streiften durch die Strandwildnis, jagten wilde Hasen und sammelten Möweneier, und ich erschuf um mich herum meine eigene Welt. Eine Welt, die mich vor weiteren Verletzungen schützte, körperlichen wie seelischen. Eine Welt, die mir Sicherheit bot.

Ich kämpfte um die Anerkennung, die Ronan von Mom und Dad geschenkt wurde. Ich rang mit der schmerzhaften Einsicht, dass sie mich niemals so lieben würden wie ihren Sohn. Dass ich besser sein musste als er. Dass ich mehr leisten musste. Im Studium, im Unternehmen, im gesellschaftlichen Umgang. Ich wehrte mich, aber ich verlor den Kampf.

Ich erinnere mich, wie Ronan und ich als Kinder nach einem Streit aufeinander losgegangen sind – und nicht nur einmal! Sein patriarchalisches Verhalten, immer bestimmend, immer darauf bedacht, den Ruhm und die Anerkennung für jeden noch so dummen oder tollkühnen Kinderstreich zu erhalten, ging mir entsetzlich auf die Nerven. Ein-Cent-Münzen auf Bahnschienen plattwalzen lassen? Kompletter Schwachsinn! Und gefährlich noch dazu, wenn Ronan und Tess das in letzter Sekunde wagten, neben den rollenden Rädern liegend. Irrsinn sondergleichen! Ja klar, Ronan brannte wieder einmal eine Sicherung durch, als ich etwas dazu sagte, und er steigerte sich in seine Wut hinein. Aber ich stand ihm in nichts nach. Ich holte aus und verpasste ihm eine, worauf Ronan sich duckte und auf mich einprügelte. Wir beide heulten vor Wut, als Dad schließlich eingriff und uns trennte. »Schon gut, Jungs, das reicht!«

Mom schickte Ronan auf sein Zimmer, damit er sich beruhigte. Und ich? Ich wartete ihre gefühlvolle Ermahnung nicht ab, rannte ungestüm in mein Zimmer und knallte die Tür hinter mir zu. Ich warf mich auf mein Bett und schluchzte hemmungslos. Nicht weil ich Angst vor einer Bestrafung durch Mom und Dad hatte, weil ich mich mit Ronan geprügelt hatte, oder ich vor der Versöhnung mit meinem Bruder bangte, sondern weil mir meine richtigen Eltern, Sissy Brandon und Lance Burnette, so sehr fehlten. Weil ich mich einsam fühlte. Verlassen.

Natürlich war *er* ihr Sohn, das einzige Kind, das sie nach Ronans Geburt, die Shannon fast das Leben kostete, je haben würden – und *ich* war es nicht. Sie haben sich stets bemüht, mich das nicht spüren zu lassen. Aber dieses … ja, dieses Bemühen, so liebevoll und nachsichtig es war … ich habe es gespürt. Wie harte Schläge ins Gesicht.

Das Blatt wendete sich erst, als ich vor zwei Jahren mit einem glänzenden Abschluss aus Harvard zurückkehrte und von null auf hundert in dreißig Sekunden den Vorsitz im Aufsichtsrat übernahm – Ronan war zu krank, um BRANDON-CONROY-TYRELL zu leiten. Als mein Bruder nach seinen Therapien wieder die Macht übernahm und mir die Startnummer zwei zugeteilt wurde, wurden wir Rivalen und gingen auf Kollisionskurs. Vorstandssitzungen glichen wüsten verbalen Handgemengen, und Ronans souveräne, um nicht zu sagen selbstherrliche Entscheidung, in die neue Technologie des Farbfernsehens zu investieren, endete beinahe in einem blutigen Gemetzel während der letzten Aufsichtsratssitzung.

Gewinnen oder verlieren, so heißt unser Spiel: Alles oder nichts.

Eine draufgängerische Real-Life-Variante von *Mensch ärgere Dich nicht*.

Ja, und als Lynne, die Ronans schreckliche Anfälle einfach nicht ertrug, sich schließlich mir zuwandte, wurden mein Bruder und ich ... ja, verdammt, so ist es, und es muss endlich ausgesprochen werden ... wir wurden Feinde. Meine Affäre mit seiner Frau hat ihn sehr verletzt. Ich kann mich noch an seinen Blick erinnern, als er Lynne und mich im Bett erwischte. Früher als erwartet war er aus Hawaii zurückgekehrt, wo er sich von den Strapazen der Chemotherapie und der Bestrahlungszyklen erholt hatte. Ronan war so schockiert, als er vor unserem Bett stand, dass er kein Wort herausbrachte, kein Gefühl.

Bevor ich etwas sagen konnte, verließ er den Raum und taumelte aus dem Haus. Am selben Abend rief er Tess in Alaska an.

Tess, Tess, Tess. Sie hat immer bekommen, was sie wollte. Sie verstand es, ihre Wünsche mit einem charmanten Lächeln durchzusetzen, bei Mom wie bei Dad. Nach dem Tod ihres Vaters brauchte sie viel Aufmerksamkeit und Bewunderung, und Ronan, total verknallt in sie, war ihr völlig ergeben. Sie ist so offensiv, so entschlossen, so taff ... und, ja, sie hat eine unglaubliche Kraft, seelisches Leid zu ertragen ... ihres und seines ...

Es klopfte leise, und sein Butler öffnete die Tür. »Sir?«

Tyson schlug das Fotoalbum zu und legte es neben sich auf das Sofa. »Mr Kingsley?«

»Der erwartete Anruf aus Beaver, Alaska. Ein Mr Lyle Morrissey wünscht Sie zu sprechen, Sir.«

»Stellen Sie durch.«

»Ja, Sir.«

»Und dann können Sie sich zurückziehen. Gute Nacht, Mr Kingsley.«

»Gute Nacht, Sir. Schlafen Sie gut.«

Der Butler schloss leise die Tür des Arbeitszimmers hinter sich, und kurz darauf klingelte das Telefon auf dem Schreibtisch.

Mit dem Glas in der Hand ließ Tyson sich auf den Schreibtischstuhl fallen und nahm den Hörer ab. »Tyson Conroy.«

»Lyle Morrissey.«

»Lyle, hm?« Er lachte rau und stellte das Glas auf die lederne Schreibtischunterlage. »Na, von mir aus.«

Wenn er geglaubt hatte, den anderen jetzt kirre gemacht zu haben, sah er sich getäuscht. Nein, von wegen. Er erlebte einen ... einen Mann, wie er ihn noch nie gekannt hatte.

Er schoss geradezu durch die Leitung. »Hören Sie zu, Mr Conroy. Ich sag's nämlich nur einmal. Ich weiß nicht, wie Sie mich gefunden haben, und ich will es auch nicht wissen. Ich habe vor einer Stunde alles aufgegeben, was ich mir in den letzten Jahren aufgebaut habe. Ich habe meine Sachen gepackt und werde weiterziehen. Jetzt gleich. Sie werden mich nicht noch einmal finden. Leben Sie wohl. Ich lege jetzt auf. Bye.«

»Lyle, Lyle, warten Sie. Wir müssen reden.«

»Ich wüsste nicht ...«

»Über Tess«, fiel Tyson ihm ins Wort.

Wenn der andere das Gespräch beendete, hatte er ihn verloren. Und er brauchte ihn, verdammt!

Schweigen.

»Lyle?«

»Ich bin noch da.«

»Gut.«

»Was ist mit Tess?«

Klingt er besorgt?, fragte Tyson sich. Er konnte es nicht sagen.

Er erklärte ihm, was passiert war. Ronans Situation. Und seine Haltung dazu. Lynne. Tess. Cayden. Das volle Ausmaß der Katastrophe. Und alle Folgen, Risiken und Nebenwirkungen. Und die Entscheidungen, die nun anstanden und die er treffen musste. Er allein.

»Und was hab ich damit zu tun? Ich bin raus aus dem Ganzen, das wissen Sie. Ich brauche meine Geschäftsanteile an der Tyrell

Commercial Co. nicht. Ich lebe sehr gut ohne meine Millionen.«

»Sie haben zu viel Jack London gelesen.«

»Kann schon sein.«

»Eine schöne Welt voller Träume.«

»Stimmt.«

»Aber die Realität ist härter, Lyle. Rücksichtsloser als der Kampf zwischen einem kultivierten, sensiblen Protagonisten und einem wilden, gewaltbereiten Menschen in *Der Seewolf.* Und die Auslese, das Survival of the fittest, ist brutaler als im Kampf zwischen Hund und Wolf im *Ruf der Wildnis* oder im *Wolfsblut.*«

»Was soll das werden, Ty?«, fauchte der andere in einem scharfen Tonfall, den er noch aus ziemlich turbulenten Vorstandssitzungen in der California Street kannte. »Eine Drohung? Eine Erpressung?«

Er lachte leise und klang ziemlich provozierend.

»Ty, verdammt! Sie sind ein mieser ...«

»Sachte, Lyle! Wer von uns beiden hat Jake Harmon erschossen?«

»Ich hatte eine Kugel in der Schulter! Es war Notwehr!«

Das war Ansichtssache. Da stand Wort gegen Wort, und die Entscheidung darüber, was nun geschah, würde keine Jury treffen, sondern der Bruder und die Freunde von Jake Harmon. Mit dem Finger am Abzug ihrer Colts.

»Und wer von uns beiden ist auf der Flucht, weil er verfolgt wird?«

»Verdammt!«, fluchte der andere, und im Hintergrund konnte Tyson das Klirren von Flaschen und Gläsern hören.

Er stellte sich vor, wie Lyle über dem Tresen in einem heruntergekommenen und verqualmten Pressluftschuppen hing und sich am Telefonhörer und einem Glas Brandy festhielt. Von seiner Gelassenheit, von seiner Coolness, die Tyson vor Jahren bewundert hatte, war nichts geblieben. Jasons Freund, einst ein ruhiger, gutmütiger Crazy Kiwi voller großartiger Ideale und abenteuerlicher Träume, absolut zuverlässig, hatte sich sehr verändert. Und nicht zum Besseren. Er war hart geworden, ernst, verbittert, und er war angespannt, immer auf dem Sprung, immer bereit zur Flucht. Oder, wenn er keinen Ausweg mehr sah, zur gewissenlosen Selbstverteidigung.

»Ich möchte Ihnen raten, mir gut zuzuhören, Sie verdammter Mörder!«, drohte Tyson in leisem, entschlossenem Tonfall. »Was ich gegen Sie in der Hand habe, genügt vollkommen, um Sie für den Rest Ihres Lebens hinter Gitter zu bringen.«

»Jake hat auf mich geschossen!«

»Hat er? Als seine Brüder ihn gefunden haben, steckte Ihre Kugel in seinem Rücken, Lyle!«

»Es war ...«

»Das sagten Sie bereits! Aber die Prügelei nach dem Pokerspiel in dem Saloon in Talkeetna haben Sie begonnen, nicht Jake Harmon.« Tyson ließ ihm kurz Zeit, über seine Worte nachzudenken, dann sagte er im selben Atemzug: »Und die anderen, Lyle? Während Ihrer Flucht haben Sie vier Tote hinter sich zurückgelassen, zwei Brüder und zwei Freunde von Jake Harmon. Einer wurde erschossen aufgefunden, zwei haben Sie mit Ihrem Bowiemesser erledigt, einer ist in eine Wildfalle getappt, die Sie errichtet haben, um Ihren Verfolgern zu entkommen. Ist das jetzt das Ende Ihres Pokerspiels, das in Talkeetna begann? Oder warten Sie auf einen weiteren Royal Flush? Dazu fehlt aber noch der vierte und letzte Bruder! Fünf Karten, fünf Tote.«

»Du arrogantes, selbstgerechtes, besserwisserisches, machtbesessenes Arschloch!«, spuckte der andere ihn geradezu an. »Du bist ja völlig verrückt! Deine Sicherungen sind komplett durchgeknallt!«

»Na, wie du willst: Klartext!« Er schlug lässig die Beine übereinander, nahm das Glas vom Schreibtisch und trank einen Schluck Whiskey. »Du tust, worum ich dich bitte, ja, Lyle, ich sagte: *bitte*, und nicht *fordere* ... und ich werfe die Telefonnummer von Jakes ältestem Bruder Tim Harmon in Talkeetna in den Papierkorb.« Er nahm ein leeres Blatt Papier aus der Schublade und zerknüllte es neben dem Telefonhörer.

Okay, der Kiwi hatte es kapiert. »Du mieser kleiner ...«

»Und glaub bloß nicht, dass der Schuss nach hinten losgehen und Ronan und mich treffen könnte, nur weil wir so lange geschwiegen haben.«

Funkstille. Dann ein Klappern, ein Johlen, ein Lachen. Es hörte sich an, als stünde in der Bar ein Billardtisch. Als beugten sich Spieler, umgeben von Zuschauern, über das grüne Filztuch und versenkten Kugeln im Loch.

Dann wieder Lyle: »Wusste Ronan ...«

»Er hat keine Ahnung, so wie Tess.«

Der andere atmete durch die Nase aus, und es knatterte dumpf in der Funkverbindung.

»Du hast keine Chance, du bist erledigt, Lyle. Das Einzige, was du noch tun kannst, ist, dir einen Grabstein aussuchen.«

»O Gott, Ty...«

»Also, Lyle«, unterbrach Tyson ihn brutal. »Was ist denn jetzt?«

Ein metallisches Knacken in der Leitung – es klang, als ob ein Colt entsichert wurde.

Der andere, der sich Lyle Morrissey nannte, hatte wütend aufgelegt.

# 20

»Ladies and Gentlemen, in wenigen Minuten werden wir Kauai erreichen. Der Kopilot wird Ihnen nun das Frühstück servieren. Der Pilot schläft nämlich noch ...«

Ihr Kopf an seiner Schulter, ihre Augen geschlossen, knuffte sie Ronan mit dem Ellbogen in die Seite. »Hey, ich bin wach.«

Er lehnte den Kopf gegen die Rückenlehne des Pilotensessels, auf dem sie beide eng aneinandergeschmiegt hockten, und küsste sie aufs Haar. »Hi.«

Tess hatte nur mal für eine Viertelstunde die Augen zugemacht und tief nachgedacht. »Hi.«

»Einen Kaffee, Ma'am? Die Bordküche hat heute geschlossen, ich kann Ihnen also keine Pancakes mit Ahornsirup anbieten. Aber wie wär's mit einem Sandwich Hawaii Style? Mit mariniertem Thunfischsteak? Und exotischen Gewürzen?«

Sie lächelte verträumt, legte ihre Hand auf sein Knie und streichelte ihn sanft. »Das machst du wirklich gut.«

»Findest du?«

»Du kriegst den Job!«, murmelte sie mit geschlossenen Augen.

Sein entspanntes Lachen ging im Dröhnen der Motoren unter. »Ladies and Gentlemen, bitte bleiben Sie angeschnallt sitzen, bis der Captain das Flugzeug mit lautem Getöse auf die Landebahn gecrasht hat. Sobald der Rauch sich verzogen hat und die Warnsignale ausgeschaltet sind, werden wir die Türen öffnen, und Sie können aus dem Wrack klettern. Wir danken Ihnen, dass Sie mit der Never-come-back-Airline geflogen sind. See ya, folks ... never again.«

Nie mehr. Ein Spruch?, fragte sie sich. Oder ... eine behutsame

Andeutung dessen, was er mir auf dem Mount Waialeale sagen will?

Gestern Abend hatte sie das Erinnerungsalbum gefunden, das Cayden unter Ronans Kopfkissen versteckt hatte. Und das Bild, das ihr Angst gemacht hatte, panische Angst! Ronan in enger Umarmung mit Cayden und darunter die krakelige Schrift des Kleinen, der so verstört war wie sie: Was fehlt dir, Dady?

Nachdem sie Cayden ins Bett gesteckt hatten, waren sie gestartet. Der Mauna Kea bei Sonnenuntergang. Die Kohala Coast und der Deep Blue, der blaue Pazifik, in der Abenddämmerung. Als sie die Blowholes der Insel Maui erreichten, war es schon dunkel, und die Küste war ein schmales weißes Spitzenband aus Meeresgischt. Weiter, zu den Steilklippen von Molokai. Dann kam auch schon Honolulu auf Oahu in Sicht, wie ein heller Sternenwirbel in einem schwarzen Universum aus Raum und Zeit.

Tankstopp in Honolulu: Stundenlang waren Ronan und sie Hand in Hand am Strand von Waikiki entlanggeschlendert, genossen den Wind in ihrem Haar und auf ihrer Haut, lauschten der sanften Sinfonie der Brandung, dem Donnern und Rauschen der Wogen, dem Zischen und Glucksen der Gischt, dem Klappern der Muscheln und Schnecken im zurückweichenden Wasser.

Und sie hatten das Meeresleuchten beobachtet. Was für ein Anblick! Die Brandung, die aus der Finsternis heranrollte, leuchtete blau und grün. Die Lumineszenz, so hieß diese Naturerscheinung, wurde durch rot blühende Algen im Wasser hervorgerufen, der Red Tide, der Roten Flut. Die Algen leuchteten bei Berührung auf, im Meer, aber auch auf dem feuchten Strand. War das schön! Ronan und sie hatten mit den Füßen leuchtende Spuren im Sand hinterlassen! Und natürlich hatten sie ihr I♥U in den Sand geschrieben, und schon die nächste leuchtende Woge hatte es wieder ausgelöscht.

Was für ein verträumter Abend!, erinnerte sie sich. Und was für eine Gelassenheit, was für eine Lebensfreude, die Ronan plötzlich verströmte wie einen exotischen Duft, von dem sie nicht genug kriegen konnte.

Wie hätte sie ihn denn fragen können, was es mit dem Erinnerungsbuch auf sich hatte? Wie hätte sie ihm denn mit der leisesten Andeutung ihrer Angst, ihrer Verzweiflung, ihrer Trauer die ausgelassene Stimmung verderben können? Wie hätte sie ihn denn in eine Rechtfertigung drängen können, ihr nicht von Anfang an die Wahrheit gesagt zu haben – nach allem, was er in den letzten Wochen für sie getan hatte, um sie zu trösten, sie aufzurichten, damit ich stark genug war, um das zu ertragen, was kommen würde, um ihr Lebensfreude zu schenken, Hoffnung, Glück?

Nein, er musste es ihr sagen, wenn er dazu bereit war.

Sie würde es niemals sein. Ihr kamen schon die Tränen, und die Kehle wurde ihr eng vor Trauer, wenn sie nur daran dachte.

Jedenfalls hatten sie Händchen haltend am dunklen Strand gehockt, die Füße in der leuchtenden Brandung. Sie hatten Muscheln übers Wasser geflippt und einen Hawaiianer beobachtet, der über die glühenden Wellen surfte. Was für ein atemberaubender Anblick! Mit seinem Surfboard hinterließ er eine Spur aus blauem und grünem Glühen in den aufgewühlten Wellen, und die Brise riss das gelb leuchtende Spritzwasser mit sich.

Dann hatte sie nichts mehr halten können, und sie waren lachend ins blaue Glühen hineingestürmt, ließen sich vom Licht umfangen und küssten sich. Das blaue Strahlen machte Ronan sehr blass und ließ ihn ein wenig erschöpft aussehen, aber er lächelte glücklich, und seine Augen funkelten. Sie konnte sich an keinen verträumteren Augenblick erinnern, den sie beide miteinander erlebt hatten, und sie konnte sich auch keinen romantischeren vorstellen.

Na ja ... doch, ich kann.

Es ist die Art, wie er meine Hand gehalten und mit meinem Ehering gespielt hat ...

Ronan stieß sie aus Versehen mit dem Ellbogen an, und Tess öffnete blinzelnd die Augen. Vor ihnen in der Morgendämmerung lag die Küste von Kauai.

Mit einer Hand am Steuerknüppel kritzelte Ronan in seinem neuen Notizbuch herum, das er ständig bei sich trug. Über seine Schulter hinweg konnte sie vorn im Büchlein eine kurze Liste erkennen.

~~1. *Loslassen.*~~
~~2. *Freundschaft, die allem standhält.*~~
3. ~~*Glück, das alle Träume mit sich reißt. Und Lebensfreude, deren Lachen zu Tränen rührt*~~.
4. ~~*Zufriedenheit, die als Geschenk empfunden wird.*~~ *Und Versöhnung, das schönste Gefühl von allen.*
5. *Liebe, die stärker ist als der Tod.*
6. *Und am Ende das größte Geschenk von allen ...*

Und am Rand, offenbar nachträglich hingekritzelt: *Würde. Verantwortung.*

Was war das? Eine Wunschliste?

Ronan hatte gerade den dritten Wunsch gestrichen: Lebensfreude, deren Lachen zu Tränen rührt.

War dieser Wunsch letzte Nacht erfüllt worden?

Nein.

Und Versöhnung? Mit wem?

Und Liebe?

Und welches ist das größte Geschenk von allen?

Was hatte er ...

»Tess?« Er sah sie von der Seite an. Hatte er bemerkt, dass sie die Liste gelesen hatte?

»Yeah.«

»Willst du wieder übernehmen?«

»Okay.«

Er küsste sie auf die Wange. »Frühstück?«

»Klingt großartig.«

»Bin gleich wieder da.«

Er rutschte vom Pilotensitz und verschwand nach hinten in den Laderaum mit den Treibstofftanks für Langstreckenflüge. Tess übernahm wieder die Kontrolle über die Vega. Mit einer Thermoskanne voller Kaffee und den in Bananenblätter gewickelten Sandwiches kehrte er zurück, und sie frühstückten erst einmal first class: Mit einer atemberaubenden Aussicht durch das Cockpitfenster auf die Napali-Küste.

Mit Mom war Tess schon als Kind durch den Grand Canyon gedonnert, mit Ruß hinter den Ohren und Schmieröl an der Nase, und sie kannte viele spektakuläre Anflüge in Kalifornien, Hawaii und Alaska. Aber die Napali Coast im Westen von Kauai war einzigartig. Deshalb hatte Ronan, während sie an seiner Schulter schlief, die Nordküste umrundet, um sich der Insel von Westen zu nähern, der aufgehenden Sonne entgegen.

Die traumhafte Landschaft vor ihnen war einfach ... unbeschreiblich! Im Tiefflug donnerten sie über den aufgewühlten Pazifik, der smaragdgrünen, unzugänglichen Küste entgegen. Schroffe Felsen stiegen senkrecht aus dem Meer bis hinauf in den Himmel.

Langsam zog Tess die Maschine hoch und flog in knapp drei Handbreit Höhe über die nadelspitzen Gipfel der Cathedral, die messerscharfen Grate und die tiefen Canyons hinweg. Ronan hielt den Atem an, als er völlig fasziniert seine Stirn gegen die Cockpitscheibe presste, um hinunterzusehen. Ja, tatsächlich, die Landschaft unter ihnen erinnerte an eine zum Himmel offene Kathedrale!

Okay, ja, schon gut, ich drehe noch eine Runde!

Wasser, Wind und Lava hatten Kauai geformt: eine Welt aus Ozeangischt, einsamen Felsen im Meer, versteckten Buchten mit unberührten weißen Stränden, gewaltigen Felstoren, scharf gezackten Steilklippen, den Resten erloschener Vulkane, die Hunderte Yards aus dem Pazifik emporragten, und dichtem, undurchdringlichem Dschungel.

Im Morgenlicht war Kauai eine Sinfonie in allen erdenklichen Blautönen: Himmelblau, Lagunenblau, Korallenblau, Meerblau, die Küste im Gegenlicht schimmerte in einem dunklen, schattenhaften Blau, und auch der tropische Bewuchs auf den Felsen hatte einen eigenen Farbton, der an die Blüten des Vergissmeinnichts erinnerte.

Da unten waren Delfine! Übermütig sprangen sie aus dem Wasser und tauchten wieder unter. Selbst sie schimmerten in einem perlgrauen Blauton!

Was für eine unbändige Kraft der Natur!, dachte Tess. Im Grand Canyon hatte ich das Gefühl, dort sei die Welt entstanden. Besonders eindrucksvoll und unvergesslich ist der Canyon im dichten Nebel, der aus der unermesslichen Tiefe aufsteigt. Aber hier in Kauai spüre ich, dass die Insel sich unter den seismischen Kräften tief unter der Erde windet, dass sie keuchend atmet, dass sie *lebt*.

Kein Ort der Welt scheint weiter entfernt vom Festland als dieses Eiland mitten im Nirgendwo.

Kauai ist ... ja, die Insel ist ein Punkt der Umkehr. Hier müssen wir unsere Richtung wechseln – ja, so empfinde ich das, was vor Ronan und mir liegt –, und hier müssen wir uns entscheiden ...

Erneut sausten sie im Tiefflug über die Napali Coast hinweg. Einige überwucherte Berge und Anhöhen, dann ein paar hohe Bäume, deren Äste und Zweige beinahe am Fahrgestell der Vega hängen blieben, und dann brach unter ihnen der Boden weg: der Waimea Canyon!

Mark Twain hatte ihn den Grand Canyon des Pazifiks genannt, und zu Recht. Die grandiose Schlucht war eine farbenprächtige Landschaft aus roten Felsen, die tatsächlich der Colorado geformt haben könnte, und dichtem tropischen Urwald, hohen Wasserfällen unter Regenbögen und tiefen Abgründen. Das Farbspiel des Waimea Canyon war nicht weniger spektakulär als das der Napali Coast: ein Feuerwerk aus warmem Purpur, Rot, Orange, Braun und Ocker, eine Welt aus Felstürmen und Flusstälern, Dunst und Licht.

Unterhalb der schroffen Gipfel röhrten sie durch die Seitentäler des Canyons, und Ronan johlte vor Freude auf: *»Yayayay!«*

Vor einem hohen Wasserfall zog Tess die Vega, leicht schräg gelegt, steil hinauf in den Himmel und schoss über die Abbruchkante hinweg nach Osten.

Da vorn, unter einem weit geschwungenen Regenbogen, ragte der Mount Waialeale auf.

Zwölf Meilen, nur ein kleiner Hopser. Dann überflogen sie das Gipfelplateau des Berges, der von der Küste aus eher selten zu sehen war, weil sich der Mount Waialeale meistens in einen dichten Schleier aus Wolken hüllte. Das Wetter konnte sich hier oben, nahe dem Gipfel, in kürzester Zeit dramatisch ändern, und das, glaubte Tess, war Mom mit ihrer DeHavilland zum Verhängnis geworden. Vermutlich hatten die starken Fallwinde in dem Krater mit seinen steilen, überwucherten Felswänden Shannon die Kontrolle über ihre Maschine verlieren lassen. Der Geschwindigkeitsmesser, den sie aus einer Baumkrone am Abhang geholt hatten, zeigte noch die Höchstgeschwindigkeit an, und Mom war ganz sicher nicht aus freiem Willen in den Kraterrand und die Wasserfälle unterhalb des Gipfels gerast.

Ronan presste sich an die Cockpitscheibe und blinzelte mit schräg gelegtem Kopf nach unten. »Da!«, rief er und riss das Seitenfenster auf, um sich während des langsamen Fluges, kaum achtzig Meilen pro Stunde, weit hinauszulehnen. »Ich kann die Wrackteile sehen! Alles noch unverändert!«

Sobald sie gleich gelandet wären, würden sie zu dem nebligen und verregneten Gipfel aufsteigen und dort mit Zelt, Schlafsack und Lagerfeuer eine nasse Nacht verbringen. Der Mount Waialeale, das verborgene Herz von Kauai, war der feuchteste Ort der Welt, nicht nur weil es einen Sumpf und einen dichten Regenwald auf dem Gipfel gab, sondern weil es eigentlich immer regnete. Oder, wie Ronan gesagt hatte, als sie wenige Tage nach dem Absturz hier gewesen waren: weil der Himmel um Mom weinte.

Für ihn konnte es wohl kein schöneres, kein würdigeres Grab für Shannon geben, und mit all den Himmelstränen, die über die Weeping Wall dort unten im Krater in die Tiefe rauschten, auch kein traurigeres. Mit den Wrackteilen der DeHavilland war der Waialeale Crater ein Anblick, den sie nie in ihrem Leben vergessen würde.

Ronan auch nicht, das sah sie ihm an: Seine Züge waren angespannt, die Lippen verkniffen, und sein Blick war abwesend. Woran dachte er jetzt? An Mom und Dad, die nicht mehr bei ihnen waren? An sich selbst?

Turbulenzen über dem Krater!

Sie drehte ab und steuerte auf die Küste zu.

Die tückischen Fallwinde rissen die Maschine hinunter, aber es gelang ihr, sie über dem gewundenen Creek am Talboden abzufangen und durch den Canyon mit dem Trail, dem sie nachher zum Krater und zum Gipfel folgen wollten, hinauszusteuern auf die weite Ebene.

Dort vorn schien wieder die Sonne, der Dschungel leuchtete grün, und da drüben schimmerte schon der Strand!

»Okie dokie, here we go!« Tess drosselte den Motor, kurvte auf die Landerichtung ein und trimmte die Vega um.

»Da sind die beiden!«, rief Ronan und deutete auf den Strand. »Cal und Jeb Worthington!«

Jetzt sah Tess sie auch. Die beiden Brüder lehnten an ihrem verrosteten Chevy Pick-up und gaben ihr Thumbs-up: Alles klar zur Landung!

Ja klar, Jungs, abgesehen von der Mönchsrobbe, die mitten auf meiner Landebahn ein Nickerchen hält, ist der Strand verlassen. Äh, nein, da ist noch eine Schildkröte auf dem Weg in den Ozean. Aber weit und breit kein Schild *Turtles X-ing*. Okay, ein Witz. Ich gehe also runter ... und ...

Touchdown!

Die Vega schlingerte ein wenig im aufgewühlten Sand und rollte noch weich aus, als Cal und Jeb schon auf sie zustürmten. »Aloha!«, brüllten sie und winkten. »Aloha oe!«

Sobald Ronan und sie aus dem Cockpitfenster geklettert und auf den Strand gesprungen waren, umarmten sie sie wie alte Freunde, und Jeb wünschte Tess: »Palapala ho' alohaloha, herzliches Beileid zum Tod Ihres Mannes, Ma'am!«

»Mahalo, Jeb, Cal. Danke.«

Cal und Jeb Worthington stammten aus Vancouver. Cal war während des großen Krieges an der Somme schwer verwundet worden, aber das Jahr im Krankenhaus, gefesselt ans Bett, war für ihn noch schwerer zu ertragen gewesen als die Schmerzen, sagte er. Jeb, zwei Jahre jünger als sein Bruder, war nicht in Europa gewesen. Er hatte geheiratet, und als sein Bruder wenige Wochen nach dem Selbstmord von Jebs Frau aus Frankreich zurückgekehrt war, hatten die beiden ihre Zelte in Kanada abgebrochen und waren mit Sack und Pack nach Hawaii gegangen. Seit einigen Jahren leiteten sie die Plantagen von BRANDON-CONROY-TYRELL in der Nähe von Lihue – Ananas, Mangos, Papayas, Vanille, das alles.

Cal und Jeb waren es gewesen, die Mom gefunden hatten. Sie hatten auch in San Francisco angerufen, um Dad die traurige Nachricht zu überbringen. Während ihres Aufenthalts auf Kauai hatten Josh, Ronan und Tess in ihrer Lodge am Strand gewohnt. Nette Kerle, alle beide, gute Freunde, ehrlich.

»Wie wär's mit einem Barbecue heute Abend? Am Strand?« Jeb deutete auf die frisch gefangenen Fische im Korb auf der Ladefläche des Pick-ups, wo Ronan gerade ihre Rucksäcke für die Tour verstaute. »Gegrillter Fisch? Hula-Tänze? Ukulele-Musik? Ein gemütlicher hawaiianischer Abend?«

Die Lodge der beiden Jungs, die an ein Dschungelcamp erinnerte, lag nur einen Steinwurf vom Strand entfernt. Von der Veranda konnte man das Meer sehen und den Wind in den duftenden Blüten rauschen hören. Sehr abenteuerlich und ziemlich romantisch für zwei harte Kerle wie Cal und Jeb.

»Danke für die Einladung, Jeb, wirklich nett von Ihnen«, sagte Tess. »Aber wir wandern heute nicht nur in den Krater, sondern bis auf den Gipfel.«

Jeb betrachtete ihre Ausrüstung. »Wollen Sie dort übernachten?«

»Yup.«

Er deutete aufs Meer hinaus. »Ein Sturm zieht auf. Kann sein, dass die Böen Sie morgen vom Gipfel fegen.«

Tess zuckte mit den Schultern. »Schon mal in einem Schneesturm in Alaska gewesen, draußen in der zugefrorenen Beringsee, allein mit den Eisbären?«

»Nee.« Jeb grinste jungenhaft. »Hey, einen Whiteout gibt's da oben auch, wenn der Nebel richtig dicht wird. Aber es schneit zumindest nicht ...«

Na, siehst du!

Und los ging's! Über eine schlecht ausgebaute Piste holperten sie die acht Meilen nach Westen, über die Küstenebene und durch reißende Gebirgsbäche, in denen die Räder aufspritzend durchdrehten.

Durch das enge Tal unterhalb des Mount Waialeale flossen ihnen dichte weiße Wolken entgegen, wie ein Gletscher aus Dunst und Nebel. Fehlte eigentlich nur ein majestätischer Soundtrack, untermalt vom Schreien und Zwitschern der tropischen Vögel, dem Rauschen der Wasserfälle, dem Plätschern der Flüsse. Einfach fantastisch, das alles!

Cal hielt den Chevy Pick-up am Beginn des Trails, der zum Blue Hole, so hieß der Krater, hinaufführte. Ein End-of-Road-Schild erklärte, dass es hier nicht weiterging, nicht mal für Offroader wie den alten, rostigen Pick-up. Ronan und Tess holten ihre Ausrüstung von der Ladefläche, schulterten die schweren Rucksäcke mit den Vorräten, dem trockenen Feuerholz, den Schlafsäcken und dem Zelt, verabschiedeten sich mit einem flotten »See ya, guys« und machten sich auf den Weg ins ...

Ja, wirklich, dachte Tess. So kommt es mir vor, als wir in den fast undurchdringlichen Dschungel aus Flussläufen, Wasserfällen und Schlammlöchern, Gräsern und Farnen, Sträuchern und Bäumen eintauchen, durch den wir uns unseren Weg mit unseren Bowiemessern erst freischlagen müssen.

... ja, ins Tal des Todes.

Okay, da vorn neben dem Highway stand ein Straßenschild.

Talkeetna 62

Anchorage 1.

Und daneben ein Einschussloch.

Lyle Morrissey musste grinsen. Die Entfernung bis ins Land der Cheechakos, geschätzte hundertfünfzig Meilen, hatte irgend so 'n Bekloppter weggeballert.

Nee, im Ernst. Seit gestern, seit seinem Aufbruch in Beaver, hatte Lyle die aberwitzigsten und lustigsten Schilder am Straßenrand gesehen.

No Shooting from Roadway. Kein Schießen von der Straße.

Das Schild leuchtete im Scheinwerferlicht, nachdem er während der Nacht den Yukon überquert hatte – dafür hatte er mit seinem Greyhound-Bus einen ziemlichen Umweg fahren müssen. Aber, hey, das Schild war doch kompletter Schwachsinn, oder?

Oder dieses: ein Warnschild.

Steht ein Elch mit großem Geweih auf der Straße und guckt mit gesenktem Kopf böse ein Auto an, die Kühlerhaube zerknautscht, die Scheiben zerborsten.

Und darunter: Give Moose a Brake – Bremse für Elche.

Ich meine, hallo, für wen ist denn dieses Schild? Jeder Cheechako weiß, dass es in Alaska Elche gibt, oder nicht? Und wer ist hier die bedrohte Art? Der Elch oder das Auto?

Oder dieses: ein altes Nummernschild, die schwarzen Registrierungsnummern weggekratzt. Was bleibt?

Alaska. The Last Frontier.

Irgend so 'n Torfkopp hat die Last Frontier tatsächlich mit einem roten Absperrband für Verkehrsunfälle markiert. Kapiert? Will sagen: Genau hier beginnt Alaska. Nee, ehrlich!

Da vorn lag der Byers Lake. Und von dort hatte Lyle einen atemberaubenden Blick auf den im Sonnenlicht weiß leuchtenden Mount Denali, hinter den Tannen, östlich von ihm. Dahinter ragten die Gipfel der Alaska Range in den wolkenlosen Himmel. Eine Landschaft wie auf einer Weihnachtskarte!

Alaska ist eine Wildnis, urtümlich, ungezähmt und wild. Um das zu kapieren, muss man nicht Jack London gelesen haben, Ty! Wenn du mal hier gewesen wärst, so wie Ronan, dann würdest du das erkennen. Aber nee ...

Hey, jetzt wurde der Blick wirklich ... ja, wie? ... Na ja, dass einem das Herz stehen blieb. Neben dem Highway wand sich der Chulitna River mit seinen vielen Seitenarmen durch ein breites Sandbett. Eisblau schimmerte das kalte Wasser, das hier unten im Süden schon früher gebrochen und getaut war als oben im Norden, jenseits des Yukon River. Hinter dem malerischen Flusslauf und dem Blaubeergestrüpp leuchtete der Wald immer noch in den gefrorenen Farben des Indian Summer, und dahinter blendeten die schneebedeckten Gipfel der Alaska Range das blinzelnde Auge. Gott, wie schön! Wie wunderschön!

Und da! Dort kamen die ersten Zugvögel, keine Ahnung, welche! Das gefrorene Land erwachte zu neuem Leben! Nicht mehr lange, und die Grillen zirpten, und die letzten Überlebenden der Mückenschwärme des letzten Sommers krochen aus ihren Winterquartieren in morschen Baumstämmen. Dann kam der Sommer. Und mit ihm die Wärme.

Er musste sich zwingen, wieder auf den Highway zu sehen, der da vorn, hinter dem DENALI-NATIONAL-PARK-Schild, eine Kurve machte, und die war um diese Jahreszeit ganz schön gefährlich. Weil man wegen der hohen Fichten nicht sehen konnte, wie die rutschige Schotterpiste weiter verlief.

Äh, wo war ich? Ach ja, die bekloppten Schilder.

Hier kommt das allerbeste:

Alaska.

Daneben ein Pfeil nach links.

Ich meine, hallo, wie bescheuert muss man denn sein, um mitten in Alaska so 'n Schild aufzustellen? Okay, ja, es steht am Stadtrand von Anchorage. Und Anchorage ist nicht Alaska, wie Tess immer sagt, aber man kann's von dort aus schon sehen. Der Kerl, der das Schild aufgestellt hat, kennt wohl den Spruch, von Anchorage sei's nur eine halbe Stunde bis Alaska.

Lustig, oder? Völlig bescheuert, wenn du mich fragst! Aber wer interessiert sich schon für mich? Außer Mr Harmon, mit dem Finger am Abzug.

Noch sechzig Meilen bis Talkeetna. Aber es führt einfach kein Weg und keine Straße daran vorbei. Und wenn er mich erkennt, sobald ich an der Tankstelle neben dem Tyrell's halte? Der Greyhound-Bus ist nicht gerade unauffällig, aber meine Huskys proben den Aufstand, wenn ich mittags am Road House vorbeifahre – sie sind hungrig und müssen gefüttert werden. Und bis Anchorage reicht meine Tankfüllung nicht mehr. Verdammt!

Die fünf Huskywelpen in dem großen Pappkarton hinter seinem Fahrersitz jiffelten und jaulten wie die Verrückten. Drei der Pelzknäuel hingen mit den Vorderpfoten über die ausgebeulte

Pappwand und hechelten mit hängender Zunge. Die anderen zwei tobten wie aufgezogen im Karton herum und quietschten schrill. Der Schmuggelkarton für russischen Wodka aus Sibirien war mit einer dicken Lage Zeitungen ausgelegt, die Lyle im Trading Post in Beaver mitgenommen hatte, aber das Papier war schon ziemlich vollgeschissen. Die Welpen mussten mal raus, und zwar bald.

Aussie, sein bronzefarbener Leithund, kam nach vorn, sprang an Lyle hoch, stemmte die Vorderpfoten auf seine Knie und sah ihn unverwandt an. Lyle kraulte ihm den Nacken und versuchte dabei, auf die Schotterpiste vor ihm zu achten. »Ist ja gut, mein Junge. Wir halten ja bald.«

Jetzt kam auch Kiwi, sein bester Kumpel, der im Team hinter Aussie lief, und streckte sich zu seinen Füßen vor den Stufen zur Klapptür aus.

Als Lyle sich an Aussie vorbei zum Radio hinüberbeugte, erstarrten beide Hunde in ihren Bewegungen und beobachteten ihn mit neugierig aufgestellten Ohren.

Prima, er fand einen lokalen Sender.

Ruth Etting sang ... ah ja ... *After you've gone.*

Na klar, die Huskys sangen mit, so laut, dass er Ruth Etting kaum noch hören konnte! Aussie warf den Kopf in den Nacken, legte die Ohren an, wedelte mit der buschigen Rute und jaulte, und sein Kumpel Kiwi stimmte mit begeistertem Winseln in seinen Gesang ein. Lachend drehte Lyle das Radio lauter. Echt nett, die beiden Jungs!

Mit den Vorderpfoten lehnte sich Aussie gegen das Armaturenbrett und schaute auf die Schotterpiste. Mit der Flanke stieß er dabei immer wieder gegen den Schalthebel neben Lyles Knie. Er packte den Husky am Halsband und zog seine Beine auf den Schoß. Mit dem Kopf auf den Pfoten guckte Aussie derart treuherzig zu ihm hoch, dass er lachen musste. Auch sein Kumpel Kiwi drängte sich an ihn heran.

Lyle spähte nach vorn. Die gefährliche Kurve kam jetzt schnell näher.

Ruth Etting trällerte: »After you've gone, after you've gone away …«

Seit ich weggegangen bin … Lyle zog die Nase hoch.

Ja, verdammt, ich muss oft an Tess denken, seit Jason tot ist, sehr oft. In den letzten Tagen habe ich mich eigentlich ständig an die Zeit mit Frau und Kind erinnert, und … na ja, ein bisschen sehne ich mich danach. Na gut, ich geb's zu: Ich vermisse Tess. Sogar sehr.

Einerseits will ich sie schon gern wiedersehen. Andererseits … ich weiß nicht … Tim Harmon hat 'ne Menge Freunde, nicht nur in Talkeetna. Vielleicht sollte ich meine Pläne über den Haufen werfen und einfach wieder spurlos in der Wildnis verschwinden. Es ist einfach zu gefährlich.

Und Tys Kugeln prallen doch sowieso an Tess ab.

Auf seinem Schoß gähnte Aussie ausgiebig, richtete sich abrupt vor Lyle auf und nahm ihm die Sicht auf die Kurve gleich da vorn. »Wawawawah!«, erklärte er nachdrücklich.

Lyle kraulte ihn. »Was ist los?«

Der Husky riss die blauen Augen auf. »Waaaaaaaaah!«

Nichts verstanden, Kumpel.

Hinter seinem Sitz schnappten ein paar Huskys über und tobten völlig crazy zwischen den Sitzreihen herum. Ihre Ketten rasselten, und es war so laut im Bus, dass er seine eigenen Gedanken nicht mehr hören konnte.

»Nur noch ein paar Meilen bis zur Brücke über den Susitna River, okay? Da halten wir, noch vor Talkeetna.«

»Wooooooh!«, meinte Aussie.

»Genau: Whoa – Anhalten«, lachte Lyle. »In ein paar Minuten, Kumpel. Versprochen.«

Aussie richtete sich auf, legte die Ohren an und schlabberte ihm über das Gesicht.

Hey, ich dachte, ich hätte ihm das abgewöhnt. Aber nee ...

Da, die Kurve!

Lyle trat auf die Bremse, schaltete den Greyhound-Bus durch die Gänge runter und ließ den Motor aufröhren.

War der Highway rutschig! Sand, Schotter, Schnee und Eis ... und eine gewölbte Oberfläche, damit im Sommer das Regenwasser ablaufen konnte.

Lyle zog eine Lucky Strike aus der Hemdtasche und steckte sie sich an, nachdem er das Radio wieder ausgeschaltet hatte. Die Huskys hinten drin drehten nämlich gerade völlig durch.

Als er in die Kurve ging, sah er den Laster.

Mitten auf dem Highway.

Keine fünfzig Yards entfernt.

Verdammt!

»Was zum Teufel ...«

Die Lucky Strike fiel zwischen die Pedale.

»Sag mal, spinnst du? Bleib auf deiner Seite! Ich hab hier auch Schlaglöcher! Und ich rutsche genauso wie du!«

Ja, okay, wenn man in der Mitte des Highways bleibt, ist alles paletti. Jeder fährt hier so, wenn die Straße ihm allein gehört. Aber wenn man einem entgegenkommenden Fahrzeug ausweichen muss, driftet man auf dem abschüssigen Highway zur Seite ab, wenn man nicht ständig gefühlvoll gegensteuert.

Lyle stieg auf die Bremse, aber nicht zu hart. Denn wenn er zu schnell bremste, blockierten die Räder, und er schlitterte über den abschüssigen Schotter.

Nichts. Keine Reaktion.

Unter seinem Hintern bemerkte er das Schlingern, wie auf festgefahrenem Eis oder auf tauendem Schneematsch. Er schaltete runter, und der Motor röhrte wie unter Qualen.

Verdammt, immer noch zu schnell!

Sein Herz raste, der Schweiß lief ihm übers Gesicht, und er biss sich die Lippe blutig.

Und viel zu schnell kam der Laster näher.

Verflucht, sah er ihn denn nicht? Lyle drückte auf die Hupe. »Brems, du gehirnamputierter Idiot! Und zieh rüber!«

Er konnte nicht weiter runterschalten. Er musste dem Lastwagen ausweichen.

Verflucht, er glitschte über den Highway, die Reifen fanden im nassen Gras neben der Schotterpiste keinen Halt mehr, und der Greyhound-Bus raste seinem unausweichlichen Schicksal entgegen.

Ein Knirschen, das in ein schrilles Kreischen überging, brachte die Luft zum Vibrieren. Nein, das war nicht der Laster, der seinen Bus gerammt hatte. Das war ... Verdammt! ... Irgendwas unter dem Bus, das über den lehmigen Kies schrappte.

Das Getriebe? Der Auspuff?

Der Aufprall gegen eine kleine Birke, die dabei umgenietet wurde, erschütterte den Bus. Und mit einem Ruck, der Lyle fast aus dem Sitz haute, kam er neben der Straße zum Stehen.

Lyle atmete tief durch und startete den Motor neu. Er tuckerte vor sich hin, alles klar. Er gab vorsichtig Gas, aber die Räder drehten sofort durch und pflügten mit aufspritzendem Schlamm und fliegenden Grasbüscheln die nasse Erde um.

Er fluchte.

Was für ein Schlamassel. Er steckte fest, so kurz vor Talkeetna. Und jetzt?

Im Seitenspiegel auf der Fahrerseite sah er, dass der Laster hinter ihm angehalten hatte. Er bekam Hilfe, na klar, so lief das hier draußen. Der nächste Wagen könnte ja erst in einigen Stunden hier vorbeikommen. Oder morgen. Oder übermorgen.

Ja, der Laster hatte genug PS, um ihn aus dem Matsch zu ziehen.

Die Türen wurden jetzt aufgestoßen, und zwei Kerle in Jeans, Flanellhemden und Stetsons sprangen raus. Im Laufschritt kamen sie zu ihm herüber. »Hey, Kumpel! Bist du in Ordnung?«, rief der eine. »Warte, wir helfen dir!«

Lyle Morrissey zog seinen Colt und entsicherte ihn.

Okay, Jungs. Eine falsche Bewegung … ein breites Grinsen, dass ihr mich erkannt habt …

# 21

Wie unter Starkstrom …

Angespannt saß Tyson an seinem Schreibtisch, wippte unruhig mit dem glänzenden Salvatore-Ferragamo-Schuh und drückte sich den Telefonhörer so fest ans Ohr, dass Lynne kaum mithören konnte. Ihr Arm lag um seine hochgezogenen Schultern, und sie streichelte sanft tröstend den Ärmel seines schwarzen Brooks-Brothers-Anzugs. Über ihn gebeugt, drückte sie ihr Ohr an die andere Seite des Hörers.

Der Arzt räusperte sich. »Wie ich Ihnen bereits in unserem letzten Telefonat sagte, Sir: Adrienne Shaw hat unglaubliches Glück gehabt. Ich meine … eine Schusswunde im Kopf … ein zerschossenes Rückgrat … und es geht ihr gut. Na ja, sie hat das Attentat auf Sie überlebt. Sie ist bei Verstand. Sie hat ihr Gedächtnis nicht verloren. Sie hat …« Der Arzt lachte trocken. »… sie hat sogar Humor, wissen Sie, sie hat ihre Emotionen nicht verloren, ihre Heiterkeit, ihre Gelassenheit, ihre Lebensfreude. Aber sie wird für immer im Rollstuhl sitzen. Und sie wird stets auf Hilfe angewiesen sein.«

»Verstehe.« Ty zog die Schublade auf und holte sein Scheckbuch heraus. Er legte es auf den getippten Entwurf des Börsenprospekts, den er vorhin handschriftlich korrigiert hatte, als der Anruf von Dr. Stanton gekommen war: den Prospekt für den Börsengang von Brandon-Conroy-Tyrell an der New York Stock Exchange. Ty plante gern im großen Stil und überließ die Details selbstredend den anderen.

Er schlug das Scheckbuch auf und schraubte den Montblanc-Federhalter auf, während Ms Shaws Arzt ihm erklärte, dass sie vor einigen Tagen nach Hause entlassen worden war. Adrienne hatte eine kleine Wohnung in Pacific Heights: abschüssige Straßen, für eine junge Frau im Rollstuhl unmöglich zu bewältigen, steile Treppenstufen bis zur Wohnung, kein Laden in der Nähe, kein Kindergarten und keine Schule für ihre kleine Tochter Denise, vier Jahre alt. Keine Nanny und keine Haushaltshilfe. Sie war völlig auf sich allein gestellt.

Lynne warf einen Blick auf den Scheck. Ty hatte ihn mit schwarzer Tinte ausgefüllt. Die vergoldete Feder schwebte reglos, wie gelähmt vor Bestürzung, über der Summe von $ 1000.

Sie spürte, wie Ty vor Anspannung zitterte. Erinnerte er sich gerade an die Schießerei in der Market Street? An den Versuch, ihn vor dem Portal des Palace Hotels zu entführen?

»Der Laden im Palace Hotel ist geschlossen, und Adrienne wird ihn auch nicht mehr öffnen können«, sagte Dr. Stanton. »Sie hat keinen Job, kein Einkommen, keine Zukunft. Sie bekommt keine Unterstützung und keine Rente. Aber was noch viel schlimmer ist, Sir: Sie hat keine Hoffnung mehr, nicht für sich selbst, nicht für ihre Tochter.«

»Verstehe«, quälte Ty heraus und schrieb noch etwas auf den Scheck.

I'm so sorry, Ma'am. TC.

$ 10 000.

Ein Vermögen – wirklich, es war sehr viel Geld.

Eine Wiedergutmachung. Ein Schuldbekenntnis. Eine Buße.

Gerührt drückte Lynne seine Schulter und küsste ihn sanft aufs Haar.

Ja, eine Buße!, dachte sie. Denn das Leid von Adrienne Shaw hat Tys ausgeprägtes Selbstbewusstsein und seine mitreißende Lebensfreude doch sehr in Mitleidenschaft gezogen. Aber er ist ein Gentleman der großen Gesten und der ausdrucksvollen Vorführung seiner Großherzigkeit. Er weiß genau, wie er die größte Wirkung erzielt. Und er genießt es, sich im Licht seiner Großzügigkeit zu sonnen.

Ty sah zu ihr auf, und ihre Blicke begegneten sich.

In diesem Augenblick klopfte es leise an der Tür, und Mr Kingsley trat ein. Auf einem Silberteller überreichte der Butler ihr eine Visitenkarte aus seidig glattem, blütenweißem Karton.

Stuart Wilkinson
Managing Director
LC Enterprises
557 Mission Street
San Francisco

»Mr Wilkinson bittet darum, von Ihnen empfangen zu werden, Ma'am«, flüsterte der Butler ihr zu, während Ty weiter mit Dr. Stanton sprach.

»Was will er?«

»Wie es scheint, will er Ihnen einen Schlüssel übergeben.«

»Einen Schlüssel?«

LC Enterprises? Nie gehört.

Ein Schließfach bei einer kleinen Privatbank in der City?

Josh war gestern gestorben ...

Shannons spektakulärer Schmuck ... ging es darum? Sollte sie ihre Diamanten und Saphire bekommen? Ihre Perlen?

Lynne nickte dem Butler zu. »Bitte führen Sie Mr Wilkinson in mein Arbeitszimmer.«

Mr Kingsley verneigte sich. »Ma'am.«

Sobald der Butler die Tür hinter sich geschlossen hatte, zeigte sie Ty die Visitenkarte, aber sah sie nur flüchtig an und zuckte mit den Schultern.

»Mr Brandon?«, fragte er und klang ein wenig genervt, sogar trotzig und ein bisschen wütend. »Was hat denn mein Bruder damit zu tun?«

Die Antwort konnte Lynne nicht mehr hören, weil sie bereits auf dem Weg nach draußen war.

Vor der Tür ihres Arbeitszimmers strich sie das Trauerkleid glatt und richtete ihr unter einem schwarzen Schleier aufgestecktes Haar, dann trat sie ein.

Mr Wilkinson stand an den Fenstertüren zum Garten und blickte hinaus auf den Pazifik. Als Lynne die Tür hinter sich schloss, drehte er sich zu ihr um.

Er ist es!, dachte sie erstaunt. Was hat das wohl zu bedeuten?

Stuart Wilkinson war der junge Mann in elegantem dunklen Anzug, den sie vor einigen Tagen in dem luxuriösen neuen Spa in der Market Street gesehen hatte. Sie hatte ihn für den Geschäftsführer gehalten, aber …

Nein.

Sie warf einen Blick auf seine Visitenkarte: LC Enterprises. Mission Street. San Francisco.

»Mr Wilkinson.«

Er hauchte einen Kuss auf ihre Hand. »Mein Beileid, Ma'am.«

»Danke, Sir.«

»Mit Trauer und Anteilnahme habe ich vom Tod Ihres geliebten Schwiegervaters erfahren, Ma'am«, setzte er seine Worte sehr sorgfältig, als wäre jedes einzelne überaus kostbar. »Ich war fassungslos. Ich trauere mit Ihnen und Ihrem … mit Mr Conroy um einen großartigen Menschen. Die Menschlichkeit und die Freundlichkeit von Josh Brandon wird uns allen ebenso unvergessen bleiben wie der vornehme Charakter und die Warmherzigkeit seiner verstorbenen Frau, Shannon Conroy Brandon. Beide werden uns sehr fehlen. Was für ein Verlust für San Francisco.«

»Danke, Sir. Von ganzem Herzen.«

Er nickte verhalten. »Ma'am.«

»Nun, Sir. Was kann ich für Sie tun?«

»Nichts, Ma'am.«

»Oh.«

»Aber ich kann etwas für Sie tun. Wenn Sie mich bitte begleiten wollen …«

»Wohin?«

»In die City.«

»Wozu?«

Er griff in die Jackentasche und zog einen Schlüssel hervor, den er ihr überreichte. Der Schlüssel zu einem Schließfach? Auf dem Griff des Schlüssels waren zwei ineinander verschlungene Buchstaben eingraviert: LC.

Was soll das?, fragte sie sich. Wenn ich Moms Schmuck bekommen soll, wieso muss ich dafür in die City fahren und ein Schließfach öffnen? Warum bekomme ich den Schmuck nicht einfach auf einem dunkelblauen Samtkissen überreicht? Nach der Testamentseröffnung? Ehrlich, ich verstehe nicht, was hier vorgeht …

Ist das ein … O Gott! Ist das ein Versuch, mich zu entführen?

Lynne wusste nicht, wie sie reagieren sollte. Sollte sie nach ihren Bodyguards klingeln?

Mr Wilkinson zog einen Umschlag aus der Jacke und überreichte ihn ihr. »Mrs Conroy, bitte lesen Sie diese Zeilen.«

Verwirrt nahm sie ihm den Brief aus der Hand und entfaltete das Schreiben. Ronans Handschrift.

Sie ging einige Schritte weiter, um die wenigen Zeilen in Ruhe lesen zu können.

*Lynne, mein Liebes,*

*unser Kleiner hat mich vor einigen Tagen gefragt, was Glück eigentlich ist. Wie es sich anfühlt. Und wie man es erkennt. Ich hab ihm gesagt, Glück ist für jeden etwas anderes. Aber ich weiß, was Glück und Lebensfreude für Dich bedeuten, Lynne, wie wichtig Dir Deine Freiheit ist und wie sehr Du Dich nach Anerkennung sehnst. Dieser Tag gehört Dir, ich schenke ihn Dir! Heute werde ich Dich zum Ende des Regenbogens führen. Was Du dort finden wirst – Reichtum, Unabhängigkeit, Ruhm, Glück? Lass Dich überraschen!*

*Stuart Wilkinson wird Dir in meinem Auftrag einige Anweisungen geben, und Du musst genau tun, worum ich Dich bitte. Und stell ihm keine Fragen, die er nicht beantworten kann. Oder darf.*

*Ich liebe Dich noch immer,*
*Ronan*

Als sie sich umdrehte, beobachtete Mr Wilkinson sie mit einem feinen Lächeln. Hatte er den Brief gelesen?

»Was soll ich tun?«, fragte sie ihn.

Er deutete auf ihr Trauerkleid. »Bitte kleiden Sie sich dem Anlass entsprechend, Mrs Conroy.«

»Aber ich bin in Trauer.« Lynne zögerte. »Was soll ich denn anziehen? Was ist denn angemessen?«

Er lächelte still in sich hinein, und als sie sich zur Tür wandte, um in ihre Räume hinaufzugehen, sagte er: »Ich warte hier auf Sie.«

In ihrem Schlafzimmer lag eine große Schachtel auf dem Bett, neben einem Umschlag ein Bouquet mit weißen Rosen. Lynne roch an dem Strauß, nahm den süßen Duft in sich auf und öffnete den Brief. Auf der Karte stand:

*Mach das Geschenk auf, Lynne! Zieh Dich um, mein Liebes, steck Dir eine Rose an, und genieß Deinen Tag!*
*Ronan*

Die Schachtel enthielt ein mitternachtsblaues Kostüm mit goldenen Knöpfen – eine elegante Jacke und ein langer Rock.

Ihr stockte der Atem.

Ich habe dieses Kostüm entworfen!, dachte sie. Aber es existiert doch nur als Skizze! Es ist noch nie genäht worden!

Oh, Ronan!

Ihre Hände zitterten, und ihre Knie wurden weich, als sie rasch das Kostüm anzog, in die hohen Schuhe aus dem Karton schlüpfte und sich das passende Seidentuch mit aufgestickten Goldranken um die Schultern legte.

Zufrieden lächelnd drehte sie sich vor dem Spiegel.

Wie schön es geworden war! Genau wie sie es sich beim Zeichnen vorgestellt hatte.

Ach ja, die weiße Rose. Sie steckte sie an und kehrte zu Mr Wilkinson zurück, der sie im Foyer erwartete. Er geleitete sie zu einem blauen LaSalle, der mit laufendem Motor vor dem Haus wartete, und öffnete ihr die Tür. »Mrs Conroy.«

Sobald er den Wagen umrundet und neben ihr Platz genommen hatte, knirschten die weißen Reifen über den Kies der Einfahrt, und sie fuhren los.

Aber wohin? Lynne war versucht, Mr Wilkinson zu fragen, aber sie war sicher, er hatte von Ronan die Anweisung erhalten, ihr nichts zu verraten.

In Anbetracht des Attentats auf Ty fand sie es ganz schön mutig, zu einem Fremden in den Wagen zu steigen, ohne zu wissen, wohin er sie bringen würde. Und es war vor allem ganz schön gefährlich, das ohne Bodyguards zu tun. Nicht einmal ihr Butler, geschweige denn Ty wusste, dass sie das Haus verlassen hatte.

Aber sie vertraute Mr Wilkinson. Nicht weil er ein Gentleman mit aufrechter Haltung war, aristokratisch selbstbeherrscht, ein Beispiel vollkommenen Betragens, sondern weil er sich durch Ronans Briefe als verlässlich und glaubwürdig auswies.

Während sie nach Norden zum Golden Gate Park fuhren, dachte Lynne über ihre Ehe mit Ronan nach.

Woran sind wir eigentlich gescheitert?, fragte sie sich. Nicht an unseren Gefühlen füreinander – daran haben wir doch nie gezweifelt. An seiner Liebe zu Tess? An meiner Leidenschaft für Ty? An meinem beschämenden Unvermögen, mit seiner Krankheit umzugehen? Mit seinen Anfällen? Mit seinem Sterben?

Ich habe es nie bedauert, nicht einen Tag lang, dass ich mich für

Ronan entschieden habe, und ich bin auch nicht sicher, ob er an unserem Scheitern irgendeine Schuld trägt. Er ist eigensinnig, ja, aber das bin ich auch. Er war mir treu, wenngleich er Tess immer mehr geliebt hat als mich, obwohl er sich nach Coreys Verschwinden als ihr bester Freund um sie gekümmert hat und sie nach Jasons Tod nach San Francisco geholt hat. Sie ist seine große Liebe. Davon spricht ja auch sein letzter Wunsch in der Glaskugel am Wunschbaum …

Diese Gedanken gingen ihr durch den Sinn, während sie in den Lincoln Way einbogen und am Golden Gate Park entlang nach Osten fuhren. Ihre Hände zitterten, und sie vergrub sie unter der Handtasche auf ihrem Schoß.

Der Chauffeur bog jetzt wieder nach Süden ab, in die Seventh Avenue. Dann ging es wieder nach Osten, und die Twin Peaks tauchten vor ihnen auf.

Sie war vollkommen verwirrt, als der Wagen vor der Mission Dolores auf die Market Street einbog. Doch einige Blocks weiter ging es wieder nach Süden auf die Mission Street, der sie in Richtung der San Francisco Bay folgten. Befand sich LC Enterprises nicht in der Mission Street? Stuart Wilkinsons Visitenkarte steckte in ihrer Handtasche, aber sie gab sich nicht die Blöße, noch einmal einen Blick darauf zu werfen.

Sie bogen erneut ab.

Eine schmale Straße, kaum breiter als eine Durchfahrt, führte … ja, wohin? Dort vorn war doch … ja, genau, das Palace Hotel!

Der LaSalle hielt am Ende der Straße. Durch das Seitenfenster erkannte sie Adriennes Shop im Westflügel des Hotels. Lynne musste schlucken, als sie an das tragische Schicksal der jungen Frau dachte, das ihr ebenso naheging wie Tyson.

Sie fuhren jetzt weiter, und Lynne fragte sich noch immer, wo diese geheimnisvolle Fahrt enden würde. In der California Street, Ecke Sansome? Im Brandon Tower? In Ronans Büro? Hatte er den Schmuck seiner Mutter vor seiner Abreise in den Safe bringen lassen? Aber wieso?

Zwischen zwei ratternden und bimmelnden Cable Cars hindurch preschte der Chauffeur quer über die Market Street und hielt einige Schritte weiter am Straßenrand. Noch bevor Lynne sich umsehen konnte, wo sie eigentlich waren, sprang Mr Wilkinson schon aus dem LaSalle, hastete um dem Wagen herum und öffnete ihr die Tür. »Mrs Conroy.«

»Danke, Sir.« Lynne stieg aus und betrachtete das Palace Hotel schräg gegenüber auf der anderen Straßenseite.

Und jetzt?

Stuart Wilkinson reichte ihr den Arm. »Hier entlang, Ma'am.«

Als sie sich umdrehte, sah sie es.

Vor Schreck hielt sie den Atem an, und ihr Mund war plötzlich trocken. Ihre Knie zitterten, als Mr Wilkinson sie zu dem luxuriösen neuen Beauty Salon führte. Ihre souveräne, gelassene Haltung war dahin.

Sie wusste nicht, was sie eigentlich empfinden sollte. Enttäuschung? Wut?

Was soll das? Ronan, du verdammter …

Warum demütigst du mich so sehr? Wieso nimmst du mir meine Träume?

Unter dem goldenen Schriftzug FILIALEN IN SAN FRANCISCO, LOS ANGELES UND NEW YORK auf den Fenstern waren in den letzten Tagen, seit sie zuletzt hier gewesen war, in einer weiteren Zeile noch zwei Filialen hinzugefügt worden: KAPSTADT UND SYDNEY.

Ein weltumspannendes Imperium der Schönheit!

Die blaue Markise über dem Portal war noch zurückgeklappt, obwohl das Spa offenbar schon geöffnet hatte – an einem Sonntagnachmittag!

Mit einer knappen Geste gab Stuart Wilkinson dem Chauffeur zu verstehen, er könne wieder fahren.

Fragend sah Lynne ihn an, und er erwiderte ihren Blick mit einem charmanten Lächeln. »Sind Sie bereit, Mrs Conroy?«

»Wofür?«

Er lachte leise. »Dann ist die Überraschung also gelungen?«

»Die ...« Sie stockte.

»Mr Brandon hat sich schon Sorgen gemacht, als ich ihm sagte, Sie hätten den Beauty Salon entdeckt.«

»Sie haben mich also doch gesehen!«

Er verzog die Lippen zu einem kleinen Lächeln. »Ja, Ma'am. Und ... Verzeihen Sie, Mrs Conroy ... Sie sahen ziemlich wütend aus und maßlos enttäuscht.«

»Das war ich, Sir! Geradezu desillusioniert!«

»Ja, genau, das war das Wort, das Ihr geschiedener Mann gebrauchte. Ihrer Träume beraubt.«

Lynne hob die Augenbrauen.

»Bereit?«

Und wieder fragte sie: »Wofür?«

»Dafür!« Mit einer Handbewegung gebot er dem livrierten Portier, die blaue Markise zu entfalten.

Das Logo bestand aus zwei ineinander verschlungenen Buchstaben. Darunter prangte ein geschwungener Schriftzug, eine elegante Unterschrift in mattem Gold, wie ein persönliches Versprechen.

Lynne Conroy
Beauty – Wellness

Und ganz klein darunter: Ein Unternehmen der LC Enterprises Group.

LC, das bin ja ich!, dachte sie.

»Nein!«, flüsterte Lynne ergriffen, und ihr Herz klopfte wie verrückt.

»Doch!«

Blinzelnd versuchte sie, alle Eindrücke in sich aufzunehmen, das fünf Stockwerke hohe Gebäude mit der Prachtfassade gegenüber dem noblen Palace Hotel, die leuchtend blaue Markise mit ihrem Namen in Goldschrift, der livrierte Portier mit den weißen Handschuhen, das Portal mit dem glänzend polierten Messingrahmen, das Interieur in gehobenem Ambiente: Seide und Lack, Marmor und Kristall.

»Mr Wilkinson, das ist ... ich bin fassungslos!«, stammelte sie.

Er nahm ihre Hand, die noch immer in seiner Armbeuge lag. »Kommen Sie, Mrs Conroy!«

Der Portier öffnete ihr die Tür, und Mr Wilkinson schob sie ins Spa.

Dort erwarteten sie ihre Mitarbeiterinnen. Hairstylistinnen, Visagistinnen, Masseurinnen, Stilberaterinnen, Verkäuferinnen. Alle trugen dasselbe mitternachtsblaue Kostüm wie sie, dieselben Schuhe, denselben Schal, dieselbe Rosenblüte.

Oh, Ronan!

Der Salon sah wirklich großartig aus, noch schöner, als sie ihn sich vorgestellt hatte. In den Regalen stapelten sich die Schächtelchen und Fläschchen ihrer Kosmetiklinie, und auf den Kleiderstangen hing ihre Haute Couture. Glitzernde Cocktailkleider mit Fransenbesatz, in denen Society Girls ganz hinreißend Charleston tanzen konnten, bevor sie ausgelassen lachend in ihren zweisitzigen Studebaker sprangen und von der Party verschwanden. Wie in einem Roman von F. Scott Fitzgerald. Schimmernde Abendkleider aus schwerem, gerafftem Atlas für vornehme Dinner Partys im Garden Court des Palace Hotels, die Art von Partys, zu denen goldene Manschettenknöpfe zum schwarzen Frack der Gentlemen und funkelnde Diamanten und sanft wippende Federn im Haarschmuck der Ladys verpflichtend waren. Und auf denen es selbstverständlich keine Ragtime-Piano-Musik gab. Oder Swing oder

Jazz. Die Art von High-Society-Dinners, auf denen Ty brillierte. Für ihn war diese Art der luxuriösen Annehmlichkeiten geschaffen, und er verstand es, sie in der geziemenden Pose zu genießen. Ruhig und selbstsicher im Mittelpunkt der Ereignisse, wo sonst? Ty sah sein Bild einfach gern in der Zeitung, ganz oben auf Seite eins.

Das Herz floss ihr über, als sie sich all das vorstellte: die glitzernden Pailletten und die schimmernden Stoffe, den kostbaren Schmuck und die schicken Kurzhaarschnitte mit Stirnfransen oder Seitenscheitel, mit oder ohne Dauerwelle, oder die gewagten Windstoßfrisuren, die der letzte Schrei waren. Sie kämpfte mit den Tränen.

Als Lynne sich schließlich zu ihren Mitarbeiterinnen umdrehte, drückte ihre ganze Haltung vermutlich immer noch fassungsloses Staunen aus, denn die Damen applaudierten lächelnd, und sie spürte, dass diese Geste spontan war. Ihre Blicke waren neugierig, bewundernd, aber auch sanft und mitfühlend.

Dankbar erwiderte Lynne jeden dieser Blicke.

Eine Dame trat vor. »Mrs Conroy, uns allen ist es ein Anliegen, Ihnen von Herzen zu danken. Dieser Salon ... er ist das schönste Spa, in dem ich je das Glück hatte, arbeiten zu dürfen. Ihre Produktlinie ... Ihre Abendkleider ... Ihre Schmuckkollektion ... die ganze Konzeption dieses Beauty Salons – Ma'am, so etwas hat es noch nie gegeben. Es ist uns allen eine Ehre, für Sie und Ihr Unternehmen zu arbeiten. Für Lynne Conroy.«

Wieder brandete ihr Applaus entgegen.

Lynne wusste nicht, was sie sagen sollte, außer »Danke«.

Nicht genug, nein!

Die Worte rührten sie, sie gab sich ihren aufgewühlten Gefühlen hin und umarmte die Dame – ihr Namensschild verriet ihr, dass sie Cassie hieß – mit Tränen in den Augen. »Ich danke Ihnen.« Lynne trat einen Schritt zurück und machte eine weite Geste. »Ihnen allen.«

Aber ich weiß, dass ich nur einem Menschen Dank schulde, dachte sie, und die Kosmetikverpackungen mit den jungen Frauen im Stil des Art nouveau von Alphonse Mucha sagen mir auch, wem.

Ronan.

Er hat mir meinen Herzenswunsch erfüllt.

Um sich zu fassen, um ihre Haltung wiederzuerlangen und ihre aufgewühlten Gefühle zu beruhigen, schlenderte sie stumm durch den Salon, und dabei hatte sie Tränen in den Augen.

Lynne nahm ein Shampoo aus dem Regal und bewunderte die ausnehmend schöne Verpackung. Eine junge Frau in einem weißen Kleid, durchscheinende Seide, vom Frühlingswind in spiralig fließenden Formen gebläht, das wallende blonde Haar von einem wirbelnden Kirschblütengestöber in getupftem Weiß und Gold umweht. Wie schön, wie wunderschön! Lynne öffnete die Flasche und schnupperte an dem Shampoo. Oh ja, sie kannte diesen Duft einer sanften Brise von den weiß blühenden Hügeln, harmonisch mit Blüten und Früchten abgerundet. Ein Duft für starke und zugleich sensible Frauen, der Erinnerungen an berauschende Gefühle und sorglose Augenblicke weckte.

Tief berührt stellte Lynne die Flasche zurück und betrachtete eine Bodylotion im nächsten Regal. Eine junge Frau im Herbstwind, mit fliegenden kupferfarbenen Haaren, umweht von zarter pastellfarbener Seide und aufgewirbeltem Herbstlaub, das im Sonnenschein ganz zauberhaft leuchtete. Auch diesen Duft kannte sie. Die einzigartigen Aromen und Farben des Herbstes, des Indian Summer der Ostküste, waren die Inspiration für diesen belebenden, süßen und holzigen Duft voll zeitloser Eleganz und selbstbewusster Raffinesse gewesen. Ja, so war es. Und so stand es prägnant auf der Verpackung.

Alle Schachteln, Flaschen, Seidenpapiere und Aufkleber, wirklich alle, strahlten eine stilvolle Schlichtheit aus, die die kostbaren Kreationen noch unterstrich.

Oh, Ronan!, dachte sie. Und ich war so wütend, weil ich dachte, du hättest mir meine Ideen gestohlen, meine Träume, meine Freiheit!

Ihr Gesicht glühte vor Scham.

Was hat er für mich getan!

Selbst die schönsten und ergreifendsten Erinnerungen verblassen mit der Zeit, doch ich will nichts hiervon vergessen, keinen Augenblick des Glücks.

Lynne fühlte sich leicht, beschwingt, schwerelos, als Mr Wilkinson sie ins Büro führte. An der Tür stand ihr Name.

Ein Traum ging in Erfüllung, und dieses unbeschreibliche Gefühl riss sie förmlich von den Füßen.

»Ich habe noch etwas für Sie, Ma'am.« Mr Wilkinson zog einen weiteren Umschlag hervor und gab ihn ihr. »Ich lasse Sie allein, damit Sie den Brief in Ruhe lesen können.«

»Danke, Mr Wilkinson.«

»Nicht mir, Mrs Conroy. Sondern ihm.« Er lächelte verhalten, fast ein bisschen traurig, als ahnte er, dass Ronan nicht mehr viel Zeit blieb. »Ma'am.«

Sobald er die Tür hinter sich geschlossen hatte, nahm Lynne hinter ihrem Schreibtisch Platz und öffnete den Umschlag.

*Lynne, mein Liebes,*

*wenn Du diese Zeilen liest, vielleicht meine letzten an Dich, bin ich schon weit fort. Ich bin so unfassbar glücklich, dass ich gar nicht weiß, wohin mit meinen Gefühlen. Ich habe mir meinen sehnlichsten Wunsch erfüllt, und ich lebe meinen Traum. Ich wünschte, Du könntest dasselbe tun.*

*Ja, Lynne, ich habe eine Wunschliste in das Notizbüchlein geschrieben, nach dem Du mich schon seit Tagen fragen wolltest. Es sind keine Wünsche, die ich mir noch erfüllen möchte, denn der größte von allen geht ja gerade in Erfüllung. Heute. Jetzt. Nein, es sind Wünsche für andere, für meine Liebsten. Weißt du, was ich mir für Dich wünsche, Lynne?*

*Glück, das alle Träume mit sich reißt. Und Lebensfreude, deren Lachen zu Tränen rührt.*

*Ich weiß, dass ich Dir in den letzten Jahren unendlich wehgetan habe, dass ich Dich immer wieder unglücklich gemacht habe und dass ich Dir Deine Lebensfreude genommen habe. Das macht mich sehr traurig. Ich weiß, wie sehr Du unter meiner Krankheit gelitten hast und wie sehr Du Dich bemüht hast, mich Deine Gefühle nicht spüren zu lassen, Deine Angst, Deine Verzweiflung, Deine Hilflosigkeit, Deine Wut. Und ... ja, auch Deine Trauer. Trotz allem, was zwischen uns vorgefallen ist und was letztlich zu unserer Trennung geführt hat, hat mich Deine aufrichtige Trauer um mich tief berührt.*

*Du hast mich einmal gefragt, ob ich Dir verzeihen könnte. Ich habe Dir geantwortet, so einfach ist das nicht. Aber jetzt weiß ich, es ist so einfach! Vergebung ist die unkomplizierteste Sache der Welt, das begreift man aber manchmal erst, wenn es zu spät ist. Ich habe nichts mehr zu verlieren, Lynne, aber alles zu verschenken.*

Mit Tränen in den Augen schlug Lynne sich die Hand vor die bebenden Lippen, und ein Seufzer entrang sich ihrer Brust. Mit den Fingerspitzen fuhr sie sich über den verlaufenden Lidstrich.

*Mein Liebes, ich möchte Dir ein Lächeln schenken. Kein Lächeln der Vergebung auf meinem Gesicht, das ich selbst für anmaßend halten würde, denn auch ich habe in den Jahren unserer Ehe so vieles falsch gemacht. Sondern ein glückliches, lebensfrohes Lachen auf Deinen Lippen, weil Dein größter Traum in Erfüllung geht.*

*Ich vermisse Dich, Lynne. Ich sehne mich nach Deinem unbeschwerten Lachen und nach dem Strahlen in Deinen Augen. Dein Glück liegt mir am Herzen.*

*Leb Deine Träume, Lynne! Tanz durchs Leben, mein Liebes, so schnell Du kannst, denn ehe Du Dich versiehst, von einem Augenblick auf den anderen, ist es vorbei! Glaub an Deine Träume, Lynne, ich glaube an Dich!*

*Danke für die Liebe, die Du mir geschenkt hast,*
*und danke für das Glück, das Du mit mir geteilt hast,*
*Ronan*

Ergriffen ließ Lynne den Brief sinken. In diesem Augenblick wünschte sie sich, die Zeit möge stehen bleiben. So glücklich war sie.

Und gleichzeitig so traurig.

# 22

»Das Herz der Finsternis.«

Schwankend vor Erschöpfung, keuchend und schweißnass, blieb Ronan neben Tess stehen, die, beide Hände in die Hüften gestemmt, in den Waialeale Crater hinunterschaute. Sie sah entspannt aus nach dem langen Aufstieg, während er völlig kaputt war. Zum Umfallen müde. Seine Beine zitterten von der Anstrengung, ihm war schwindelig, und sein Kopf schmerzte, dass er wie Micky Maus, wenn's gerumst hatte, die Sterne vor seinen Augen tanzen sah.

Tess packte den Schultergurt seines Rucksacks, zog Ronan zu sich heran, schob seinen Stetson am Band auf seine Schultern zurück und strich ihm eine feuchte Haarsträhne aus der Stirn. »Alles klar?«, fragte sie ein wenig besorgt.

»Sicher.«

Aufmerksam betrachtete sie ihn. »Erschöpft?«

»Kein Fall für den Notarzt oder lebensrettende Maßnahmen.«

Sie lachte leise. »Also, mich kannst du wegen Entkräftung einliefern. Ich bin kaputt, Corey würde sagen: Totalschaden.«

Arm in Arm standen sie am Rand des Abgrunds, was mit ihren Rucksäcken darauf hinauslief, dass er seine Hand in ihre hintere Jeanstasche schob und sie ihren Finger in seine Gürtelschlaufe hakte. Seite an Seite sahen sie in den Waialeale Crater hinunter, ins Blue Hole, das Tess eben als Herz der Finsternis bezeichnet hatte.

Vor Stunden waren sie dort unten im Krater gewesen. Der Trail durch das Tal, durch das sie heute Morgen zum Strand geflogen waren, war eine echte Herausforderung gewesen. Für ihn, obwohl er wegen seiner Radtouren in den letzten Jahren in bester körperlicher Verfassung war. Für Tess, obwohl sie sich mit Wildniswanderungen auskannte, mit Survival im dichten Regenwald zwischen reißenden Flussläufen. Nicht nur von ihrer wochenlangen Suche nach Corey in Buschalaska, sondern auch weil sie einige Male mit Jason verschwunden war. Lagerfeuerromantik nannte sie das – Steaks vom offenen Feuer und Sex im Schlafsack.

Na ja, was hieß schon Trail? Der Pfad, den sie sich mit ihren Bowiemessern an manchen Stellen erst bahnen mussten, führte durch dichten Dschungel, über nasse, bemooste Felsen und immer wieder durch einen Flusslauf, in dem sie sich, bis zur Brust versunken in der reißenden Strömung, vorwärtskämpfen mussten. Die schweren Rucksäcke hielten sie dabei mit ausgestreckten Armen über den Kopf. Dann ging's über das glitschige Lehmufer wieder hinauf in den tropischen Dschungel, einen Bambuswald mit rauschenden Bächen und im Regen wippenden Farnwedeln. Die Nebelschwaden … die düstere Stimmung zwischen den bemoosten Bäumen … das alles verlieh dem Regenwald einen geheimnisvollen Zauber.

Je näher sie dem Mount Waialeale gekommen waren, dem nassesten Punkt der Erde, desto stärker wurde der Regen, zuerst ein leiser Sprühregen, der aus dem Nebel kam, dann ein plätschernder Nieselregen, und schließlich ein prasselnder Regenguss, der wie einer der hohen Wasserfälle, die aus dem Himmel zu stürzen schienen, auf sie niederrauschte. Durch aufgewühlte, schlammbraune Pfützen kämpften sie sich weiter, der Regenwald wurde noch dichter, nahezu undurchdringlich, und die Tour wurde jetzt echt anstrengend. Nicht nur wegen ihrer quietschend nassen Bergstiefel, die mit jedem Schritt schwerer wurden.

Doch schließlich, hinter einer Reihe rot blühender Ohia-Bäume, stolperten sie geradezu ins Blue Hole, den gigantischen Krater des Mount Waialeale mit seinen senkrecht aufsteigenden Wänden, grün überwuchert, nebelverhangen – und tropfnass. Nass?

Nee. Es gab mehr Wasserfälle an den schroffen Felsen, als man zählen konnte.

Und diese Stille! Kein Laut, kein Vogelzwitschern, kein Schrei eines kleinen Tieres, nichts, nur das Rauschen der Wasserfälle und das Tropfen des Regens.

Das war der Ort, an dem Mom starb.

Ein paar Wrackteile hingen noch immer in den steilen Felsen der Weeping Wall, einer gewaltigen Felswand am Ende des Kraters. Hunderte, nein, Tausende von Kaskaden und Katarakten, donnernden Wasserstürzen, rauschenden Bächen und glucksenden Rinnsalen, manche fein wie Engelshaar, fluteten über die Felsen. Der Anblick war so überwältigend wie die Yosemite Falls oder die Niagarafälle.

Weeping Wall, die weinende Felswand – ein passender Name, dachte Ronan zutiefst ergriffen. Aber geweint hatte er erst, als er einige Schritte entfernt auf einem Geröllfeld den bunten Vogel entdeckte. Silberner Bauch, grau schimmernde Flügel, ein Halskragen aus weißen Federn, ein purpurfarbener Kopf. Keine Ahnung, was das für ein Vogel war, vielleicht ein Graukardinal, hieß der nicht so? Aber diese Farben ... Moms DeHavilland sah so aus. Okay, ja, der Rumpf war silberfarben gestrichen, das Cockpit war leuchtend rot. Es war ... Na ja, es klang bescheuert ... Es war, als wäre sie gekommen, um Tess und Ronan zu begrüßen. Um ein bisschen bei ihnen zu sein. Von null auf hundert in zehn Sekunden hatte er losgeheult, er konnte einfach nicht anders.

Und? Der Vogel war nicht weggeflogen!

Hi, Mom.

»Ronan?« Tess rüttelte an der Gürtelschlaufe seiner Levi's, und er sah sie an. Den ganzen Tag hatte sie schon diesen Ausdruck im Gesicht, den er nicht benennen konnte. Gestern Abend, als sie nach Tys Anruf auf Hawaii gestartet waren, war sie schon so ... so ... ach, keine Ahnung. Er wollte sie nicht fragen, er hatte ihr selbst so viel zu sagen ...

»Alles okay?«, fragte sie leise.

Ronan nickte lächelnd.

Tess lächelte matt zurück. »Weiter?« Sie deutete zur Abbruchkante der Weeping Wall, die nicht mehr weit entfernt war.

»Na klar.«

Der Weg wurde nun wirklich spektakulär. Sie kletterten über rote Felsen am Rand des Abgrunds, hielten sich an blühenden Büschen fest, um nicht abzustürzen, hinunter in den dichten Nebel, der ihnen aus dem Krater entgegenwaberte. Und dabei regnete es, ach was, es schüttete! Wie im Sommer in Alaska ... fehlten nur noch die Moskitos, so groß, wie Tess immer witzelte, dass sie nach den Vorschriften der Flugsicherheit eigentlich ein Fahrgestell und Landelichter haben müssten ...

Das regengepeitschte Gipfelplateau des Mount Waialeale war ein absonderlicher Ort: ein Sumpf. Der Alakai Swamp war ein dichter Regenwald auf einem windigen und nebeligen Hochplateau, das auf drei Seiten von steilen Felsklippen begrenzt war. Sumpfige Tümpel mit kleinen Inseln aus torfigem Morast, in dem man bis zur Brust versinken konnte. Dichtes, faseriges Moos an den Ästen der Bäume, aus dem, drückte man es zusammen, das kalte Wasser spritzte.

Sonderbar, wenn man bedachte, dass dieses Wasser, einst schwere Regentropfen, davor ein feuchter warmer Dunst, aus Kalifornien stammte und von den Passatwinden hierhergetragen wurde – ja wirklich, ein seltsamer Gedanke. Welche Reihe von Zufällen hatte darüber entschieden, dass diese Tropfen nicht als dichter Nebel über die San Francisco Bay schwebten, sondern nach einer weiten Reise übers Meer als tropischer Regenguss über Kauai niedergingen und als Wasserfall in den Krater des Mount Waialeale hinabstürzten?

Dort vorn, oberhalb der Weeping Wall, war Moms Grabstein.

Nachdem Ronan und Tess die Rucksäcke abgestellt und ihr Lager mit Zelt und Schlafsäcken aufgebaut hatten, hockten sie sich nebeneinander auf einen morschen Baumstamm am Abgrund, die Arme um die angezogenen Knie geschlungen. Um sie herum im nassen Gras plätscherten und gluckerten die Rinnsale, die sich in die neblige Tiefe unter ihnen stürzten. Sonst war es still – bis auf das Heulen der Passatwinde, die vom nahen Meer heraufffegten und Ronan trotz der feuchten Hitze frösteln ließen.

Ein Grabgesang für meine Eltern, dachte er. Für Shannon Tyrell Conroy Brandon und Josh Brandon.

Als Tess und ich das letzte Mal hier waren, nach Moms Absturz dort unten, haben wir für sie gesungen, erinnerte er sich. Es war ein sehr trauriges Lied, *Aloha Oe*, ein Gesang voller Wehmut, aber auch voller Hoffnung.

»Aloha oe, aloha oe.
E ke onaona noho i ka lipo.
A fond embrace.
A ho'i a'e au.
Until we meet again.«

Wie gefühlvoll Tess dieses wunderschöne Lied gesungen hatte! Mit brechender Stimme, den Tränen nah, aber trotz ihrer Aufgewühltheit unbeschreiblich ... ja, zärtlich, innig. Shannon war eine liebevolle Mom für sie gewesen, die einzige Mutter, an die sie sich erinnern konnte. Wie hatte er Tess damals für ihre Würde bewundert, für die Autorität, die sie trotz ihrer Trauer ausstrahlte. Sie war so ... so stark!

Aloha oe, Aloha oe ... Leb wohl, leb wohl, meine Liebste, die an diesem schattigen Ort wohnt. Eine innige Umarmung, bevor ich gehe, bis wir uns wiedersehen ...

O ka hali'a aloha i hiki mai ... Süße Erinnerungen steigen in mir auf, bringen das Andenken an die Vergangenheit zurück. Meine Liebste, ja, du gehörst mir allein, und wahre Liebe darf niemals vergehen ...

Als Ronan in Gedanken das Lied noch einmal sang, nahm er Tess' Hand fest in seine. Gerührt sah sie ihn an, als er mit belegter Stimme schließlich zu sprechen begann:

»Mom?« Mit dem Handrücken fuhr er sich über die heiße Stirn. Seine Augen brannten, und er wusste nicht, ob ihm Regentropfen oder Tränen übers Gesicht rannen. »Tess und ich sind gekommen, um dir zu sagen, dass Dad … dass er gestern gestorben ist …«

Das war's, mehr brachte er vor Trauer nicht heraus. Seine Kehle war eng, und er musste schlucken, als er sich an seine letzten Worte erinnerte, die er ihr damals gesagt hatte: »Mom, du fehlst mir so.«

Das tat sie. Immer noch. Und für alle Zeit.

Heiß stiegen die Gefühle in ihm auf, und er weinte mit zuckenden Schultern. Tess rutschte auf dem morschen Holz näher heran, legte ihren Arm um ihn, streichelte sanft seinen Nacken, küsste ihn zärtlich auf die Wange, dann zog sie seinen Kopf an ihre Brust und ließ ihn schluchzen, ließ ihn alles herausweinen, was ihm das Herz zerriss. Seine Trauer um Mom und Dad, seine Verzweiflung, dass ihm die Zeit zwischen den Fingern zerrann, seine Angst, dass er nicht mehr genug Kraft hätte für die letzte Reise seines Lebens.

Das Taj Mahal und die Pyramiden wollte ich mit Tess besuchen, dachte er. Die schönsten Bauwerke der Welt sind Grabmäler und Tempel der Erinnerung. Aber ich werde sie nicht mehr sehen.

Wo werde ich sterben? Und wie?

Mit einem Schrei, weil ich Schmerzen haben werde? Mit einem Stöhnen und zuckenden Gliedern wie während eines schweren Anfalls? Mit einem erlösten Lächeln und einem Gefühl von Frieden?

In Würde. Das ist mir das Wichtigste.

In Tess' Armen. Voller Vertrauen und Liebe. Glücklich bis zum Ende.

Ja, so will ich sterben. Aber vorher will ich noch etwas Majestätisches erleben, etwas wirklich Ergreifendes. Das ist mein Abschiedsgeschenk an mich selbst: ein Tag, der niemals endet.

Aber zuerst muss ich Tess sagen ...

Nein!

Nein, ich glaub's einfach nicht! Da ist der Vogel aus dem Krater, der so aussieht wie Moms DeHavilland!

Schniefend richtete Ronan sich auf, und Tess' Hand lag auf seiner Schulter, als er gebannt den Vogel beobachtete, der auf Moms Grab herumhüpfte.

Es war so ... hübsch, so ... kess, wie er mit nickendem Kopf hin und her flitzte, im Schlamm nach Wurzeln pickte und weiterhüpfte.

Das Herz floss ihm über. »Hi, Mom. Schickes Outfit, passt zu deiner geliebten DeHavilland.«

Abrupt blieb der Vogel stehen und guckte ihn an. Dann breitete er die silbergrauen Flügel aus und nickte mit dem roten Kopf.

Tess neben ihm begann zu kichern, erst leise glucksend, dann prustete sie plötzlich los, und Ronan fiel in ihr ausgelassenes Lachen ein. Völlig erschöpft hockten sie im strömenden Regen an einem Grab über dem Abgrund, an dem sie eigentlich trauern wollten, und lachten und lachten, immer lauter, bis sie keuchend um Atem rangen und Seitenstechen kriegten.

Das Leben ist nicht wegzutrauern. Es geht weiter, immer weiter. Nur eben ohne mich. Und dann ... O Gott, nein! Bitte nicht!

Er spürte es wieder kommen! Ein Anfall, jetzt! Und noch dazu ein schwerer!

Schwindel, Herzrasen, grelles Flimmern vor den Augen, wie Funken aus Licht, wie Splitter aus einem zerbrochenen Regenbogen. So ging es los. Da waren Töne, eine sanfte Melodie, vom Zischen des Blutes in seinen Ohren verrauscht wie eine alte Schallplatte! Und da war ein Gefühl ... es war ... es fühlte sich an ... ja, wie Glück... wie Seligkeit! Kein Schmerz, keine Angst, keine Wut, keine Trauer.

Nur Glück.

Stöhnend kippte er um, einfach so.

»Ronan?« Tess kniete neben ihm. Sie hielt seinen Kopf in ihren offenen Händen, damit er sich während der Zuckungen, die ihn erschütterten, an den herumliegenden Steinen nicht verletzte. Sie gab ihm Halt, und sie beschützte ihn. »Ronan!«

*Ich kann nicht sprechen, Tess.*

Geistesgegenwärtig und gefasst nahm sie ihren BREITLING-Chronografen ab und schob ihm das lederne Armband zwischen die Zähne, damit er sich nicht auf die Zunge biss. »Ronan, was soll ich tun?«

*Du kannst nichts tun, mein Liebes.*

»Hast du Schmerzen?«

*Oh, Tess ...*

Sie sprang auf und hastete über sumpfige Rinnsale, glitschige Felsen und knorriges Gestrüpp zurück zum Zelt. Was tat sie denn?

Ah, da kam sie wieder. Neben ihm warf sie sich in den roten Schlamm zwischen den hellen Flechten. Sie hatte eine aufgezogene Spritze in der Hand. Darin schimmerte eine helle Flüssigkeit.

Sie hat ... O Gott! ... Sie hat das Morphium in meinem Rucksack gefunden.

Verzweifelt kämpfte er gegen die Tränen an.

*Du weißt es?*

Traurig erwiderte Tess seinen Blick. Dann nickte sie verhalten, und Ronan sah den Schmerz in ihren Augen.

Er presste die Lider zusammen und weinte still. Vor Bestürzung, weil er ihr, die so viel gelitten hatte, noch mehr Leid zufügen musste. Aber auch vor Erleichterung, weil er niemals die richtigen Worte gefunden hätte, um ihr zu gestehen, dass er bald sterben würde.

Sobald sie Ronan die Morphiumspritze gegeben hatte, wurde er ruhiger. Die verkrampfte Atemmuskulatur entspannte sich, und er bekam mehr Luft, obwohl er weiterhin keuchend atmete, schnell, panisch.

Nach dem Anfall würde er vor Erschöpfung in einen tiefen Schlaf fallen, der mehrere Stunden dauern konnte. Sie musste ihn ins Zelt bringen und in den Schlafsack stecken, damit er sich ausruhen konnte.

Der Regen prasselte ihm ins Gesicht, und er blinzelte und verzog das Gesicht, sie wusste nicht, wieso: Brannte der Regen in seinen Augen? Oder hatte er trotz des Morphiums noch immer Schmerzen?

Sie musste ihn von hier wegbringen, sofort.

Tess band sich ihre Uhr wieder um, kniete sich hinter Ronan, packte ihn unter den Achseln, richtete ihn auf und lehnte ihn gegen ihr angewinkeltes Knie. Ja, so konnte sie ihn halten.

»Tess?« Seine Stimme war kaum lauter als ein Windhauch.

Sie beugte sich über ihn. »Wie geht's dir?«

Er schnaufte. »Woher ... wusstest ...?«

»Dr. Munro-Hayes hat dir eine schriftliche Anweisung für den Notfall mitgegeben. Sie lag zusammengefaltet unter den Morphiumampullen in der Blechdose.«

Er nickte kraftlos.

»Ich bring dich jetzt ins Zelt und pack dich in deinen Schlafsack.«

Ganz schwach: »Okay.«

Also los. Ronan ins Camp zu schleppen war harte Arbeit. Tief eingeschnittene Bäche und knorriges Gestrüpp machten das ohnehin schon unebene und glitschige Gelände noch schwieriger. Doch schließlich zog Tess ihn ins Trockene, zerrte ihn aus den nassen Sachen, die sie nach draußen in den Regen warf, und zog den Reißverschluss seines Schlafsacks zu.

Dann legte sie sich neben ihn, um ihn im Arm zu halten.

Er war noch wach. Und sah sie an. »Tess ...«

»Ruh dich aus, Ronan. Schlaf ein bisschen. Ich bin bei dir, ich lass dich nicht allein.«

Er schüttelte den Kopf. »Ich muss ... sagen ...«

Sanft und tröstend streichelte sie seine nackte Schulter. Sie versuchte ruhig zu bleiben, aber es fiel ihr schwer, denn sie rang selbst mit den Tränen. »Ich weiß, Ronan.«

Mit kalten Fingern tastete er nach ihrer Hand. Er zog sie zu sich herunter, und sie küssten sich. Behutsam und scheu, zärtlich und innig. Verzweifelt, mit Tränen in den Augen und Angst im Herzen.

»... werde sterben, Tess«, hauchte er.

Sie brachte keinen Ton heraus, drückte seine Finger an ihre Lippen und nickte nur.

»... nur noch ... Wochen ... Tage ...«

Mit einem Ruck schien die Zeit zum Stillstand zu kommen. Ja, so fühlte es sich an, wie ein schmerzhafter Ruck, der ihr den Boden unter den Füßen fortriss. Sie war nicht der feste Halt, den er jetzt brauchte.

Schwankend setzte Tess sich auf. Ihre Kehle war wie zugeschnürt, und ihre Stimme brach. »Warum hast du's mir nicht gesagt, Ronan? Wieso hast du so lange gewartet?«

»... unsere ... gemeinsame Zeit ... genießen ...« Er legte seine Hand an ihre Wange und fuhrt mit dem Daumen über ihre tränennassen Wimpern. »... dich trösten ... dir Kraft schenken ... das alles ... zu ertragen ...«

»Oh, Ronan.« Sie legte sich wieder neben ihn, den Kopf an seiner Schulter, und schluchzte still in sich hinein.

So habe ich damals neben ihm im Krankenbett gelegen, als er nach seinem ersten Anfall erwachte, erinnerte sie sich. Damals, als sein langsames Sterben begann ... O Gott!

Ronan spürte, wie sie sich verkrampfte, und legte seine Lippen an ihr nasses, wirres Haar. »Schhht.«

»Ich hab zu viel von dir verlangt! Ich hab dich ...«

»Das hast du nicht!«, tröstete er sie sanft. »Tess ... du hast mir ... so viel geschenkt ... so viel Freude ... so viel ...« Schnaufend atmete er durch die Nase aus, und sein Atem streifte ihr Gesicht. »Du hast mich ... länger gesund gehalten ... vielleicht bin ich ... deinetwegen ... noch hier ...«

Sie schluchzte auf. »Ich liebe dich, Ronan.«

»Ich dich auch ... mehr, als ich sagen kann.« Das Morphium wirkte, seine Stimme wurde immer undeutlicher. Aber er schaffte es noch, seine Arme um sie zu legen. »Du bist ... das Beste ... in meinem Leben.«

»Und du das Beste in meinem.«

»Die Reise ... unsere gemeinsame Lebensreise ... Australien ... Afrika ...«

»Ich weiß, mein Liebster.«

»Ich will nach Alaska ... die Mitternachtssonne sehen ...«

»Ich flieg dich hin.«

»Ich will, dass du ... bis zum Ende ... bei mir bleibst.«

Tess konnte die heißen Tränen nicht mehr zurückhalten und weinte mit zuckenden Schultern.

»Tess«, ermutigte er sie. »Versprich mir ... stark zu sein.«

»Das werde ich.«

»Versprich es, Tess ...«

»Ich versprech's, Ronan. Ich werde für uns beide stark sein.«

Er lächelte erschöpft. »Du willst jetzt sicher ... einen Augenblick allein sein ...«

Sie nickte stumm. Ja, da war etwas, das sie jetzt tun musste. Sie war endlich so weit.

»Ich warte auf dich, Tess ... so wie ich immer ... immer ... auf dich gewartet habe ...«

Sie küsste ihn innig, dann kroch sie aus dem Zelt.

Fünf Minuten. Länger konnte sie ihn nicht allein lassen. Und mehr Zeit brauchte sie auch nicht.

Der Regen prasselte auf sie nieder, als sie mit hochgezogenen Schultern über das schlammige Hochplateau stapfte, über Felsen stolpernd, auf den feuchten Flechten rutschend. Nebelschwaden hüllten sie ein, und sie fühlte sich ganz allein auf der Welt. Wie aus dem Leben gerissen. Wie verloren.

Tess sprang in einen Bach, der wenige Schritte weiter, am Abgrund des Blue Holes, zu einem Wasserfall wurde. Auf der anderen Seite kletterte sie aufs glitschige Ufer und ging weiter am Abgrund entlang. Farnwedel wippten im Regen, und knorriges Gestrüpp knisterte und knackte unter den schweren Tropfen, als sie einen kleinen Abhang hinunterschlitterte.

Nur Nebel um mich herum. Wildnis. Einsamkeit. Und in mir? Nur Trauer. Verzweiflung. Angst.

Sie hockte sich auf einen Stein, an dem das Wasser herabrann, barg das Gesicht in den Händen und weinte alle Gefühle aus sich heraus. Sie schluchzte und schrie, bis sie sich leer fühlte. Bis sie alles, was in ihr gestorben war, endlich loslassen konnte. Bis sie stark genug war für das, was sie noch tun musste.

Tess küsste den Ehering, den Jason ihr an die linke Hand gesteckt hatte. Mit dem Daumen drehte sie ihn am Finger, wie er es immer getan hatte.

»Leb wohl, Jason.« Sie zog sich den Ring vom Finger und steckte ihn an die andere Hand. Es fühlte sich ... ja, es fühlte sich gut und richtig an.

Ich bin jetzt ... Das einzige Wort, das mir einfällt, ist: frei.

Ich bin frei zu tun, was ich von ganzem Herzen tun will.

An den dicht bemoosten Ästen eines knorrigen Baums zog sie sich hoch und kehrte zum Camp zurück.

Ronan war noch wach. Tess legte sich neben ihn und küsste ihn auf die trockenen, heißen Lippen. Er glühte wie im Fieber, und gleichzeitig zitterte er und fröstelte.

O Gott, ich hätte ihn nicht allein lassen dürfen, nicht einen Moment ...

Sie wollte ihm über das schweißnasse Gesicht streichen, doch ihre Hände streiften sich, und er ergriff ihre linke Hand und hielt sie fest. Er tastete nach dem Ring, und als er ihn nicht spüren konnte, lächelte er matt. Mühsam zog er den Reißverschluss herunter. »Komm zu mir, Tess.«

Rasch schlüpfte sie aus den nassen Sachen, kroch nackt zu ihm in den Schlafsack und schmiegte sich an ihn, während er den Reißverschluss wieder hochzog, so weit es eben ging.

Tess konnte sein Herz schlagen hören, so eng lagen sie beieinander, als sie ihr Bein über seine Hüfte schob. Seine Hand lag auf ihrer Schulter, die andere glitt über ihren Po und zog sie noch näher an ihn heran.

Eine halbe Ewigkeit rührten sie sich nicht. Ihre Blicke hielten einander fest wie ihre Arme und Beine, ihre ineinander verschlungenen Körper, und Tess sah seine Verunsicherung. Er wollte ihr etwas sagen, wusste aber nicht, wie. Sie spürte seinen warmen und festen Körper, der sie tröstete, und Worte waren völlig unnötig. Sie wusste doch, was er sich jetzt am meisten von ihr wünschte.

Es war schön, so gehalten zu werden, so eng, so innig, und Tess wünschte sich, dass er sie nie mehr losließe.

Da war es, das erste Nie-mehr. Das erste von vielen.

Tess kämpfte schon wieder mit den Tränen, und Ronan hielt sie fest in seinen Armen, küsste sie sanft und wiegte sie hin und her wie in einem Gezeitenstrom. Und es war, als stünden sie wieder im warmen, leuchtenden Wasser am Strand von Waikiki, wie während dieses überwältigend schönen Augenblicks letzte Nacht.

Sie hatte das Gefühl, als wäre sie ein Teil von ihm und er ein Teil von ihr. So war's immer schon, seit sie Kinder waren.

»Tess?«

Sie glühte im Inneren. Vor Trauer? Vor Glück?

»Ich liebe dich«, hauchte er. »Mehr als mein Leben.«

Ihr Herz klopfte wie verrückt, so ergriffen war sie. »Und ich liebe dich.«

»Ich will dich … nie mehr … verlieren, Tess.«

Sie sah ihm in die Augen, und sie spürte nur noch Freude. »Ich werde bei dir bleiben, Ronan, bis zum Ende. Ich werde dich in meinem Herzen tragen, für immer.«

Er lächelte glücklich. »Willst du … mich heiraten?«

# 23

Da vorn, hinter der nächsten Biegung der Straße nach Hope, würde er den Turnagain Arm sehen können.

Da ist er schon!, dachte Lyle Morrissey. Wie er im gleißenden Morgenlicht glitzert und funkelt. Als wäre er noch immer zugefroren. Aber nee, das Eis ist schon vor Wochen gebrochen, mit dem Gezeitenstrom aus dem Fjord getrieben und getaut.

Gott, wie ich diese Gegend hier vermisse. Die Berge von Kenai, die Gletscher, die Wälder, das Meer.

Lyle schaltete den Greyhound-Bus einen Gang runter, denn die Straße führte jetzt abwärts, auf Sunrise zu. Noch drei Meilen bis zur Ghost Town, vier bis zu Tess' Lodge am Fjord.

Als er das letzte Mal hier gewesen war, waren die dichten Wälder an den Abhängen der Berge, durch die der Hope Highway sich schlängelte, noch tief verschneit. Sheena hätte gesagt, wie mit Zuckerguss überzogen.

Da vorn lag Sunrise.

Hätte die Geisterstadt ein grünes Schild gehabt, so eines am Ortseingang neben dem Highway, damit man sein Leben nicht in völliger Unwissenheit über seine Existenz vergeudete, würde draufstehen:

Elevation – na ja, keine Ahnung, ein paar Fuß.

Population 1

Okay, weil Sunrise, auch ohne grünes Ortsschild, bewohnt ist, muss ich vorsichtig sein. Will sagen: Gib Gas, Lyle! Beachte die verlassenen Hütten dort drüben am Waldrand nicht, die Reifenspuren im plattgefahrenen langen Gras, die Stapel von Feuerholz, die ... Nee, oder? Ist dort wirklich eine der alten Hütten bis zum

Dach im sumpfigen Boden versunken? Tja, Kumpel, ich hoffe, es ist nicht deine Cabin …

Yeah, das war die Goldgräberstadt Sunrise, einst die größte Boomtown in der Gegend, bedeutender als Anchorage.

Jetzt noch ein Hopser über den Sixmile Creek dort vorn, dann war er da. Den blau leuchtenden Fluss inmitten von dichten Wäldern war er mal mit Sheena im Kanu runtergesaust, Whitewater Rafting, nur sie beide. Was hatte die Kleine vor Freude gequietscht! Und wie sie sich an ihm festgehalten hatte, um nicht aus dem Kanu zu kippen!

Mit einem verträumten Lächeln parkte Lyle den Greyhound-Bus auf der Wiese hinter Tess' Lodge, stellte den Motor ab und lauschte.

Kein Warnschuss.

Die Lodge wirkte verlassen. Tess war in Hawaii, hatte Ty gesagt. Aber wo war ihr Butler?

Seltsam, echt.

Er drehte sich zu den Huskys um, die ihn erwartungsvoll anhechelten. Tess' Meute hatte noch nicht angeschlagen, daher waren auch sie ruhig. »Ihr bleibt hier, okay? Bin gleich zurück.«

Mit der Winchester über der Schulter sprang er aus dem Bus und ging zur leicht verbogenen Schnauze des Greyhound. Sah aus, als ob er schief … nee, verschmitzt … grinste. Das war der Laster, der ihn gestern nach dem Unfall vor Talkeetna mit ein bisschen zu viel Schwung aus dem sumpfigen Gras geschubst hatte. Na, egal. Sah echt nett aus. Ein grinsender Greyhound-Bus.

Tess' Huskys waren ruhig, als er zur Lodge rüberging, die Schulter angespannt, die Hand am Colt.

Bonnie erkannte ihn wieder, als er sich den Hütten der Schlittenhunde näherte. Sie sprang auf, lächelte ihn an und wedelte munter mit der buschigen Rute. Als Sheena noch klein war, war Bonnie ihre Nanny gewesen. Lyle wusste noch, wie Tess' Baby, keine Ahnung, wie alt sie damals war, vielleicht zehn Monate …

na, jedenfalls erinnerte er sich, dass Bonnie die süße Kleine immer zum Lachen brachte, indem sie sie mit der Schnauze durchkitzelte, sanft biss und zärtlich abschlabberte. Die beiden hatten sich stundenlang unterhalten, und sie hatten sogar zusammen gesungen. Gott, war das niedlich! Was hatten Tess und er darüber gelacht!

Mit der Winchester im Anschlag stieg Lyle die breite Holztreppe aus halben Baumstämmen zur Veranda hoch. Die Schaukel aus Treibholz, silberfarben gebleicht von Regen, Wind und Sonne, schwankte in der kühlen Brise vom Fjord. Wie gern Sheena immer auf dem ausgehöhlten Baumstamm geschaukelt hatte! Ein Mal, daran erinnerte er sich, hatte sie sich das Paddel seines Kanus geschnappt und war mit ihnen wie im Whitewater Rafting durch wilde Stromschnellen getobt, während Tess auf ihrer Gitarre *Down the River* spielte.

Die offene Galerie, der Kamin, das verspielte Streifen- und Blümchenmuster auf dem Sofa – in der Lodge hatte sich nichts verändert, seit Jason hier eingezogen war. Auf dem Couchtisch, einer alten Reisetruhe, stand seine Whiskey-Sammlung: Glenfiddich, Glenlivet, Glenmorangie, Balvenie, Laphroaig. Alles, was gut, alt, teuer und illegal war. Prima, da gab's Gläser. Lyle schenkte sich zwei Fingerbreit Whiskey ein und ging hinauf in Sheenas Kinderzimmer – Ty würde er später anrufen, um ihm mitzuteilen, dass er angekommen war.

Da war das Flugzeug, das Tess und er an die Deckenbalken gehängt hatten. Tess hatte es aus Teilen ihrer geschrotteten Flugzeuge zusammengebaut, mit einem echten Motor. Damit waren seine beiden Abenteurerinnen oft geflogen. Im Cockpit des Fantasie-Flugzeugs, unter den Magazinen über Tess' geplante Welttour, lag sogar ein Logbuch, das Sheena in ihrer Kinderschrift geführt hatte. Wehmütig blätterte er darin. Tess und ihre Kleine waren sogar am Südpol gewesen. Sheena wollte den Pinguinen das Surfen beibringen. Wie süß! Und da war ja auch seine alte Winterausrüstung, ein pelzgefütterter Parka, zerschlissene Mokassins und eine zerkratzte Schneebrille.

Ehrlich, ich bin gerührt!, dachte Lyle. Denn das bedeutet, dass Sheena sich nach all den Jahren an mich erinnert hat.

Na ja, es gab eine Zeit, da hat sie Daddy zu mir gesagt ... und, verdammt, das war ich auch! Ich habe die Kleine geliebt, als wäre sie meine Tochter, nicht Jasons! Ich habe ihr gezeigt, wie man ohne Streichholz ein Lagerfeuer anzündet, wie man Steine übers Wasser flippt, so was. Ich habe ihre Kinderfragen beantwortet, ich habe ihr zugehört, sie getröstet, sie in den Arm genommen, sie ins Bett gesteckt. Es gibt ein Foto von uns beiden, wie sie in meinen Armen schläft, eng an mich gekuschelt – Tess hat es gemacht, und ich glaube, dieses Foto, diese kleine Szene, gab den Ausschlag, dass sie mich überhaupt geheiratet hat. Ja, ich hatte den Mut, ihre Kleine als mein Kind anzunehmen. Ich war ihr Daddy, bis vor drei Jahren. Und ich war stolz darauf. Ja, stolz. Denn Sheena war ein wundervolles Kind, eine Miniausgabe von Tess.

Im Schlafzimmer setzte er sich aufs Bett, auf Tess' Seite, und trank einen Schluck Laphroaig. Dann stellte er das Glas auf den Nachttisch und öffnete die oberste Schublade.

Ihr Hochzeitsfoto, sie hatte es aufbewahrt.

»Tess McLaren.« Mit den Fingerspitzen strich er über ihr strahlendes Lächeln. Er streifte die Mokassins ab, klopfte das Kopfkissen auf und legte sich aufs Bett. Das Bild hielt er am ausgestreckten Arm und betrachtete es genau. »Ich vermisse dich, Mommy Bear. Genauso wie dein Baby Bear.« Lyle schnaufte. »Ich hätte gern wieder eine Familie, weißt du, Tess. Ich bin allein, einsamer, verlorener, als du dir vorstellen kannst.« Und sentimental, verdammt!

Er setzte sich wieder auf, zog die Mokassins an, schnappte sich seine Winchester und ging weiter durch die verlassene Lodge.

»Mr Clayton?«, rief er den Butler. »Deke? Wo stecken Sie?«

Nur Stille – abgesehen vom Schrei eines Weißkopfadlers.

Okay, er hatte Hunger. Ein Mooseburger wäre jetzt nicht schlecht. So hatte Sheena immer einen Hamburger mit Elchsteak und Cranberrysauce genannt. Ob noch was Essbares im Kühlschrank war?

Ein Grizzly.

Das war sein erster Gedanke, als er die verwüstete Küche betrat.

Der Bär war durch die Hintertür gekommen. Auf der Tischplatte, wo Tess ihr Gemüse schnippelte, konnte Lyle die Kratzspuren seiner scharfen Krallen sehen. Die Tür zur kleinen Vorratskammer, die Tess wegen der Huskys, die es an ihr vorbei schon mal bis in die Küche schafften, immer abschloss, stand jetzt weit offen. Der Bär hatte sie aufgebrochen und … o-oh … fast rausgerissen.

Lyle spähte in den kleinen Raum voller Regale. Die meisten Dosen – Ölsardinen, Mais, Kidneybohnen, Tomatensauce – waren zerbissen, zerbeult und zerfetzt. Aus den tiefen, scharfkantigen Löchern, die seine Zähne im Blech hinterlassen hatten, hatte der Grizzly selbst den Brennspiritus für den Herd geschlürft, den Tess dort weggeschlossen hatte. Den mochte er offenbar besonders gern – sieben Dosen hatte er ausgetrunken. Hmm, echt lecker, Kumpel!

Er schloss die Tür zur Vorratskammer, die ihm beinahe entgegenkippte. Die Scharniere waren ausgerissen. Was für eine Kraft! Ein Mensch hätte keine Chance gehabt!

Er zog seinen Colt. Nicht dass er damit einen wütenden Grizzly abknallen konnte, aber …

Ein metallisches Knacken – hinter ihm.

Der Bär?

»Den Colt auf den Tisch neben Ihnen!«

Verdammt!

»Ich sag's nicht zwei Mal.«

Okay, okay, er sicherte die Waffe und legte sie auf die Tischplatte.

»Sie kennen die Regeln?«

Na klar: Er hob beide Hände.

»Umdrehen!«

Langsam drehte er sich um. »Hallo, Deke.«

Deke Clayton, das große Gewehr auf ihn gerichtet, starrte ihn ungläubig an. Wie's aussah, hatte er eben den Grizzly in den Wald verfolgt. »Sie?«

»Ich.«

Tess' Butler ließ die Waffe sinken und kam einen Schritt auf ihn zu. »Corey McLaren! Ich glaub's nicht! Wie schön, Sie wiederzusehen! Mrs Tyrell ...« Deke stockte. »Verzeihen Sie, Sir! Ihre Frau, Mrs McLaren ... Sie dachte, Sie wären tot.«

Eine Hochzeit in der Abenddämmerung am Strand von Hawaii. Ein Glas Champagner in der gischtigen Brandung. Ging es denn noch romantischer?

Tess sagte: Ja. Mit Cayden als ihrem Trauzeugen, der ihnen die Ringe in einer Meeresschnecke reichte.

Er hatte sofort Ja gesagt.

Der schwarze Strand war von weißen und pinkfarbenen Blüten übersät, die von der heißen Brise über den Sand geweht wurden. Mit beiden Händen im Sand wühlend, hatte Cayden vorhin die Umrisse eines Herzens aufgeschüttet, in dem Tess und Ronan getraut werden sollten. Mit dem Finger hatte er Merry me? in den Sand geschrieben, falsch, aber trotzdem richtig: To marry heißt heiraten. To be merry heißt fröhlich sein. Echt niedlich, ihr Kleiner! Seine Pflichten als ihr Trauzeuge nahm er sehr ernst!

Dieselben Farben wie die exotischen Blüten im Sand hatten die Blumen der Leis, die Tess und er über ihrer weißen Kleidung trugen – er eine weite, im Wind flatternde Hose und ein offenes weißes Hemd mit hochgekrempelten Ärmeln, ganz lässig, das alles, und Tess ... Mein Gott, wie schön sie war! ... Tess trug Moms

Hochzeitskleid, das Ronan, wie alles andere, Schleier, Schuhe, Ringe, aus San Francisco mitgebracht hatte.

Ja, so sah Shannon auf den alten Hochzeitsfotos aus!

Something old, something new, something borrowed, something blue.

Moms seidenes, perlenbesticktes Brautkleid und ihr blütenbekränzter Spitzenschleier sind alt, dachte Ronan, aber die hinreißenden neuen Dessous, die Tess darunterträgt, sind neu. Ich habe sie in San Francisco gekauft, als ich diese Traumhochzeit auf Hawaii plante. Die sexy Dessous sind ein ziemlich erregendes Geheimnis zwischen uns beiden ...

Okay, ja, etwas Geborgtes. Die weißen Schuhe gehören Lynne. Ich weiß nicht, ob es ihre neuen Hochzeitsschuhe sind, die sie tragen will, wenn sie in einigen Tagen meinen Bruder heiratet. Na ja, geborgt? Ich habe sie eigentlich nicht gefragt, ob ich die Schuhe mitnehmen darf ... Was soll's. Sie hat gestern Abend angerufen, hat Kimo mir ausgerichtet, ziemlich aufgeregt wegen des Beauty Salons, nehme ich an. Aber ich habe sie heute Nachmittag noch nicht zurückgerufen. Was hätte ich ihr sagen sollen? »Du, können wir morgen reden? Ich heirate in zwei Stunden, und es ist noch so viel zu tun ...«

Ach ja, das Blaue ... Blau ist die Farbe der Verbundenheit, der Treue, der Ergebenheit. Während des Rückfluges haben Tess und ich darüber getüftelt, was das sein könnte. Ein blaues Schmuckstück? Nee, hatte sie nicht! Das traditionelle blaue Strumpfband? Nee, keine Strümpfe, doch nicht bei der Hitze, spinnst du? Aber dafür hatte sie eine echt niedliche Idee: Snivel, der natürlich bei unserer Hochzeit dabei wäre, sollte ein blaues Alohashirt bekommen. Der alte *Hug-me!*-Pullover unseres Teddys war schon ziemlich aufgeräufelt. Na klar, Kimo, der schon alles für unsere Strandhochzeit vorbereitet hatte, fuhr nach Hilo und besorgte noch rasch ein Hawaiihemd für unseren Snivel. Bescheuert? Ja, Kimo hat gelacht, aber nicht über uns. Sondern weil er sich so sehr für uns gefreut hat. Nach all den Jahren endlich zu heiraten!

Tess drückte Ronans Hand und lächelte ihn an.

Im warmen Licht des Sonnenuntergangs sah sie so unbeschreiblich glücklich aus!

Und Cayden! Immer wieder schüttelte er die große Muschel, in der die Ringe klapperten und klimperten. Sie stammte vom Strand in Kauai. Tess hatte sie am Nachmittag gefunden, bevor sie gestartet waren, und sie hatte sie für Caydens Sammlung von Goldnuggets und Lavasteinen mitgenommen. Wie ihr Kleiner sich gefreut hatte! Die Idee, die Ringe in die Muschel zu stecken, kam von ihm.

Die Nacht auf dem Mount Waialeale war lang gewesen. Ronan hatte in Tess' Armen gelegen, sie hatte ihn festgehalten, und sie hatten geredet. Was ihm immer in Erinnerung bleiben würde, war ihr Blick. Ihre Augen, die vor Tränen schimmerten, ihr Lächeln, das sie so großzügig an ihn verschwendete.

Er erinnerte sich: Ja, sie war gerührt, als ich sie gefragt habe, ob sie sich, wenn ich nicht mehr bin, um Cayden kümmern würde. Er ist das Wichtigste in meinem Leben, mein Ein und Alles, und ich möchte, dass er glücklich wird. Dass er sich an mich erinnert, wie ich war. Dass er in Tess, dem Fels in der Brandung meines Lebens, einen festen Halt findet. »Ich möchte, dass du Cayden zu dir nimmst.«

»Und Lynne?«, hatte Tess gefragt. »Sie ist seine Mutter. Sie wird …«

»Ich möchte, dass du für unseren Süßen eine Mom bist, die für ihn sorgt und ihn liebhat.«

Ja, ich habe sie um etwas Unvorstellbares gebeten. Etwas, das ihr ganzes Leben verändern wird. Etwas, das sie darüber nachsinnen lässt, was sie künftig tun will und wo sie leben will. In Alaska? Oder in Kalifornien?

Ich glaube, ihr zweifelndes »Aber …«, das sofort wieder verstummte, galt ihrer geplanten Welttour. Erst vor wenigen Tagen hat sie Will Hearst versprochen, dass sie fliegen würde, schon bald. Tja, Tess …

Okay, weiter: »Du bist Mrs Brandon, und Cayden ist unser Sohn.«

Sie nickte versonnen.

Ich legte eine Hand auf ihren Arm. »Er ist dein Patenkind, Tess. Er liebt dich von ganzem Herzen, so wie ich. Du bist der einzige Mensch auf der Welt, dem ich meinen Kleinen anvertrauen möchte.«

Sie war gerührt, und umso mehr, als ich sie bat:

»Sieh mich in ihm.«

»Das werde ich, Ronan. Er ist dein Sohn, und ich werde ihm eine Mommy sein. Das verspreche ich dir.«

Und Cayden? Er war echt rührend gewesen!

»Du, Tess?«, fragte er nach dem zweieinhalbstündigen Flug von Kauai nach Hawaii und kletterte auf ihren Schoß. »Darf ich jetzt Mommy zu dir sagen?«

»Darüber würde ich mich sehr freuen.«

»Darfst du mich jetzt hauen, wenn ich nicht brav bin?«

»Wieso fragst du, Cayden?«

»Weil Mommy, ich meine … na ja … Mommy mich auch mal haut, wenn ich ihr einen Streich spiele. Und Onkel Ty sagt immer, er versohlt mir den Hintern, wenn ich ihn noch mal ärgere. Darfst du das jetzt auch?«

Tess hatte ihn fest umarmt. »Ich werde dich niemals hauen, Cayden. Du bist doch der bravste Junge auf der ganzen Welt. Und ich hab dich ganz doll lieb.«

»Ich dich auch, Mommy, ganz doll.«

Wie niedlich!

Tess legte jetzt ihren Arm um Ronan und küsste ihn. Wie ihre Augen leuchteten!

Die Muschel mit den Ringen im Arm, hob Cayden eine Hand

voll weißer und pinkfarbener Blüten vom Strand auf und warf sie in die warme Brise vom Meer, damit sie auf das Brautpaar niederregneten. Völlig aufgedreht hopste er im Sand herum und rief: »Aloha! Aloha!«

Das hatte Kimo ihm beigebracht, und er hatte ihm auch erklärt, das hawaiianische Wort Aloha bestünde aus zwei Teilen. Aus dem Wort Leben und dem Wort Atem, mit anderen Worten: die Gegenwart des Lebens.

Ein schöner Gedanke: Aloha ist Liebe, die nichts fordert und alles gibt. Aloha ist Treue bis in den Tod. Aloha ist die Herausforderung, aus zwei Leben eines zu machen – ein neues Leben, vereint in einem Schicksal. Aloha ist ein Willkommen und ein Abschied.

Dann die Frage, auf die es nur eine Antwort in tausend Variationen gab.

Ronan sah Tess in die Augen: »Ja, ich will.«

Sie strich sich den wehenden Schleier aus dem Gesicht und lächelte, und dieses Schmunzeln mit zuckenden Mundwinkeln haute ihn fast um.

»Ich liebe dich«, bekannte er mit schwankender Stimme. »Und wenn ich das sage, Tess, dann meine ich, dass du diejenige bist, auf die ich mein ganzes Leben lang gewartet habe, in guten wie in schlechten Zeiten. Die Tage, die ich mit dir verbracht habe, waren die besten meines Lebens. Jeder Augenblick war erfüllt von deinem wunderbaren Lächeln, deinem Mitgefühl, deiner Liebe, deiner Leidenschaft, deiner Schönheit, deinem mitreißenden Lachen, deiner Treue, deiner Stärke, mich aufzurichten, als ich schwach war, deinem Mut, auch jetzt zu mir zu stehen und für immer bei mir zu bleiben. Du gehst mit mir, wohin ich gehe. Du hältst mich im Arm, wenn ich weine, und du lachst mit mir. Dir schenke ich den Rest meines Lebens, jeden Tag, jede Stunde, die wir zusammen verbringen. Du bist meine beste Freundin, meine Geliebte, meine Frau, und ich schenke mich dir von ganzem Herzen. Das bedeutet es für mich, dich zu lieben, bis der Tod uns auseinanderreißt. Aloha.«

Und Tess? »Ja, ich will«, sagte sie.

Gerührt kämpfte Ronan mit den Tränen, während sie nach einem Seitenblick auf den Zeremonienmeister im hawaiianischen Gewand das Ehegelöbnis sprach und den Spruch aufsagte, den sie, wie er seinen, während des Rückfluges von Kauai verfasst hatte:

»Ich liebe dich, Ronan. Wir zwei sind eins, und zusammen sind wir stark. Ich will an deiner Seite stehen, als deine Partnerin in jeder Hinsicht, als deine beste Freundin, deine Geliebte, deine Frau. Und als Caydens Mommy.

Du machst jede Freude größer und jedes Leid erträglicher. Vom ersten Moment an, in dem ich dich sah, wusste ich, dass ich mit dir mein Leben verbringen will. Du hast aus mir den Menschen gemacht, der ich heute bin. Du hast deine Hoffnungen und Ängste mit mir geteilt, deine Gefühle, deine Geheimnisse, deine Träume. In der Not, in der schlimmsten Zeit deines Lebens, hast du mich gerufen, hast meine Hand ergriffen, und ich verspreche dir, dass ich deine Hand, das größte Geschenk meines Lebens, nie wieder loslassen werde. Ich will mit dir lachen und weinen, ich will mit dir hoffen und bangen, ich will dir zur Seite stehen, ich will dich ermutigen, und ich will für uns beide stark sein. Ich will dir all meine Liebe schenken, all meine Gefühle, all meine Träume …«

Sie stockte, und er wusste, was sie meinte: ihren größten Traum, die Welttour.

Sie drückte seine Hand. Auch sie hatte Tränen in den Augen. »Aloha.«

Erinnerungen …

Ich wünschte, ich könnte das alles festhalten, dachte Ronan, jedes Lächeln, jede Träne, jedes Wort, und nie würde ich einen dieser kostbarsten Augenblicke meines Lebens vergessen. Aber das tue ich, jetzt schon, und in den letzten Tagen habe ich manchmal nur noch schwarze Leere in meinem Kopf gespürt.

Meine Erinnerungen bedeuten mir so viel. Was, wenn ich sie verliere? Ich habe Angst vor dem Vergessen ... und ich habe Angst, all das hier, die Freude, das Glück, für immer zu verlieren.

Was gegen das Vergessen hilft? Neue Erinnerungen schaffen! Lachen! Leben! Lieben!

Einige Schritte entfernt spielte Kimo auf seiner Ukulele ein hawaiianisches Liebeslied und sang mit seiner warmen Stimme dazu: »Take my hand ...«

Und jetzt die Ringe! So wie die Ringe keinen Anfang und kein Ende hatten, so sollte ihre Liebe ewig währen. Ein schöner, tröstender Gedanke.

Tess war so bewegt wie er. Mit ihren nackten Füßen tanzte, nein, hopste sie im schwarzen Sand herum. Okay, ja, der Sand war heiß, und er brannte auch unter seinen Füßen ...

Auftritt Cayden.

Mit der marmorierten Meeresschnecke am Ohr trat er vor und tat so, als lauschte er auf das Rauschen der Brandung in der Muschel. Dann nahm er sie herunter, guckte hinein und schüttelte sie. »Oh, nee!«, rief er und wühlte mit den Zehen im Sand.

Waren ihm die Ringe runtergefallen? Nee, oder?

Tess begann zu kichern, zuerst leise, aber als Cayden sich vorbeugte, beide Hände auf den angewinkelten Knien, und im Sand herumsuchte, immer lauter.

Plötzlich richtete der Kleine sich wieder auf und grinste Ronan an. In der offenen Hand hielt er ihm die Ringe hin. Er hatte sie überhaupt nicht verloren! »Reingelegt! Hihihi!«

Ronan musste herzlich lachen.

Wie süß, sein Kleiner! Der perfekte Trauzeuge!

Als sein Best Man hatte Cayden vorhin das Dokument unterzeichnet, das Ronan in ihr Erinnerungsalbum gelegt hatte, natürlich mit Buntstift. Na ja, es war eine Kopie der offiziellen Heiratsurkunde, auf der er rumgekritzelt hatte. Aber das Bild, das er neben die Unterschriften gemalt hatte, war wirklich toll geworden: Tess im weißen Brautkleid, Ronan im weißen Anzug, eine rote Rose in der Hand. Sie küssten sich, und Cayden stand daneben und grinste von einem Ohr zum anderen. Und darunter stand in seiner kritzeligen Kinderschrift: Jetzt seid ihr heiverratet!

Ja, das sind wir, indem wir uns die Ringe anstecken und uns küssen. Wir sind heiverratet.

Füreinander sind wir Frau und Mann, und für Cayden sind wir Mommy und Daddy.

Ein Gedanke schießt mir durch den Kopf, und er berührt mein Herz:

Durch meine Krankheit, durch das Sterben, ist mein Leben glücklicher geworden, als es jemals war, achtsamer, intensiver, gelassener und schöner, und damit lebenswerter. Ich mache alles anders als zuvor, bewusster, mutiger. Denn mir ist eines klar geworden: Was ich an diesem Tag nicht gelebt habe, ist vielleicht für immer verloren. Zeit ist unendlich kostbar geworden. Nur das Heute zählt, das Jetzt. Gestern ist vergangen, und ob es ein Morgen gibt? Mein Leben kann jeden Moment zu Ende sein. Und trotzdem bin ich glücklich. Denn ich weiß, das Letzte, das ich sehen werde, bevor ich meine Augen für immer schließe, wird Tess sein.

In Alaska, im Land der Mitternachtssonne.

Das ist mein Herzenswunsch: Ich will mit Tess nach Alaska reisen. Ich will die Mitternachtssonne sehen. Den Tag, der nicht endet. Er soll mein letzter sein, bevor ich sterbe.

# *Loslassen*

Juni 1929

# 24

Fröstelnd zog Tess die Bettdecke über ihren und Ronans nackten Körper. Sein warmer Atem streichelte sanft ihr Gesicht, und sie lächelte. Nicht glücklich, das schaffte sie nicht, noch nicht, aber ... sie wusste nicht, wie sie diesen schwebenden Zustand nennen sollte ... gelassen? Bedächtig? Abgeklärt?

Mit der Nase strich sie über seine Wange und hauchte ihm einen zärtlichen Kuss auf die geöffneten Lippen.

Seine Lider flatterten, aber er wachte nicht auf.

Während der Nacht hatten sie sich geliebt, das erste Mal sehr leidenschaftlich, keuchend und verschwitzt, jeder bemüht, dem anderen Lust zu schenken und sich selbst lebendig zu fühlen, das zweite Mal zärtlich, selbstlos, leise und sanft wie ein Hauch, der bald verwehen würde.

Eng aneinandergeschmiegt waren sie eingeschlafen, sein leicht angewinkeltes Knie zwischen ihren Schenkeln, sein Körper dicht an ihrem, sein entspanntes Gesicht umrahmt von ihren Armen, die ihn festhielten. In den letzten Nächten, seit sie in Hawaii abgelegt hatten, hatte Tess sich angewöhnt, Ronan ständig zu berühren, so wie jetzt gerade. Sie wollte spüren, wenn er ... Na ja, sie wollte für ihn da sein, falls er ... Sie wollte bei ihm sein, wenn er ... im Schlaf ging.

So wie vorletzte Nacht. Als Tess aufwachte, schwitzend und zitternd von einem schrecklichen Albtraum, lag Ronan reglos neben ihr. Sie war entsetzt. Er atmete nicht! Und sein Herz schlug nur noch ganz schwach!

Er war zu ihr zurückgekommen – aber wie oft würde er das noch schaffen?

Beim Essen saß er neben ihr, damit sie ihm sofort helfen konnte, wenn er wieder einen der Anfälle hatte, die jetzt immer häufiger kamen. Sie badeten und duschten zusammen, sie half ihm beim Anziehen, und beim Schlafen hielt sie ihn fest. Tess ließ ihn nicht einen Augenblick allein. Wie Ronan darauf reagierte? Na, wie! Sein größter Wunsch war in Erfüllung gegangen! Mit Liebe, mit Leidenschaft, mit Zärtlichkeit, aber da war noch etwas anderes. Na ja, wie sollte er sich fühlen, wenn er spürte, wie sein Körper verwüstet, seine Leidenschaft betäubt, seine Gefühle fortgerissen und sein Leben auf wenige Tage verkürzt wurde – mehr blieb ihm nicht mehr, sagte Dr. Munro-Hayes.

Nur noch Tage!

Seine Briefe an Cayden im Erinnerungsbuch ließen Tess erahnen, dass Ronan hoffte, in ihren Herzen weiterzuleben. Eine Formulierung hatte sie zutiefst getroffen und zu Tränen gerührt, eine Mahnung an Cayden, sie als Mommy zu respektieren: Durch Tess werde ich weiterleben und weiterlieben. Wo sie ist, bin auch ich. Für immer in ihrem Herzen.

Ja, sie hatte geweint, als sie diese Zeilen las. Und sie hatte geschluchzt, als Ronan sie gebeten hatte, auch etwas in dieses Erinnerungsalbum zu schreiben. »Mir bleibt zu wenig Zeit, Tess. Ohne dich kann ich es nicht mehr vollenden.«

Jeden Tag ging Ronan dem Tod entgegen, aufrecht, gelassen, mit einem Lachen auf den Lippen und einem Strahlen im Gesicht, das sie erschütterte. Sie sah doch, wie er jeden Tag mehr verfiel! Er war geistig noch klar, aber seine Hände zitterten so sehr, dass seine Schrift nahezu unleserlich war, und die Krämpfe und Erstickungsanfälle wurden immer häufiger. Für Tess war es schwer zu ertragen, Ronan so leiden zu sehen: die Schmerzen, die Benommenheit, die Hilflosigkeit, die Demütigung durch die Krankheit – aber vor allem die Hoffnungslosigkeit. »Ich will gehen, bevor es zu schlimm wird«, hatte er gestern gesagt, und er hatte dabei gelächelt. Ein wenig abwesend. Und irgendwie abgeklärt.

Mit Leidenschaft leben, die Lebensaufgabe finden, träumen, hoffen, lachen, lieben, Herzen berühren und Gefühle schenken – und am Ende in Würde sterben.

Aber *so?* Mit einer Morphiumspritze?

Tess musste eine Weile darüber nachdenken, auch über das lange Telefonat mit Dr. Munro-Hayes vor einigen Tagen. Aber dann hatte sie sich entschieden, Ronan zu …

Das Getrappel von Kinderfüßen vor der Kajütentür! Die Tür flog auf. »Mommy! Daddy! Seid ihr wach? Das müsst ihr euch unbedingt ansehen!«, rief Cayden, noch im Schlafanzug, warf sich aufs Bett und krabbelte auf allen vieren über ihre Beine – aber nicht zum Kuscheln, wie sonst am Morgen vor dem Frühstück, sondern um Ronan und ihr die Decke wegzuziehen. »Aufstehen!«

Mit einem leisen Seufzen wachte Ronan auf und erwiderte selbstvergessen ihren Kuss. »Hi.«

»Hi.« Kichernd packte sie Snivel, der mit Strickpullover und Wollmütze zwischen den Kopfkissen hockte, schob ihn zwischen sich und Ronan und zog ihnen beiden die Decke über den Kopf.

Cayden kletterte über sie beide hinweg und versuchte, die Decke wegzuziehen – aber vergeblich. Also kroch er zurück zu den Füßen, warf die Decke hoch und schob sich darunter, um sich kichernd bis zu ihnen vorzuwühlen. »Hihihi!«

Ronan legte seinen Arm um den Kleinen und zog ihn an sich. »Hey, Süßer.« Er drückte ihm einen Kuss aufs verwuschelte Haar. »Was ist denn?«

»Die Sonne geht auf! Ihr müsst aufstehen!«

Tess schlug die Decke herunter und blinzelte den Wecker an. »Cayden, es ist drei Uhr siebenundvierzig. Frühmorgens.«

Sommer in Alaska – das war die Jahreszeit, in der man den herumtobenden Kindern nicht sagen durfte, sie müssten bis zur Dunkelheit zurück sein. Denn dann sah man sie erst im Herbst wieder …

Seufzend ließ Tess sich ins Kissen zurücksinken.

»In Alaska gibt's Pinguine im Clownskostüm mit roter Nase!«, rief Cayden begeistert. »Die sind sooo niedlich! Und die können fliegen und tauchen. Und die tanzen im Wasser und schlagen dabei mit ihren Flügeln! Das müsst ihr euch ansehen!«

»Pinguine?«, rätselte Ronan.

»Puffins«, sagte Tess. »Papageientaucher. Echte Spaßvögel.«

»Spaß?«, lachte Ronan und schlug schwungvoll die Decke zurück. »Okie dokie, dann los! Cayden, lauf schon mal vor! Mommy und Daddy kommen gleich nach.«

»Yippie!« Der Kleine hopste aus dem Bett und flitzte durch die Tür, die er mit einem Knall hinter sich zuschlug.

In Jeans, Shirt und Pullover folgten Ronan und sie ihrem Kleinen hinauf aufs Deck.

Was für ein Morgen! Die verschneiten Berggipfel, von den ersten Sonnenstrahlen in ein zart rosafarbenes Licht getaucht, spiegelten sich im glatten, lavendelfarbenen Wasser des Inlets, das nur von der Bugwelle der Jacht durchtrennt wurde.

Ronan lehnte neben ihr an der Reling und legte den Arm um sie. Seine Augen leuchteten, als er das majestätische Panorama der verschneiten Berge in sich aufnahm. Auf einer Uferwiese graste einsam ein Grizzly. Als er das Schiff auf dem Cook Inlet bemerkte, setzte er sich, stemmte die Tatzen vor sich ins feuchte Gras und beobachtete sie im Gegenlicht der aufgehenden Sonne. Nicht weit entfernt stand ein Elch im kalten Wasser. In seinem Geweih hingen lange Algen, und Tess erinnerte sich an Sheenas Kinderzeichnung von einem Elch mit glitzernd buntem Weihnachtsschmuck im mächtigen Schaufelgeweih.

»Wo bleibt ihr denn?«, rief Cayden, und sein Ruf hallte über das stille Wasser.

Ronan duckte sich unter den Flügeln der Lockheed Vega hindurch, die auf dem Tennisplatz festgezurrt war, und Tess folgte ihm nach hinten zum Swimmingpool. Dort hopste Cayden schon ziemlich ungeduldig herum.

Im Pool paddelte ein Puffin. Ein weiterer befand sich gerade im Landeanflug, vier kleine Fische quer im orange-gelben Schnabel, die weißen Brustfedern gebauscht, die schwarzen Flügel gespreizt, die orange-roten Füße wie ein Fahrgestell zur Landung ausgefahren.

»Hihihi. Der sieht aus wie ein Bruchpilot!«, kommentierte Cayden mit einem Grinsen. »Und sein … äh … sein Geschrei klingt, wie wenn Mommy die Höhenruder von ihrer Vega bewegt. Die knarren auch total rostig.«

Und platsch! Der Puffin landete mit einem knarzenden *Orrrr! Orrrr!* im Pool. Er drehte eine Runde, paddelte im Wasser herum, um sich zu orientieren, steckte hier und da den Kopf unter Wasser und stellte dann enttäuscht fest, dass es hier keinen Fisch gab. Und schon startete er wieder durch, hob ab und flog zurück zur Küste. Der andere Puffin, ein ganz aufgewecktes Kerlchen, blieb noch und zog seine Show ab. Er paddelte und tauchte und drehte eine Rolle und spritzte Cayden mit den Flügeln nass. Der hing über dem Beckenrand und lachte sich schlapp. »Ist der süß!«

Jetzt aber! Der Puffin drehte voll auf: noch eine Runde in Rückenlage, dann auf der Seite, ein Flügel in der Luft, dann tauchte er ab und schoss wieder aus dem Wasser, um Cayden nass zu spritzen.

»Guck mal, Tess! Er tanzt für uns!«, rief Ronan mit einem Grinsen. »Wie ein Delfin, der sich im Wasser aufrichtet und auf der Schwanzflosse rückwärtstrudelt!«

Der Puffin trat Wasser, reckte den Kopf und schlug dabei mit den Flügeln. Für Ronan, dessen Augen leuchteten, ein Zeichen unbändiger Lebensfreude.

»Okay, Kumpel!«, lachte er ausgelassen, steckte seine Hand ins Wasser und spritzte den herumplanschenden Puffin nass.

Der tauchte kurz ab, kam wieder hoch und verpasste Ronan einen Schwall Spritzwasser.

Sofort entbrannte eine lustige Wasserschlacht, und sie prusteten, lachten und kicherten, bis sie alle Seitenstechen bekamen.

Und entsetzlich froren, denn das Wasser im Cook Inlet war Mitte Juni eisig kalt. Tess nahm Cayden, der mit den Zähnen klapperte, in die Arme, um ihn zu wärmen.

Ronan wandte sich ab und verfolgte den Flug des Papageientauchers über das Wasser des Inlets. Er lehnte sich gegen die Reling, breitete weit die Arme aus, holte tief Luft und brüllte mit aller Kraft die Gefühle aus seinem Herzen heraus: »*Yaha-hey-heeee!*«

In diesem Augenblick, mit diesem Schrei, das spürte Tess, hatte er endgültig alles losgelassen. Seine Vergangenheit, seine Verpflichtungen, die Enge seines ganzen Lebens.

Er erlebte die majestätische Weite Alaskas und ließ sich von ihr berauschen, er spürte den Wind in seinem Haar, und er fühlte sich, vielleicht zum ersten Mal in seinem Leben, wirklich frei.

Und ich?, fragte Tess sich. Was werde ich loslassen?

Ein dumpfes Dröhnen – ein Motorengeräusch?

Corey starrte das Mobile mit den streichholzschachtelgroßen Flugzeugmodellen an, das über Tess' Schreibtisch in der leisen Brise schwankte. Die winzigen Flugzeuge, die sich langsam umeinander drehten, erinnerten ihn an Sheena, wie alles in dieser Lodge, die früher mal sein Zuhause gewesen war. Die Kleine war immer auf den Schreibtisch geklettert, der jetzt mit den Plänen für Tess' Welttour übersät war. Die Geschäftsunterlagen der TYRELL-Unternehmen, die Tess offenbar nach Jasons Tod durchgearbeitet hatte, hatte er vom Boden aufgehoben und auf den Tisch gelegt, nachdem er sie sich angesehen hatte.

Den Telefonhörer in der Hand, blickte Corey zum offenen Fenster und lauschte. Ganz eindeutig, das war das Dröhnen der Pratt-&-Whitney-Motoren.

Er hielt sich den Hörer wieder ans Ohr. »Sie kommen.«

Es rauschte in der Funkverbindung – zweitausend Meilen bis San Francisco.

»Bist du sicher?«, fragte Tyson, und seine Stimme klang verzerrt.

»Yeah. Sie dreht eine Runde über dem Turnagain Arm. Sie will Ronan irgendwas zeigen. Oder Cayden.«

Funkstille. Knistern. Rauschen. »Ich hoffe, du tust das Richtige, Lyle Morrissey.«

Du intrigantes, machtbesessenes Arschloch!

»Das werde ich.« Er legte auf, bevor Tyson ihm noch weitere Drohungen um die Ohren hauen konnte.

Corey zündete sich eine von Jasons Lucky Strikes an und nahm den Stapel Fotos, den er in einer Schachtel in Tess' Schlafzimmer gefunden hatte.

Diese Buntstiftzeichnung hat mich ins Herz getroffen, dachte er. Sheena und ich. Die kleine Strichfigur hat blonde Zöpfe und grinst glücklich. Sie hält meine Hand fest. Darunter in krakeliger Kleinkindschrift, offenbar von einer Vorlage abgemalt: Dady und ich. Daddys haben einen speziellen Platz in den Herzen ihrer Töchter. Hey, das treibt mir schon wieder die Tränen in die Augen. Der harte Kerl aus dem australischen Outback, eh? Auf Du und Du mit Dingos und Krokos? Nee, echt nicht. Nur ein Kiwi aus Te Anau, Neuseeland, den es nach Alaska verschlagen hat. Ein Mann, der sehr gern Vater gewesen wäre. Ein Mann, der sich ohne Frau und Kind ziemlich einsam fühlt.

Er atmete tief durch und wischte sich die Träne aus dem Augenwinkel.

Das nächste Foto: Ich übe mit meiner Kleinen laufen. Das war unten am Felsenstrand. Ich knie hinter ihr und halte sie fest. An mein Knie gelehnt, macht sie mit konzentriert verkniffenen Lippen und erhobenen Fäustchen die ersten Schritte ins Leben. Was für ein Augenblick – für uns beide!

Noch eines, nur unsere Füße. Sheenas Pelzstiefelchen stehen auf den Spitzen meiner Mokassins. An jenem Tag habe ich meiner Kleinen das Tanzen beigebracht. Tess, die das Foto geschossen hat, hat sich nicht mehr eingekriegt vor Lachen. Was hatten wir für einen Spaß, wir drei!

Die letzte Aufnahme gefällt mir am besten: Sheena und ich, Hand in Hand, als schwarze Silhouetten im Gegenlicht, umrahmt von einem Tunnel aus Bäumen. Das war in San Francisco, im Golden Gate Park nahe dem *Portal of the Past*. Das Foto berührt mich so sehr, dass es fast schon wehtut. Es scheint, als würden wir einen langen Weg miteinander gehen, ins helle Licht. Und nun ist meine Kleine tot ...

Er nahm einen tiefen Zug aus der Lucky Strike. Gerührt steckte er die Fotos ein und ging hinaus auf die Veranda. Neben der Treibholzschaukel, die er für seine Kleine gebaut hatte, lehnte er sich an die Brüstung. Unten am Bootssteg dümpelte Tess' anderes Flugzeug, die kleine Gipsy Moth, ein leuchtend roter Doppeldecker namens *Ladybird* – Marienkäfer. Die rote Farbe passte, auch der schwarz gestrichene Bug hinter dem weiß lackierten Propeller – es fehlten nur die schwarzen Punkte auf dem schlanken Flugzeugrumpf.

Das Dröhnen wurde jetzt wieder lauter. Tess hatte die Vega über dem Portage-Gletscher gewendet und donnerte nun im Tiefflug durch den Fjord. Da drüben war sie! Im warmen Licht des späten Nachmittags leuchtete ihr kanariengelber Flieger mit den knallblauen Seitenstreifen wie ein schillernder Kolibri.

Was wird denn das für ein Stunt?, fragte er sich. Oh, jetzt sehe ich es: Die Bore Tide kommt!

Die hohe Gezeitenwelle, die durch den Fjord raste, brachte die Flut zurück in den Turnagain Arm.

Ja, das war seine Tess! Im Tiefflug donnerte sie auf die sichelförmige, gischtige Welle zu. Und auf die Irren, die auf ihren Surfboards auf der Woge durch den Fjord flitzten – das war fast so verrückt, wie mit einem Kajak und einem Paddel auf Eis zu rodeln, als Rennen. Nee, echt! Das gab's wirklich!

Na ja, was heißt bescheuert, dachte er. Tess und ich haben auch schon gesurft. Ja klar, die Bore Tide ist mit den Wellen in Kalifornien, Hawaii oder Neuseeland nicht zu vergleichen, nee, absolut nicht, aber es ist die einzige Möglichkeit, in Alaska zu surfen. Und, ganz ehrlich, Bore Tide Surfing ist das Größte! Wenn dich die Welle erwischt, trägt sie dich auf deinem Board bis zu fünfundzwanzig Meilen weit durch den Fjord – das ist mit nichts zu vergleichen!

Corey beobachtete die heranrauschende Gezeitenwelle. Sie war gewaltig: sechs oder sieben Fuß hoch! Und schnell: zehn, zwölf Meilen pro Stunde! Die Surfer hatten ihren Spaß!

Jetzt! Die Welle wurde höher, und der Wind riss die Gischt hoch, sodass sich ein feiner Schleier bildete! Wasservögel schwirrten über der Woge, und was war ... Hey, war das irre! Waren das Wale? Belugas!

Das Rauschen des heranströmenden Wassers wurde lauter, als die sichelförmige Gezeitenwelle von Westen auf die Lodge zuraste, und wurde schließlich von Tess' Vega übertönt, die im Tiefflug von Osten über die aufgewühlte Gischt hinwegbrauste. Dort am Cockpitfenster, war das gerade Ronan?

Das hochspritzende Wasser rauschte an der Felsenküste entlang, und wo die Woge einen kleinen Sandstrand überspülte, verfärbte sie sich schwarz. Hinter der Bore Tide wurde das Meer wieder ruhiger. Da, die weißen Wale!

Corey blickte nach Westen. Tess kurvte kurz vor Anchorage auf die Landerichtung ein. Sie wollte auf der Wiese hinter der Lodge landen. Er nahm noch einen tiefen Zug und drückte die Lucky Strike am Geländer aus.

It's showtime!

Seine Knie zitterten vor Aufregung, als er langsam die Stufen der Veranda runterstieg und zur Landebahn rüberging.

Da kam sie! Die Sonne im Rücken, schwebte sie über dem Sixmile Creek ein und ging tiefer ... dreißig Fuß ... zwanzig ...

Wie ich mich fühle?, fragte er sich. Schwer zu sagen. Es gab eine Zeit, da war mir Tess wichtiger als mein eigenes Leben. Ich dachte, wir würden den Rest unseres Lebens miteinander verbringen und unsere Träume gemeinsam verwirklichen. Wir würden unsere Tochter zusammen aufwachsen sehen. Wir würden eines Tages nicht nur Freunde sein, sondern ... na ja, so weit ist es nie gekommen. Aber ich hatte immer dieses Bild vor Augen, dass ich sie zärtlich in die Arme nehme, dass wir leise miteinander tuscheln, dass wir uns küssen und so. Klingt nicht sonderlich anspruchsvoll, oder? Ist es auch nicht. Tess und ich, wir sind immerhin miteinander verheiratet. Sie hat mir eine Liebe geschenkt, für die ich ewig dankbar sein werde. Wenn wir nur mehr Zeit gehabt hätten ... wenn, wenn, wenn.

Zehn Fuß ... fünf ... drei ... und Touchdown!

Die Vega rollte auf der unebenen Wiese aus und blieb in einem Meer von Blüten stehen. Tess konnte ihn nicht sehen, als sie die obere Cockpitluke öffnete, denn er stand im Schatten der Lodge.

Okay, richtig, wie ich mich fühle? Da ist ein diffuses Unbehagen, eine Unsicherheit, wie sie reagieren wird. Da ist eine Anspannung, die meinen ganzen Körper schmerzen lässt. Da ist ein Zittern in meinen Knien. Und, ach ja, mein Herz rast wie wild. Ich freue mich darauf, sie wiederzusehen, sie zu berühren, sie in die Arme zu schließen, sie zu riechen und zu spüren, aber ich habe auch Angst. Ja, verdammt, panische Angst. Gleich steigt sie aus der Cockpitluke, und ich werde sie sehen.

Da war sie! Corey hielt den Atem an und beobachtete, wie Tess auf die Tragfläche kletterte und sich zu jemandem runterbeugte. Ihre langen Haare wehten im Wind.

Die Kehle wurde ihm eng, und er musste schlucken, als sie Ronans Hand ergriff, um ihm raufzuhelfen, als er über den Pilotensitz durch die offene Luke kletterte.

Sobald er schwankend neben ihr stand, seinen Arm um sie gelegt, erschien ein kleiner Junge. Das musste Cayden sein. Auf dem Hosenboden rutschte er über die Tragfläche und sprang kichernd runter auf die blühende Wiese, während Tess noch Ricky aus dem Cockpit hievte.

Langsam ging Corey auf die Vega zu.

Tess hatte ihn noch nicht gesehen. Jetzt half sie Ronan die Tritte an der Hülle der Vega runter. Dabei wendete sie ihm den Rücken zu. Während Ronan sich gegen die Maschine lehnte, sicherte sie die Räder mit Bremsklötzen.

Noch fünf Schritte.

Tränen brannten heiß in seinen Augen.

Tess richtete sich wieder auf und sagte was zu Ronan, der ihn bleich anstarrte, bestürzt und ... ja, erschrocken.

Drei Schritte.

Coreys Blick verschwamm, und er musste blinzeln.

Tess drehte sich zu ihm um. »Corey?«, flüsterte sie, und sie schien im ersten Augenblick nicht zu wissen, ob sie sich freuen sollte, ihn nach all den Jahren wiederzusehen.

Wie erschöpft sie aussieht!, dachte er. Blass und verstört! Wie erstarrt steht sie vor mir, ihr Blick verloren, irgendwo zwischen Vergangenheit und Gegenwart, zwischen Verzweiflung, Trauer und Wut.

»Hallo, Tess.« Seine Stimme kippte. Sein Kopf war leer. Was sollte er sagen? Ihm fiel echt nichts ein!

Aber ihr auch nicht.

Eine halbe Ewigkeit rührten sie beide sich nicht und starrten einander nur an. So viele Erinnerungen an die gemeinsame Zeit! So viel Freude! So viel Spaß! Was hatten sie zusammen gelacht!

»Corey!« Ihre Stimme versagte, als sie aufschluchzte. Ronan trat näher und ergriff ihre Hand, um ihr beizustehen. »Du lebst!«, flüsterte sie und schüttelte leicht den Kopf. Sie ließ Ronan los und legte ihre Hand auf ihr Herz, das vermutlich so wummerte wie seines. Dann lief sie auf ihn zu und fiel ihm um den Hals. »Ich hab dich überall gesucht, Corey! Ich hatte solche Angst um dich!«

Er spürte, wie sie sich warm an ihn schmiegte. Die Kehle wurde ihm eng, und sein Herz floss über von Gefühlen: Hoffnungslosigkeit, Sehnsucht, Einsamkeit, Traurigkeit, Angst. Und Freude, ja Glück, sie wiederzusehen. Er hielt sie fest, und sie schlang ihre Arme um ihn. »Oh, Tess ... Tess ... Ich hab dich so vermisst.«

Sie murmelte etwas an seiner Schulter, das er nicht verstehen konnte. Irgendetwas, das so klang wie: Ich freue mich so. Wie sie zitterte! Wie ihre Schultern bebten, als sie aufschluchzte!

Wie lange wir so stehen und uns umarmen?, fragte sich Corey. Wie lange wir an der Schulter des anderen weinen? Wie oft ich »Verzeih mir!« flüstere? Wie oft sie schluchzt, wie dankbar sie ist, dass ich wieder da bin? Keine Ahnung. Ich weiß es nicht, wie lange man braucht, um die verlorenen Jahre zurückzuholen, um sich zu erinnern und um sich zu besinnen.

Gott, wie schön es ist, sie zu halten und von ihr gehalten zu werden. Und wie erleichternd, wie tröstlich, an ihrer Schulter zu weinen.

Jetzt hatte auch Ricky ihn entdeckt. Winselnd flitzte er über das Gras heran, sprang an ihm hoch und warf ihn fast um. Tess wich einen Schritt zurück, beide Hände vor den bebenden Lippen, die Augen voller Tränen.

»Hallo, Ricky.« Corey klopfte ihm auf die vor Aufregung bebenden Flanken, und der Husky kriegte sich fast nicht mehr ein. »Alles klar, Kumpel?«

Er kniete sich ins Gras, um den Husky zu umarmen, aber der riss sich ungestüm los und flitzte hechelnd weg, zurück zur Vega. An den Bremsklötzen warf er sich herum und kehrte schrill winselnd zu ihm zurück. Alles okay, Kumpel? Nee, von wegen! Ricky rannte Corey fast über den Haufen und drehte mit aufgerichteter Rute gleich noch eine Platzrunde, bevor er wieder an ihm hochsprang, um ihm das Gesicht abzuschlabbern.

Corey legte die Arme um seine kräftigen Schultern und versuchte ihn festzuhalten, während der Husky völlig aufgedreht um ihn herumhopste. »Du hast mir auch gefehlt, mein Junge!«

Ricky stellte die Ohren auf und schnaufte.

Corey kraulte sein dichtes Fell. »Guter Junge!«

Der Husky hechelte und winselte schrill. Dann grinste er Corey mit heraushängender Zunge an.

Ronan kam näher. Seine Miene war wie erstarrt, und es tat Corey leid, dass er ihn und Tess ohne Vorwarnung derart überrumpelt hatte. Ehrlich, er hatte gedacht, es wäre leichter und er würde die richtigen Worte finden. Aber nein, alles, was er sagen konnte, klang ... unangemessen ... albern.

»Hallo, Corey! Wie schön, dich wiederzusehen!«

Seine ... ja, seine Lässigkeit in dieser angespannten Situation war verblüffend. Und sein Lächeln! Die Falten um seine Augen hatten sich tiefer eingegraben, und er war sehr blass. Aber dieses Strahlen in seinen Augen! Diese Besonnenheit!

Ich fasse es nicht! Hat Ty nicht gesagt, dass sein Bruder stirbt? Dass ihm nur noch wenige Tage bleiben? Woher nimmt er die Kraft? Na, von Tess! Sie ist bei ihm, sie hält seine Hand und gibt ihm Halt.

Corey schluckte trocken. »Mr Brandon.«

Der lächelte matt. »Ronan.«

Er hat die Situation sofort umrissen, dachte Corey. Wir sind mit derselben Frau verheiratet. Da können wir uns eigentlich auch duzen.

Er nickte verhalten. »Corey.«

»Und, was tust du hier?«, fragte Ronan mit einer Ruhe, die Corey erstaunte.

»Ich muss mit Tess reden.«

Bevor Ronan irgendetwas erwidern konnte, kam Cayden herangestürmt. Der kleine Abenteurer hatte eben die Wildnis erforscht, die wenige Schritte hinter der Lodge begann. »Daddy! Daddy! Das musst du dir unbedingt ansehen!«, keuchte er. »Vor der

Lodge steht ein Elch mit sooo 'nem großen Geweih!« Er reckte beide Arme, so weit er konnte. »Der greift gerade Tess' Mailbox an und wirft sie um! Zuerst hat er mit dem Geweih die Stars and Stripes abgerissen. Dann ist er auf die Blechbox losgegangen. Das ist voll lustig! Komm, das musst du sehen! Du lachst dich schlapp! Daddy?«

Klingt nach Maverick, dem Elch, der schon seit Jahren unsere Mailbox zerlegt, dachte Corey. Wie oft haben Tess und ich auf der Veranda gehockt und den Elch beobachtet – selbst im dichtesten Schneetreiben, piepegal. Wie oft haben wir gelacht, bis wir gejapst haben. Und wie oft haben wir den Briefkasten wieder aufgestellt – völlig bescheuert, denn hier gibt's ja keine Briefträger auf einem Fahrrad. Aber total lustig, wenn der doofe Elch wiederkommt.

Ach ja, richtig. Wofür man in der Wildnis eine Mailbox braucht? Für die Briefe an den Weihnachtsmann natürlich! Santa Claus kam immer in einer der Nächte kurz vor Weihnachten mit seinem Rentierschlitten und holte Sheenas Wunschzettel – es sei denn, Maverick the Moose war wieder auf Tour gewesen ...

Als Cayden die Tränen in Tess' Augen sah, blieb er einige Schritte entfernt verunsichert stehen. »Mommy?«

Ronan ging zu ihm rüber. »Alles in Ordnung. Mommy freut sich, dass Corey endlich zurückgekommen ist. Die beiden wollen einen Augenblick allein sein, okay? Also, wo ist denn nun der Elch mit der Mailbox?«

Als die beiden um die Ecke der Lodge verschwunden waren, kam Tess auf Corey zu und umarmte ihn wieder, dieses Mal ganz fest.

In diesem Augenblick spürte er, dass er immer noch ihr Ehemann war, in guten wie in schlechten Zeiten.

»Lass uns reingehen, Tess«, flüsterte er an ihrer Schulter. »Ich muss mit dir reden.«

# 25

»Warum bist du hier, Corey?«

In der Tür zur Küche blieb Tess abrupt stehen. Ein Grizzly hatte an der Tischplatte seine Krallen geschärft und anschließend die Tür zur Vorratskammer aufgebrochen. Corey hatte die herausgerissenen Scharniere repariert. Und eine Wand weiß gestrichen. Hatte der Grizzly die Dosen mit Tomatensauce zerbissen? Das musste ziemlich gespritzt haben.

Corey schob sich an ihr vorbei in die Küche, und Tess folgte ihm. Sie hockte sich auf die Bank am zerkratzten Tisch und beobachtete ihn, wie er, lässig an den Tresen gelehnt, in den Eisschrank spähte. Der war so vollgestopft, dass ihm ein Schraubglas mit Muktuk entgegenkippte. Muktuk war Walschwarte, in Streifen geschnitten, eine Spezialität der Inuit, die roh gegessen wurde. Reaktionsschnell fing er das Glas auf und schob es zurück aufs oberste Regalbrett.

»Hast du Hunger, Tess? Wie wär's mit einem Mooseburger? Ich mach dir einen.«

Tess starrte das Glas mit den schwarz-rosa Muktuk-Streifen an, die Hand vor den zusammengepressten Lippen.

Nee, eigentlich ...

Irgendwie war ihr schon schlecht, wenn sie nur ans Essen dachte. Heute Morgen nach dem Frühstück hatte sie schon über dem Klo gehangen. Jasons und Sheenas Tod, das Gedenken an Mom und Dad auf dem Mount Waialeale, die Strandhochzeit mit Ronan, sein langsames Sterben und immer wieder Caydens fragender Blick, was eigentlich mit Daddy los war – das alles ging ihr ziemlich nah. Und jetzt tauchte auch noch Corey auf ... Das war einfach ein bisschen zu viel für sie ...

Als Tess nicht sofort antwortete, drehte er sich in der offenen Eisschranktür zu ihr um. »Tyson hat mich gefunden.«

Sie beobachtete, wie er die Zutaten für die Mooseburger aus dem Kühlschrank holte: Elchfleisch, Zwiebeln, Knoblauch und, na klar, Tabasco. Ohne das Zeug konnte Corey nicht überleben. Wie einst die Goldgräber während des Goldrauschs in Nome trank er sogar seinen Wodka mit Tabasco. Brrr!

»Wann?«, fragte Tess.

Brot hatte er auch gebacken? Corey nahm es aus dem Brotkasten neben dem Eisschrank und legte es auf den Küchentresen. Es schien, als wäre er nie fort gewesen, als wäre er nur mal schnell zum Einkaufen gefahren, hätte auf dem Rückweg von Anchorage einen Elch umgenietet, und jetzt hätten sie beide den Abend zur freien Verfügung, so nannte er das immer: ein prasselndes Kaminfeuer, ihre Gitarre und ein zerlesener Jack London, aus dem er Sheena vorlas, bevor Tess ihrer kleinen Tochter ein Gutenachtlied vorsang: *Down the River* oder *Into the Wild* oder *North to Alaska, Land of the Midnight Sun.*

»Offenbar wusste Ty schon seit Monaten, wo ich gesteckt habe.«

Tess hob die Augenbrauen.

»Vor einigen Tagen hing ein Zettel an meiner Tür. Meine Hütte stand in den Yukon Flats, nahe Beaver.«

Tess nickte.

Corey holte zwei Flaschen Lager-Bier aus dem Eisschrank und knallte sie vor ihr auf den Tisch. »Ich sollte ihn anrufen.«

Rumpelnd zog sie eine Flasche über die zerkratzte Tischplatte zu sich heran und ließ den Bügelverschluss aufploppen. »Und?«

Er stieß den Boden seiner Flasche klirrend gegen ihre. »Runter damit!«

Sie prostete ihm zu, und sie tranken aus der Flasche. Carling Black Label aus Kanada. Vermutlich über die Yukon Territories nach Alaska geschmuggelt. Prohibition – nee, oder? Einige Alaskaner glaubten tatsächlich, das Verbot bezöge sich hier oben ausschließlich auf das wüste Herumgeballere. Für sie hieß es immer noch: Zehn Schritte, dann umdrehen und Colt ziehen.

»Hilfst du mir mit den Burgern?«, fragte er.

»Klar, mach ich.« Tess schwang ihre langen Beine über die Bank und ging mit ihrer Flasche in der Hand zu ihm hinüber.

Die Frage »Was soll ich tun?« konnte sie sich schenken, denn Corey und sie waren ein eingespieltes Team.

Während er in lockerem Tonfall seine Story erzählte, als lese er eine Abenteuergeschichte von Jack London vor, würzte er das gehackte Elchfleisch mit Zwiebeln, Knoblauch und Tabasco und formte die Hackfleischscheiben, die in der gusseisernen Pfanne gebraten werden sollten, in der Tess gerade das Brot goldbraun und knusprig röstete.

Also, hier die Kurzfassung: Winter 1925. Talkeetna. Corey McLaren verschwindet spurlos.

Das Setting: ein verqualmtes Roadhouse in Talkeetna, ein Speakeasy, also eine Flüsterkneipe, in der geschmuggelter schottischer Whiskey und sibirischer Wodka ausgeschenkt wurde. Die Situation: ein Pokerspiel, das in eine wüste Prügelei ausartete. Die Spieler: Corey McLaren, Vorstandsmitglied der Tyrell Commercial Co., Ehemann von Tess McLaren, der besten Freundin von Ronan Brandon, dem Aufsichtsratsvorsitzenden eines der finanzstärksten und mächtigsten Unternehmen der Welt. Jake Harmon von der Alaska Railroad. Zwei seiner Brüder und zwei seiner Freunde, die wie er in Talkeetna lebten.

Das Gesprächsthema vor Coreys Royal Flush, mit dem er Jake Harmon fast tausend Dollar abnahm: die großen Ölfunde der Tyrell Oil Co. im Norden, der Transport des Rohöls mit der Alaska Railroad nach Anchorage sowie der geplante Bau einer eigenen Tyrell-Pipeline nach Valdez.

Tess wusste, es war nicht das erste Eisenbahnprojekt, das mit Gewalt endete. Im September 1907 kam es zu einer legendären

Schießerei um die Strecke von Valdez zur Kupfermine in Kennicott. Zwei Eisenbahngesellschaften stritten über die Baurechte an der Bahnstrecke im Keystone Canyon durch die Chugach Mountains. Bei der Auseinandersetzung wurde ein Arbeiter getötet. Die Einwohner von Valdez schnappten sich daraufhin ihre Werkzeuge und zogen los, um die Strecke durch den Canyon selbst zu bauen. Sechs Tage lang. Dann war die Gesellschaft zahlungsunfähig.

Nee, hier ist nicht Arizona!, dachte Tess. Hier ist Alaska! Entgegen allen Gerüchten, wir Alaskaner würden mit russischen Rubeln oder kanadischen Pfund zahlen, regiert hier immer noch der allmächtige US-Dollar! Und manchmal eben auch der Colt.

Alles klar, bis dahin kannte sie die Story, die aus Corey eine Art nationaler Berühmtheit gemacht hatte. In Talkeetna hatte sie ihre monatelange Suche nach ihm begonnen. Bis zum North Slope jenseits des Arctic Circle war sie geflogen, um ihn zu finden. Kein Lebenszeichen. Keine Abhebung von seinem Konto, keine Umbuchung auf seinem millionenschweren Aktiendepot. Kein Zettel an ihrer Tür: *Ich lebe noch!*

Also zurück zu Corey im Speakeasy in Talkeetna.

In der einen Hand ein Royal Flush, sammelte er mit der anderen die zerknitterten Scheine auf dem Pokertisch ein. Jake Harmon, wütend über seinen Verlust, knallte die Sicherung durch. Eine wüste Prügelei entbrannte. Corey schnallte sich seinen Colt Peacemaker um, schnappte sich seinen pelzgefütterten Indianerparka und verließ das Speakeasy. Auf der Main Street stellte er fest, dass sein Flugzeug, das er ohne Abdeckplane neben dem Roadhouse geparkt hatte, völlig eingeschneit war. Die Höhen- und Seitenruder waren vereist. Er konnte nicht starten.

In diesem Augenblick flog ihm die erste Kugel um die Ohren und schlug in den Treibstofftank. Glück gehabt: Die Maschine explodierte nicht. Corey floh durch einen Kugelhagel, besorgte sich mit entsichertem Colt ein gesatteltes Pferd und verschwand in der Finsternis der Polarnacht im dichten Schneegestöber.

»Que sera, sera. What will be, will be. Jake Harmon und seine Brüder und Freunde sind meinen Spuren gefolgt.«

»Du lebst noch.«

»Ich hatte eine Kugel in der Schulter. Ich wäre fast verblutet. Es war Notwehr.«

»Verstehe.«

»Meine Kugel traf Jake Harmon in den Rücken.«

»Oops.«

»Yeah, oops. Er ist gestolpert und gestürzt, als er auf mich losging, und rückwärts in die Kugel gelaufen. Zu kompliziert zu erklären, wenn du's nicht selbst gesehen hast. Zugegeben, es sah irgendwie blöd aus, 'ne Kugel zwischen den Schultern. Tja, dumm gelaufen. Seine Brüder und Freunde haben mich durch halb Alaska gehetzt. Alaska Range, Little Switzerland, Mount Denali, dann auf einem selbst gebauten Floß den Nenana River runter zum Yukon River.«

»Und?«

»Einen habe ich erschossen, als er auf mich anlegte und die Winchester entsicherte, das war noch im Denali National Park. Zwei habe ich im Zweikampf mit meinem Bowiemesser erledigt, und einer ist in eine meiner Wildnisfallen für Bären gestolpert. Das war oben am Yukon. Ich hab eine Weile in einem gestrandeten Steamship aus der Goldrauschzeit gewohnt.«

»Wie lange hat er noch gelebt?«

»Bis ich ihn von seinen Schmerzen erlöst habe.«

Tess nickte langsam und trank einen Schluck Carling. Die Frage: »Glaubst du nicht, wir hätten das zusammen durchgestanden?« schenkte sie sich. Fünf Tote nach einer Prügelei in einem Speakeasy, eine Anklage wegen Falschspielens beim Pokern, eine weitere wegen Alkoholkonsums trotz Prohibition, und Pferdediebstahl. Der legendäre Billy the Kid wurde von Sheriff Pat Garrett für weniger erschossen. Er hatte nicht drei von vier Brüdern erledigt.

Und trotzdem war Corey zurückgekehrt und hatte sein Leben riskiert …

Er sah Tess von der Seite an, während er die vier Mooseburger auf Tellern anrichtete. Echt lecker, die Burger: goldbraun geröstetes Brot, eine Lage Salat, Tomaten und Gurken, ein köstlich duftendes Hacksteak aus gewürztem Elchfleisch, einige Spritzer Tabasco, ohne die scharfe Sauce ging bei Corey gar nichts, und ein Deckel aus krossem Brot.

Caydens Spezialanfertigung hatte einen grinsenden Elch auf dem Deckel. Zwei kleine Zwiebelringe mit einem Klecks Ketchup waren die leicht schielenden Augen, eine halbe schwarze Olive war die Nase, gefaltete Salatblätter standen seitlich ab wie Ohren, und die großen Schaufeln bestanden aus in der heißen Pfanne geschmolzenem und zurechtgeknetetem Cheddarkäse. Echt niedlich! Tja, so war Corey … Sheena hatte ihn heiß und innig geliebt …

»Okay, Auftritt Tyson: Er droht mir, die Entscheidung darüber, was nun geschehen wird, würde keine Jury treffen. Sondern Tim Harmon, Jakes ältester Bruder. Mit dem Finger am Abzug.«

Tess hob die Augenbrauen.

»Tyson hat seine Telefonnummer in Talkeetna.«

»Sagt er.«

»Yeah«, nickte Corey. »Tess, solange ich hier bin, bringe ich auch dich in Gefahr.«

Ty, du verdammter …!

Ich dachte, die Ära des Wilden Westens endete, als der Revolverheld Wyatt Earp von San Francisco nach Alaska zog, um den Strand von Nome nach Gold umzugraben, dachte Tess. Dad – Josh Brandon – kannte Wyatt aus seiner Zeit in Nome. Wyatt Earp war vor einigen Monaten in Los Angeles gestorben. Und mit ihm der Wilde Westen. Na ja, offenbar nicht ganz. Denn in Hollywood lernte Wyatt einen jungen, talentierten Schauspieler kennen, der sich den Künstlernamen John Wayne zugelegt hatte. Er drehte gerade *Der große Treck*, einen der ersten Tonfilmwestern, der nächstes Jahr in die Kinos kommen sollte. Es lebe der Wilde Westen!

»Was will Ty von dir?«, fragte sie.

Corey zuckte mit den Schultern. »Ich soll dich daran erinnern, dass du Tess McLaren bist. Dass du meine Frau bist. Und dass deine Ehe mit Ronan ungültig ist.«

Wütend schnaufte sie durch die Nase.

»Tess, ich möchte, dass du eines weißt: Die Zeit mit dir war die schönste Zeit meines Lebens. Was man besessen hat, weiß man manchmal erst, wenn man es verloren hat.«

Tyson drückte den Knopf der Sprechanlage. »Grace?«

»Ja, Sir?«, drang die Stimme seiner Sekretärin aus dem Apparat auf dem Redwoodholz-Schreibtisch in seinem Büro im Brandon Tower.

Er stieß die Luft durch die Nase aus. »Grace, die Zusammenfassung über Ihre Nachforschungen bezüglich der Lavender Fields Winery eben in meinem Office war sehr präzise und äußerst prägnant. Ich bin wirklich beeindruckt.«

»Danke, Mr Conroy.«

»Sollten sich Ihre Feststellungen und Ihre Einschätzungen als wahr herausstellen, würde ich Sie künftig gern erneut mit derartigen Recherchen beauftragen ... als meine neue Assistentin.«

»Das ist ... danke, Sir.«

»Verbinden Sie mich jetzt bitte mit Mr Brandons Anwalt, Mr Jordan Williard?«

»Selbstverständlich, Sir. Einen Augenblick, bitte.«

Er ließ den Knopf der Sprechanlage los und lehnte sich in seinem Ledersessel zurück. Auf dem Schreibtisch vor ihm lag die Anfrage der Anwaltskanzlei an Mr Ronan Brandon, wer als neuer Geschäftsführer für die Lavender Fields Winery eingetragen werden sollte – der Brief war heute Morgen an ihn weitergeleitet worden. Dem Schreiben beigefügt war der ausführliche Bericht eines Weinbauexperten, der offenbar beauftragt worden war, die verwilderten Weinberge zu begutachten und den Wert des Gutes zu schätzen.

Erneut überflog er das getippte Exposé.

Bestockte Rebfläche . . .

. . . Rebsorten Chardonnay und Cabernet Sauvignon . . .

. . . Zustand der Weinberge . . .

. . . Lagenaufteilung . . .

. . . Ausstattung, um die Trauben zu keltern und auszubauen . . .

. . . Selbstvermarktung, national und international . . .

. . . Unternehmen als Teil des Brandon-Conroy-Tyrell-Konzerns.

Ein Château aus der Zeit des kalifornischen Goldrauschs, mit Nebengebäuden und Weinkeller . . .

. . . ein geschätzter Wert von mehreren Millionen Dollar . . .

. . . kann das aufgelassene Weingut von jungen Weinbauern neu kultiviert werden.

. . . will Lavender Fields wieder zu dem guten Ruf verhelfen, den die Winery einmal hatte . . .

. . . große Weine von Weltruhm, unter der Sonne Kaliforniens gereift, dem Fruchtgarten Amerikas . . .

. . . und als erste Maßnahme werden die Reihen ausgemessen und der Oberboden gefräst.

Mitte Juni können die bestellten 30 000 Weinstöcke gesetzt werden. In drei Jahren (1932) können die ersten Trauben geerntet werden. Es ist absehbar, dass die Prohibition ...

... Lavendelfarm ... verwilderte Lavendelfelder ...

... Herstellung und Vermarktung von Lavendelseife, Lavendelcreme, Lavendelöl sowie weiteren kosmetischen Produkten ...

... die Geschäftsführung ...

Entnervt warf Tyson den Bericht zurück auf den Schreibtisch.

Was soll das?, fragte er sich. Wer steckt dahinter?

Ronan trinkt keinen Wein mehr, seit er ... krank ist.

Aber Tess. An Weihnachten hat sie zum festlichen Dinner einen alten Jahrgang unseres hervorragenden Cabernet Sauvignon getrunken, das weiß ich genau. Sie saß zwischen mir und Ronan, und sie hat Sheena den Wein probieren lassen, ja genau, ich erinnere mich.

Tess hat Pläne, große Pläne, sieh mal einer an.

Und ihre Welttour? Ihre Fliegerei? Ihr abenteuerlicher Lebensstil?

Sein Blick fiel auf Ronans Testament, das er vorhin, nachdem Grace das Ergebnis ihrer Recherchen vorgetragen hatte, aus dem Safe geholt hatte. Und da war auch der eingerollte Zettel, den Lynne in der Wunschkugel an Moms Wunschbaum gefunden hatte.

Ronans letzter Wunsch.

Mein Gott.

Und Jordan Williard, Ronans Anwalt und Vertrauter, der ihn in persönlichen Fragen, aber auch bei millionenschweren Unternehmensentscheidungen beriet, wusste offenbar Bescheid. Nach

Jasons Tod hatte Mr Williard veranlasst, dass Tess als Geschäftsführerin der Tyrell-Unternehmen eingesetzt wurde. Die Anfrage, wer die Leitung der Lavender Fields Winery übernehmen sollte, stammte von einem Anwalt seiner Kanzlei.

Tja, da war offenbar etwas schiefgelaufen. Das Schreiben hätte vermutlich nie in seine Hände gelangen dürfen. Also hatte Jordan Williard wohl auch dieses Gutachten in Auftrag gegeben. Als Anwalt vertrat er ...

Ein leises Klopfen, dann drehte sich der vergoldete Türgriff, und seine Sekretärin trat ins Büro. »Mr Conroy?«

»Ja, Grace?«

»Mr Williard für Sie, Sir. Auf Leitung eins.«

»Danke, Grace.«

»Und Mrs Brandon, Sir. Sie wünscht Sie zu sprechen. Leitung zwei. Sie wirkt ... nun ja, wie es scheint, ist sie ziemlich wütend.«

Er runzelte die Stirn. »Mrs Brandon?«

»Ja, Sir.«

»Lynne?«

»Tess.«

Corey ... was hatte er ihr gesagt? Verdammt!

»Danke, Grace. Bitten Sie Mr Williard, er möge sich einen Augenblick gedulden.«

»Sir.« Die junge Frau nickte ihm zu, verließ sein Büro und schloss leise die Tür hinter sich.

Leitung zwei. Er nahm den Hörer ab.

»Tyson?«

»Tess!«

»Dein Bruder stirbt«, fauchte ihm aus Alaska ein eisiger Wind entgegen. Oh ja, Tess war so richtig in Rage, und ihre Worte waren wie ein harter Schlag ins Gesicht. »Ronan bleibt nicht mehr viel Zeit, Ty. Nicht genug für deine intriganten Spielchen.«

»Tess ...«

»Tu ihm das nicht an, sei so gut. Lass ihn in Ruhe und in Würde sterben.«

»Tess, ich will ...«

»Ty, wir sind zusammen aufgewachsen, Ronan, du und ich. Ich dachte, ich kenne dich. Aber ich habe mich offenbar geirrt. Ich kannte den Jungen, den kleinen Ty, der wie ein Bruder für mich war. Den Mann Tyson Conroy kenne ich nicht. Und ich will ihn auch nicht kennenlernen. Was ist bloß aus dir geworden! Mom und Dad, Shannon Conroy Brandon und Josh Brandon, wären beschämt, Ty, ja, *beschämt*. Und dein Vater, Rob Conroy, und dein Großvater, Tom Conroy, wären alles andere als stolz auf dich.«

Klick.

Sie hatte aufgelegt.

Verdammt, Tess!, dachte er wütend und ... ja, verdammt ... gedemütigt, zurückgesetzt, aber auch reumütig und beschämt. Wer intrigiert hier? Und wer trifft selbstherrlich millionenschwere Geschäftsentscheidungen, als wäre er ... *sie* bereits Aufsichtsratsvorsitzende? Tess als Chefin eines weltweit agierenden Milliardenunternehmens ... Gott bewahre! Sie ist doch nicht Shannon!

Corey, verflucht! Was hast du ihr erzählt? Und was hast du jetzt vor, du widerspenstiger, eigensinniger ...

Das Telefon klingelte. Ob das vielleicht Corey war?

»Ja?«, meldete er sich genervt.

»Jordan Williard. Mr Conroy?«

»Äh, ja. Mr Williard ...« Tyson atmete tief durch, um sich wieder zu beruhigen. »Es geht um dieses neue Projekt Lavender Fields Winery. Sie wissen schon, das Gutachten über den Wert des Weinguts. Ich habe dazu eine Frage ...«

Den Telefonhörer noch in der Hand, schlug Tess sich die Faust vor die Lippen, als ihr ein halber Elch und eine Flasche Carling wieder hochkamen. Sie warf Corey den Hörer zu und stürmte los, die Hand vor dem Mund.

Gerade noch rechtzeitig erreichte sie das Klo, warf sich auf die Knie, riss den Deckel hoch und übergab sich mit langen, quälenden Krämpfen.

So fand Corey sie, mit dem Kopf über der Schüssel.

Er ging neben ihr in die Hocke, strich ihr übers Haar und wickelte sich eine lange Strähne um den Finger. Das hatte er früher immer getan. »Geht's wieder?«

Tess schüttelte den Kopf, denn es ging schon wieder los. Sie steckte den Kopf ins Klo und kotzte erneut, und Corey stützte ihre bebenden Schultern und ihren schmerzhaft verspannten Nacken.

Schließlich richtete sie sich wieder auf, kauerte sich zitternd und fröstelnd auf die kalten Fliesen und atmete tief durch. Den Rücken an der Wand, setzte Corey sich mit ausgestreckten Beinen ihr gegenüber und reichte ihr einen Streifen Papier, damit sie sich das Gesicht abwischen konnte.

»Danke«, krächzte sie.

Er klappte den Deckel runter und zog an der Spülkette. »Schon gut.«

»War 'n bisschen viel in letzter Zeit. Jason. Sheena. Josh.« Tess holte tief Luft. »Ronan.«

Er sah sie nur an und sagte gar nichts.

»Hey, Cowboy. Kann ich 'nen nassen Waschlappen haben?«

Er tat so, als tippte er mit zwei Fingern an seinen Stetson, und grinste matt. »Aber sicher, Ma'am.«

Tess schnaufte durch und beobachtete, wie er aufsprang, einen Lappen aus dem Badschrank holte und ihn unter den Wasserhahn hielt. Dann faltete er ihn und kam mit dem Lappen in der Faust auf sie zu wie ein Cowboy mit dem glühenden Brandeisen auf das Kälbchen.

Auf allen vieren kroch sie kichernd über die Fliesen, um ihm zu entkommen, doch er holte sie mit zwei, drei Schritten ein und versuchte, ihr mit dem nassen Lappen das Gesicht abzuwischen. Eine wüste Rangelei entbrannte, bis Tess ausgestreckt auf dem Boden lag, keuchte und lachte, während er sich schwer atmend neben sie fallen ließ.

Sie war ihm dankbar, dass er mit ihr herumalberte, um die schmerzhafte Anspannung von ihr zu nehmen. Dass er trotz allem die Seelenstärke und die Kraft hatte, mit ihr zu lachen. Corey war ein feiner Kerl, der beste. Immer hatte er einen flotten Spruch auf den Lippen, riss Alaska-Witze und lachte herzlich. Er lebte den Californian Way of Life: Am Ende des Regenbogens kann man sicher Gold finden, und irgendwo über den Wolken scheint bestimmt die Sonne.

»Geht's wieder?«, fragte er leise.

Sie nickte. »Danke, Corey.«

Er strich ihr durchs Haar und sah sie an, plötzlich wieder ernst. »Er hat Glück. Er hat dich, einen wundervollen Sohn und ...« Er schnaufte und senkte den Blick.

Als Tess sich schließlich aufrappelte, sprang er auf, reichte ihr die Hand und half ihr hoch. »Ich will mit ihm reden.«

»Okay.«

Corey folgte ihr ins Wohnzimmer. Dort lag Ronan auf dem Sofa vor dem Kamin und schlief.

Neben ihm auf der Sofakante hockte traurig in sich zusammengesunken Cayden, ließ die Schultern hängen und die Füße baumeln und wachte über seinen Daddy. Er wollte da sein, wenn er aufwachte. Aber er war selbst völlig kaputt und hielt Snivel fest im Arm, auf den er leise einredete, so wie früher Tess, wenn sie den schniefenden Teddy getröstet hatte.

»Nein, Snivel. Wir können jetzt nicht mit Daddy spielen. Er muss doch schlafen.« Caydens Stimme kippte. Traurig drückte er sein Gesicht in Snivels zerkuscheltes Fell. »Nein, Teddy. Du darfst nicht traurig sein, Daddy schläft doch nur. Er wacht bestimmt bald wieder auf. Nicht weinen, Snivel! Bitte, nicht weinen.«

Wie niedlich! Und doch ... wie rührend ... traurig!

Der Anblick von Ronan und Cayden trieb ihr die Tränen in die Augen. »Hi, Cayden.«

Er drückte den Teddy an seine Brust und zog die Mundwinkel hoch. »Hi, Mommy.«

»Darf ich mich zu dir setzen?«

Er nickte.

Tess hockte sich neben ihn auf die Sofakante, schob sich nah an Ronan heran und weckte ihn auf diese Weise. Mit einem leisen Stöhnen schlug er die Augen auf und lächelte sie verträumt an.

Vor ihr auf dem Couchtisch lag Sheenas Fotoapparat, eine ziemlich angestoßene Leica mit einer Filmkassette für sechsunddreißig Aufnahmen.

»Die hab ich gefunden. Darf ich damit spielen?«, fragte Cayden, und seine zarte Stimme bebte.

»Na klar.«

Ronan setzte sich auf, kroch auf allen vieren über das Sofa, richtete sich hinter ihr auf, glitt mit dem Rücken an der Lehne des Sofas herunter und hockte sich mit angewinkelten Beinen ziemlich umständlich hinter sie. Tess lehnte sich gegen ihn, und er legte seinen Arm um sie und drückte seine Lippen in ihr wirres Haar.

Corey lehnte lässig am Kamin. Er beobachtete sie, die Schultern hochgezogen, die Hände tief in den Taschen seiner Jeans. Seine Lippen waren verkniffen, und Tess hatte keine Ahnung, was er empfand, wenn er sie so sah.

Mit gesenktem Kopf schaute Cayden wieder Snivel an. »Sheena hatte ein tolles Kinderzimmer. Und richtig schöne Spielsachen.«

Plötzlich kämpfte Tess mit den Tränen, und ihr war schon wieder ganz flau.

Mein Gott, er war allein dort oben, in dem leeren Zimmer!,

dachte sie bestürzt. Ronan oder ich hätten ihn begleiten sollen, ihm alles zeigen, ihn darauf vorbereiten, dass … Aber er hat es ganz allein ausgehalten. Mit dem Tod konfrontiert …

Der arme Kleine.

Was steht Ronan und mir noch für ein schreckliches Gespräch bevor, wenn wir ihm sagen, dass sein Vater sterben wird! Wie bringt man einem kleinen Kind bei, dass es seinen geliebten Daddy bald verlieren wird?

Die Trauer um Grandpa Josh war schlimm für ihn gewesen, und seine Kinderfragen hatten ihr gezeigt, wie er sich im Stillen mit dem Tod beschäftigt hat. Als sie Cayden getröstet hatte, hatte sie ihm gesagt, was tot sein bedeutete. Sie hatte ihm nicht gesagt, dass Josh fortgegangen war, denn er hätte gefragt: »Bleibt Grandpa lange weg? Wann kommt er wieder?« Sie hatte nicht gesagt, er wäre jetzt an einem besseren Ort, denn Cayden hätte gefragt: »Und wie sieht's da aus? Ist Grandma Shannon auch da? Können wir dahinfliegen und die beiden besuchen? Oh, bitte, das will ich ganz doll. Ich hab die beiden doch so lieb.«

Es war ihr wichtig gewesen, Caydens Fragen aufrichtig zu beantworten. Er sollte an Ronans und ihren Gefühlen teilhaben, er sollte mit ihnen trauern.

Und jetzt? Jede Nacht kam Cayden zu ihnen ins Bett gekrochen. Nicht nur um zu kuscheln, sondern auch um sich zu vergewissern, ob sein Daddy, der da so reglos lag, noch lebte. Ob er noch atmete und ob sein Herz noch schlug. Cayden schien auf irgendetwas zu warten … und zu hoffen, dass alles wieder gut würde.

Nur, das würde es nicht. Nie mehr.

Also, das Wichtigste war jetzt, Cayden Geborgenheit und Sicherheit zu geben. Er musste wissen, dass sie nicht sterben würde, und er auch nicht. Sie würde immer für ihn da sein, und sie hat ihn lieb. Sie würde gemeinsam mit ihm um seinen Daddy trauern, sie würde sich mit ihm erinnern und mit ihm das Erinnerungsbuch weiterführen, damit sein Daddy für immer in ihren Herzen blieb.

Ganz behutsam legte Tess den Arm um Caydens gebeugte Schultern.

»Das Flugzeug in Sheenas Kinderzimmer ist total super«, sagte der Kleine mehr zu Snivel als zu ihr.

»Ich hab das Flugzeug gebaut«, erklärte sie. »Und Corey hat es aufgehängt.«

»Sheena hat's mir erzählt.« Cayden sah sie an, und seine Augen waren halb zugekniffen. »Du bist die tollste Mommy von der ganzen Welt.«

Was sollte sie sagen außer »Danke«?

»Sie hatte dich ganz doll lieb.«

»Ich sie auch. Und dich hab ich auch ganz doll lieb.«

Cayden nickte stumm.

Er war so furchtbar traurig, dass ihr die Brust eng wurde und ihr Herz sich zusammenkrampfte.

Tess verwuschelte sein Haar und strich mit dem Daumen über seine warme, weiche Wange. »Willst du heute Nacht in ihrem Zimmer schlafen?«

»Mhm.«

»Im Bett?«

Er schüttelte den Kopf.

»Im Flugzeug?«

Er nickte.

»Soll ich es anschubsen, damit es schaukelt? Dann fühlt es sich so an, als ob du fliegst.«

»Au ja.«

Tess nahm die Leica vom Couchtisch und gab sie Cayden.

Den Teddy unter den Arm geklemmt, betrachtete er die Kamera von allen Seiten. »Sind da Bilder von Sheena drin?«

»Kann schon sein, dass noch Fotos von ihr auf dem Film sind. Vermisst du sie?«

Er nickte.

»Ich hab ganz viele Fotos von ihr in einer Schachtel. Die können wir uns ansehen, wenn du willst.«

Gerührt streichelte Ronan ihren Nacken, und auch Corey verdrückte eine Träne.

»Okay«, murmelte Cayden mit seiner hellen Kinderstimme.

»Mein Süßer, was hältst du davon, wenn ich dir zeige, wie man mit der Leica umgeht? Wir könnten Fotos für das Erinnerungsalbum machen.«

»Und wo?«

»In einer Geisterstadt namens Sunrise. Während des Goldrauschs wurde im Sixmile Creek Gold gefunden. Das ist gar nicht weit von hier. In dem verlassenen Camp gibt's Goldgräberhütten wie die von Grandpa Charlton am American River, weißt du noch?«

»Wo die Bären waren und wo ich mit Tiny gespielt habe.«

»In Alaska gibt's auch Bären. Die könnten wir doch fotografieren.«

»Au ja! Und den Elch, der vorhin deine Mailbox kaputt gemacht hat.«

»Das war Maverick.«

Cayden kicherte über den lustigen Namen. »Und Daddy?«

»Daddy bleibt hier in der Lodge. Er und Corey wollen miteinander reden.«

»Okay.«

»Corey hat uns eben Mooseburger gemacht. Die nehmen wir mit und machen ein Picknick in der Geisterstadt. Also, was ist?«

»Krieg ich eine Cola mit Brausepulver?«

»Na klar.« Tess stand auf und beugte sich zu Cayden hinunter, um ihm einen Kuss zu geben. »Hab dich lieb, Süßer! Drück mich mal!«

Der Kleine schlang seine Arme um ihren Nacken. »Hab dich auch lieb, Mommy!«

»Dann drück mich fester!«

Er hielt sich an ihr fest. »So?«

»Noch fester!«

Er kicherte.

»So ist's gut!« Tess richtete sich auf und zog ihn mit hoch. Kichernd klammerte er sich wie ein Äffchen an ihr fest, die Arme um ihre Schultern gelegt, die Beine hinter ihrem Po verschränkt. »Na komm, Süßer. Wir lassen Daddy und Corey allein.«

Als Tess und Cayden außer Hörweite waren, setzte Corey sich auf den Sessel neben Ronan, vorgebeugt, wie auf dem Sprung. »Es ist schlimm für Tess. Sie wird nur schwer damit fertig. Sie muss Angst haben. Sie muss trauern. Und sie muss sich hilflos und allein fühlen. Aber wie stark sie für dich ist und wie liebevoll. Wie sie mit dir und deinem Kleinen umgeht! Sie tröstet euch beide, sie gibt euch einen festen Halt. Und wie ich Tess kenne, redet sie nicht über ihre Gedanken und Gefühle, über das, was ihr das Herz zerreißt.«

»Du weißt es?«

»Von Tyson«, nickte Corey, beide Arme auf den Knien. »Das alles tut mir furchtbar leid.«

Ronan senkte den Blick und nickte, verzweifelt über Coreys Auftauchen. »Ich habe Tess gebeten, bis zum Ende bei mir zu bleiben.«

Corey verschränkte seine Hände auf den Knien, und Ronan hatte das Gefühl, er wäre so traurig wie er selbst. »Sie wird dich nicht verlassen, Ronan. Sie liebt dich.«

»Und ich liebe sie. Ihre Liebe ist das größte Geschenk, das sie mir machen kann. Und ich kann ihr nichts davon zurückgeben.«

»Das stimmt nicht, Ronan. Du hast ihr geschenkt, wonach sie sich schon immer gesehnt hat.«

Ronan hob die Augenbrauen.

»Na, dich.«

Ihm war klar, dass Corey ihm helfen wollte, sich zu entspannen. Dabei waren sie beide gleichermaßen angespannt.

»Seit wann weißt du's?«, fragte Corey leise, als fürchtete er, ihm mit dieser Frage wehzutun.

»Ein paar Wochen.«

»Tut mir leid.«

»Ty hat dir vermutlich gesagt, dass ich mich gegen die Therapien entschieden habe, die mein Leben bestenfalls um wenige Monate verlängert hätten.«

Corey nickte versonnen. »Ich nehme an, du hast dich gefragt, was das eigentlich ist: ein lebenswertes Leben.« Offenbar hatte er sich diese Frage in den vergangenen Jahren selbst oft gestellt.

Langsam atmete Ronan aus. »In den letzten Wochen mit Tess habe ich mehr gelebt als in all den Jahren zuvor.«

Corey lächelte verhalten.

»Meine Entscheidung, mit dem Sterben aufzuhören und mit dem Leben anzufangen, war also richtig.«

»Wie lange?«

»Nur noch ein paar Tage.«

»Mein Gott, Ronan ... Ich weiß nicht, was ich sagen ...«

Er hob die Hand. »Ist schon gut, Corey.«

»Redet ihr beide darüber?«

»Mein Dad ist gestorben, als wir auf Hawaii waren.«

Corey presste die Lippen aufeinander. Aus seinem Blick sprach Mitgefühl. »Mein Beileid, Ronan. Ich weiß, wie viel Josh dir bedeutet hat. Es muss ... schwer für dich gewesen sein.«

»Das war es. Ein paar Tage vorher hatte ich mich für immer von ihm verabschiedet. Ich wusste, dass ich ihn nie wiedersehen würde. Ich wünschte, er würde meine Umarmung erwidern, aber noch mehr wünschte ich, er würde mich erkennen. Ich sagte: Daddy, ich liebe dich, aber er sah mich nur verwirrt an. Doch plötzlich lächelte er und sagte: Ich dich auch, mein Kleiner. Ich hab dich sehr, sehr lieb. Und dann legte er seine Hand in meinen Nacken. Er hatte mich erkannt! Ich habe geweint. Ist ja gut, mein lieber Junge, ist ja gut!, nuschelte er und nahm meine Hand. Dann tröstete er mich: Wir sehen uns doch bald wieder!«

Corey schossen die Tränen in die Augen. »O mein Gott. Er wusste ... dass du ihm bald folgen wirst ...«

Ronan presste die Lippen zusammen und nickte. An diesen letzten Augenblick mit seinem Vater wollte er sich immer erinnern. »Tess und ich sind von Hawaii nach Kauai geflogen, zu Moms Absturzstelle. Ich wollte ihr sagen, dass Dad tot ist.«

Corey nickte traurig, blinzelte die Tränen fort und senkte betroffen den Blick.

»Auf dem Mount Waialeale, über dem Abgrund der Weeping Wall, habe ich Tess gesagt, dass ich sterben werde. Und dass ich sie heiraten möchte.«

Verrückt!, dachte er. Ausgerechnet Corey ist der Mensch, mit dem ich über alles reden kann. Mich ihm anzuvertrauen tut mir gut, denn ich weiß, dass er versteht, was ich empfinde, und ich habe nicht das Gefühl, dass ich ihn mit meinen Hoffnungen und Ängsten überfordere. Es ist okay, für mich, für ihn.

Ronan erzählte Corey, wie es ihm jetzt ging: die Anfälle, die Lähmungen, die Schmerzen, die Benommenheit ... aber auch die Veränderungen seiner Persönlichkeit, die außer Tess und ihm auch Cayden bemerkte, und sein schwindendes Selbstwertgefühl.

Corey nickte bedächtig, und Ronan glaubte, er könnte empfinden, wie er sich fühlte, wenn er wusste, dass er schon heute Nacht sterben könnte – so wie vorgestern, als Tess ihn zurückgeholt hatte ...

»Und wie geht's jetzt weiter?«, fragte Corey behutsam.

»Das hängt vor allem von dir ab.«

»Von mir? Ich bin schon lange tot.«

»Sie hat dich nie für tot erklärt, Corey. Du lebst.«

»Sie hat Jason geheiratet ...«

»Weil Sheena ihren Daddy brauchte.«

»Und dich.« Ihre Blicke begegneten sich, aber Corey schaute schnell wieder weg und verschränkte die Finger ineinander.

Eine Geste, die seine Traurigkeit ausdrückt, dachte Ronan, seine Anspannung. Wie wird Tess' Leben sein, wenn ich nicht mehr bin? Und seines? Tess wird weiterleben, auch wenn es ihr zuerst völlig unmöglich erscheint. Ihr Schmerz wird irgendwann erträglicher werden, wenn auch die Trauer nie ganz verschwinden wird. Tess ist noch jung, sie ist so taff, so bewundernswert stark, und sie hat die Kraft weiterzumachen. Sie wird es schaffen, wie sie es nach Coreys Verschwinden und Jasons Tod geschafft hat.

»Sie hat dich nie vergessen, Corey«, sagte er leise. »Sie ist immer noch mit dir verheiratet.«

»Und mit dir.«

»Ja, ich gebe zu, es ist ein bisschen kompliziert.«

»Nein, es ist ganz einfach.«

Lange sah Ronan ihn an, dann begriff er. Gerührt sagte er: »Danke, Corey, ich ...«

»Sag nichts, Ronan.« Corey hob die Hand, um ihn zum Schweigen zu bringen. »In guten wie in schlechten Zeiten. Ich bin mit ihr verheiratet, schon vergessen?« Er verzog die Lippen. »Was Tess jetzt vor allem braucht, ist ein zuverlässiger Freund. Jemand, der immer für sie da ist.«

»Ja.« Mehr brachte er vor Rührung nicht heraus. Seine Kehle war wie zugeschnürt. Zu gern hätte er ihm für seine Selbstlosigkeit gedankt, aber er wollte Corey nicht beleidigen. Er war immer noch ihr Ehemann. Wie hätte er ihn bitten können, sich um Tess zu kümmern, wenn er nicht mehr für sie da war? Sie hatte sonst niemanden mehr.

»Wie lange hast du vor zu bleiben?«, fragte er schließlich.

»Ich weiß nicht. Solange sie mich braucht.«

»Und dann?«

»Keine Ahnung.« Corey zuckte mit den Schultern. »Und was

habt ihr beide vor? Als ›Flitterwochen‹?« Die Anführungszeichen malte er mit den Fingern in die Luft.

Ronan lächelte matt. »So kurz verheiratet, nach einundzwanzig Jahren inniger Freundschaft.«

»Und aufrichtiger Liebe.«

»Mir bleibt nicht mehr viel Zeit. Nur noch wenige Tage. Ich möchte die Mitternachtssonne sehen.«

»Schöne Vorstellung: Dein letzter Tag ist der, der niemals endet.«

Ihm schossen schon wieder die Tränen in die Augen. »Genau.«

»Macht das!«

»So einfach ist das nicht ...«

»Warum nicht? Ihr hockt euch in Tess' Flieger, und los geht's!«

»Und Cayden?«

»Vertraust du mir?«

»Ja.«

Corey hob beide Hände und sah ihn offen an.

»Danke, Corey.«

»Schon gut.« Er schmunzelte. »Cayden und ich, wir werden schon unseren Spaß haben. Wir machen Bore Tide Surfing im Fjord, wir jagen Grizzlys in der Wildnis von Kenai, und wir machen eine wilde Hundeschlittenfahrt auf dem Portage-Gletscher. Du weißt schon, alles, was gefährlich ist und Spaß macht ...«

Ronan musste lachen. »Ja, klar.«

Corey grinste, und seine Augen funkelten. »Wisst ihr schon, wohin ihr fliegen wollt?«

»Nein.«

»Wie stellst du dir diesen Abend denn vor?«

Ich sehne mich nach innerem Frieden, dachte Ronan, nach Stille, nach der Schönheit der majestätischen Landschaft, nach Wärme und Geborgenheit, nach der Liebe, die Tess mir schenkt ...

»Das Bild der sinkenden und wieder aufgehenden Sonne will mir nicht mehr aus dem Kopf«, sagte er. »Ich möchte gern ein Foto machen, das diesen Augenblick für immer festhält: die mehrfach belichtete Aufnahme der Mitternachtssonne, eine sanft geschwungene Kette von leuchtenden Perlen, die über einem ruhigen See im Abendlicht erstrahlen und sich im Wasser spiegeln. Diese Kette auf dem Foto ist das schönste Schmuckstück, das ich Tess schenken kann – ein Collier aus leuchtenden Erinnerungen.«

»Toll, echt toll. Ein glitzernder See also.«

»Ja, das wäre schön.«

»Warte mal.« Corey sprang auf und verschwand in Tess' Arbeitszimmer. Kurz darauf kehrte er mit einer gefalteten Karte zurück, die er vor Ronan auf dem Couchtisch ausbreitete. Corey hockte sich neben ihn auf das Sofa, beugte sich vor und tippte auf die Karte. Und einen Augenblick lang war es, als säßen sie wieder in einer Vorstandssitzung in San Francisco, und Corey erklärte ihm ein neues Pipelineprojekt der Tyrell Oil Co. oder die geplante Abholzung der Baumbestände der Tyrell Paper Co. Und doch hatte sich alles zwischen ihnen verändert.

Corey sah auf. »Hope, Alaska, siehst du? Hier ist die Lodge.«

»Yeah.«

»Ihr nehmt die Gipsy Moth, die hat Schwimmer. Mit der Motte kann Tess auf der kleinsten Pfütze landen.«

»Prima.«

Coreys Finger glitt über die Karte, den Cook Inlet entlang bis Anchorage. »Ihr fliegt den Susitna River rauf.« Er tippte auf die Karte. »Talkeetna.«

»Mhm.«

»Vor den Bergen der Alaska Range wendet ihr euch nach Nordosten. Von hier aus habt ihr einen fantastischen Blick auf Mount Denali und den Denali National Park. Und wie ich Tess kenne, donnert sie mit dir im Tiefflug über die Gletscher hinweg.«

Ronan grinste verschmitzt. »Kann schon sein.«

»Weiter geht's nach Nordosten zum Tanana River. Tankstopp in Fairbanks.«

»Okay.«

»Gleich außerhalb von Fairbanks gibt's ein Roadhouse, Dana's Eatery, da kriegst du fantastische Bärenschinken-Sandwiches. Mit grobem schwarzen Pfeffer und Preiselbeersauce. Und frag nach den Blaubeermuffins.« Corey verdrehte genüsslich die Augen. »Der Wahnsinn!«

Ronan musste lachen. »Okay, mach ich.«

»Dann weiter. Tess wird sicher eine Runde über das Tanana Valley drehen, dann wird sie nach Nordwesten wenden.« Coreys Finger glitt über den Falz der Karte hinweg bis zu einem großen See nördlich der Brooks Range. »Nächster Halt: der Nordpol.«

»Corey ...« Als der ihn von der Seite ansah, schüttelte Ronan den Kopf. »Das ist zu weit für mich. So viel Zeit bleibt mir vielleicht nicht mehr.« Seine Stimme kippte, und er musste schlucken. »Ich möchte Cayden noch mal wiedersehen, bevor ich ...«

»Verstehe.« Corey senkte den Blick. Dann zog er die Karte zu sich heran und deutete auf einen See südwestlich der Brooks Range.

»Darf ich?«, fragte Ronan.

»Na klar.« Corey breitete die Karte über Ronans Knien aus.

Er beugte sich vor und betrachtete sie. Am nördlichen Rand war das diffuse Weiß mit blauen Punkten und Linien gesprenkelt – das war der North Slope, der sich bis zum Nordpolarmeer erstreckte. Die braunen Linien dort markierten die Brooks Range. Und die Berge hier waren die Endicott Mountains. Unter dem geschwungenen Schriftzug stand in Klammern: Wilderness.

»Der See im Herzen der Wildnis heißt Walker Lake«, erklärte Corey. »Eine traumhafte Landschaft. Ein Wahnsinnsblick auf den Mount Igikpak, ein Labyrinth von schroffen Tälern mit Gletschern, ausgedehnte arktische Wälder, blühende Tundralandschaften, Karibus, Wölfe, Bären. Am See kannst du Fliegenfischen, wenn du willst. Es gibt dort Forellen.« Er deutete auf die Bezeichnung *Wilderness*. »Die ganze Gegend ist die größte zusammenhängende Wildnis der USA, niemand lebt dort.«

»Wie weit ist es bis zum See?«

Corey schnaufte durch die Nase. »Fünfhundertfünfzig Meilen, schätze ich.«

»Wie lange?«

»Sieben Stunden, vielleicht acht, kommt drauf an, wie lange ihr in Fairbanks rumhängt. Die kleine Moth fliegt nicht so schnell wie die große Vega. Die Motte ist ein Leichtflugzeug mit Sperrholzrumpf, die Flügel des Doppeldeckers sind mit Stoff bespannt. Ein nettes kleines Spielzeug, sehr gutmütig – falls du selbst mal ein bisschen fliegen willst. Die Höchstgeschwindigkeit beträgt nur hundert Meilen pro Stunde. Aber dafür ist der Kopilotensitz vorn, und du hast die Nase im Wind.« Corey hakte die kleinen Finger in die Mundwinkel und zog sie auseinander zu einem Grinsen – als brauste ihm der scharfe Fahrtwind entgegen. »Ein Flug mit der kleinen Motte bringt echt Spaß.«

Ronan lachte über seine Grimasse. »Das ist das Wichtigste: der Spaß.«

Cayden hat mich mal gefragt, wie Glück sich anfühlt, dachte er. So fühlt es sich an, genau so. Es sind die kleinen Momente voller Zufriedenheit, voller Gelassenheit, voller Hoffnung, aus denen sich das große Glück zusammenpuzzelt. Und Corey ist ein wunderbarer Freund. Seine Treue ist ein Geschenk, das mein Leben bereichert.

# 26

Die Strahlen der Nachmittagssonne, die schräg durch die Fenster der Bibliothek fielen, ließen den schwebenden Staub in der Luft aufglühen. Es sah aus wie ein kleines Universum leuchtender Sterne, wie eine ganze Welt.

Entspannt lehnte Tyson sich auf dem Sofa vor dem Kamin zurück und nahm den Telefonhörer in die andere Hand, während Mr Irving von der New York Stock Exchange am anderen Ende der Leitung erklärte: »... geht um das neu zu gründende Kommunikationsunternehmen für alle Medien: Fernsehen, Wochenschauen, Radio, Bücher, Zeitungen. Aus dem vorliegenden Entwurf des Börsenprospekts geht nicht hervor, wie das Unternehmen heißen wird. Sie wissen schon: Conroy oder Brandon.«

»Conroy.« Wie denn sonst?

»Ah, okay. Und was ist dann mit Brandon Communications? Ihr Bruder, Mr Brandon ...«

Tyson schnipste einen Fussel von seinem dunklen Anzug und wippte ungeduldig mit dem Fuß. »Lassen Sie uns das alles nächste Woche in New York besprechen. Spielen Sie Golf, Mr Irving?«

»Mit Begeisterung.«

»Na also. Warum kommen Sie nicht mal an einem sonnigen Nachmittag nach Long Island? Ich habe einen Landsitz in Oyster Bay an der Gold Coast. Ein altes Château, das mein Großvater Ende des letzten Jahrhunderts aus Frankreich importiert hat und Stein für Stein wiederaufbauen ließ. Der Golfplatz liegt nur wenige Schritte hinter den Ställen.«

John Irving lachte. »Klingt nach F. Scott Fitzgerald.«

»Lassen Sie uns darüber beim Golf reden.«

»Und über den Emissionspreis und die Kurserwartungen der Analysten.«

Er sah auf seine goldene Rolex mit dem schwarzen Lederarmband. Kurz vor vier in San Francisco, kurz vor sieben in New York, am Samstagabend. »Das machen wir. Ich melde mich bei Ihnen von meinem Apartment in der Park Avenue aus.«

»Ich freue mich, Sir.«

»Ich auch. Es ist schön, mal wieder nach Hause zu kommen.«

Die Hektik der Wall Street ... Shopping auf der Fifth Avenue ... Dinner mit seinem Freund John D. Rockefeller III. bei Delmonico's ... der Broadway bei Nacht ... der Central Park ... die Baustelle des Empire State Buildings, in wenigen Monaten das höchste Gebäude der Welt ... Keine Stadt war so aufregend wie New York City.

»Ist der Westen denn wirklich so schlimm, Sir?«

»Wenn Ihnen jemand erzählt, der Wilde Westen sei tot und lebe nur in Western von Conroy Pictures weiter, glauben Sie es nicht! Hier wird immer noch scharf geschossen.«

»Die Schießerei vor dem Palace Hotel ...«

»Ja.«

»Sie sollten entführt werden, um von Ihrem Bruder ein Lösegeld in Millionenhöhe zu erpressen. Die *New York Times* hat darüber berichtet. Davon müssen Sie mir erzählen!«

»Mach ich«, versprach Tyson. »Mr Irving, es hat mich gefreut. Wir sehen uns. Bye.«

Er legte auf, als es erneut klingelte. Sein Butler meldete sich. »Sir, William Randolph Hearst.«

»Danke, Mr Kingsley. Stellen Sie ihn durch.«

»Wie Sie wünschen, Sir.«

Klick.

»Hallo, Will. Wie geht es Ihnen?«

»Tyson? Kann ich bitte mit Tess sprechen?«

»Sie ist nicht hier, Will.«

»Ich dachte, Sie wäre schon zurück aus Hawaii und würde auf einen Sprung bei mir im Castle vorbeischauen. Wir wollten über die geplante Welttour mit der *Shooting Star* sprechen.«

»Sorry, Will. Nach ihrer Hochzeit sind Ronan und Tess mit der Jacht nach Alaska gefahren.«

»Sie hat geheiratet?«, fragte Will Hearst ungläubig.

»Ja.«

»Sie ist jetzt Mrs Brandon?«

»Ja.«

»Ich fasse es nicht! Diese kesse Motte! Kein Wort hat sie mir davon gesagt! Und die Welttour?«

»Keine Ahnung.«

»Das darf doch wohl nicht wahr sein! Wir haben einen Vertrag. Es geht um Millionen. Ich muss mit ihr reden. Seit wann sind sie und Ronan in Alaska?«

»Seit gestern.« Tyson sah auf, als sein Butler die Bibliothek betrat und leise die Tür hinter sich schloss.

»Dann rufe ich sie in den nächsten Tagen an.«

»Tun Sie das.«

»Machen Sie es gut, Tyson.«

»Sie auch, Will. Bye.« Er legte auf.

Mr Kingsley kam zu ihm herüber und reichte ihm auf einem silbernen Tablett eine Visitenkarte.

Jordan Williard
Britton Williard Casso

San Francisco · Oakland · Sacramento
Santa Rosa · Fresno · Los Angeles

575 Market Street
San Francisco

Ronans Anwalt!, durchzuckte es Tyson fast schmerzhaft. Was will er? Ist Ronan ... O mein Gott! Ist mein Bruder tot?

Das ist es! Tess will nach dem Telefonat gestern Abend, in dem sie mich regelrecht geohrfeigt hat, nicht mehr mit mir reden. Sie schickt einen Anwalt, der mir die Nachricht überbringt, dass Ronan seiner schweren Krankheit erlegen ist.

Ihm wurde heiß, dann wieder kalt. Ich habe ... Ich habe bei ihr verschissen. Dass ich Corey gegen sie aufgehetzt habe, um ihre Ehe mit Ronan für ungültig zu erklären, dass ich seit Monaten wusste, wo er sich versteckt, das wird sie mir nie verzeihen.

Seine Hände zitterten, als er die Visitenkarte an sich nahm. »Mr Kingsley, bitten Sie Mr Williard herein.«

»Ja, Sir.« Der Butler verneigte sich und verließ die Bibliothek, um den Anwalt hereinzuführen.

Mr Williard war Ronans Vertrauter ... gewesen.

Natürlich, jetzt überbrachte er die schreckliche Nachricht. Er hatte das nötige Feingefühl, er fand die richtigen Worte.

Tysons Glieder schmerzten, als er zur Begrüßung aufstand und umständlich sein Jackett zuknöpfte. Sein Handschlag fühlte sich kalt und feucht an. »Mr Williard.«

»Mr Conroy.« Sein Blick und seine Stimme hatten jene Nachdrücklichkeit, die ein Anwalt brauchte, um vor Gericht respektiert zu werden. Doch jetzt, da er ihm sagen musste, dass er einen geliebten Menschen verloren hatte, wirkte Mr Williard sanft und verletzlich. »Es tut mir leid, dass ich ohne vorherigen Anruf bei Ihnen hereinplatze ... Die bevorstehende Hochzeit mit Mrs Brandon ... Sie haben sicher viel zu tun, Sir.«

»Ich ... verstehe nicht«, presste Tyson hervor. »Ich dachte ... Sie wollten wegen Mr Brandon mit mir sprechen.«

Mr Williard starrte ihn an, verunsichert, irritiert. Dann begriff er. »Nein, Sir, nein! Es tut mir leid, dass ich Sie derart erschreckt habe. Ihr Bruder ist nicht tot.« Er atmete tief durch. »Noch nicht.«

»Warum sind Sie dann hier?«, fragte Tyson. »Verzeihen Sie, Mr Williard. Wollen Sie sich nicht setzen? Kann ich Ihnen etwas anbieten? Einen Kaffee vielleicht?«

»Nein danke, Sir. Ich habe Ihnen nur etwas zu übergeben.«

»Ah, und was?«

Mr Williard griff in die Jackentasche und zog einen Umschlag und einen Schlüssel hervor. »Für Sie, Sir.«

Auf dem Umschlag stand in Ronans Handschrift sein Name: Tyson Conroy Brandon.

Der Schlüssel sah aus wie ein Autoschlüssel zu einem neuen Pierce Arrow.

Der Anwalt nickte ihm zu, und er zog sich zum Fenster der Bibliothek zurück, um Ronans Zeilen in Ruhe zu lesen.

*Tyson, kleiner Bruder,*

*Du hattest heute sicher wieder einen anstrengenden Tag, deshalb dachte ich, Du möchtest Dich vielleicht ein bisschen entspannen, um das Gefühl der Zufriedenheit auszukosten.*

*Dieser Abend gehört Dir, ich schenke ihn Dir. Doch bevor Du ihn bei einem Glas exzellenten Cabernet Sauvignon genießen kannst, musst Du noch etwas tun. Zieh Dich um, Ty: bequeme Chinos, ein lässiges Shirt und ein Pullover, es könnte heute Abend kühl werden. Was Du sonst noch brauchst, liegt im Kofferraum des Pierce Arrow Roadster, der vor der Tür steht. Wohin die Fahrt geht? Und was Du am Ende finden wirst? Lass Dich überraschen!*

*Jordan Williard weiß, worum es geht. Stell ihm keine Fragen, die er nicht beantworten darf, und tu einfach, worum ich Dich bitte, Ty.*

*Ich denke oft an Dich,*
*Ronan*

Mr Williard hatte ihn nicht aus den Augen gelassen. »Sir, für Ihre Sicherheit ist gesorgt.«

»Meine eigenen Bodyguards?«

Der Anwalt nickte. »So lautet die Anweisung von Mr Brandon.«

Tyson atmete tief durch. »Bitte entschuldigen Sie mich.«

»Selbstverständlich, Sir.«

Wie bei Lynne, als sie ihr Geschenk von Ronan erhielt, lag auf seinem Bett eine große Schachtel. Darin fand er eine weiße Hose. Und ein Shirt wie der französische Tennisspieler René Lacoste, der bekannteste Tennisspieler der Welt, es trug, nur ohne aufgesticktes Lacoste-Krokodil. French Open, US Open, Wimbledon, Davis-Cup – diese Turniere, die René Lacoste alle gewann, hatten dieses Shirt mit gestricktem Kragen berühmt gemacht. Der blaue Pullover, schick und lässig, passte hervorragend dazu. Sehr schön, das alles. Wirklich.

Ganz unten in der Schachtel fand Tyson einen weiteren Umschlag.

*Genieß Deinen Tag, Ty! Schnapp Dir den Autoschlüssel und verschwinde!*
*Ronan*

So langsam packte ihn die Neugier!

Mr Williard erwartete ihn an der offenen Haustür im Foyer. »Ich wünsche Ihnen viel Spaß, Sir.«

Vor der Tür stand ein neuer Pierce Arrow Series 133 Roadster. Hochglänzender roter Lack, blitzendes Chrom, schwarzes Leder, ein Traum! Tyson wollte sich den Roadster schon kaufen! Sechs komma Null Liter, acht Zylinder! Hundertfünfundzwanzig PS! Ein flotter Flitzer! Ehrlich, er freute sich sehr!

Mit der Hand am glänzenden Lack ging er langsam um den Zweisitzer herum zum Kofferraum. Und der schwarzen Box, die auf dem Chromgestänge festgemacht war. Er öffnete sie. Ah, ein kleiner Koffer für das Wochenende. Tyson ließ die Schlösser aufschnappen. Wie schön, alles, was er für eine Übernachtung brauchte: Pyjama, Slippers, Zahnpasta, Rasierschaum, alles da.

Und hier war noch ein Umschlag. Darin lag ... nein, eine Landkarte war es nicht. Es war ... eine Routenbeschreibung. Wie seltsam, an dem Papier hing roter Staub. War das Rost? Na, egal. Also, zuerst zur Fillmore Street, Ecke Vallejo, in Pacific Heights. Tyson überlegte, woher er die Adresse kannte. Ach ja, Adrienne Shaw wohnte da mit ihrer kleinen Tochter. Von dort ging es die Market Street hinunter, an Lynnes Beauty Salon vorbei, zum Ferry Building. Dort sollte er die Fähre nach Sausalito nehmen. Das klang ja richtig spannend. Sein Ziel lag also irgendwo in Marin County oder, weiter im Norden, in Sonoma County. Den Shoreline Highway entlang? Ein schickes Hotel in Point Reyes? Eine luxuriöse Suite mit Blick auf den Pazifik? Oh ja, Ronan hatte solche Ideen!

Nach dem Streit mit Lynne, die sich nach seinem Telefonat mit Corey auf Ronans Seite geschlagen hatte, tat ihm eine Atempause vor der Hochzeit sicher ganz gut. Mit seinem Geschenk an sie, mit der Erfüllung ihres Traums von einem weltweiten Beauty- und Wellness-Imperium, hatte Ronan sie gekauft. Aber sie würde sich schon wieder beruhigen.

Also los! Mr Williard öffnete ihm die Fahrertür, und er rutschte auf die matt schimmernden Lederpolster des Roadsters, setzte die Füße auf die Pedale und fuhr mit den Händen bewundernd über das Lenkrad. Ein tolles Gefühl!

Tyson ließ den Motor an. Die metallischen Vibrationen schossen ihm in den Unterleib. Was für ein Auto!

»Gute Fahrt, Sir.«

»Danke, Mr Williard. Wie lange werde ich unterwegs sein?«

»Nun, die Fähre über das Golden Gate, die Fahrt über den Highway ... zwei Stunden, denke ich. Bis zum Sonnenuntergang sind Sie sicher angekommen. Bye.«

»Bye. Und ... danke.«

Mr Williard lächelte jungenhaft. »Wofür?«

Tyson gab Gas und preschte mit röhrendem Motor die Auffahrt hinunter. Am Ocean Beach entlang fuhr er nach Norden, vorbei an Carville und den Windmühlen des Golden Gate Park. Pacific Heights war ein Umweg, und er wusste ehrlich gesagt nicht, was er dort sollte. Adrienne Shaw hatte seinen Scheck bekommen, Mr Kingsley hatte ihn ihr persönlich mit einem großen Strauß Blumen überbracht. Deshalb fuhr er jetzt die California Street bis zum Brandon Tower und zur Einmündung in die Market Street, die vor dem Ferry Building endete. Er musste sich keine Fahrkarte für die Fähre kaufen, denn die steckte bereits im Umschlag.

Aber was war denn das? Da war ja noch ein rostiger Schlüssel. Tyson drehte ihn in der Hand. Wohin führte er?

Während er lässig an der Reling lehnte und die Skyline des Financial District mit dem imposanten Brandon Tower hinter ihm zurückblieb, schossen ihm Fragen durch den Kopf.

Wie verschenkt man Gefühle? Das ist doch Ronans Absicht! Lynne hat er Lebensfreude und Glück geschenkt. Was bekomme ich? Wie verschenkt man einen Traum? Ich bin echt gespannt, was er sich hat einfallen lassen.

Der Ferry Ride über das neblige Golden Gate nach Sausalito dauerte nur wenige Minuten. Die weißen Segelboote auf der Bay rauschten an ihm vorbei, der Himmel war wolkenlos, und es war warm. Ein wundervoller Tag!

Von Sausalito aus fuhr Tyson nach Norden. Mit seinen schriftlichen Anweisungen schickte Ronan ihn über den Redwood Highway nach San Rafael. Er hätte gedacht, er sollte die Straße an Muir Woods vorbei nach Point Reyes nehmen, aber nein. In San Rafael hatte die Familie eine Lodge mit einem fantastischen Blick über die Bay. Sollte er vielleicht dorthin fahren? Nein, auch nicht.

Schon bald ließ der Highway die Küste von Marin County hinter sich, und Tyson fuhr wieder nach Norden. Die 101 kreuzte die 116, aber er sollte nicht rechts abbiegen, um an der San Francisco Bay entlangzufahren. Okay, dann eben nicht. In Santa Rosa sollte er dafür nach rechts abbiegen. Auf dem Straßenschild las er: Sonoma Highway. Und tatsächlich, die Straße führte an Pferdekoppeln und Weingärten, einsamen Sandwegen und schiefen Mailboxen am Straßenrand vorbei nach Glen Ellen.

Schon bald kamen auf beiden Seiten des Highways die Berge des Valley of the Moon in Sicht, und die Gegend wurde so verträumt ländlich, wie Jack London sie im *Lockruf des Goldes* so eindrucksvoll beschrieben hatte. Es war Jahre her, dass Tyson das Buch mit der Taschenlampe unter der Bettdecke gelesen hatte, und die meisten Abenteuer des Helden in Alaska hatte er längst vergessen. Aber was ihm immer im Gedächtnis bleiben würde, war die Beschreibung dieser Gegend. Er wusste noch, wie der Held nach seiner Rückkehr in die große böse Stadt San Francisco vor der Presse, die ihn in der Luft zerriss, zurück in die Wildnis Kaliforniens floh.

Tyson gab unwillkürlich Gas. Das Valley war so schön, wie Jack die Wildnis in seinem Buch beschrieben hatte. Verfallene Holzgatter, blühende Wiesen, der Duft von warmer, sonnendurchglühter Erde und frisch geschnittenem Gras, das Zwitschern von Lerchen, das Plätschern von kristallklaren Quellen. Ein bisschen Geborgenheit, ein bisschen Einsamkeit.

Ah, da vorn lag Glen Ellen. Und dort, am Rand eines Weinberges, stand das Schild, das auf Jack Londons Ranch verwies: → JACK'S HOUSE.

Hier wusste offenbar jeder, wer Jack war.

Tyson warf einen Blick auf Ronans Anweisungen. Nein, er sollte nicht zu seiner Ranch fahren. Aber es schien nicht mehr weit zu sein, nur noch drei Meilen über den Highway nach Süden. Dann rechts ab, in Richtung der Berge.

Büsche und Bäume, trockenes Gras, ein Sandweg mit einem

aus Feldsteinen gemauerten Torbogen, sonst gab es nichts weiter zu sehen. Der Highway stieg jetzt leicht an. Dann wich das Gestrüpp am Straßenrand zurück und gab den Blick frei: verwilderte Weinberge, so weit das Auge reichte!

Dann sah er es! Da vorn neben der Straße stand ein Schild: 15699 Sonoma Highway. Und dahinter … Tyson blinzelte im grellen Licht der untergehenden Sonne … Ja, da war noch ein Schild, dort an der Auffahrt.

Lavender Fields

Er war so überrascht, dass er unwillkürlich auf die Bremse trat. Die Lavender Fields Winery? Was sollte er hier?

Der rostige Schlüssel! Na klar, das war der Schlüssel zu dem alten Château!

Ein langer Kiesweg zwischen Weinbergen und Lavendelfeldern: Hatte Ronan seinen Kleinen hier den Maybach fahren lassen? Cayden hatte Tyson vor der Abreise nach Hawaii davon erzählt, dass er schon ganz toll Auto fahren konnte. Das wäre voll super gewesen, wie der Kleine sich ausdrückte.

Mit knirschenden Reifen parkte Tyson den Pierce Arrow vor dem Haus aus ockerfarbenen Feldsteinen, die warm in der Abendsonne glühten. Mein Gott, was für ein Anblick, das alte Haus mit den lila gestrichenen Fensterläden, der Wein und der Lavendel im goldenen Abendlicht! Auf dem Kies im Schatten des Hauses standen ein Tisch und ein paar Stühle. Da würde er zu Abend essen und den Blick über das Tal genießen.

Er holte den Koffer und schob den rostigen Schlüssel ins Schloss. Er passte, na also. Na dann: ein schönes, entspanntes Wochenende!

Oh, Ronan!, dachte Tyson, als er eintrat, und sein Gesicht glühte vor Scham. Nach allem, was ich dir angetan habe!

Bevor er das Château und den dazugehörigen Weinkeller erforschte, machte er einen ausgedehnten Spaziergang durch die Felder. Beschwingt wanderte er zwischen den endlosen Reihen der Lavendelsträucher zu einem einsamen Baum, der auf einer grünen Insel inmitten des lila Feldes in den glühenden Abendhimmel aufragte. Ein weißer Schaukelstuhl lud zur Rast ein, und Tyson genoss die Sonne auf seinem Gesicht und den Wind in seinem Haar, das Summen der Bienen, das Zirpen der Zikaden und das Zwitschern der Lerchen. Himmel, wie schön es hier war, wie ruhig, wie friedlich! Und wie es hier duftete!

Nachdem er noch einen Blick auf die verwilderten Weinstöcke geworfen hatte, die dem Bericht zufolge in Kürze beschnitten werden sollten, schlenderte er entspannt zum Haus zurück, um seinen Koffer auszupacken.

Die kühlen und dunklen Räume waren verlassen. Bilderrahmen ohne Fotos, Kerzenständer ohne Kerzen und eine Kaminuhr, die stehen geblieben war, ließen das alte Château ein bisschen unheimlich wirken, irgendwie verlassen, irgendwie ... ja, wie? ... bereit für einen neuen Bewohner. Interessant jedenfalls, und spannend.

Tyson wanderte durch das Haus und öffnete alle Fenster, um die sommerlichen Abenddüfte hereinzulassen: heißer Sand, trockenes Gras, blühender Lavendel.

Auf dem Tisch in der Küche fand er schließlich eine Holzschale mit frischem Obst, eine einfache Mahlzeit aus Brot, Käse und Salat mit Tomaten und Oliven und eine offene Flasche Rotwein. Cabernet Sauvignon, ein exzellenter Jahrgang, selbstverständlich! Ronan hatte wirklich an alles gedacht.

In seinem Zimmer stand ein altes Grammofon mit Kurbel. Auf dem Plattenteller lag eine verstaubte Scheibe von Ruth Etting: *Love me or leave me.* Ronan hatte sie wohl hier vergessen.

Und was war das? Als er den Koffer auf das Bett legen wollte, sah er es: Auf dem frisch bezogenen Bett stand eine Schatulle aus dunklem Thuja-Wurzelholz. Der Schlüssel steckte. An der Reide war ein Zettel befestigt: *Dein Schlüssel zum Glück und zur Zufriedenheit.*

Er hob den Deckel an und warf einen Blick in die Schatulle. Ein rostiger Schlüsselbund. Ein notariell beglaubigtes Dokument.

Aha, und was sollte das?

Neben dem Kästchen lag ein Umschlag.

Ein Brief von Ronan?

Ehrlich, seine Hände zitterten, als Tyson ihn öffnete und seine Zeilen, vielleicht seine letzten an ihn, hervorzog.

*Tyson,*

*das Handwerk der Freiheit ist schwierig zu erlernen. Ich habe mein ganzes Leben gebraucht, um das zu werden, was ich heute bin: vollkommen frei.*

*Es ist wichtig, dem Schicksal gelassen entgegenzutreten. Es gibt Dinge, die ohne uns sind, wie sie sind, ohne unser Wollen, ohne unser Handeln. Aber sollen wir deshalb nicht handeln? Nein. Das menschliche Handeln gewinnt seine Würde dadurch, dass es Verantwortung schafft. Auch wenn er die Folgen seines Handelns nicht absehen kann oder sie gar nicht gewollt hat, und selbst wenn er nicht handelt, ist der Mensch verantwortlich für das, was er tut oder eben nicht tut.*

*Du weißt, was Du tun solltest. Aber Du kannst es nicht. Du sagst: So bin ich eben. Nein, Ty. Dein Charakter bestimmt Dein Handeln, das ist wahr. Aber Dein Handeln formt auch Deinen Charakter.*

*Dein vergangenes Handeln oder Nichthandeln ist nicht Dein Schicksal, Ty. Mit allem, was Du tust, mit jedem Wort, jeder Geste, jedem Lächeln, jedem Geschenk veränderst Du Dich. Wage es, Ty, tu es!*

Mit dem Brief in der Hand ließ Tyson sich auf das Bett sinken. Gespannt las er weiter:

*Weißt Du, was das Wort Zufriedenheit bedeutet? Weißt Du noch, was für Dich als Kind das größte Glück war? Moms Schokoladen-Kirsch-Trifle mit ganz viel Sahne. Und was glaubst Du, wird wohl in zehn Jahren Dein größter Wunsch sein? Ein neues Spielzeug wie der Pierce Arrow Roadster?*

*Okay, Zufriedenheit. Ich hab den Begriff im Webster's Dictionary nachgeschlagen. Zufriedenheit bedeutet, glücklich zu sein, ausgeglichen, gelassen, und nach nichts anderem zu streben als nach dem, was man hat. Es bedeutet, frei zu sein von Sorgen, Kummer und Unruhe, es bedeutet inneren Frieden, in Einklang mit sich und der Welt.*

*Zufriedenheit verbunden mit moralischem Handeln führt zu Genugtuung. Glaub mir, Ty, das ist ein tolles Gefühl. Aber ich kann es Dir leider nicht schenken wie den Schlüssel zu Deiner Zufriedenheit, der im Schloss der Schatulle steckt. Die Genugtuung musst Du selbst in Dir erschaffen. Wie, fragst Du? Durch Dein Verhalten.*

*Wir alle sind auf der Suche nach dem großen Glück. Manche haben es – sie sind glücklich. Manche glauben, dass sie es haben: Macht, Besitz, Geld, Ruhm, Ansehen, Publicity – aber macht das alles sie wirklich glücklich? Manche erschaffen sich ihr Glück selbst, in vielen unvergesslich schönen Augenblicken. Und manche haben keine Chance mehr.*

*Du, Ty, gehörst zu denen, die noch eine Chance haben, vielleicht nur diese eine. Was Du tun sollst? Das Leben von jemandem, der es nicht allein schaffen kann, zum Besseren verändern. Ein unbeschwertes Lächeln schenken. Hoffnung. Zufriedenheit.*

*Weißt Du, wie man ein lebenswertes Leben schenkt?*

*Öffne die Schatulle. Lies das Dokument, das Jordan Williard aufgesetzt hat. Ich weiß, dass Du Dich richtig entscheiden wirst, Ty. Ich vertraue auf Dich.*

*Danke für Deine aufrichtige Freundschaft*
*und danke für all die schönen Erinnerungen,*
*die ich am Ende mitnehmen kann*
*Ronan*

Ergriffen ließ er den Brief sinken, seinen letzten an ihn, und wischte sich die Tränen aus dem Gesicht.

Sein Herz klopfte wie verrückt, als er erneut den Deckel des Kästchens anhob. Ein Schlüsselbund, alt und rostig wie der Schlüssel zum Weingut. Und ein Dokument.

Tyson zog es heraus und las es.

Und dann weinte er mit zuckenden Schultern.

Er wusste nicht, ob er je zuvor so glücklich gewesen war wie in diesem Augenblick, als sein Bruder ihm dieses unglaubliche Geschenk machte. Aber er war sicher, dass er in seinem ganzen Leben noch nie so traurig gewesen war wie jetzt, als ihm bewusst wurde, dass dieses Geschenk das einzige war, was ihm von seinem Bruder bleiben würde.

Ich sehe meinem Kind beim Spielen zu …

Vor einigen Monaten hätte ich keine Zeit gehabt, Cayden dabei zu beobachten, wie er mit Wasserfarben ein Bild für mich malt, dachte Ronan. Aber heute, da ich weiß, dass mir nur noch wenige Tage mit ihm bleiben, lasse ich mich nicht mehr von Unwichtigem ablenken wie Vorstandssitzungen, Geschäftsentscheidungen und Bilanzen und konzentriere mich auf das Wesentliche: mein Kind. Meine Hoffnung. Meine Zukunft.

Der Sohn, in dem ich weiterlebe.

Mein Kopf fühlt sich heiß an, und meine Augen sind trocken. Müde und benommen vom Morphium sehe ich Cayden zu, wie er seine kleine Welt auf das mittlerweile wellig-nasse Papier malt. Der Regenbogen ist zerborsten und eingebrochen und hängt nur noch an einem feinen Sonnenstrahl. Wenn er reißt, kracht der Regenbogen auf die Erde und zersplittert in tausend Kristalle, die funkeln wie Tränen. Die Sonne lächelt nicht, denn sie fürchtet sich vor den dunklen Wolken, die von rechts ins Bild wehen. Die Blumen sind ganz geknickt und weinen mit den Schmetterlingen und den Vögeln, weil der Regenbogen sie nicht mehr beschützt. Der kleine Junge in der Bildmitte sieht hilflos und verloren aus. Traurig. Verzweifelt.

Er weiß es. Cayden spürt, was los ist.

Ronan richtete sich auf dem Sofa auf und zog den Quilt über seinen Knien höher. Seit Tess ihm eben die Morphiumspritze gegeben hatte, fühlte er sich noch elender, noch ohnmächtiger. Er hatte gute und schlechte Tage. Heute war ein schlechter. Er spürte, es ging auf das Ende zu. Er drehte sich zu ihr um. »Tess?«

Sie packte gerade die Spritze und das Morphiumfläschchen zurück ins Lederetui und sah ihn an.

»Jetzt ist der richtige Zeitpunkt.«

Traurig senkte sie den Blick und atmete langsam durch die Nase aus.

»Ich bin so weit.«

Sie nickte.

»Kommst du? Ich schaff das nicht allein.«

Tess legte das Lederetui auf den Tisch, kam zum Sofa, kletterte über die Rückenlehne und glitt mit dem Po daran herunter, genau in seine Arme. Sie schmiegte sich an ihn, und er hauchte ihr einen Kuss auf die Wange.

»Cayden, Süßer?« Als der Kleine aufblickte, sagte Ronan: »Mommy und Daddy wollen mal mit dir reden.«

Cayden riss die Augen auf. »Alle beide?«

»Ja.«

»Hab ich was ausgefressen?«

»Nein, Cayden«, beruhigte ihn Tess. »Du bist doch der liebste Junge von der ganzen Welt.«

Kein Kichern wie sonst. Cayden tastete nach Snivel, der hinter ihm auf dem Couchtisch hockte, und packte ihn am Arm. Er spürte, dass er den Beistand des Teddys brauchte.

Als er Snivel zu sich heranzog, riss er den Fotoapparat vom

Tisch, den Tess ihm gestern geschenkt hatte. Cayden hatte viel Spaß am Fotografieren, und Tess hatte die tolle Idee gehabt, dass er noch viele Aufnahmen von ihnen dreien für sein Erinnerungsalbum machen sollte. Zwei Filme hatte er gestern schon verschossen.

Während Tess die Leica aufhob und wieder auf den Tisch schob, besann Ronan sich:

Die richtigen Worte zu finden ist schwer, wenn du weißt, was du gleich anrichten wirst, welche seelischen Verwüstungen deine Worte hinterlassen werden. Ja, es kostet Überwindung. Und jede Menge Mut. Es ist eine Sache, um ein Leben in unbeschwerter Freude zu ringen, um Gelassenheit ohne Angst, um Dankbarkeit für all die Schönheit, die uns umgibt, um Liebe, Leidenschaft und Hingabe und um ein Sterben in Würde. Aber es ist etwas anderes, einem kleinen Sohn, der seinen Teddy im Arm hält, zu sagen, dass sein Daddy nicht mehr lange leben darf. Dass er nicht mehr für ihn da sein wird. Dass er ihn nicht mehr beschützen kann. Dass er nie, nie mehr mit ihm spielen und herumtoben und lachen wird. Nie, nie mehr.

Wie sagt man seinem Kind, das Bilder von zerbrochenen Regenbogen und weinenden Blumen malt, dass es vielleicht kein Morgen mehr gibt? Nur noch ein Heute. Solche Worte zerren an der zarten Seele meines Kleinen.

Cayden schmiegte sich an Ronans Beine und hielt sich mit der linken Hand an seinem Knie fest. Mit der rechten presste er Snivel fest an seine Brust.

»Komm zu mir, mein Kleiner.« Ronan packte ihn und zog ihn aufs Sofa, sodass er zwischen ihm und Tess saß. Snivel ließ er keinen Augenblick los. Ronan umarmte einfach beide, Kind und Teddy. »Cayden, weißt du, was die Mitternachtssonne ist?«

Sein Sohn blickte kurz zur Seite und sah ihn an, dann schaute er wieder den Teddy an und zuckte mit den Schultern.

»Das ist die Sonne, die um Mitternacht noch scheint. Nördlich des Polarkreises, also weit im Norden von Alaska, geht im Sommer die Sonne niemals unter. Sie sinkt auf den Horizont, und nachdem sie den tiefsten Stand erreicht hat, steigt sie wieder empor. Dort oben ist es jetzt immer Tag.«

Cayden nickte, und Tränen schimmerten in seinen Augen.

»Mein Süßer, du weißt, dass ich ganz doll krank bin und dass die Krankheit nicht mehr weggeht, obwohl Tess mir so viele Spritzen gibt, damit ich mich besser fühle.«

»Helfen die nicht? Machen die dich nicht gesund?«

»Nein, Cayden. Die sind nur gegen die Schmerzen. Und die machen mich furchtbar müde, jeden Tag ein bisschen mehr. Das hast du sicher schon gemerkt.«

Cayden flüsterte Snivel etwas ins Ohr und drückte sein Gesicht ins zerkuschelte Fell.

»Mir bleibt nicht mehr viel Zeit, Cayden. Ich habe einen Herzenswunsch, den ich mir noch erfüllen möchte. Ich möchte die Mitternachtssonne sehen, den Tag, der niemals endet.« Heiße Tränen schossen ihm in die Augen. »Dieser längste Tag von allen wird ... vielleicht ... mein letzter sein.«

»Nicht weinen, Snivel«, wisperte Cayden. »Bitte, Snivel, du darfst nicht weinen.«

Ronan legte seine Hand zwischen Caydens Schultern, und er spürte seinen Herzschlag, ein schnelles Flattern. »Und dann komme ich zurück, und wir, Tess, ich und du, verbringen die letzten Tage zusammen. Versprochen.«

Cayden nahm Snivel fest in den Arm, als wollte er ihn beschützen vor dem Leid, das diese schreckliche Nachricht brachte. »Du darfst nicht weinen, Snivel«, schniefte er, und seine zarte Kinderstimme brach. »Nicht weinen, bitte. Du machst Daddy doch so traurig. Snivel, wein doch nicht«, versuchte Cayden den heulenden Bären zu trösten. »Bitte, Snivel. Sonst muss ich auch weinen, und das tut Mommy und Daddy ganz doll weh.«

Mit letzter Kraft zog er Cayden und Snivel auf seinen Schoß, und Tess rückte dicht an sie heran. Auch sie umarmte das Kind und den Bären, und sie hatte dabei Tränen in den Augen. Ronan strich seinem Kleinen über den bebenden Rücken. »Cayden, traurig zu sein ist nicht schlimm. Du kannst gemeinsam mit Snivel weinen, wenn dir danach ist.« Er drückte die Lippen auf Caydens verwuscheltes Haar. »Ich bin, ehrlich gesagt, auch ziemlich traurig. Aber ich möchte, dass du eines weißt, Süßer. Es ist wichtig, dass du mir zuhörst. Hörst du mir zu?«

Ein schwaches Nicken.

»Ich hab dich lieb, mein Kleiner. Ich hab dich ganz doll lieb. Ich freu mich schon darauf, dich wiederzusehen, dich fest in die Arme zu schließen und ausgelassen lachend herumzuwirbeln.«

»Ich will nicht, dass du gehst, Daddy. Kannst du nicht bei mir bleiben?«

»Es ist mein größter Wunsch, Cayden. Ich möchte die Mitternachtssonne sehen, ich möchte ihr Strahlen in mich aufnehmen. Wenn ich dann gestorben bin und in den Himmel komme, werde ich ein besonders funkelnder und glitzernder Stern sein. Dann kannst du mich jede Nacht sehen, auch in den hellen Nächten in Alaska, wenn die Sonne nicht untergeht, und sogar hinter den leuchtenden Wirbeln des Polarlichts. Ich werde dann für immer bei dir sein, und du kannst mir alle deine Wünsche anvertrauen. Flüstere sie dem Wind zu, er trägt sie hinauf zu mir.«

Cayden schniefte in Snivels Fell und nuschelte: »Ich will da hin, wo du hingehst. Kann ich nicht mitkommen?«

»Tess' kleines Flugzeug hat nur zwei Sitze, Cayden. Einen für den Piloten, Mommy, und einen für den Kopiloten, Daddy. Es tut mir so leid, mein Kleiner. Mir hat noch nie im Leben etwas so leidgetan.«

Cayden zog die Beine an, legte den Kopf auf seine Knie, schob den Daumen in den Mund und wimmerte leise. Snivel presste er fest an sich. Den Schmerz, der seinem Kleinen das Herz zerriss, konnte Ronan wirklich spüren. Am Daumen hatte Cayden schon lange nicht mehr genuckelt.

Die Tränen dämpften seine Worte: »Cayden, es tut mir so leid.« Er zog seinen Sohn noch näher an sich heran, und Cayden drehte sich, schlang seine Beine um ihn, vergrub das Gesicht an Ronans Schulter und klammerte sich an ihm fest, als wollte er ihn nicht gehen lassen, nie mehr. Jedes Schluchzen fing Ronan mit seinem Körper ab, jede Träne nahm er in sich auf. Der kleine Körper wog so leicht. Zärtlich strich er Cayden übers Haar und drückte ihn fest an sich. Der Kleine weinte, bis er vor Erschöpfung ruhig wurde.

Tess beugte sich über ihn und wischte ihm sanft die Tränen aus dem verheulten Gesicht.

Cayden blinzelte sie aus rot geränderten Augen an. »Mach, dass Daddy wieder nach Hause kommt, Mommy«, flüsterte er mit erstickter Stimme. »Mach, dass er zu mir zurückkommt.«

Sie küsste ihn zart. »Vertraust du mir, Cayden?«

Er nickte verhalten und zog dabei die Nase hoch.

»Ich werde alles versuchen, Süßer. Das verspreche ich dir bei der Sonne, dem Mond und allen Sternen. Ich verspreche es dir beim Regenbogen, den Wolken, den Blumen und den Schmetterlingen.«

Ein Lächeln huschte über sein tränenfeuchtes Gesicht. Aber sein kleiner, von Schluchzern durchgeschüttelter Körper wirkte wie zerbrochen. Die Hoffnung war aus seinen verquollenen Augen verschwunden. Sein Blick war abwesend. Sein Gesichtsausdruck wirkte viel älter, als er war. Er musste über Nacht erwachsen werden.

»Ich wünschte, ich hätte noch hundert Jahre zu leben, Cayden. Ich wünschte, ich hätte noch ein ganzes Leben. Jeden Tag, jede Stunde, jeden Augenblick würde ich mit dir verbringen, mein Schatz«, brachte Ronan mühsam hervor, und seine Stimme kippte. »Aber ich habe keine hundert Jahre mehr, nicht einmal ein ganzes

Leben. Dabei bin ich noch nicht mal neunundzwanzig, und ich fühle mich so *jung.*« Er blinzelte die Tränen fort. »Aber selbst hundert Jahre oder tausend oder eine Viellion wären nicht genug, um etwas ganz Wichtiges im Leben zu lernen: wann es Zeit ist festzuhalten, was man über alles liebt. Und wann es Zeit ist loszulassen.«

# 27

Tess startete die Gipsy Moth, die auf den Wellen am Bootssteg dümpelte, noch nicht. Worauf wartete sie?

Ronan blinzelte gegen die Sonnenstrahlen, die auf dem Wasser des Fjords in Milliarden Lichtfunken zerbarsten, und drehte sich umständlich zu ihr um. Tollpatschig, ja und wie! Denn er war in eine Fliegerkombi eingemummt, als würden sie zum Nordpol fliegen. Und zwischen seinen Beinen stapelte sich das Gepäck: sein Rucksack und der Pappkarton mit den Vorräten für ihr Candle-Light-Dinner, ach Quatsch, keine Kerzen … ihr Midnight-Sun-Dinner heute Nacht.

Tess sah aus wie auf dem Hochglanzcover ihres geplanten Buches über die Tour um die ganze Welt: glänzende lederne Fliegerjacke mit hochgeklapptem Pelzkragen, Lederhelm mit kess hochgeschobener Fliegerbrille – wunderschön und ziemlich verwegen.

»Was ist?«, fragte Ronan.

Sie deutete auf Cayden, der an Coreys Hand neben ihnen auf dem Bootssteg der Lodge herumhopste. »Dein Kleiner hat noch ein Abschiedsgeschenk für dich.«

»Echt?« Gerührt wandte er sich Cayden zu.

Der Abschied von ihm vorhin nach dem Frühstück war so bewegend und so schmerzhaft gewesen wie der von Dad vor einigen Wochen. Ronan wusste nicht, ob er seinen Kleinen jemals wiedersehen würde, und so war es, ohne dass er es ausgesprochen hatte, ein Abschied, na ja, vielleicht für immer. Sie hatten beide gelächelt, doch sobald er Cayden umarmt und geküsst hatte, fing der Kleine sofort wieder an zu heulen, und Ronan weinte mit ihm. Er hatte ihm versprochen, ihn jede Stunde anzufunken und mit ihm zu reden, so weit die Funkwellen eben reichten. Und wenn sie zu weit im Norden waren, wollte er ihm eine Hand voll Sterne schicken, wie kleine Kieselsteine, die man gegen die Fensterscheibe warf, um ihm zu sagen, dass es seinem Daddy gut ging. Um Mitternacht sollte er aus dem Fenster sehen und auf den Meteorschauer warten. Dann wüsste er, sein Daddy würde gerade an ihn denken.

Corey packte Cayden und setzte ihn sich auf die Schultern. Aus dem Augenwinkel sah Ronan, wie Tess dem Kleinen ein Thumbs-up-Zeichen gabt

Und Cayden holte tief Luft und sang.

*You and I.*

Tess hatte das Lied wohl gestern mit ihm geübt – das sah er ihr an. Sie war so stolz auf den Kleinen, der auf Coreys Schultern schon wieder mit den Tränen rang, während er das Lied für ihn sang, das offenbar von Tess stammte: Ein Vater unternimmt mit seinem Sohn eine lange Reise. Er zeigt dem Kleinen, wie schön die Welt ist, wie aufregend. Und der Kleine lehrt den Vater, worauf es im Leben ankommt: *In my need you have always been there – Du bist immer da gewesen, wenn ich dich brauchte.* Als der Vater am Ende der Reise durch das leuchtende Regenbogentor geht, ins Land, wo Erinnerungen zu bunten Schmetterlingen werden und wo keine Blume mehr welkt, wünscht ihm der Kleine: *Peace and Joy – Frieden und Freude.*

Ronan war so gerührt, dass er sich aus der Moth lehnte und Cayden seine Hand entgegenreckte. Corey kam auf dem Bootssteg so nah an die Maschine heran, dass Cayden auf seinen Schultern, über den unteren der beiden Flügel gebeugt, gerade noch seine Fingerspitzen berühren konnte. »Bye, Daddy!«

»Bye, Cayden!«

Dann winkte der Kleine auch Tess zu. »Bye, Mommy!«

»Bis morgen Abend, mein Süßer!«

Als Tess den Motor der DeHavilland Moth startete und den Gashebel zurücknahm, trat Corey zwei, drei Schritte zurück, stellte Cayden auf die Planken, machte die Kette los, an der das leichte Wasserflugzeug vertäut lag, packte den unteren Steuerbordflügel des Doppeldeckers und schob die *Ladybird* vom Bootssteg weg. Tess winkte ihm zu, dann steuerte sie die Moth mit ihren Schwimmern hinaus auf den Meeresarm und drehte die Motte gegen den Wind nach Osten.

Tess machte einen raschen Preflight Check und überprüfte ihre Instrumente. Öldruck? Öltemperatur? Treibstoffpumpe? Funkgerät? All checked. »*Ping!* Ladies and Gentlemen, hier spricht Ihr Captain«, imitierte Tess mit verstellter Stimme eine verzerrte Lautsprecherdurchsage. »We are ready for takeoff. Unsere Flugzeit bis zu unserem Tankstopp in Fairbanks beträgt vier Stunden. Ich wünsche Ihnen einen angenehmen Flug! *Krrrchhh* ...«

Grinsend drehte Ronan sich zu ihr um, und sie schmunzelte zurück.

Tess hatte ihre Startzeremonie beendet, die Maschine bebte, der Motor brachte die Luft zum Vibrieren, und der Propeller wurde zur silbern schimmernden Scheibe, durch die Ronan den glitzernden und gleißenden Turnagain Arm im Morgenlicht erkennen konnte. Neben ihm ragten die schneebedeckten Berge der Chugach Mountains in den Himmel, und über dem Mount Alyeska vor ihm verwirbelten sich die Wolken wie Meereswogen ... ja, so sah es aus: Als wäre man vom Surfbrett gestürzt und blinzelte von unten die Meeresströmung an. Total irre!

Ja, das war Alaska: Fliegen war hier wie in San Francisco Autofahren. Einsteigen, starten und los ging's!

Aus der vibrierenden Maschine gelehnt, beobachtete Ronan die gischtige Bugwelle um den Steuerbordschwimmer. Die Motte wurde schneller, die Stöße auf der Meeresoberfläche härter, die Gischt spritzte ihm ins Gesicht, sodass er sich die Fliegerbrille aufsetzte, und dann hob Tess die Maschine aus dem Wasser und zog sie steil hoch. Noch im Steigflug, mit gedrosseltem Motor, drehte sie nach rechts, um über die Lodge hinwegzufliegen und dabei mit den Flügeln zu wackeln. Cayden winkte zurück und schoss noch schnell ein Foto, bevor sie hinter dem Horizont verschwunden waren.

Dann blickte Ronan nach vorn, nach Nordwesten. Unter ihm zog Hope vorbei, und er musste an den Film *Hope, Alaska* denken, der über Tess' wochenlange Suche nach Corey und ihren Absturz in der Eiswüste Alaskas gedreht worden war.

Und dann kam auch schon Anchorage in Sicht. Doch Tess drehte nicht nach Norden ab, sondern flog noch einige Meilen auf eine Insel zu, Fire Island im Cook Inlet. Davor drehte sie eine Runde, und als Ronan sich zu ihr umwandte, waren ihre Lippen verkniffen. Okay, kapiert: Jason und Sheena starben hier auf dem Eis. Er blickte nach unten – Wasser, nichts als Wasser.

Die Navigationskarte auf den Knien, setzte Tess Kurs nach Norden und einige Minuten später, als sie den Strand überflogen und die Susitna Flats, das Mündungsgebiet des Susitna River, unter Ronan auftauchte, nach Nordosten.

Er hatte vermutet, sie stiege höher als tausend Fuß, aber nein, sie machte den Flug zu einer Abenteuertour für ihn, einer Art Flugsafari. Und sie flog so tief, dass er fast glaubte, das Wasser des Flusses rauschen zu hören. Dort unten in der eisigen Strömung des Susitna River hockte ein Grizzly, der auf Lachse wartete.

Als er sich voller Begeisterung zu Tess umwandte, um sie auf den Bären aufmerksam zu machen, blickte sie konzentriert nach unten. »Was tust du?«, brüllte er mit dem eisigen Fahrtwind über ihre Windschutzscheibe hinweg.

Sie schaute auf und hob das Logbuch hoch. »Bei Flügen in die Wildnis sind die Eintragungen über Kurs und Zeit überlebenswichtig«, schrie sie zurück.

Er ließ sie schreiben und schaute wieder hinunter.

Eine Weile folgten sie den ineinander verschlungenen Armen

des Susitna River nach Norden, und der schneeglitzernde Mount Denali wurde immer majestätischer. Unter Ronan tuckerte die Alaska Railroad mit zwei schweren Lokomotiven nach … wie hieß der Ort dort unten?

Tess blickte schon wieder auf ihre Knie. Ah, sie navigierte mit Karte, Kompass und Stoppuhr. Als sie sein Handzeichen bemerkte, warf sie einen raschen Blick nach unten. »Talkeetna.«

Okay, dort unten im Roadhouse … ja, er konnte es sehen, gleich neben der Landebahn auf der Wiese … dort hatte Corey beim Pokern seinen Royal Flush gehabt und war vor Jake Harmon, der auf ihn schoss, in die Wildnis des Denali National Parks geflüchtet.

Ronan schaute nach vorn. Der Mount Denali. Ein ziemlicher Haufen Steine, wie man so sagte, ragte vor ihnen in den mittlerweile wolkenlosen Himmel.

Sie flogen nun seit einer Stunde. »Können wir jetzt Cayden anfunken?«

Tess nickte, fummelte an ihren Instrumenten herum und gab ihm Thumbs-up. »Leg los!«

»Hope, this is *Ladybird*, over«, sprach er ins Mikrofon.

Im Lautsprecher piepste eine helle Kinderstimme. »… und was soll ich sagen?«, fragte Cayden bei gedrücktem Sprechknopf, und durch das Knistern und Rauschen war ein leises Murmeln zu hören. Corey saß offenbar neben dem Kleinen am Funkgerät und gab ihm Anweisungen. »Okay«, sagte Cayden zu Corey. Dann: »*Ladybird*, this is Hope. Reading you. Over.«

»Hi, Cayden, mein Süßer.«

»Hi, Daddy. Wo seid ihr jetzt?«

»Wir fliegen südlich der Alaska Range. Im Denali National Park hat es heute Nacht geschneit, hier ist alles weiß. Das ist ein Anblick, dass einem das Herz stehen bleibt.«

»Hihihi, okay … ach, nee: Roger. Kannst du Bären sehen, Daddy?« Nach einer Weile begriff er, dass er »Over« sagen musste, bevor Daddy antworten konnte, und dass er den Sendeknopf loslassen musste.

»Bären und Elche, over!«

»Wow!« Over? Nee, schon wieder vergessen vor lauter Begeisterung. Na, wenigstens war er nicht mehr so schrecklich traurig und freute sich schon auf ihren nächsten Funkkontakt.

»Und vorhin hab ich auf einem hohen Pass eine Herde Karibus und ein Rudel grauer Wölfe gesehen, over!«

»Total irre!«

»Ich mach jetzt Schluss, Süßer. Ich melde mich in einer Stunde wieder. Okay? Over.«

»Okay. Roger ... Äh, was? ... Ach so, over and out.«

Tess unterbrach den Funkkontakt. Als Ronan sich zu ihr umwandte, lächelte sie entspannt.

Kurz darauf ließ sie die Motte steigen, und sie überflogen einige schneebedeckte Berge. Die Landschaft unter ihnen verfärbte sich feuerrot, als stünde die karge Tundralandschaft in Flammen: Fireweed, so weit das Auge reichte! Gott, war das schön! Ronan erinnerte sich: Als er das letzte Mal in Alaska gewesen war, hatten Tess und er in einem weiten Feld aus pinkfarbenen Fireweedblüten herumgetollt – das war vielleicht sogar hier gewesen, er wusste es nicht mehr genau. Blühendes Fireweed zwischen weißen Birkenstämmen in Alaska, das war so romantisch wie ein wildes Lavendelfeld in einem nebligen Wald in Kalifornien. Unbeschreiblich schön!

Weißfichten und Birken bildeten dort unten ein Dickicht, aus dem hier und da die Geweihe von Elchen und Karibus hervorspitzten. Gott bewahre, wenn hier ein Funke flog! Die Buschfeuer hier waren legendär!

Und dort vorn glitzerte ein Fluss im grellen Mittagslicht. Der Tanana River? Da war ja ein Schaufelraddampfer, der stromaufwärts fuhr! Und dort unten stand eine Blockhütte, vor der Grizzlyfelle zum Trocknen aufgespannt waren.

In weiten Kehren schlängelte sich der Fluss durch die weite grüne Landschaft, und schon bald tauchte eine Stadt am Horizont auf.

Willkommen in Fairbanks, dem goldenen Herzen Alaskas!

Mit dem Rugbyball unterm Arm stürmte Cayden in die Lodge zu Mommys Funkgerät. Corey war fünf Schritte hinter ihm, um ihm das lederne Ei abzuluchsen, aber er war schneller. Okay, das Funkgerät. Wo war noch mal der An-Knopf? Ach, da! Er musste Daddy unbedingt vom Rugbyspiel erzählen, bei dem er Corey und Ricky immer wieder umgerannt hatte. Corey sagte, dass man down under so wild Rugby spielte. Das war total super! Und was Corey alles über Kiwiland erzählte! Da gab's Vögel mit einem Fell und ohne Flügel! Echt lustig! Als er klein war, hatte Corey mal einen weißen Kiwi, hatte er vorhin erzählt, schon als Küken, dem er Laufen beibrachte, Fliegen ging ja nicht, hihihi. Na, jedenfalls hatte er das flauschige Kiwiküken gefüttert und gestreichelt und mit einem Tuch zugedeckt und ganz doll liebgehabt, weil, die Mommy von dem süßen Küken war gestorben. Und dann hatte Corey erzählt, wie das Küken in einem Schuhkarton eingeschlafen war, Augen zu und so, und wie der kleine Kopf nach vorn fiel und der lange, gebogene Schnabel auf der Pappe aufdotzte. Voll niedlich! Corey hatte ihm noch viele andere Sachen über Kiwiland erzählt, über grüne Hügel mit Schafen, über hohe Berge mit Gletschern, über einen Sound, den Namen hatte Cayden vergessen, und den Ort, aus dem Corey kam, im Tiefen Süden, der hatte einen total lustigen Namen. Äh, Teanao, oder so. Na, jedenfalls war's dort so schön, hatte Corey gesagt, dass Cayden beschlossen hatte, da mal hinzufahren, wenn er groß war, und sich alles anzugucken. Da gab's im Winter sogar ein Nordlicht, nee, hihihi, ein Südlicht. Keine Ahnung, wie das Nordlicht in den Süden von Neuseeland kam, aber Corey hatte gesagt, das war so – also war das so!

»Hope, Flugüberwachung.« Cayden kicherte noch, während er den Sendeknopf drückte. »*Ladybird*, bitte kommen!«

Aber Daddy antwortete nicht, schon wieder nicht. Oh, nee!

»Mommy? Daddy? Ich bin's, Cayden.« Seine Stimme kippte. »Bitte sagt doch was!«

Aus dem Kasten kam nur ein Rauschen, was ihm echt Angst machte. Und plötzlich war er wieder ganz doll traurig, und er musste schon wieder heulen.

Corey kniete sich neben seinen Stuhl und nahm ihn fest in den Arm, weil er wollte ihn trösten.

»Warum sagt Daddy denn nichts?«, schluchzte er und schniefte. »Sind Mommy und Daddy abgestürzt? Sind sie tot?«

»Nein, Kumpel«, sagte Corey und strich ihm übers Haar. »Sie sind nur zu weit entfernt, um dich zu hören.«

»Kannst du das Funkgerät denn nicht lauter drehen?«

Corey schüttelte den Kopf. »Na komm, du wilder Racker, wir machen Wellenreiten.«

Cayden zog die Nase hoch, weil der Rotz lief raus, wegen dem Weinen und so. »Auf dem Surfboard?«

»Nein, mit den Pferden. Wir galoppieren durch das Wasser und versuchen, über die Wellen zu springen. Komm schon, Kumpel, das bringt total viel Spaß ...«

Mit der zerknitterten Routenbeschreibung in der Hand fuhr Tyson langsam die Fillmore Street hinauf. Die Straße, die an hübschen viktorianischen Häuschen vorbeiführte, war so steil, dass der Gehweg auf der linken Straßenseite Stufen aus gegossenem Beton hatte. Die Fillmore Street, mittlerweile war er bei Hausnummer 2856 angekommen, schien in den Himmel zu führen, wie so viele Straßen in San Francisco. Langsam näherte er sich der Hügelkuppe. Ah, da war ja die Vallejo Street.

Tyson sah sich um. Die Vallejo Street sah so aus, wie man sich

Pacific Heights vorstellte: rote Backsteinhäuschen mit weißen Sprossenfenstern, blühende Gärten, spielende Kinder. Die Fillmore Street führte direkt auf die Marina zu und gewährte einen fantastischen Blick auf die tiefblaue Bay und das im Morgenlicht leuchtende Golden Gate. Ja, hier musste es sein. Fillmore Street, Ecke Vallejo, hatte Ronan auf dem Zettel notiert. Er hätte schon gestern hierherkommen sollen, bevor er nach Lavender Fields gefahren war.

Er parkte den roten Pierce Arrow Roadster direkt vor Adriennes Haus in der Vallejo Street. Eine Weile blieb er mit dem Dokument, das er gestern Abend in der Schatulle gefunden hatte, im Wagen sitzen und betrachtete das Gebäude, in dem sie wohnte. Ein schmaler, etwas zurückgesetzter Eingang, eine weiß umrandete Haustür, zu der sieben Stufen aus roten Backsteinen hinaufführten. Das hübsche weiße Fenster über der Tür und die beiden Sprossenfenster im vorgelagerten Erker gehörten zu ihrer Wohnung im ersten Stock. Im zweiten Stock wurde der Erker zu einem kleinen Balkon, auf den eine schmale Glastür mit weißen Sprossen hinausführte. Auf der Balkonbrüstung hockte ein Teddy und schaute nach unten in den kleinen Vorgarten neben der Haustür. Das Kinderzimmer von Denise?

Ein wunderschönes Haus, ein Puppenhäuschen, wie ich es meiner Tochter schenken würde, wenn ich eine bekäme, dachte Tyson. Stilvoll und apart. Aber vollkommen unbrauchbar für jemanden wie Adrienne.

Er faltete das Dokument, das Mr Williard schon vor Wochen notariell beglaubigt hatte, und steckte es wieder ein. Dann nahm er das Geschenk vom Nebensitz, stieg aus und klingelte.

Ein schriller Schrei drang durch die Tür – ein Kind.

Dann hörte er das Getrappel kleiner Füße, als liefe ein Kind trampelnd und hopsend die Treppe herunter. Die Haustür wurde einen Spalt geöffnet, und ein blasses kleines Gesicht, umrahmt von blonden Zöpfen, erschien. »Hallo«, piepste die Kleine.

»Hallo.« Tyson beugte sich zu ihr hinunter. »Bist du Denise?«

Die Kleine nickte heftig und öffnete die Haustür. »Du bist aber schnell gekommen. Wo ist denn deine Arzttasche?«

Tyson trat ein. »Meine Arzttasche?«

»Ich hab doch angerufen«, sagte Denise mit zarter, weinerlicher Kinderstimme. »Weil wegen Mommy. Und der Mann hat gesagt, gleich kommt ein Doc. Der mir hilft, weißt du, mit Mommy. Und Docs haben immer Arzttaschen dabei. Und Streptokope um den Hals.«

Er schloss die Haustür hinter sich. »Noch mal von vorn. Wen hast du angerufen, Denise?«

»Mommy hat gesagt, ich soll die Notrufnummer wählen. Die Null.«

Bleib ruhig, Ty! Denise ist aufgeregt genug!

»Du hast gerade eben einen Notfall gemeldet?«

»Genau.«

»Wo ist denn deine Mommy?«

Die Kleine war den Tränen nah. »Da oben! Sie schläft auf der Treppe!«

»Sie schläft auf der Treppe?«

»Mommy ist runtergefallen und hat sich wehgetan. Sie schläft. Kannst du sie aufwecken? Ich schaff das nicht.«

Ihm schossen die Tränen in die Augen. »Bringst du mich zu ihr?«

»Klar.« Die Kleine flitzte los, die Treppe hinauf. Auf der fünften Stufe blieb sie stehen und drehte sich zu ihm um. »Komm mit.«

Er folgte Denise in den ersten Stock.

Adrienne Shaw lag kopfüber auf der langen Treppe, die von der Küche im hinteren Teil des Gebäudes direkt in den Keller führte. Der Rollstuhl lag noch weiter unten, als sei er über sie hinweg die Steintreppe hinuntergestürzt und auf dem Absatz liegen geblieben, wo die Treppe eine Kehre machte. Zwischen Adrienne und dem Rollstuhl schimmerte ein zerbrochenes Glas Honig. Die

Scherben lagen über die Stufen verteilt, und der Honig rann langsam darüber hinweg.

Um Himmels willen! Was war denn hier passiert? Hatte Adrienne Denise in den Keller geschickt, um für das Frühstück ein Glas Honig zu holen?

Tyson warf das Geschenk auf den mit hübschem Geschirr eingedeckten Küchentresen und hastete die Stufen hinunter zu Adrienne. Mittlerweile hatte sie das Bewusstsein wiedererlangt und versuchte vergeblich, sich auf der Treppe aufzurichten. Er kniete sich neben sie. »Ganz ruhig, Ms Shaw. Ich helfe Ihnen auf.«

»Mr Conroy! Was machen Sie denn hier?«

»Ich wollte zu Ihnen, Ms Shaw. Denise hielt mich für den Notarzt und ließ mich herein.«

»Oh, das tut mir leid, Sir.«

»Schon gut. Sind Sie verletzt?«

»N-nein, alles in Ordnung. Ich habe mir nichts getan.«

»Halten Sie sich an mir fest, ich trage Sie nach oben.«

»Danke, Sir.«

Behutsam setzte er Adrienne in den Sessel am Wohnzimmerfenster, und als er auch den Rollstuhl nach oben schleppte, klingelte es an der Haustür. Denise sauste sofort los, und er folgte ihr nach unten. Vor der Tür stand der Mann vom Rettungsdienst. Mit Arztkoffer.

Tyson verdrückte sich eine Träne, so toll ging der Paramedic mit der verschreckten Kleinen um, wirklich. Er umarmte sie, nannte sie seine kleine Heldin, weil sie sich ganz von allein an die Notrufnummer erinnert hatte, untersuchte Adrienne und zog wieder ab.

Mit Denise, die seine Hand nicht losließ, und dem Geschenk kehrte Tyson schließlich zu Adrienne zurück.

Sie deutete auf das Sofa neben ihrem Sessel. »Bitte, Sir.«

»Danke, Ma'am.« Er nahm Platz und klopfte auf das Polster. »Denise?«

Vor ihm blieb die süße Kleine stehen.

»Ich habe hier etwas für dich.«

Sie hielt den Kopf schief, kicherte verlegen, beide Hände vor den Lippen.

Er gab ihr das Geschenk, das er heute Morgen nach seiner Rückkehr aus Lavender Fields in einem Spielzeugladen am Union Square gekauft hatte. Er hatte ein wenig herumsuchen müssen, aber schließlich hatte er das Richtige gefunden. Es hatte sogar dieselbe Farbe wie das andere Pony, das er sich in Glen Ellen angesehen hatte.

Denise zerrupfte das Geschenkpapier in kleine Fetzen, nahm das Plüschpony samt Ledersattel und Zaumzeug in den Arm und drückte es liebevoll an ihre Brust. »Ist das niedlich!«, freute sie sich, und ihre Augen strahlten. »Wie heißt es denn?«

»Es heißt Ginger. Wegen der Farbe, weißt du.«

»Hihihi«, kicherte sie verschämt, genau wie Cayden.

Trotz seiner Anspannung stiegen die Gefühle wieder in ihm auf.

Ich werde bald Vater, dachte Tyson. Ich wünschte, ich könnte Dad noch so vieles fragen, um mich auf mein Kind vorzubereiten, das in sechs Monaten geboren wird, aber ...

Er atmete tief durch und sah Denise an. »Das Pony hört aber auch, wenn du es Ginnie nennst.«

»Okay«, sagte die Kleine und streichelte das süße Plüschtier. »Hallo, Ginnie. Ich bin Denise. Du gehörst jetzt mir. Und ich werde ganz oft mit dir spielen.«

Adrienne war gerührt. »Danke, Sir. Das ist wirklich sehr aufmerksam von Ihnen.« Sie schluckte, und Tyson merkte, wie sie mit sich rang. »Ich weiß nicht, wo ich anfangen soll, Ihnen zu danken, Mr Conroy. Sie sind so nett. Und so großzügig.« Sie deutete auf den Rollstuhl. »Mich zu retten. Und mir diesen Scheck zukommen zu lassen ... Diese unglaubliche Summe, die uns helfen wird, mit allem klarzukommen ... Das ist wirklich ...«

Verlegen hob er beide Hände. »Schon gut.«

Sie fuhr mit dem Finger unter ihrem Lidstrich entlang und nickte.

Tyson faltete seine Hände, so aufgewühlt war er. »Ma'am ...«

Erwartungsvoll sah sie ihn an.

In seinem Kopf hallten Schüsse, Reifen quietschten über das Pflaster der Market Street, hinter ihm zerbarst Glas ... dann der Schrei ...

Das Sprechen fiel ihm schwer, er musste sich konzentrieren, denn die Bilder in seinem Kopf waren übermächtig. »Ma'am, ich weiß, ich hätte schon viel früher kommen sollen.« Seine Stimme kippte, und er musste tief durchatmen. »Auf mich wurde geschossen, und ich dachte, ich würde sterben. Ich hatte panische Angst. Meine Bodyguards ...«

»Ich weiß, Sir.«

»Die Kugel, die mir galt, hat Ihr Rückgrat zerschmettert. Die andere, die Sie am Kopf traf ...«

»Sir, bitte. Nach der Schießerei haben Sie meine Wunden versorgt. Ohne Ihre Hilfe wäre ich verblutet. Sie haben die Ärzte gerufen. Sie haben mich in die Privatklinik zu Dr. Stanton bringen lassen. Sie haben so viel für mich getan. Sie trifft doch keine Schuld an meinem Schicksal.«

»Nein, aber ...« Die Kehle wurde ihm eng, und er musste schlucken. »Ich hätte ... viel früher ... die Verantwortung für mein Handeln ... oder mein Nichthandeln ... übernehmen sollen.« Er schüttelte den Kopf, eine Geste der Beschämung. »Ich kann Sie nur ... um Verzeihung bitten, Ma'am.« Tyson senkte den Blick, und heiße Tränen schossen in seine Augen. »Ich weiß nicht ... Ich meine, ich erwarte gar nicht, dass Sie ... Und doch: Es ist mir ein Bedürfnis. Ich möchte Sie ... um Verzeihung bitten.«

Adrienne saß reglos in ihrem Sessel, die Hände im Schoß gefaltet, und sah ihn mit einer Würde an, die ihm Respekt abrang und ihn betroffen machte. »Ich kann Sie gut verstehen, Sir«, sagte sie in ruhigem und gemessenem Ton. »Aber Sie werden sich irgendwann mit Ihrem Gewissen aussöhnen müssen.«

Tyson nickte verhalten. »Ja, Ma'am. Danke.«

Ronan hatte recht: Adrienne Shaw war eine wundervolle Frau. Sie war die Richtige.

Er zog das Dokument hervor, das er im Kästchen gefunden hatte, und drehte es in seinen Händen. »Ms Shaw, ich möchte Ihnen gern etwas zeigen. Würden Sie mich auf einer Tour ins Sonoma County begleiten?«

Sie zögerte. »Ich kann Denise nicht allein lassen.«

»Natürlich nicht. Ihre Tochter würde uns begleiten. Auch ihr möchte ich etwas zeigen.«

»Und was?«, fragte die kesse Kleine, die ihr Plüschpony fest im Arm hielt.

»Eine Überraschung.«

»Was für eine?«

Tyson lachte leise. »Wenn ich's dir sage, ist es doch keine Überraschung mehr.«

Wenig später waren sie unterwegs. Adrienne saß neben Tyson im Roadster, Denise und Ginnie hockten zwischen ihnen, der Rollstuhl steckte zusammengefaltet und festgezurrt auf dem Chromgestänge hinter der schwarzen Box.

Auf der Fähre nach Sausalito fragte Adrienne ihn nach seiner bevorstehenden Hochzeit. Sie hatte Ronans Scheidung und Tysons Heirat in *Cosmopolitan*, *Vogue*, *Vanity Fair*, *Life* und anderen Hochglanz-Lifestyle-Magazinen verfolgt. Mit einem Lächeln gestand sie, dass sie Lynne für ihr stilvolles Auftreten und ihre Noblesse aufrichtig bewunderte. »Es wird die Hochzeit des Jahres!«

»Hätten Sie Lust zu kommen?«, fragte er spontan.

Wie sie strahlte! »Ja, gern!«

Von Sausalito fuhren sie an der San Francisco Bay entlang, und

Denise wurde hungrig, denn sie hatte noch nicht gefrühstückt. Sie hielten also in San Rafael, und Tyson kaufte ihr einen Brownie, den sie während der Weiterfahrt im Wagen zerkrümelte. Egal, es war eine Freude, ihr dabei zuzusehen, wie sie Ginger mit klebrigem Schokoladenkuchen fütterte. Bis Santa Rosa hatte das Plüschpony eine schokoladenbraune Blesse. Denise, die die Scheu vor ihm verloren hatte, drehte jetzt voll auf. Ginnie wollte mit Tyson schmusen, und Denise rückte dicht an ihn heran. Er legte seinen Arm um die süße Kleine, und sie lehnte ihren Kopf gegen seine Brust. Adrienne ermahnte sie, doch er winkte lässig ab.

Da vorn lag Glen Ellen. Jetzt war es nicht mehr weit bis Lavender Fields.

Tyson parkte den Pierce Arrow vor dem Haus, ging um den Roadster herum, entfaltete den Rollstuhl und öffnete die Tür für Adrienne. Ein bisschen umständlich hob er sie aus dem Wagen und setzte sie in den Rollstuhl.

Dann zeigte er ihr das Weingut, das Château mit den Nebengebäuden, die blühenden Gärten, die Weinberge und die Lavendelfelder.

»Wie schön es hier ist!«, schwärmte Adrienne immer wieder voller Begeisterung. Offenbar fühlte sie sich hier sehr wohl. »Wie ruhig!«

Plötzlich ein Wiehern – wie bestellt!

Denises Kopf ruckte hoch, und sie drückte Ginger an ihre Brust. »War das ein echtes Pony?«

Tyson nickte. »Willst du mal im Stall nachsehen?«

»Wo ist der?«

»Dahinten, siehst du?«

»Mhm.« Denise stürmte los, kleine Staubwolken unter ihren Füßen aufwirbelnd.

»Wie süß!«, lachte er und schob Adriennes Rollstuhl über den Kiesweg. »Kommen Sie, Ms Shaw. Wir wollen mal sehen, was Denise im Stall findet.«

Von Weitem beobachteten sie, wie Denise die Stalltür aufschob und im Inneren verschwand. Ein schriller Freudenschrei!

Als sie die Tür erreichten, umarmte Denise das Pony, das Tyson heute Morgen in Glen Ellen gekauft hatte. »Mommy, guck mal! Das Pony sieht genauso aus wie Ginger.«

Er betrat den Stall und ging neben der Kleinen in die Hocke. »Was ist, willst du nachher mal reiten?«

Mit großen Augen guckte sie ihn an. »Darf ich?«

»Ja, klar. Das Pony gehört doch dir.«

Die Kleine war baff. »Echt jetzt?«

»Yeah, du hast ein Pony bekommen.«

»Mommy?«, quietschte die Kleine, die sofort schrill losheulte.

Tyson drehte sich zu Adrienne um, die beide Hände vor die bebenden Lippen geschlagen hatte. Tränen der Rührung schimmerten in ihren Augen. »Danke, Mr Conroy. Ich weiß nicht, was ich sagen soll …«

Er rang selbst mit den Tränen, als er zu ihr zurückkehrte und das beglaubigte Dokument hervorzog. »Ma'am, ich habe auch etwas für Sie.«

Wie gebannt starrte sie auf das Papier in seiner Hand.

»Ms Shaw, was Ihnen widerfahren ist, tut mir unendlich leid. Was geschehen ist, kann ich nicht ungeschehen machen. Aber ich kann versuchen, Ihr Leid zu lindern und Ihr Leben so angenehm wie möglich zu machen. Ich möchte Ihnen das Gefühl von Hoffnung und Zuversicht wiedergeben. Ich möchte Ihnen eine Zukunftsperspektive zurückgeben, soziale Sicherheit, medizinische Versorgung und finanzielle Unabhängigkeit.«

Adrienne starrte ihn an.

»Das Haus hat keine Stufen. Es ist also für Ihren Rollstuhl geeignet.«

Sie hielt sich die Faust vor die Lippen und schluchzte auf.

»Ms Shaw … Adrienne … Ich überschreibe Ihnen das Haus, damit Sie mit Ihrer Tochter … und natürlich mit dem Pony

Ginger ... hier wohnen können. Zu dem Anwesen, das ich Ihnen übergebe, gehören auch die weiten Lavendelfelder, in denen Denise ausgelassener herumtoben kann als in der Vallejo Street in San Francisco.«

»Mr Conroy ... Ich weiß nicht, wie ich ...«

Tyson hob die Hand. »Da ist noch etwas.«

Sie nickte und hauchte: »Oh.«

»Sie haben Ihren hübschen kleinen Laden im Palace Hotel verloren. Mein Bruder, Mr Brandon, und ich haben Sie als eine aufrechte und bewundernswert starke junge Frau kennengelernt, entschlossen, liebenswürdig und hilfsbereit. Sie erinnern sich an seinen Anruf von Hawaii aus?«

Sein Bruder hatte eine kurze Notiz an das Dokument in der Schatulle gehängt, seine Eindrücke von Adrienne, mit der er ... ein telefonisches Interview geführt hatte, ohne dass sie wusste, worum es für sie ging.

Sie nickte angespannt. »Mr Brandon war überaus freundlich.«

»Mein Bruder und ich haben beschlossen, dass das verwilderte Weingut wieder kultiviert werden soll, und wir haben bereits alle nötigen Maßnahmen dafür getroffen. Die Weinstöcke sind bestellt, das Personal mit entsprechendem Knowhow ist durch unsere Anwälte bereits eingestellt. Was noch fehlt, damit die Lavender Fields Winery zu neuem Leben erwachen kann, ist eine Geschäftsführerin.«

Adrienne starrte ihn mit offenem Mund an.

»Mit einem angemessenen Gehalt und einem eigenen Wagen mit Chauffeur.« Er deutete auf den Pierce Arrow Roadster, der vor dem Haus parkte. »Sowie selbstredend mit Hauspersonal und einem Butler, der sich Tag und Nacht um Sie kümmert.«

Mit dem Handrücken wischte sie sich die Tränen aus dem Gesicht. Dann stemmte sie beide Hände auf die Armlehnen ihres Rollstuhls und versuchte mühsam aufzustehen. Schwankend richtete sie sich auf, und Tyson sprang vor und hielt sie fest, damit sie nicht mit dem Rollstuhl umkippte.

Adrienne warf ihre Arme um ihn und drückte ihn so fest, dass Tyson ihr Herz schlagen hörte. »Danke, Mr Conroy«, flüsterte sie an seiner Schulter. »Noch nie habe ich einen Menschen wie Sie kennengelernt, Sir, so mitfühlend, so gütig. Ihre Großzügigkeit rührt mich zu Tränen.«

Beschämt senkte er den Blick und half ihr beim Hinsetzen. »Ich habe nichts getan, Ma'am. Gar nichts.«

Sie lächelte unter Tränen. »Doch, Sir, das haben Sie.« Sie schniefte. »Sie haben mir mein Leben zurückgegeben.«

*Weißt Du, wie man ein lebenswertes Leben schenkt?*, hatte Ronan ihn in seinem Brief gefragt und ihn gebeten, das Dokument aus der Schatulle zu holen, das Adrienne das Anwesen überschrieb.

*Was Du tun sollst? Das Leben von jemandem, der es nicht allein schaffen kann, zum Besseren verändern. Ein unbeschwertes Lächeln schenken. Hoffnung. Zufriedenheit.*

Jetzt ist mir klar, er meinte nicht mich, dachte Tyson. Sondern sich selbst. Mein Bruder hat mit dieser Tat mein Leben verändert. Er hat mir Zufriedenheit geschenkt.

Kann ein Mensch mehr für einen anderen tun?

Nach Norden. Der Mitternachtssonne entgegen.

Dieser Gedanke verlieh Ronan die Kraft durchzuhalten, obwohl er sich vorhin, während des Tankstopps in Fairbanks, eine Spritze gegen die unerträglichen Schmerzen hatte setzen müssen. Tess war spurlos verschwunden gewesen, vermutlich war ihr schon wieder elend zumute, wie schon seit Tagen. Das Ganze ging ihr ziemlich nah! Aber was nahm sie auch alles auf sich, und nie beklagte sie sich! Kein Wort, nicht einmal ein leises Seufzen ...

Der Motor der Moth summte vor sich hin, und er war ein

wenig schläfrig vom Morphium. Ronan hätte den spektakulären Flug nördlich des Yukon River gern wacher erlebt, aber das Mittel half ihm, die Strapazen der Landung in Fairbanks, des erneuten Starts und des langen Fluges zum Walker Lake zu überstehen.

»Wie lange noch?«, brüllte er nach hinten.

»Ist nicht mehr weit«, schrie Tess gegen den scharfen Fahrtwind zurück.

»Wo sind wir?«

Sie deutete nach unten. »Wir überfliegen gerade den Polarkreis.«

Ronan starrte hinunter auf die grüne, hügelige Tundralandschaft. Am Horizont entdeckte er eine steile Erhebung, die einer der senkrecht stehenden Felszinnen im Monument Valley ähnelte: War das Finger Mountain? Unter ihm stiegen Dampfwolken auf. Die Kanuti Hot Springs, die heißen Quellen am Kanuti River?

»Immer noch kein Funkkontakt?«

Tess schüttelte den Kopf.

»Vielleicht ist das Funkgerät kaputt?«

»Ich denke, wir sind einfach außerhalb der Reichweite.«

Schwarze Seen tauchten unter ihnen auf, dann ein ganzes Labyrinth von verschlungenen Flussarmen. Der Alatna River? Nein, das musste der Koyokuk River sein, der weit im Westen in den Yukon River mündete.

Tess flog über einen Gebirgskamm, dann sah Ronan vor sich, was auf den Karten Buschalaskas mit *(Wilderness)* bezeichnet wurde. Als hätten sie auf den letzten zweihundertfünfzig Meilen seit Fairbanks irgendeine Form von Zivilisation entdecken können ... eine einsame Blockhütte an einem See vielleicht ... einen staubigen Highway ... oder eine festgetrampelte Landebahn mitten im Nirgendwo ...

Aber hier war nichts, wirklich *nichts*. Abgesehen von einer atemberaubenden Landschaft, unberührter Natur, die einem das Herz stillstehen ließ, den schroffen Berggipfeln der Endicott

Mountains südlich der Brooks Range, endlosen Taigawäldern und Tundralandschaften mit blühendem Fireweed, so weit das Auge reichte, und ... Er hatte das Gefühl, genau hier würde die Arktis anfangen.

Oh, da war er ja! Dort vorn lag der Walker Lake!

Als Tess über den tiefblauen See hinwegdonnerte, schluckte Ronan ergriffen. Wie schön es hier war!

Mit Tränen in den Augen verfolgte er, wie Tess über dem spiegelglatten See drehte und nahe dem Strand mit Blick auf den majestätischen Mount Igikpak zur Landung ansetzte.

Eine Windbö erfasste das Flugzeug, und Tess machte einen Hüpfer über den See.

Fasziniert spähte Ronan über seine Windschutzscheibe hinweg, als sie erneut tiefer ging. Gleich ... noch nicht ... jetzt!

Touchdown! Weich tauchten die Schwimmer ins Wasser, und die Moth glitt hinüber zum Ufer. Tess kletterte aus der Maschine, balancierte auf dem schwankenden Backbordschwimmer und half ihm aus seinem Sitz. Steif vom langen Flug, watete Ronan durch das knietiefe Wasser an den Strand.

Seine Beine zitterten, nicht wegen des Morphiums, sondern wegen der Aufregung, als er einige Schritte ging und dann auf dem Kiesstrand auf die Knie fiel. Die Abendsonne war schon dicht über den Bergen am anderen Ufer des Sees.

Vier Stunden bis Mitternacht!

Sein Herz krampfte sich zusammen.

Träume werden wahr, wenn man die Hoffnung mit beiden Händen festhält. Wünsche gehen in Erfüllung, wenn man es schafft, lange genug am Leben zu bleiben.

Er wischte sich die Tränen aus den Augenwinkeln.

Ich bin am Ziel meiner Träume angekommen. Und am Ende meiner Lebensreise. Ich bin im Land der Mitternachtssonne.

# 28

»Jetzt!«

»Nein, sie sinkt noch.«

»Glaubst du?« Ronan, der ausgestreckt zwischen ihren Beinen lag und mit dem Kopf an ihrer Schulter lehnte, sah zu Tess auf. Wie seine Augen leuchteten! Schon den ganzen Abend!

»Hmm ... Ja, sie sinkt immer noch«, sagte sie. »Die Sonne hat den tiefsten Stand noch nicht erreicht.«

»Und, was glaubst du, wird sie den See berühren?«, fragte er verträumt und rekelte sich gegen sie.

Tess legte ihre Arme um ihn und küsste ihn aufs Haar. »Keine Ahnung.«

»Das wär schön.«

»Find ich auch.«

Das Moskitonetz, das sie an einem Ast über ihnen aufgehängt hatte, schwankte in der leise flüsternden Brise vom See. Den Saum des durchscheinenden Netzes, das ihnen während ihres Aufenthalts unter der Mitternachtssonne als Zelt dienen sollte, hatte sie mit einem Kreis großer Steine beschwert. Die Seite zum See war hochgeschlagen. Ronan genoss seinen Logenplatz mit fantastischem Blick auf eines der schönsten Naturschauspiele der Welt, und die Moskitos, die hier oben so groß waren, dass sie Zusatztanks für erhöhte Ladekapazität haben müssten, hatten sich noch gar nicht blicken lassen.

Während Ronan nach der Landung im See fischte, hatte Tess das Lager aufgebaut. Neben dem Feuer auf dem Kiesstrand hatte sie frische Fichtenzweige als Unterlage für die Schlafsäcke ausgebreitet. Dann hatte sie den Pappkarton mit den Vorräten ausgepackt, und Ronan hatte ihr bei der Zubereitung ihres festlichen Dinners geholfen: Als Vorspeise gab es geräucherten Lachs mit Cranberry-Sahne, als Zwischengang Königskrabben mit zerlassener Butter, als Hauptgang Rentiersteaks in Rotweinsauce und als Dessert Blaubeermuffins. Na gut, die hatten sie nicht selbst geschossen, wie Sheena sagen würde, die die kleinen Kuchen immer Blaubärmuffins genannt hatte, sondern auf Coreys Rat hin in Fairbanks gekauft. Dazu gab's Champagner. Was denn sonst.

Die beiden Forellen, die Ronan aus dem See geholt hatte, würden sie morgen zum Frühstück grillen, bevor sie nach Süden aufbrachen, um zu Cayden zurückzukehren.

»Und jetzt?«, fragte Ronan.

Wo die Sonne sich dem Horizont näherte, glühte der Nachthimmel jetzt golden. Über ihnen war er leuchtend lavendelfarben und mit funkelnden Sternen gesprenkelt. Der Strand, der See, die Berge, alles um sie herum hatte dieselbe zauberhafte Farbe, die sich von Minute zu Minute veränderte.

»Nein, noch nicht«, murmelte Tess. »Sie sinkt noch.«

Schweigend beobachtete Ronan die untergehende Sonne, und sie spürte seinen warmen Körper an ihrem, hörte seinen Atem und fühlte seinen Herzschlag. Sie strich ihm durchs Haar und atmete tief seinen Duft ein, der ihr seit einigen Tagen nicht mehr so vertraut erschien wie zuvor. Er hatte sich verändert, und er veränderte sich jeden Tag, an dem Ronan langsam starb, ein wenig mehr.

Plötzlich rang Tess mit den Tränen, obwohl sie doch ...

Gleich ... gleich würde sie's ihm sagen ...

Ronan legte seinen Kopf zurück und sah zu ihr auf. »Jetzt?«

Der Himmel war nun tiefblau, und die Wolken am Horizont schillerten in allen Farben des Regenbogens. Was hatten sie sich für einen wundervollen Abend ausgesucht!

»Nein, noch nicht«, sagte sie.

»Was ist, wird die Sonne in den See eintauchen?«

»Nein, sie wird darüber hinwegschweben.«

»Glaub ich auch.« Ronan zog sein Notizbuch aus der Tasche und schlug es auf.

Über seine Schulter hinweg konnte Tess auf der ersten Seite seine Wunschliste erkennen.

1. ~~*Loslassen.*~~
2. ~~*Freundschaft, die allem standhält.*~~
3. ~~*Glück, das alle Träume mit sich reißt. Und Lebensfreude, deren Lachen zu Tränen rührt.*~~
4. ~~*Zufriedenheit, die als Geschenk empfunden wird.*~~ *Und Versöhnung, das schönste Gefühl von allen.*
5. ~~*Liebe, die stärker ist als der Tod.*~~
6. *Und am Ende das größte Geschenk von allen …*

Das größte Geschenk. Tess hätte gedacht, es wäre der Flug zur Mitternachtssonne gewesen. Der Tag, der niemals endete. Das Licht des Lebens. Die Reise ohne Wiederkehr.

Aber Ronan strich heute Nacht keinen seiner Wünsche durch. Tyson hatte sein Geschenk erhalten: Zufriedenheit. Aber was war mit Versöhnung?

Es fehlten immer noch drei Träume, und viel Zeit blieb ihm nicht mehr.

Ronan klappte das Büchlein zu und legte es weg. »Die Sonne steht jetzt höher über dem glitzernden Wasser!«

Tess blinzelte in das grelle Licht. »Ja, sie steigt wieder!«

»Sie steigt!«, freute er sich wie ein kleiner Junge, richtete sich auf und begann *Auld Lang Syne* zu singen, als hätte gerade der fröhliche Countdown für Mitternacht am Neujahrsabend stattgefunden und alle Partygäste mit Champagnergläsern in der Hand würden sich zusammen mit ihm erinnern.

»Should auld acquaintance be forgot
and never brought to mind?

Should auld acquaintance be forgot
and auld lang syne?«

Dieses feierliche Lied, das ihr jedes Jahr die Tränen in die Augen trieb, handelte von alten Freunden, die getrennt waren und sich nun wiederfanden. Um ihre lange Freundschaft zu feiern, stießen sie auf ihre gemeinsamen Erinnerungen an – so wie sie beide vorhin während ihres Dinners unter der Mitternachtssonne.

Ronan küsste sie leidenschaftlich und flüsterte: »Ich liebe dich, Tess. Du bist wundervoll.«

»Und ich liebe dich, Ronan. Mehr, als ich sagen kann.«

Mit einem Lächeln ließ er sich wieder gegen ihre Schulter sinken. »Die Sonne ist schon wieder höher gestiegen, siehst du? Ein neuer Tag bricht an ...«

Tess drückte ihre Lippen in sein Haar. »Erinnerst du dich, dass du mir in Hawaii gesagt hast, du wärst glücklich?«

»Mhm, das war auf der Jacht, bei den Lavaströmen. Du hast mich gefragt, wann ich das letzte Mal so glücklich war, und ich habe geantwortet, es wäre der kostbarste Augenblick in meinem Leben gewesen. Damals im Krankenhaus, nach meinem ersten Zusammenbruch, hast du mich genauso im Arm gehalten wie jetzt. Ich konnte dein Herz schlagen hören und deinen Atem auf meinem Gesicht spüren. Ich konnte deine Wärme, deine Nähe, deine Liebe fühlen. Ich war nicht allein, das war ein großer Trost. Ich war so glücklich, Tess.«

»Bist du's jetzt?«

»Ja«, bekannte er aus vollem Herzen. »Ja, ich bin glücklich.«

»So glücklich wie damals?«

»Ja.«

»Und geht's noch ein bisschen glücklicher?«

Er seufzte entspannt. »Ich glaub nicht.«

»Willst du's wissen?«

Er lachte leise.

Sie holte tief Luft. »Also ...«

»Mach's nicht so spannend!«

»Was würde dich am glücklichsten machen?«

»Dich zu heiraten.«

»Kannst du von deiner Liste streichen.«

»Mit dir hierherzukommen, um den längsten und letzten Tag meines Lebens zu genießen.«

»Mach 'nen Haken dran.«

Einen Moment lang stellte sie sich das Unvorstellbare vor: ein langes Leben zu zweit. Strandspaziergänge Hand in Hand am Ocean Beach in San Francisco. Surfen in Hawaii. Ihre Reisen mit seiner Jacht und ihrem Flugzeug nach Australien, Südafrika und Europa. Ihre Welttour. Sein Unternehmen BRANDON-CONROY-TYRELL. Die gemeinsamen Tage und Nächte. Ihre Kinder. Deren Studium. Deren Hochzeit. Deren Kinder, ihre Enkel. Ein erfülltes Leben, wie Mom und Dad es hatten. Ein langes Leben, in dem sie in Würde gemeinsam alt werden konnten.

Jede Minute ihres Lebens war ein Geschenk, und Ronan blieb nicht mehr genug Zeit, auch nur von diesem wundervollen Leben zu träumen. Er spürte ihn kommen, den Tod, der sich unaufhaltsam in seinem Körper ausbreitete ...

Ronan richtete sich auf und sah sie an. »Tess?«

»Erinnerst du dich an den größten Wunsch unserer Jugend?«

Wie seine Augen plötzlich leuchteten! »Ja, ich erinnere mich.«

»Und? Sag's!«

»Wir wollten immer drei Kinder.«

»Drei«, nickte sie. »Sheena, Cayden und ... wie soll es heißen?«

Ungläubig staunte er sie an. »Nee, oder?«

»Doch!«

»Du bist ...?«

»Ja, ich bin schwanger.«

Tränen verschleierten seinen Blick. Sein Gesicht verriet jedes seiner Gefühle. »Bist du sicher?«

»Ja, ich bin sicher, seit gestern bin ich mir ganz sicher.«

Seine Schultern zuckten, und Ronan begann still zu weinen, so bewegt war er, dass er noch mal Vater wurde, obwohl er nach seinen Therapien nicht mehr damit gerechnet hatte. Ebenso wenig wie Tess.

Es war ... na ja ... passiert.

Aber gingen Herzenswünsche nicht immer unerwartet in Erfüllung? Für Ronan war es das größte Glück, für Tess der größte Trost, denn in ihrem Kind würde er weiterleben.

Sie nahm Ronan in die Arme, und sie weinten gemeinsam. Er küsste sie auf ihre tränennassen Lippen. Sie erwiderte seinen Kuss, und sie waren nicht mehr nur Liebende. Nein, sie waren jetzt auch gemeinsam Eltern.

Ich bekomme ein Baby! Erst jetzt, nachdem ich Ronan mein Geheimnis anvertraut habe, strömt eine Welle warmer Gefühle durch meinen Körper: Freude und Liebe. Ich wollte es erst nicht wahrhaben, aber was gestern noch nicht völlig zu begreifen war, ist heute schon Wirklichkeit geworden. Ein Baby hat sich auf die lange Reise gemacht, um auf die Welt zu kommen. Ich freue mich, und wie, aber da sind auch andere Gefühle, traurige, verzweifelte Gefühle. Denn sein Daddy hat sich auf eine ebenso lange Reise gemacht, um diese Welt für immer zu verlassen.

Unser Kind wird seinen Vater niemals kennenlernen. Cayden wird ihm sein wundervolles Erinnerungsbuch zeigen, ich werde ihm von seinem Daddy erzählen, und Ronan, geliebt und unvergessen, wird in unseren Erinnerungen weiterleben. Aber unserem Kind wird für immer ein großes Glück verwehrt bleiben: sich in den Armen eines liebevollen Vaters geborgen zu fühlen. Sich an ihm als großes Vorbild zu orientieren. Sich an ihm, an seinem vornehmen Charakter, zu messen.

Nichts ist mehr, wie es mal war. Ja, dieses Kind wird mein ganzes Leben verändern, das tut es jetzt schon. Es stellt bereits alles infrage, was ich bisher als entschieden betrachtet habe. Meine Welttour, meine Fliegerei, meinen selbstbestimmten, abenteuerlichen Lebensstil, meine Freiheit. Aber deshalb liebe ich es nicht weniger, im Gegenteil. Dieses Baby, dieses Kind meiner Liebe zu Ronan, dieser Wirbel von Gefühlen und Gedanken, ist es mir wert, über mein Leben nachzudenken.

Ronan sah sie an. »Wenn es ein Junge wird, soll er Ryan heißen.«

»Okay. Mr Ryan Brandon.«

»Und wenn es ein Mädchen wird?«

»Lara.«

»Ms Lara Brandon.«

»Gefällt dir der Name?«, fragte Tess.

Ronan lächelte glücklich und nickte. »Wir bekommen ein Kind!«, rief er ausgelassen, und das Echo hallte von den Bergen auf der anderen Seite des Sees wider.

Er beugte sich über sie, öffnete den Knopf und den Reißverschluss ihrer Jeans und schlug den Stoff zurück, um ihren noch immer flachen Bauch freizulegen. Mit der Hand strich er sanft darüber, dann beugte er sich über sie und bedeckte ihren Bauch mit Küssen.

Ein wohliges Gefühl von Zärtlichkeit breitete sich warm in ihr aus.

»Hey, du da drin, du klitzekleiner Mensch«, flüsterte Ronan. »Ryan. Oder Lara. Ich bin dein Daddy. Ich hätte dich sehr gern kennengelernt. Aber wenn du geboren wirst, bin ich nicht mehr da. Ich möchte, dass du auf deine Mommy aufpasst, hörst du? Sie ist der wunderbarste Mensch auf der Welt, die liebevollste Mommy, die du dir nur wünschen kannst, und die beste Freundin, Geliebte und Ehefrau, von der ich viel zu lange nur geträumt habe. Ich bewundere sie für ihre Beherztheit, weißt du, für ihre Gelassenheit. Es gehört sehr viel Mut dazu, sich gerade jetzt für dich zu entscheiden, mein süßes Kind, sehr viel Vertrauen, Hoffnung und Liebe.« Er richtete sich auf und sah sie an. »Ich liebe dich, Tess. Bis der Tod uns auseinanderreißt.«

Ronan lehnte seine Stirn gegen ihre – ein besinnlicher Moment. Tess nahm sein Gesicht in beide Hände und küsste ihn innig. »Ich liebe dich, Ronan. Für immer und ewig.«

Als Ronan sich wenige Minuten nach dem Start umdrehte und zurückblickte, war der Walker Lake hinter dem marienkäferroten Leitwerk der *Ladybird* verschwunden.

Tess blickte von der Karte auf ihren Knien auf: »Hi, du.«

»Hi.«

»Alles klar?«

»Yeah.«

»Freust du dich auf unseren Kleinen?«

»Yeah, und wie! Cayden wird völlig durchdrehen, wenn wir ihm erzählen, dass wir ihm ein kleines Brüderchen oder Schwesterchen mitbringen!«

»Glaub ich auch.« Tess lächelte. »Übernimmst du das Logbuch?«

»Hab ich das?«

»Neben deinem Sitz.«

Ronan tastete zwischen dem Sitz und den Spanten der Flugzeughülle herum. Ah, da war es. Er gab Tess Thumbs-up, zog den Stift aus dem Buchrücken und begann mit seinen Eintragungen. Datum, Uhrzeit, Abflugzeit am Walker Lake, zurückgelegte Distanz ungefähr fünfzig Meilen, geschätzte Ankunftszeit in Fairbanks.

Ja, okay, das Wetter. Tess flog tief, sehr tief, weil sie sonst nicht navigieren konnte. Denn weiter oben behinderte dichter Nebel die Sicht. Flughöhe, tja ... geschätzte 300 Fuß, vielleicht noch weniger. Sie waren so tief, dass Ronan mit den Fingerspitzen beinahe die grünen Baumwipfel berühren konnte. Und die weißen Schwäne, die unter ihnen nach Norden flogen. Ja, gut, er wusste, dass Schwäne in Alaska nisteten. Aber er hätte nicht gedacht, dass sie bis zum Polarkreis flogen. Aber ja, dort unten paddelte ein Pärchen auf einem pfützengroßen Tümpel inmitten der rostroten Tundralandschaft herum. Noch mehr Seen huschten unter ihm vorbei, dann tauchte ein gewundener Flusslauf vor ihm auf, ein schwarzer Riss in der hügeligen Landschaft. Was für eine Ruhe diese menschenleere Wildnis ausstrahlte! Himmel und Erde, ein Horizont, sonst nichts. Einsamkeit, so weit das Auge reichte. Und der Schatten ihres winzigen Flugzeugs, der über die Baumwipfel hinwegsauste.

Hinter ihm versuchte Tess, Fairbanks anzufunken, um ihren Tankstopp anzukündigen. Wieder nichts, nicht mal ein leises Knistern und Knacken. Das Funkgerät war hin. Tess wirkte angespannt, als sie ihm ein Milky Way nach vorn reichte und selbst eins futterte.

Stumm ließ Ronan sich in den Sitz zurücksinken, die Arme um den Körper geschlungen, verkrampft und gedankenverloren. Es ging ihm nicht gut, aber es wäre ihm auch nicht besser gegangen, wenn er Tess gefragt hätte, wie es stand. In ihrer angespannten Stimmung hätte sie ihm bestimmt ein zynisches »Es besteht noch Hoffnung« um die Ohren gehauen. Okay, und dann?

Jetzt, ausgerechnet jetzt! Ein Anfall, er spürte ihn kommen. Sein Brustkorb verkrampfte sich, und er rang nach Atem. War das eine Panikattacke? Der Aufbruch aus dem Land der Mitternachtssonne zurück nach Süden, die plötzliche Leere nach der Erfüllung seines letzten Traums, die Angst vor dem, was jetzt noch kommen würde, all das drückte auf seine Stimmung, und sein geschwächter Körper konnte die seelische Belastung einfach nicht mehr verkraften.

Ronan versuchte, sich auf Cayden zu konzentrieren, um innerlich zur Ruhe zu kommen und gelassener zu werden. Wie seine

Augen leuchten würden, wenn er ihm von seinem Brüderchen oder Schwesterchen erzählte. Wie er seine Arme um ihn werfen und »Hab dich lieb, Daddy« rufen würde.

Hab dich auch ganz doll lieb, Süßer. Und Ryan und Lara auch. Seltsam, nicht? Ich stelle mir die beiden als zwei Kinder vor, nicht nur als eines. Ich fühle mich wie benebelt, als hätte ich hohes Fieber, und mein Kopf schmerzt unerträglich. Und jedes Mal, wenn ich an Ryan und Lara denke, schießen mir die Tränen in die Augen. Ich male mir aus, wie die beiden im Garten oder am Strand in San Francisco spielen, wie sie mit Eimerchen und Schäufelchen die Beete umgraben, um die Schienen ihrer Spielzeugeisenbahn zwischen den Blumen zu verlegen. Ich stelle mir vor, wie ich sie auf ihre Ponys hebe und mit ihnen am Strand spazieren gehe. Oder mit ihnen im Pazifik schwimme: Sie hocken auf meinem Surfboard, ihre Beine treten Wasser, und ich ziehe sie an der Leash hinter mir her.

In jedem dieser … dieser Träume bin ich dabei. Ich nehme an ihrem Leben teil, forme es, fördere es, schütze es. Aber in Wirklichkeit werde ich nichts davon mehr miterleben. Ich kann Lara keine Zöpfe flechten. Ich kann Ryan nicht zeigen, wie man mit einem alten Bettlaken als Fallschirm von Tess' Haus in Carville springt, wie wir damals als Kinder. Ich kann Lara und Ryan keine Gutenachtgeschichten erzählen und das Ende offen lassen, damit sie es mir erzählen, flüsternd, kichernd, durcheinanderschreiend. Ich kann sie nicht aufwachsen sehen, und ich kann sie nicht beschützen, wie Mom und Dad Tess und mich beschützt haben. Ich kann nie, nie, nie ihr liebevoller Daddy sein.

Der Mann auf den Fotos werde ich für sie sein, ein Name auf einem Grabstein, der Held eines Gutenachtlieds, eine sehnsüchtige Erinnerung, die Tess mit ihnen teilt. Ich werde ein Traum sein, der oft geträumt wird, ein Wunsch, der nie in Erfüllung geht, so viele Wunschkugeln meine Kinder auch in Shannons Wunschbaum hängen.

Ich werde als Traum weiterleben, als Wunsch, als Erinnerung. Eine tröstliche Vorstellung, ehrlich, aber ...

Eine Tasse Kaffee gegen die Kopfschmerzen wäre jetzt schön. Gegen die Krämpfe und die Schweißausbrüche würde es nicht helfen. Aber nur mal aussteigen aus diesem engen Sitz! Wie weit noch bis Fairbanks?

»Hey, was ist mit dir?«, brüllte Tess von hinten. »Geht's dir nicht gut?«

Mühsam drehte Ronan sich zu ihr um und rang sich ein Lächeln ab. Er wollte sie nicht beunruhigen. »Alles in Ordnung.«

Tess reckte ihren Arm über die Windschutzscheibe, und er ergriff ihre Hand. »Wir sind bald zu Hause«, tröstete sie ihn. Sie sah doch, wie schlecht er sich fühlte.

Ronan nickte stumm, ließ ihre Finger los und sank wieder in seinen Sitz.

Das Wetter wurde schlechter. Gegenwind kam auf, ein starker Höhenwind, der das kleine Flugzeug in heftigen Turbulenzen hin und her warf.

»Festhalten!«, rief Tess und ging noch tiefer. »Es wird ein bisschen holperig.«

Seine Schmerzen waren jetzt so stark, dass er sich mit beiden Händen an den Sitz klammerte. Die Schultern hochgezogen, die verkrampften Arme durchgedrückt, versuchte er den Kopf hochzuhalten und immer wieder zur Seite zu drehen, als schaute er total fasziniert hierhin und dorthin. Tess sollte ihm nichts mehr anmerken. Sie musste sich auf die Navigation konzentrieren. Es reichte, wenn er ihr heute Abend erzählte, wie beschissen er sich fühlte.

Dann wurde sein Zustand noch schlimmer. Er knirschte mit den Zähnen, er stöhnte leise, und sein Körper fühlte sich an, als bestünde er nur noch aus Schmerz. Funken flogen vor seinen Augen, wie bei Micky Maus, wenn er wieder mal seinen Flieger gecrasht hatte. Na, wenigstens hatte er noch seinen Humor.

Bald waren die Schmerzen kaum noch auszuhalten. Die Verspannungen im ganzen Körper waren schier unerträglich, und das Atmen fiel ihm immer schwerer. Er wollte nach Hause. Er musste sich hinlegen. Er wollte keine Schmerzen mehr haben. Keine panische Angst.

Jetzt bloß nicht vor Schmerz die Luft anhalten! Weiteratmen!

Eine Turbulenz schüttelte die Motte durch, und Ronan schrie vor Schmerz. Er litt Höllenqualen. Es waren dieselben reißenden Schmerzen wie während der Chemotherapie, dieselben Muskelkrämpfe, dieselbe zittrige Schwäche, dieselbe japsende Atemnot. Und plötzlich war da auch wieder dieser entsetzlich muffige und bittere Geschmack im Mund, das scheußliche Gefühl zu stinken, der würgende Selbstekel, der schon damals nur schwer zu ertragen gewesen war. Dieselben düsteren Gedanken.

»...?«, rief Tess hinter ihm.

Nichts verstanden.

Ronan konnte sich nicht zu ihr umdrehen. Er konnte sie nicht beruhigen. Er konnte sich nicht entspannen. Aber trotz seiner Benommenheit schaffte er es, sich mit letzter Kraft eine Morphiumspritze zu geben.

Sobald die Schmerzen ein wenig nachließen, holte er sein Notizbuch aus dem Rucksack zwischen seinen Knien und schlug es mit ungelenken Fingern auf. Der scharfe Fahrtwind blätterte in den vollgeschriebenen Seiten und riss ihm das Büchlein beinahe aus der Hand. Aber er schaffte es, einen Blick auf seine Wunschliste zu werfen. Noch drei Wünsche.

Wann, wenn nicht jetzt!

Er schob das Notizbuch in seinen Rucksack, riss eine Seite aus dem Logbuch der *Ladybird* und begann einen Brief zu schreiben. Das lenkte ihn von den Schmerzen ab, von der Benommenheit, von der Angst, nicht mehr genug Zeit zu haben für das, was er noch tun wollte.

Während sich das kleine Flugzeug durch die Turbulenzen

kämpfte und Tess erneut zu funken versuchte, stellte Ronan sich Tyson vor, wie er seinen letzten Brief an ihn las.

Tyson …

Seine Finger waren so steif, und sie zitterten derart, dass er seine eigene Schrift kaum entziffern konnte.

Dieses Geschenk ist das schwierigste von allen, dachte er. Wie verschenkt man so ein Gefühl? Wie fühlt es sich überhaupt an? Jede Formulierung kann missverstanden werden, jedes Wort kann arrogant wirken, herablassend, belehrend. Aber das will ich nicht.

Zum Versöhnen gehören zwei.

Wie soll ich anfangen, etwas zu beenden, was schon unser ganzes Leben währt?

*Tyson,*

*ich schreibe diesen letzten Brief an Dich im Flugzeug, und es fällt mir nicht leicht. Nicht weil mich die Turbulenzen derart durchschütteln, dass ich beinahe den Stift fallen lasse. Oder weil ich solche Schmerzen habe, dass ich kaum noch klar denken kann. Sondern weil es so vieles gibt, was ich Dir sagen möchte. Aber wo soll ich beginnen? Soll ich Dir sagen, dass ich Dich liebe? Oder dass ich mich oft an die glücklichen Tage unserer Kindheit erinnere? Dass ich stolz auf Dich bin? Du findest, das klingt überheblich? Vielleicht hast Du recht. Aber so empfinde ich, und ich will von ganzem Herzen ehrlich zu Dir sein.*

*Also zuerst: Ich wünschte, Du wärst hier, und wir könnten über alles reden. Über unsere Gefühle, über die Verletzungen, die wir uns gegenseitig zugefügt haben, über Vertrauen und Versöhnung. Über eine zweite Chance, bewusster zu leben, ein guter Bruder zu sein, ein besserer Freund.*

*Aber Du bist nicht hier, und wir werden uns wohl nie wiedersehen, deshalb ist dieser Brief ein Abschied. Denn wenn Du ihn liest, Ty, bin ich nicht mehr für Dich da, obwohl ich es wirklich gern wäre. Es tut mir leid, dass ich nicht den Mut hatte, mich mit Dir auszusprechen, bevor ich San Francisco verlassen habe. Ich dachte, mir bliebe mehr Zeit als diese wenigen Wochen. Ich dachte, wir beide hätten noch eine Chance.*

*Okay, haben wir aber nicht.*

*Wir sind im Streit auseinandergegangen ...*

Bald war die Seite vollgeschrieben.

Als Ronan aufsah, bemerkte er die beiden Schwäne, die neben ihnen herflogen, die langen Hälse vorgereckt, die weiten Schwingen kraftvoll schlagend.

Trotz seiner Schmerzen musste er lächeln.

Die beiden Schwäne, das waren Tyson und er ...

Ronan drehte das flatternde Blatt um und kritzelte weiter. Dann war der lange Brief beendet:

*Leb wohl,*
*Dein Bruder, für immer*

Als er den Stift zurück ins Bordbuch schob, passierte es: Von einem See unter ihnen flatterten Schwäne hoch, ein ganzer Schwarm! Was hatte sie aufgeschreckt? Ein Grizzly?

Dann ein Aufprall, und noch einer, und ein Knall!

Vom Wind aus seiner Hand gerissen, flog der Brief davon. Geblähte Federn, die ihm ins Gesicht peitschten, gebrochene Körper, die die leichte Hülle der Moth durchschlugen, mit voller Wucht gegen ihn prallten und ihm die Luft aus der Brust pressten, und Blut, viel Blut, das über seine geborstene Windschutzscheibe rann, über seine Fliegerbrille und seine Flugkombi.

Vogelschlag!

Während Ronan mit dem Ärmel das Blut und die Daunenfedern der Schwäne von den Brillengläsern wischte und einen toten Schwan mit gebrochenem Genick über Bord warf, spürte er, wie Tess die Moth nach Steuerbord zog, um dem Schwarm auszuweichen, der immer noch von dem See dort unten aufstieg. Sie fluchte, und ihre Stimme klang schrill. Erschrocken. Panisch.

»Tess?«, brüllte er.

»Halt dich fest, Ronan! Ich weiß nicht, ob ich ... Scheiße!«

»Was ist?«

»Ich kann die Moth nicht abfangen! Wir stürzen ab!«

Ronan fühlte, wie das Flugzeug schnell an Höhe verlor. Der Motor stotterte und schnarrte, der Propeller setzte aus, und auch Tess wurde plötzlich ruhig.

War der Propeller durch Blut, Knochen und Federn blockiert? War der Motor durch den Aufprall der Schwäne zerstört worden?

Ronan wagte einen Blick nach unten. Wenn Tess es schaffte, sie im Gleitflug runterzubringen ...

Dann fiel ihm ein, dass sie ja keine Räder am Fahrwerk hatten, sondern Schwimmer. Sie konnten nur auf einem See landen. Aber keine der Pfützen dort unten war groß genug für eine Notwasserung.

Er wandte sich zu Tess um, und sie erwiderte seinen Blick. »Es tut mir leid«, sagte sie so leise, dass er sie kaum verstehen konnte. »Es tut mir so unendlich leid.«

Ronan nickte stumm. Das war's also.

»Ich liebe dich, Ronan.«

»Und ich liebe dich, Tess.«

Während er seine Gurte straff zog, kippte der Horizont, als Tess, keine Ahnung, wie, die Maschine ausrichtete. Der Boden kam immer näher, flach und immer flacher, wie in einem kontrollierten Landeanflug.

Baumwipfel!

»Achtung! Festhalten!«, brüllte Tess, riss die Maschine hoch und hopste in letzter Sekunde über die Bäume hinweg. Die Wipfel streiften die Schwimmer, das konnte Ronan hören.

»Wir brauchen eine Lichtung!«

Er lehnte sich aus der Maschine und spähte nach unten. »Da drüben!«

Eine kleine Kurskorrektur, dann prallten die Schwimmer mit voller Wucht auf den Tundraboden und zogen in der weichen, matschig-feuchten Erde eine tiefe Furche, bevor das Fahrgestell, vermutlich von einem Felsbrocken, abgerissen wurde. Die Moth schlitterte auf dem Bauch weiter, die Tragflächen wurden zerfetzt, der Propeller pflügte den Boden um, und die Maschine überschlug sich.

Die Moth machte einen Kopfstand, den Propeller tief im weichen Boden, das Leitwerk im Himmel. In der Fliegersprache hieß das sehr anschaulich: Fliegerdenkmal.

Steine, Gras und Erde prasselten auf Ronan nieder und noch etwas anderes: zerfetzte Teile des leichten Flugzeugs, das aus kaum mehr als Sperrholz, Leinwand und Spucke bestand. Die Gurte, die ihn fest im Sitz hielten, hatten ihm das Leben gerettet.

Aber sein rechtes Bein war gebrochen. Die Jeans war zerfetzt, und die scharfkantige Spitze des gebrochenen Schienbeins ragte aus der blutenden Wunde.

»Tess!«, brüllte er mit letzter Kraft.

Keine Antwort.

Wie betäubt, zitternd von dem Schock und stöhnend vor Schmerz, versuchte Ronan, sich abzustützen, um sich zu ihr umzuwenden. Aber er schaffte es nicht.

Tess hing über ihm und rührte sich nicht. Jedenfalls konnte er nichts hören.

»Tess!«

Keine Reaktion.

Er musste ihr helfen, aber wie? Sein Bein war zerschmettert, und er blutete. Er hatte Schmerzen, und er konnte sich nicht aufrichten, um die Gurte zu lösen, weil er sein eigenes Gewicht nicht hochstemmen konnte.

Ein scharfer Geruch reizte ihn zum Husten.

Rauch?

»Tess! Wir müssen hier raus! Das Flugzeug brennt!«

Keuchend vor Schmerz reckte er seinen Arm vor und tastete nach dem Lederetui mit den Morphiumspritzen. Seine Hände zitterten, die Finger waren taub, und es war schwierig, eine Spritze aus der Lasche zu zerren, eine Ampulle aufzubrechen und eine Dosis aufzuziehen.

Okay, geschafft. Er setzte sich die Spritze, warf sie vor den Sitz, atmete kurz durch und löste mit beiden Händen die Gurte.

Sofort krachte er gegen das geborstene Instrumentenpaneel und die blutige Windschutzscheibe.

Jetzt richte dich auf, Ronan! Stell dich auf das Instrumentenbrett, dann kannst du Tess erreichen und ihr helfen!

Als er es schließlich geschafft hatte, sich umzudrehen und zu ihr hinaufzusehen, schrie er vor Schreck, vor Entsetzen, vor Angst.

Tess war beim Aufprall aus ihrem Sitz geschleudert worden. Kopfüber hing sie mit dem blutigen Gesicht an ihrer geborstenen Windschutzscheibe. Sie war bewusstlos. Wie schwer war sie verletzt? Würde sie überleben? Und das Kind?

Keine Zeit mehr! Dichter Rauch quoll irgendwo unter seinem Sitz aus der Maschine. Es roch nach brennendem Holz, schwelender Leinwand und glühendem Leim, vielleicht auch nach Motorenöl. Die Tanks schien es nicht erwischt zu haben, noch nicht. Aber wenn sich die Flammen weiter vorwärtsfraßen, konnte jeden Augenblick der Treibstoff explodieren. Ein Funke genügte, und wenn das Gas sich entzündete, war es mit einem donnernden Blitz vorbei.

Schnaufend packte er Tess' Arm, der neben der Windschutzscheibe zu ihm herunterbaumelte, und zog daran.

Nichts.

Ja klar, sie war noch angeschnallt.

Er stieg wieder hinunter und tastete unter dem Sitz nach seinem Rucksack. Da war sein Bowiemesser. Okay, zweiter Versuch!

Endlich begann das Morphium zu wirken, die Schmerzen ließen ein wenig nach, und Ronan hatte wieder mehr Kraft in Armen und Beinen.

Wie er's schaffte, mit einem offenen Bruch über die Tragestruktur der aufgerissenen Hülle zu ihr hinaufzuklettern, sich an der Flügelaufhängung festzuhalten und Tess mit letzter Kraft an der zerbrochenen Windschutzscheibe vorbei aus der Maschine zu zerren? Keine Ahnung, ehrlich.

Als sie schließlich auf den Boden prallte, sprang er zu ihr hinunter, rollte über die Schulter ab, rappelte sich wieder auf, packte sie am Arm und schleifte sie hinter sich her in Sicherheit.

Einige Schritte weiter drehte er Tess in eine stabile Seitenlage. Erschöpft fiel er neben ihr ins matschige Gras.

Die Schwäne drehten über ihnen ihre Kreise. Dann landeten sie wieder auf dem See, die schwarzen Beine abgespreizt wie die Schwimmer eines Wasserflugzeugs, die weißen Flügel weit ausgebreitet. Das Knattern ihres Flügelschlags hallte über den kleinen Tundrasee, so still war's hier in der Wildnis. So einsam.

Das war sein letzter Gedanke, bevor es dunkel um ihn wurde.

# 29

Als Tess die Augen aufschlug, musste sie blinzeln. Sie blickte direkt in die grelle Sonne, die sie blendete. Ihr Kopf tat weh, Ronan würde sagen: mit wirbelnden Sternchen. Wie nach einem von Mickys Flugzeugcrashs.

Wo bin ich?, fragte sie sich, während ihre Systeme hochfuhren und ihre Vitalwerte sich stabilisierten: Atmung, Pulsschlag, Kreislauf, Schmerzempfinden, Gedächtnis. Sie zuckte zusammen: Wir sind ja wirklich abgestürzt!

Schnaufend setzte sie sich auf und sah sich um. Hinter dem Fliegerdenkmal der in den Boden gerammten Moth erkannte sie eine weite, hügelige Tundralandschaft. Niedrige Fichten und kleine Birken. In der Ferne, vielleicht eine halbe Meile entfernt, ein schwarzer See mit Schwänen. Dahinter ein Wald. Dort musste der gewundene Fluss mit den vielen Seitenarmen sein, den sie vorhin überflogen hatten, bevor der Wind ihr die Navigationskarte fortriss. War das der Koyokuk River? Keine Ahnung. Aber egal. Denn sie wusste genau, wo sie waren: mitten im Nirgendwo.

Neben ihr stöhnte Ronan. Erst jetzt bemerkte Tess sein zerschmettertes Bein. Weiß schimmerte der zersplitterte Knochen des Schienbeins durch die blutige Masse von zerfetzten Muskeln und Sehnen. Das Bein war völlig aufgerissen, der Knochen total verdreht. Wie war denn das passiert?

Ronan hat mich aus dem Wrack gezogen! Er hat mir das Leben gerettet!

»Ronan?« Auf allen vieren rutschte sie näher an ihn heran. »Wie geht's dir?«

Er stöhnte und knirschte mit den Zähnen. »Und ... dir?«

»Ich hab nichts abbekommen. Nur ein paar Kratzer.«

»Unser Kind . . .«

»Ist noch da, Ronan, hier bei uns.«

Er lächelte erleichtert. »Kannst du . . . Morphium . . .«

»Schon unterwegs.« Tess sprang auf und hastete hinüber zur Moth, die aussah, als hätte ein kleiner Junge sein Spielzeugflugzeug vor Trotz und Wut senkrecht in den Boden gerammt. Die Schwimmer waren abgerissen, die Tragflächen gebrochen, der Propeller fehlte. Die Hülle war an beiden Seiten aufgerissen, und in einigen Einschlaglöchern steckten noch die toten Schwäne. Vom Pilotensitz baumelte ein blutiger Flügel herunter. Die Kiste war wohl ein Totalschaden.

Aber sie war nicht ausgebrannt. Der Schwelbrand unter dem Cockpit war im feuchten Matsch an der Unterseite der Flugzeughülle erloschen. Die Treibstofftanks hatte er nicht erreicht. Das hieß: jede Menge Brennmaterial fürs Kochen, Braten, Heizen, und sie konnte sogar heiß duschen, wenn sie einen leeren Treibstoffkanister in eine Birke hängte.

Tess kletterte auf das geborstene Instrumentenpaneel des Kopilotensitzes und zerrte Ronans Rucksack aus dem Fußraum. Da war auch das Lederetui mit den Morphiumampullen. Und die Spritze? Ah, dahinten, unter den gebrochenen Spanten, lag sie. Offenbar hatte Ronan sich nach dem Aufprall noch eine Injektion gesetzt, sonst wäre die Spritze beim Aufprall hinausgeschleudert worden.

Sie kehrte zu Ronan zurück, desinfizierte die Nadel mit Alkohol und hielt sie in die Flamme ihres Feuerzeugs. Dann zog sie eine Dosis Morphium auf und erlöste ihn von seinen Schmerzen. »Ronan, ich möchte, dass du jetzt ein bisschen schläfst. Ruh dich aus.«

»Und du?«

»Ich bastele ein bisschen an der Moth herum. Und dann an deinem Bein.«

»O...kay.«

»Wenn du schläfst, lagere ich dich bequemer. Auf einen Teil der Tragfläche. Dann richte ich dein Bein und decke die Wunde ab.«

Er nickte unmerklich.

Tess hauchte ihm einen Kuss auf die verzerrten Lippen und strich ihm über das verschwitzte Haar. »Schlaf jetzt!«

»Hmm ...«

»Ich liebe dich.«

Keine Antwort.

Sie kehrte zur Moth zurück und begann damit, ihre Rucksäcke und den Pappkarton mit den Vorräten zu bergen. Viel war's nicht, die Tour war ja schließlich nur als kleiner Ausflug geplant. Heute Abend hatten sie schon wieder zu Hause sein wollen, um Cayden ins Bett zu stecken. Also, was hatten sie? Eine Dose mit gemahlenem Kaffee, ein Streuer mit gemischtem Pfeffer und Salz, ein anderer mit Zucker, gesalzene Butter, ein Blaubeermuffin, eine Flasche Champagner. Mit einem der Schwäne aus der Tragfläche ergab das ein Festessen in der Wildnis. Weiter! Ein Fire Starter Kit, die Flugzeugbatterie, etliche Gallonen Treibstoff, das Motorenöl, das nicht verbrannt war, Holz und Segeltuch aus dem Rumpf der Moth. Der Werkzeugkasten enthielt alles, was das Fliegerherz höherschlagen ließ, Hammer und Nägel, Säge und Kleber, eine Axt, zwei Schraubenzieher und eine Rolle Kabel. In Alaska war jeder Pilot auf den Notfall vorbereitet.

In Ronans Rucksack fand sie sein Survival Kit: Zahnbürste und Zahnpasta, Nagelschere und Nagelfeile, ein kleiner Spiegel, ein Rasiermesser und eine Dose Seifenschaum. In ihrer Tasche steckte ihre Reiseapotheke für Notfälle: Desinfektionsmittel, Verbandsmaterial, Schmerzmittel.

In der nächsten halben Stunde zerlegte Tess die Moth in ihre Einzelteile: die Spanten und Stringer des Holzgerüstes, die Hüllenplanken aus gewölbtem Sperrholz, die Metallrohre des Fahrgestells. Die Sitze waren schwierig auszubauen, weil Tess sie mit einer Hand hochstemmen musste, während sie sie mit der anderen abschraubte, aber sie schaffte es.

Jetzt der abgerissene obere Steuerbordflügel, dessen Außenhülle nicht beschädigt war. Bei der Moth konnten die Flügel an den Rumpf geklappt werden. An den Scharnieren trennte Tess die Tragfläche ab, kappte mit dem Bowiemesser die Aufhängungen aus Holz und Draht und schleppte die leichte Holzkonstruktion hinüber zu Ronan, der auf dem kalten, matschigen Boden schlief. Einige Handbreit unter dem Tundragras steckte der Permafrost. Der Sommer hier oben war zu kurz und zu kalt, um den Boden mehr als ein paar Inches aufzutauen. Daher die Seen, die matschigen Tundrawiesen, die winzigen Birken. Das Schmelzwasser konnte nicht versickern.

Tess ließ den Flügel auf den Boden fallen, breitete die wetterfeste Abdeckplane darüber und zog Ronan auf seinem aufgeklappten Schlafsack Inch für Inch auf das Holzgerüst, das ihn vor Unterkühlung schützte. Sobald das Lagerfeuer brannte, versorgte sie seine Wunden. Wie viele Morphiumampullen hatten sie noch? Nur fünf. Also gut, dann musste es ohne gehen. Tess schnitt den Stoff seiner Jeans auf, richtete das gebrochene Bein, behandelte die Wunde mit Jod, deckte sie mit einem Verband ab und schiente das Bein mit der Stange des leichten Metallpaddels – im Notfall hätte man das Wasserflugzeug damit bis zum nächsten Ufer paddeln können.

Ronan stand unter Schock. Behutsam klappte Tess den Schlafsack zu, zog den Reißverschluss hoch und breitete vorsichtig eine Ecke der Segeltuchplane als Decke über ihn. So, das war's.

Weiter! Die beiden Sitze schleppte sie zum Feuer. Sobald es Ronan besser ging und er sich aufsetzen konnte, würde sie die Tragfläche aufrichten und zur Rückwand eines Unterstands umbauen, mit der Abdeckplane und dem Moskitonetz als Zelt, als Schutz vor Hitze und Kälte, Wind und Regen, und natürlich den Moskitos.

Tess gönnte sich keine Atempause, bis sie die roten Hüllenplanken der *Ladybird* in großen Buchstaben auf dem Boden ausgebreitet und mit Steinen beschwert hatte: HELP!

Kurze Rast: Von Ronans Rasierspiegel entfernte sie die silberne Rückplatte. Mit ihrem Bowiemesser kratzte sie ein Fadenkreuz in die Beschichtung. Durch dieses Kreuz konnte sie ein Rettungsflugzeug anvisieren und den Piloten trotz reflektierender Fliegerbrille anblitzen. Den Spiegel steckte sie griffbereit ein. Er funktionierte einfach schneller als die Signalfeuer in den mit ölgetränkter Erde gefüllten Metallbehältern. Die Notfackeln brannten mit dickem schwarzen Rauch, der an einem klaren Tag meilenweit zu sehen war.

Ronan schlief noch tief und fest, als Tess mit ihrer Winchester für eine kurze Erkundungstour aufbrach. Eine Viertelstunde, viel länger konnte sie ihn nicht allein lassen. Der schwarze See mit den Schwänen war eine halbe Meile entfernt. Das Wasser war kristallklar, und sie füllte ihre Wasserflaschen auf. Zurück lief sie einen anderen Weg, um die Gegend zu erkunden. In der Ferne entdeckte sie zwei Polarhasen. Und dort auf dem Hügel streifte ein Rudel Polarwölfe umher. Über ihnen drehte ein junger Steinadler seine Kreise. Die weißen Flecken an der Unterseite seiner Schwingen konnte Tess deutlich sehen.

Moose, Flechten, Farne, Gräser, das Heidekraut und die Birken tauchten die weite Tundralandschaft in glühende Farben, die denen des Indian Summer in Kalifornien in nichts nachstanden. Überall leuchtete es grün, ocker und gelb, rot und violett. Die kleinen Schmelzwasserseen spiegelten den blauen Himmel, und der Horizont verschwamm im Norden mit den blauen Bergen der Brooks Range und im Süden mit den endlosen grünen Taigawäldern nördlich des Yukon River.

Wie es schien, war's eine Punktlandung: Sie waren ziemlich genau auf dem Polarkreis abgestürzt.

Das letzte Mal war es nicht so weit nach Hause. Tess musste

sich durch Eis und Schnee kämpfen, Temperaturen von dreißig Grad unter null aushalten, mit Erfrierungen kämpfen, gegen Verzweiflung und Angst, aber gegen das hier war es ein lustiger Kindergeburtstag. Und darüber haben sie in Hollywood einen Film gedreht: *Hope, Alaska!*

Mit dem dramatischen Soundtrack des Films im Kopf kehrte sie ins Lager zurück. Das klang gut. Lager klang nach Sicherheit und Geborgenheit, nach Abenteuer und Romantik, nach Zelt und Lagerfeuer, nach Steaks und Bratkartoffeln und langen Gesprächen bei Sonnenuntergang.

Ronan schlief noch, und sie hockte sich auf einen der Sitze am Feuer und bastelte aus abisolierten Zünddrähten Schlingen für Fallen, in denen sie Polarhasen fangen wollte. Schwäne schmeckten einfach nicht, da half weder Ketchup noch Tabasco. Außerdem war das Fleisch oft verseucht mit Salmonellen. Wieso sie Fallen stellte und nicht mit der Winchester herumballerte? Weil sie nicht allzu viel Munition dabeihatte. Und gegen ein Rudel Polarwölfe, das Ronans Blut gerochen hatte, konnte ein Bowiemesser nicht viel ausrichten.

Und Fliegenfischen in den Seen? Eine prima Idee, wirklich, aber sie konnte Ronan nicht stundenlang allein lassen, nur um eine Hand voll kleiner Fische zu fangen. Also warf sie den Köder aus, steckte die Angel in den weichen Boden und sicherte sie mit einer Drahtschlinge an einer Birke am Seeufer. Heute Abend würde sie zurückkehren und nachsehen, ob ein Fisch angebissen hatte.

Die Fallen baute Tess an den deutlich sichtbaren Pfaden der Polarhasen auf. Aus Spanten und Stringern der Moth, die sie mit dem Stiefelabsatz in den matschigen Boden rammte und mit Segeltuchstreifen aus der Flugzeughülle verband, baute sie eine Art Trichter. Der sollte die Hasen zu den Drahtschlingen führen. Ihr Vorrat an Baumaterial reichte für neun Fallen. Die Chancen standen gut, einen Polarhasen zu fangen, bevor die Wölfe ihn erwischten.

Auf dem Rückweg ins Camp sammelte Tess noch mehr feuchtes, moosiges Holz fürs Lagerfeuer und hielt nach Wurzeln und Knollen Ausschau, die sie kochen oder rösten konnte. Kein Weg mit leeren Händen!

Schon vom nächsten Hügel aus war die zerlegte Moth nicht mehr zu sehen. Ein Haufen Holz in der Weite der Landschaft. Und die Abdeckplane? Von oben sah das Zelt aus wie eine helle Sandfläche am Ufer eines ausgetrockneten Sees. Oder wie ein kleines Feld von Alaska Cotton: Wollgräser mit weißen Wattebäuschen. Hoffentlich war ihr knallrotes HELP! für die tief fliegenden Rettungsflugzeuge gut zu lesen.

Ronan zitterte und schwitzte jetzt in seinem Schlafsack. Hatte er Fieber? Tess legte die Hand auf seine Stirn, aber er wachte nicht auf. Sie hauchte ihm einen Kuss auf die Wange, dann stellte sie die verbeulte und verrußte Kanne in die Glut des Lagerfeuers, um Kaffee zu kochen, ließ sich auf ihren Pilotensessel fallen und schlug das Bordbuch auf. Sie notierte, was seit Ronans letztem Eintrag geschehen war. Dann versuchte sie, ohne die verlorene Karte ihre Flugroute zu rekonstruieren. Ja, der Artic Circle verlief tatsächlich zwischen Zelt und Lagerfeuer. Nun mal im Ernst: Es waren geschätzte hundertsiebzig Meilen Fußmarsch bis Wo-sind-wir-hier-eigentlich?, auf Landkarten Fairbanks genannt. Ungefähr achtzig Meilen waren es bis zum Yukon. Und zur Telegrafenleitung, die die US Army nach dem Kauf Alaskas 1867 vom russischen Reich errichtet hatte. Ja klar, sie könnte die Leitung kappen und …

»Tess?«

Sie sprang auf und setzte sich neben Ronan. »Hi.«

»Hi.«

Tess küsste ihn sanft. »Wie geht's dir?«

Er verzog das Gesicht. »Und dir?«

Sie berichtete ihm, was sie in den letzten Stunden getan hatte, und er schloss erschöpft die Augen. Sein Anblick versetzte ihr einen Stich ins Herz. Er sah verzweifelt aus. Mutlos. Hoffnungslos.

»Tess, während des Fluges habe ich einen langen Brief an Tyson geschrieben. Beim Absturz ist er mir aus der Hand gerissen worden. Hast du ihn vielleicht irgendwo in einem Gestrüpp gefunden?«

»Nein, aber ich verspreche dir, dass ich ihn suchen werde.«

Eine Träne rann ihm aus dem Augenwinkel. »Danke.«

Corey schaltete Mommys Funkgerät aus.

»Sind Mommy und Daddy endlich gelandet?«, fragte Cayden. Snivel traute sich nämlich nicht. Weil er hatte so viel Angst. Er machte sich bestimmt gleich wieder in die Hose, so wie heute Nacht. Das war echt schlimm, wo's so voll nass war im Bett. Aber Corey war überhaupt nicht böse auf Snivel. Er hatte Cayden in den Arm genommen, um ihn zu trösten, und hatte die Matratze umgedreht und das Bett neu bezogen. Und Snivel durfte wieder neben ihm schlafen.

Die ganze Nacht hatten er und Snivel an das Rauschen im Funkgerät gedacht. Immer wenn er mit Daddy reden wollte, hatte es nur geknistert und geknackt. Um Mitternacht war Corey noch mal gekommen, um nach ihnen zu gucken. Er hatte ihm und Snivel die Sternschnuppen gezeigt, die Daddy ihm geschickt hatte. Ja, genau, das hatte Daddy gesagt. Wenn Mommy und er ganz weit im Norden waren, kurz vor dem Nordpol, wollte Daddy ihm eine Hand voll Sterne schicken, wie kleine Kieselsteine, die man gegen die Fensterscheibe warf. Dann würde Cayden wissen, dass Daddy gerade an ihn dachte und dass er ihn ganz doll liebhatte.

Corey drehte sich jetzt zu ihm um und schüttelte den Kopf. »Nein, Cayden, sie sind nicht gelandet. Das war der Flugplatz in Fairbanks. Mommy und Daddy sind seit vier Stunden überfällig.«

»Und was heißt das?«

»Dass ihr Flugzeug …« Corey zuckte mit den Schultern. Er sah traurig aus. Seine Lippen waren verkniffen, wie wenn ihm die Angst in seiner Brust genauso wehtat wie Cayden und Snivel. Und Corey hatte Tränen in den Augen, als er eines von den kleinen Flugzeugen aus Sheenas Mobile in die Hand nahm und anguckte. Corey hatte ihm die Flieger gestern zum Spielen gegeben, und Cayden hatte auf der Veranda einen tollen Flughafen gebaut, einen großen, so wie San Francisco bald einen haben würde. Corey sah ihn an, und Cayden spürte, dass er nicht wusste, was er ihm und Snivel sagen sollte. Und dass er kaum ein Wort rausbringen konnte, weil er so traurig war. »Dass sie …«

Er hielt die Nase des Teddys an sein Ohr. »Snivel will wissen, ob sie abgestürzt sind.«

»Cayden, das …«

Er presste sein Gesicht in Snivels Fell, das schon wieder nass vor lauter Tränen war. »Nicht weinen, Snivel. Bitte, wein doch nicht.« Cayden presste den Teddy an seine Brust, die jetzt so wehtat, dass er kaum noch Luft kriegte. Er war so bedripst wie Snivel, steckte den Daumen in den Mund und schluchzte: »Sind Mommy und Daddy tot?«

Corey atmete tief durch, und das hörte sich zitterig an. »Mein Süßer, wir dürfen den Mut nicht verlieren. Und wir dürfen die Hoffnung nie aufgeben. Wir werden sie su… *Hey, warte! Cayden!*«

Durch die Tränen konnte er nicht viel sehen. Aber er flitzte mit Snivel aus Mommys Arbeitszimmer, durch die Küche, wo er Deke Clayton mit dem Topf mit dem Abendessen beinahe umrannte, aus der Hintertür auf die Wiese hinter der Lodge.

Da, Mommys Flugzeug!

Cayden sauste rüber, kletterte auf den Flügel rauf, machte die Klappe zum Cockpit auf und warf Snivel auf den Pilotensitz. Dann hangelte er sich zu ihm runter und setzte den Teddy neben sich.

Okay, anschnallen! Das machte Mommy auch immer.

Und jetzt das Lockbuch oder wie das hieß. Da drin musste nämlich jeder Flug eingetragen werden, Start und Landung und was man wo tun wollte. Cayden schlug das Buch auf und blätterte nach hinten.

Mit dem Stift, der im Buch steckte, malte er die gecrashte Maschine. Sie lag verkehrt rum. Und sie brannte, das waren die welligen Striche, weil Flammen konnte er noch nicht malen. Die waren zu schwierig, und er hatte ja auch keine roten und gelben Buntstifte. Jetzt Mommy und Daddy. Cayden wusste nicht, wie er sie malen sollte. Standen sie neben dem abgestürzten Flugzeug und hielten sich an den Händen? Oder lagen sie auf dem Boden, weil sie beide tot waren? Oder stand Mommy neben dem Flieger und schaute rauf zu Daddy, der auf einer Wolke hockte und zu ihr runterguckte? Weil er schon im Himmel war, bei Sheena und Jason?

Snivel heulte jetzt, und Cayden musste auch ganz doll weinen. Seine Tränen tropften auf das Lockbuch. Er machte es zu und legte es weg. Dabei stieß er aus Versehen gegen den Steuerstock zwischen seinen Füßen, äh, hieß der so?

Oh, wenn ich jetzt zu Mommy und Daddy fliegen könnte!, dachte er. Ich will sooo gern bei ihnen sein!

Snivel sagte, wir fliegen einfach hin und retten sie.

Tolle Idee, Teddy!

Mit beiden Händen packte Cayden die Steuerung, den Stock oder wie das hieß, und zog daran. Er glaubte, so ging das, wenn man starten wollte. »Bwwwwwwww!«

Snivel sagte, er müsste auf die Instrumente achten.

Okay, ja klar, aber da waren so viele. Die meisten hatten Zeiger und sahen aus wie Mommys oder Daddys Uhren, irgendwie kompliziert jedenfalls. Aber diese Uhrendingsdas zeigten gar nicht die Zeit an, sondern ... äh ... die Höhe ... die Geschwindigkeit ... die Temperatur von was ... den Treibstoff, der noch in den Tanks war ... und dann gab's noch kleine silberne Hebel zum Ein- und Ausschalten: Master Battery ... Lights ... Landing Lights ... und noch ein paar mehr.

Von den hellen Landelichtern hatte Tess ihren Namen: Sternschnuppe.

Cayden schaltete die Lichter an. Aber nichts passierte.

Na klar, er musste erst den On/Off-Schalter umlegen.

Wo war der? Ach, da!

Boah! Der Flieger wackelte jetzt aber! Das Zittern konnte Cayden im Po spüren, äh, nee, überall im ganzen Körper!

Snivel meinte, das wäre vielleicht der Motor, und, hey, er könnte recht haben!

»Bwwwwwww!«

Snivel sagte, er sollte noch ein paar Knöpfe drücken, und das tat Cayden. Den für die Batterie, das klang spannend. Und den für den Generator. Und dann war da noch ein Hebel, ein blauer, mit einem großen weißen P drauf. Daneben stand PROP. Keine Ahnung, was das war. Jedenfalls zog er den Hebel nach unten.

Auweia! Das war der Propeller! Er fing plötzlich an, sich ganz doll zu drehen!

Snivel sagte, er sollte lieber wieder alles ausschalten, und zwar ganz schnell!

Cayden beugte sich vor, um den On/Off-Schalter zu erreichen. Dabei stieß er gegen das Steuerdingsda, und sein Pullover blieb daran hängen. Der Flieger machte einen Satz nach vorn und holperte über die Bremsklötze, glaubte Cayden.

Oh, nee! Das Flugzeug rollte über die Wiese!

Was sollte er tun?

Er war doch noch so klein, dass er nicht mal aus dem Cockpitfenster gucken konnte!

Plötzlich polterte was an der Seite vom Flieger! Waren sie irgendwo dagegengekracht?

Nee, es war Corey. Er kletterte auf dem Flügel rum und riss die

Luke auf. »Rutscht mal zur Seite, ihr beiden!«, rief er, und sobald er und Snivel vom Sitz geklettert waren, sprang Corey runter ins Cockpit, hockte sich hin und fummelte an den Knöpfen und Schaltern und Pedalen rum, damit der Propeller wieder ausging.

Dann war's still im Flieger.

Cayden presste Snivel an sich und drückte sein Gesicht in sein Fell. Er hatte nämlich ganz doll Angst. Vielleicht würde Corey ihn verdreschen, weil er was angestellt hatte?

»Cayden?«

»Mhm?«

»Komm her, mein Kleiner.« Corey klopfte neben sich auf den Sitz. »Setz dich neben mich.«

Mit dem Teddy im Arm kletterte er rauf. Dabei wurde seine Hose nass. Das war wieder Snivel, dieses Dusselchen. Immer machte er so was.

Corey legte seinen Arm um Cayden. Er guckte den nassen Fleck an, sagte aber nichts. Er verwuschelte sein Haar. »Wolltest du zu Mommy und Daddy fliegen?«

Er setzte Snivel auf den Fleck auf seiner Jeans. »Mhm.«

»Um sie zu retten?«

»Mhm.«

»Du bist so tapfer, kleiner Mann. So unglaublich tapfer.«

Cayden nickte, und Snivel hatte schon wieder Tränen in den Kulleraugen.

»Bist du auch tapfer genug für ein Tattoo?«

Cayden guckte Corey mit großen Augen an, und der wischte ihm sanft eine Träne ab.

»Hast du Tattoos?«, fragte Cayden. Snivel traute sich nämlich nicht. Er schämte sich und so.

»Na klar. Ich bin ein Kiwi, schon vergessen?« Als Cayden den Kopf schüttelte, zeigte Corey sie ihm. Sie sahen echt toll aus. »Die Tattoos heißen Moko. Die Bilder sagen, wer du bist und zu wem du gehörst. Wenn ein Maorikind sein erstes Moko bekommt, ist das ein wichtiger Tag in seinem Leben, weißt du. Es wird damit ... na ja ... erwachsen. Weil es so tapfer ist. Was ist, willst du auch eines?«

Cayden nickte, und Corey nahm den schwarzen Stift von dem Bordbuch, schob den Ärmel von seinem Pullover hoch und malte was auf seinen Arm. Das wurde ein richtig großes Tattoo, und Corey gab sich ganz viel Mühe, damit es superschön wurde.

Das Tattoo war ein Flugzeug, das vor einem Haus auf dem Wasser landete. Daneben stand eine Mommy, die ihr Kind fest umarmte. Darunter schrieb Corey: *Mommy and me.*

Jetzt musste Cayden aber doch weinen!

In Strömen prasselte der eisige Regen auf die Abdeckplane, hämmerte gegen die aufgestellte Tragfläche als Windschutz und rann am Moskitonetz herunter, bevor er ins aufgeweichte Tundragras platschte. Zwei Moskitos hatten sich spätabends ins Zelt verirrt. Sie hingen in der Nähe des Eingangs, zur erloschenen Glut des Lagerfeuers hin, und bibberten vermutlich genau wie Ronan und Tess. Fest verpackt in ihre Fliegerkombis und Schlafsäcke, hockten sie frierend auf den ausgebauten Flugzeugsitzen und beobachteten, wie der Regen allmählich in Schnee überging.

Sommer in Alaska, dachte Tess und zog die Schultern hoch. Das ist die Zeit, wenn's ein paar Inches weniger schneit als sonst und die Temperaturen einen eisigen Hauch über dem Gefrierpunkt liegen. Und der Winter in Alaska? Das ist, wenn bei minus sechzig Grad dein Schatten am Boden festfriert. Okay, sollte ein Witz sein.

»Ob Corey uns schon vermisst?«, fragte Ronan mit brüchiger Stimme.

»Der Flugplatz in Fairbanks wird ihn anrufen, wenn wir nicht planmäßig zurückkommen. Er wird uns suchen.«

»Bei dem Wetter?«, flüsterte Ronan. »Wenn es schneit, kann er das Wrack und dein HELP! nicht finden.«

Tess antwortete nicht.

Ronans Zustand verschlimmerte sich von Stunde zu Stunde. Als sie nach dem Abendessen das Funkgerät ausbaute, um es zu reparieren, flackerte ein Fünkchen Hoffnung in seinen Augen. Aber jetzt war er noch desillusionierter als vorher. Die Illusion, dass sie gerettet würden, bevor es mit ihm zu Ende ginge, war geplatzt wie die Glaskolben der Elektronikröhren beim Absturz. Sie hätte das verdammte Funkgerät im Wrack lassen sollen.

Hatte sie aber nicht, und das ärgerte sie. Aber sie hätte sich noch mehr geärgert, wenn sie nicht wenigstens versucht hätte, einen Notruf abzusetzen.

Ehrlich gesagt rechnete sie auch nicht mit einer schnellen Rettung. Deshalb der ganze Aufwand, der sie viel Kraft und Nerven gekostet hatte. Aber still sitzen und warten? Ganz sicher nicht! Daher hatte Tess während des Nachmittags eine Landebahn für ein Rettungsflugzeug gebaut. Die Landebahn, die sie mit den beiseitegeräumten Steinen und ausgerissenen Büschen markiert hatte, war nicht leicht anzufliegen. Aber Corey würde den Stunt schon schaffen, wenn er den Windsack am Ende der Bahn im Auge behielt: Ronans Hemd, das am Ast einer Birke im Wind flatterte. So musste Corey weder Zeit noch Treibstoff verschwenden, um eine geeignete Landebahn auszumachen. Wenn er sie fand, zählte jede Minute. Ronan wollte Cayden noch mal sehen ...

Mit verkniffenen Lippen ruckelte er auf seinem Sitz hin und her. Sein gebrochenes und geschientes Bein ruhte auf dem umgedrehten Pappkarton vor ihm, den Tess mit Spanten aus dem Flugzeugrumpf verstärkt hatte, weil er von unten allmählich aufweichte.

»Willst du noch einen Kaffee?«

Er schüttelte den Kopf und legte das Notizbuch, in dem er eben geblättert hatte, auf seinen Schlafsack. Tess glaubte, er habe vorhin, als sie ihn allein gelassen hatte, ein paar Zeilen geschrieben.

»Wasser?«

»Nein.« Er lehnte den Kopf an die Rückenlehne des Sitzes. »Wie viele Ampullen haben wir noch?«

»Genug.«

Er sah sie an. »Wie viele, Tess?«

»Fünf.«

Er schnaufte und schloss die Augen.

»Willst du, dass ich dir eine Spritze gebe?«

Ronan zögerte, presste die Lippen aufeinander, senkte den Blick. Er musste entsetzliche Schmerzen haben.

»Du solltest schlafen, Ronan«, redete sie ihm zu.

Sie wollte nicht, dass er, von Schmerzen gequält, darüber nachdachte, was das eigentlich war: Sterben in Würde und Selbstbestimmung bis zum Tod. Und ob die restlichen Ampullen ausreichten, um sein Leben und sein Leiden für immer zu beenden. Dass er in ihren Armen sterben wollte, konnte sie respektieren, und sie würde ihm diesen letzten Wunsch erfüllen, wenn es ihr möglich war. Aber ihm dabei die Spritze zu geben, die ihn ... die ihm beim menschenwürdigen Sterben half ... Nein!

Aber ihn noch Stunden oder Tage leiden lassen?

Ronan nickte unmerklich und flüsterte heiser: »Ich bin sehr müde.«

Tess zog ihre Fliegerhandschuhe aus, legte das Lederetui mit den Ampullen auf ihre Knie und zog eine Morphiumspritze auf.

Noch vier.

Ronan hatte hohes Fieber, und es stieg noch immer. Keine Ahnung, ob das gebrochene Bein und die offene Wunde es verursachte oder sein Tumor im Endstadium. Tess wusste auch nicht, was sie für ihn tun konnte, außer ihm Morphium zu spritzen, bis zum letzten Augenblick für ihn da zu sein und seine Hand zu halten, um ihm Mut zu machen. Seinen Brief an Tyson hatte sie leider nicht gefunden. Und nach diesem stundenlangen Regenguss würde auch nicht mehr viel davon übrig sein ...

Sie schob den Ärmel von Ronans pelzgefütterter Fliegerjacke hoch, band mit einer Gummidichtung aus den ausgebauten Windschutzscheiben seinen Arm ab, tastete nach der Vene, desinfizierte die Haut mit einem Wattebausch und verabreichte Ronan die Dosis intravenös. Die Schmerzen verschwanden schneller, als wenn sie die Dosis unter die Haut oder in einen Muskel injizierte.

»Danke, Tess«, seufzte er erleichtert und lächelte entspannt, während er erschöpft die Augen schloss.

»Schaffst du's bis ins Bett? Oder soll ich dich rübertragen?«

Er grinste matt. »Deckst du mich auch zu?«

»Na klar.«

»Und legst du dich zu mir? Und umarmst mich? Und hältst mich fest?«

Natürlich entsprach sie seinem Wunsch. Eng an ihn geschmiegt, hielt sie ihn in ihren Armen, bis er eingeschlafen war. Eine Weile lag sie so, lauschte auf seinen Herzschlag und seinen Atem, spürte seine Wärme und seine Nähe, atmete tief seinen Duft ein. Dann konnte sie die Tränen nicht mehr zurückhalten und weinte still in sich hinein.

Wie lange hatten sie einander noch?

Unruhig stand Tess wieder auf, rückte ihren Sitz zum Zelteingang, machte es sich gemütlich, legte die Stiefel auf den durchgeweichten Pappkarton, lud die Winchester auf ihren Knien durch und beobachtete aufmerksam das Rudel Polarwölfe, das im Schutz des dichten Schneeregens unauffällig immer näher kam.

# 30

»... wer Tess ist, Sir. Das Filmteam in Hollywood hatte mich für die Dreharbeiten am Lake Tahoe als Berater engagiert. Das Setting sollte genauso aussehen wie in Alaska. Oder wie man sich das in den Lower Fortyeight eben vorstellt. Also, Mr ...«

»Lyle Morrissey.«

»Also, Mr Morrissey, es tut mir aufrichtig leid, aber der US Forest Service kann Ihnen bei der Suche nach Tess nicht helfen. Unsere Aufgabe ist die Verhütung, Meldung und Bekämpfung von Waldbränden. Ich sag's, wie es ist: Die Wälder nördlich des Yukon brennen lichterloh, darunter auch ausgedehnte Baumbestände, die von der Tyrell Paper Co. forstwirtschaftlich verwertet werden. In diesem Sommer erleben wir die schwierigste Waldbrandsaison seit Jahrzehnten. Fünf große Brände, alle durch Blitzschlag ausgelöst, verheeren die Gegend nördlich von Fairbanks. Die dichten Rauchschwaden werden seit zwei Tagen nach Westen getrieben.

Wir haben alle Hände voll zu tun, um die Situation unter Kontrolle zu bekommen und eine Katastrophe zu verhindern, und wir können keines unserer Aufklärungs- und Löschflugzeuge entbehren. Die Piloten sind keine zwei Minuten am Boden, dann starten sie schon wieder, um Wasser in Fünf-Gallonen-Fässern und Löschschaum in Papiertüten abzuwerfen. Die Firefighters werden mit Fallschirmen über den Feuern abgesetzt. Meine Jungs kämpfen in ihren kleinen Fliegern mit Flammenfronten, Säulen aus überhitzter Luft, explodierenden Bäumen, Wipfelfeuern und Funkenflug. Sie alle riskieren Stunde für Stunde ihr Leben. Jeder von ihnen hat ein Hochglanzbild von Tess in seinem Spind,

Mr Morrissey, genau wie ich, und jeder von ihnen wäre liebend gern auf einem Foto Arm in Arm mit der Geretteten zu sehen, aber jeder von ihnen weiß auch, was seine Aufgabe ist: die Buschfeuer zu löschen, bevor noch mehr Menschen bedroht werden. Ich danke Ihnen für Ihr Verständnis, Sir. Ich hoffe, Sie finden eine andere Möglichkeit, Tess zu retten.«

Corey atmete vernehmlich durch die Nase aus.

»Haben Sie es beim US Marshals Service versucht?«

»Hab ich, gestern schon.«

»Und?«

»Sie haben keine Flugzeuge. Und keine Piloten.«

Alaska ist kein Bundesstaat der USA, dachte Corey, das ist das Problem. Das Land war nicht in Counties aufgeteilt wie die Lower Fortyeight, sondern in Boroughs. Tess war im Yukon Koyokuk Borough abgestürzt, einer Wildnis nahe den Waldbränden, für die kein Sheriff zuständig war. Der Borough war so groß wie Kalifornien, Oregon und Nevada zusammen, und es lebten weniger Menschen dort als in den Stadtteilen Pacific Heights oder Twin Peaks in San Francisco. Es gab keine State Troopers und keine Highway Patrol. Seine einzige Hoffnung war der US Marshals Service. Aber wohl war ihm dabei ehrlich gesagt nicht. Lyle Morrissey existierte nicht, wie konnte er also eine Rettungsaktion organisieren? Und Corey McLaren war auf der Flucht vor dem Gesetz und den rächenden Revolverhelden, die den US Marshals mit rauchenden Colts zuvorkommen wollten. Nein, der US Marshals Service war keine gute Idee, absolut nicht. Aber vermutlich war er seine letzte Chance.

»Ich kann gar nicht sagen, wie leid mir das tut.«

Und mir erst!, dachte Corey. »Danke, Sir. Bye.«

Sobald er auflegte, klingelte das Telefon auf Tess' Schreibtisch wieder. Der versprochene Rückruf vom Büro des US Marshals? Corey nahm den Hörer ab. »Lyle Morrissey.«

»Wer?«

»Lyle Morrissey.«

»Sind Sie Tess' Sekretär oder Assistent oder so etwas?«

»Äh ... ja. So ähnlich.«

»Prima, sehen Sie zu, dass sie endlich ihre Reportage über die geplante Welttour fertig bekommt.«

Corey erinnerte sich an Tess' Remington-Reiseschreibmaschine. Die letzte Seite ihres Artikels hing noch in der Schreibwalze. »Mr Hearst?«

»William Randolph Hearst. Kann ich mit Tess sprechen?«

»Nein, Sir.«

»Wo ist sie jetzt schon wieder? Am Nordpol?«

»Nein, Sir. Sie ist ...« Verdammt, was soll's! »Sie ist vermutlich abgestürzt.«

»Sagen Sie das noch mal!«

»Tess wird seit gestern Morgen vermisst. Ich vermute, dass sie und Ronan Brandon abgestürzt sind.«

»Wo?«

»Irgendwo zwischen dem Yukon River und der Brooks Range.«

»Mit ihrer Vega?«

»Nein, mit der Moth.«

»Wie stehen ihre Chancen?«

»Wenn die Maschine beim Absturz nicht explodiert ist und Tess und Ronan verbrannt sind? Wenn sich keiner von beiden lebensgefährlich verletzt hat und ärztliche Versorgung braucht? Wenn die Vorräte reichen? Wenn sie Trinkwasser findet? Wenn die Waldbrände, die nördlich des Yukon wüten, nicht auf sie zurasen? Und wenn Tess genug Munition hat, um die Grizzlys abzuwehren? Dann geht's ihr vermutlich prima. Mit Kratzern und Moskitostichen kommt sie klar. Mit Kälte und Erschöpfung auch.«

»Verdammt!«

»Ich hätte es nicht prägnanter formulieren können, Sir.«

»Ihre Stimme kommt mir bekannt vor. Sind wir uns schon mal begegnet?«

Ja, auf einer Party im Hearst Castle in San Simeon, erinnerte sich Corey. Ich habe Tess begleitet, damals noch Tess McLaren, aber schon ein Medienstar. »Nein, Sir.«

»Seltsam, ich habe das Gefühl, ich kenne Sie. Wie war noch mal ihr Name?«

»Lyle Morrissey.«

»Na schön, wie geht's jetzt weiter?«

»Ich werde Tess mit der Vega suchen – Basislager und Treibstoffvorrat in Fairbanks. Bevor ich morgen nach Norden fliege, organisiere ich von hier aus die Rettungsaktion, die ich dann über Funk während der Flüge koordiniere. Die Suche nach Tess kann Tage dauern, vielleicht Wochen.«

»Kann ich irgendetwas tun?«

Corey zögerte. Okay, was soll's! »Ja, Sir, das können Sie.«

»Und was?«

Nachdem er das Gespräch beendet und aufgelegt hatte, sah er zu Cayden rüber.

Der Kleine hockte mit Snivel auf dem Boden vor dem Schreibtisch und las in seinem Erinnerungsalbum. Sein Gesicht war verkniffen, die Lippen aufeinandergepresst, und Corey glaubte, er weinte still in sich hinein. Jedenfalls schnaufte er immer wieder leise und fuhr sich mit dem Handrücken übers Gesicht. Das Tattoo auf seinem Arm hinterließ eine schwarze Spur auf seiner tränennassen Wange.

Ihm wurde heiß vor Mitgefühl, sein Gesicht glühte, und die Kehle wurde ihm eng. Cayden hatte eben alles mitgehört ...

Tapferer kleiner Kerl! Wie er das alles wegsteckte!

Zugegeben, er machte wieder in die Hose und schob es auf Snivel. Er nuckelte am Daumen, kaute an den Nägeln, und nachts weinte er sich mit dem Teddy im Arm in den Schlaf. Aber welche Haltung, welche Würde für einen Sechsjährigen, der die Trennung und Scheidung seiner Eltern zu verkraften hatte, das Sterben seines Daddys und nun auch noch Tess' und Ronans Absturz.

Dass er aufhörte, wie ein Kind zu spielen, dass er begann, Fantasie und Wirklichkeit zu trennen, dass er die für ihn unerträgliche Situation verändern wollte, war klar: Cayden war allein mit seinen furchtbaren Gedanken. Was er jetzt brauchte, war seine Mommy.

Gerade als Corey aufstehen wollte, um ihn in den Arm zu nehmen und zu trösten, klingelte es schon wieder. Er nahm ab. »Ja?«

»Tyson. Gibt's was Neues?«

»Noch nicht. Der Forest Service kann kein Flugzeug entbehren. Und der Marshals Service hat noch nicht zurückgerufen.«

Es knatterte in der Funkverbindung, als Tyson durch die Nase schnaufte. »Wie geht's dem Kleinen?« Ein Rascheln. »Warte, Lynne will mit dir sprechen.«

»Ist gut.«

»Corey?«

»Hallo, Lynne.«

»Wie geht's Cayden?«

»Er ist müde. Er hat letzte Nacht kaum geschlafen. Ich hab ein paar Mal nach ihm geschaut, und jedes Mal hat er mit seinem Teddy geredet.«

»O mein Gott. Gib ihn mir, ich will mit ihm sprechen.«

Corey sah sich in Tess' Arbeitszimmer um, aber Cayden und sein Teddy waren verschwunden. Das Erinnerungsbuch lag aufgeschlagen auf dem Boden. »Lynne, er ist nicht da. Ich rufe ihn.« Mit dem Hörer am gespannten Ringelkabel ging Corey zur Tür. »Cayden! Deine Mommy ist dran. Sie fragt nach dir.«

Nichts.

»Cayden!«

Der Butler steckte seinen Kopf zur Tür herein. »Was ist?«

»Deke, wo ist Cayden?«

»Keine Ahnung. Ich dachte, er wäre vor ein paar Minuten nach oben ins Kinderzimmer gegangen.«

»Okay, danke.« Er sprach wieder in den Hörer. »Lynne? Cayden ist im Kinderzimmer. Vermutlich hockt er in Sheenas Soap-Box-Flugzeug und organisiert mit den Stofftieren eine Rettungsaktion.«

»Ich werde später mit ihm reden.«

»Wie du willst. Wann kommt ihr?«

»Warte, ich geb dir Tyson. Er schnipst schon ungeduldig mit den Fingern.«

In San Francisco wurde der Hörer weitergereicht. »Corey? Pass auf, ich habe ein Flugzeug von Conroy Aviation organisiert. Eine CA-4. Der Flieger ist ein Prototyp, eine Weiterentwicklung unserer Conroy Aviation Modell 3. Höhere Geschwindigkeit, größere Reichweite. Tess hat das Flugzeug an Weihnachten bis zum Abfallen der Tragflächen über der Mojave-Wüste getestet. Sie hat die Maschine geknüppelt, bis sie fast auseinanderbrach. Wir haben sie wieder zusammengeschraubt und verkaufen das Modell jetzt erfolgreich an Fluglinien wie United Air Lines oder Western Air Express, die seit einigen Monaten nicht nur Luftpost, sondern auch Passagiere transportieren. Die Maschine wird gerade mit Zusatztanks für den Langstreckenflug nach Anchorage ausgestattet, der Umbau ist heute Nacht abgeschlossen. Der Pilot, Jim Stewart, ist nach Tess als Chefpilotin von Conroy Aviation der zweite Mann am Start. Wie sie ist er für die technische Weiterentwicklung unserer Flugzeuge mitverantwortlich. Er kennt die CA-4 genau. Er wird uns morgen früh nach Anchorage bringen.«

»Okay, ja, ich kenne Jim. Er fliegt, wie ein Cowboy in einer Wildwestshow reitet. Ein echter Texaner mit Sand zwischen den Zähnen.«

»Na, hoffentlich kennt er den Unterschied zwischen einer CA-4 und einem Rodeobullen«, meinte Tyson trocken.

»Nicht, wenn's über dem Golf von Alaska einen Sturm gibt. Dann wirft Jim vom Pilotensitz aus lässig die Kotzbeutel nach hinten.« Corey lachte leise. »Na gut, ihr meldet euch, bevor ihr startet. Und ich sag Cayden, dass ihr morgen Abend hier seid. Er freut sich bestimmt.«

»Alles klar, Corey. Bis dann. Bye.«

»Bye.« Er legte auf und ging zur Tür des Arbeitszimmers. *»Cayden?«*

Kein Mucks.

Wo steckte der Kleine denn bloß?

In Sheenas Kinderzimmer war er nicht. Das Flugzeug schwang nicht hin und her, also hatte er in den letzten Minuten nicht dringehockt. Corey schaute unters Bett, in den Wäschekorb, überall, wo ein Kind sich verstecken konnte. Nichts. Alle Stofftiere waren noch da, Plüschhuskys, Kuschelelche, Eisbären und Robben.

Snivel war auch verschwunden.

Und ein Rucksack, der vorhin noch auf dem Boden rumgelegen hatte. Cayden und er hatten gestern noch ein bisschen Campen in der Wildnis gespielt. Sie futterten Marshmallows, wälzten sich auf dem Boden und kämpften gegen wilde Teddys, die sie niederkuscheln und durchkitzeln wollten, so was in der Art.

Also gut, ein Rucksack, ein Klappmesser, eine Tüte Marshmallows, ein Teddybär ... Mist!

Corey stürmte wieder runter in die Küche, wo Deke Clayton das Mittagessen vorbereitete. »Haben Sie Cayden gesehen?«

»Ist er nicht im Kinderzimmer?«

Er schüttelte den Kopf. »Fehlt irgendwas?«

Deke sah sich aufmerksam in der Küche um. Der Tisch war schon fürs Mittagessen eingedeckt. »Nein ... doch! Eine Flasche Cola. Und eine Tüte Brausepulver.«

»Verflucht!« Er war schon zur Tür raus, um seine Winchester zu holen, als Deke ihm nachrief:

»Was ist passiert, Mr McLaren?«

Er kehrte noch mal um. »Cayden hat sich auf die Suche nach Mommy und Daddy gemacht! Er ist allein da draußen in der

Wildnis. Na ja, nicht ganz allein, er hat Snivel im Rucksack bei sich. Halten Sie die Stellung, Deke! Ich hole ihn zurück.«

Die Antwort verstand Corey nicht mehr, denn er sprintete durch den Salon ins Gästezimmer, holte seine Winchester, lud durch und stürmte aus der Lodge. »Ricky! Zu mir!«

Der Husky trabte heran, er klopfte ihm auf die Flanken, und Ricky winselte schrill.

»Wo ist Cayden? Weißt du, wo er steckt?«

Ricky grinste ihn hechelnd an.

»Such Cayden, Ricky, such ihn.«

Und los ging's. Der Husky schnüffelte voran, und Corey folgte ihm mit der Winchester über der Schulter über die blühende Wiese. »Cayden?«

Keine Spur von ihm. Wohin wollte er bloß?

Ricky führte ihn nach Süden.

Offenbar wollte er nach Sunrise. Vor ihrem Abflug war Tess mit ihm dort gewesen, um ein paar Fotos zu schießen. Keine Ahnung, was er dort wollte. Vielleicht den einzigen Einwohner der Geisterstadt nach dem Weg fragen?

»Cayden!«

Hinter der Lodge begann der Wald, und das Gelände stieg bis zum schneebedeckten Gipfel des Mount Alpenglow an – der Berg hieß wirklich so! Alpenglühen in den Chugach Mountains – bescheuert, oder? Cayden würde vermutlich die sumpfige Wiese neben dem Sixmile Creek überqueren. Wenn er allerdings durch den Fluss watete, der an der Mündung in den Turnagain Arm von breiten Sandbänken umgeben war und nicht allzu tief war, würden sie im reißenden Gebirgswasser seine Spur verlieren.

Verdammt! »Schneller, Ricky, schneller!«

Doch Ricky blieb stehen und schnüffelte herum. Eine Weile irrten sie über die sumpfigen Wiesen und verloren kostbare Minuten. Dann änderte der Husky plötzlich die Richtung. Er lief jetzt nicht mehr nach Süden, nach Sunrise, sondern nach Osten, am Fjord entlang.

Wohin will Cayden denn bloß?, fragte sich Corey. Was ist dort? Die Berge, das Meer, ein Wald, ein schmaler Creek, der Portage-Gletscher …

Ach du Scheiße!

… und die Alaska Railroad!

Gestern habe ich ihm am gegenüberliegenden Ufer des Turnagain Arms einen Zug der Strecke Seward – Anchorage gezeigt. Die kleine Dampflok mit dem schwarzen Rauch im Schlot fand er voll niedlich.

Okay, kapiert! Cayden will auf einen Güterwagen aufspringen und mit Snivel nach Norden trampen! Er hat eindeutig zu viele Abenteuergeschichten vorgelesen bekommen! Und er weiß, dass Tess mich im Norden gesucht hat und dass ich nun nach ihr suche …

Bis zur Bahnstrecke Seward–Anchorage sind es fünfzehn Meilen durch unwegsames Gelände. Cayden muss durch rauschende Creeks waten, dichte Wälder durchqueren und Elchen und Bären aus dem Weg gehen. An einigen Stellen sind die Abhänge der Berge so steil, dass er auf das trocken gefallene Watt des Turnagain Arms ausweichen muss, und bald … Wie spät ist es? In einer Stunde kehrt die Flut zurück.

Nein, nein, bitte nicht!

Aber der Kleine kann nicht allzu weit vor uns sein!

»Ricky! Wo ist Cayden?«

Schwanzwedelnd preschte der Husky voran und führte ihn durch den Wald am Nordhang des Mount Alpenglow. Dort fanden sie den Kleinen schließlich.

Aufatmend blieb Corey in einiger Entfernung stehen und beobachtete ihn.

Cayden hatte den Rucksack mit Snivel, der oben rausguckte, auf den Boden gestellt. Er hockte auf einem umgestürzten Baumstamm und futterte einen Marshmallow, den er auf einen Zweig gespießt hatte. Den Stock hielt er immer wieder über einen Kreis aus Steinen, den er offenbar angelegt hatte. Das sollte wohl sein Lagerfeuer sein. Ganz schön clever, der Kleine!

»Hallo, Ricky!«, freute er sich, als der Husky aufgeregt um ihn rumhechelte. »Hilfst du mir, Mommy und Daddy zu finden?«

Corey ging zu ihm rüber und setzte sich neben ihn auf den morschen Baum. »Hey, Kumpel.«

»Hey.«

»Bist ganz schön weit gelaufen.«

Cayden warf Snivel einen raschen Blick zu und nickte verunsichert. Dabei rutschte er auf dem Stamm rum, als würde er gleich wieder in die Hose machen.

»Schätze, das waren zwei Meilen, vielleicht sogar zweieinhalb«, sagte Corey in anerkennendem Tonfall. »Super Leistung, wirklich.«

Caydens Kopf ruckte hoch. »Echt jetzt?«

»Als ich sechs war, hätte ich mich das nicht getraut, ganz ehrlich. Und Te Anau ist bei Weitem nicht so gefährlich wie Alaska.« Corey nickte zu Snivel rüber. »Aber du hattest ja deinen besten Freund dabei.«

»Hihihi.«

»Krieg ich auch ein Marshmallow?«

»Ja, klar.«

Cayden reichte ihm die offene Tüte, und Corey nahm sich eines und suchte nach einem Zweig, um es aufzuspießen. Er deutete auf die Steine zu ihren Füßen. »Du wolltest bestimmt gerade Feuer machen, um die Marshmallows zu rösten?«

Der Kleine kicherte verschämt und ließ die Beine baumeln.

»Nach dem langen Marsch musst du dich ausruhen, Kumpel. Ich kümmere mich um das Feuer. Borgst du mir dein Feuerzeug?«

Der rechte Mundwinkel ging nach oben. »Hab doch keins.«

»Echt nicht?« Corey zog sein Fire Starter Kit aus der Hosentasche. »Da, nimm meines. Ich schenk's dir.«

Die Fersen von Caydens Stiefeln hämmerten abwechselnd gegen den Baumstamm. »Danke.«

»Machst du das Feuer an?«

»Ich weiß nicht, wie das geht.«

»Ich zeig's dir. Das musst du wissen, wenn du dich mit Snivel in die Wildnis aufmachst.«

Wieder ein verschämtes Kichern. So langsam entspannte er sich ein bisschen.

»Gibst du mir mal die Hölzchen da drüben?«

Cayden rutschte vom Stamm. »Die hier?«

»Genau.«

Gemeinsam schichteten sie den trockenen Zunder zwischen den Steinen auf. Dann zeigte er Cayden, wie man mit dem Fire Starter Kit, einem Magnesiumblock und einem Eisenstab, Funken schlug. Natürlich flogen seine Funken in alle Richtungen, nur nicht in den Zunder. Aber Cayden war ein smartes Kerlchen, und er schaffte es auf Anhieb.

Na, wer sagt's denn: Ein erstes Lächeln trat auf seine Lippen, und seine großen Kinderaugen funkelten.

Seite an Seite knieten sie vor der kleinen Flamme und schichteten nach und nach trockene Gräser, kleine Zweige und größere Äste auf, bis das Lagerfeuer gemütlich prasselte. Dann hockten sie sich nebeneinander auf den Baumstamm, rösteten Marshmallows am Stock, tranken Cola aus derselben Flasche und unterhielten sich von Mann zu Mann.

Nee, im Ernst. Das Gespräch mit Cayden trieb Corey die Tränen in die Augen.

Ein Kind wie er hat viele Fragen, dachte er, und die müssen ehrlich beantwortet werden. Cayden hatte Angst und machte sich Sorgen. Ein Leben ohne seinen Daddy war für ihn undenkbar. Wie sollte er es schaffen, ohne ihn weiterzuleben? Cayden war zutiefst aufgewühlt, und was er jetzt vor allem brauchte, waren Aufmerksamkeit und Fürsorge, Behutsamkeit und Besonnenheit. Er nahm den Kleinen in den Arm, als er weinte, er tröstete ihn, als er den Kopf an seine Schulter lehnte und Snivel an sich drückte, und er beantwortete ihm alle seine Kinderfragen, die kein bisschen kindlich waren.

Für ihn würde die Welt stillstehen, die Sonne und der Mond, die Sterne und die Zeit. Für ihn waren Wolken etwas anderes als Wassertröpfchen und Eiskristalle in der Atmosphäre, und jeder Regenbogen war eine Brücke aus Licht, die in den Himmel führte. Die Vögel, die Schmetterlinge und die Bienen würden eine traurige Botschaft an den Himmel schreiben: Daddy ist tot. Und die Blumen würden weinen.

Ist es nicht genau so, wenn ein geliebter Mensch stirbt?

# 31

»Mrs Conroy, Mr Conroy«, übertönte die Stimme des Piloten aus dem Bordlautsprecher das gleichmäßige Donnern der Flugzeugmotoren. »Wir überfliegen jetzt den Prince William Sound. Die verschneiten Berge, die Sie erkennen können, sind die Gipfel der Chugach Mountains. Rechts von ihnen, Mrs Conroy, mündet ein Fjord nach Norden. Er führt nach Valdez. Westlich davon, also ein bisschen weiter links, liegt der gewaltige Columbia Glacier. Die Eisfront des Gletschers ist bis zu zweihundertsiebzig Fuß hoch, die Breite erstreckt sich auf fast sechs Meilen.«

Tyson öffnete seinen Gurt, stemmte sich aus seinem mit blauem Samt bezogenen Sitz und beugte sich über Lynne auf der anderen Seite des schmalen Gangs, um durch ihr Fenster nach unten zu sehen. Er schob den gerafften weißen Vorhang zur Seite, um eine bessere Sicht zu haben.

»Da unten treibt ein Eisberg«, staunte Lynne, den Kopf schräg an die Scheibe gelehnt. »Siehst du die Möwen auf dem Eis?«

»Ja.« Tyson starrte nach unten. »Und was ist das dort? Sind das Wale?«

Jim Stewart drehte sich im offenen Cockpit zu ihnen um. Die beiden Pilotensitze waren nicht durch eine Wand oder einen Vorhang abgetrennt – die CA-4 war nur ein Prototyp, ein Testflieger. »Ma'am, Sir, wenn Sie wünschen, kann ich den Kurs ändern, damit Sie sich den Gletscher aus der Nähe ansehen können.«

Lynne sah zu Ty auf und strich ihm mit der flachen Hand über den Aufschlag seiner dunklen Jacke. »Was meinst du, Ty? Ich würde ihn mir gern ansehen.«

Als Tyson zögerte, rief der Pilot: »Bis Anchorage ist es noch eine Stunde. Der Gletscher kostet Sie zehn Minuten.«

»Danke, Jim.«

Er gab ihm Thumbs-up und legte die CA-4 in eine steile Rechtskurve, um nach Norden zu schwenken und tiefer zu gehen. Kurz darauf meldete er: »Wir sind jetzt über der Columbia Bay. In 300 Fuß Höhe fliege ich jetzt so langsam wie möglich an der Eisfront entlang. Sobald wir daran vorbei sind, ziehe ich wieder hoch, also halten Sie sich bitte fest. Viel Vergnügen.«

»Das Wasser ist spiegelglatt!«, hauchte Lynne, und die kalte Scheibe beschlug unter ihrem Atem. »Überall treiben Eisberge. Und sieh mal die winzigen Felseninseln mit drei ... fünf ... acht Bäumen dort unten.«

Das goldene Abendlicht legte einen feinen Schleier über diese verzauberte Welt aus Wasser, Fels und Eis und ließ den Schnee rosen- und fliederfarben aufleuchten. Tyson blickte auf seine Rolex. 21.32 Uhr und noch so hell! »Jim, wann geht hier die Sonne unter?«

Der Pilot kramte in einem Stapel Papier auf dem leeren Kopilotensitz und zog ein Blatt heraus. »In Anchorage gegen 22.30 Uhr, Sir. Es wird also heute Nacht nicht richtig dunkel. In der Tundra, wo Mr und Mrs Brandon abgestürzt sind, ist es jetzt vierundzwanzig Stunden hell. Mr und Mrs Conroy, wenn Sie jetzt nach rechts schauen, sehen Sie den Columbia-Gletscher.«

Und da war er! Gewaltige zerklüftete Säulen aus weißem, blauem und grauem Eis, höher als die himmelwärts strebenden Pfeiler einer Kathedrale, ragten neben ihnen aus dem matt opalfarben schimmernden Wasser der Bay. Lynne spannte die Schultern an, als die Spitze eines Eisturms einbrach, eine Lawine aus Schnee und Eis an den Seiten hinabrauschte und schließlich der gesamte Turm nach vorn kippte und mit Getöse in die Bay stürzte. Die Gischt spritzte hoch, die Flutwelle schwappte durch die Bucht, und ein Wasserfall aus Schmelzwasser ergoss sich dort, wo eben noch der Eisturm gestanden hatte. Fasziniert schlug Lynne sich die Hand vor den Mund und jauchzte leise, so ergriffen war sie von diesem majestätischen Naturschauspiel, das sie erleben durften.

Sie flogen weiter, so langsam, dass Tyson befürchtete, sie könnten in die Bucht stürzen, und sie sahen noch viele dieser Wunder. Stürzende Eismassen, die donnernd und zischend im Meer versanken. Treibende Eisberge, deren Anblick Tyson so berührte, dass er nach der stehen gebliebenen Uhr in seiner Tasche tastete, die sein Stiefvater Lance Burnette ihm in jener Nacht gegeben hatte, als die *Titanic* sank. Zutiefst bewegt beobachtete er die Flutwellen, die durch die Bucht rasten, und er musste an die Welle denken, die sein Rettungsboot hochgerissen hatte, nachdem das Schiff mit seinen Eltern in den schwarzen Fluten versunken war.

Er konnte nicht mehr, er musste sich setzen.

Lynne sah ihn mitfühlend an, als er seinen Gurt wieder anlegte und nur mit kippender Stimme »Danke, Jim. Es war ein wirklich einzigartiges Erlebnis!« herausbrachte.

Mr Kingsley, der mit ihrem Gepäck zwei Reihen hinter ihnen saß, kam nach vorn und beugte sich über ihn, die Hand auf seiner Armlehne. »Mr Conroy, kann ich Ihnen vor der Landung noch etwas bringen, Sir? Es war ein langer Flug ...«

Tyson legte die Hand auf seinen Arm und drückte ihn. Er war ihm dankbar für sein Mitgefühl. »Nein danke, Mr Kingsley.«

»Wie Sie wünschen, Sir.« Der Butler drehte sich zu Lynne um. »Ma'am? Ein kleiner Snack, bevor wir landen? Ein Glas Champagner?«

Lynne sah von den Zeitungen auf, die sie eben aus der Sitztasche vor ihr gezogen hatte. »Danke, Mr Kingsley. Ich möchte nichts.«

Tyson lehnte den Kopf gegen den gerafften Vorhang seines Fensters und beobachtete Lynne, die alle Headlines, alle Artikel, alle Bilder nun schon zum dritten Mal studierte.

Tess, Tess, Tess ... in Bildern, in Zitaten, in Augenzeugenberichten, in Kommentaren, die wie ein Nachruf klangen.

Will Hearst hatte sich dieses Mal selbst übertroffen. Tess' Absturz und Verschwinden schlachtete er kaltblütig für einen Publicity Stunt aus. Reißerische Schlagzeilen auf den Titelseiten seiner Zeitungen wie

**MISS LIBERTY LOST!**
oder

**EIN TRAUM VON GRENZENLOSER FREIHEIT**

und

**WO IST TESS?**
**Nur Wochen vor ihrem spektakulären Start ...**

lenkten die Aufmerkamkeit der Leser auf die geplante Welttour, an der vor allem Will Hearst etliche Millionen verdienen würde. Dabei hatte er ursprünglich vorgeschlagen, Tess sollte als Passagierin der *Graf Zeppelin* die Welt umrunden ...

Die Fotos zeigten Tess bei ihrer Ankunft in San Francisco vor einigen Wochen. Die *Shooting Star* parkte auf dem Ocean Beach, Tess lehnte lässig am Propeller der Vega und winkte mit einem strahlenden Lächeln den Menschenmassen zu, die sie umringten und feierten. Darunter prangte die Bildunterschrift:

Ein amerikanisches Idol: Die San Franciscans huldigen einem aufgehenden Stern.

Will Hearsts Reporter zitierten Tess' letzten Funkspruch von vorgestern, nur Stunden vor ihrem Absturz in der Wildnis: Ihre letzten Worte galten ihrem kleinen Stiefsohn, Cayden Brandon. Er war der Sohn von Lynne, die in Kürze Tyson Conroy heiraten würde.

Eleanor Roosevelt, die berühmte Frauenrechtlerin, zeigte sich zutiefst betroffen von Tess' Verschwinden, und Präsident Herbert Hoovers Worte klangen fast wie eine würdige Gedächtnisrede auf ein All-American-Girl, das zur Heldin der Nation geworden war: »... unerschütterlicher Mut und der feste Glaube, dass es nichts gibt, was ein Amerikaner oder eine Amerikanerin nicht tun könnte ...«

Will Hearst versprach Millionen von gebannten Lesern regelmäßige Live-Übertragungen im Radio als News Update, bis Tess und ihr Flugzeug gefunden wären. Und natürlich eine Sondersendung während einer glücklichen Landung in Anchorage.

Die Nachricht von Tess' Absturz in den Abendzeitungen von gestern hatte viele San Franciscans aufgewühlt. Heute Morgen, als Lynne und er zum Flugfeld aufgebrochen waren, war ihr Vorgarten bereits ein Meer von Blüten gewesen. Viele legten Blumen nieder und verharrten schweigend vor dem Haus, einige weinten sogar. Tess war für sie ein Girl Next Door, eine Überfliegerin, die alles erreicht hatte und trotzdem auf dem Boden geblieben war. Der Film *Hope, Alaska*, letztes Jahr der Abräumer an den Kinokassen, beflügelte auch jetzt wieder die Fantasie der Massen: Würde Tess erneut die Wildnis bezwingen und den langen Rückweg nach Hope schaffen?

Jim Stewart riss Tyson aus seinen Gedanken: »Mr und Mrs Conroy, wir landen in einer halben Stunde. Corey McLaren hat sich eben über Funk aus Anchorage gemeldet. Er wird Sie dort gleich nach unserer Landung abholen. Ihr Sohn Cayden ist bei ihm. Corey sagt, der Kleine freue sich auf Sie.«

»Danke, Jim.«

»Noch was: Corey sagt, der Flugplatz wird von Journalisten und Fotografen belagert. Wie es scheint, hat Mr Hearst die ganze

Meute aufgescheucht: Treibjagd. Sie laden gerade ihre Kameras durch, entsichern und legen auf Sie an. Und sie schießen scharf, sagt er.«

»Sagen Sie ihm, das kenne ich schon.«

»Okay. Corey? Ich soll Ihnen sagen ...«

Tyson schob den gerafften Vorhang zur Seite. Sie überflogen jetzt eine Bergkette. Neben ihm wand sich ein Gletscherfluss durch eine grüne Ebene und ergoss sich in einen Meeresarm, der von schneebedeckten Bergen flankiert wurde. Das musste der Turnagain Arm sein, wo Tess' Lodge stand. Jetzt war es nicht mehr weit.

Tyson richtete sich auf und zog das Fotoalbum, das er sich während des langen Fluges ansehen wollte, aus dem geflochtenen Gepäcknetz über ihm. Als er es aufschlug, fiel ihm der Zettel aus der Wunschkugel entgegen.

Ronans letzter Wunsch

Eine Weile starrte er den zerknickten Zettel mit der Handschrift seines Bruders an, dann schob er ihn hinten ins Album und blätterte weiter.

Viele der Fotoecken auf den schwarzen Seiten sind leer, die Bilder fehlen, dachte Tyson versonnen, wie Gefühle, die aus einem Leben herausgerissen wurden. Ronan hat die Aufnahmen auf seine letzte Reise mitgenommen. Ich war wütend, weil er damit meine Erinnerungen an unsere Kindheit zerstört hat. Aber ich war auch enttäuscht, weil er nicht mehr Fotos mitgenommen hat, auf denen wir beide zu sehen sind. Ich dachte, ich wäre ihm nicht wichtig genug, und das hat mich tief getroffen.

Aber in den letzten Tagen ist mir klar geworden, warum er die Fotos von uns beiden nicht mitgenommen hat. Er hat sie mir gelassen. Er will, dass ich mich an ihn erinnere. Und das rührt mich zu Tränen. Das Trauern beginnt nicht erst mit dem Tod des geliebten Menschen. Es beginnt, wenn die Hoffnung stirbt, alles Unerledigte noch erledigen zu können. Der Schmerz wird stärker, wenn Herzenswünsche unerfüllt dahinschwinden. Und er wird schließlich unerträglich, wenn uns bewusst wird, dass wir unversöhnt auseinandergehen werden, für immer.

Einige der fehlenden Fotos hatte Tyson vor einigen Tagen durch andere ersetzt. Er hatte längst vergessene Aufnahmen von Ronan und ihm in einer Schublade gefunden. Die verblichenen Fotos hatte er in die aufgeklebten Fotoecken geschoben, aber sie hatten ein anderes Format und passten nicht und fielen immer wieder heraus.

Mit den Fingerspitzen hielt Tyson eine Aufnahme fest, die Mom gemacht hatte, als sie noch Kinder waren.

Ronan steht hinter mir, dachte er dabei, sein Arm liegt um meine Schultern, seine Hand zeigt auf mein Herz. Ich hebe beide Arme. Mit der rechten Hand will ich Ronans Finger ergreifen, mit der linken fasse ich rückwärts, an meinem Ohr vorbei, zu seiner Schulter. Eine Geste der Verbundenheit. Wir beide lächeln.

Das nächste Foto ist nur Augenblicke später aufgenommen worden. Ronan und ich haben uns ein wenig bewegt. Seine Hand ruht jetzt auf meiner Schulter und hält mich fest, während ich beide Hände erhoben habe und mit den gekrümmten Fingern irgendetwas in die Luft schreibe, keine Ahnung, was. Ein Wort?

Das Wort, das mir hierzu einfällt, heißt: Geborgenheit.

Tysons Augen schwammen plötzlich in Tränen.

Hier ist noch ein Foto aus dieser Serie. Das letzte. Ronan und ich sitzen nebeneinander auf dem Bett, ich glaube, es ist seines. Wieder hat er seinen Arm um mich gelegt, und seine Hand ruht auf meiner Schulter. Mom hat ihm bestimmt gesagt, er solle in die Kamera schauen, aber er sieht mich an. Ich habe das bemerkt, wende den Blick vom Fotoapparat und schaue ihn an. Liebevoll lächelnd.

Mit den Fingerspitzen strich Tyson über das Foto, und seine Schultern zuckten, als er leise zu weinen begann.

Das Foto zeigte zwei Brüder.

Untrennbar verbunden, im Leben wie im Tod.

»That's Alaska. Morgens um drei brauchst du eine Sonnenbrille gegen den grellen Sonnenschein ...«

Corey blinzelte ins Licht der tief stehenden Sonne. Die zusammengekniffenen Augen ließen ihn noch müder aussehen, als er es sowieso schon war.

Tyson, der neben dem Pilotensitz der Vega am Fenster lehnte, um durch das Fernglas das Suchgebiet im Auge zu behalten, drehte sich zu ihm um. »Wo ist die?«

»In meinem Rucksack. Unter dem Notsitz.«

»Ich hole sie dir. Noch etwas?«

»Ein Kaffee wär jetzt nicht schlecht. Zwischen den Treibstofftanks findest du eine Thermoskanne.«

»Schwarz?«

»Wie eine Winternacht in Alaska.«

Tyson, seit seiner Landung in Anchorage in Chinos und Shirt, schob sich an Coreys Sitz vorbei nach hinten. »Okay, die Sonnenbrille habe ich«, brüllte er aus dem Laderaum und übertönte das metallische Dröhnen der 457-PS-Motoren. »Aber wo ist ... Ach, da!« Nach einer Minute kehrte er mit einer Henkeltasse mit dampfendem Kaffee für Corey und einer für sich selbst zurück. Die Brille steckte in seiner Hemdtasche.

Corey setzte sie auf, dann nahm er ihm eine Kaffeetasse ab. »Danke.«

»Gern geschehen.«

Er sah Tyson an, als würde er ihn nicht wiedererkennen, als wäre er ein Fremder. »Wie war das?«

»Ich sagte ...«

»Okay, Mister, wer sind Sie? Wann haben Sie Mr Conroy umgelegt? Und wo haben Sie das blöde Arsch verscharrt? Nicht, dass ich ihm nachtrauere ...«

Tyson versteckte sein Grinsen in der Kaffeetasse. Er hatte es kapiert. »Danke, Corey«, sagte er, nachdem er getrunken hatte, und es klang, als meinte er's wirklich ernst.

Corey lächelte. Tyson hatte sich wirklich sehr verändert, seit er das letzte Mal in einem Vorstandsmeeting in San Francisco mit ihm zusammengekracht war. »Immer wieder gern.«

Sie waren jetzt seit fast vier Stunden in der Luft. Start in Anchorage kurz vor dreiundzwanzig Uhr. Landung in Fairbanks zum Auftanken der Vega gegen halb eins. Erneuter Start kurz nach eins und ab nach Norden.

Schon von Weitem hatten sie die gewaltige Feuerwolke über den Wäldern nördlich des Yukon gesehen. Der feine Aschestaub in der aufgewirbelten Luft hatte den ganzen nördlichen Himmel um die tief stehende Mitternachtssonne in ein düsteres, gelb orange rotes Glühen getaucht. Tyson war erschrocken gewesen, entsetzt, aber auch irgendwie fasziniert von diesem ehrfurchtgebietenden Anblick. Und als sie schließlich die tosenden Wipfelfeuer gesehen und den beißenden Rauch gerochen hatten, als er glaubte, die Hitze der Flammen zu spüren, als er meinte, das Donnern der Brände zu hören, bekam er plötzlich panische Angst um Tess und Ronan. Er hielt sich an der Verstrebung des Cockpitfensters fest und starrte wie gebannt in die wabernden schwarzen Wolken und die tosenden Flammen, die dort unten die Bäume explodieren ließen.

Der Wind trieb die Wildfires, die den Wald bis zum Ufer des Yukon verwüstet hatten, weiter nach Nordwesten. Sie mussten mit der Vega weit nach Osten ausweichen.

Okay, richtig, das Suchmuster! Tess hatte es selbst ausgearbeitet. In ihrem Schreibtisch hatte Corey ihr altes Bordbuch mit dem Titel *Mission Coordination* gefunden, in dem sie genau vermerkt hatte, wie sie ihn damals wochenlang gesucht hatte. Auf der Fliegerkarte hatte er die Suchstreifen markiert, Richtung, Breite, Abstand, Flughöhe und so weiter. Es war wichtig, dass das gesamte Suchgebiet bis zum Walker Lake abgeflogen wurde und kein Bereich ausgelassen wurde.

Noch waren Tyson und er allein mit der Vega unterwegs. Aber sobald Jim Stewart ein paar Stunden geschlafen hatte, kam er mit

Deke in der CA-4 rauf nach Fairbanks – nur dort konnte er mit der großen Maschine landen – und half ihnen bei der Suche. Mit zwei Maschinen änderte sich natürlich das Suchmuster: siehe die Markierungen auf der Karte, die Corey mit Jim besprochen hatte, bevor Tyson und er in Anchorage gestartet waren. In ihren parallel verlaufenden Suchstreifen würden die beiden Maschinen nebeneinanderher zum Walker Lake fliegen. Dort würden Jim und er wenden und nach Fairbanks zurückkehren, wo sie auftanken und sofort wieder starten würden. Die ganze Zeit würden sie Funkkontakt halten. Denn falls Jim und Deke das Wrack ausmachten, könnten sie mit der großen CA-4 nicht landen. Das müssten Tyson und Corey dann mit der kleineren Vega tun.

Er trank noch einen Schluck Kaffee, dann stellte er die Tasse in den Kaffeetassenhalter, den Tess neben dem Pilotensitz aus einem geflochtenen Körbchen und einem Stück Schnur gebastelt hatte.

Tyson stellte sich mit dem Fernglas wieder ans Fenster und suchte die hügelige Tundralandschaft unter ihnen ab.

Dort unten lag der Finger Mountain, eine dunkle Felsformation inmitten der rostroten Tundra. Wenig später überflogen sie den Kanuti River. Vor ihnen lag der Arctic Circle. Corey erinnerte sich, dass er hier den kältesten Winter seines Lebens verbracht hatte. Eisige minus achtundsechzig Grad und monatelange Finsternis, allein in einer winzigen Hütte.

Da brauchst du ein gutes Frostschutzmittel, dachte er, sonst frieren dir die depressiven Gedanken im Gehirn fest.

Ja, das Leben war hart hier oben! Aber er liebte dieses einsame, selbstbestimmte Dasein, die grenzenlose, menschenleere Weite, die Stille der Wildnis, die den eigenen Gedanken Raum und Zeit gab, sich zu entfalten. Der Rohölpreis und der Dow-Jones-Index verloren hier ihren Sinn, und das *Wall Street Journal* wurde nur benutzt, um sich mit den rausgerissenen Papierstreifen den Hintern abzuwischen. Was kümmerten ihn die Millionen auf dem Konto? Oder die Aktienanteile an dem Unternehmen, das er bis vor wenigen Jahren verantwortungsbewusst geleitet hatte? Was war der ganze Irrsinn, die ganze Selbstentfremdung, gegen das hier?

Ich glaube, Tyson beginnt zu verstehen, was Tess, Jason und mir Alaska bedeutet, und selbst Sheena war lieber hier als bei Cayden in San Francisco.

»Vor uns schimmert etwas Weißes!«, rief Tyson, ohne das Fernglas abzusetzen.

Corey richtete sich auf, um durch das Cockpitfenster nach unten zu sehen.

Tyson streckte den Arm aus und deutete in Flugrichtung nach vorn. »Da, siehst du? Ist das ein Zelt?«

»Nee, das ist Alaska Cotton. Wollgräser, die an Pusteblumen erinnern. Die gibt's hier überall.«

»Oh …«

»Such lieber nach was Knallrotem, nach einer Form, die nicht in die Wildnis passt. Ein Buchstabe, ein Schriftzug, was weiß ich.«

»Aha?«

»Oder gerade Linien, so was. Vielleicht hat Tess eine Landebahn für uns gebaut.«

Tyson sah ihn an, als wäre ihm gerade die Sicherung rausgeknallt. »Im Ernst?«

# 32

»Ich will eine Reise mit dir machen, eine letzte Reise.«

Mit dem Foto in der Hand schmiegte Tess sich eng an Ronan. Ihre Körper berührten sich, und sie spürte, wie er noch leise atmete. Seine Augen waren geschlossen, und er wirkte entspannt, als wäre er kurz vorm Einschlafen, als würde er irgendwann wieder aufwachen und einfach weiterleben.

Ihre Augen brannten, und ihr Gesicht glühte, als sie ihre Hand in seinen Nacken legte und ihn sanft küsste. Seine Mundwinkel zuckten. Lächelte er sie an? Küsste er sie?

Die heißen Tränen blieben an ihren Wimpern hängen. Nicht weinen! »Ronan, nimm meine Hand. Ich führe dich.«

Tess ergriff seine Hand, die zwischen ihnen auf dem aufgeklappten Schlafsack lag, und hielt sie fest.

»Wohin ich mit dir reisen will?«, fragte sie flüsternd. »Ich hab hier ein Foto, das ich immer bei mir trage. Kannst du's sehen?«

Sie hielt das Foto so, dass er es sehen konnte, wenn er die Augen öffnete. Das tat er aber nicht, also beschrieb sie ihm, was auf der Aufnahme zu sehen war, und ihre Stimme kippte dabei. Zuerst dachte sie, sie sollte ihn mit ihrer Trauer nicht belasten. Aber dann …

Warum eigentlich nicht?, fragte sie sich. Er ist so traurig wie ich. Wieso nicht zusammen trauern? Warum nicht alles teilen, jede Hoffnung, jede Angst, bis zuletzt? Wieso nicht gemeinsam die heitere Gelassenheit in uns erschaffen?

»Wir reisen jetzt an einen Ort, an dem wir glücklich waren. Ich halte deine Hand, Ronan, spürst du sie? Ich lass dich nicht allein, mein Liebster! Wir gehen diesen Weg gemeinsam, bis er nicht mehr weiterführt. Kommst du?«

Tess drückte seine Hand und spürte, wie seine Finger sich in ihrer Hand bewegten.

»Ja, gut, das Foto. Du kennst es, du weißt, welches ich meine. Ein fantastischer Blick über den Grand Canyon, vom South Rim aus aufgenommen. Schroffe rote Felsen, tief unten der grün schimmernde Colorado und weit oben ein tiefblauer, wolkenloser Himmel. Ich erinnere mich, wie warm der Tag war, obwohl es erst Frühling war. Du bist auf dem Foto, Ronan. Du springst von einer Felszinne, die außerhalb des Bildes liegt, auf ein Felsplateau, das auch nicht zu sehen ist. Nur du bist zu sehen, übermütig springend, die Beine nach hinten angewinkelt, die Arme weit ausgestreckt, als wolltest du fliegen. Weit unter dir der Grand Canyon, hoch über dir der Himmel. Ich liebe dieses Foto, weißt du. Es zeigt dich, wie du warst. Und wie du jetzt wieder geworden bist.«

Ihr kamen schon wieder die Tränen. Mit dem Handrücken wischte sie sie ab.

»Lass uns in das Foto hineingehen, Ronan. Spürst du meine Hand? Ich führe dich. Wir stehen jetzt am Rand des Grand Canyon. Siehst du ihn vor dir, mein Liebster? Siehst du die roten Felsen in der Sonne glühen? Siehst du tief unter dir den Colorado? Fühlst du die wärmenden Sonnenstrahlen auf deiner Haut? Riechst du den schmelzenden Schnee, der noch zwischen den Felsen liegt? Hörst du den Schrei des Adlers über dir? Vor dir ragt eine steile Felszinne auf, durch einen Abgrund von dir getrennt. Ich hocke auf der Felszinne, erinnerst du dich? Ich bin rübergeklettert. Du hast ein Foto von mir gemacht, wie ich dort drüben sitze, die Arme um die Knie gelegt, und in die Tiefe blicke. Dann bist du mir hinterhergeklettert und hast dich neben mich gesetzt. Das war ein ganz wunderbarer Augenblick. Wir zwei, allein auf dieser majestätischen Felszinne über dem Abgrund.«

Sie küsste ihn sanft.

»Wir zwei, Ronan. Was haben wir beide alles erlebt! Was haben wir alles getan! Was haben wir für schöne Erinnerungen an unser Leben!«

Ihre Wimpern waren schwer von Tränen, und ihr Blick verschwamm, als sie Ronan sanft über das Gesicht strich. Seine Haut war glatt und weich, weil Tess ihn vorhin, nachdem sie ihn mit warmem Wasser gewaschen hatte, behutsam nass rasiert hatte. Sie dachte, er würde sich auf diese Weise besser fühlen. Er mochte es immer, wenn sie ihm so über die Wange strich. Er sagte dann, er fühle sich geborgen und beschützt. Er küsste immer ihre Hand, hielt sie am Handgelenk, dann drehte er sie um und drückte seine Lippen in die offene Handfläche. Das mochte sie sehr.

»Weißt du noch, was auf diesem Foto nicht zu sehen ist, mein Liebster? Unser Camp war nur ein paar Schritte vom Abgrund des South Rim entfernt. Ein Zelt, zwei Schlafsäcke, eine Holzkiste mit Vorräten und mein altes Töfftöff.«

Sie kuschelte sich näher an ihn heran.

»Erinnerst du dich an Speedy? Mein Ford Speedster von 1912. Weißer Lack, schwarze Sitze. Aber davon war nach unserer Tour über die Route 66 nicht mehr viel zu sehen. War die Kiste staubig! Weißt du noch, wie wir hinter Flagstaff, Arizona, ein bisschen offroad gefahren sind? War das ein Spaß! Für dich, für mich und für Speedy. Der hat vor Vergnügen gescheppert und gequietscht.«

Tess lehnte ihre Stirn an Ronans und schloss die Augen, um sich noch intensiver zu erinnern und noch tiefer in die Szene einzutauchen.

»Weißt du noch, unser Lager? Erinnerst du dich an die frechen Chipmunks, die unsere Vorräte geplündert haben? Waren die niedlich! Du hast sie mit Tortillas gefüttert, die wir abends in der Glut des Lagerfeuers gebacken haben. Die Streifenhörnchen sind immer näher gekommen und haben dir schließlich aus der Hand gefressen. Den ganzen Abend sind sie wie die Irren um uns rumgewetzt, weißt du noch? Camping mit Chips ist schon ein Erlebnis! Am nächsten Abend hast du Popcorn in der Pfanne gemacht.

Und die Chips waren wieder da und haben das Corn angestaunt, das so lustig aus der Pfanne ploppte, als du den Deckel angehoben hast! Flupp, flupp, flupp, und die Streifenhörnchen nichts wie hinterher! Was haben wir gelacht. War das schön!«

Ronan schnaufte durch die Nase, das konnte sie spüren.

»Nachts war es so kalt in unserem Zelt, dass wir in meinen Schlafsack gekrochen sind und uns mit deinem zugedeckt haben. Es war ganz eng dadrin, aber warm und kuschelig. Und ziemlich romantisch. In jener Nacht haben wir zum ersten Mal miteinander geschlafen. Es war wundervoll. Du warst wundervoll. Diese Tage im Grand Canyon werde ich nie vergessen, Ronan.«

Sie fuhr sich über das glühende Gesicht.

»Weißt du, ich werde unsere Kinder dorthin bringen, damit sie all das sehen können, was wir damals gesehen haben. Damit sie all das erleben können. Lara oder Ryan hat bestimmt viel Spaß mit den Chips, was meinst du? Und Cayden?«

Ronan hatte so sehr gehofft, dass Corey sie rechtzeitig nach Hause brachte, denn er wollte seinen Kleinen noch einmal sehen, um von ihm Abschied zu nehmen. Er hatte sich vorgestellt, wie es wäre, wenn Cayden bei ihm wäre, wenn er ... Na ja, wie der Kleine sich über ihn beugen und ihn küssen und ihn fragen würde: »Geht's dir jetzt besser, Daddy?« Und er würde sagen: »Ja, Cayden, jetzt geht's mir schon viel besser.«

Heute Nachmittag hatte Ronan sich plötzlich auf den Ellbogen aufgerichtet und auf ein Dröhnen gelauscht, das immer näher zu kommen schien. »Sie kommen! Hörst du, Tess? Sie kommen!«

Er war plötzlich so aufgeregt gewesen!

Tess war aus dem Zelt gerannt und hatte den Himmel abgesucht. Das Vibrieren hatte sie im ganzen Körper gespürt.

Es war kein Motorengeräusch gewesen.

»Tess! Zünde die Signalfeuer an! Das ist deine Vega!«

Aber es war nicht Corey, der zum Landeanflug ansetzte.

Sondern ein Erdbeben.

Seit jenem ernüchternden Moment, in dem Ronan die Hoffnung aufgegeben hatte, Cayden jemals wiederzusehen, ließ er los, von Stunde zu Stunde ein bisschen mehr. Jeden Augenblick konnte er für immer gehen und Tess allein zurücklassen.

Sie hatte sich gefragt, was sie sich wünschen würde, wüsste sie, sie müsste heute sterben. Liebe, Zärtlichkeit, Geborgenheit. Freude. Was war gutes Sterben? In Gelassenheit ein erfülltes Leben beenden und mit einem Lächeln für immer gehen?

Und genau das schaffte Ronan, sie wusste nicht, wie. Tess war ergriffen von seiner Würde, obwohl ihm sein Leiden, seine Schmerzen, seine Benommenheit doch gerade seine Würde raubten. Aber er wusste, dass das Sterben ein ebenso unbeschreibliches und einzigartiges Erlebnis war wie eine Geburt.

Wie zu einer Abschiedsparty hatte sie das Zelt mit Blumen geschmückt, die sie in der Tundra gefunden hatte. Aus dichtem, weichen Moos und blühendem Vergissmeinnicht hatte sie ein Gesteck gebastelt, das Ronan ansehen könnte, wenn er die Augen öffnen würde. Und da war ihre Wunderkerze, ihr letztes Geschenk an ihn.

Das Rezept hatte Tess von Sheenas Geburtstagsfeier noch im Kopf. Bariumnitratpulver, Aluminiumpulver, Eisenpulver, Magnesiumpulver, Stärke und ein Eisendraht. Den ganzen Nachmittag hatte sie daran gebastelt – was sollte sie denn sonst tun? Das Bariumnitrat hatte sie aus dem Zündhütchen einer Patrone ihrer Winchester geholt. Das Aluminium und das Eisen stammten aus dem Flugzeugwrack – mit Ronans Nagelfeile hatte sie die Metalle abgeschmirgelt. Das Magnesium hatte sie von ihrem Fire Starter Kit abgeschabt. Die Stärke stammte aus einer zerstoßenen Schmerztablette. Mit heißem Wasser verrührt, wurde dieser Metallbrei um einen Eisendraht geformt und getrocknet. Und siehe da: eine Wunderkerze!

Tess würde sie anzünden, wenn Ronan …

Sie atmete tief durch.

Ihr letztes Geschenk an ihn.

Was gibt man einem geliebten Menschen mit auf den letzten Weg, wenn alle Wünsche erfüllt sind? Alles, bis auf einen. Ronans Brief an Tyson hatte sie nicht gefunden, als sie die Vergissmeinnichte suchte. Er war wohl für immer verloren.

Als sie schließlich zu Ronan zurückkehrte, schrieb er mit letzter Kraft etwas in sein Notizbuch, hinten auf die letzten Seiten. Sie setzte sich neben ihn, und er zeigte ihr seine Wunschliste vorn im Büchlein.

1. ~~*Loslassen.*~~
2. ~~*Freundschaft, die allem standhält.*~~
3. ~~*Glück, das alle Träume mit sich reißt. Und Lebensfreude, deren Lachen zu Tränen rührt.*~~
4. ~~*Zufriedenheit, die als Geschenk empfunden wird.*~~ *Und Versöhnung, das schönste Gefühl von allen.*
5. ~~*Liebe, die stärker ist als der Tod.*~~
6. ~~*Und am Ende das größte Geschenk von allen …*~~

Liebe, die stärker ist als der Tod.

Sein Wunsch war heute in Erfüllung gegangen, nur Stunden vor seinem Tod. Sie hatten beide geweint, Arm in Arm, eng aneinandergeschmiegt, Herz an Herz.

Blieb noch ein Wunsch: das größte Geschenk von allen.

Ich würde Ronan diesen letzten Wunsch so gern erfüllen, dachte sie. Aber was ist das? Was könnte ich ihm noch schenken?

Wenn Liebe nicht genug ist, was erwartet er noch von mir?

Tess betrachtete das Foto von Ronan, der über den Grand Canyon zu springen schien.

»Wir waren so glücklich«, flüsterte sie und küsste Ronan. »Wir waren so unbeschreiblich glücklich.«

Wir haben einander festgehalten, ein ganzes kurzes Leben lang. Wir haben einander Halt gegeben. Trost. Freundschaft. Liebe.

In den Armen des anderen haben wir jeden Schicksalsschlag ertragen, der uns von den Füßen riss. Gemeinsam haben wir allem standgehalten, denn wir hatten einander. Wir hatten die Liebe, die nichts fordert und alles gibt. Und wir hatten die Freude und das Glück.

Ronan springt – das ist das Bild seines Lebens.

Dann der Sprung ins Nichts. In den Tod. Jetzt.

»Ronan?«

Seine Mundwinkel zuckten unmerklich, und Tess küsste ihn behutsam.

»Mein Liebster, ich zünde jetzt die Wunderkerze an. Bist du so weit?«

Seine Augenlider flatterten leise.

Sie rutschte ein wenig zur Seite, holte ihr Fire Starter Kit hervor und schlug einen Funken zwischen ihnen. Mit dem brennenden Papier, einer leeren Seite aus seinem Notizbuch, entzündete sie die Wunderkerze.

Helle Funken sprühten, wie Pusteblumenschirmchen aus Licht. Wenn sie flogen, so hieß es, durfte man sich etwas wünschen. Tess wusste, was sie ihm wünschte.

Sie hielt die Wunderkerze so, dass er sie sehen könnte, wenn er nur die Augen aufmachen würde. Aber sie waren geschlossen. War er überhaupt noch hier?

»Ich begleite dich, Ronan, so weit ich kann. Ich bin bei dir. Ich halte deine Hand, bis du sie loslässt, um allein weiterzugehen. Siehst du dieses Licht? Es wird dir den Weg weisen! Ich liebe dich, Ronan. Ich liebe dich. Ich liebe dich.«

Sie begann an seiner Schulter zu weinen.

Das kleine Feuerwerk brannte ab, die Funken flogen zischend in alle Richtungen und verglommen.

Wie schnell ist ein Leben vergangen, dachte sie. Wie schnell sind Gefühle versprüht wie diese Funken. Und wie schnell werden Erlebnisse zu Erinnerungen.

»Ich … liebe … dich.«

Sie wischte sich die Tränen ab, während die Wunderkerze viel zu rasch herunterbrannte.

Wie Ronans viel zu kurzes Leben.

»Bist du noch hier, mein Liebster?«, flüsterte Tess und legte ihre Stirn an seine Wange, die sich schon ganz kühl anfühlte. »Ich liebe dich. Geh allein weiter, Ronan. Ich kann dir nicht folgen. Ich liebe dich, und ich werde dich immer lieben.«

Die Kerze war fast ausgebrannt, ein Inch noch, nicht mehr.

»Lass mich los, Ronan.«

Jetzt schluchzte sie verzweifelt auf, sie konnte nicht anders, sie hatte keine Kraft mehr ohne ihn. Sie fühlte sich haltlos.

Die Wunderkerze erlosch.

Tränen strömten über ihre Wangen. Als Tess sie fortwischte, sah sie Ronans Blick. Seine Augen waren jetzt weit offen.

Er hatte das funkensprühende Licht gesehen! Aber er hatte es gar nicht angeschaut, um sich vom Licht leiten zu lassen.

Sein letzter Blick galt ihr.

Und seine Lippen waren geöffnet, als wollte er noch etwas sagen: Ich liebe dich, Tess. Lass mich gehen.

Seine Gesichtszüge hatten sich verändert. Er hatte keine Schmerzen mehr, das sah Tess ihm an. Er sah friedlich aus, als hätte er mit allem abgeschlossen, als hätte er alles getan, was er noch tun wollte. Er wirkte entspannt, ja sogar glücklich. Und trotzdem war es nicht das Lächeln, das er im Leben gehabt hatte.

Tess legte das Foto weg: Ronan ist gesprungen.

Schluchzend brach sie zusammen und weinte an seiner Schulter, bis sie keine Tränen mehr hatte.

Ich habe ihn geliebt, mehr als mein Leben, dachte sie. Und ich liebe ihn immer noch, für alle Zeit.

Die Liebe stirbt nicht mit dem Geliebten. Sie wird nur stärker, so schmerzhaft stark, dass sie dir das Herz zerreißt, und dieser Schmerz hört niemals auf.

# 33

Traurig betrachtete Tess das Foto von Ronan, das sie ihr halbes Leben lang bei sich getragen hatte: Ronan springt. Wie unbeschwert er damals aussah …

Sie drehte das Foto um und las den Text, den sie auf die Rückseite geschrieben hatte:

*Ronan Brandon*
*24. Dezember 1900–16. Juni 1929*

*Er war mein Leitstern, mein Kurs, mein Ziel.*
*Er war das helle Licht im Norden*
*und der Sternenglanz im Süden.*
*Er war der Mondaufgang im Osten*
*und der Sonnenuntergang im Westen.*
*Er war der Windstoß unter meinen Flügeln*
*und der Sturm, der mich durch alle Turbulenzen*
*bis zum Horizont vorantrieb.*
*Er war die Weite und die Ferne,*
*mein Hoffen und mein Sehnen.*
*Er war meine ganze Welt.*

*Tess Brandon, 17. Juni 1929*
*Von nun an gehe ich allein weiter.*

Sie schob das Foto mit der Grabinschrift zwischen zwei Glasscheiben der zerlegten Windschutzscheibe, damit es vor Wind und Wetter geschützt war. Um den Glasrahmen legte sie einen zurechtgeschnittenen Dichtungsring aus schwarzem Gummi. Der Ring hielt die beiden Scheiben zusammen und versiegelte sie.

Den Bilderrahmen befestigte Tess mit einem Band an Ronans Grabstein. Dann ließ sie sich ins Tundragras sinken und strich mit den flachen Händen über die Büschel von Vergissmeinnicht, die sie dicht an dicht auf seinem Grab gepflanzt hatte. Am Ende stand ein einsamer Shooting Star, sie wusste nicht, wie die rosa Blume richtig hieß. Die Blüte sah aus wie eine gelb leuchtende Sternschnuppe mit langem pinkfarbenen Schweif. Oder wie ein Fallschirm, der sich gerade öffnete. Sie hatte die Pflanze am See ausgegraben und hier eingepflanzt, damit Ronan ... na ja ... das Gefühl hatte, seine Sternschnuppe wäre für immer bei ihm.

So wie er für immer bei ihr sein würde, in ihrem Herzen. Im Geist sah sie ihn vor sich. Sie sah die kleine Narbe in seinem Nacken, die sie immer gestreichelt hatte, schon als sie noch Kinder gewesen waren. Sie sah die feinen Falten um seine Augen, wenn er gelacht hatte. Sie roch seinen Duft, er hatte etwas so Männliches, Verführerisches, Vertrautes.

All das war vergangen, begraben im Permafrost, für immer im ewigen Eis bewahrt. Was blieb, war der überwältigende Schmerz, die Verzweiflung und die Trauer in ihrem Herzen und ihren wunden Gedanken. Ronan war erst achtundzwanzig Jahre alt gewesen, als er aus seinem Leben gerissen wurde. Er würde für immer jung bleiben. Und er würde weiterleben. Das winzige Leben, das in ihr wuchs, war ein Teil von ihm. Sie würde alles tun, alles, um es zu beschützen.

Tess schob das Bordbuch, das sie in die Abdeckplane gewickelt hatte, in das Steinhäuschen neben dem Grab. Dort war es vor der Witterung geschützt. Schon seit Tagen, seit ihrem Absturz, trugen ihre Notizen kein Datum mehr. Die Zeit stand still an diesem längsten Tag ihres Lebens, so wie Ronan es sich gewünscht hatte. Die Sonne sank auf den Horizont, verharrte dort einen endlosen

Augenblick lang, dann ging sie wieder auf: derselbe Tag, ohne Ende.

Nur eines noch, dann wollte Tess für immer Abschied nehmen und aufbrechen.

Sie zog Ronans Notizbuch aus ihrer Fliegerjacke und schlug seine Wunschliste auf.

Der größte Wunsch.

Wie soll ich ihn erfüllen, wenn ich nicht weiß . . .?

Augenblick! Hatte Ronan nicht noch etwas ins Büchlein geschrieben, als sie das Zelt verlassen hatte? Das war . . . Tess überlegte . . . War das gestern?

Sie blätterte weiter. Vorstellungen und Ideen, wie er Gefühle verschenken wollte, Anmerkungen zu Telefonaten mit Stuart Wilkinson und Jordan Williard. Nein . . . nein . . . nein . . . da!

*Tess,*
*ich schreibe diesen Brief, solange ich es noch kann . . .*

Ein Abschiedsbrief, mit zitternder Hand hingekritzelt.

Die Qualen in ihrem Herzen brachen hervor, strömten in schmerzhaften Wellen durch ihren Körper und trieben ihr die heißen Tränen in die Augen. Bebend vor Trauer, las sie seine letzten Worte.

*Wie soll ich Dir sagen, wie sehr ich Dich liebe? Und wie sehr ich Dich bewundere! Du bist einfühlsam und herzensgut. Du bist mutig und seelenstark. Was hast Du mir in meinem Leben alles geschenkt, Tess! So viel Liebe! So viel Hoffnung! So viel Glück!*

*Unsere gemeinsame Lebensreise war wunderschön, voller Freundschaft, Leidenschaft und Liebe. Alles haben wir miteinander geteilt. Den kostbarsten Augenblick meines Lebens, als ich nach meinem ersten Anfall in Deinen Armen erwachte. Und auch in der letzten Stunde meines Lebens wirst Du bei mir sein und meine Hand halten.*

*Das ist wahre Liebe, eine Liebe, die nichts fordert und alles gibt. So viel hast Du mir geschenkt! Aber ein Wunsch bleibt am Ende offen, ein einziger. Du weißt, welchen ich meine, den letzten auf meiner Liste: das größte Geschenk von allen.*

*Du hast Dich bestimmt gefragt, was das ist. Und Du hast mein Notizbuch durchgeblättert, um eine Antwort zu finden. Aber da steht nichts dazu. Okay, hier kommt es:*

*Dir, Tess, vermache ich mein Herz und meine Seele, meine Liebe, meine Gefühle, meine Gedanken und Erinnerungen, meine Hoffnung, meine Träume und mein Glück. Dir hinterlasse ich meinen Sohn, mein Ein und Alles, und das Kind, das Du in Dir trägst. Dir schenke ich alles, was ich im Leben besessen habe.*

*Aber ich schenke Dir noch etwas, Tess, eines der schönsten und größten Gefühle im Leben: Verantwortung zu leben. Ich wünschte, Du würdest meinen Vorsitz im Aufsichtsrat von* BRANDON-CONROY-TYRELL *übernehmen. Ich wünschte, Du würdest, mutig und taff wie immer, Vertrauen in Dich selbst haben und das Unternehmen in ein neues Zeitalter der Technologie führen.*

*Wieso ich?, fragst Du. Ich sag's Dir. In diesem Jahr sind großartige Erfindungen und Entdeckungen gemacht worden, die unsere Welt verändern werden. Die Quarzuhr. Die Kineskop-Röhre zur Bilderwiedergabe im Fernsehen. Das Tonband. Das Penicillin. Okay, das hier interessiert Dich mehr: das Raketenauto. Der Hubschrauber. Der Teilchenbeschleuniger. Und die Lochkarten-Rechenmaschine – ich glaube, diese neuen Computer werden die Welt verändern. Und Du, Tess, kannst als Chefin eines der mächtigsten und finanzstärksten Unternehmen der Welt maßgeblich diese Technologien voranbringen und die neue Welt mitgestalten, von der ich nur noch träumen konnte. Das ist was anderes, als an Deinem Flieger rumzuschrauben, oder?*

*Okay, wieso Du? Weil Tyson mit diesen Dingen nichts anfangen kann – ich meine, außer Geld verdienen. Du kannst den Hubschrauber fliegen und mit Deinem Schraubenzieher den Computer zerlegen und wieder zusammenbauen. Du verstehst, wie ein Teilchenbeschleuniger funktioniert, und Du weißt, wie wichtig Forschung in der Physik, der Chemie und der Medizin ist.*

*All diese Erfindungen sind unglaubliche Chancen, Sternstunden der Menschheit. Wir müssen sie nutzen. Nicht, um noch mehr ›Viellionen‹ zu verdienen, sondern um Gutes zu tun. Sei ein Gestalter, Tess. Vergib nicht eine der schönsten und größten Möglichkeiten Deines Lebens: die Verantwortung für etwas Großes zu übernehmen. Du bist die Richtige für den Job.*

*Geh nach Hause, Tess, nach San Francisco. Tyson erwartet Dich mit meinem Testament. Dies ist mein letzter Wille.*

*Wenn Du bereit bist, ihn zu erfüllen, dann streich den letzten Wunsch auf meiner Liste. Denn ich kann es nicht ohne Dich.*

*Ich liebe Dich,*

*Ronan*

Wie benommen starrte Tess vor sich hin. Dann schlug sie das Notizbuch auf der ersten Seite auf.

Das größte Geschenk von allen.

Wie damals in San Francisco, als sie ihre Lebensreise begannen, fragte sie sich: Wer macht hier wem ein Geschenk? Ich ihm, indem ich meine Freiheit aufgebe und Verantwortung übernehme? Oder er mir, indem er mir etwas schenkt, was ich ohne sein Geschenk nicht hätte? Ein Gefühl, das nur schwer zu benennen ist. Stolz. Selbstachtung. Würde. Nein, das trifft es nicht, das klingt alles zu selbstgerecht.

Es ist … das Gefühl, auf meinen größten Traum zu verzichten: die Welttour.

Ich kannte dieses Gefühl bisher nicht, weil ich mir immer alle Träume erfüllt habe, aber es fühlt sich an … ja, wie? Es ist ein leises Empfinden, ein sanftes Ziehen, ganz tief in meinem Herzen.

Nicht Lynnes berauschende Lebensfreude, als sie ihr Geschenk bekam und ihr Glück verwirklichen konnte. Nicht Tysons Zufriedenheit und die überwältigende Genugtuung, die er empfunden haben muss, als er sein Geschenk an Adrienne weiterreichte.

Ja, leise ist dieses Gefühl, unaufgeregt. Bedacht. Gelassen.

Und es fühlt sich gut an.

Tess zog den Stift aus dem Buchrücken und strich Ronans letzten und größten Wunsch durch.

»... bisher nichts gefunden. Aber wir geben die Hoffnung nicht auf.«

Lynne presste den Telefonhörer an ihr Ohr. »Wann startet ihr wieder?«

In der Funkverbindung nach Fairbanks knisterte es. »Sobald die Vega aufgetankt ist.«

»Wie geht's dir, Ty?«, fragte sie leise.

»Ich bin müde, unsagbar müde.« Und genauso klang er.

»Corey und du, ihr solltet euch ausruhen.«

»Lynne ...«

»Schon gut, Ty.«

»Jede Stunde zählt, jede Minute ...«

»Das stimmt.«

»Ich will sie finden, Lynne. Ich muss.«

Sie seufzte. »Ich weiß, Ty.«

»Wie geht's dem Kleinen?«

»Er hält sich tapfer. Er ist einfach unglaublich.«

»Bitte grüß ihn von mir.«

»Mach ich, Ty. Ich gehe gleich zu ihm. Er spielt oben im Kinderzimmer.«

»Corey kommt zurück, wir müssen los.«

»Wann meldet ihr euch wieder?«

»Beim nächsten Tankstopp. Ich ruf dich an.«

Lynnes Lippen berührten sanft die Sprechmuschel. »Ich liebe dich, Ty.«

»Und ich liebe dich, Lynne.«

Sie legte auf. Eine Weile saß sie reglos an Tess' Schreibtisch und starrte auf die Karte von Alaska. Dann stand sie auf und ging nach oben. Leise öffnete sie die Tür zum Kinderzimmer.

Caydens Anblick traf sie mitten ins Herz.

Traurig hockte er mit Snivel im Flugzeug und schaukelte. Seine Schultern waren hochgezogen, als er Tess' und Ronans alten Teddy umarmte, und sein Blick war abwesend, als er den Abschiedsbrief im Erinnerungsalbum anstarrte. Er las ihn immer wieder, schon seit Tagen. Und mit jeder Stunde, die verging, schwand seine Hoffnung, dass Daddy zu ihm zurückkehrte, dass er ihn noch einmal sehen konnte, bevor er für immer Abschied nahm.

Sein Daddy war für ihn sein Leben, dachte Lynne traurig. Mich bemerkt er gar nicht in der offenen Tür.

Sie lehnte sich gegen den Türrahmen und beobachtete ihn still, wie er in Gedanken zu Mommy und Daddy flog, um sie zu retten.

Das Ziehen in ihrer Brust war unerträglich.

Wann habe ich meinen Sohn an Tess verloren?, fragte sie sich. Ich weiß, ich hätte eine bessere Mutter für ihn sein sollen. Ich hätte mit ihm spielen sollen, wie sie es tut, mit ihm herumtoben, albern und lachen. Ich hätte für ihn da sein sollen. Dann würde er sich jetzt in seiner verzweifelten Not an mich wenden, sich in meine Arme werfen, damit ich ihn tröste, und an meiner Schulter weinen.

»Bist du gekommen, weil du mich von hier wegholen willst?«, hatte er bei ihrem Wiedersehen vor einigen Tagen gefragt, und Lynne hatte die Angst in seinen Augen gesehen.

Der arme Kleine!, dachte sie. In den letzten Monaten hat er so viel durchmachen müssen!

Wie gern würde ich ihm jetzt die Hand auf die verkrampfte Schulter legen, um seinen Schmerz zu lindern: »Es ist schwer, die

Menschen zu verlieren, die man am meisten liebt, mein Kleiner. Mommy und Daddy zu verlieren ist das Schwerste auf der Welt.«

Wie gern würde ich ihn aufrichten: »Ich nehme dich fest in den Arm, mein Süßer, und versuche dir Kraft zu geben. Es ist so schwer, Worte zu finden, die dich über diesen Verlust hinwegtrösten können.«

Wie gern würde ich ihm versprechen, dass der Schmerz irgendwann aufhören wird. Aber das tut er nicht.

Niemals.

Lynne atmete tief durch.

Ein Kind zu verlieren tut einer Mutter unendlich weh.

Mit Tränen in den Augen wandte Lynne sich ab und schloss leise die Tür hinter sich.

Die ersten Schritte waren die schwersten, fort von Ronan, fort von dem Leben, das sie gekannt hatte. Tess musste sich von ihm losreißen, und das war so schmerzhaft, als würden Nerven durchtrennt, ohne Betäubung.

Immer wieder blieb sie stehen und schaute zurück.

Hätte sie sich nicht umgedreht, hätte sie das vom Wind zerfetzte Papier mit der vom Regen ausgebleichten Schrift nie gesehen. Der Brief mit Ronans Handschrift hing in einem Gestrüpp. Behutsam zog sie ihn heraus und strich ihn glatt.

*Tyson,*

*ich schreibe diesen letzten Brief an Dich im Flugzeug, und es fällt mir nicht leicht. Nicht, weil mich die Turbulenzen derart durchschütteln, dass ich beinahe den Stift fallen lasse. Oder weil ich solche Schmerzen habe, dass ich kaum noch klar denken kann. Sondern weil es so vieles gibt, was ich Dir sagen möchte. Aber wo soll ich beginnen? Soll ich Dir sagen, dass ich Dich liebe? Oder dass ich mich oft an die glücklichen Tage unserer Kindheit erinnere?*

*Dass ich stolz auf Dich bin? Du findest, das klingt überheblich? Vielleicht hast Du recht. Aber so empfinde ich, und ich will von ganzem Herzen ehrlich zu Dir sein.*

*Also zuerst: Ich wünschte, Du wärst hier, und wir könnten über alles reden. Über unsere Gefühle, über die Verletzungen, die wir uns gegenseitig zugefügt haben, über Vertrauen und Versöhnung. Über eine zweite Chance, bewusster zu leben, ein guter Bruder zu sein, ein besserer Freund.*

*Aber Du bist nicht hier, und wir werden uns wohl nie wiedersehen, deshalb ist dieser Brief ein Abschied. Denn wenn Du ihn liest, Ty, bin ich nicht mehr für Dich da …*

Im Innersten aufgewühlt, faltete Tess den Brief zusammen. Sie hatte kein Recht weiterzulesen. Sie steckte Ronans letzte Worte an seinen Bruder in ihren Rucksack. Sie würde Tyson den Brief bringen.

Zum letzten Mal warf sie einen Blick zurück, dann drehte sie sich um und machte sich auf den langen Weg nach Hause. Ohne Karte, ohne Kompass, ohne einen Orientierungspunkt am Horizont lief sie los. Wie lange sie bis zum Yukon brauchen würde? Keine Ahnung. Sie wollte versuchen, jeden Tag zwischen zwanzig und fünfundzwanzig Meilen zu laufen. Aber was war das schon in einem unerforschten Land, das keine Grenzen hatte, keine Linien und Punkte auf der Karte, die beschriftet waren, und dessen Landkarten, wenn es überhaupt welche gab, den Maßstab eins zu einer Million hatten?

Wie leicht konnte sie hier verloren gehen!

Tess zählte ihre Schritte nicht, wozu auch? Sie zählte auch nicht ihre Atemzüge oder Herzschläge. Oder wie oft sie an Ronan dachte, während sie sich mit jedem Schritt weiter von ihm entfernte. Oder an Cayden, der zu Hause auf sie wartete.

Tess durchquerte eine grandiose Tundralandschaft aus schwarz schimmernden Seen, blühenden Wiesen und weißen Birkenwäldchen. Sie sprang über kleine Bäche, die in der Sonne glitzerten. Sie stolperte über Wurzeln und Gestrüpp und stürzte. Sie stand wieder auf und lief weiter durch das flache Land. Nur nicht stehen bleiben! Und nicht müde werden!

Cayden wartet auf mich, dachte sie. Er hofft, dass ich zu ihm zurückkehre. Weiter, Tess, weiter!

Nach etlichen Stunden Marsch durch trügerisches Gelände voller Sümpfe erreichte sie am Nachmittag ein Labyrinth von Seen, die durch verschlungene Rinnsale untereinander verbunden waren. Was für ein atemberaubender Anblick! Überall zwischen den gelben und grünen Flechten und Moosen, den blaugrünen Farnen und weißen Blüten glitzerte und gleißte das Wasser, das den tiefblauen Himmel widerspiegelte! Was für eine Farbenpracht, die Tess ein Lächeln auf die vor Müdigkeit verkniffenen Lippen zauberte! Aber wie schwierig war das Vorwärtskommen! Mit den Fußspitzen tastete sie nach einem festen Halt auf der anderen Seite dieser schmalen Kanäle, dann sprang sie hinüber. Drei, vier, fünf Schritte über den schwankenden Boden, der unter ihren Füßen platschte und gluckste, dann wieder ein Sprung auf die nächste kleine Insel aus schwefelgelben Flechten und violetten, blauen und weißen Blüten. Nach einer Stunde war sie ziemlich erschöpft.

An einem kleinen Creek mit unzähligen Seitenarmen rastete sie auf trockenem, festem Grund. Nachdem sie ihre Wasserflasche aufgefüllt hatte, ging's weiter, einen sanft geschwungenen Hügel hinauf. Die Landschaft wurde jetzt karger, es gab nicht mehr so viele Moskitos wie in den Sümpfen. Das Moskitonetz, das sie mit der Fliegerbrille an der Stirn befestigt hatte, konnte sie endlich zusammenfalten und in den Rucksack stopfen. Sollte Alaska jemals der 49. Bundesstaat der USA werden, würde sie nicht für den Weißkopfadler als Wappentier stimmen oder für den Grizzly oder den Elch, sondern für den Moskito. Okay, ein Witz!

Die Weite dieser weich verbogenen Landschaft war überwältigend. Es gab keine Kanten oder Falze wie auf einer Landkarte, nur sanfte Wellen aus den leuchtenden, ineinander verlaufenden Farben eines nass gemalten Aquarells. Grüne Hügel, rote Erde, blauer Himmel, weißer Alaska Cotton, dazwischen hingetupfte Blüten in allen Farben des Regenbogens.

Mit ausgreifenden Schritten marschierte Tess schon bald durch felsiges Gelände. Dann stieß sie auf einen kleinen Fluss, an dessen Kiesufer sie nach Osten lief, bis er nach Süden abbog. Durch ein weites Tal folgte sie ihm aufwärts bis zu seiner kristallklaren Quelle. Am sprudelnden Wasser füllte sie ihre Wasserflasche auf, dann überstieg sie die Höhe und blickte hinunter auf eine weite, rostrote Ebene. Auf den ersten Blick sah sie aus wie das Colorado-Plateau. Oder Arches National Monument mit dem Delicate Arch und dem Balanced Rock. Wirklich, der Boden war hier so rot wie der Staub im Monument Valley. Nur gab's hier keine Arches und Needles, nur ein Meer von Blüten zwischen leuchtend weißen Birken.

Und Elche!

Vor einigen Wochen hatten die Kühe ihre Kälbchen bekommen und sich in entlegenere Gegenden zurückgezogen, um sie vor Grizzlys zu schützen.

Eine Weile beobachtete Tess eine Elchkuh, die im Schutz eines Gebüschs ihr Junges säugte. Sie musste ganz still sein, damit sie sie nicht bemerkte. Den Angriff einer Elchkuh, die ihr Kälbchen verteidigte, würde sie nicht überleben. Tess wollte nicht schießen und dem Kleinen die Mutter nehmen.

Sie bewunderte die Kraft des Elches, der es mit einem Grizzly aufnehmen konnte. Und sie war beeindruckt von der Zärtlichkeit, mit der die Kuh ihr Kälbchen, das noch ein bisschen wackelig auf den langen Beinen war, ganz behutsam mit der Nase anstupste.

Plötzlich hob die Elchkuh ihren Kopf und schaute in ihre Richtung. Dann wirbelte sie ihren massigen Körper auch schon herum und stürmte auf sie zu. Tess sprang auf, kämpfte sich durch das Gebüsch, in dem sie sich verborgen hielt, und flüchtete. Die Elchkuh verfolgte sie nicht weiter, sondern kehrte sofort zu ihrem Kälbchen zurück.

Als sie weiterging, sah Tess einen stattlichen Elchbullen mit einem ausladenden Geweih, der in den Fluss stieg, um zu trinken und zu fressen. Elche knabberten nicht nur die jungen Triebe von Birken und Weiden, sondern fraßen vor allem Wasserpflanzen. Als der Bulle den Kopf hob, sah auch Tess sich wachsam um. Ah, da vorn streifte ein Grizzly allein durch die Tundra.

Mit der Hand an der Winchester über ihrer Schulter ging Tess weiter. Das Gelände fiel jetzt wieder sanft ab, bis sie einen kleinen See erreichte, an dessen Ufer sie ihr Lager aufschlug. Es gab hier Moorschneehühner, und rasch hatte sie eine ihrer Drahtschlingen aufgebaut. Aber natürlich rannte keiner der braun-weißen Vögel in die Falle. Und die Küken in den Nestern waren längst geschlüpft und seit einigen Tagen bereits flügge. Es gab also auch keine Spiegeleier vom heißen Stein.

Wie konnte man überleben in dieser atemberaubenden Wildnis, in der man auf alles gefasst sein musste? In der ein kleiner unbedachter Fehler den Unterschied zwischen Leben und Tod bedeuten konnte?

Erst mal Feuer machen! Aber das Holz war feucht und ließ sich nicht entzünden. Tess schlug Funken in den Zunder, und endlich glühte er schwach. Doch als sie behutsam hineinpustete, erlosch das Glimmen wieder. Sie riss eine Seite aus dem Notizbuch, knüllte sie zusammen und versuchte es erneut. Kurz darauf knisterte und knackte das Lagerfeuer.

Ihre Kleidung war schweißnass vom langen Marsch. Sie zog sie aus und trocknete sie über dem Feuer, denn es würde kalt werden, wenn die Sonne auf den Horizont sank, und sie durfte nicht in der klammen Kleidung schlafen. Während sie nackt in ihren Schlafsack gekuschelt am Feuer hockte, beobachtete sie den glühenden Abendhimmel. Kein Licht, das sich an der schimmernden Hülle eines Flugzeugs brach, kein leises Dröhnen von Propellern. Nur absolute Stille.

Tess wusste nicht, wie lange sie am Ufer saß und versuchte, mit der Einsamkeit zurechtzukommen. Wie Meereswogen schwappten ihre Gefühle über sie hinweg: die Freude, sich trotz der Schmerzen in ihrem ganzen Körper lebendig zu fühlen, die Traurigkeit, die Verzweiflung über den weiten Weg, der vor ihr lag, die Hoffnung, die Angst. An diesem ersten Abend war sie sehr deprimiert und sehr schwach. Sie riss eine weitere Seite aus dem Notizbuch und schrieb auf, wie sie sich fühlte. Den Zettel hängte sie in ein Gestrüpp. Falls sie heute Nacht starb und in einigen Wochen gefunden wurde …

Im Dämmerlicht der Mitternachtssonne weinte sie sich vor Erschöpfung in den Schlaf.

Am nächsten Morgen musste das Frühstück ausfallen, sie hatte nichts mehr zu essen. Die Drahtschlinge war leer, und Tess schob sie frustriert in ihren Rucksack. Sie musste etwas zu essen finden, und zwar bald, bevor ihre Kräfte sie verließen. Es würde noch Tage dauern, bis sie jenseits des Yukon in die Zivilisation zurückkehrte.

In den nächsten Stunden wanderte Tess am Rand der Tundraseen entlang, bis sie auf einen gewundenen Flusslauf stieß. Sie folgte ihm nach Südosten, bis er sich nach einer weiten Kehre nach Osten wandte und schließlich nach Norden abbog. An einem Bach, der in den Fluss mündete, entdeckte sie eine Gruppe Bären, die auf Lachse warteten. Völlig entspannt warfen ihr die Grizzlys hin und wieder einen Blick zu und ließen sie in Ruhe rasten. Noch nie war sie so nah an Grizzlybären herangekommen! Aber sie offenbar auch noch nie an einen Menschen, denn sie waren ihr gegenüber weder aggressiv noch ängstlich. Auch nicht, als Tess mit einem dicken Ast auf Lachsfang ging.

Tess schlich sich an die Lachse heran, ohne dass ihr Schatten auf sie fiel. Selbst wenn sie die Fische mit dem Ast nicht traf, machten die Schockwellen im Wasser sie benommen, und sie konnte sie im flachen Teil des Baches in die Enge treiben und mit den Händen fangen. Tess warf einen Lachs ans Kiesufer, den sie roh aß, wie die Grizzlys.

Sie trank, so viel sie konnte, füllte ihre Wasserflasche auf und wandte sich nach Süden. Immer wieder schaute sie sich nach den Bären um, aber sie folgten ihr nicht. Ihr Weg führte jetzt aufwärts, bis sie eine weite Ebene erreichte, die auf allen Seiten von schneebedeckten Hügeln begrenzt war.

Wie es hier blühte! Farbenprächtige Wildblumen, so weit das Auge reichte! Violette Alaskaveilchen, rosa Felsenröschen, gelbe Tundrarosen, weißer Felsenjasmin und natürlich das pink blühende Fireweed, dessen Blütenstände Tess bis zu den Schultern reichten. Kniehoch wuchs das Vergissmeinnicht am Ufer des Creeks, in dessen Schotterbett sie immer höher stieg, durch ein Tal, das sich mit jeder Meile weiter verengte, über weite Schneefelder, bis zum Fuß eines kleinen Berges.

Keine Ahnung, wie hoch sie war, als sie frierend ihr Nachtlager aufschlug, vielleicht tausendachthundert Fuß, vielleicht zweitausend. Sobald das Feuer prasselte, stieg Tess zur Passhöhe auf, um einen Blick auf die andere Seite der Bergkette zu werfen. Aber die Passhöhe war gar keine, der Weg führte jetzt über eine karge Hochebene. Keine Richtpunkte, an denen sie sich orientieren konnte. Und kein Wasser außer Schnee, den sie schmelzen konnte. Und auch keine Nahrung, verdammt!

Nach einem anstrengenden Tagesmarsch von geschätzten zweiundzwanzig Meilen stolperte sie ziemlich frustriert zurück ins Lager, wo sich gerade ein Grizzly über den Lachs in ihrem Rucksack hermachte. Nee, oder? Schreiend rannte Tess auf ihn zu, schwenkte die im Abendlicht aufblitzende Winchester, ohne auf ihn zu feuern, und er suchte grollend das Weite – mit ihrem

Abendessen zwischen den Zähnen. Okay, ja, absoluter Irrsinn! Aber wozu Munition verschwenden, die den Grizzly sowieso nur verwundete und ziemlich wütend machte?

Grizzly frisst Mensch? Nein, aber Mensch isst auch keinen Grizzly. Tess folgte dem Bären fast eine Meile weit durch die Grassteppe. Denn Mensch isst das, was Grizzly frisst: Gräser und Kräuter, Wurzeln und Knollen, Pilze, Nüsse und Beeren. Und Dusty, der Bär, so nannte sie ihn, während sie ihm in weitem Abstand folgte, führte sie hin. An das tote Karibu, das er gerissen hatte, traute sie sich nicht heran. Nicht, weil sie sich nicht mit Dusty anlegen wollte, sondern weil sie nicht wusste, wie lange es dort schon lag. Na gut, kein gegrilltes Karibusteak heute Abend, und auch kein Sushi-Lachs. Aber Tess fand Gräser, die sie essen konnte. Die Samen zerrieb sie zu einem Mehl, aus dem sie auf einem heißen Stein in der Glut des Feuers einen winzigen Brotfladen buk. Satt wurde sie von der Mini-Tortilla wirklich nicht, aber der Hunger war leichter zu ertragen. Sie hörte das Pfeifen der Murmeltiere, hatte aber keine Chance, sie zu erlegen – ein Weißkopfadler war einfach schneller als sie.

»Ho!«, rief Tess, völlig überrascht von seinem Sturzflug direkt über ihren Kopf hinweg, und ließ vor Schreck beinahe die Winchester fallen.

Gebannt beobachtete sie seinen Anflug. Die Flügel weit gespreizt, reckte er seine Krallen nach vorn, um das Murmeltier auf seinem Felsen zu greifen. Mit ausgestreckten Beinen riss er seine Beute hoch, dann schlug er mit seinen kräftigen Schwingen, richtete seine Schwanzfedern aus und stieg mit wenigen Flügelschlägen wieder auf. Nach einer Runde über ihrem Camp landete er über Tess auf dem Steilhang des Berges, ließ seine Beute fallen, breitete die Schwingen aus und kreischte triumphierend seine Antwort auf ihr »Ho!«.

Trotz aller Anstrengungen und Entbehrungen, trotz ihres Hungers, ihrer Schmerzen und ihrer Erschöpfung waren es solche

Erlebnisse, die diese Reise für Tess zu einem unvergesslichen Abenteuer machten.

»Da sind sie!«

Coreys Herz setzte fast aus, als er nach all den Tagen in der Luft endlich diese Worte hörte. Er richtete sich auf und spähte über das Instrumentenpaneel der Vega nach unten. »Ich sehe kein abgestürztes Flugzeug.«

Tyson, der in staubigen Jeans und verschwitztem Shirt neben dem Pilotensessel am Cockpitfenster lehnte, setzte sein Fernglas ab und deutete nach vorn. »Kein Wrack, Corey! Aber eine Landebahn!«

»Echt jetzt?«

»Yup.«

Mit der geballten Faust schlug er gegen die Cockpitverstrebung. »Hab ich's nicht gesagt?«

»Doch!«

Er jauchzte ausgelassen. »Ich hab's gesagt, oder?«

»Hast du, Corey!«

Seine Augen brannten plötzlich, und er musste blinzeln. »Das ist meine Tess!«

Tyson sah ihn über die Schulter hinweg an. Dann wandte er sich wieder dem Fenster zu.

Er hätte es nie gedacht, ganz ehrlich. Aber es gab keinen Streit mehr zwischen ihnen. Sie verloren nicht viele Worte, wenn sie in der Luft waren, und noch weniger, wenn sie nachts in ihrer Hütte Seite an Seite in die Schlafsäcke krochen. Tyson war ein anderer geworden, seit er in Alaska war. Mr Conroy hatte er irgendwo über dem Golf aus der CA-4 gekippt.

»Drehst du eine Runde?«, fragte Tyson.

»Yeah, ich will mir das Gelände ansehen, bevor wir landen.«

»Sagst du Jim und Deke über Funk Bescheid?«

Jim Stewart und Deke Clayton flogen einen Suchstreifen westlich von ihnen ab, in Richtung Norden, zum Walker Lake. Mit der großen CA-4 konnten sie auf dieser Landebahn sowieso nicht landen. »Später.«

»Wie du meinst.«

Corey ging tiefer und spähte durch die moskitoverklebte Scheibe. Tatsächlich, eine I-a-Landebahn. Fehlte nur die Randbefeuerung. Ach nee, dafür konnte man ja das aufgehäufte Gestrüpp anzünden ... Oh, Tess!

Corey schloss einen Moment lang die Augen und spürte die Vibrationen der Flugzeugmotoren in seinem Körper, um darin, in diesem überwältigenden Gefühl von Lebendigkeit, die Angst zu vergessen, die panische Angst, die ihn plötzlich durchschüttelte.

Da war das Wrack!

Corey korrigierte den Kurs und flog nah heran.

Himmel, sie hatte ein Fliegerdenkmal in den Boden gerammt!

Aber wie sah die Maschine aus! Das Blut stockte ihm in den Adern, und die Kehle wurde ihm eng. Die Moth war fast komplett zerlegt. Vom roten Rumpf der *Ladybird* waren nur noch wenige Spanten und Stringer zu sehen. Aus den Hüllenplanken aus gewölbtem Sperrholz hatte Tess das Wort HELP! auf dem Tundraboden ausgebreitet. Einige Schritte weiter lag eine abgebaute Tragfläche und ein Teil des Fahrgestells ohne die abgerissenen Schwimmer.

Die Moth hatte gebrannt. Aber die Treibstofftanks waren nicht explodiert. Wieso war sie bloß abgestürzt?

»Wo sind Tess und Ronan?« Tyson sah plötzlich sehr blass aus. Gut, er konnte in den weißen Nächten nicht schlafen, weil es einfach nicht dunkel wurde, und er war zum Umfallen müde. Aber es war nicht die Erschöpfung und die Anspannung der letzten Tage, sondern die panische Angst, zu spät zu kommen.

Corey antwortete nicht.

Wind … Geschwindigkeit … Höhe …

Er kurvte auf die Landerichtung ein und ging runter. Mit gedrosseltem Motor ließ er die Vega gleiten. Er blickte nach vorn: Die Landebahn lag unmittelbar vor ihm. Fünfzig Fuß … vierzig … dreißig … Gas weg! Sein Herz raste wie verrückt! Er schaute aus den Seitenfenstern, aber Tess stürmte nicht winkend neben der Vega her. Wo war sie denn bloß?

Heiße Tränen verschleierten seinen Blick, als er das Höhensteuer an sich zog. Die Geschwindigkeit verringerte sich weiter, der Gleitwinkel wurde noch flacher.

Und Ronan? Waren sie verletzt? Waren sie …

Touchdown! Klappernd und scheppernd rumpelte die Vega über die unebene Landebahn und rollte kurz vor dem Windsack aus, einem weißen Shirt von Ronan, das in der leichten Brise aus Südosten flatterte.

Tyson drehte sich zu Corey um, erwiderte seinen Blick mit den Fingern vor den bebenden Lippen und wandte sich wieder dem Fenster zu, um nach Tess und Ronan Ausschau zu halten.

Aber niemand rannte mit einem ausgelassenen Yippie-ya-yay! auf die Vega zu, niemand tanzte völlig aufgedreht um sie herum.

»Lass mich zuerst!«

Corey rutschte zur Seite und ließ Tyson über den Pilotensitz aussteigen. Sobald er seine Füße durch die Cockpitluke zog, kletterte er hinterher und folgte ihm zum Wrack.

Tysons Augen waren aufgerissen, als er sich umblickte. Das zerlegte Flugzeug … die abgebaute Tragfläche … die Sitze … der ordentlich aufgestapelte Haufen Ausrüstung …

Und das Grab.

»O mein Gott!« Tyson stürmte los, und Corey folgte ihm. Vor dem Grab, auf dem Vergissmeinnichte blühten, fiel Tyson auf die Knie und hockte sich auf die Fersen.

Corey setzte sich neben ihn und nahm das Foto, das in einem selbst gebastelten Bilderrahmen steckte.

Ronan.

Er kannte das Foto. Tess hatte es immer bei sich gehabt. Er drehte es um und las die Grabinschrift, die sie verfasst hatte. Dann gab er Tyson das Andenken an seinen Bruder.

Und der brach zusammen. Den Glasrahmen an seine Brust gepresst, kippte er vornüber, drückte sein Gesicht in die violetten Blüten und schluchzte.

Corey legte die Hand auf seine bebenden Schultern.

Tyson hatte so sehr gehofft, Ronan zu finden und ihn zurückzubringen. Er hatte sich danach gesehnt, sich mit seinem Bruder zu versöhnen …

Erst jetzt bemerkte Corey das Steinhäuschen neben dem Grab. Sein Herz klopfte ihm plötzlich in der Kehle, und er kriegte kaum Luft vor Aufregung. Was war das?

Tröstend strich er über Tysons Schulter. »Ronan ist tot. Aber Tess lebt.«

Verwirrt blickte Tyson auf.

»Sie hat das Grab gebaut. Sie hat das Foto beschriftet. Sie hat die Ausrüstung geordnet.«

Die Hoffnung war ein Funke, der leicht übersprang.

»Aber wo ist sie?« Tyson wischte sich über das tränennasse Gesicht und blickte sich um, als erwarte er, dass Tess im nächsten Augenblick mit der Winchester und der Angel von der Jagd zurückkehrte, zwei Lachse im Arm hielt und mit der anderen Hand ein Karibu hinter sich herschleifte.

So ist es, wenn du jemanden von ganzem Herzen liebst, dachte Corey. Du spürst, wenn er in Gefahr ist. Und du weißt, wenn er tot ist. Aber Tess lebt, und es geht ihr gut.

Auf allen vieren kroch er zum Steinhäuschen und hob den Schlussstein ab. In ein Stück Abdeckplane gewickelt, lag dort das Bordbuch. Seine Finger zitterten so sehr, dass er beinahe die Seiten zerriss, als er das Buch auf der letzten Seite aufschlug.

*Corey, ich bin auf dem Weg nach Süden …*

# 34

Ein heißer Wind blies Tess ins Gesicht, und der Rauch der Waldbrände vor ihr reizte sie zum Husten.

Erschöpft setzte sie sich auf einen umgestürzten Baumstamm und fuhr sich mit beiden Händen frustriert übers Gesicht. Ihr war einfach zum Heulen zumute, so kaputt war sie, so überreizt. In den letzten zehn Minuten oder so war sie drei Mal gestolpert und gestürzt.

Den ganzen Tag war Tess auf die Waldbrände zugelaufen. Das Fortkommen war sehr mühsam gewesen. Nicht weil der Weg über die Hochebene besonders schwierig gewesen wäre oder der Weg durch das Kiesbett eines Bachs ins Tal sonderlich anstrengend. Sondern weil sie heute einfach kraftlos und müde war: der Leistungseinbruch des dritten Tages. Sie schätzte, sie hatte heute nicht mehr als fünfzehn oder sechzehn Meilen geschafft und die wenigsten davon nach Süden. Denn vor einem Höhenzug mit undurchdringlich dichtem Wald musste sie weit nach Osten ausweichen.

Dort hatte sie auch die Moschusochsen gesehen, eine Herde mit mehreren wuscheligen Kälbchen, die ihr aus dem Waldbrandgebiet entgegenkam. Auch ein Grizzly beobachtete die Tiere von einer Anhöhe aus, zog aber wieder ab, weil er gegen die zotteligen Ungetüme, die sich gegen ihn zusammenrotteten, kaum eine Chance gehabt hätte.

Tess durchquerte ein Marschland mit nassen, platschenden Grasflächen, als sie das dumpfe Röhren eines Flugzeugs hörte! Vor ihr! Sie rannte los, durch das aufspritzende Wasser der Marschwiesen. Der Lärm kam von Süden, immer klarer und lauter, ein tiefes Brummen, das sie sofort erkannte: eine Moth!

Ein Rettungsflieger!

Plötzlich zischte er in westlicher Richtung über ihren Kopf hinweg. Während sie ihm nachlief, zog sie den Spiegel aus der Tasche, visierte die Moth durch das auf der Rückseite eingekratzte Kreuz an und blitzte im Morsekode das Notsignal. Aber der Pilot wendete nicht. Er hatte sie nicht gesehen.

Nach einer Viertelstunde kehrte er zurück, aber so weit im Süden, dass sie keine Chance hatte, ihn auf sich aufmerksam zu machen. Die Sonne stand hinter ihr über dem Horizont, und der Pilot flog durch den Rauch über den Waldbränden.

Die Erkenntnis, dass er sie gar nicht gesucht hatte, war wirklich niederschmetternd. Die Moth war kein Rettungsflieger, sondern ein Aufklärungsflugzeug für die ausgedehnten Buschfeuer vor ihr.

Auf ihrem Baumstamm streckte Tess die schmerzenden Beine aus und nahm den Rucksack ab.

Dichte, dunkle Wolken ballten sich über den Wäldern nördlich des Yukon zusammen. Darunter glühte der südliche Horizont, als würde vor ihr die Sonne untergehen, im Süden, nicht hinter ihr, im Norden. Die tosenden Wipfelfeuer, die in den Himmel emporwirbelten, und die explodierenden Bäume konnte sie sehen, obwohl sie noch etliche Meilen entfernt war.

Die Feuerwand reichte von Ost nach West, so weit Tess sehen konnte, und schnitt ihr den Weg nach Süden ab. Und sie kam auf sie zu – der Wind aus Südosten war heiß, der Rauch war stickig. Selbst wenn sie einen Weg durch die brennenden Wälder fand, der sie nicht das Leben kostete, der dichte Rauch würde sie ersticken.

Den Tränen nah, sprang Tess auf, packte den Rucksack aus und errichtete das Nachtlager.

Während sie die Gegend erforschte, um nicht neben dem Schlafplatz einer Bärin mit ihrem Jungen hinter dem nächsten Busch zu campen, sah sie immer wieder zu der gigantischen Rauchwolke hinüber, die der Feuersturm in den Himmel hinaufriss. Direkt über den Bränden glühte der weiße Rauch. Weiter oben verfärbte er sich grau und in der Höhe, wo er mit den Wolken verschmolz, fast schwarz. Ein bedrohlicher Anblick, und sie fragte sich, ob sie ihr Lager zu nah an den Feuern aufschlug, die der Wind zu ihr herübertragen konnte.

Aber ich gehe nicht zurück!, beschloss sie. Keinen Schritt nach Norden!

Während des Abendessens beobachtete sie die Flammen, die von Wipfel zu Wipfel sprangen. Das Tosen dort drüben musste unbeschreiblich sein – Bäume explodierten im Feuer, auch Felsen. Wie laut war es, wenn ein Felsen zersprang?

Während Tess im Schlafsack den Abendhimmel betrachtete, erinnerte sie sich, wie sie mit sechs Jahren das Erdbeben 1906 erlebt hatte:

Ich weiß, wie laut es ist, wenn die Erde bebt, der Boden Wellen schlägt wie Meereswogen, die Steine des Kopfsteinpflasters wie Popcorn springen und die Straße vor dem Haus zu einer tiefen Spalte aufreißt, in der Pferde, Kutschen und Cable Cars versinken. Okay, noch lauter. Ich weiß, wie es sich anhört, wenn ein Gebäude über dir einstürzt, ein viktorianisches Häuschen aus Holz, mit hübschem weißen Erker und leuchtend blau gestrichener Tür. Wenn du dich schluchzend unter dein Kinderbett verkriechst, am ganzen Körper bebend, und darauf wartest, dass es vorbeigeht. Okay, noch lauter. Die Sprengungen von ganzen Straßenzügen als Feuerschneise, mit denen San Francisco vor dem verheerenden Feuersturm nach dem Erdbeben gerettet werden sollte.

Dad und ich sind damals vor dem Feuer ins Flüchtlingslager im Golden Gate Park geflohen. Wir hatten alles verloren, wirklich alles. Das viktorianische Häuschen, unseren gesamten Besitz, unsere Ersparnisse – und Mom. Meine Mutter starb bei einer Gasexplosion in den Trümmern unseres Hauses. Sie wollte meinen Teddy vor den Flammen retten. Ich glaube, das war der lauteste Knall, den ich je gehört habe.

Jetzt glühte der Rauch über dem Feuersturm ganz hell. Es sah genauso aus wie damals in San Francisco.

Schluchzend wickelte Tess sich in den Schlafsack, zog sich das Moskitonetz über den Kopf und weinte sich in den Schlaf.

Als sie nach vier Stunden unruhigen Schlafes die Augen aufschlug und sich aufsetzte, schnürte ein Fuchs an ihr vorbei, blieb kurz stehen und sah sie irritiert an; dann verschwand er zwischen den Büschen. Er flüchtete vor den Bränden.

Während Tess sich zum Aufbruch fertig machte, merkte sie schon, heute war kein guter Tag. Sie konnte sich nicht konzentrieren und war regelrecht benommen. Vom Rauch, der ihr den Atem raubte? Von der Erschöpfung, der Einsamkeit, der Angst, der Trauer? Heute war der vierte Tag. Sie freute sich nicht mehr, wenn ein Weißkopfadler sich von einem Baumwipfel abstieß, seine Schwingen ausbreitete und über das weite Land vor ihr glitt. Und auch die Blüten, die sie aß, weil sie nichts anderes fand, schmeckten bitter. Ein Feuer machen, während sie gegen Mittag rastete? Angesichts der Buschfeuer, an denen sie Meile für Meile in Richtung Westen entlanglief, um den Yukon zu erreichen, war dieses ... ja, dieses Gegenfeuer wirklich lächerlich. Und was sollte sie auch grillen? Die Drahtschlingen, die Tess entlang eines Hasenpfades aufgebaut hatte, blieben leer. Die Tiere waren vor den Bränden ins feuchte Marschland im Norden geflüchtet.

Allein in der Wildnis – das bekam hier und heute eine ganz neue Bedeutung. Ich bin allein, dachte sie, wirklich allein, und die atemlose Stille der Natur macht mir zu schaffen. Es ist, als ob die Zeit stehen geblieben ist.

Eine Weile folgte sie Bärenspuren bergauf, aber der Aufstieg wurde zur Qual. Ihre Beine schmerzten, die Muskeln und die Sehnen, und sie war total erschöpft. Na ja, sie schätzte, sie war bisher fünfundsiebzig Meilen über Stock und Stein durch die Wildnis gelaufen, durch Sümpfe, durch Flüsse, über Bergkämme, durch matschiges Marschland und dichte Wälder, immer auf der Suche nach Nahrung, immer Ausschau haltend nach den Gefahren der Wildnis. Ein gebrochener Arm oder auch nur eine gerissene Sehne am Bein, weil sie gestolpert war, konnte sie hier das Leben kosten.

Vom Hügel aus hatte sie offene Sicht auf die Brände. Die Rauchwolken füllten jetzt den ganzen südlichen Horizont. Dort gab es kein Durchkommen. Der leichteste Weg den Hügel hinunter führte nach Osten. Zähneknirschend rutschte Tess zwischen den Bäumen den steilen Abhang hinunter bis zu einem Fluss, dem sie noch weiter nach Osten folgte. Dann ging's wieder hinauf auf eine Anhöhe, wo in Felsspalten noch Schnee lag. Beim Abstieg durch ein schmales, grünes Tal mit einem glucksenden Bach gelang es ihr endlich, ein Murmeltier zu erlegen. Der Schuss der Winchester donnerte über die ockerfarbene Tundralandschaft und hallte von den schroffen Berghängen wider. Das Nachtlager schlug Tess in einer engen Schlucht auf. Von dort, wo sie das Lagerfeuer entfachte und das Murmeltier mit heißen Steinen und Kräutern im Balg garte, konnte sie die Sonne nicht sehen, und es war sogar ein bisschen dämmrig unter den hohen Fichten. In dieser Nacht schlief sie endlich tief und fest, acht Stunden lang.

Am nächsten Morgen, Tag 5, ging es hinauf ins Gebirge. Zuerst in südwestlicher Richtung, dann ein Tal hinauf nach Süden. In den Hochtälern lag noch Schnee – was für ein Kontrast zu den Buschfeuern und den gigantischen Rauchwolken am Horizont! Durch ein Schneefeld stieg Tess noch höher. Die Gebirgslandschaft war karg, steinig, eisig kalt. Hier war nichts, hier konnte sie nicht bleiben.

Über einen verschneiten Bergkamm, immer die Waldbrände im Blick, stieg sie wieder ab in ein Tal mit hohen Fichten, die vermutlich in Kürze brennen würden, denn der Wind trieb die Buschfeuer immer näher heran. Das Unterholz wurde mit jedem Schritt dichter, und es knackte trocken unter ihren Stiefeln. Ja, hier würde es wohl morgen schon brennen.

Die Flammenfront lag hinter ihr, als sie eine kleine Bergkette überstieg, um den Yukon zu erreichen, der nicht mehr weit entfernt sein konnte. Fünfzehn Meilen, höchstens zwanzig. Das schaffte sie heute noch, sie wollte es schaffen! Sie wollte den Yukon sehen! Der Fluss, der Alaska in eine Nord- und eine Südhälfte teilte, war für sie die Grenze, die sie überschreiten musste. Am Yukon verlief die Telegrafenlinie, und stromabwärts, an der Mündung des Tanana River, lag eine Stadt. Der Yukon war die letzte Grenze. Wenn sie es bis dorthin schaffte, schaffte sie es auch nach Hope.

Die Strapazen hauten sie echt um. Trotz der Anstrengungen sank ihre Herzfrequenz immer weiter, und sie wurde immer schwächer. Als sie sich auf einen Baumstamm hockte und die Herzschläge pro Minute zählte, kam sie auf neunundzwanzig. Sie sollten eigentlich bei fünfzig bis hundert Schlägen pro Minute liegen, verdammt!

Was konnte sie tun? War das Kind in Gefahr? Sie wusste es nicht. Aber herumzusitzen und abzuwarten war für sie keine Alternative, also weiter! Sie war so erschöpft, dass sie während des Gehens zu weinen begann. Und während ihr die Tränen übers Gesicht strömten, redete sie mit Lara und Ryan. Nein, im Ernst, es tat gut, die eigene Stimme zu hören. Sie hätte viel früher damit anfangen sollen, Lara und Ryan von ihrem großen Bruder zu erzählen. Wie sehr Cayden sich freuen würde, wenn er von ihnen erfuhr. Wie gespannt er die Geburt erwarten würde. Wie behutsam er sie als Babys in den Arm nehmen und ihnen *Hush, Little Baby* vorsingen würde. Wie begeistert er mit ihnen spielen würde. Und wie er sie als großer Bruder beschützen würde!

Das Reden half tatsächlich. Tess blieb nur ein Mal stehen, weil sie hinter dem Tränenschleier ihren Weg nicht mehr erkennen konnte. Während der Rast schrieb sie sich mit dem Stift aus Ronans Notizbuch die Namen ihrer Kinder auf den linken Unterarm. So konnte sie sie jedes Mal laut lesen, wenn sie einen Blick auf die Uhr warf.

Bald stieg Tess wieder hinunter in ein weites Tal mit einem kleinen Rinnsal, das nach Südosten floss, dem Yukon entgegen.

Mit jeder Meile wurde der Wald dichter und die Fichten höher. Immer wieder stieß sie auf tote, vertrocknete Bäume. Dann sah sie einen Bären, der sich ihr näherte. Er war wohl genauso hungrig wie sie und folgte ihr in einigem Abstand durchs Tal. Dann war er plötzlich zwischen den Fichten verschwunden, und Tess wusste nicht, ob er die Lust verloren hatte, ihr nachzulaufen, oder ob er ihr in einem Gebüsch auflauerte.

Mit der Winchester im Anschlag stapfte sie weiter durch das hohe, trockene Gras. Nicht dass ihr das Gewehr gegen einen Grizzly viel nützen würde. Aber sie fühlte sich ein bisschen sicherer, zumindest redete sie sich das ein.

Immer wieder hörte sie ein Rascheln neben sich im Unterholz zwischen den Fichten. Also folgte der Bär ihr doch noch!

Nur keine Angst zeigen! Mit fester Stimme rief sie ihn an: »Yo, Bär! Wie geht's dir so? Bist du hungrig? Ich auch, und wie! Ist 'ne Weile her, dass ich was gegessen hab!« Das Knistern im trockenen Holz verstummte, und mit lauten »Yo, Bär! Ich seh dich, und ich hör dich!«-Rufen hielt sie sich den Grizzly noch eine Weile vom Leib.

Als der Wind drehte, spürte sie das sofort. Er wehte jetzt aus Norden und brachte beißenden Rauch mit, der sie zum Husten reizte. Tess blieb stehen und blickte zurück.

Verdammt, der Feuersturm hatte den Bergrücken östlich von ihr erklommen. Die Flammenfront wurde vom Wind angefacht, und die Feuer sprangen von Baumkrone zu Baumkrone, sodass die Flammen mehrere hundert Yards durch die Luft wirbelten. Verflucht, sie hatte gedacht, die Buschfeuer wären weit hinter ihr, etliche Meilen entfernt! Aber sie hatte den Rauch, der mittlerweile wie ein ockerfarbener Nebel über die Wälder zog, falsch eingeschätzt.

Himmel, die Flammen loderten vierzig, fünfzig, sechzig Yards empor und verbreiteten sich wegen der Dürre rasend schnell! Bald würde das ganze Tal in Flammen stehen! Den Anblick konnte sie nicht in Worte fassen, aber sie hatte so was schon mal gesehen, während des Feuersturms, der San Francisco vernichtete!

Tess warf sich herum und kämpfte sich durch das dichte Unterholz. Zum wohl hundertsten Mal schaute sie sich um, ob sie dem heranrasenden Feuersturm entkommen konnte, stolperte, stürzte, rappelte sich wieder hoch und rannte weiter. In den trockenen Wald, der gleich wie Zunder brennen würde – aber wohin auch sonst? Es gab keinen Ausweg: Dort lag der Yukon, drei oder vier Meilen entfernt, mehr nicht! So nah!

Lauf, Tess! Vergiss deine Angst, und lauf um dein Leben!

Der Wind wurde stärker. Wie Glühwürmchen flogen die Funken an ihr vorbei, und das Tosen des Feuersturms wurde immer lauter. Tess konnte hören, wie die Fichten hinter ihr Feuer fingen, wie die Flammensäulen in den Himmel schossen, wie das wütend brüllende Feuer sich hinter ihr ausbreitete, sie einholte und ihr den Weg abschnitt. Die Brände drohten sie im Tal einzuschließen, aus dem es kein Entkommen gab!

Wie weit war es noch bis zum Yukon? Eine Meile, zwei?

Weiter, Tess, du schaffst das!

Immer mehr Fichten hinter ihr brannten lichterloh. Doch noch war der Wald vor ihr kein rauchendes Ödland voller Asche, Glut und Rauch. Die Fichten waren grün und unberührt, doch an den Abhängen links von ihr stieg bereits Rauch auf. Funkenflug hatte dort neue Brandnester entzündet.

Nur nicht eingeschlossen werden!

Hinter ihr wütete das Feuer durch den Wald, brüllte und toste, zischte und knallte wie ein wildes, unersättliches Monster.

Wo war der Fluss?

Tess musste sich auf ihren Instinkt verlassen, auf ihren Überlebenswillen, denn zum Denken blieb ihr keine Zeit. Ein Hang mit losem Geröll! Es ging abwärts! Auf den schwankenden Steinen kam sie nicht so schnell voran wie im dichten Unterholz. Und das dumpfe Dröhnen eines Flugzeugmotors lenkte sie ab, sodass sie stürzte und sich das Knie aufschürfte.

Tess blickte nach oben. Wo war der Flieger?

Ah, da! Er kam von Süden, von Fairbanks!

Die Silhouette ... die Flügel ... die leuchtend gelbe Farbe ...

Das war ja ihre *Shooting Star!*

Es ist Corey! Er sucht mich! Also war er an Ronans Grab und hat meine Einträge im Bordbuch gelesen!

Geschwind versuchte sie, mit dem Spiegel das Notsignal zu morsen, aber Corey bemerkte sie nicht zwischen den brennenden Bäumen und den wabernden Rauchwolken. Tess sah ihm nach, bis er verschwand. Dann rappelte sie sich hoch, wandte sich um und stolperte weiter auf den Yukon zu.

Das Feuer kam schnell näher. Ihr blieben nicht mehr als ein paar Sekunden, dann hatte es sie eingeholt. Der Wind im Tal saugte das Feuer förmlich an, schneller als ein Mensch oder ein Tier fliehen konnte.

Über lose Steine stolpernd, kratzte Tess sich die Arme an Sträuchern und Bäumen blutig, während sie weiter den Hang hinunterrannte. Hinter ihr loderten die Baumkronen, ein brennender Wipfel wurde vom Wind hochgerissen und vor ihr in einen unberührten Waldstrich geschleudert, wo er ein neues Brandnest bildete. Direkt vor ihr!

Da, hinter den Rauchschwaden, eine Lichtung!

Sie sprang über Felsen und Sträucher, der Wald wich hinter ihr zurück, und ihre Schritte knirschten plötzlich über Kies.

Dort hinten, zwischen den Büschen, gleißte etwas auf! Ihre Augen tränten im beißenden Rauch. Was war das? Ein Bodenfeuer im Unterholz? Nein, der Yukon!

Ein Glückstaumel erfasste sie, und sie stürmte zum Ufer. An dieser Stelle war der Fluss eine halbe Meile breit! Würde das Wildfire hinüberspringen?

Nach einem letzten Blick zurück auf den Feuersturm, dessen

Flammen bis in den Himmel emporloderten, stürzte sie sich in die eisigen Fluten und kraulte auf das andere Ufer zu.

Durch das Rauschen des Wassers und das Tosen des Feuers konnte sie noch etwas hören, weit entfernt, aber näher kommend. Das vertraute Dröhnen der Propeller ihrer Vega!

Corey kam zurück!

# 35

Ihr erster Gedanke: Sie kommen!

Während Tess ihre Sachen von der Wäscheleine nahm, wo sie sie während der Nacht getrocknet hatte, lauschte sie angespannt. Aber das Dröhnen wurde wieder leiser und war bald nicht mehr zu hören vor dem Tosen der Waldbrände auf der anderen Seite des Yukon.

Rasch zog sie sich an, setzte sich auf die harte Pritsche mit dem staubigen, muffigen Bettzeug, schnürte ihre Stiefel und packte ihren Rucksack für diesen sechsten Tag in der Wildnis.

Dass sie diesen Trading Post überhaupt gefunden hatte!

Zugewuchert vom hohen Sommergras, stand die dreißig Jahre alte Blockhütte aus der Zeit des Goldrauschs auf einer zuwachsenden Lichtung am Yukon – eher im Überflug zu entdecken, weil man sonst vorbeilief. Was sie auf die windschiefe Hütte in der Wildnis aufmerksam gemacht hatte? Das Schild über der Tür, das im Licht der lodernden Waldbrände auf der anderen Seite des Yukon gleißte. Und, na? Tyrell & Sons!

Tess vermutete, der Handelsposten war aufgegeben worden, als am Strand von Nome Gold gefunden wurde und Dawson von einem Tag auf den anderen nicht mehr das Paris des Nordens war, mit Oper und Theater, Tanzsälen und Restaurants, Möbeln aus England und Haute Couture aus Paris.

Jedenfalls hatte sie in den morschen Regalen des Verkaufsraums noch einiges gefunden. Eine dreißig Jahre alte Dose Austern und eine völlig verstaubte Flasche Champagner: Moët & Chandon, Dom Pérignon, Jahrgang 1888. Ein Frühstück wie in Goldgräberzeiten!

Eine Landkarte hatte sie nicht gefunden, aber sie schätzte, bis zum Tanana River waren es achtzig Meilen, vielleicht neunzig – drei Tage, wenn sie nicht schlapp machte. Nach Fairbanks dürften es noch hundertzwanzig Meilen sein. Tess hatte sich noch nicht entschieden, ob sie dorthin laufen wollte.

Denn sie war müde, weil sie kaum geschlafen hatte. Die Feuer, die sie über den Yukon gehört hatte, und der Grizzly, der die ganze Nacht um die Hütte gestreift war, hatten sie wach gehalten. Und natürlich die Frage, ob Corey noch mal zurückkam. Er hatte sie nicht gesehen, als er gestern Nacht über sie hinweggedonnert war. Aber offenbar hatte er seine Suche nach Süden verlagert und flog die Strecke ab, die er für ihren Weg durch die Wildnis hielt.

Gerade wollte sie ihre noch immer klamme Fliegerjacke von der Leine neben dem Bett nehmen, als sie das Dröhnen wieder hörte. Ganz weit entfernt, aber unverkennbar: Das war ihre Vega!

Tess warf die Jacke neben den offenen Rucksack, schnappte sich ihre Winchester und stürmte aus der Hütte.

Die Hitze der Waldbrände schlug ihr entgegen. Drüben brannte der Wald noch immer lichterloh, und die Luft war erfüllt von Rauch, der sie blinzeln ließ.

Tess stapfte durch das hüfthohe Dickicht und schaute zum Himmel. Wo war Corey? War er wieder nach Norden geflogen?

Nein, irgendwas war da, ganz leise nur.

Sie hängte sich die Winchester über die Schulter und ging ein paar Schritte zu dem Trockengestell für Lachse am Flussufer, das aus den verrosteten Bauteilen eines alten Schaufelraddampfers errichtet worden war.

Jetzt war es still.

Atemlos lauschte sie auf die Geräusche der Wildnis: das Rauschen der hohen Fichten hinter ihr, das Rascheln der hohen Gräser und Pflanzen, die gegen ihre Hüfte schlugen, das Knacken im Unterholz, das Summen von Insekten.

Nein, da war nichts mehr.

Enttäuscht schnaufte sie durch die Nase.

Ein blechernes Krachen ließ sie erschrocken herumfahren.

Der Grizzly!

Aufgerichtet auf seine Hinterbeine, stieß er eine große blaue Metallbox um, die zur Hütte gehörte. Im TYRELL-Trading-Post hatte es früher offenbar ein US Post Office gegeben. Zumindest stand das auf der abschließbaren Mailbox, die größer war als der Bär, der daran seine ungeheuren Kräfte erprobte.

Jetzt ließ er die Metallbox scheppernd umkippen und richtete sich wieder auf. Ein Grizzly war immer auf der Suche nach Nahrung. Er graste, er fraß Blaubeeren, er grub den Boden nach Wurzeln um oder wühlte am Strand nach Muscheln, er fing Lachse im Fluss, er naschte Honig ... und er jagte.

Dieser gewaltige Grizzly wog schätzungsweise tausend Pfund – es war der Bär, der Tess gestern schon verfolgt hatte.

Wenn er jetzt auf sie losging, hätte sie keine Chance.

»Yo, Bär! Alles klar bei dir? Wie waren die Yukon-Lachse heute Morgen?«

Grollend kam der Grizzly zwei, drei schwere Schritte näher.

»Hey, schon gut! Nicht aufregen!« Langsam, sehr langsam, nahm Tess die Winchester von der Schulter.

Ein Knirschen im Kies am Uferstrand ließ sie aufhorchen. Waren das Schritte?

Noch ein Bär?

Abgelenkt drehte sie sich um. Aber da war nichts.

In diesem Augenblick, als sie schutzlos vor ihm stand, ging der Grizzly brüllend auf sie los.

Tess wollte die Winchester durchladen, aber es ging nicht.

Ladehemmung, verdammt! Nach der Flussdurchquerung gestern Nacht hatte sie das Gewehr noch nicht gereinigt! Vielleicht war die Patrone nass, oder es war Sand hineingeraten! Egal, sie konnte jedenfalls nicht schießen! Sie konnte sich gegen den Grizzly nicht wehren!

Doch, sie konnte. Sie konnte ihm richtig wehtun.

Tess packte die Winchester am Lauf und ging damit wie mit einem Baseballschläger auf den Grizzly los, mit voller Wucht.

Er wehrte den Schlag ab, und die Winchester flog ins hohe Gras, wo sich beim Aufprall der stecken gebliebene Schuss mit einem lauten Knall löste.

Als der Grizzly sich erschrocken umwandte, zog Tess ihr Bowiemesser und wich zwei, drei Schritte zurück, um aus der Reichweite seiner Tatzen zu kommen. Bis zur Tür der Hütte würde sie's nicht schaffen, der Bär war schneller.

Ihr Herzschlag vibrierte in ihrem Kopf, das Blut rauschte in ihren Ohren, aber trotz ihrer panischen Angst wurde sie plötzlich ganz ruhig. Es war eine Ruhe, die körperlich schmerzte. Fest umklammerte sie das Bowieknife, als der Grizzly erneut auf sie losging.

Es gibt zwei Überlebensstrategien, dachte sie: Ruhe bewahren, auf den Bären einreden und doofe Alaska-Witze erzählen, bis er entnervt aufgibt. Oder ihn anschreien, um ihm zu zeigen, dass man keine Angst hat. Es gibt noch zwei andere Strategien, aber diejenigen, die sie ausprobiert haben, können damit nicht mehr angeben: Die eine ist, sich tot zu stellen. Die andere, zu flüchten. Bescheuert, ehrlich! Das ist in etwa so: Yo, Bär, ich sehe nicht aus wie ein süßes Elchkälbchen, aber ich verhalte mich wie eines. Ich bin kein niedliches Karibukälbchen, aber mit mir hast du genauso viel Spaß!

Bloß nicht!

Mit aufgerissenem Maul und gebleckten Zähnen warf sich der Grizzly auf Tess. Sein Speichel spritzte ihr ins Gesicht, als er wütend den Kopf schüttelte, und sie konnte seinen Atem riechen. Über ihr richtete er sich auf.

Gleich würde er sie mit seinen scharfen Krallen zu Boden reißen … und dann würde er zubeißen …

Mit aller Kraft rammte sie ihm das lange Bowiemesser in die Brust.

Brüllend wich er zurück. Dann holte er aus und schleuderte Tess mit einem wuchtigen Hieb ins hohe Gras.

Während sie sich wieder aufrappelte, fiel er auf alle viere und stapfte ihr grollend nach. Er war schon über ihr, bereit, sie mit seinem Gewicht niederzudrücken und mit den Krallen aufzureißen, bereit für den tödlichen Biss ins Genick, als plötzlich ein Schuss fiel. Der Grizzly zuckte zusammen, hob den Kopf und blickte sich um.

Noch ein Schuss.

Der Bär riss den Kopf hoch und brüllte vor Schmerz und Wut.

Wieder ein Schuss – aus einer Winchester, glaubte Tess. Und noch einer, aber der verfehlte nur knapp das Herz.

Der Bär ließ von ihr ab und richtete sich schwankend auf.

Die nächste Kugel traf ihn in den Schädel, und das Blut spritzte über sie. Der Schrei des Grizzlys klang schrill. Dann brach er über Tess zusammen.

Schritte raschelten durch das Gras, während sie versuchte, sich unter dem Bären herauszuwinden.

»Tess!«

Ungläubig blinzelte sie ihn an. »Tyson?«

Er kniete sich neben sie, legte sein Gewehr ins Gras, packte sie bei den Schultern und zog sie unter den Pranken heraus. »Bist du okay?«

»Ein paar Kratzer, sonst nichts.« Tess musste sich gegen ihn lehnen, sonst wäre sie umgekippt. Vor Erleichterung zitterten ihre Knie.

Tyson umarmte sie und hielt sie fest, sonst wäre sie einfach an ihm heruntergerutscht. »Bin ich froh, dich zu sehen!«, flüsterte er.

»Und ich erst!«, ächzte sie an seiner Schulter. »Bist du vom Himmel gefallen?«

»Na ja, fast. Frag nicht, wie Corey deine Vega in der Wildnis gelandet hat. Ich dachte, das Fahrgestell reißt ab.«

»Corey?«, fragte Tess.

Tyson deutete auf die Lichtung hinter ihr. »Da kommt er.«

Mit der Winchester im Anschlag machte Corey einen Bogen um den Bären und riss Tess in seine Arme.

»Wieso seid ihr hier?«, fragte sie.

»Als wir gestern diese Gegend abgesucht haben, sind wir auf diese verlassene Hütte gestoßen. Wir mussten zurück nach Fairbanks, um die Vega aufzutanken. Und um ein bisschen zu schlafen. Ty und ich waren fast zwanzig Stunden in der Luft. Auf einer alten Karte hab ich dann gesehen, dass es hier einen alten Trading Post gibt. Ich wollte nachsehen, ob ich Spuren finde, dass du hier gewesen bist. Aufgewirbelter Staub, abgerissene Spinnweben, frische Asche eines Lagerfeuers, so was.« Corey deutete lässig über die Schulter. »Die Vega steht eine halbe Meile den Yukon rauf auf einer Wiese.«

Tess atmete langsam aus. Dann sah sie Tyson an, und ihr Blick sprach von Dankbarkeit. Und von Vergebung.

Sein Herz pochte heftig in seiner Brust. Überwältigt von Scham, biss er sich auf die Lippen, und traurig schaute er zu Boden. Tess konnte ihm vergeben. Aber mit seinem Bruder konnte er sich nicht mehr versöhnen.

Tess kam auf ihn zu und umarmte ihn fest. »Warst du an Ronans Grab?«

»Ja«, presste er hervor. »Ich hätte ihn gern noch mal gesehen ... um mit ihm zu reden ...«

Sie sah ihn ruhig an. »Ronan wollte das auch, Ty. Er hatte gehofft, dass ihr euch versöhnt, bevor er stirbt.«

Mit Tränen in den Augen nickte er.

Tess zog etwas aus der Tasche und gab es ihm. Ein zerfleddertes Stück Papier. Sie lächelte verhalten. »Ich lass euch beide mal allein, ihr habt euch viel zu sagen.«

Sie wandte sich ab und ging zu Corey hinüber, während Tyson

behutsam das aufgeweichte Papier entfaltete. Ronans Handschrift war kaum noch lesbar.

Er hat mir geschrieben!, dachte Tyson. Sein Herz klopfte bis zum Hals, als er einige Schritte ging, um den Brief zu lesen.

*Tyson,*

*ich schreibe diesen letzten Brief an Dich im Flugzeug, und es fällt mir nicht leicht. Nicht weil mich die Turbulenzen derart durchschütteln, dass ich beinahe den Stift fallen lasse. Oder weil ich solche Schmerzen habe, dass ich kaum noch klar denken kann. Sondern weil es so vieles gibt, was ich Dir sagen möchte. Aber wo soll ich beginnen? Soll ich Dir sagen, dass ich Dich liebe? Oder dass ich mich oft an die glücklichen Tage unserer Kindheit erinnere? Dass ich stolz auf Dich bin? Du findest, das klingt überheblich? Vielleicht hast Du recht. Aber so empfinde ich, und ich will von ganzem Herzen ehrlich zu Dir sein.*

*Also zuerst: Ich wünschte, Du wärst hier, und wir könnten über alles reden. Über unsere Gefühle, über die Verletzungen, die wir uns gegenseitig zugefügt haben, über Vertrauen und Versöhnung. Über eine zweite Chance, bewusster zu leben, ein guter Bruder zu sein, ein besserer Freund.*

Tyson wischte sich die Tränen aus den Augenwinkeln und dachte: Was gäbe ich für eine zweite Chance!

*Aber Du bist nicht hier, und wir werden uns wohl nie wiedersehen, deshalb ist dieser Brief ein Abschied. Denn wenn Du ihn liest, Ty, bin ich nicht mehr für Dich da, obwohl ich es wirklich gern wäre. Es tut mir leid, dass ich nicht den Mut hatte, mich mit Dir auszusprechen, bevor ich San Francisco verlassen habe. Ich dachte, mir bliebe mehr Zeit als diese wenigen Wochen. Ich dachte, wir beide hätten noch eine Chance.*

*Okay, haben wir aber nicht.*

Er sah sich nach einem Platz um, wo er sich setzen konnte. Da, neben dem Trockengestell für Lachse, stand eine Kiste. Offenbar stammte sie aus einem alten Schaufelraddampfer. Mit bebenden Knien kauerte er sich hin.

*Wir sind im Streit auseinandergegangen, und das tut mir leid. Ich bin zu stolz gewesen, mir einzugestehen, dass ich den ersten Schritt machen sollte, um auf Dich zuzugehen. Dass ich meine Fehler eingestehen sollte. Aber Du weißt, wie schwer das ist, nicht wahr?*

*Also nehme ich jetzt all meinen Mut zusammen und bitte Dich um Entschuldigung, Ty. Verzeih mir. Es tut mir leid, dass ich Dich immer wieder herausgefordert habe, wo wir hätten reden sollen. Wir sind sehr unterschiedlich, wir zwei, und unsere Charaktere sind bei Machtkämpfen und Kompetenzgerangel in Vorstandsmeetings und Aufsichtsratssitzungen oft hart aufeinandergeprallt. Es tut mir leid, dass ich Dir so manches Mal eine Überdosis an spitzer Kritik verpasst habe und dass ich Dich damit verletzt habe. Es tut mir leid, dass mir hin und wieder die Sicherung durchgebrannt ist. Dass ich wütend auf Dich war. Dass ich die Kontrolle verloren habe. Dass ich trotzdem, oft gegen Deinen Rat, meinen Willen durchgesetzt habe. Ich danke Dir für Deine Geduld mit mir, Ty. Ich danke Dir für Deine Beharrlichkeit, für Dein Verantwortungsgefühl, Deine Disziplin, Dein Pflichtbewusstsein und … ja, Ty: Ich danke Dir für Deine Treue.*

Er drehte die Seite um und las weiter:

*Ty, Du bist mir wichtig. Du bist mein Bruder, und ich liebe Dich. Ich heuchle, meinst Du? Nein, Ty, dafür bleibt mir keine Zeit mehr. Wozu auch?*

*Ja, es stimmt, Deine Affäre mit Lynne, als ich sterbenskrank war, hat mich sehr verletzt. Der Streit, die Trennung, die Scheidung, das alles war für mich nur schwer zu ertragen. Aber wie viel Glück ist aus diesem Leid entstanden! Ich bin frei! Und ich habe Tess geheiratet, die Liebe meines Lebens. Ty, ich wünsche Dir so viel Glück mit Lynne, wie ich es in den letzten Wochen mit Tess hatte. Dieses Glück verdanke ich Dir. All das, was Du für mich getan hast, werde ich Dir nie zurückgeben können, und ich bitte Dich sogar um noch mehr.*

*Es gibt so vieles, das ich an Dir bewundere, Ty. So vieles hast Du mich gelehrt. Deinem Kind wirst Du ein liebevoller Vater sein. Und ich hoffe, nein, Ty, ich bin sicher, dass Du auch meinen Kindern ein fürsorglicher Onkel sein wirst. Stell Dir vor, Tess hat mir gestanden, dass sie schwanger ist! Ein Kind, Ty! Ein Traum geht in Erfüllung! Ich bitte Dich, sei für Lara oder Ryan der Vater, den sie nie haben werden! Sei Ihnen ein Vorbild, und nimm Dir Zeit für ihn oder sie. Schubse Lara auf der Schaukel im Garten an, oder spiel mit Ryan Baseball. Mach meine Kinder glücklich, Ty, so glücklich, wie wir es als kleine Rotznasen waren, weißt Du noch?*

*Ty, wir haben ein Leben gelebt, von dem die meisten Menschen nur träumen können. Ruhm, Reichtum, Macht. Aber um welchen Preis! Glanz und Tragik des amerikanischen Traums, das sind wir, Ty. Ich mache mir Sorgen um Dich, kleiner Bruder. Achte mehr auf Dich. Konzentriere Dich auf das Wesentliche im Leben. Was das ist, fragst Du? Du sollst Zeit haben, Deine Freiheit zu genießen und dabei glücklich zu sein. Du sollst den Mut haben, unseren Kindern zuzuhören. Denn sie wissen, wie das Leben funktioniert. Sie wissen, was Spaß macht. Sie wissen, wie man die Zeit, die einem bleibt, bis zur letzten Sekunde auskostet, bevor man ins Bett gesteckt wird. Und selbst dann liegen sie nicht still und sind ruhig …*

*Wir waren auch mal so, weißt Du noch? Wann haben wir bloß damit aufgehört, und wieso?*

*Versöhnung kommt von Sühne. Es bedeutet Bereuen und gegenseitiges Vergeben. Es bedeutet, sich trotz allem, was zwischen uns geschehen ist, immer noch zu achten, zu ehren und zu lieben. Es bedeutet, miteinander zu lachen, bis wir zusammen weinen.*

*Ty, ein letzter Wunsch: Zieh die Uhr auf, die Dein Stiefvater Lance Burnette Dir in jener Nacht geschenkt hat, als die Titanic sank. Ich weiß, Du trägst sie immer bei Dir, und sie steht noch auf zwei Uhr zwanzig, als Deine Eltern starben. Zieh die Uhr auf, Ty, lass sie weiterlaufen und lausche auf ihr Ticken.*

*Leb dein Leben bis zum letzten Atemzug! Liebe bis zum letzten Herzschlag! Und wenn Du zum letzten Mal Deine Augen schließt, dann blick auf Dein Leben zurück und sag Dir: Ich war glücklich.*

*Mehr geht nicht, Ty.*

*Das wünsche ich Dir von ganzem Herzen.*

*Leb wohl,*

*Dein Bruder, für immer*

Jetzt konnte er die Tränen nicht mehr zurückhalten. Er drückte den aufgeweichten und zerrissenen Brief wie ein Taschentuch vor sein Gesicht und weinte mit zuckenden Schultern, bis Tess sich neben ihn setzte und ihren Arm um ihn legte, um ihn zu trösten.

Sie küsste ihn auf die tränennasse Wange. »Sich mit dir zu versöhnen war ihm ein Herzenswunsch.«

Sie zeigte ihm Ronans Notizbuch. Auf der ersten Seite stand eine kurze Liste:

1. ~~*Loslassen.*~~
2. ~~*Freundschaft, die allem standhält.*~~
3. ~~*Glück, das alle Träume mit sich reißt. Und Lebensfreude, deren Lachen zu Tränen rührt.*~~

4. *~~Zufriedenheit, die als Geschenk empfunden wird. Und Versöhnung, das schönste Gefühl von allen.~~*
5. *~~Liebe, die stärker ist als der Tod.~~*
6. *~~Und am Ende das größte Geschenk von allen …~~*

Tess zog den Stift aus dem Buchrücken und strich den letzten unerfüllten Wunsch durch: Versöhnung, das schönste Gefühl von allen. Ruhig erwiderte sie seinen Blick. »Lass uns gemeinsam um ihn trauern, Ty.«

Er brachte kein Wort heraus und nickte nur.

»Tess?«

In den weichen Sitz der CA-4 gekuschelt, öffnete sie die Augen. »Ja, Jim?«

Auf dem Pilotensitz drehte Jim Stewart sich zu ihr um. »Wir sind jetzt über Talkeetna. Wir landen in ein paar Minuten.«

»Danke, Jim.«

Mit dem Ellbogen stützte Tyson sich auf die Armlehne seines Sessels auf der anderen Seite des schmalen Gangs. »Hast du geschlafen, Tess?«

»Ein bisschen.«

Deke Clayton lehnte sich über die Rückenlehne ihres Sessels. »Wünschen Sie noch etwas vor der Landung, Mrs Brandon? Einen Kaffee vielleicht, einen Whiskey?«

»Nein danke, Deke.«

Er nickte ihr zu. »Ma'am.«

Tess beugte sich vor, schob den Vorhang zur Seite und sah aus dem Fenster. Da war er!

Sie winkte ihm zu, und Corey wackelte mit den Flügeln der Vega. Er würde noch eine Runde über den Bergen der Alaska Range drehen und nach der CA-4 in Anchorage landen.

Und dann?, dachte sie traurig. Was dann?

Jim setzte jetzt über dem Susitna River zur Landung an. Ein Birkenwäldchen säumte den Fluss. Kleine Seen funkelten in der Abendsonne. Dann kam auch schon der Big Lake mit seinen Inselchen in Sicht. Die Fichten am Seeufer waren nur noch verkohlte Stümpfe, ein Wald abgebrannter Streichhölzer – dort hatte im letzten Sommer das Wildfire gewütet. Aber der Boden zwischen den schwarzen Stämmen sah schon wieder saftig grün aus. Das Leben kehrte zurück.

Da, der Knik Arm, der nördliche Meeresarm des Cook Inlet! Jim schwebte über der Eagle Bay ein. Und der Eagle River, der sich dort unten ins Meer wand und in der Bucht ein schlammfarbenes Flussdelta bildete, machte seinem Namen alle Ehre: Auf nahezu jedem Baumwipfel dort unten hockte ein Weißkopfadler.

Ein Meer von leuchtend pinkfarbenem Fireweed glitt unter ihr vorbei, als Jim noch tiefer ging.

»Zwei Meilen!«, rief er nach hinten.

Kurz darauf fegte er in höchstens drei Handbreit Höhe über die geparkten Flugzeuge hinweg und knallte die Reifen auf die Landebahn. Touchdown!

Jim ließ die große CA-4 ausrollen, dann wendete er sofort, um die Landebahn für Corey freizumachen. Über die Wiese holperte er zur alten Scheune, die als Flughafengebäude diente, als Wartehalle, als Restaurant für einen schnellen Snack, als Reparaturwerkstatt, als Tankstelle, als Unterstand bei Regengüssen und Schneetreiben und manchmal auch als windgeschützter Platz zum Ausrollen des Schlafsacks.

Im Augenblick diente die alte Scheune aber als Hauptquartier für eine Horde Journalisten, die offenbar an Daves Bar ihr Basislager aufgeschlagen hatten.

Sie hatten die Landung für die Wochenschauen gefilmt und für ihre Zeitungen fotografiert. Jetzt stürmten sie schreiend auf die heranrollende Maschine zu und warteten darauf, dass Tess in der offenen Seitentür erschien.

Tyson stieß die Tür auf und wich zurück, damit sie vortreten konnte. Jubel brach aus, als Tess lächelnd winkte. Ein wüstes Blitzlichtgewitter knallte und flackerte ihr entgegen. Schüsse wurden abgefeuert, Autohupen dröhnten, und um sie herum johlten und klatschten die Menschen. Ein kleiner Junge, kaum älter als Cayden, zündete vor dem Fahrwerk der CA-4 seine Knallfrösche: am 4. Juli war Independence Day. Ein süßes Mädchen sauste heran und überreichte Tess einen Teddy. Sie umarmte die Kleine und küsste sie aufs Haar. Sie wollte ihr den Kuschelbären lassen, doch das Mädchen brach in Tränen aus, weil sie ihn nicht haben wollte, und so drückte Tess den Plüschteddy an ihre Brust. Sie war so gerührt von dieser Geste, dass sie beschloss, der Kleinen ihren Teddy mit einem Brief zurückzuschicken.

Himmel, was für ein Empfang!

Irgendjemand begann, den Titelsong aus *Hope, Alaska* zu singen, und alle fielen ein.

»Willkommen zu Hause, Tess! Wir freuen uns alle sehr!«, übertönte ein Reporter den Gesang und richtete seine Kamera auf sie.

Tess winkte ihm zu. »Danke, Sir.«

Menschen umarmten sie, lachend und weinend. Während sie Hände schüttelte und von den Händen auf ihren Schultern freundschaftlich durchgerüttelt wurde, wurde sie mit Fragen bombardiert.

Tyson folgte ihr durch die Menge; auch er beantwortete Fragen über die Suchaktion und die Rettung heute Morgen.

»Tess, sehen Sie bitte hierher!« Ein Blitzlicht flammte auf. »Wie ist es, wieder zu Hause zu sein?«

»Ein wundervolles Gefühl!«

»Wann starten Sie zu Ihrer Welttour?«

Als Tess endlich einen Augenblick lang zu Atem kam, sah sie zur Vega hinüber, die inzwischen gelandet war und mit röhrenden Propellern am Ende der Landebahn stand.

Corey hockte im Cockpit und sah zu ihr herüber. Er trug seine

Sonnenbrille, und Tess konnte ihm nicht anmerken, wie er sich jetzt fühlte.

Lange sahen sie sich an, während Tess von den Journalisten hin und her gestoßen wurde.

Dann öffnete Corey die Cockpitluke, kletterte aus der Vega und sprang hinunter, um den Flieger, dessen Propeller immer noch dröhnten, mit Bremsklötzen zu sichern.

Ein letzter Blick – wie vorhin in Fairbanks, als er ihre Hand nahm, während Ty mit Lynne und Cayden telefonierte.

»Leb wohl, Mrs Brandon.«

»Corey …«

»Er war dein wirklicher Ehemann, all die Jahre. Auch als wir beide verheiratet waren.« Er küsste sie auf die Wange. »Leb wohl, Tess.«

Corey winkte jetzt, und Tess nickte ihm zu. Dann drehte er sich um und tauchte unter der Vega hindurch.

Die Kehle wurde ihr eng, und sie kämpfte mit den Tränen, als sie ihm nachsah, wie er wieder aus ihrem Leben verschwand, einfach so. Tess wusste nicht, wann er zur Lodge kommen würde, um seinen Greyhound-Bus und seine Huskys abzuholen. Tatsächlich hatte sie keine Ahnung, ob sie ihn jemals wiedersehen würde.

Aber sie hoffte es, sie hoffte es so sehr!

# 36

»Aber du hast es versprochen!«, schluchzte Cayden an ihrer Brust. Seine Schultern zitterten und bebten in ihren Armen, und sein Kopf ruckte hoch und traf Tess am Kinn.

Tröstend küsste sie ihn aufs Haar und wiegte sich mit ihm in Sheenas sanft schwingendem Flugzeug. Mit Cayden auf ihrem Schoß, sein Kopf an ihrer Schulter, hockte sie auf dem Pilotensitz und schaukelte mit ihm. Mit Sheena hatte sie das oft getan. Sie war ihr kleiner Kuschelbär gewesen.

»Du hast gesagt, du bringst Daddy zu mir zurück! Du hast es versprochen, Mommy! Bei der Sonne, dem Mond und allen Sternen! Beim Regenbogen, den Wolken, den Blumen und den Schmetterlingen! Das hast du gesagt!«

Zärtlich drückte Tess ihn an sich. »Das ist wahr, Cayden. Ich hab gesagt, ich werde alles versuchen, damit ihr beide euch noch mal seht. Damit ihr euch voneinander verabschieden könnt. Aber Daddy war zu krank, Cayden. Als er starb, hab ich ihn im Arm gehalten, wie ich dich jetzt halte. Ganz fest, spürst du das? Ganz nah, und ich konnte seinen Herzschlag hören, wie ich jetzt dein kleines Herz hören kann ...«

Eine Träne rann ihr übers Gesicht, und sie drückte es in Caydens Haar, das so duftete wie Sheenas. Er wog auch so viel wie sie und lehnte sich an sie wie Sheena. Es tat ihr gut, ihn so im Arm zu halten wie ihre Kleine.

Tess konnte gar nicht sagen, wie dankbar sie Lynne war, weil sie sich darauf einlassen konnte, dass Cayden nun zwei Mommys hatte. Als Ty und sie vorhin mit der Vega auf der Wiese hinter der Lodge gelandet waren, hatten Lynne und Cayden sie erwartet.

Mit einem glücklichen Lächeln war der Kleine auf Tess zugestürmt, und sie hatte ihn in die Arme genommen und hochgehoben. Wie viele Küsse er all die Tage für sie aufgehoben hatte! Guten-Morgen-Küsse und Gute-Nacht-Küsse und Hab-dich-lieb-Küsse und Du-fehlst-mir-ganz-doll-Küsse und Vergiss-mich-nicht-Küsse! Sie hatte sie alle gekriegt, und Cayden hatte dabei gekichert und gelacht! Aber dann hatte er zur Vega hinübergeblickt und Ty gesehen, der langsam auf sie zukam. »Und wo ist Daddy?«

Caydens Blick würde Tess nie vergessen. So viel Trauer, so viel Verzweiflung und Angst! Und wie er sich an sie geklammert hatte, die Arme fest um ihren Nacken, sein kleiner Körper an ihren gepresst, als fürchtete er, er könnte auch noch sie verlieren!

Lynne hatte ihre Haltung bewahrt, und dafür bewunderte Tess sie. Mit Cayden auf dem Arm war sie zu Lynne hinübergegangen und hatte auch sie umarmt. Tess' Lächeln, das Streicheln von Lynnes Schulter und ihr Kuss auf Lynnes Wange ... Sie hatte Tess auch ohne Worte verstanden. Denn sie blinzelte und flüsterte. »Danke, Tess.«

Cayden auf ihrem Schoß weinte noch immer leise vor sich hin. Sein Schmerz war so groß, dass er für mehr als das keine Kraft mehr hatte. Sanft schwangen sie im Flugzeug hin und her, und Tess summte leise ein Lied und strich Cayden mit den Fingerspitzen über den Nacken. Sie spürte, wie er zitterte und bebte, sie fühlte, wie er nach jedem Schluchzer nach Atem rang, und sie empfand denselben Schmerz wie er, dieselbe Angst.

Das Unfassbare ist wahr geworden, dachte sie. Ronan ist tot, und ich weiß nicht, wohin mit all den Gefühlen in mir: Wut, Verzweiflung, Trauer, aber am schlimmsten ist die Einsamkeit.

Cayden schluchzte, Tess zog ihn noch näher an sich heran, und er setzte die Füße auf ihre Knie und schmiegte sich an sie.

Ohne Daddy aufzuwachsen ...

Wie viel Sehnsucht nach Zärtlichkeit steckt in diesen Worten? Wie viele Umarmungen und Küsse wird er nicht bekommen, wie viele Ratschläge werden ihm nie gegeben, wie viele Papierflieger werden niemals in den Wind geworfen, und wie viele Steine werden nie geflippert, wie viele Kinderfragen werden nie beantwortet, wie viele richtig gute Gespräche zwischen Vater und Sohn werden nie geführt, nie mehr?

Was Cayden jetzt braucht, ist sehr viel Geduld, Aufmerksamkeit, Verständnis, aber vor allem Liebe. Er braucht jemanden, der mit ihm um Daddy trauert, der sich mit ihm an Daddy erinnert, der mit ihm im Erinnerungsalbum blättert, die Briefe liest und die Bilder anschaut. Der ihn daran erinnert, was für eine unglaublich schöne Zeit wir miteinander verbracht haben, Momente voller Glück.

Er braucht jemanden, auf den er sich verlassen kann. Der ihm Sicherheit und Geborgenheit schenkt. Der ihn nie wieder allein lässt. Er braucht eine Mommy, die immer für ihn da ist.

Er braucht mich.

Ich will alles tun, um ihm den Schmerz zu nehmen. Um ihm die verlorene Hoffnung wiederzugeben. Ich möchte ihn in Trost einhüllen und ihn in Liebe wickeln. Ich will ihn beschützen, damit ihm nie wieder so wehgetan wird, nie wieder. Es tut mir so leid, was er ertragen muss ... Es tut mir so leid.

Ihre Augen schwammen in Tränen, und das Sprechen fiel ihr schwer. »Cayden, es ist in Ordnung, dass du weinst. Du musst dich dafür nicht schämen, nicht vor mir, nicht vor Snivel. Aber du darfst auch einfach traurig sein, ohne zu weinen.« Als er nickte, rieb sie seinen Rücken. »Und wenn dir danach zumute ist, mein Süßer, dann darfst du auch lachen. Du darfst mit Snivel spielen, mit Ricky rumtoben und im Flugzeug schaukeln, wann immer du willst. Wir nehmen das Soap-Box-Flugzeug hier mit nach San Francisco und hängen es in deinem Zimmer auf. Wir werden oft damit schaukeln, Cayden, so wie jetzt.« Mit der Nase strich sie über seine tränennasse Wange. »Du wirst dich immer an Daddy erinnern!«, flüsterte sie gerührt. »Du wirst ihn nie vergessen!«

Mit rot geränderten Augen sah Cayden zu ihr auf. Er spürte ihren Schmerz, der nicht kleiner war als seiner.

»Erinnerst du dich an sein Lachen?«

Cayden senkte den Blick und nickte traurig.

»Weißt du noch, wie es sich anfühlte, wenn er deine Hand in seiner hielt?«

Cayden schniefte und nuschelte kläglich: »Ja.«

»Oder wie es war, wenn er dich ins Bett steckte und zudeckte? Wie er dich durchkitzelte? Und dir einen Kuss gab?«

Ein weinerliches: »Mhm.«

»Dein Daddy ist immer bei dir, Cayden. Er lässt dich nicht allein.«

Cayden blinzelte sie an. »Aber wo ist er?«

Sie küsste ihn. »Erinnerst du dich, dass Daddy dir gesagt hat, sein größter Wunsch wäre es, die Mitternachtssonne zu sehen?«

»Mhm.«

»Sein Wunsch ist in Erfüllung gegangen, Cayden. Ist das nicht wundervoll? Er hat die Strahlen der Sonne, die nicht untergeht, in sich aufgenommen. Er wird ein ganz besonders heller Stern am Himmel sein. Jede Nacht kannst du ihn sehen, und er wird für immer bei dir sein.«

Cayden nickte.

»Mein Süßer, die Sterne stehen auch tagsüber am Himmel. Du kannst sie nicht sehen, aber sie sind da.«

Der Kleine plinkerte. »Echt jetzt?«

»Die Sterne sind immer da.« Sanft wischte sie ihm die Tränen aus dem verheulten Gesicht. »Weißt du noch, was Daddy dir zum Abschied gesagt hat? ›Als funkelnder und glitzernder Stern werde ich immer bei dir sein, und du kannst mir alle deine Wünsche anvertrauen. Flüstere sie dem Wind zu, er trägt sie hinauf zu mir.‹«

Caydens Blick flog zum Fenster des Kinderzimmers. Draußen dämmerte es bereits, aber es war noch kein Stern zu sehen. In San Francisco war's jetzt schon viel dunkler.

Leise, sanft wie ein Windhauch, machte sie Cayden vor, wie sich das Rauschen anhörte, wenn Daddy flüsternd auf seine Fragen und Bitten antwortete. »Am besten kannst du ihn unter Grandma Shannons Wunschbaum im Garten hören, weißt du. In den Blättern und Zweigen verfängt sich das Rauschen des Windes, und wenn du lauschst, kannst du Daddy hören.«

Ganz sachte blies sie ihm ins Gesicht, sodass ihr Atem seine Wangen streichelte, und Cayden zog den rechten Mundwinkel hoch.

»Willst du ihn was fragen?«

Er zuckte mit den Schultern und zog eine Schnute. »Was denn?«

Mit den Fingern strich Tess ihm über die Lippen und schob seine Mundwinkel hoch, damit er wieder lächelte. »Du könntest ihn fragen, ob er dir ein Geschwisterchen schenkt.«

Ein Leuchten floss über Caydens Gesicht, wie ein Sonnenstrahl, und seine Augen glänzten. »Au ja, Mommy! Krieg ich eins? Oh, bitte!«

## 37

Ein kostbarer Augenblick ist einer, den man nie vergisst …

Über ihr wölbte sich der Nachthimmel, der funkelte wie ein schwarzer Kristall. Tess zündete die kleine Kerze an und hängte die letzte Glaskugel in Shannons Wunschbaum. Wie die leuchtenden Kugeln in der leisen Brise vom Meer hin und her schwangen! Wie sie dabei glitzerten und funkelten!

Cayden, der neben ihr stand und auf das Brausen der Brandung des Pazifiks und auf das Rauschen des Windes in den Zweigen des alten Eukalyptusbaums lauschte, machte große Augen. Er trug Snivel unter dem Arm. Sein Teddy gehörte dazu, er durfte heute Abend nicht fehlen.

Wertvolle Momente, das ist die viel zu kurze Zeit, die du mit denen verbringst, die dir nahe sind und die du liebst.

Tyson reichte ihr den Zettel mit Ronans letztem Wunsch, und sie drehte sich zu ihm um.

Er legte Lynne seinen Arm um die Schultern, denn die Brise vom Meer war kühl. Ihre Finger waren ineinander verwoben. Tyson und Lynne wollten morgen in aller Stille heiraten, das hatten sie Tess während des langen Fluges nach San Francisco anvertraut. Sie würden sich zuflüstern: Ich liebe dich, von ganzem Herzen. Und niemand außer ihnen würde es hören. Sie würden feierlich geloben, alles zu ertragen, alles zu hoffen und den anderen niemals zu verlassen, bis der Tod sie auseinanderriss. Und Cayden und sie würden es bezeugen, als ihre Trauzeugen. Tess war gerührt gewesen, als Lynne sie heute Morgen gefragt hatte, ob Tess an ihrer Seite stehen wollte, wenn sie den Bruder ihres Mannes heiratete.

Tess lächelte den beiden zu und betrachtete den zerknitterten Zettel mit Ronans letztem Wunsch. Dieser hier stand nicht auf seiner Wunschliste im Notizbuch. Er war kein Geschenk wie Lebensfreude und Glück für Lynne oder Zufriedenheit und Versöhnung für Tyson oder Liebe und Verantwortung für Tess. Dieser hier war nur für ihn, und Tess wusste, wie sehr er sich danach gesehnt hatte.

So wie sie.

Tess faltete den Zettel wieder ein und schob ihn zurück in die Wunschkugel, die Lynne vor Wochen vom Baum geholt hatte. Dann streckte sie ihren Arm aus und hängte die Glaskugel mit dem Wunsch wieder in den Wunschbaum.

»Tut mir leid, dass Ronans letzter Wunsch nie in Erfüllung gegangen ist«, sagte Tyson leise, und Tess hörte Scham und Reue in seiner Stimme.

Cayden hopste unter der Wunschkugel auf und ab und pustete hoch, damit der Wunsch wie das Schirmchen einer Pusteblume in den Himmel hinaufgetragen wurde. Dann flitzte er mit ausgebreiteten Armen um Moms Baum herum.

Gerührt sah sie Tyson an: »Wünschst du's dir?«

Er ließ Lynne los und legte ihr die Hand auf die Schulter. »Ja, Tess.«

»Ich auch, von ganzem Herzen«, sagte Lynne. Auch sie umarmte Tess, die sich gegen beide lehnte.

»Dann ist Ronans Wunsch in Erfüllung gegangen«, sagte Tess. »Wir sind eine Familie.«

»Nein«, seufzte Tyson wehmütig. »Ronan ist nicht mehr bei uns.«

Lynne nickte traurig.

»Doch!«, rief Cayden und hopste um sie herum. »Da oben!«

Tess hielt den Atem an und blickte zum Nachthimmel.

Da, der Stern!

Sie beobachtete Cayden, der seine Finger ineinander verschränkte, als er hochsah, um das Leuchten des Sterns in sich aufzunehmen, die Erinnerungen an seinen Daddy, die Geborgenheit und die Liebe. Ihr Kleiner wirkte jetzt entspannt und gelassen.

Nun schaute auch Tess hinauf zu diesem Stern, der mit seinem Funkeln alles überstrahlte, die flackernden Lichter im Baum und die glitzernden Glaskugeln mit den Wünschen.

Und für einen kurzen Moment war es so, als wäre Ronan wieder hier bei ihnen.

Der kostbarste Augenblick in deinem Leben ist der, in dem du glücklich bist.

Jetzt!

*Grandios und unvergleichlich – das neue Neuseelandepos von Bestsellerautorin Sarah Lark*

Sarah Lark
DIE ZEIT DER FEUERBLÜTEN
Roman
912 Seiten
ISBN 978-3-7857-6071-0

*Mecklenburg, 1837:* Der Traum von einem besseren Leben lässt Idas Familie die Auswanderung nach Neuseeland wagen. Auch Karl, der seit Langem für Ida schwärmt, will sein Glück dort machen. Doch als das Schiff *Sankt Pauli* endlich die Südinsel erreicht, erwartet die Siedler eine böse Überraschung. Das zugesagte Land steht nicht zur Verfügung ...
Idas Schicksal nimmt einen Lauf, den sie nicht erwartet hat, und ihre heimliche Liebe Karl wird für sie unerreichbar. Einzig bei der exotischen Außenseiterin Cat, die bei den Maori aufwuchs, findet sie Freundschaft und Unterstützung – bis die Nacht der großen Flut kommt ...

Lübbe Paperback